In weißer Stille

Das Buch

An einem stürmischen Herbstabend wird der pensionierte Kinderarzt Dr. Wolfram Heckeroth von seinem Sohn Albert tot und gefesselt im Wochenendhaus am Starnberger See aufgefunden. Kriminalhauptkommissar Konstantin Dühnfort übernimmt die Ermittlungen. Erste Untersuchungen ergeben, dass der alte Mann im Laufe mehrerer Tage verdurstete. Ein grausamer und qualvoller Tod, der in Dühnfort sofort die Frage nach dem Motiv aufwirft. Rache, Strafe, Sühne? Doch die Spuren deuten auf einen Raubmord hin.
Hinter der vordergründig heilen Familienfassade werden für Dühnfort schnell andere Wahrheiten sichtbar. Als ein zweiter Mord geschieht, droht die Situation zu eskalieren.

Die Autorin

Inge Löhnig machte sich nach einer Karriere als Art-Directorin in verschiedenen Werbeagenturen mit einem Designstudio selbständig. Heute lebt sie als Autorin mit ihrer Familie und einem betagten Kater in der Nähe von München. *In weißer Stille* ist der zweite Fall ihrer erfolgreichen Kommissar-Dühnfort-Reihe. Besuchen Sie Inge Löhnig auf ihrer Website: www.inge-loehnig.de

Von Inge Löhnig sind in unserem Hause bereits erschienen:

Die Kommissar-Dühnfort-Serie:

Der Sünde Sold · *In weißer Stille* · *So unselig schön* ·
Schuld währt ewig · *Verflucht seist du* · *Deiner Seele Grab* ·
Nun ruhet sanft · *Sieh nichts Böses*

Außerdem:

Mörderkind · *Gedenke mein*

Inge Löhnig

IN WEISSER STILLE

Kriminalroman

List Taschenbuch

Besuchen Sie uns im Internet:
www.list-taschenbuch.de

Neuausgabe im List Taschenbuch
List ist ein Verlag der Ullstein Buchverlage GmbH, Berlin.
1. Auflage Juni 2017
2. Auflage 2018
© Ullstein Buchverlage GmbH, Berlin 2010
Umschlaggestaltung: bürosüd° GmbH, München
Titelabbildung: plainpicture/Gallery Stock/© Stefan Kuhn
Satz: Pinkuin Satz und Datentechnik, Berlin
Gesetzt aus der Sabon
Druck und Bindearbeiten: CPI books GmbH, Leck
ISBN 978-3-548-61358-1

*Für meine Eltern, in Dankbarkeit
für eine wunderbare Kindheit.*

Prolog

Unter der Stiege, die in den Keller führte, befand sich ein Verschlag, der früher zum Einlagern der Kohle gedient hatte. Schwarzer Staub klebte noch in Ritzen und Ecken, aber das konnte der Junge, der dort auf einem Stapel alter Decken und Vorhänge kauerte, nicht sehen, da es beinahe dunkel war. Doch er nahm den öligen Geruch wahr.

Er fühlte sich aus seiner Welt geworfen, wie einer der Helden aus den Sagen, die er so gerne las. Auch wenn ihre Aufgaben unlösbar erschienen, kehrten sie stets siegreich zurück. Kühn, mutig und stark fanden sie immer einen Weg, ihre Ziele zu erreichen. Er dagegen war kein Held und er fand den Weg nicht, sosehr er auch danach suchte.

Durch den zerschlissenen Stoff drang die Kälte des Bodens; der alte Vorhang, den er wie die Decken aus der Altkleiderkiste genommen und sich um die Schultern gelegt hatte, wärmte nicht. Der Junge fror und war hungrig. Aber am schlimmsten war der Durst. Der Schlüssel zur Waschküche und damit zum Wasserhahn hing unerreichbar am Bord oben im Flur.

Nochmals griff er nach dem leeren Glas, vielleicht hatte sich etwas Feuchtigkeit daran niedergeschlagen. Seine trockene Zunge fuhr über die glatte Oberfläche. Sie war kalt, sonst nichts. Er ließ den Arm sinken, das Glas kullerte über den Boden. Der stumpfe Schmerz in seinem Kopf verstärkte sich von Minute zu Minute. Er legte ihn in den Nacken und war kurz davor zu weinen.

Von weiter oben drang ein schwacher Lichtschimmer

in die Finsternis. Dort befand sich, dicht unter der Decke, ein vergittertes Fenster, das schon viele Jahre nicht mehr geöffnet worden war. Die Scheibe lag unter einer Schicht von Schmutz und Spinnweben verborgen. Ob es Tag oder Nacht war, erkannte der Junge daran, ob ein trüber Schein durchdrang oder nicht. Er ließ jedoch keine Rückschlüsse auf das Wetter zu, weder ob die Sonne schien noch ob es regnete. Er malte sich aus, dass es regnete. Ein Sommerregen, der mit einigen warmen Tropfen begann, die auf dem von der Sonne erhitzten Pflaster sofort verdampften. Spurlos, als wären sie nie gewesen. Ihnen folgte ein heftiger Schauer, der die Sandsteinplatten dunkel färbte und kleine Mulden in Pfützen verwandelte, in denen die nachfolgenden Tropfen frech spritzten wie tollende Kinder. Dann setzte ein warmer Wind ein, der den Regen vor sich hertrieb, Nässe schwer in Blütendolden setzte, sie nach unten bog, in Büsche und Bäume fuhr, sie ruppig streichelte wie ein Vater, der seinem Sohn mit einer beinahe groben Geste durchs Haar strich, einer Geste, in der doch alle Liebe und Anerkennung lag, die beide verband.

Unbewusst hatte der Junge begonnen, das Adagio aus Vivaldis *L'Estate* zu summen. Die Musik, die diese Bilder in ihm erweckte. Die Musik, die er beinahe über alles liebte. Beinahe. Warum fiel ihm die Entscheidung so schwer?

Die Beine waren ihm eingeschlafen, lagen taub unter seinem Körper, begraben wie tote Tiere. Langsam richtete er sich auf, streckte sie aus, wartete, bis das Blut schmerzhaft in sie schoss, mit tausend Nadeln stechend. Ihm wurde schwindlig, kalter Schweiß bildete sich auf seiner Haut, bunte Lichtpunkte tanzten vor seinen Augen, dann wurde es dunkel.

Als er wieder zu sich kam, klopfte der Schmerz in seinem Kopf, als wollte etwas Lebendiges den Schädelknochen durchdringen. Seine Zunge lag wie ein Stück Holz im Mund; die Lippen waren rissig und aufgeplatzt. Der Gedanke an ein Glas Wasser rief einen so fürchterlichen Schmerz in ihm hervor, dass er aufstöhnte. Mit letzter Kraft kroch er zurück auf die Decken. Er musste endlich zu einer Entscheidung kommen, erst dann durfte er nach oben gehen. Doch seine Gedanken drehten sich seit zwei Tagen im Kreis. Er wusste, was von ihm erwartet wurde, aber er wollte beides. Und das ging nicht. Das sah er ja ein. Trotzdem suchte er weiter einen Ausweg. Aber er hatte keine Kraft mehr zu denken. Der alles beherrschende Gedanke war der an einen Schluck Wasser.

Langsam erhob er sich, seine Beine zitterten vor Schwäche. Schwankend ging er auf die Treppe zu, stieg sie steif und ungelenk empor, zog sich am Handlauf Stufe um Stufe nach oben. Er schob die Tür zum Flur auf. Das Licht blendete ihn. Sein Blick fiel über den Gang in die Küche auf den Wasserhahn. Sein Herz begann zu rasen. Eine Gestalt kam auf ihn zu. Seine Mutter. Sie wollte ihn umarmen. Er stieß sie weg. Wasser. Er machte noch zwei Schritte, dann brach er zusammen.

Montag, 13. Oktober

Der Schein der Straßenbeleuchtung drang durch die cremefarbenen Vorhänge und füllte das Schlafzimmer mit Zwielicht. Ein Blick auf den Wecker zeigte Babs, dass es kurz vor sechs war. Montagmorgen. Sie könnte noch eine halbe Stunde schlafen. Aber Albert, der sich seit einiger Zeit hin und her wälzte, hatte sie aufgeweckt. Einen Moment überlegte sie, aufzustehen, in aller Ruhe eine Tasse Tee zu trinken und dabei Zeitung zu lesen. Normalerweise genoss sie diese ruhige Zeit, wenn die Zwillinge und ihr Mann noch schliefen, wenn noch niemand etwas von ihr wollte, wenn sie noch nicht funktionieren musste und ihren Gedanken nachhängen konnte.

Doch heute war es anders. Sie war nervös. Um elf Uhr stand ihr das erste Vorstellungsgespräch ihres Lebens bevor, und das mit fünfunddreißig Jahren. Da konnte Caroline noch so oft sagen, dass es in diesem Fall allein auf ihre Fähigkeit, Räume zu gestalten, ankam und niemand eine Diplomurkunde sehen wollte. Babs hatte das Studium der Innenarchitektur kurz vor Schluss abgebrochen und außerdem keinerlei berufliche Praxis vorzuweisen – wenn man mal davon absah, dass sie ab und zu Freunden und Verwandten half, kleinere oder größere Wohnprobleme zu lösen. So wie bei Alberts Schwester Caroline, die als Managerin zwar genügend Geld verdiente, um sich mit Designermöbeln einzurichten, aber weder die erforderliche Zeit noch das Händchen dafür hatte. Sie war von der neuen Einrichtung derart begeistert gewesen, dass sie sich in ihrem Netzwerk nach einem

Job für Babs umgesehen hatte und fündig geworden war. Eine Redakteurin der Wohnzeitschrift *Interior & Design* suchte Innenarchitekten für die Rubrik *Ein Problem – drei Lösungen*. »Das ist ideal für dich«, hatte Caroline gesagt. »Du bekommst zwar keine feste Anstellung, sondern wirst nach Auftrag bezahlt, dafür kannst du zu Hause arbeiten. Außerdem ist das kein Job, der dich vierzig Stunden in der Woche fordert, sondern vielleicht zwanzig im Monat. Reich wirst du damit nicht, aber es ist ein Einstieg, und wer weiß, was daraus wird.« Dank Carolines Vermittlung bot sich ihr nun eine einzigartige Möglichkeit, vom Hausfrauendasein wegzukommen und den Schritt in eine noch unbekannte Welt zu tun. Sie war gespannt, wie das Gespräch verlaufen würde.

Albert warf sich im Bett herum und murmelte im Schlaf etwas vor sich hin, das wie *Schatzilein* klang. Schatzilein? Zu ihr sagte er immer *Mäuschen*. Schatzilein? Hatte er ... Schon seit einiger Zeit trug Babs eine Sorge mit sich herum, die sie jedoch nicht genauer betrachten wollte: die Sorge, dass Albert es auch in diesem Punkt seinem Vater gleichtun würde. Dem Mann, der für ihn Vorbild in allen Lebenslagen war, dem Mann, der seine Frau Elli ein über vierzig Jahre währendes Eheleben lang betrogen hatte. *Bis dass der Tod euch scheidet.* Elli hatte sich daran gehalten. Doch im Grunde konnte Babs sich nicht vorstellen, dass Albert sie betrog. Sicher hatte er geträumt.

Im Bett war es gemütlich warm. Vielleicht gelang es ihr, noch ein wenig zu dösen. Als sie gerade am Einnicken war, drehte sich Albert schon wieder herum. Normalerweise schlief er tief und ruhig. Ob er noch sauer war wegen des Streits am Hochzeitstag? Das war jedoch schon eine Woche her. Babs gehörte weder zu den Frauen, die Wert darauf legten, dass dieser Tag feierlich begangen wurde, noch zu denen, die ein Geschenk erwarteten. Eigentlich machte sie sich aus solchen Jubiläen nichts. Trotzdem war es ein besonderer Tag, und manchmal, wenn sie wünschte, Albert möge ihr zeigen, dass er sie noch liebte, dass er noch zu ihr und den Kindern stand, dass ihm seine Familie wichtig war, dann maß sie solchen Tagen eben doch eine Bedeutung bei, die sie ihnen sonst nicht zugestehen wollte. Sollte ihre Ehe tatsächlich scheitern, dann würde ein stilvoll begangener Hochzeitstag sie auch nicht retten.

Ob es nun ein schlechtes Zeichen war, dass ausgerechnet der Dreizehnte in einem Fiasko geendet hatte? Babs seufzte. Sie war nicht abergläubisch und außerdem übertrieb sie. Es war kein Fiasko gewesen. Aber eine große Enttäuschung.

Als sie am vergangenen Montag beim Frühstück vorgeschlagen hatte, für den Abend einen Tisch im *La Bretagne* zu bestellen, war Albert erfreut gewesen. Sie hatte das nachmittags erledigt und ihn dann in der Praxis angerufen, um Bescheid zu sagen. Die Jungs würden bei Freunden übernachten, und Babs hatte sich einen Abend mit Champagneraperitif, einem exquisiten Menü und leichtem Wein ausgemalt, begleitet von einem guten Gespräch und liebevollen Blicken, die Funken aus dem Feuer schlagen würden, das, wie sie vermutete, nur noch schwach in ihm glimmte, wenn es nicht schon ganz erloschen war. Sie hatte sich neue Dessous gekauft, nicht verrucht in Schwarz oder Rot und auch ohne Firlefanz wie Strapse oder unpassende Öffnungen – meine Güte, was es alles gab! –, sondern Wäsche, in der sie sich ebenso wohl wie begehrenswert fühlte, schlicht, mit ein wenig Spitze und in einem Cremeton, der hervorragend zu ihrer bronzefarbenen Haut passte. Doch dann hatte Albert gegen halb sieben angerufen. Sein Vater hatte ein Problem mit einem verstopften Siphon am Küchenwaschbecken im Wochenendhaus. »Ich fahre kurz raus und repariere den Abfluss«, hatte er gesagt. Die Fahrt dorthin dauerte eine Dreiviertelstunde. Bis um acht konnte er nicht zurück sein.

»Gibt es in Münsing keinen Klempner?«

»Er hat mich gebeten, und ich will ihm das nicht abschlagen, nach allem, was er für uns getan hat. Keine Sorge, ich bin rechtzeitig zurück.«

Die Frage, ob die Reparatur nicht bis morgen warten konnte, verkniff sie sich. Albert würde sich nicht von seinem Vorhaben abbringen lassen. Wie immer. Nicht nur, wenn es um seinen Vater ging. Babs ließ sich ihre Verärgerung nicht anmerken. »Fahr vorsichtig«, sagte sie stattdessen.

Nach allem, was er für uns getan hat! Schließlich war es sein Wunsch gewesen, dass Albert die Praxis übernahm. Die Kinderarztpraxis Dr. Heckeroth, das Lebenswerk ihres Schwiegervaters, blieb so erhalten, und das bedeutete ihm viel.

Kurz vor acht rief Albert an. Die Reparatur war beendet, er würde jetzt noch schnell mit seinem Vater einen Happen essen und dann losfahren.

»Einen Happen essen.« Sie klang wie sein Echo.

»Es tut mir leid, aber ich habe einen Bärenhunger. Du legst doch sonst nicht solchen Wert auf Jahrestage. Wir können doch auch ein andermal schön essen gehen.«

Babs bestellte den Tisch ab, ließ sich aber per Kurier eine Flasche Champagner, einen Vorspeisenteller mit Lachsterrine, Creme de Canard und Baguette sowie zwei Portionen Crème brûlée aus dem *La Bretagne* schicken. Vielleicht hatte Albert ja noch Lust auf ein Dessert.

Als er endlich kam, hatte sie die Flasche halb geleert und beide Desserts gegessen. Frustfraß, dachte sie, aber schlank, wie sie war, konnte sie sich das leisten. Die Enttäuschung über Alberts liebloses Verhalten war verflogen, übrig geblieben war Resignation. Sie machte ihm keine Vorwürfe, dass er wieder einmal seinem Vater den ersten Platz in seinem Leben eingeräumt hatte.

Am Anfang ihrer Beziehung hatte Babs Albert um das gute Verhältnis zu seinem Vater beneidet. Mit ihrem eigenen stand sie meist auf Kriegsfuß, da er kaum eine ihrer Entscheidungen guthieß und häufig an ihr herummäkelte. Als Barbara jedoch gemerkt hatte, welchen Raum der Vater in Alberts Leben einnahm, und sie sich mit ihrer Liebe zu ihm hinten anstellen musste, da war die Bewunderung bald dem beschämenden Gefühl der Eifersucht gewichen.

Sie hörte die Wohnungstür. Kurz darauf kam Albert ins Wohnzimmer und gab ihr einen flüchtigen Kuss auf die Wange. Überrascht blickte er auf die Champagnergläser, schenkte sich ein Glas voll und stieß mit ihr an. »Mach jetzt bitte keine Szene.« Er ließ sich in den Sessel fallen und massierte sich mit einer Hand die Schulter. »Ich habe einen anstrengenden Tag hinter mir und keinen Nerv für emotionale Ausbrüche.« Mit zwei Schlucken trank er das Glas leer, während Babs versuchte, die Wut zu unterdrücken, die in ihr hochkochte wie eine Urgewalt.

»Entschuldige, Liebes. Ich habe das nicht so gemeint.« Albert nahm sie in den Arm.

Warum sagst du dann so etwas?, dachte sie, lehnte aber ihren Kopf an seine Schulter.

»Ich weiß auch nicht, was heute mit mir los ist. Ich wollte dich nicht verletzen. Verzeihst du mir?« Natürlich verzieh sie ihm, aber ihre zaghaften Versuche, eine Versöhnung durch Zärtlichkeiten herbeizuführen, wies er zurück; er sei völlig erschöpft. Sein Verhalten kränkte Babs, und wieder einmal fragte sie sich, ob ihr Mann sie je geliebt hatte oder ob er sie nur der Kinder wegen und auf Drängen seines Vaters geheiratet hatte. Des Vaters, den er so bewunderte. Irgendwann würde er es ihm gleichtun und sich anderweitig vergnügen.

Zehn nach sechs. Draußen heulte ein Motor auf, ein Wagen fuhr mit quietschenden Reifen los. Seufzend starrte Babs zur Decke. Albert wälzte sich schnaufend auf die linke Seite und brabbelte etwas im Halbschlaf. Daran, wie sein Atem sich veränderte, erkannte sie, dass er aufgewacht war. Langsam drehte sie ihm den Rücken zu.

War es nicht verrückt, jemanden zu lieben, und das über so viele Jahre hinweg, dem man unterstellte, diese Gefühle nicht zu erwidern? Dabei hatte sie Albert anfangs fast übersehen. Susi hatte ihn zu Studienzeiten in ihre gemeinsame Clique eingeführt, und Babs hatte erst nach einiger Zeit bemerkt, wie sehr ihr seine ruhige und überlegte Art gefiel. Er war kein Angeber, keiner von denen, die ständig im Mittelpunkt stehen mussten und zu jedem Thema etwas zu sagen hatten. Albert war ein in sich gekehrter Mensch, der gerade den Hauch an Melancholie ausstrahlte, den sie anziehend fand. Als sie während eines Grillfests an der Isar vom Regen überrascht wurden, überließ Albert ihr nicht nur ritterlich seine Jacke, sondern suchte mit ihr Unterschlupf unter einer alten Kastanie. Sie wurden von Schauern durchnässt, ohne es wirklich wahrzunehmen, weil sie die Anziehung, die sie aufeinander ausübten, so plötzlich entdeckten, wie der Sommerregen über sie hereingebrochen war.

Schon wieder wälzte Albert sich herum. Kurz darauf fühlte sie die Wärme seines Körpers an ihrem, spürte seinen Atem im Nacken und seinen Arm auf ihrer Hüfte. Er vergrub seinen Kopf in der Mulde zwischen Schulter und Hals und ließ ihn dort einen Augenblick ruhen, bevor er begann, diese Stelle zu küssen. Babs' Puls beschleunigte sich, ihr Atem wurde schneller, ihr Körper füllte sich mit einem lange nicht mehr empfundenen Begehren. Sie wollte sich ihm zuwenden, doch der Druck auf der Hüfte verstärkte sich. Albert schob seinen anderen Arm unter ihrem Körper hindurch und zog das T-Shirt hoch, das ihr das Nachthemd ersetzte. Seine Hand fühlte sich kühl an ihrer Brust an. Sie wollte sich umdrehen, ihm in die Augen sehen, seine Lippen auf ihren fühlen. Aber er hielt sie fest. Sein Körper drängte näher an ihren, sie spürte seine Erregung und in sich Widerstand wachsen.

Mit einem energischen Ruck drehte er sie auf den Bauch, zog ihr den Slip aus und drängte mit seinem Körper zwischen ihre Beine. »Albert, bitte ...« Mit der Linken griff er in ihr Haar und zog ihren Kopf zurück, während seine Rechte über Brust und Bauch bis in ihre Scham wanderte. Seine ungewohnte Hastigkeit und Direktheit verwirrten sie. Sie wollte das nicht, nicht so. Seit Monaten hatten sie nicht miteinander geschlafen. Sie hatte sich danach gesehnt und konnte ihn doch jetzt nicht zurückweisen? Er hob ihr Becken an, drang in sie ein und verfiel in einen schneller werdenden Rhythmus. In dieser Position konnte sie sich nicht bewegen, nicht einmal den Versuch unternehmen, einen Gleichklang mit ihm zu finden.

Als er fertig war und sie nebeneinanderlagen, dachte Babs, dass dieser Akt nichts mit ihr zu tun gehabt hatte. Diese rabiate Seite kannte sie an Albert nicht, bisher war er immer sanft und rücksichtsvoll gewesen. Sie blickte zu ihm hinüber. Er lag auf dem Rücken, die Augen geschlossen. Auf seinem Gesicht lag ein Ausdruck, der ihn fremd erscheinen ließ, ein neuer Zug, den sie nicht benennen konnte. Sie beugte sich über ihn. Er schlug die Augen auf.

»Das habe ich dringend gebraucht. So einen richtig guten Fick«, sagte er.

Babs zuckte zusammen, als hätte er sie geschlagen.

Lachend zog er sie an sich. Seine Bartstoppeln kratzten, als er ihr einen Kuss auf die Lippen drückte. »Ach, Mäuschen. Das war ein Scherz, du hättest dein Gesicht eben sehen sollen.«

»Was war da so amüsant?«

»Na ja, das war der Blick einer prüden Klosterschülerin, die gerade verbotene Dinge getan hat. Eine Mischung aus Schockiertheit und dem geilen Wunsch nach mehr.«

Kannte er sie wirklich so schlecht? Glaubte er ernsthaft, sie hätte Spaß gehabt? Der Wecker klingelte. Babs rollte sich auf die Seite und schaltete ihn aus. Immerhin hatte Albert sich nach Monaten des Desinteresses daran erinnert, dass er eine Frau hatte. Vielleicht war dies ein Anfang. Doch wie es weiterging, würde sie nicht ihm alleine überlassen. »Das nächste Rendezvous mit der Novizin muss warten«, sagte sie und ging ins Bad.

Anschließend weckte sie die Jungs und deckte den Frühstückstisch in der geräumigen Küche. Sie mochte die Altbauwohnung im Herzen Schwabings, die sie seit der Hochzeit bewohnten. Großzügige Räume, hohe stuckverzierte Decken, knarrendes Parkett und weiße Sprossenfenster bedeuteten für sie Lebensqualität und waren ihr allemal lieber als ein sachlicher Bau aus Glas, Stahl und Beton. Sie blickte aus dem Fenster hinunter in die Kaiserstraße. Es war kurz nach sieben und noch dämmrig. Vereinzelte Sterne schimmerten blass am heller werdenden, wolkenlosen Himmel. Es würde ein schöner Herbsttag werden.

Noel und Leon stürmten in die Küche und ließen sich auf ihre Plätze plumpsen. »Guten Morgen, Mami«, sagten sie wie aus einem Mund. Sie trugen die gleichen Sachen: Jeans und graue Kapuzenshirts. Das war ungewöhnlich. Seit sie in die Pubertät kamen, grenzten sie sich mehr und mehr voneinander ab. Auch deshalb war die Entscheidung, sie in Parallelklassen unterzubringen, richtig gewesen. So hatten es nicht nur die Lehrer mit der Unterscheidung der Zwillinge leichter, sondern auch die Jungs die Möglichkeit, sich unabhängig voneinander zu behaupten, denn nach und nach kristallisierten sich Unterschiede in ihren Fähigkeiten heraus. Während Noel gut in den naturwissenschaftlichen Fächern war, lag Leons Begabung im Bereich der Musik und der Sprachen. Seit einigen Jahren lernte er mit großem Erfolg Querflöte und hatte bereits bei einigen Schulkonzerten mitgewirkt. Beim Sommerfest der Musikschule war er der Star des Abends gewesen. Mit Vivaldis Flötenkonzert in D-Dur hatte er alle begeistert. Alle bis auf Albert. Babs erinnerte sich nicht gerne daran. Sie fuhr Leon mit der Hand durchs Haar und setzte sich zu den Jungs an den Tisch. Während sie Tee trank, warf Noel Leon einen verschwörerischen Blick zu. Leon grinste wie ein Messdiener, der vorhatte, die Hostien zu verstecken. Babs überlegte kurz, was sie wohl aushecken, aber dann fiel ihr ein, dass Noel heute eine Schulaufgabe in Latein schrieb. Sie hoffte, dass er gestern noch Vokabeln gelernt hatte. Die erste Latein-Ex des Jahres hatte er verhauen. Wobei das natürlich subjektiv betrachtet war – er hatte eine Drei geschrieben. Aber in Alberts Augen war das eine schlechte Zensur, und deshalb hatte er Noel angedroht, seine Mitgliedschaft im Volleyballverein zu kündigen, wenn die Noten nicht besser wurden.

»Hast du gestern noch Latein gelernt?«

Noel nickte und hielt ihrem Blick stand, bis sich ein Lächeln in seine Mundwinkel stahl. Leon grinste bis über beide Ohren.

»Hat Leon dich abgefragt?« Er hatte mit Latein keinerlei Probleme, war sogar Klassenbester. Wieder nickte Noel und schob eilig eine Ladung Flakes in den Mund. Irgendwas war hier faul. Babs musterte die beiden eingehend.

Noel prustete los und spuckte dabei Flakes zurück in die Müslischale. »'tschuldigung, Mami«, sagte er und wischte sich den Mund mit der Serviette ab.

Leon schaufelte konzentriert und ohne aufzusehen Frühstücksflocken in sich hinein. Plötzlich ahnte sie, was die beiden planten. Noel war ein begeisterter Volleyballspieler, beinahe jedes Wochenende war er mit der Mannschaft bei Turnieren, und Albert war ein strenger Vater. Er würde mit seiner Drohung Ernst machen. Mit Fleiß alleine würde Noel keine besseren Noten erzielen, ihm fehlte einfach das Gefühl für diese Sprache, ganz im Gegensatz zu Leon. Trugen sie deshalb identische Klamotten? Planten sie für heute einen Klassentausch?

Wenn sie eine gute Mutter sein wollte, konnte sie einen solchen Betrug nicht durchgehen lassen. Sie musste ihre Söhne von dieser Scharade abhalten. Doch das Kind in ihr, das sie einmal gewesen war, kicherte still in sich hinein. Musste sie nicht nur dann einschreiten, wenn sie wusste, was die Kinder planten? Und um es zu wissen, musste sie ihnen auf den Zahn fühlen.

Als hätten die beiden ihren inneren Disput bemerkt, beendeten sie in Windeseile ihr Frühstück und stürmten aus der Küche. »Wir müssen noch unsere Sachen packen«, sagte Leon, bevor er die Tür hinter sich schloss.

Die beiden holten ihre Pausenbrote und verabschiedeten sich in dem Moment, als Albert zum Frühstück kam. Er fuhr ihnen durch die Haare und wünschte Noel viel Erfolg bei seiner Schulaufgabe. Die Wohnungstür fiel ins Schloss. Babs ging zum Fenster wie jeden Morgen und sah ihren Jungs nach, bis sie um die Ecke verschwanden. Albert trat hinter sie und legte seine Arme um ihre Hüften. Seine Bemerkung, dass er einen Fick dringend nötig gehabt hatte, ging ihr wieder durch den Kopf. Allein dieses Wort, das bisher nicht zu seinem Wortschatz gehört hatte und das auch nicht zu ihm passte. Und dann sein Versuch, diese Äußerung in einen Scherz umzumünzen, nachdem er ihre Bestürzung bemerkt hatte. Hatte er sich womöglich einfach sexuell abreagiert? War es ihm nur darum gegangen? Nicht um Nähe, Liebe und Vertrautheit?

Albert löste sich von ihr und setzte sich. »Gibt's schon Kaffee?«

Babs fuhr aus ihren Gedanken hoch, schenkte ihm eine Tasse ein und schob ihm den Brotkorb mit den aufgetauten Semmeln hinüber. Obwohl sie bisher ausschließlich Hausfrau war, hatte ihr Ehrgeiz, daraus eine Profession zu machen, seine Grenzen. Jeden Morgen frische Semmeln zu holen ersparte sie sich. Mit etwas Glück würde der heutige Tag zum Wendepunkt und sie von der *Nurhausfrau* zu einer *Frau mit Doppelbelastung*.

Eine halbe Stunde später ging sie mit Albert in die Kinderarztpraxis. Sie lag um die Ecke in einem vierstöckigen Haus am Kurfürstenplatz, das ihrem Schwiegervater gehörte. Die Hoffnung auf einen schönen Herbsttag schien sich zu erfüllen. Über den blauen Himmel stoben ein paar Wolken, der Wind war allerdings zu kalt für diese Jahreszeit. Babs zog den Mantel fester um sich.

Als sie die Praxis betraten, saß Margret Hecht, die Sprechstundenhilfe, schon hinter dem Empfangstresen und suchte Patientenakten heraus. Sie war eine magere Fünfundzwanzigjährige mit bleichem Teint, sommersprossigem Gesicht und der Neigung, Hektik zu verbreiten, wo Ruhe angebrachter gewesen wäre.

Babs verschwand im Büro und erledigte bis halb zehn Schreibarbeiten. Das tat sie hin und wieder, froh, dem Hausfrauendasein ein wenig entfliehen zu können. Heute allerdings diente ihr diese Beschäftigung eher als Ablenkung vom bevorstehenden Vorstellungsgespräch. Als sie fertig war, ging sie zu Albert, um sich zu verabschieden. Er brachte sie zur Tür und gab ihr im Hausflur einen flüchtigen Kuss. Noch anderthalb Stunden bis zu ihrem Termin.

»Drück mir die Daumen.«

Ein ratloser Ausdruck erschien auf Alberts Gesicht. »Weshalb?«

Er hatte es vergessen! Schon als sie ihm von Carolines Vermittlung erzählt hatte, war seine Reaktion gleichgültig gewesen. »Aus finanziellen Gründen musst du das nicht tun«, hatte er gesagt. Als ob es darum ginge.

»Für meinen Termin bei der Wohnzeitschrift.«

»Ach das«, sagte er lächelnd. »Das wird schon klappen.«

Ein Ruf von der Treppe unterbrach sie. »Herr Doktor!« Loretta Kiendel, die Mieterin der Wohnung unter dem Dach, kam durchs Treppenhaus herunter. Von Beruf war sie Fachverkäuferin für Haushaltswaren. Aber nebenbei putzte sie bei Alberts Vater und verdiente sich so seit der Trennung von ihrem Mann einen Teil der

Miete. Das perfekt aufgetragene Make-up konnte weder die Blässe noch die Sorgenfalte an der Nasenwurzel kaschieren, die sich seit dem Unfall ihrer Tochter dort eingegraben hatten. Franziska, eine patente Siebzehnjährige, war letzten Montag von einem Führerscheinneuling angefahren worden und lag seither im Koma.

Loretta Kiendel kam die letzten Stufen herunter und blieb vor ihnen stehen. Sie trug Jeans, ein schwarzes T-Shirt mit Glitzerapplikation und Pantoletten mit fünf Zentimeter hohen Absätzen. Ein untrügliches Zeichen dafür, dass Putztag war. Die blondgefärbten Locken hielt ein schwarzes Band aus dem Gesicht. »Ihr Vater wollte doch gestern Abend zurück sein. Aber in der Wohnung ist er nicht, und sein Auto steht nicht im Hof. Hat er sich vielleicht bei Ihnen gemeldet?«

Albert schüttelte den Kopf. »Vielleicht war ihm der Wochenendverkehr zu viel. Sicher kommt er im Laufe des Vormittags, das hat er doch schon häufiger gemacht.«

»Aber nicht, wenn er weiß, dass ich putze. Vielleicht ist ihm etwas passiert.« Auf ihrer Stirn erschienen Sorgenfalten.

»Bei einen Unfall hätte uns die Polizei verständigt«, erwiderte Albert.

»Und wenn er im Haus gestürzt ist? Meine Schwiegermutter lag zwei Stunden mit gebrochenem Oberschenkelhals im Flur, bis jemand ihre Hilferufe gehört hat. Aber Ihren Vater kann ja niemand hören in diesem einsamen Haus im Wald.«

Babs konnte sich ihren Schwiegervater nicht hilflos vorstellen. Er hielt immer alle Fäden in der Hand, und selbst wenn er unglücklich gestürzt wäre, hätte er sein Handy gezückt und einen Notarzt gerufen oder, in einem minder schweren Fall, Albert zu sich zitiert.

»Mein Vater hat ein Mobiltelefon für solche Fälle«, sagte Albert. »Aber wenn es Sie beruhigt, rufe ich ihn an.«

Loretta Kiendel sah Albert mit zusammengekniffenen Augen an. »Mich brauchen Sie nicht zu beruhigen. Er ist ja nicht mein Vater.« Sie machte auf dem Absatz kehrt, blieb aber auf der untersten Stufe stehen. »Soll ich nun putzen oder nicht?«

»Bitte, tun Sie das.«

Die blonden Locken flogen, als sie sich umdrehte und die Treppe hinaufstapfte, jeder Schritt ein vorwurfsvolles Klackern auf den Stufen.

Albert machte sich nun doch Sorgen. Babs bemerkte den angespannten Zug um seinen Mund und die hochgezogenen Schultern. Er rieb sich die Nasenwurzel. »Besser, ich rufe an.«

Wolfram war kein gebrechlicher Mann. Vermutlich würde er unwirsch auf diese Kontrolle reagieren, aber es war Alberts Entscheidung. »Ja, mach das«, sagte Babs und versuchte sich die Enttäuschung über seine Gleichgültigkeit bezüglich ihres Vorstellungsgesprächs nicht anmerken zu lassen.

Zu Hause duschte sie, föhnte die halblangen Haare über die Rundbürste und schminkte sich. Für den Termin hatte sie einen grauen Hosenanzug aus einer Leinenseidenmischung gekauft und dazu eine weiße Bluse. Nicht zu elegant, nicht zu businessmäßig, genau das richtige Verhältnis aus edel und salopp. Perfekt, dachte sie, als sie in den Mantel schlüpfte, nach der Handtasche griff und die Wohnung verließ.

Die Redaktion von *Interior & Design* befand sich in der Leopoldstraße. Babs ging zu Fuß und betrat pünktlich das Bürogebäude. Die Dame am Empfang meldete sie telefonisch an und schickte sie dann in die dritte Etage. »Frau Jäger holt Sie am Lift ab.«

Veronika Jäger war eine Bekannte Carolines und leitete das Ressort *Küchen und Bäder*. »Sie fordert von ihren Mitarbeitern viel, ist aber trotzdem nett. In der Redaktion nennt man sie auch die *Königin der Nasszellen*«, hatte Caroline gesagt.

Der kurze Spaziergang hatte Babs gutgetan. Erleichtert bemerkte sie, während der Fahrstuhl nach oben fuhr, dass die Aufregung verflogen war. Sie hatte nichts zu verlieren, nur zu gewinnen. Der Lift stoppte, die Türen öffneten sich. Sie trat auf einen mit lichtgrauem Teppichboden ausgelegten Flur. Eine höchst unpraktische Farbe für eine Lauffläche, aber das war nicht ihr Problem. Während sie sich umsah, kam eine mollige Frau in Jeans und grauem Kaschmirpulli auf sie zu. Kupferrote Haare ringelten sich in widerspenstigen Locken um ihren Kopf und wippten bei jedem Schritt mit. Ein blasser Teint und Sommersprossen um die Nase ließen vermuten, dass die Haarfarbe echt war. Sie reichte Babs die Hand. »Schön, dass Sie Zeit haben, Frau Heckeroth. Jemanden mit Ihrem Händchen suche ich schon lange. Gehen wir zuerst zu mir. Den Rundgang machen wir dann hinterher.«

Vorbei an der Graphikabteilung und der Chefredaktion gingen sie in Veronika Jägers Büro. Die dort vorherrschenden Farben waren Grau und Weiß; mit einem hellen Grün kombiniert verlieh das dem Raum eine frische Atmosphäre. Lediglich die Glaswand zum Flur, die allen Büros eigen war, irritierte Babs. Wie auf dem Präsentierteller, dachte sie. Im gegenüberliegenden Konferenzraum verwehrten Stofflamellen den Einblick. Sich dahinter bewegende Schemen verrieten, dass dort eine Besprechung im Gang war.

Veronika Jäger bot Babs einen Platz und Kaffee an und kam dann gleich zur Sache. »Caroline hat mir erzählt, dass Sie das Studium abgebrochen haben, als die Kinder kamen ...«

Babs nickte. »Eigentlich wollte ich den Abschluss nachholen ...«

»... da machen Sie sich mal keine Sorgen. Was für uns zählt, ist das Ergebnis. Und was Sie aus Carolines Wohnung gemacht haben, ist absolut überzeugend. Haben Sie sich unser Heft schon mal angesehen?«

Natürlich hatte Babs sich die aktuelle Ausgabe gekauft. *Interior & Design* unterschied sich wohltuend von den Hochglanzmagazinen für die oberen Zehntausend. »Mir gefallen vor allem die Reportagen«, sagte sie, »und die Tatsache, dass die vorgestellten Möbel und Accessoires auch für Otto Normalbürger erschwinglich sind.«

Veronika Jäger lächelte. »Genau das ist unser Konzept. Wir machen unseren Lesern keine langen Zähne, sondern zeigen ihnen, wie sie zu erschwinglichen Preisen und mit pfiffigen Ideen ihre Wohnung aufhübschen können. Und dazu gehört auch unser Leserservice *Ein Problem – drei Lösungen*. Jeden Monat wählen wir aus den von unseren Lesern eingesandten Sorgenkindern eines aus und entwickeln dafür drei Vorschläge, die sich nicht nur im Design unterscheiden, sondern auch nach Budget gestaffelt sind. Also eine Low-Budget-Variante, einmal Mittelklasse und dann noch eine für Leute, die das Sparschwein schlachten wollen. Für die nächste Ausgabe bin ich mal wieder mit einem Problembad dran, und außerdem habe ich noch ein Sonderheft *Küchen* an der Backe. Wenn Sie wollen, lasse ich Ihnen mit dem Bad freie Hand.«

»Wie?« Babs war überrascht. »Ich bekomme gleich einen Auftrag?«

»Na klar.« Die Redakteurin nahm eine Mappe vom Stapel. »So sehe ich am schnellsten, was Sie können. Haben Sie Lust?«

»Natürlich.« Babs war um den festen Klang ihrer Stimme bemüht.

In der nächsten halben Stunde besprachen sie das Problembad einer jungen Frau, die sich eine Altbauwohnung gekauft hatte. Das Bad war klein, unvorteilhaft geschnitten und die Installationen planlos. Außerdem fehlte Stauraum.

»Schaffen Sie das bis nächsten Montag?«

In nur einer Woche sollte sie drei Vorschläge ausarbeiten. Das war nicht machbar. Oder doch?

»Erste Entwürfe. Ich will nur die Marschrichtung sehen.«

»Das kriege ich hin«, sagte Babs, obwohl sie keine Ahnung hatte, wie.

»Gut. Dann reden wir noch übers Geld.« Veronika Jäger nannte ihr eine fixe Summe, die für dieses Projekt zur Verfügung stand, und Babs stimmte zu.

»Prima. Dann machen wir jetzt den Rundgang.«

Als Babs mit der Mappe unter dem Arm auf den Flur trat, wurde die Tür des Konferenzraums geöffnet. Unter den herauskommenden Mitarbeitern erkannte sie Carsten Morgenroth. Sein Blick traf ihren, während er sich mit einer Kollegin unterhielt. Er stutzte und lächelte dann. Es war noch das gleiche jungenhafte Lächeln wie in jenen Semesterferien, als eine kurze Affäre sie für einen Sommer verbunden hatte.

Babs wandte den Blick ab, als Veronika Jäger sie leicht am Arm berührte und sie einigen Redaktionsmitgliedern vorstellte. Inzwischen beendete Carsten das Gespräch und kam zu ihr herüber.

»Hallo, Barbara. Das ist ja eine Überraschung!« Er schien kaum gealtert zu sein. Sein Haar war dunkel, wie Waldhonig, seine Figur noch immer athletisch und der Blick aus braunen Augen warm und freundlich.

»Du kennst Frau Heckeroth?« Veronika Jäger hakte einen Daumen in den Gürtel. »Sie wird für die nächste Ausgabe für *Ein Problem – drei Lösungen* die Entwürfe machen.«

»Wir haben zusammen studiert«, erwiderte Carsten an Veronika Jäger gewandt. Dann reichte er Babs die Hand. »Aber damals hast du noch Meining geheißen. Du hast tatsächlich Albert geheiratet?« Er klang überrascht, als wäre Albert der größte Langweiler.

»Vor dreizehn Jahren schon. Uns geht es gut. Die Praxis läuft, und die Jungs sind inzwischen aus dem Gröbsten raus. Jetzt versuche ich den Seiteneinstieg in meinen Beruf. Und was machst du hier?«

Carsten lächelte. »Ich bin der Clown vom Dienst. Jongliere mit Themen und Terminen, bändige wild gewordene Fotografen, schwinge die Peitsche, damit das Heft pünktlich am Kiosk ist, und hypnotisiere gelegentlich den Herausgeber. Man kann auch sagen: Ich bin der Chefredakteur. Wir werden uns in Zukunft also häufiger sehen. Schön.« Das Handy, das er in einer Halterung am Gürtel trug, begann zu klingeln. »Bis demnächst.« Er zwinkerte ihr zu und griff dann nach dem Telefon.

Auf dem Heimweg arbeiteten zwiespältige Gefühle in Babs. Einerseits war sie stolz auf den ersten Auftrag und auf das Vertrauen, das man in sie setzte. Andererseits war sie unsicher wegen des Termins. Eine Woche. Sie hatte ja nicht einmal einen Schreibtisch. Eigentlich hatte sie geplant, die Speisekammer neben der Küche in ihr Büro zu verwandeln. Aber dafür blieb nun keine Zeit.

Es war beinahe schon Mittag, als sie heimkam. Sie schlüpfte in Jeans und T-Shirt, kochte für die Jungs Spaghetti bolognese und aß mit ihnen gemeinsam, als sie von der Schule kamen. Ihre Frage an Noel, wie es denn bei der Schulaufgabe gelaufen sei, beschied er mit einem »Passt schon«, während Leon die Lippen zusammenpresste, um, wie Babs vermutete, ein verräterisches Grinsen zu unterdrücken.

»Ich vertue meine Zeit nicht, wenn ich die Volleyballshirts wasche? Es reicht für eine Zwei?«

»Locker«, entfuhr es Leon mit vollem Mund. Dann lief er rot an und blickte so konzentriert auf seinen Teller, als würde sich dort gleich ein Orakel offenbaren.

Noel, der zusammengezuckt war, griff hastig zur Gabel.

Babs sah von einem zum anderen. »Habt ihr etwas zu beichten?«

Beide Köpfe fuhren gleichzeitig hoch. »Nö. Wieso?«

»Glaubt ihr, ich bin doof? Schaut euch doch mal an. Heute kann ich euch fast nicht unterscheiden. Also?«

Leon konnte sich das Grinsen nicht länger verkneifen.

»Ihr habt also die Rollen getauscht. Findet ihr das richtig?«

Es folgte eine Diskussion über die Nutzlosigkeit von Latein und darüber, dass die Lehrerin den Schwindel ja nicht gemerkt habe und niemandem geschadet worden sei.

»Doch, natürlich habt ihr jemandem geschadet. Euren Klassenkameraden, die fleißig lernen und keinen Doppelgänger haben, der für sie einspringt. Was ihr gemacht habt, ist Betrug.« Babs wusste, dass dies ein hartes Wort war, trotzdem war es angebracht. Es entsprach dem Sachverhalt.

Plötzlich sahen Noel und Leon betreten drein. Vielleicht war sie zu streng. Aber auch wenn sie ihr Verhalten verstand, musste es Konsequenzen haben, und das erklärte sie ihnen. Natürlich würde sie ihre Jungs nicht in der Schule anschwärzen. Also suchte sie nach einer anderen Lösung. »Vielleicht eine soziale Arbeit. Habt ihr eine Idee, oder soll ich mir etwas überlegen?«

Noel stützte den Kopf in die Hände und zog eine Schnute. »Wir könnten für die Katzameier einkaufen.«

»Für *Frau* Katzameier.« Die alte Dame wohnte über ihnen im vierten Stock und war noch gut zu Fuß. Da sie aber beinahe blind war, hatte sie Angst, beim Treppensteigen zu stürzen, und verließ deshalb kaum noch die Wohnung. »Das ist ein guter Vorschlag. Ihr könnt gleich damit anfangen. Besser, man schiebt so etwas nicht auf die lange Bank. Und mit einem Mal ist das nicht erledigt. Ich denke, ihr solltet diesen Dienst vier Wochen machen.«

»Vier Wochen!« Der Widerspruch erklang zweistimmig.

»Und falls Frau Katzameier eure Hilfsbereitschaft entlohnen möchte, lehnt ihr dankend ab. Alles klar?«

Ihre Jungs sahen nicht begeistert aus, trollten sich aber. Babs hörte sie die Treppen nach oben poltern und an der Tür der alten Dame klingeln.

Die nächsten anderthalb Stunden, bis die Jungs wiederkamen, verbrachte sie mit Hausarbeit. Dann kochte sie eine Kanne Tee und nahm sich die Unterlagen für das Problembad vor. Einige vage Ideen hatte sie schon im Verlag gehabt, die wollte sie nun skizzieren. Aus Alberts Arbeitszimmer holte sie einen Block und setzte sich an den Küchentisch. Ihre Arbeitsweise war mittlerweile antiquiert, aber sie besaß keinen PC und auf Alberts fehlte die nötige Software. Demnächst würde sie dafür ihr Sparbuch plündern müssen. Sie wusste selbst nicht genau, weshalb sie Albert nicht bitten wollte, ihr die Grundausstattung ihres Büros zu finanzieren.

Als die Skizzen fertig waren, überlegte sie, was sie zum Abendessen kochen sollte. Etwas Leichtes und für später würde sie eine Flasche Prosecco kaltstellen. Der erste Schritt ihrer beruflichen Laufbahn musste schließlich gefeiert werden. Sie rief Albert an und fragte, wann er nach Hause kommen würde.

»Ich weiß es nicht. Das Wartezimmer ist voll, und dann war gerade Frau Kiendel da. Vater ist noch immer nicht zurück, und ich kann ihn telefonisch nicht erreichen. Vielleicht sollte ich doch fahren und nachschauen, was los ist.«

Wenn Albert nach der Sprechstunde ins Wochenendhaus fuhr, würde es wieder spät werden. Heute Abend sollte ihr Schwiegervater ihr nicht in die Quere kommen. Sicher hatte Wolfram den Akku nicht aufgeladen. Das vergaß er manchmal.

»Denkst du wirklich, dass das nötig ist? Er ist doch schon oft länger draußen geblieben. Wenn er dich bräuchte, hätte er dich angerufen. Das macht er doch sonst auch wegen jeder Kleinigkeit.« Diese Spitze konnte sie sich nicht verkneifen. Doch wenn Albert nicht fuhr, würde er sicher ständig versuchen, seinen Vater zu erreichen. Ein entspannter Abend würde das nicht werden. »Ich kann doch fahren. Dann bin ich zurück, bis die Sprechstunde vorbei ist, und wir können uns …«

»Nein. Ich fahre.«

Okay, dachte Babs, vergiss es. Sie blickte aus dem Fenster. Mittlerweile hatte es zu regnen begonnen.

* * *

Es war kurz vor acht und bereits dunkel. Regentropfen rannen am gekippten Küchenfenster herab und fielen auf das Alublech. Durch die Bäume auf dem alten Südfriedhof fegte der Wind. Kriminalhauptkommissar Konstantin Dühnfort konnte ihr Ächzen bis in die Küche hören.

Er stand vor dem Herd. Neben ihm lagen auf einem Holzbrett zwei dicke Steaks. Bestes Angusrind. Hinter ihm am Küchentisch saß Agnes mit noch feuchten Haaren und machte den Salat an. Sie hatte gerade geduscht. Kurz nach sechs Uhr hatte sie angerufen und gefragt, ob er Zeit habe. Sie hatte eine Typographie-Ausstellung besucht und keine Lust, schon zurück nach Mariaseeon zu fahren, wo sie wohnte. Natürlich hatte er sich gefreut, sie zu sehen. Wie immer. Natürlich waren sie nach einer halben Stunde im Bett gelandet. Wie immer. Ich bin ein Depp, dachte er und wunderte sich einen Augenblick, dass er, der Hamburger, nun dieses Wort in seinen Sprachschatz aufgenommen hatte. Doch nach fünf Jahren in München war es dafür auch nicht zu früh.

Er nahm einen Holzkochlöffel und hielt den Stiel in die Pfanne. Kleine Blasen bildeten sich, feiner Rauch stieg auf. Das Fett war heiß genug.

Agnes stand auf und trat hinter ihn. Er spürte ihre Wärme, als sie beide Arme um seinen Körper legte und ihren Kopf auf seine Schulter. Er wandte sich zu ihr um, sah den Blick aus ihren blauen Augen auf sich gerichtet und fuhr ihr durch die streichholzkurzen Haare. Als er Agnes im Mai kennengelernt hatte, waren sie beinahe hüftlang gewesen. Wie lange würde es wohl noch dauern, bis sie die Geister, die sie beherrschten, abgeschüttelt hatte, bis es für ihn einen Platz in ihrem Leben gab? Sein Handy begann zu klingeln. »Merde«, fluchte er halblaut, löste sich von Agnes und meldete sich.

»Hast du schon zu Abend gegessen?« Es war Berentz von der Einsatzabteilung.

»Wollte ich gerade.«

»Verschieb es auf später. Es gibt Arbeit für euch. Scheint kein schöner Anblick zu sein. Ein alter Mann liegt draußen am Starnberger See in seinem Wochenendhaus. Anscheinend schon länger. Besser, du isst hinterher.« Berentz gab Dühnfort Adresse und Wegbeschreibung. Das Haus sei nicht einfach zu finden, hatte der Sohn des Toten erklärt.

Agnes schaltete den Herd aus und legte die Steaks in den Kühlschrank. »Du musst los, oder?«

»Aber deswegen musst du ja nicht gehen – und schon gar nicht hungrig.« Er wollte, dass sie blieb. Wenigstens ein Mal. »Du könntest doch hier schlafen.«

Sie zog die Schultern hoch. »Mal sehen.«

Er versuchte sich seine Freude nicht anmerken zu lassen. »Mach dir doch eines der Steaks. Im Kühlschrank ist ein gut gekühlter Soave und im Dritten kommt gleich *Casablanca*, den könntest du dir doch ansehen. Bis der Film vorbei ist, bin ich zurück.«

Er gab ihr einen Kuss und schlüpfte in den Mantel. Als er seine Wohnung verließ, stand Agnes in der Tür und sah ihm nach. Dieses Bild sah falsch und gleichzeitig richtig aus. Keine Zeit zu grübeln. Die ausgetretenen Stufen des Treppenhauses knarrten unter seinen Schritten. Er trat vors Haus.

Es war dunkel, ein kalter Ostwind wehte, feiner Nieselregen fiel lautlos. Das Licht der Straßenlaternen beleuchtete die herbstlich gefärbten Blätter einer Linde. Ein alter Mann, der einen Rauhaardackel an der Leine führte, näherte sich. Der Hund schnupperte kurz an Dühnforts Schuhen und hob dann sein Bein am Baum. Der

Alte nickte grüßend. Er wirkte eingesunken, wie eine alte Mauer, deren Fundament nachgab. Ein anderer alter Mann lag tot in seinem Wochenendhaus. Dühnfort ging zu seinem Wagen.

Als er auf die Garmischer Autobahn einbog, griff er zum Telefon und forderte ein Team der Spurensicherung und einen Rechtsmediziner an. Dann wählte er die Nummern von Alois und Gina und vergewisserte sich, dass beide unterwegs waren.

Anschließend schaltete er das Autoradio ein. Auf dem Kulturkanal gab es eine Buchbesprechung. Der Moderator verlief sich in Formulierungen. Er sprach vom namenlosen Ich, vom Erotiker, der im Gegensatz zum Faun, der ja ein Sammler und Eroberer sei, keine Siege zähle, sondern allenfalls Kapitulationen.

Dühnfort schaltete ab. Er hatte die Stadt hinter sich gelassen. Die Nacht war dunkel, die Scheibenwischer quietschten. Zum ersten Mal fragte er sich, wie lange er sich noch auf diese Art unverbindlicher Beziehung einlassen wollte, die er mit Agnes hatte. Vielleicht sollte auch er kapitulieren.

Bei Wolfratshausen verließ er die Autobahn und fuhr über Münsing nach Holzhausen. Kurz nach dem Ortsende verlangsamte er die Fahrt, um die Abzweigung des Feldweges nicht zu verpassen. Die Lichter streiften über Schlaglöcher und Unkraut am Wegesrand. Ein Stein flog krachend gegen die Karosserie. Dann führte der Weg in den Wald. Die Dunkelheit verdichtete sich. Für einen kurzen Moment tauchte ein Kaninchen im Scheinwerferlicht auf. Nach etwa einem Kilometer bemerkte er Lichter zwischen den Bäumen. Er war da. Ein Geländewagen und ein Polizeifahrzeug parkten auf dem schmalen Weg vor einem Grundstück, in dessen Mitte ein Blockhaus stand. Die Außenbeleuchtung war eingeschaltet. Neben der Haustür lehnte eine Streifenpolizistin an der Wand. Im Haus brannte Licht. Die Beifahrertür des Streifenwagens stand offen. Auf dem Sitz saß ein Mann, vermutlich der Sohn des Toten. Er hatte den Kopf in die Hände gestützt und blickte nicht auf, als Dühnfort stoppte und ausstieg.

Für einen Moment blieb er neben dem Wagen stehen. Der Regen hatte nachgelassen. Durch ein Loch in der Wolkendecke schien der Vollmond und beleuchtete dürftig den Weg, der zur Uferstraße in etwa fünfzig Metern Entfernung führte. Dahinter glitzerte das Wasser des Starnberger Sees. Die Fahrertür des Steifenwagens wurde geöffnet. Ein Polizist stieg aus. Sein schmales Gesicht und die hervorstehenden runden Augen erinnerten Dühnfort an einen Karpfen. Der Kollege stellte sich vor: »Fischer. Der Tote ist im Bad.«

»Außer Ihnen hat niemand das Haus betreten?«

»Nein. Nur ich und natürlich Dr. Heckeroth. Er hat ihn ja gefunden.«

Als der Mann auf dem Beifahrersitz seinen Namen hörte, stand er auf. »Es ist meine Schuld«, sagte er.

Dühnfort musterte ihn. Im Mondlicht erschien sein Gesicht beinahe grau, die Lippen farblos. Die braunen Haare waren sehr kurz geschnitten, aber oberhalb der rechten Schläfe sträubte sich ein Wirbel.

»Wie meinen Sie das?«

Heckeroth fuhr sich über die Augen. »Eigentlich wollte er gestern Abend zurück sein, und als er heute Morgen noch nicht da war, hätte ich gleich nach ihm schauen sollen.« Langsam ließ er die Hand sinken. »Aber das hätte ja auch nichts mehr geändert.«

Dühnfort wollte sich den Toten ansehen. In aller

Ruhe. Das war der Grund, weshalb er nach Möglichkeit Spurensicherung und Rechtsmedizin mit einer kleinen zeitlichen Verzögerung informierte. So blieben ihm einige ungestörte Minuten, bevor der Trubel losging. »Ich sehe mir das jetzt an. Sie warten bitte hier.«

Die Polizistin neben der Tür grüßte ihn. Sie hatte die gedrungene Figur, den rosigen Teint und die frische Ausstrahlung eines Landmädchens. »Polizeihauptmeisterin Christine Meingast. Kann ich mit reinkommen?«

»Besser nicht. Das ist sicher kein schöner Anblick.«

»Der Kollege Fischer hat mich schon nicht reingelassen und nun auch noch Sie. Ich will mich für das Auswahlverfahren zum gehobenen Dienst bewerben. Von daher wäre es gut, wenn ich mir das mal anschauen könnte.«

»Später. Es reicht, wenn der Leiter der Spurensicherung auf mich sauer ist.« Dühnfort zog Überschuhe an, sog die frische Luft ein und betrat das Haus.

Es stank unbeschreiblich. Nach Urin und Exkrementen, aber vor allem nach Verwesung. Vor ihm lag ein schmaler Flur. Holzboden, Flickenteppich. Eine Matratze lehnte links an der Wand. Die Tür rechts zum Schlafzimmer stand offen. Kissen, Decken und Laken waren auf dem Boden verstreut. Die beiden Matratzen des Doppelbetts fehlten. Die Tür auf der linken Seite des Flurs war geschlossen. Dühnfort streifte Latexhandschuhe über, bevor er sie öffnete. Eine Welle von warmer Luft und Verwesungsgeruch brandete ihm entgegen und nahm ihm den Atem. Der alte Mann saß vor dem Heizkörper auf dem Boden, die Beine ausgestreckt, den durch die fortgeschrittene Verwesung bereits grün verfärbten Kopf zur Brust gesenkt, die Arme ausgebreitet auf Schulterhöhe. Dühnforts Blick blieb an den Gürteln hängen, die um die Handgelenke geschlungen und an den

Halterungen des Heizkörpers befestigt waren. Wolfram Eberhard Heckeroth hatte verzweifelt versucht, sich zu befreien. Haut und Fleisch waren weggescheuert, blanke Knochen schienen hervor. Dühnfort hätte gerne durchgeatmet, aber das musste noch einen Augenblick warten. An der Hose fehlte der Gürtel, der Bund schnitt in den durch Faulgase geblähten Bauch des Toten. Der Eintritt des Todes lag sicher schon drei, eher vier Tage zurück. Vor dem Fenster lehnte die zweite Matratze. Dühnfort blickte auf das Thermometer neben dem Spiegel – dreiundzwanzig Grad – und verließ das Bad.

Das Wohnzimmer war rustikal eingerichtet. Holzboden, Holzwände, bunte Flickenteppiche, dunkle Polstermöbel. Ein Kreuzworträtselheft lag auf dem Couchtisch. In der nicht abgetrennten Küche stand auf der Ablagefläche neben dem Herd ein Tablett, darauf ein Teller mit einem Salamibrot. Die vertrockneten Ränder bogen sich nach oben, Butter und Salamifett waren geschmolzen und in der Brotscheibe versickert. Ein beinahe leeres Weinglas stand daneben. Eine tote Fliege schwamm in einer Pfütze Rotwein. Ein zweites Glas und ein Teller befanden sich im Spülbecken.

Dühnfort ging hinaus, schloss die Tür hinter sich und sog die frische Waldluft tief ein. Sie trug den Geruch von Herbst und Pilzen, von See und Regen in sich. Dennoch konnte sie den Leichengeruch nicht verdrängen, der in seinem Mund klebte wie schmieriger Belag. »Gibt es hier noch andere Häuser?«

»Zwei liegen gleich dahinter.« Christine Meingast deutete auf eine Fichtenhecke, die das Grundstück im Norden begrenzte. »Und ein Stückchen weiter im Süden ist noch eines. Aber um die Jahreszeit sind die Leute selten am See.«

Fahrzeuglichter tauchten zwischen den Bäumen auf. Die Busse der Spurensicherung kamen vor dem Gartenzaun zu stehen. Frank Buchholz, der Leiter des Teams, zwängte sich aus dem ersten. Er trug eine schwarze Lederhose, Lederjacke und ein weißes Hemd. Sein Bauch quoll über den Bund. Buchholz' Markenzeichen, eine Mähne graumelierter Locken, war im Juli einem der heißesten Sommertage zum Opfer gefallen. An den Anblick des seither kahlrasierten Schädels hatte Dühnfort sich noch immer nicht gewöhnt.

Buchholz begrüßte ihn mit Handschlag, während seine Leute Kisten und Lampen aus den Fahrzeugen holten. »Du warst natürlich schon drinnen und natürlich wieder ohne Overall. Du lernst das nie.«

Beschwichtigend hob Dühnfort die Hände. »Du hättest mich sowieso gleich reingelassen. Es gibt keine vertretenen Blutspuren.«

»Aber nicht ohne Overall.«

Eine Dreierkolonne Autos stoppte auf dem Weg. Vorneweg Ginas roter Golf, dahinter Alois' schwarzer Mini und zum Schluss Dr. Ursula Weidenbach im silberfarbenen BMW. Dühnfort arbeitete gerne mit der Rechtsmedizinerin zusammen. Sie ließ Befunde nicht per Dienstpost übermitteln, sondern setzte sich mit an den Besprechungstisch, und außerdem zog sie eine klare Sprache dem Medizinerlatein vor. Mit zwei Alukoffern in den Händen kam sie auf ihn zu, groß und schlank, die grauen Haare kurz geschnitten. Die Lachfältchen um die ungeschminkten Augen wurden von einer silbergefassten Brille vergrößert. »Wenn Ihre Kollegen mich nicht aufgegabelt hätten, hätte ich nie hierhergefunden.« Mit einem Blick auf das Haus sog sie die Luft ein, als ob sie Witterung aufnähme. »Welch ein Odeur. Duftet nach wenigstens drei Tagen. Aber nageln Sie mich nicht fest. Später weiß ich mehr.«

Gina trug eine ihrer obligatorischen Cargohosen und eine Jeansjacke. »Guten Abend, Boss.« Alois trat hinter sie. Er nickte Dühnfort zu. Im kittfarbenen Trenchcoat über dem dreiteiligen Anzug sah er aus, als wäre er der Leiter der Ermittlung.

* * *

Dühnfort ging mit Albert Heckeroth, der die Ankunft des Teams vom Beifahrersitz des Streifenwagens aus verfolgt hatte, auf die Terrasse. Die Beleuchtung wurde, wie neben der Haustür, durch einen Bewegungsmelder eingeschaltet. In einer windgeschützten Ecke standen Stühle und ein Tisch. Sie setzten sich. Durch das Fenster beobachtete Dühnfort die Männer der Spurensicherung, die wie emsige weiße Käfer im Haus arbeiteten und zu denen sich nun Christine Meingast gesellte. Ihr Gesicht nahm eine käsige Farbe an, trotzdem sah sie sich aufmerksam um.

In den folgenden Minuten erfuhr er, dass Albert Heckeroth Kinderarzt war und eine Praxis in München hatte. Seine weiße Hose und die weißen Schuhe ließen Dühnfort vermuten, dass er direkt von der Praxis hierhergefahren war. Kurz vor halb acht war er eingetroffen, um nach seinem Vater zu sehen, den er eigentlich schon Sonntagabend zurückerwartet hatte. Aber das Auto war weg und das Haus verschlossen. »Ich dachte erst, unsere Wege hätten sich überschnitten.« Mit dem Zeigefinger fuhr Albert Heckeroth einen Wirbel am Haaransatz nach.

Gina und Alois, die sich im Haus einen ersten Eindruck verschafft hatten, kamen heraus und setzten sich mit an den Tisch.

»Warum sind Sie dann doch ins Haus gegangen?«, fragte Dühnfort.

Albert Heckeroth griff nach seinem Handy, das auf der Tischplatte lag. »Ich habe versucht, ihn zu erreichen, auch zu Hause. Aber er hat sich nicht gemeldet. Plötzlich hatte ich ein schlechtes Gefühl. Aber das ...«, er deutete auf das Haus, »das habe ich nicht erwartet. So etwas nicht.«

»Die Haustür war also verschlossen?«

Albert Heckeroth setzte zu einem Nicken an, hielt dann aber mitten in der Bewegung inne. »Nein, sie war zugezogen, aber nicht abgesperrt.«

»Wer hat einen Schlüssel?«

»Natürlich mein Vater und ich. Meine Schwester auch, und ob mein Bruder einen hat, das weiß ich nicht. Aber ich hatte meinen nicht dabei. Der liegt in der Wohnung. Ich habe den Reserveschlüssel aus dem Versteck geholt.« Er deutete auf einen Blumentopf in der Ecke.

»Seit wann war Ihr Vater hier?«, fragte Dühnfort.

»Er ist vorletzten Freitag gefahren ...«

Alois zog die Brauen zusammen. »Und wollte bis Sonntag bleiben. Zehn Tage. Was macht man hier, bei diesem Wetter?«

»Meine Mutter ist vor vier Wochen gestorben. Vater hatte das noch nicht verkraftet. Deshalb hat er sich hierher zurückgezogen. Er wollte seine Ruhe haben.«

Dühnfort liebte es nicht, während einer Befragung unterbrochen zu werden, aber offensichtlich hatte Alois, der seit Mai dem Team angehörte, das noch immer nicht verstanden. »Das Auto Ihres Vaters ist also verschwunden. Welches Fabrikat? Können Sie mir das Kennzeichen sagen?«

»Ein silberfarbener Grand Cherokee Jeep.« Albert Heckeroth nannte die Autonummer. Dühnfort bat Alois, die Fahndung nach dem Fahrzeug herauszugeben. Danach suchte Heckeroth im Telefonverzeichnis seines Handys die Namen und Nummern der Nachbarn. Dühnfort bat Gina und Alois nachzusehen, ob einer von ihnen sich in seinem Wochenendhaus aufhielt. Er wollte wissen, ob jemandem etwas aufgefallen war und wann die Nachbarn den alten Heckeroth zuletzt gesehen hatten. »Wenn sie nicht da sind, dann ruft an.« Gina und Alois machten sich auf den Weg.

»Fehlen außer dem Auto weitere Wertsachen?«

Der Sohn des Toten zog die Schultern hoch. »Ich weiß es nicht. Ich bin gleich wieder raus und habe die Polizei gerufen.«

»Gut, dann holen wir das jetzt nach. Schaffen Sie das?«

Albert nickte und stand auf. Sie gingen durch die Räume – alles war an seinem Platz. Fernsehapparat und CD-Player, Mikrowellenherd und Espressomaschine ebenso wie das Handy.

Dühnfort ging in den Flur, durchsuchte die Jacke des Opfers, die am Garderobenhaken hing, und holte eine Brieftasche hervor. Sie enthielt ein paar Münzen, Personalausweis und Führerschein. Dühnfort sah sich nach dem Schlüsselbund um. »Hatte Ihr Vater Bargeld und Kreditkarten bei sich?«

Albert lehnte an der Wand. Sein Gesicht war fahl, jegliche Farbe aus den Lippen gewichen. »Hätte ich doch nur früher nach ihm gesehen.«

Die Tür zum Bad stand offen.

Dühnfort folgte Alberts Blick. Dr. Weidenbach hatte die Gürtel gelöst, sie lagen neben der Leiche auf dem Boden. »Diese Gürtel ...«

»Das sind beide Vaters.«

Er nahm Albert am Arm. »Lassen Sie uns auf die Terrasse gehen.«

Als sie wieder unter dem Vordach saßen, erhielt Dühnfort die ausstehende Antwort.

»Mein Vater hat eine American-Express-Karte und eine Bankkarte für sein Girokonto. Außerdem hat er immer ausreichend Bargeld dabei. Das ist … war ein Tick von ihm, seit er einmal nicht zahlen konnte, weil die Karte nicht funktionierte und er kein Geld dabeihatte.«

»Wie viel ist *ausreichend*?«

»Mindestens dreihundert Euro. Glauben Sie, dass er deswegen umgebracht wurde?«

Dühnfort glaubte noch nichts. Er sammelte. Raubmord war eine Möglichkeit. »Sonst fehlt nichts?«

Albert schüttelte den Kopf. »Ich glaube … doch, vielleicht schon. Mein Vater hat eine sehr teure Armbanduhr. Er trägt sie eigentlich immer.«

Dühnfort ging zurück ins Haus. Ursula Weidenbach verzog bedauernd den Mund, als er nach der Uhr fragte, und deutete auf das linke Handgelenk. »Und der Schlüsselbund?«

Die Rechtsmedizinerin breitete die Hände aus. »Die Taschen sind leer.«

Dühnfort bat Buchholz, nach den Schlüsseln Ausschau zu halten, kehrte zu Albert zurück und ließ sich eine Beschreibung der Uhr geben. Es handelte sich um einen Schweizer Chronographen mit Mondphasenkalender im Wert von knapp achttausend Euro. Albert hatte sie seinem Vater vor zwei Jahren zum siebzigsten Geburtstag geschenkt.

»Wann haben Sie Ihren Vater zuletzt gesehen?«

»Das war letzten Montag. Also vor einer Woche.«

Albert schien sich wieder gefangen zu haben. Die Blässe war aus seinem Gesicht gewichen. »Der Siphon in der Küche war verstopft. Er hat mich gebeten, zu kommen und das zu reparieren. Ich bin nach der Sprechstunde hierhergefahren. Danach haben wir gemeinsam zu Abend gegessen. Als mein Vater mir dann noch eine neue CD vorspielen wollte, habe ich mich verabschiedet. Ich war etwas in Eile, meine Frau hat auf mich gewartet. Ich habe ihn auf ein andermal vertröstet.« Er fuhr sich über die Stirn. »Und jetzt gibt es kein andermal mehr.«

»Sie sind also nach dem Abendessen gegangen?«

»Ich habe mein Geschirr ins Spülbecken gestellt, dann hat Vater mich zur Tür gebracht. Das muss gegen neun Uhr gewesen sein.«

»Ist Ihnen jemand aufgefallen, als Sie das Haus verlassen haben?«

»Nein. Da war niemand.«

»Als Sie heute angekommen sind, haben Sie den Schlüssel aus dem Versteck geholt und sind hineingegangen. Erzählen Sie mir, wie Sie Ihren Vater gefunden haben.«

Albert faltete die Hände ineinander und atmete durch, sichtlich um Fassung bemüht. »Ich bin Arzt und kenne daher Leichengeruch. Mir war sofort klar, dass etwas nicht stimmt, als ich das gerochen habe ... aber etwas in mir hat sich geweigert, Vater damit in Verbindung zu bringen. Komischerweise habe ich an eine tote Katze gedacht.« Er sah auf. »Vor zwei Jahren im Herbst hat mein Vater aus Versehen eine Katze im Schuppen eingesperrt. Er hatte sie nicht bemerkt und ist heimgefahren. Als wir ein paar Wochen später wiederkamen und den Schuppen öffneten ... also es stank entsetzlich. Deshalb habe ich wohl an eine Katze gedacht. Aber dann habe ich das Chaos im Schlafzimmer gesehen ... und dann die

Matratze vor der Badtür. Ich habe sie beiseitegestellt und bin reingegangen.« Albert legte den Kopf in den Nacken und schloss die Augen. »Ich glaube, ich habe das Licht ausgemacht. Ich wollte das nicht sehen.«

»Das Licht war also an, als Sie hineingingen.«

Albert nickte.

»Haben Sie eine Vermutung, wer das getan haben könnte?«

»Einbrecher, war mein erster Gedanke, als ich das durchwühlte Schlafzimmer gesehen habe.«

Dr. Weidenbach trat ans Fenster und gab ihm ein Zeichen hineinzukommen. Dühnfort entschuldigte sich bei Heckeroth und traf die Rechtsmedizinerin im Flur.

»Sie können die Leiche jetzt abholen lassen. Hier kann ich nichts mehr für ihn tun.« Sie zog ein Tuch aus dem Ärmel des weißen Overalls und begann ihre Brille zu putzen.

»Haben Sie schon einen ungefähren Todeszeitpunkt?«

»Das wird schwierig. Bei dem Zustand der Leiche ... Ich schaue, was ich machen kann, aber dafür muss er auf den Seziertisch.« Sie wies mit dem Kinn Richtung Badezimmer und setzte die Brille wieder auf.

»Und eine Todesursache?«

»Es gibt nur unwesentliche äußerliche Verletzungen. Die Abschürfungen an den Handgelenken und eine kleine Wunde am Kopf. Daran ist er nicht gestorben. Der Rest wäre Spekulation. Gedulden Sie sich bis morgen.«

Dühnfort rief Berentz an und bat ihn, den Transport der Leiche in die Rechtsmedizin zu organisieren. Dann kehrte er auf die Terrasse zurück und fragte Albert, ob er alleine nach Hause fahren könne.

»Es geht schon.«

Dühnfort begleitete ihn zu seinem Auto. Während er

den Rücklichtern nachblickte, kam Gina vom Nachbargrundstück herüber. Die kinnlang geschnittenen dunklen Haare wippten im Takt ihrer Schritte.

»Sein Haus ist seit Montagabend verschlossen. Die Nachbarin, eine Frau Ullmann, ist an diesem Abend gegen halb zehn mit ihrem Hund Gassi gegangen. Da waren die Fensterläden schon zu und das Auto weg.«

»Seit einer Woche also. Ist sie sicher, dass es Montag war?«

Gina nickte. »Sie hat Heckeroth noch am Vormittag getroffen und ihn für Dienstagnachmittag zum Tee eingeladen. Er hat zugesagt, und deshalb hat sie sich gewundert, dass er weggefahren ist, ohne die Verabredung abzusagen. Das ist sonst nicht seine Art. Wie machen wir weiter?« Gina verschränkte die Arme vor der Brust und zog die Schultern hoch. Anscheinend war ihr kalt.

Buchholz würde noch Stunden brauchen. Das Gelände um den Tatort wollte Dühnfort bei Tageslicht absuchen lassen. Er wählte erneut die Nummer der Einsatzabteilung und bat Berentz, sobald die Sonne aufgegangen war, einen Zug der Bereitschaftspolizei dafür einzuteilen. Dann sagte er, an Gina gewandt: »Wir machen für heute Schluss.«

Alois kam den Weg von der Uferstraße hoch. »Keiner da. Die Besitzer der Häuser habe ich telefonisch erreicht. Einer war seit Monaten nicht am See. Aber die anderen, ein Ehepaar aus München, haben das vorletzte Wochenende hier verbracht und dabei auch Heckeroth senior gesehen. Am Sonntagmittag hat er mit seinem anderen Sohn im Garten gegrillt. Mit Bertram.«

Ein alter Mann, der ein gutes Verhältnis zu seinen Kindern hatte. Der eine Sohn kam zum Grillen, der andere, um Reparaturen auszuführen – eine intakte Familie. Und nun fehlte plötzlich ihr Dreh- und Angelpunkt. Alles würde sich verschieben.

Auf der Heimfahrt dachte Dühnfort an seinen Vater, der in Hamburg lebte und dem er jahrelang aus dem Weg gegangen war. Erst im Sommer, anlässlich seines siebzigsten Geburtstags, hatte sich wieder ein Kontakt ergeben. Erstaunt hatte Dühnfort registriert, dass sein Vater, ein prominenter Strafverteidiger im Ruhestand, voller Interesse seine Fälle verfolgte. Trotzdem hatte Dühnfort sich vor der Geburtstagsfeier gedrückt. Im August war er dann für eine Woche zu ihm ins Ferienhaus auf Sylt gefahren. Keiner von beiden hatte die heiklen Themen angesprochen. Dühnfort hatte die Ehe und die Scheidung seiner Eltern nicht erwähnt. Er hatte seinen Vater auch nicht gefragt, ob es ihm jemals um Gerechtigkeit gegangen war, wenn er seine Mandanten vor Strafe bewahrt hatte. Und er hatte nicht über seinen Bruder Julius gesprochen, der die Kanzlei übernommen und geheiratet hatte und demnächst Vater wurde. Ganz, wie es den Wünschen und Vorstellungen des Alten entsprach.

Und Vater hatte nicht gefragt, warum Konstantin damals das Jurastudium abgebrochen hatte und sofort ausgezogen war, warum er den Polizeidienst der Juristenkarriere vorzog. Stattdessen hatten sie über Belanglosigkeiten gesprochen und schweigend Strandwanderungen unternommen, waren abends gut essen gegangen und dann früh zu Bett. Eine erholsame Woche, die schnell vorbei gewesen war. Beim Abschied hatte sein Vater ihn umarmt.

Dühnfort erreichte die Autobahn. Er fuhr schnell, der Regen setzte wieder ein. Beinahe Mitternacht.

Ob Agnes geblieben war? Vermutlich nicht. Das hatte sie noch nie getan. Sie wachte lieber in ihrem eigenen

Bett auf, auch wenn sie dafür mitten in der Nacht aufstehen musste, als sei sie auf der Flucht. Sie war die Frau, mit der er leben wollte, mit der er Kinder haben wollte. Es war weniger Verliebtheit als eine ruhige Gewissheit, die ihm Sicherheit gab. Aber er wollte mehr, als sie ihm geben konnte oder wollte, und er fühlte sich dem nicht mehr gewachsen. Ihm stand plötzlich ein Bild vor Augen: eine Welle, die durch ihr ständiges Anbranden einen Felsen glattschliff, ihn aushöhlte, zu Sand zerrieb und schließlich mit sich forttrug.

Er schaltete das Radio an. Es gab Nachrichten, anschließend den Wetterbericht und ein klassisches Konzert. Während er der Musik lauschte, erreichte er das Autobahnende und folgte dem Mittleren Ring Richtung Süden. Er parkte den Wagen vorm Haus und sah nach oben. In seiner Wohnung war es dunkel, vielleicht schlief Agnes. Als er die Wohnungstür aufsperrte, spürte er jedoch, dass sie nicht hier war. Die Einsamkeit umgab ihn wie ein Mantel, den er nicht ausziehen konnte. Er schaltete das Licht an und fand einen Zettel auf dem Küchentisch. *Hallo Tino, ich bin doch lieber nach Hause gefahren. Morgen Nachmittag habe ich einen Termin in der Stadt. Wenn du Lust hast, könnten wir uns danach treffen. Ruf mich an. Agnes.*

Lust, dachte er. Ging es nur darum? Nur um Sex? Nein, dachte er. Sie hätte auch schreiben können, *wenn du magst*, aber sie hatte *wenn du Lust hast* geschrieben. In diesem Moment entschied er sich. Das eine Wort gab den Ausschlag.

Dienstag, 14. Oktober

Missmutig eilte Dühnfort durch die Blumenstraße, vorbei am Viktualienmarkt mit seinen grünen Verkaufsbuden, den bunten Schirmen und einer überbordenden Fülle an Lebensmitteln aller Art. Er hatte verschlafen und ohne Frühstück die Wohnung verlassen. Über der Stadt ballten sich graue Wolken, das Gehwegpflaster glänzte vor Nässe, ein feiner Regen fiel unaufhörlich. Durch die Straßen zog ein kalter Wind, der ihn an das Meer denken ließ. Es fehlte ihm. Der Blick über diese wogende, tosende, sich immer in Bewegung befindliche Weite gab ihm das Gefühl von Freiheit, den Glauben daran, dass noch etwas vor ihm lag.

Kurz nach neun betrat er das Besprechungszimmer. Alois war in seine Unterlagen vertieft, eine Tasse grünen Tee vor sich. Wie immer erweckte er den Eindruck, den Seiten eines Herrenmagazins entstiegen zu sein. Glattrasierte Wangen, ein Hauch von teurem Aftershave, dreiteiliger Anzug. Lediglich sein Oberpfälzer Bauernschädel störte das Bild. Gina in Cargohose, Sneakers und Fleeceshirt glich dagegen dem Model einer Trekkingzeitschrift. Sie schenkte sich aus der Thermoskanne Kaffee ein. »Guten Morgen, Tino. Auch einen?«

»Gerne.«

Dr. Weidenbach telefonierte, Frank Buchholz reckte sich gähnend. Dühnfort setzte sich und griff nach dem Kaffeebecher, den Gina ihm hinschob. Sie hatte bereits Milch hineingetan. »Danke.« Mit einem Schluck trank er den Becher halbleer. Danach fühlte er sich besser. Dr.

Weidenbach beendete das Gespräch. Alle Augen waren nun auf Dühnfort gerichtet.

Er lehnte sich zurück, fasste kurz die Fakten zusammen und legte dann dar, wie er sich den Tatablauf vorstellte. »Ich gehe davon aus, dass Wolfram Eberhard Heckeroth am Montag letzter Woche überfallen wurde, also am 6. Oktober. Albert ging gegen neun Uhr, die Nachbarin kam mit ihrem Hund um halb zehn am Grundstück vorbei. Da war das Auto bereits weg und die Fensterläden geschlossen. In dieser Zeit muss der Überfall stattgefunden haben.«

»Bisschen knapp, oder?«, meinte Gina.

»Finde ich nicht.« Alois blickte in die Runde. »Das war geplant, und sie waren mindestens zu zweit. Einer schleppt den alten Mann ins Bad und fesselt ihn, während der andere nach Wertsachen sucht. Dafür braucht man keine halbe Stunde.«

Dühnfort nickte. »Wenn es sich tatsächlich um einen Raubüberfall handelt, dann waren das Profis. Sie haben außer den Bank- und Kreditkarten nur eine wertvolle Uhr mitgenommen.«

»Und das Auto. Das kostet sicher mehr, als ich im Jahr verdiene.« Gina ließ den Knopf des Kugelschreibers auf der Tischplatte ein- und wieder ausrasten.

»Es wurde natürlich nicht als gestohlen gemeldet. Wie auch? Vielleicht war das der Grund, weshalb Heckeroth senior gefesselt zurückgelassen wurde. So konnte man das Fahrzeug unbehelligt über die Grenze bringen.« Alois sah zu Dühnfort.

»Mir gefällt das nicht. Weshalb die Matratzen vor Tür und Fenster? Sie hätten sich das ersparen können, wenn sie Heckeroth geknebelt und das Licht ausgeschaltet hätten. Vermutlich wäre das sogar die bessere Methode gewesen, um zu verhindern, dass jemand Heckeroths Hilferufe hörte oder einen Lichtschein sah.«

»Schon komisch.« Gina kaute kurz auf ihrer Unterlippe. »Vielleicht haben sie von Heckeroth die PIN der Geldkarte erpresst und wollten auf Nummer sicher gehen. Könnte ja sein, dass er gelogen hat. Deshalb haben sie ihn gefesselt, um notfalls zurückkommen zu können und die richtige aus ihm rauszuholen. Als sich das erübrigt hat, haben sie Gas gegeben und den alten Mann seinem Schicksal überlassen.« Wieder ließ Gina den Kugelschreiberknopf ein- und ausrasten und lächelte dabei Alois an.

»Auch dann hätten sie sich mit Knebeln eine Menge Arbeit erspart.«

Buchholz reckte sich, dass der Stuhl knarrte. »Wenn das Profis waren, dann haben sie Heckeroth ausspioniert und wussten, wie lange er im Wochenendhaus bleiben wollte. Solange niemand ihn vermisste, war genügend Zeit, die Geldkarte zu benutzen und die Kreditkarten einzusetzen.«

»Aber dann muss ihnen klar gewesen sein, dass eine Woche vergeht, bis man ihn finden würde, und dass er das nicht überlebt. Ganz schön kaltblütig.« Gina legte den Kugelschreiber weg.

»Wir müssen das Konto überprüfen. Hat es Abhebungen gegeben? Wenn wir Glück haben, gibt es Aufzeichnungen einer Überwachungskamera. Falls sie die Kreditkarten benutzt haben, bekommen wir vielleicht eine Personenbeschreibung«, sagte Dühnfort.

Alois griff nach seinem Notizblock. »Das mache ich.«

»Gut. Außerdem ist eine teure Armbanduhr verschwunden. Und dann sollten wir die Telefonverbindungen überprüfen. Übernimmst du das, Gina?«

»Klar, Boss. Wir gehen also von Raubmord aus?«

»Das ist eine Möglichkeit.«

»Ich frag ja nur, weil du das anscheinend nicht glaubst.«

Seit gestern Nacht hatte Dühnfort das Gefühl, eine Inszenierung vorgesetzt bekommen zu haben, Bilder, die den wahren Ablauf des Geschehens verdeckten. Aber er wusste nicht, woher dieses Gefühl kam, er konnte es nicht begründen. Und es überraschte ihn, dass Gina das bemerkt hatte.

»Wir ermitteln in alle Richtungen, dann sehen wir, wie sich das kanalisiert.« Er wandte sich an Buchholz. »Habt ihr die Schlüssel gefunden?«

Der Leiter der Spurensicherung blickte auf. Er sah müde aus, die Augen gerötet, auf den Wangen und dem sonst glattrasierten Schädel sprossen Stoppeln. »Bis jetzt nicht. Wir sind aber noch nicht fertig. Meine Leute sind seit sieben wieder vor Ort, der Suchtrupp hat vor anderthalb Stunden mit seiner Arbeit begonnen. Sollen wir Taucher nach dem Auto suchen lassen?«

Dühnfort nickte. »Sie sollen mit dem Uferbereich in der Nähe des Hauses beginnen.«

Dann wandte er sich an Ursula Weidenbach. »Sicher haben Sie schon erste Ergebnisse für uns.«

Die Rechtsmedizinerin öffnete den schmalen Hefter, der vor ihr lag und legte die Hände auf den Tisch. »Die Leiche ist in keinem guten Zustand, die Verwesung ist bereits fortgeschritten und eine exakte Todeszeitbestimmung daher unmöglich. Mit der Todesursache tun wir uns ebenfalls schwer. Es gibt bis auf eine kleine Platzwunde am Hinterkopf und die wundgescheuerten Handgelenke keine Verletzungen. Die toxikologischen Untersuchungen laufen noch, aber bisher gibt es keine Hinweise auf eine Vergiftung. Aufgrund der Auffindesituation und des Zeitraums zwischen Überfall und Entdeckung liegt die Vermutung nahe, dass der Mann verdurstet ist.«

»Verdurstet.« Dühnfort wollte sich das nicht vorstellen. »Wie lange dauert das?«

»Nun ja.« Ursula Weidenbach nahm die Brille ab. »Im Bad war es sehr warm. Dreiundzwanzig Grad. Die Heizung ist ohne Nachtabsenkung programmiert, das habe ich überprüft. Wir können also davon ausgehen, dass die Temperatur konstant war. Aufgrund des Verwesungszustands vermute ich, dass der Mann am Freitag gestorben ist. Dreieinhalb bis vier Tage also.«

»Die Kopfverletzung, woher stammt sie?«, fragte Dühnfort.

»Stumpfe Gewalt. Ein Schlag oder ein Sturz. Wobei ich eher auf Sturz tippen würde, die Wunde befindet sich unterhalb der Hutkrempe.«

Dühnfort dankte Ursula Weidenbach und wandte sich an Buchholz. »Wie sieht es eigentlich mit DNS-Spuren aus?«

»Da gibt es einiges. Auch Fingerabdrücke und Faserspuren. Wir sind dabei, das auszuwerten. Sobald ich was habe, erfährst du es.« Buchholz reckte sich und gähnte.

»Gut. Dann bleibt noch die Frage, wer vom Todesfall profitiert. Ich nehme an, es sind die Kinder. Und mit denen werden wir jetzt reden.«

***

Babs saß in der Küche an dem englischen Mahagonitisch, den sie vor Jahren auf einem Flohmarkt gekauft hatte, und trank eine Tasse Kaffee. Dieser Tisch war der Familientreffpunkt. An ihm frühstückte sie mit Albert und den Kindern, aß mit den Jungs zu Mittag, und an manchen

Abenden spielten sie hier nach dem Essen *Malefiz*, die *Siedler von Catan* oder ein anderes Familienspiel. An diesem Tisch unterhielten sie sich, trafen Entscheidungen, führten Diskussionen. Wie sollte sie den Kindern erklären, dass ihr Opa ermordet worden war?

»Vater ist tot«, hatte Albert gesagt, als er gestern Nacht nach Hause gekommen war. Im ersten Moment hatte sie geglaubt, ihn falsch verstanden zu haben. Aber ein Blick in sein Gesicht hatte genügt, um zu erkennen, dass sie sich nicht täuschte. Es war grau gewesen, die Lippen farblos, die Züge starr, als versuche er die Tränen zurückzuhalten. Ein Anflug von Schuldgefühl darüber, dass sie Wolframs Putzfrau in ihrer Sorge nicht ernst genommen hatte, war in ihr aufgestiegen. Bevor sie hatte fragen können, was passiert war, hatte Albert sich umgedreht und war im Flur verschwunden. Sie hatte gedacht, er würde die Jacke ausziehen, als er aber nicht wiedergekommen war, hatte sie nach ihm gesehen und ihn im Dunkeln auf dem Bett liegend gefunden. Sie hatte sich neben ihn gelegt und gefragt, was geschehen war. Nach langem Schweigen hatte er angefangen zu erzählen.

Nachdem er geendet hatte, war ihr erster Gedanke gewesen, wie sie das den Jungs sagen sollte. Sie hatte sich ein wenig dafür geschämt, dass sie nicht an Wolfram gedacht hatte oder daran, wie Albert zumute sein musste, sondern zuallererst an die Gefühle ihrer Kinder, die nun innerhalb von vier Wochen Oma und Opa verloren hatten. Sie selbst hatte sich wenig betroffen gefühlt. Wolfram hatte ihr nie nahegestanden, eigentlich hatte sie ihn nicht gemocht.

Der Kaffee war kalt geworden. Als Babs die Tasse zum Spülbecken trug und leerte, hörte sie die Schlafzimmertür knarren und Albert ins Bad gehen. Kurz darauf lief die Dusche.

Um acht hatte Babs in der Praxis angerufen und Margret Hecht gebeten, die Patienten heute an Isolde Kurz zu verweisen, eine Kollegin von Albert, die gelegentlich die Praxisvertretung übernahm.

»Wieso denn das? Ihr Mann ist doch nicht krank?« Margret Hecht schien besorgt zu sein. Babs erklärte ihr den Grund.

»O Gott. Das ist ja entsetzlich. Armer Alb... armer Herr Doktor.«

Einen Moment war Babs irritiert. Normalerweise sprach sie Albert mit *Herr Doktor* an, und auch er siezte seine Angestellte. Aus Prinzip.

»Soll ich die Vertretung nicht besser gleich für ein paar Tage organisieren?«

Albert war ein disziplinierter Mensch. Sicher würde er morgen wieder in die Praxis gehen, eher aus Pflichtgefühl denn aus Leidenschaft. »Ich denke nicht, dass das nötig ist.« Babs hatte das Gespräch beendet und sich gefragt, was es zu bedeuten hatte, dass Margret Hecht ihren Chef neuerdings beim Vornamen nannte. War das eine Art Schwärmerei, Groschenheftromantik? Oder hatte Albert am Ende eine Affäre mit ihr? Dass Albert etwas derart Abgeschmacktes tat, konnte sie sich allerdings nicht vorstellen. Wenn er sie betrog, dann sicher nicht mit seiner Angestellten, nicht mit einer Frau, die Hauptschulabschluss hatte und ihm geistig nichts bieten konnte. Worüber wollte er sich mit ihr unterhalten? Aber vielleicht war gute Konversation nicht das, was er suchte. Vielleicht suchte er den guten Fick. Stammte dieses unsägliche Wort etwa aus einer billigen Affäre mit seiner Sprechstundenhilfe? Wie der Vater, so der Sohn. Wenn

Albert auch in dieser Beziehung in die Fußstapfen seines ach so bewundernswerten Vaters trat ... »Quatsch«, hatte sie laut in die Stille gesagt, sich so selbst zur Ordnung gerufen und sich dann den Kaffee eingeschenkt, der nun durch den Ausguss lief.

Babs setzte frischen Kaffee für Albert auf und räumte das Geschirr der Jungs in die Spülmaschine.

Noel und Leon hatten sofort gewusst, dass etwas geschehen war, als sie zum Frühstück in die Küche gekommen waren. Sie hatten es ihr angesehen, und auf Leons Frage, was denn los sei, hatte sie lediglich geantwortet, dass ihr Opa gestorben sei. Die Umstände hatte sie verschwiegen. Das musste sie schnellstmöglich nachholen. Aber wie sollte sie es ihnen beibringen? Sie fragte sich gerade, warum sie glaubte, dass dies ihre Aufgabe sei, als es klingelte.

Sie ging zur Gegensprechanlage – ein Kommissar wollte Albert sprechen – und betätigte den Türöffner. Dann ging sie zu Albert ins Badezimmer. Er stand noch unter der Dusche, die Scheibe war beschlagen, Dampfwolken vernebelten den Raum. »Ein Polizist möchte dich sprechen.«

Das Wasserrauschen verebbte. Albert trat aus der Kabine und griff nach einem Badetuch, das er um die Hüften schlang. Er hatte die halbe Nacht wach gelegen und war erst eingeschlafen, nachdem Babs ihn davon überzeugt hatte, ein Schlafmittel zu nehmen. Er sah blass und übernächtigt aus. »In fünf Minuten bin ich fertig.«

Sie gab ihm einen Kuss auf die Wange. Er zog sie an sich, hielt sie fest. Dabei fühlte sie ein Zucken, das ihn durchlief, und glaubte, er würde gleich weinen. Als es kurz darauf an der Wohnungstür klingelte, löste sie sich von ihm und trat in den Flur. Auf dem Weg zur Tür warf sie einen Blick in den Spiegel. Die schulterlangen kastanienbraunen Haare waren leicht zerzaust, der Teint blass und die dunklen Augen sorgenvoll. Auch die Folge zweier Nächte mit wenig Schlaf. Alberts Umarmung hatte Spuren hinterlassen. Die türkise Strickjacke wies auf der Schulter einen feuchten Fleck auf, ebenso die weiße Bluse, die sie zur Jeans trug.

Sie öffnete die Tür. Der Mann, der sich etwas atemlos als Kriminalhauptkommissar Dühnfort vorstellte, war etwa so groß wie Albert, besaß aber nicht dessen athletische Figur, sondern hatte ein paar Pfund Übergewicht und war ein wenig älter, erste graue Strähnen durchzogen die schwarzen Haare. Bemerkenswert waren seine graugrünen Augen und das freundliche Lächeln. »Darf ich reinkommen?«, fragte er.

***

Dritte Etage. Kein Lift. Den Gedanken, mehr für seine Fitness tun zu müssen, schob er beiseite. Ihm fehlte nicht nur die Zeit dafür, sondern auch die Disziplin. Seit er Agnes kannte, fuhr er immerhin gelegentlich mit dem Fahrrad. Aber das würde nun ein Ende haben.

Etwas atemlos betrat Dühnfort die Wohnung und folgte Alberts Frau in einen quadratischen Vorraum.

»Mein Mann kommt gleich. Geben Sie mir den Mantel?« Trotz des Lächelns las Dühnfort die Anspannung in ihrem Gesicht. Während sie seinen Mantel aufhängte, sah er sich um. Die Wohnung gefiel ihm. Antiquitäten und moderne Möbel wechselten sich ab. Wände und Vorhänge waren farblich auf Fischgrätparkett und Teppiche abgestimmt. Helle Cremefarben harmonierten mit dunkleren Erdfarben. Rot in verschiedenen Varianten sorgte für Akzente. Die Tür zur Küche stand offen, ein alter Tisch beherrschte den im Landhausstil möblierten Raum.

Alberts Frau bot ihm Platz an. »Möchten Sie einen Kaffee? Er ist ganz frisch.«

»Gerne.« Dühnfort setzte sich. Sein Handy klingelte, Gina meldete sich. »Die Beschreibung der Uhr ist raus. Wenn die zum Verkauf angeboten wird, erfahren wir es – hoffentlich. Das mit den Kontoauszügen dauert bis heute Mittag. Also horch ich schon mal die Nachbarn aus. Okay?«

Er gab ihr grünes Licht. »Wir sollten in Erfahrung bringen, wer über Heckeroths Aufenthalt im Wochenendhaus informiert war. Wenn ich hier fertig bin, komme ich rüber.« Er verabschiedete sich und steckte das Handy ein, als Albert die Küche betrat. Er trug Jeans und ein Sweatshirt, seine Haare waren feucht. »Kann ich auch einen Kaffee haben, Babs?« Alberts Frau füllte eine Tasse und setzte sich zu ihnen.

Dühnfort bat Albert um die Adressen und Telefonnummern seiner Geschwister und fragte, wo er sie erreichen konnte.

»Bertram ist vermutlich daheim. Seine Wohnung und sein Architekturbüro sind im selben Haus. Caroline arbeitet als Marketingleiterin bei der Chocolaterie Jacques Kerity in Martinsried. Sie musste heute ins Büro.«

»Wie ich erfahren habe, war Ihr Vater auch Kinderarzt und wohnte im gleichen Haus, in dem Sie die Praxis haben«, sagte Dühnfort.

»Ich habe die Praxis von ihm übernommen, und das Haus gehört ihm.«

»Nicht schlecht.«

Albert seufzte. »So viel verdienen Kinderärzte nun auch nicht. Er hat es von seinem Onkel geerbt.«

»Und nun erben Sie und Ihre Geschwister das Haus?«
Albert nickte.

»Es muss ein Vermögen wert sein.«

»Wenn es schuldenfrei wäre, dann ja. Aber meine Eltern haben vor einigen Jahren Sanierungsmaßnahmen durchführen lassen und dafür eine Hypothek aufgenommen.«

»Und das Haus am See?«

»Das ist gemietet.«

»Wenn man die Belastung abzieht, wie groß ist das Erbe dann?«

»Etwa anderthalb Millionen.«

Es wurde schon für weniger gemordet, dachte Dühnfort.

Albert schob die Kaffeetasse beiseite. »Warum fragen Sie das? Es war doch Raubmord. Oder nicht?« Seine Stimme klang müde und resigniert.

»Das ist Routine. Erbt sonst noch jemand?«

»Nein. Nur wir Kinder.«

»Ihre Praxis läuft gut?«

»Sie lief schon mal besser. Die ständigen Gesundheitsreformen ... Aber es reicht, um ordentlich davon zu leben und die Familie zu ernähren.«

»Gut. Der Schlüssel zum Wochenendhaus, befindet er sich am Schlüsselbund Ihres Vaters?«

Albert verschränkte die Hände. »Nein. Den hat er separat aufbewahrt. Ist er weg?«

»Im Moment sieht es so aus.« Dühnfort ließ sich von Albert dessen Schlüssel zum Wochenendhaus aushändigen. Den Reserveschlüssel hatte er bereits gestern an sich genommen, fehlten noch die von Bertram und Caroline.

Dühnfort trank einen Schluck Kaffee und fragte dann, ob Heckeroth senior mit jemandem Streit gehabt habe. Aber es gab keinen Streit, weder mit Mietern noch im

Freundeskreis. Auch keinen Streit in der Familie, außer einer kleinen Unstimmigkeit. »Mein Vater war mit Bertrams Lebensführung nicht einverstanden. Mein Bruder hat sich scheiden lassen. Das passte nicht in das Weltbild meines alten Herrn. Für ihn war es wichtig, dass eine Familie zusammenhält.«

»Wer wusste, dass er zum Haus am See fahren wollte und wie lange er bleiben würde?«

Albert überlegte. »Ich wusste davon und meine Frau, dann Caroline und Frau Kiendel. Sie hat die Wohnung unterm Dach und putzt bei ihm. Dann wird er seinem Schachpartner abgesagt haben, Karl von Schmitten. Ich denke, das sind alle.«

»Und Bertram.«

»Bertram? Das glaube ich nicht. Sie hatten keinen engen Kontakt.«

Jedenfalls war er enger, als Albert denkt, überlegte Dühnfort. Schließlich hatten Bertram und Heckeroth senior am Sonntag vor einer Woche gemeinsam gegrillt. Aber anscheinend hatte Heckeroth Albert davon nichts erzählt, als dieser einen Tag später zur Siphonreparatur kam. »Ich würde mich gerne in der Wohnung umsehen. Können Sie mir den Schlüssel geben?«

Albert begleitete Dühnfort zum Kurfürstenplatz. Das schmale Gebäude lag zwischen der Filiale einer Bank und einem Optikergeschäft. Eine Stuckatur an der Giebelseite gab das Jahr der Erbauung an. 1922. Am Sockel prangte ein rotes Graffito mit schwarzer Kontur. *Zero*. Ein Tor aus Schmiedeeisen verschloss die Zufahrt zum Hinterhof. Dühnfort folgte Albert ins Haus. Auf der Treppe begegneten sie Gina. »Von den Mietern wussten alle, dass Heckeroth ins Wochenendhaus wollte. Jedenfalls alle, die ich bisher fragen konnte.«

Sie blieben vor der Wohnungstür stehen. Albert reichte Dühnfort die Schlüssel. »Wonach wollen Sie dort suchen?«

»Wir suchen nichts. Wir möchten uns einen Eindruck verschaffen.« Dühnfort nahm den Schlüssel und sperrte auf. Einen Moment blieb Albert zögernd stehen, dann verabschiedete er sich und ging.

Die Wohnung war groß. Fünf Zimmer, Küche, zwei Bäder und ein Gäste-WC. Versiegelte Parkettböden, hohe Stuckdecken, gepflegte Antiquitäten. Chintzvorhänge bauschten sich, orientalische Teppiche dämpften Schritte, gerahmte Stiche schmückten Wände. Auf einer Kommode im Wohnzimmer standen vier silbergerahmte Fotografien. Eine zeigte Wolfram Eberhard Heckeroth. Ein volles Gesicht mit willensstarken Zügen, ein herrischer Blick, eine zu groß geratene Nase. Das waren die Merkmale, die Dühnfort registrierte. Neben Heckeroth stand eine Frau. Vermutlich die verstorbene Gattin. Die Geste, mit der er ihre Schulter umfasste, wirkte besitzergreifend. Aus einem anderen Rahmen lachten Dühnfort zwei Jungen entgegen. Sommersprossige Zwillinge in Sporttrikots. Daneben eine Fotografie von Albert und seiner Frau. Das letzte Bild zeigte eine junge Frau. Sie trug ein dunkles Kostüm mit weißer Bluse und hatte die gleichen graublauen Augen wie Heckeroth senior. Vermutlich war das Caroline. Der Einzige, der auf diesem Familienaltar fehlte, war Bertram.

Dühnfort hörte Gina in der Küche rumoren. Er ging weiter ins Arbeitszimmer. Bücherregale reichten bis zur Decke, ein wuchtiger Schreibtisch befand sich mitten im Raum. Der moderne PC, der darauf stand, wirkte seltsam fehl am Platz. Auf einem Tisch am Fenster befand sich ein Schachbrett. Die Figuren waren aufgestellt, die

Partie aber nicht begonnen. Im Gästezimmer öffnete Dühnfort den Kleiderschrank. In der einen Hälfte standen Schachteln mit Christbaumschmuck und ausrangierten Gläsern. Die andere Hälfte war leer. Den Raum nebenan musste Heckeroths Frau bewohnt haben, im Schrank hingen ihre Sachen. Eine gerahmte Fotografie stand auf dem Sekretär. Sie zeigte einen jungen, bärtigen Mann mit einem verwegenen Lächeln. Während man bei Albert nicht sagen konnte, ob er mehr nach Vater oder Mutter kam, war es hier eindeutig. Das musste Bertram sein, er hatte eine starke Ähnlichkeit mit seiner Mutter. Ein kleineres Bild von ihm befand sich auf dem Nachttisch. Auf dieser Aufnahme war er älter. Der Bart war verschwunden, das Haar lichter, eine beginnende Glatze zeichnete sich ab. Die Verwegenheit war aus dem Gesicht gewichen und hatte einem verschlossenen Ausdruck Platz gemacht.

Dühnfort verließ den Raum und ging den Flur entlang zum letzten Zimmer. Ein Doppelbett aus Kirschholz mit passenden Nachtkästchen, ein großer Kleiderschrank, eine Kommode. Heckeroths Schlafzimmer.

Ein Hauch von Lavendel verbreitete sich in der Luft, als Dühnfort den Schrank öffnete. Hemden und Anzüge, ein Sommermantel und ein Smoking hingen ordentlich auf Bügeln. In den oberen Kommodenschubladen lagen Unterwäsche und Socken, Poloshirts und Pullover. In der untersten befanden sich mehrere Schuhkartons. Als Dühnfort sie beiseiteschob, kam ein Fotoalbum zum Vorschein. Er nahm es heraus, setzte sich damit auf die Bettkante und begann zu blättern.

Das Gefühl, sich etwas Wesentlichem zu nähern, stellte sich abrupt ein. Das Album enthielt etwa vierzig Fotografien. Die ersten Bilder waren schwarzweiß mit einem

Stich ins Braune. Im Hintergrund erkannte Dühnfort eine Liege, wie sie in Behandlungszimmern üblich waren. Es folgten noch einige Schwarzweißaufnahmen, dann Farbfotografien. Teils waren sie ausgeblichen, teils hatten sie einen Stich ins Gelbe bekommen. Auch diese schienen in einer Praxis aufgenommen zu sein. Ein Metallschrank mit Glastüren war auf einigen zu erkennen. Auf einem anderen ragte ein Rock, der über einem Stuhl hing, ins Bild. Sehr kurz und mit Popartmuster. Sechzigerjahre. Dann Polaroids. Diese Erfindung musste Heckeroth begrüßt haben. Bilder, die sich von alleine entwickelten. Er war dieser Art von Fotografie treu geblieben, allerdings wechselten die Räume. Plötzlich herrschte keine Praxisatmosphäre mehr. Es schienen Hotelzimmer zu sein.

Alle Bilder zeigten in Variationen das gleiche Motiv. Eine nackte, gefesselte Frau. Dühnfort blickte auf und atmete durch. Dann studierte er die Gesichter.

Manche blickten kokett in die Kamera, manche betreten, als ob sie sich schämten. Einige sahen zu Boden, bei zweien glaubte Dühnfort, dass sie entweder betrunken waren oder unter der Einwirkung von Drogen standen. Einige lagen auf der Liege, die Gesichter abgewandt. Und alle waren vom gleichen Typ: klein, mollig, dunkelhaarig und sehr jung.

* * *

Sie schaltete den Geschirrspüler ein, holte dann den Skizzenblock hervor und setzte sich an den Küchentisch. Lächerlich, dass sie sich gewundert hatte. Auch wenn Albert seinen Bruder nicht ausstehen konnte und seit über einem Jahr kaum ein Wort mit ihm gesprochen hatte, hätte sie doch wissen müssen, dass er in der Öffentlichkeit nie schlecht über ihn reden würde. Der Anschein musste gewahrt werden. Die Familie Heckeroth wohnte seit dreißig Jahren im Viertel, da war die Fassade wichtig. Was sich in der Familie abspielte, ging niemanden etwas an. Und schon gar nicht die Polizei. Aber für solche Grübeleien hatte sie jetzt keine Zeit. Sechs Tage noch für drei Vorentwürfe. Babs griff nach einem Bleistift.

Albert kam zurück. Der Schlüssel quietschte im Schloss, die Tür schlug zu. Sie blickte in den Flur. Er hängte seinen Mantel auf und blieb vor dem Garderobenschrank stehen, starrte sekundenlang in den Spiegel und lehnte dann den Kopf dagegen. Es zerriss ihr das Herz. Auch wenn sie Wolfram nicht gemocht hatte, Albert hatte seinen Vater geliebt, und in diesem Moment wurde ihr klar, was sein Tod für ihn bedeutete. Sie ging zu ihm und nahm ihn in die Arme. Dabei spürte sie die Anspannung seines Körpers. »Hätte ich doch nur früher nach ihm gesehen.«

Sie fuhr ihm durch die Haare, genau wie ihren Jungs. »Du hast doch selbst gesagt, dass er schon einige Tage tot im Bad lag. Auch wenn du gestern gleich in der Früh gefahren wärst, hätte es nichts geändert. Es ist nicht deine Schuld.«

Er blickte auf. »Du hast ja recht, entschuldige.« Er machte sich los.

»Was soll ich denn entschuldigen?«

»Na, diesen Ausbruch.« Er sagte das, als ob er sich dafür schämte. Jungs weinen eben nicht und zeigen auch sonst keine Gefühle. So hatte Wolfram seine Kinder erzogen. Nur Leistung zählte. Albert ging in die Küche und schenkte sich ein Glas Mineralwasser ein, das er am Fenster stehend trank. Er atmete einige Male tief durch. Das tat er immer, wenn er angespannt war und zur Ruhe kommen wollte. Die Schultern sanken nach unten.

Sie blickte auf die Uhr. Die Jungs würden in einer knappen Stunde kommen. Noch immer hatte sie keinen Plan, wie sie ihnen schonend beibringen konnte, was ihrem Opa widerfahren war. »Kannst du Noel und Leon erklären, was passiert ist? Ich schaffe das nicht.«

Albert nahm ihre Hand. »Natürlich, Mäuschen. Ich verstehe dich ja. Du willst ihre heile Welt nicht zerstören. Aber es gibt eben auch das Böse und Grausame, genau wie Ungerechtigkeit und Niedertracht. Das müssen sie lernen.«

***

Dühnfort bat Gina, die Befragung von Caroline Heckeroth zu übernehmen. Er selbst fuhr zu Bertram nach Harlaching an die Hochleite. Eine Gegend, in der Ärzte, Unternehmensberater, Designer und viele Leute vom Film wohnten. Nach Geiselgasteig, zu den Studios, war es nicht weit. Große Häuser verbargen sich hinter Hecken und Mauern in weitläufigen Gärten. Zufahrten waren häufig videoüberwacht, Schilder warnten vor bissigen Hunden.

Mit dem Fotoalbum unter dem Arm stieg Dühnfort aus und betrachtete das Haus. Es bestand aus zwei miteinander verbundenen Gebäudeteilen aus Beton, Glas und Stahl, einem flachen Kubus und einem Würfel. Formensprache und Materialwahl erinnerten Dühnfort an Mies van der Rohe. Allerdings hätte der einem solchen Haus das passende Umfeld gegeben und es nicht auf dieses kleine Grundstück gezwängt.

Auf dem Garagenvorplatz parkte ein orangefarbener VW-Porsche 914. Das Auto musste gut dreißig Jahre alt sein, war aber nicht sonderlich gepflegt. Es erinnerte Dühnfort an seinen Onkel Freddy, den Bruder seiner

Mutter. Der hatte sich in den Siebzigerjahren so einen Volksporsche gekauft. Damals war Freddy ein muskelbepackter Kerl mit dem Aussehen eines jungen Marlon Brando in *Endstation Sehnsucht* und dem eitlen Gehabe eines Hollywoodstars gewesen; dabei war er Hafenarbeiter. Die Frauen flogen trotzdem auf ihn. Voller Stolz hatte Freddy damals seinen Porsche vorgeführt. »Wenn du dir einen Porsche leisten kannst, dann kauf dir einen, und wenn nicht, dann nicht«, hatte Dühnforts Vater gesagt. »Das hier ist Firlefanz.« Dass Freddy nicht handgreiflich geworden war, war nur dem Einschreiten seiner damaligen Freundin zu verdanken gewesen.

Dühnfort schmunzelte bei dieser Erinnerung und ging weiter zur Haustür. Vier Löcher im Beton zeigten, dass hier bis vor kurzem ein Schild gehangen hatte. Der Größe nach zu urteilen, ein Firmenschild. Dühnfort betätigte den Klingelknopf. Kurz darauf öffnete ein untersetzter Mann mit kurzem Hals und Vollglatze. Er trug schwarze Jeans und einen schwarzen Rollkragenpullover. Dühnfort stellte sich vor.

»Sie bearbeiten also den Mord an meinem Vater?« Es klang, als würde Bertram Heckeroth mit dem Sachbearbeiter eines Bauantrags sprechen. Die Designerbrille, die er trug, verbarg die steile Sorgenfalte an der Nasenwurzel nur teilweise. Ein angespannter Zug lag um seinen Mund. »Bringen wir das hinter uns.«

Dühnfort folgte ihm durch den langen Flur in einen großen Raum, der im Kubus lag und eine Mischung aus Büro und Werkstatt war. Es gab zwei Arbeitsplätze, auf denen Computer standen. Weiter hinten, unter einem schmalen Fenster, befand sich ein großer Schreibtisch aus Acryl. Ein Wust von Papieren lag neben einem Laptop. Auf einer Arbeitsfläche türmten sich blaue Styroporblöcke und Werkzeug für den Modellbau. An der Wand dahinter hingen Pläne und Skizzen.

Bertram führte Dühnfort zu einem Acrylglastisch, der von vier Freischwingern umgeben war. »Bitte.« Er wies auf einen Stuhl. Dühnfort setzte sich und legte das Album auf den Tisch. Bertrams Blick fiel darauf. Für einen kurzen Moment weiteten sich die Augen hinter der Brille.

»Ein schönes Haus haben Sie. Haben Sie es selbst entworfen?«

Bertram blickte auf. »Nicht nur entworfen. Ich habe es auch gebaut.« Seine Schultern strafften sich. »Es steht in der Tradition der Dessauer Meisterhäuser. Aber es ist eine Weiterentwicklung des Bauhauskonzepts, eine Übertragung ins 21. Jahrhundert. Wenn Sie verstehen, was ich meine.«

Dühnfort hatte beim Anblick des Hauses eher an eine Kopie als an eine Übertragung gedacht. Aber er war nicht hier, um über Architektur zu diskutieren. »Wir haben dieses Album in der Wohnung Ihres Vaters gefunden. Kennen Sie es?«

Wenn Bertram über den abrupten Themenwechsel verwundert war, ließ er sich das nicht anmerken. »Ein Fotoalbum. Sicher Familienbilder.«

Dühnfort schob es über den Tisch. Bertram setzte sich und blätterte mit regloser Miene die Seiten um. Sein Handy klingelte. Er zog es aus der Tasche und warf einen Blick auf das Display. »Entschuldigen Sie, es dauert nur einen Moment.« Er nahm das Gespräch entgegen, stand auf und verließ das Zimmer. Dabei zeigte er zwei Finger. Zwei Minuten, sollte das wohl bedeuten.

Dühnfort sah sich im Atelier um. An einer Wand hingen großformatige Fotografien eines Industriebaus. Bei genauerer Betrachtung erkannte er, dass es sich dabei um eine Molkerei handelte. Das Modell eines Hochhauses stand auf einem Sideboard darunter. Es sah fragil und angegriffen aus. Dühnfort überlegte, woher dieser Eindruck kam. Vermutlich lag es an der Beule, die sich, nahe des Sockels, wie ein Abszess aus dem Gebilde wölbte. Zwei Minuten waren um. Dühnfort ging durch den Flur zum Wohnzimmer, aus dem Bertrams Stimme erklang, und öffnete die Tür.

»Es geht doch lediglich um zwei bis drei Wochen.« Bertram klang ungehalten. Er stand mit dem Rücken zu Dühnfort und blickte aus einem raumhohen Fenster auf die graue Wolkendecke. »Dann ist das Testament eröffnet und das Haus ...« Er schwieg einen Augenblick. »Denn der Deutsche kann nur schlafen hinter einer Hecke Paragraphen. Heine, falls Ihnen der Name etwas sagt. Ich denke, das gehört nicht zu Ihren Kompetenzen. Ihr Vorgesetzter wird das entscheiden.« Er legte auf.

»Sesselfurzer.« Bertram drehte sich um. Für den Bruchteil einer Sekunde wirkte er überrascht. Dann zuckte er mit den Schultern. »Früher oder später werden Sie es sowieso erfahren. Ich bin ein erstklassiger Verdächtiger. Am besten verhaften Sie mich sofort.« Er streckte die Arme vor, überkreuzte die Handgelenke und ging auf Dühnfort zu.

»Was?«

»Keine Handschellen? Ich bin enttäuscht.«

Dühnfort verabscheute diese Art von Theater. »Was erfahre ich früher oder später?«

Bertram ließ die Arme sinken. »Ich habe Steuerschulden.« Er sagte das mit der Mimik eines treuherzigen Kindes. »Die Erbschaft kommt mir also gelegen, wie Sie gerade gehört haben. Nur will dieser Beamtena... dieser Finanzbeamte keinen Aufschub gewähren.«

»In welcher Höhe?«

Bertrams Augen verengten sich hinter den Brillengläsern. »Mit der Pfändung des Fernsehers ist es nicht getan. Eigentlich ist es ein lächerliches Zeitproblem. Zwei Projekte sind so gut wie unterschriftsreif. Dann bezahle ich die Steuern aus der Portokasse.«

»Sie arbeiten alleine?«

»Wie kommen Sie denn darauf?«

»Das abmontierte Schild neben der Haustür.«

»Na und?«

»Ich frage mich, was es damit auf sich hat, und natürlich auch mit den beiden verwaisten Arbeitsplätzen in Ihrem Büro.«

Bertram breitete die Arme in einer unschuldigen Geste aus. »Na gut. Meine Firma ist in Insolvenz gegangen. Jetzt arbeite ich alleine.«

»Die Probleme sind wohl doch ein bisschen größer. Im Moment müsste das Haus dafür herhalten?«

An Bertrams Schläfe trat eine Ader hervor. »Lassen wir das. Eine Zwangsversteigerung dauert länger als eine Testamentseröffnung. Papa Staat wird sich gedulden müssen. Und Sie sind bei mir am Falschen. Ich war es natürlich nicht.«

»Gut.«

Verblüffung zeichnete sich auf Bertrams Gesicht ab.

»Polizisten sind Jäger und Sammler. Im Moment sammle ich. Ich hätte gerne Ihren Schlüssel zum Wochenendhaus und dann Ihr Alibi.«

»Also, das war ein Spaß. Ich hab doch meinen Vater nicht umgebracht. Ich denke, es war ein Raubmord. Das hat jedenfalls Caroline gesagt.« Bertram griff in die Hosentasche, zog die Schlüssel hervor, löste einen vom Bund und reichte ihn Dühnfort.

»Wir gehen allen Möglichkeiten nach. Deshalb wüsste

ich gerne, wo Sie am vergangenen Montag zwischen acht und halb zehn abends waren.

»Da muss ich nachsehen.« Sie kehrten ins Atelier zurück. Bertram blätterte in seinem Timer. »Montagabend war ich bei meiner Exfrau. Sie heißt Katja Rist und hat eine Galerie am Wiener Platz. Es war sicher schon nach neun Uhr, als ich gegangen bin.« Er legte den Timer beiseite.

»Wann haben Sie Ihren Vater das letzte Mal gesehen?«

Bertram steckte die Hände in die Hosentaschen. »Am Sonntag vor einer Woche. Ich bin zu ihm an den See geradelt. Das Wetter war schön, ein herrlicher Spätsommertag. Vater hatte die Idee, dass wir grillen könnten. Das haben wir dann gemacht.«

»Sie haben sich mit Ihrem Vater gut verstanden?«

»Es hätte besser sein können«, erwiderte Bertram. »Er hat weder meinen Lebensstil noch meine Berufswahl akzeptiert. Das Einzige, was ich in seinen Augen richtig gemacht habe, war die Wahl meiner Frau. Aber inzwischen sind wir geschieden. Das hat ihm natürlich nicht gepasst.«

»Warum haben Sie ihn am See besucht? Das ist eine ziemliche Strecke.«

»Ich radle, wann immer es geht. An dem Tag war es schön, eine Tour also naheliegend. Und warum nicht zum See?«

»Sie stecken in Schwierigkeiten. Wenn ich Sie richtig verstanden habe, dann betreibt das Finanzamt bereits die Zwangsversteigerung des Hauses ...«

»Da haben Sie mich falsch verstanden. Die Herren Beamten werden sich bis nach der Testamentseröffnung gedulden müssen.«

»Das konnten Sie aber an diesem Tag noch nicht wissen. Haben Sie Ihren Vater vorletzten Sonntag um Geld gebeten?«

»Das tut hier nichts zur Sache.« Bertram zog die Hände aus den Hosentaschen und stützte sich auf einen Stuhl. »Ich habe mir jetzt von Ihnen eine Menge angehört. Vernehmen Sie mich eigentlich als Beschuldigten? Dann belehren Sie mich bitte erst einmal über meine Rechte.«

»Wie gesagt, ich sammle.« Dühnfort griff nach dem Album. »Kennen Sie diese Frauen?« Er schob es über den Tisch.

»Einige. Aber das Album kannte ich nicht, und ich hatte auch keine Ahnung, welche Spielchen mein Vater mit seinen Weibern getrieben hat. Auf jeden Fall passt es zu ihm. Er war ein Machtmensch.«

»Können Sie sich vorstellen, dass diese Frauen nicht aus freien Stücken ...«

Heckeroth lachte. »Sie kannten meinen Vater nicht. Der hätte jedem Vegetarier eine Schweinshaxe verkauft und jeder Nonne einen Dildo. Sicher hat er seine Gespielinnen überzeugt, dass es absolut geil ist, sich so demütigen zu lassen. Eins sollten Sie wissen: Mein Vater war ein großer Manipulator.«

***

Das Handy begann zu fiepen, als Dühnfort ins Auto stieg. Im Display erkannte er Agnes' Nummer. Er nahm das Gespräch nicht an. Das Wort *Lust* lag ihm noch immer im Magen, wie Übelkeit nach einer durchfeierten Nacht.

Zu Beginn ihrer Liaison vor vier Monaten hatte sie ihm offen gesagt, was er ohnehin wusste: Es war die falsche Zeit für eine Beziehung. Ihr Mann und ihre Tochter waren bei einem Wohnungsbrand gestorben. Erst ein Jahr nach dem Schicksalsschlag war sie in der Lage gewesen, ihr Leben wieder selbst in die Hand zu nehmen. Und dann hatte ein Brief ihres Mannes dieses mühsam errichtete Fundament innerhalb von Minuten eingerissen. Er hatte ihn vor dem Unglück geschrieben und dafür gesorgt, dass sie ihn erst bekam, als die schlimmste Trauer überstanden war, als sie gerade wieder ins Leben zurückfand. In diesem Brief gestand er den Mord an seiner Tochter und seinen Selbstmord. Die Schuld daran gab er Agnes, die sich von ihm getrennt und damit die Katastrophe ausgelöst hatte. Natürlich hatte sie sich diesen Schuh angezogen und kämpfte seither mit Schuldgefühlen. Natürlich war es die falsche Zeit für eine neue Liebe.

Das Handy verstummte. Dühnfort schob es zurück in die Brusttasche, legte das Album auf den Beifahrersitz und traf eine Entscheidung. Diese Frauen mussten ausfindig gemacht werden. Einige waren mit Gürteln gefesselt, genau wie Heckeroth. Vielleicht war das Zufall, vielleicht auch nicht.

Der große Manipulator, dachte Dühnfort. Was wusste man schon von seinen Eltern? Es kam ihm plötzlich vor, als kenne er von seinem eigenen Vater nur eine Oberfläche, an der alles abperlte. Auch er konnte Treue nichts abgewinnen. Ein Grund, weshalb die Ehe seiner Eltern gescheitert war. Ob sein Vater einen ähnlichen Hort an Versicherungen hatte? Denn so kam Dühnfort Heckeroths Album vor, wie ein Arsenal von Zeugnissen, Beweisen, Bestätigungen. Aber wofür? Waren diese Bilder sein Schatz fürs Alter, in dem er in grauen Stunden graben und sich bestätigen konnte, ein Eroberer gewesen zu sein, ein sexuell reger Mann, der die Macht und die Kraft besessen hatte, seine Obsession auszuleben? Waren diese Aufnahmen Anker, die er gelegentlich gelichtet hatte für eine kurze Reise in Erinnerungen; ein Memento wider die versiegende Männlichkeit, wider das Alter? Die letzten Bilder zeigten allerdings, dass diese Besessenheit nicht nur eine Sache der Vergangenheit war.

Heckeroth senior hatte es zeit seines Lebens genossen, Macht über Frauen auszuüben. Er hatte sie mit Tüchern, Seilen, Bändern, Krawatten, Riemen und Gürteln gefesselt. Ob all diese Frauen aus freiem Willen Heckeroths Bedürfnisse befriedigt hatten?

Der Signalton des Handys ließ Dühnfort hochschrecken. Vermutlich hatte Agnes auf die Mailbox gesprochen.

Nieselregen hatte eingesetzt. Dühnfort startete den Wagen und schaltete die Wischer ein. Eine schmierige Emulsion aus Schmutz und Wasser breitete sich auf der Windschutzscheibe aus. Als er aus der Parklücke scheren wollte, musste er erst einen Wagen passieren lassen. Es war Bertrams orangeroter Porsche. Er fuhr mit röhrendem Auspuff und überhöhter Geschwindigkeit durch die verkehrsberuhigte Zone.

***

Caroline Heckeroth biss in ein Stück Konfekt, das die Form eines Ahornblattes hatte. Die Umhüllung aus dunkler Zartbitterschokolade knackte, die Füllung zerging cremig auf der Zunge und war nicht zu süß, nicht zu nussig und mit exakt dem Hauch an Vanille, der den Geschmack im Mund explodieren ließ. »Einfach perfekt. Wenn das kein Verkaufsschlager wird, dann weiß ich nicht, was wir falsch gemacht haben.«

»Und wenn es ein Erfolg wird, dann ist das dein Verdienst.« Gilles Winterboom, Vorstand für Marketing und Vertrieb der Chocolaterie Jacques Kerity AG, erhob sich aus dem Sessel in Carolines Büro.

»Ich hatte nur die Idee. Die Produktentwicklung liegt schließlich in Jeffs Händen, und er macht das großartig. Ich habe lediglich die Marktlücke entdeckt und das Potential ausgelotet.« Caroline wusste, dass man als Frau besser daran tat, bescheiden aufzutreten. Ein Mann an ihrer Stelle hätte sich jetzt mit beiden Fäusten auf die Brust getrommelt und lauthals verkündet, dass er der tollste Affe in diesem Urwald sei.

»Nur keine falsche Bescheidenheit. Langsam wächst du in größere Schuhe hinein.« Mit diesen Worten verließ Gilles Winterboom Carolines Büro.

Wow! Völker, hört die Signale! Claus Henning konnte sich warm anziehen. Caroline lächelte und setzte sich hinter den Laptop. Die Idee für eine Herbstkollektion war ihr im vergangenen Jahr während des Urlaubs gekommen. Im Sommer sank der Schokoladenumsatz. Gerade im hochpreisigen Segment gab es aufgrund der Hitze Transport- und Lagerprobleme. Außerdem bevorzugten die Kunden an den heißen Tagen leichte Leckereien, die nicht schon in der Einkaufstasche schmolzen. Wenn aber die kühlen Tage kamen, stiegen die Umsatzkurven zuverlässig wieder an. Konnte man diesen Zeitpunkt nicht mit einem Premiumprodukt zelebrieren? Die Zielgruppe der Chocolaterie Jacques Kerity feierte die Feste, wie sie fielen. Sie kaufte teuren Maigouda und den ersten deutschen Spargel und trank jungen Beaujolais, sobald er auf Flaschen gezogen war. Sicher würde sie auch luxuriöse Herbstpralinen kaufen. Caroline hatte mit einer Marktanalyse ein enormes Potential festgestellt und gegen den Widerstand des Vertriebsleiters Claus Henning beim Vorstand durchgesetzt.

Die Kollektion sollte in knapp elf Monaten auf den Markt kommen. Die Produktentwicklung lief auf Hochtouren. Bis Januar mussten Name, Verpackung und die Werbekampagne stehen. Wenn das alles reibungslos und überzeugend über die Bühne ging, hatte Claus Henning schlechte Karten, Gilles' Nachfolger zu werden. Im Laufe der letzten drei Jahre hatte Henning zwar erfolgreich das Filialnetz aufgebaut, aber Gilles' Favoritin war offensichtlich Caroline. Und das war wiederum ganz in ihrem Sinne. Ihre Berufung in den Vorstand sollte das Sprungbrett zur richtig großen Karriere werden. Das Einzige, was ihr aus heutiger Sicht in die Quere kommen konnte, war der Mord an ihrem Vater. Das Haus Kerity betrieb eine konsequente Markenpolitik, nichts durfte den Namen beschädigen. Erst im vergangenen Jahr hatte der Personalleiter den goldenen Handschlag bekommen. Seine publicitygeile Ehefrau hatte ihre aufgeblasenen Brüste mit voller Atüzahl in die Kamera eines Klatschreporters gehalten. Das Bild war auf der Tittenseite einer Boulevardzeitung erschienen. *Schoko-Chantals süße Bomben.* In den fünf Textzeilen zum Bild wurde der Name Kerity erwähnt. Keine Woche später hatte Schoko-Chantals Gatte seinen Schreibtisch geräumt.

Caroline spürte, wie ihre Schultern sich verspannten. Bertram, dieser Arsch. Wenn ihr Name in einem Atemzug mit einem Mord und ihrem Arbeitgeber genannt wurde, konnte sie sich ihre Karrierepläne abschminken.

Für einen Moment machten sich wieder Zweifel in ihr breit. Vielleicht war es doch Raubmord gewesen. Aber sie glaubte nicht wirklich daran. Bertram war skrupellos, er stand unter Druck, und er hatte ein Motiv. Er musste es gewesen sein. Wer sonst?

Sie brauchte einen Plan. Falls Bertram als Vatermörder von den Medien durchgehechelt wurde, durfte ihr Name nicht fallen. Vielleicht sollte sie doch Marcs Heiratsantrag annehmen. Wie lange musste so ein Aufgebot hängen? Vier Wochen? Ob das zu schaffen war? Caroline lachte. Was waren das nur für Gedanken! Sie konnte unmöglich Marcs Gefühle auf diese Weise missbrauchen. Und außerdem würde sie nie heiraten, diesen Entschluss hatte sie schon vor Jahren gefasst. Die Ehe ihrer Eltern hatte dazu entscheidend beigetragen.

Sie massierte sich eine verspannte Schulter und starrte auf den Monitor ihres Laptops. Er zeigte die Graphiken für die Budgetplanung einer Produktlinie. Trotz Trauerfall hatte sie die Präsentation heute Morgen durchgezogen, eben ganz Profi. Allerdings hatte Gilles Winterboom, nachdem er ihr sein Beileid ausgesprochen hatte, gefragt, ob sie nicht Urlaub nehmen wolle. Daraufhin hatte sie ihm für seine mitfühlenden Worte gedankt und erklärt, die Arbeit bereite ihr Freude und bewahre sie so vor dem Grübeln. Schließlich konnte sie nicht sagen, dass der Mord an ihrem Vater sie kaum berührte, das hätte gefühllos gewirkt. Und Gefühlskälte machte zwar aus Männern echte Kerle, Frauen dagegen wurde sie nicht verziehen.

Das Telefon auf dem Schreibtisch klingelte. Tanja Wiezorek, Carolines Sekretärin, meldete sich. »Der Pförtner hat gerade angerufen. Eine Polizistin ist auf dem Weg nach oben. Kann ich sie gleich vorlassen?«

»Wenn sie gut in ihrem Job ist, wird sie sich nicht aufhalten lassen. Versuchen Sie es trotzdem mit einer Tasse Kaffee. Zwei Minuten zum Durchatmen wären nicht schlecht.«

Sie musste sich entscheiden. Sollte sie der Polizistin sagen, was sie befürchtete? Die Vorstellung, als Anklägerin ihres Bruders aufzutreten, verursachte ihr eine Gänsehaut. Oder sollte sie sich an Vaters Maxime orientieren? *Eine Familie muss zusammenhalten.* Dieses Bild hatte jedoch spätestens seit Mutters Tod Risse bekommen. Eigentlich hatte die Farbe schon lange vorher gebröckelt. Zwar hatte Vater zum Pinsel gegriffen und versucht, es instand zu setzen, aber es war ihm nicht gelungen. Sie selbst würde es gar nicht erst versuchen. Es war sein Bild und nicht ihres. Um keinen Preis der Welt würde sie sich als Restauratorin betätigen.

Sie hatte nie verstanden, weshalb Vater so übertriebenen Wert auf den Eindruck gelegt hatte, den seine Familie machte. Dieses Bild war eine Fälschung gewesen. Zudem hatte es ihn nicht gekümmert, was sich unter dieser oberflächlichen Schicht verbarg. Außen hui und innen pfui. Er war weder ein treuer Ehemann noch ein liebevoller Vater gewesen. Schon als Kind hatte Caroline gespürt, dass er sie nicht wirklich wahrnahm. Irgendwann hatte sie ein Lied gehört: *Ich bin durchsichtig, andere Leute sehen mich nicht ...* Ja! Genau! So war das gewesen. Für Vater schien einzig Albert zu zählen, und der würde natürlich an diesem Zerrbild festhalten. Er hatte Vaters Maxime über den Zusammenhalt der tollen Familie Heckeroth verinnerlicht. Sicher hatte er der Polizei nicht gesagt, dass Bertram sich von ihm und ihr über hunderttausend Euro geliehen hatte. Und doch war sein Architekturbüro den Bach hinuntergegangen. Erst hinterher war ihnen klar geworden, dass Bertram sich die Darlehen mit gefälschten Zahlen erschlichen hatte. Und als sie ihn zur Rede gestellt hatten, hatte er gegrinst und gesagt, dass er sonst das Geld von ihnen sicher nicht bekommen hätte. Das Geld, das ihm seit der Scheidung von Katja fehlte. Sie musste im Laufe der Ehe Unsummen in seinen aufwendigen Lebensstil gesteckt haben. Und was hatte sie dafür bekommen? Caroline fröstelte.

Und dann noch die Verurteilung wegen Steuerhinterziehung. Die Nachzahlung samt Zinsen und einer Geldstrafe summierte sich zu einem stolzen Betrag. Ausgerechnet am Tag von Mutters Beerdigung hatte Bertram versucht, Vater anzupumpen. Der hatte ihn hinausgeworfen und einen Verbrecher genannt. So viel zur tollen Familie Heckeroth.

Herrgott! Bertram, dieser Idiot! Warum verkaufte er das verdammte Haus nicht? Dann wäre er die Schulden los. Aber Caroline wusste, dass er das nicht konnte. Über dieses Haus definierte er sich. Damit zeigte er allen, vor allem aber sich selbst, dass er es geschafft hatte. Es umgab ihn wie ein Kettenhemd. Es machte ihn unverwundbar für die Pfeile der Wirklichkeit: abgelehnte Entwürfe, gekündigte Verträge, nicht erfolgte Einladungen zu Wettbewerben, kritische Artikel, hämische Kollegen, den Konkurs seines Büros. Das Haus war Symbol seines Erfolgs, und wenn er es verlor, würde es zum Monument seines Versagens. Dabei war es, neben einer Molkerei in Niederbayern, das einzige Gebäude, das er je gebaut hatte. Wenn er das Haus verlieren würde … Caroline wusste nicht, was er dann tun würde. Doch sie zerbrach sich sinnlos den Kopf. Bertram hatte sein Problem bereits gelöst.

Plötzlich fühlte sie sich kraftlos. Sie klappte den Laptop zu und spürte diesem Gefühl nach. Die Tatsache, dass ihr Vater tot war, noch dazu ermordet, hatte sie noch nicht wirklich erreicht. Nur vier Wochen nach ihrer Mutter. Alles würde sich wiederholen: Traueranzeige entwerfen. Sarg, Blumen und Musik aussuchen. Trauerrede, Beisetzung, kondolierende Verwandte, Nachbarn, Freunde. All das hatte sie erst vor vier Wochen erlebt. Und mit diesem Gedanken trieb ein Schuldgefühl an die Oberfläche.

Mutter hatte geglaubt, ihr blieben noch einige Monate, um ihre Angelegenheiten zu regeln. Aber dazu war es nicht mehr gekommen. Ihre Krebserkrankung hatte sich während des letzten Krankenhausaufenthalts unerwartet schnell verschlechtert. Innerhalb von nur drei Tagen war es mit ihr zu Ende gegangen. Doch in ihren letzten Stunden hatte sie Caroline ein Versprechen abgenommen. Ihr Gesicht war blass und eingefallen gewesen. Die Haut spannte wie Pergament über der Nasenwurzel und den Wangenknochen. Das Sprechen kostete sie alle Kraft. Nur mit Mühe verstand Caroline sie. »Ganz hinten in der untersten Schublade ... in meinem Sekretär ... ein Karton ... ein Tagebuch ... und Briefe ... verbrenne sie ... bitte ... versprich mir das.« Mutter hatte nach ihrer Hand gegriffen, und Caroline hatte ihr versichert, diese Bitte zu erfüllen. Als sie jedoch am Tag nach der Beisetzung im Sekretär nachgesehen hatte, war dort nichts gewesen. Sie hatte das Versprechen, das sie ihrer Mutter auf dem Sterbebett gegeben hatte, nicht eingehalten und fühlte sich schuldig. Mutters letzte Gedanken hatten diesem Tagebuch gegolten. Sie hatte nicht gewollt, dass es Wolfram in die Hände fiel, und sicher auch nicht, dass Albert es las, falls er es bei der Auflösung von Vaters Haushalt fand.

Caroline entschloss sich, das Versprechen nun schnellstmöglich einzulösen. Sie würde die Sachen finden, und wenn sie dafür die ganze Wohnung auf den Kopf stellen musste.

Es klopfte. Tanja Wiezorek trat ein. »Die Kommissarin ist da.« Die Frau, die ihr folgte, ließ Caroline an ein Dessert denken. Dunkle Kirschaugen, karamellfarbenes Haar, ein Teint wie Milchschaum mit einer Prise Zimt.

»Gina Angelucci«, stellte sich die Polizistin vor. »Wenn das Kaffeeangebot noch gilt«, sagte sie an Tanja Wiezorek gewandt, »dann nehme ich es in Anspruch. Schwarz mit zwei Stückchen Zucker.«

»Ich bringe ihn sofort.« Tanja zog die Tür hinter sich zu. Diese Polizistin ließ sich also nicht durch eine Tasse Kaffee aufhalten. Sie machte ihren Job gründlich. Vielleicht musste Caroline Bertram gar nicht denunzieren, sondern konnte abwarten, was die Polizei herausfand.

* * *

Gina klopfte und betrat das Büro. Siebzehn Uhr, Zeit für die Besprechungsrunde im kleinen Kreis. Dühnfort stand auf, um das Fenster zu schließen. Ein kalter Wind rupfte die gefärbten Blätter von den Bäumen und wirbelte sie durch die Löwengrube. Passanten hasteten über den Platz, Schirme über gesenkte Köpfe haltend wie Schutzschilde. Er mochte den Herbst nicht. *Wer jetzt allein ist, wird es lange bleiben, wird wachen, lesen, lange Briefe schreiben und wird in den Alleen hin und her unruhig wandern, wenn die Blätter treiben.*

Agnes hatte ein Faible für Lyrik. Durch sie hatte er die Schönheit von Gedichten entdeckt, die er zu Schulzeiten als sentimentalen Kram abgetan hatte. Das war jedoch alles, was sie mit ihm teilte, außer dem Bett natürlich. Sie schloss ihn aus ihrem Leben aus. Aber er wollte nicht alleine alt werden.

»Alles okay, Tino?«

Er riss sich vom Fenster los und ging zum Besprechungstisch in der Ecke. »Natürlich.«

Gina setzte sich, strich sich eine Haarsträhne hinters Ohr, griff nach ihren Unterlagen und schob die Blätter zu einem akkuraten Stapel zusammen. »Ich habe morgen einen Arzttermin. Kann sein, dass ich etwas später komme. Das ist doch kein Problem, oder?«

»Natürlich nicht.« Er wollte nicht fragen, obwohl Gina in den letzten Tagen angespannt gewirkt hatte.

»Nur 'ne kleine Inspektion.« Sie lächelte, aber dieses Lächeln war nicht so wie sonst. »Mit Caroline Heckeroth habe ich gesprochen. Ein Eisberg im Chanelkostümchen. Der Tod ihres Vaters scheint sie nicht sehr zu treffen. Am fraglichen Montag war sie in Brüssel. Sie hat übrigens einen Doktortitel in Betriebswirtschaft. Scheint in der Familie zu liegen. Wer ihrem Vater das angetan hat, kann sie sich nicht vorstellen.«

Alois kam herein. Das Sakko hatte er abgelegt. Das weiße Hemd und die Anzugweste sahen aus wie frisch aus der Wäscherei, und das am Ende eines arbeitsreichen Tages. Er setzte sich in die Runde. »Von Heckeroths Auto fehlt noch immer jede Spur. Die Taucher machen weiter, aber der Suchtrupp im Wald ist fertig. Nullaktion. Die Kontodaten liegen vor. Die letzte Abhebung hat Heckeroth senior selbst vorgenommen: fünfhundert Euro am Schalter seiner Filiale. Das war am Donnerstag vor dem Überfall. Seitdem gibt es keine Kontobewegungen und auch keinen Versuch, am Geldautomaten Geld zu ziehen. Die Kreditkarte ist seit Monaten nicht benutzt worden.«

Dühnfort lehnte sich zurück. Sein Gefühl schien ihn nicht getrogen zu haben. »Entweder war es den Tätern doch zu riskant, die Karten einzusetzen, oder sie hatten die Sachen nur zu dem Zweck entwendet, einen Raubüberfall vorzutäuschen. Was ist mit dem Schlüssel?«

»Im Haus ist er nicht und, wie gesagt, im Wald lag er auch nicht. Vielleicht im See versenkt, oder aber sie haben ihn mitgenommen.«

»Sollen wir die Raubmordhypothese weiterverfolgen?« Alois hakte die Daumen in die Armausschnitte der Weste.

»Im Moment hat sie nicht erste Priorität. Es gibt zwei neue Ansätze. Erstens: Bertram hat Schulden, sein Haus soll versteigert werden. Kannst du sein Alibi prüfen?« Dühnfort gab Alois die Daten. »Und nimm ihn auch sonst unter die Lupe. Und zweitens habe ich das hier in Heckeroths Wohnung gefunden.« Dühnfort legte das Album auf den Tisch.

Alois griff danach, drehte es so, dass auch Gina es sehen konnte, und begann zu blättern. Ihre Lippen kräuselten sich. Alois pfiff leise durch die Zähne.

»Heckeroth war gefesselt«, sagte Dühnfort. »Vielleicht ein Zufall, vielleicht auch nicht. Wir sollten mit den neuesten Aufnahmen beginnen und uns dann in die Vergangenheit vorarbeiten. Wer sind die Frauen? Hat Heckeroth ihnen Gewalt angetan? Hatte jemand Grund, sich zu rächen? Bertram denkt, dass sein Vater sie *überzeugt* hat mitzumachen. Er bezeichnet ihn als *den großen Manipulator*.«

»Die sind alle ganz schön jung«, sagte Alois und schob das Album zu Gina.

Gina kaute auf der Unterlippe. Dann wies sie auf einen weißen Kittel, der in ein Bild ragte. »Vermutlich sind hier etliche seiner Sprechstundenhilfen verewigt.«

Dühnfort betrachtete die Aufnahme. »Sicher können Heckeroths Kinder einige der Frauen identifizieren. Hast du schon die Daten der Telefongesellschaft?«

Gina schüttelte den Kopf. »Morgen.«

»Sind inzwischen alle Hausbewohner befragt worden?«

»Bis auf eine Frau Kiendel«, erwiderte Gina. »Die

habe ich noch nicht erwischt. Zuerst war sie in der Arbeit und dann wohl bei ihrer Tochter. Die hatte einen Unfall und liegt im Krankenhaus, hat mir eine Nachbarin erzählt.«

»Gut, das kann auch bis morgen warten.«

Das Telefon auf Dühnforts Schreibtisch klingelte. Buchholz war dran. Er hatte herausgefunden, woher die Kopfverletzung stammte. Am Couchtisch gab es winzige Blut- und Gewebespuren, in denen ein graues Haar klebte. »Die Spuren stammen von Heckeroth senior. Der Mann ist gestürzt.«

***

Eine halbe Stunde später machte Dühnfort sich auf den Heimweg. Er hatte weder Lust, essen zu gehen, noch, groß zu kochen. Also etwas Schnelles. In der Lebensmittelabteilung von Kaufhof besorgte er frische Tagliatelle, ein paar Scheiben Räucherlachs, gefrorenen Blattspinat und als Nachspeise eine Tafel Schokolade. Noir, mit achtzig Prozent Kakaoanteil.

Als er die Sendlinger Straße entlangging, begann es zu regnen. Zuerst nur vereinzelte Tropfen, aber innerhalb von Minuten wurde ein Platzregen daraus. Merde. Er schlug den Mantelkragen hoch und beschleunigte seine Schritte. Am Sendlinger-Tor-Platz stieg er ins Zwischengeschoss des U-Bahnhofs hinab und erklomm auf der anderen Seite wieder die Oberfläche. Fünf Minuten später betrat er seine Wohnung.

Stille empfing ihn, als sei er plötzlich abgeschnitten von der Welt. Er stellte die Einkäufe auf den Küchentisch und verschwand im Bad, um eine heiße Dusche zu nehmen. Danach schlüpfte er in frische Kleidung und ging in die Küche. Die Dielen knarrten. In der Wohnung unter ihm lief der Fernseher. Dühnfort legte eine Dylan-CD in den Player.

Eigentlich hätte er vor einigen Wochen ausziehen sollen. Doch die Tochter seines Vermieters hatte ihre Pläne geändert und würde nicht in München studieren, sondern für ein Jahr nach Amerika gehen. Und wer wusste schon, was dann war?

Dühnfort mochte seine Wohnung mit Aussicht auf den Alten Südfriedhof. Ein Leben ohne den Blick auf efeuüberwucherte Gräber, vom Zahn der Zeit angenagte Grabsteine und zerbröselnde Marmorengel wollte er sich nicht vorstellen. Er öffnete die Tür, die auf den winzigen Balkon führte, und ging hinaus. Es war dunkel geworden. Vereinzelt flackerten ewige Lichter zwischen den Gräbern, der Wind fuhr durch die Bäume, als wollte er noch in dieser Nacht die letzten Blätter von den Ästen schütteln. Dühnfort fröstelte und kehrte zurück in die Küche.

Er entkorkte eine Flasche Pinot Grigio, schenkte ein Glas voll und nahm einen Schluck. Eigentlich ein Sommerwein. Aber irgendeine Form von Widerstand wollte er dem Herbst entgegensetzen. Während Bob Dylan von unerfüllter Liebe sang, setzte Dühnfort Nudelwasser auf, schob den Blattspinat zum Auftauen in die Mikrowelle und erhitzte Sahne in einem Topf. Als das Wasser kochte, warf er die Tagliatelle hinein, rührte Salz und Pfeffer unter die Sahne, gab frisch geriebenen Parmesan dazu und schmeckte die Soße mit einem Spritzer Zitronensaft ab. Dann schnitt er den Räucherlachs in Streifen, drückte den Spinat aus und zupfte ihn auseinander. Als die Nudeln fertig waren, richtete er sie auf einem Teller mit Soße, Lachs und Spinat an. Zehn Minuten. So mochte er Fastfood.

Mit dem Teller setzte er sich vor den Fernseher im Wohnzimmer. Die Nachrichten waren schon vorbei. Der Moderator des Wetterberichts kündigte weitere Regenfälle und sinkende Temperaturen an. Dühnfort trank das Glas leer und ging in die Küche, um es neu zu füllen. Sicher trieb er nicht nur zu wenig Sport, sondern trank auch zu viel. Die Nudeln schmeckten ausgezeichnet, der zarte Geschmack des Spinats und die kräftigen Aromen von Räucherlachs und Parmesan kontrastierten perfekt miteinander.

Entspannt lehnte Dühnfort sich zurück und schaltete den Fernseher aus. Die Schokolade lag in der Küche, er holte sie und nahm auch noch die Weinflasche mit.

Vierundzwanzig Stunden. Gestern um diese Zeit hatte er in Heckeroths Badezimmer gestanden. Eine Woche lang hatte niemand ahnen können, dass hinter den Holzwänden dieses verlassen wirkenden Hauses ein Mann mit dem Tode rang. Welches Motiv mochte es für eine derart grausame Tat geben? Der alte Mann hatte tagelang gelitten. Anfangs war er sicher wütend und vielleicht auch verängstigt gewesen. Er hatte versucht, sich zu befreien, aber die Riemen waren zu fest, das Leder scheuerte die Haut auf. Die Rippen des Heizkörpers drückten ihm in den Rücken. Es war warm, er wurde durstig. Er wusste nicht, ob es Tag oder Nacht, und auch nicht, wie spät es war. Er hatte nichts, woran er sich orientieren konnte, nur die Hoffnung, dass man ihn rechtzeitig finden würde.

Er war Arzt. Er wusste, was ihm bevorstand. Zuerst kam der Durst, der schnell quälend wurde, später der Hunger und dann die Verzweiflung. Er hatte an seinen Fesseln gezerrt, er hatte um Hilfe gerufen. Stunde um Stunde. Immer wieder. Tagelang. Bis Resignation über ihn hereingebrochen war. Schließlich hatte er aufgegeben, mit seinem Leben abgeschlossen.

Wer war zu einer solchen Tat fähig? Wie konnte der Täter es ertragen zu wissen, was mit dem alten Mann geschah? Vier lange Tage und Nächte? Wieso hatten ihn weder Mitleid noch Schuldgefühle überwältigt und das Ganze abbrechen lassen?

Mittwoch, 15. Oktober

Albert telefonierte in seinem Arbeitszimmer. Babs hörte seine Stimme bis in die Küche. Sie war erleichtert, dass er ihr das Gespräch mit den Jungs abgenommen und ihnen erklärt hatte, was ihrem Opa widerfahren war. Offensichtlich hatte er es gut gemacht, denn sie hatten relativ gefasst reagiert. Nun waren sie in der Schule. Es war besser, wenn das Leben für sie in den gewohnten und Sicherheit gebenden Bahnen verlief.

Babs räumte die Spülmaschine ein und wischte den Tisch ab. Ihr Blick fiel auf die Tür zur Speisekammer. Diesen winzigen Raum als Arbeitszimmer herzurichten würde Tage dauern. Zeit, die sie momentan nicht hatte. Vorerst musste ihr der Küchentisch genügen. Sie holte Block und Stifte, um die ersten Skizzen zu einem präsentationsfähigen Entwurf auszuarbeiten. Mit sicherem Strich schraffierte sie eine Wandfläche. Wie altmodisch und umständlich ihre Arbeitsweise doch war. Irgendwie musste sie kaschieren, dass sie noch keinen Computer hatte. Aber wie? Vielleicht, indem sie die Entwürfe mit Markern und Buntstiften illustrierte? Das war eine Möglichkeit. Das Klingeln an der Wohnungstür riss sie aus ihrer Überlegung. Albert telefonierte noch immer.

Also stand sie auf und öffnete. Es war Bertram. Überrascht sah sie ihn an.

»Du kannst den Mund wieder zumachen.«

Wie immer hatte er einen dummen Spruch parat. »Was willst du?«

»Mit Albert reden.« Bertram schob sich an ihr vorbei

in die Wohnung, zog den Mantel aus und reichte ihn ihr, als sei sie die Haushälterin. »In der Praxis ist mein Bruderherz nicht, also nehme ich an, dass er sich hier ganz seiner Trauer hingibt.«

Babs wollte keinen Streit, deshalb schluckte sie ihren Ärger herunter und hängte den Mantel auf einen Bügel. »Albert ist in seinem Arbeitszimmer.«

Bertram steuerte darauf zu und trat ein, ohne anzuklopfen. Sie kehrte in die Küche zu ihren Entwürfen zurück.

Was Bertram wohl wollte? Albert hatte ihn hinausgeworfen, nachdem er erfahren hatte, dass Bertram ihm mit falschen Zahlen und erfundenen Aufträgen ein Darlehen für sein Architekturbüro aus der Tasche gezogen hatte. Seither verkehrten die Brüder über ihre Anwälte. Sogar die Nachricht von Wolframs Tod hatte Albert durch Caroline an Bertram übermitteln lassen.

Alberts und Bertrams Stimmen drangen gedämpft zu ihr in die Küche. Vielleicht wollte er sich ja mit Albert aussöhnen. Er würde erben und konnte seine Schulden begleichen. Sein Tonfall hatte allerdings nach Streit geklungen. Und selbst wenn Bertram seinem Bruder die Hand zur Versöhnung reichte: Babs bezweifelte, dass Albert sie ergreifen würde. Schon von klein auf hatten die beiden sich mit zuverlässiger Regelmäßigkeit in den Haaren gelegen. Schon immer hatte Albert seinen Status als Thronfolger verteidigt. Bertram hatte es ihm allerdings leicht gemacht. Dieser Sturkopf. Gerade das, was von ihm erwartet wurde, tat er nicht. Babs fragte sich, ob er jemals etwas getan hatte, das er selbst wollte, oder ob seine Entscheidungen noch immer darauf gründeten, es dem Alten zu zeigen. Wie damals bei seiner Berufswahl.

Mit achtzehn hatte Bertram etwas entdeckt, das weichenstellend für sein Leben wurde: das Familiengeheimnis, den totgeschwiegenen Onkel Siegfried. Wolframs Bruder war nicht nur Architekt gewesen, sondern auch ein begnadeter Verkäufer und Schaumschläger. In den Fünfzigerjahren hatte er einen Gebäudekomplex mit Eigentumswohnungen geplant, potentiellen Käufern Anzahlungen aus der Tasche gezogen und sich dann mit dem Geld nach Argentinien abgesetzt, wo er in den Siebzigerjahren unter dubiosen Umständen ums Leben gekommen war. Als Bertram herausfand, dass er alleine mit der Erwähnung dieses Onkels seinen Vater auf die Palme bringen konnte, wurde Siegfried zu seinem Vorbild – auch bei der Berufswahl. Allerdings war Bertram kein guter Architekt, kein kreativer Mensch, kein Künstler. Reproduzieren, das konnte er. Zu mehr reichte es nicht.

Babs strich sich die Haare aus dem Gesicht und legte den Stift beiseite. Der Rücken tat ihr weh. Für einen Augenblick beneidete sie Albert um sein Arbeitszimmer, einen hellen Raum mit Parkett und Balkon. Vor allem aber mit einem Schreibtisch und einem vernünftigen Bürostuhl.

Alberts Stimme wurde lauter, steigerte sich, bis sie sich überschlug. Babs schnappte das Wort *Arschloch* auf. Die Tür wurde geöffnet, Schritte erklangen. Dann schrie Albert: »Du hältst dich wohl für superschlau!«

Babs schob den Stuhl zurück und ging in den Flur. Bertram schlüpfte in seinen Mantel. Er fing ihren Blick auf, grinste und trat durch die Tür, die Albert aufgerissen hatte.

»Hau ab und lass dich nicht wieder blicken!« Albert knallte die Tür hinter ihm zu, dass es durchs Treppenhaus hallte wie Geschützlärm einer nahenden Schlacht.

»Was ist los? Was wollte Bertram denn?«

Albert musterte sie irritiert, als bemerke er sie gerade erst. Er atmete durch, die Schultern sanken herab. »Streit natürlich. Was sonst?«

* * *

Dühnfort betrat kurz nach sieben sein Büro, fuhr den Computer hoch, öffnete das Fenster und sah dann zwei Stunden lang Papiere durch, die eine der Bürofeen auf dem Schreibtisch abgelegt hatte. Die Verbindungsnachweise für Heckeroths Handy und Festnetzanschluss waren darunter.

Bertram hatte am Sonntag vor dem Überfall ein zwei Minuten langes Gespräch mit seinem Vater geführt. Am Tag des Überfalls, gegen achtzehn Uhr, war ein Telefonat mit Albert in der Praxis verzeichnet, sicher wegen des Siphons. Es war der letzte Anruf. In den Tagen vor dem Überfall hatten am Samstag Caroline und die Putzfrau angerufen, und am Freitag, als er an den See gefahren war, hatte Heckeroth die Nummer eines Autohauses in Herrsching gewählt. Dühnfort griff zum Telefon, tippte die Nummer ein und erfuhr von einer erkältet klingenden Frau, dass Heckeroth an diesem Tag einen Termin zur ersten Inspektion des Jeeps gehabt hatte. Mit dem Anruf hatte er sich vergewissert, dass ein Leihwagen für ihn bereitstand. »Ist das Auto noch in der Werkstatt?«, fragte Dühnfort.

»Nein. Herr Heckeroth hat es am selben Tag abgeholt.«

Dühnfort bedankte sich für die Auskunft und legte auf. Noch immer war das Fahrzeug verschwunden. Es würde ihn nicht überraschen, wenn man es demnächst irgendwo ordentlich geparkt auffand.

Es klopfte. Alois steckte den Kopf zur Tür herein. »Kommt Gina heute nicht?«

»Sie hat einen Arzttermin, es wird also etwas später. Was macht Bertrams Alibi?«

»Das steht. Seine Ex hat es bestätigt. Am 6. Oktober, abends, war er bei ihr in der Galerie. Er hat sie um ein Darlehen gebeten. Aber die Summe, die ihm vorschwebte, hat sie nicht. Er musste sich mit fünftausend Euro begnügen.«

»Auch nicht gerade ein Pappenstiel.«

»Ihren Eltern gehört *Maison Vert*, sie schwimmt also im Geld wie Dagobert Duck.«

»Was ist *Maison Vert*?«

»Naturkosmetik. Schweineteuer. Kennst du die nicht?«

Dühnfort verneinte. »Ich ertrage meine Falten mit Würde. Du glaubst ihr?«

»Warum sollte sie für ihn lügen? Aus Liebe sicher nicht. Die Trennung ging von ihr aus. Er wollte die Scheidung nicht.«

»Gut, dann glauben wir das mal. Außerdem werden Morde aus Habgier anders begangen. Erste Priorität hat jetzt das Album. Wir müssen die Frauen identifizieren. Vielleicht hat Heckeroth das Leben eines der Mädchen zerstört. Solange wir nicht wissen, wie er sie dazu gebracht hat, bei diesen Aufnahmen mitzuwirken, können wir Nötigung und Vergewaltigung nicht ausschließen. Und selbst wenn er sie *nur* überredet hätte, müssen wir die Möglichkeit von psychischen Folgen in Betracht ziehen.«

Gina kam herein. »Sorry, hat etwas länger gedauert. Ich hole mir noch schnell einen Kaffee.«

Als sie wiederkam, fasste Dühnfort für sie den Stand

der Dinge zusammen. Sie wirkte unkonzentriert. Er gab ihr das Album. »Kannst du das dreimal kopieren?«

Sie knallte den Becher auf den Tisch. Kaffee schwappte über. »Bin ich jetzt die Copymaus?« Mit dem leinengebundenen Band unter dem Arm verließ sie das Zimmer.

Alois grinste. »Hat sie ihre Tage?«

Gina war sonst nicht so, legte Worte nicht unbedingt auf die Goldwaage und kopierte schon mal etwas. Eine Minute später kam sie wieder. »Die Bürofeen erledigen das, okay?«

Plötzlich hatte Dühnfort ein ungutes Gefühl. War die *Inspektion* nicht zufriedenstellend verlaufen? Sie fing seinen Blick auf und hob abwehrend die Hände. »Entschuldige. Ich habe schlecht geschlafen. Wer übernimmt wen? Ich würde gerne Caroline Papas Sammlung unter die Nase halten. Bin mal gespannt, wie sie darauf reagiert.«

***

Caroline ging durch die Eingangshalle, am Pförtner vorbei. Der sah von seiner Zeitung hoch und stand auf. »Guten Morgen, Frau Dr. Heckeroth. Mein Beileid.« Sie bedankte sich im Vorübergehen.

Während sie auf den Lift wartete, betrat Claus Henning die Halle. Ausgerechnet. Aber Feigheit vor dem Feind gab es nicht. Sie drückte den Rücken durch und setzte ihr Businesslächeln auf. Henning mit seinem Rochengesicht steuerte im offenen Mantel über dem silbrig glänzenden Anzug auf sie zu. Endlich kam der Lift, sie stieg ein. Kurz bevor die Türen sich schlossen, erreichte er den Aufzug.

»Guten Morgen, Frau Heckeroth.« Das falsche Lächeln entging ihr nicht. Wenn er sie alleine antraf, vermied er es immer, ihren Titel zu erwähnen. »Darf ich Ihnen mein Beileid ausdrücken? Gestern hat sich das leider nicht ergeben.«

Obwohl sie nur Gilles Winterboom vom Tod ihres Vaters erzählt hatte, war die Nachricht im Haus herumgegangen wie das sprichwörtliche Lauffeuer. »Gerne.« Natürlich wusste sie, dass er annahm, ihr mit dieser Floskel bereits sein Beileid bekundet zu haben. Er liebte diese Art geschraubter Formulierungen, und sie hatte ihn schon mehrfach in die Fallen laufen lassen, die er selbst aufstellte.

»Bitte?«

»Sie fragten, ob Sie mir kondolieren dürfen.«

Für einen Moment verengten sich seine Augen. »Mein aufrichtiges Beileid, Frau Heckeroth. Das muss ein schwerer Schlag für Sie sein. Ein Mord in der Familie.« Er blickte in den Spiegel und zog den Krawattenknoten gerade. »Vor einiger Zeit habe ich eine Statistik gelesen, der zufolge über achtzig Prozent der Morde von Angehörigen begangen werden. Eine erschreckende Zahl, finden Sie nicht?«

Dieses Arschloch. Er hatte den Punkt schnell gefunden, an dem er ansetzen konnte. »Mein Vater wurde Opfer eines Raubmörders. Habgier und Neid haben schon manchen dazu verleitet, Grenzen zu überschreiten.« Der Lift stoppte, sie wandte sich ab und stieg vor ihm aus.

Tanja Wiezorek saß im Vorzimmer und öffnete die Post.

Caroline betrat ihr Büro und startete als Erstes den Computer, wie jeden Morgen. Sie brauchte das leise Piepen, mit dem der Rechner hochfuhr. Erst dann wurde sie zu Dr. Heckeroth, erst dann stellte sich das Gefühl ein, alles im Griff zu haben. Sie schlüpfte aus dem Mantel.

Die Aktentasche, ein teures Designerteil von Valentino, landete auf dem Tisch. Marc hatte es ihr geschenkt. Er überraschte sie oft mit teuren Geschenken. Ob sich diese Investitionen für ihn je auszahlen würden? Sie machte sich keine romantischen Illusionen über die Hintergründe ihrer Beziehung. Sie waren ein schönes Paar und passten auch im Bett gut zusammen. Aber Liebe war das nicht. Marc war Bereichsleiter im Großkundengeschäft einer Bank. Und natürlich hoffte er, über sie leichter Zugang zu den Entscheidungsträgern ihres Unternehmens zu erhalten. Noch war die Firma eine kleine AG, also nicht börsennotiert. Noch war die Aktienmehrheit in Händen der Inhaber, und der Rest gehörte Familienmitgliedern. Für übernächstes Jahr war jedoch der Börsengang geplant und die Bank, die ihn begleiten sollte, noch nicht gefunden. Marc hoffte, diesen dicken Fisch an die Angel zu bekommen, und dafür brauchte er sie. Ihr deswegen einen Heiratsantrag zu machen war jedoch übertrieben. Allerdings hatte er den nicht ernst gemeint. Er war angetrunken gewesen, als sie nach einer Party morgens um drei zu Fuß zu seiner Wohnung gegangen waren und beim Friedensengel Rast gemacht hatten. Sie setzte sich neben ihn, zog die hochhackigen Schuhe aus und massierte ihre schmerzenden Zehen. Die Isar floss träg unter ihnen dahin, ab und an fuhr ein Auto durch die engen Kurven am Rondell, und im Osten kündigte ein heller Schimmer einen Spätsommertag an, als Marc sie an sich zog, ihr das Haar aus dem Gesicht strich und sagte: »Was meinst du, sollten wir heiraten?«

Sie war richtiggehend zusammengezuckt. Marc war das Lächeln verrutscht. Er hatte sich abgewandt und gelacht. »War ja nur ein Vorschlag.«

Caroline startete die Datei mit der Planung der Werbemaßnahmen für die neue Produktreihe. Henning machte den Fehler, sie zu unterschätzen. Sie war dabei, das Geschütz, das er gegen sie in Position bringen wollte, umzukehren, und er würde das erst merken, wenn der Schuss losging. Übernächsten Montag bei der Vorstandssitzung. Dann würde er sein Konzept der Erweiterung des Filialnetzes durchsetzen. Das jedenfalls trommelte der Buschfunk. Henning plante die Expansion mit Franchisepartnern. Und um die zu gewinnen, benötigte er ein Marketingbudget, das allerdings in der Jahresplanung nicht enthalten war. Also hoffte er darauf, ihr Gelder entziehen zu können, die sie bereits für die erfolgreiche Produkteinführung der Herbstpralinen eingeplant hatte.

Caroline hatte mittlerweile ihr Netzwerk genutzt und eine neue Agentur aufgetan, die zu wesentlich günstigeren Tagessätzen arbeitete als der bisherige Partner *adhoc*. Für die Mediaplanung lagen erste Ideen vor, wie das Werbebudget effektiver zu nutzen sei. Zusammen mit der eisernen Reserve, die sie immer in der Rückhand hatte, schaufelte sie so genügend Gelder frei, um die Produkteinführung und die Werbemaßnahmen zur Partnergewinnung erfolgreich über die Bühne zu bringen. Die Präsentation bei der Vorstandssitzung würde ihre große Stunde werden. Lediglich Gilles musste noch vom Agenturwechsel überzeugt werden, aber das war sicher kein Problem. Zufrieden stellte sie in der nächsten Stunde die Meilensteinplanung fertig. Danach gönnte sie sich eine Tasse Kaffee, um sich zu entspannen. Ihre Gedanken landeten jedoch im Handumdrehen beim Tod ihrer Eltern.

Sie hatte ihre Mutter geliebt, auch wenn die das kaum wahrgenommen hatte. Das wenige an Gefühlen, das ihr zur Verfügung stand, hatte sie an Albert und Bertram verschwendet. An ihrem Sterbebett hatte jedoch keiner der beiden gesessen, sondern sie, Caroline. Sie hatten letzte Worte gesprochen, Caroline hatte ihr das Versprechen gegeben, das Tagebuch und die Briefe zu vernichten, und kurz drauf war ihre Mutter friedlich eingeschlafen. Dieser Abschied war schmerzlich gewesen, aber auch auf eine Art gut und richtig. Von Vater hatte sie sich nicht verabschieden können, was weh tat wie eine offene Wunde. Und das, obwohl sie ihm so gleichgültig gewesen war wie er zum Schluss ihr. Seit Alberts Anruf Montagnacht wartete sie darauf, dass sich in ihr ein Schalter umlegte und die Tränen flossen, dass Trauer und Verzweiflung sich den Raum nahmen, der ihnen zustand. Warum geschah das nicht?

Vielleicht weil sie ihren Vater nicht geliebt hatte. Wie auch? Wie konnte man einen Menschen lieben, für den man Luft war? Immer hatte Albert im Mittelpunkt gestanden. Und Bertram, allerdings auf andere Art. Bertram, der immer Ärger machte und so im Fokus stand, das schwarze Schaf, der ungeliebte Sohn, an dem der Herr Papa sich die Zähne ausbiss. Zum Ausgleich erfüllte Albert ruhig und gewissenhaft all die Erwartungen, die in ihn gesetzt wurden. Und Caroline war in diesem Bermudadreieck aus Vater und Söhnen verschwunden.

Sie hatte ein besseres Abitur gemacht als Albert, aber er hatte ein Auto bekommen, sie dagegen eine scheußliche Armbanduhr und einen Einkaufsgutschein für die Unibuchhandlung. Sie hatte Betriebswirtschaft studiert und nebenbei ein Fachbuch über Controlling in mittelständischen Betrieben veröffentlicht. Doch alles, was sie zu hören bekommen hatte, war, Albert könnte das auch, wenn sein Studium nicht so anstrengend und zeitintensiv wäre.

Caroline seufzte. Das alles lag hinter ihr. Sie hatte es

längst aufgegeben, um die Anerkennung, geschweige denn die Liebe ihres Vaters zu buhlen.

Das Telefon klingelte. Tanja Wiezorek kündigte Gina Angelucci an. »Sie ist schon oben. Haben Sie Zeit?«

Konnten Beamte nicht wie normale Menschen Termine vereinbaren? »Eigentlich nicht. Aber das ist vermutlich kaum von Belang.«

Einen Augenblick später betrat die Polizistin den Raum. Ihre Jeansjacke war vom Regen fleckig. »Es dauert nicht lange.« Sie zog die Jacke aus, legte sie auf einen Besucherstuhl und setzte sich. An mangelndem Selbstbewusstsein litt sie nicht, das hatte Caroline schon gestern festgestellt. »Wir haben in der Wohnung Ihres Vaters ein Fotoalbum gefunden. Ich wollte Sie bitten, sich die Bilder anzusehen. Ein Teil unserer Ermittlungen konzentriert sich darauf. Es würde unsere Arbeit erleichtern, falls Sie einige der Frauen identifizieren könnten.«

Was für ein Album? Hatte Vater Fotografien seiner Freundinnen in Sammelbände gesteckt, so wie andere Leute Briefmarken? Sollte sie jetzt tatsächlich Vaters Harem beim Namen nennen? Wo doch nicht einmal Mutter über die jeweils aktuelle Geliebte Bescheid gewusst hatte. Caroline hätte sich das an ihrer Stelle nicht bieten lassen. Sie hätte die Konsequenzen gezogen und sich scheiden lassen. Aber Mutter hatte aus einem merkwürdigen Konglomerat von Ehrpusseligkeit, Verantwortung und Abhängigkeit diesen Schritt niemals ernsthaft in Betracht gezogen. *Bis dass der Tod euch scheidet.* Sie hatte sich daran gehalten. »Weshalb interessieren Sie sich für die Freundinnen meines Vaters?«

Gina Angelucci verzog den Mund. »Sie kennen das Album nicht? Sie werden es verstehen, wenn Sie die Bilder sehen.«

Die Art, wie Gina Angelucci das sagte, weckte in Caroline ein vages Gefühl der Unruhe.

»Das sind nicht einfach Porträtaufnahmen. Ihr Vater hatte gewisse Vorlieben sexueller Art.«

Was wollte diese Polizistin ihr eigentlich sagen? Latex und Leder, Peitschen, Ketten und Stachelhalsbänder wirbelten durch Carolines Vorstellung und mittendrin ihr Vater. Sie stöhnte und rieb sich mit den Händen übers Gesicht. Das konnte nicht wahr sein. Überrascht betrachtete sie das dicke Kuvert, das Gina Angelucci aus ihrer Umhängetasche holte. So viele? Caroline atmete durch. Sie würde sich einfach weigern, diese Bilder anzusehen. Niemand konnte sie dazu zwingen. Aber was würde diese Polizistin dann tun? Sie würde die Aufnahmen den Mietern zeigen und den Verwandten, vielleicht sogar in den Geschäften am Kurfürstenplatz rumfragen. Beim Bäcker, bei der Reinigung, beim Gemüsehändler und so weiter. O Gott! Caroline griff zum Telefon. »In der nächsten halben Stunde möchte ich nicht gestört werden. Von niemandem.«

***

Dühnfort suchte Albert gegen Mittag auf. Seine Frau ließ ihn ein. »Mein Mann hat gerade Besuch von einem Mitarbeiter des Bestattungsinstituts. Das kann nicht mehr lange dauern. Soll ich trotzdem ...« Sie deutete auf das Wohnzimmer, aus dem gedämpft Stimmen klangen.

»So eilig ist es nicht.« Er folgte ihr in die Küche, nahm Platz und legte das Kuvert mit den Kopien auf den Tisch. Das Telefon im Flur begann zu läuten.

Barbara entschuldigte sich und ging in die Diele. Aus dem Gespräch schloss Dühnfort, dass ihre Schwägerin Caroline am anderen Ende war. Zunächst ging es um einen Job, den sie vermittelt hatte. Doch dann wechselte das Thema. »Nein. Das ist doch Unsinn.« Alberts Frau senkte die Stimme. »Sicher kommt ihm die Erbschaft gelegen. Aber wenn er bei Katja war ...« Barbara Heckeroth stand mit dem Rücken zur Küche und fasste mit der Rechten ihre schulterlangen Haare zusammen. »Das hast du schließlich gerade selbst gesagt ... Entschuldige, Caro, aber in meiner Küche sitzt ... Ja, genau.« Sie drehte sich um und sah zu Dühnfort. »Welche Bilder?« Ihr Blick wanderte über den Küchentisch und blieb an dem Kuvert hängen. Sie beendete das Gespräch und kehrte in die Küche zurück. »Caro sagt, Sie hätten bei Wolfram Fotos übelster Art gefunden.«

Dühnfort interessierte im Moment etwas anderes. »Ihre Schwägerin verdächtigt Bertram? Wieso?«

Barbara strich sich eine Haarsträhne aus dem Gesicht und setzte sich. »Bertram ist das schwarze Schaf in der Familie. Das haben Sie sicher schon mitbekommen. Vermutlich hat er den größten Teil seines Lebens damit zugebracht, herauszufinden, was Wolfram missfallen würde, um genau das dann zu tun.«

»Väter heißen nicht immer gut, was ihre Kinder machen.«

»Schon. Aber bei Bertram habe ich das Gefühl, dass es ihm hauptsächlich darum ging, seinen Vater auf die Palme zu bringen. Jedenfalls hat er ihn um Geld gebeten, und da Wolfram ihm nicht geholfen hat, denkt Caro wohl ... Aber es passt einfach nicht zu ihm.« Sie musterte Dühnfort. »Ganz ehrlich: Wenn mein Schwiegervater erschlagen worden wäre und Bertram kein Alibi hätte, dann würde ich vielleicht glauben, dass er es war. Er ist aggressiv und jähzornig. Aber vier Tage ... das hält doch niemand durch. Selbst wenn Bertram aus lauter Wut

Wolfram an die Heizung gefesselt hätte, dann hätte er ihn befreit, sobald sein Ärger verraucht war.«

Dühnfort fand diese Betrachtungsweise interessant. Sie deckte sich mit seinen Überlegungen. Es war allerdings ein Aspekt aufgeblitzt, den er bisher außer Acht gelassen hatte. »Vielleicht auch nicht. Hatte Bertram Angst vor seinem Vater?«

Barbaras Augen weiteten sich. »Angst?«

»Was hätte Ihr Schwiegervater denn getan, wenn Bertram ihn – sagen wir über Nacht – im Bad eingesperrt und am nächsten Tag befreit hätte?«

Barbara Heckeroths Stirn, die gerade noch in angespannten Falten gelegen hatte, glättete sich. »Ich weiß es nicht.«

»Aber Sie haben eine Vermutung.«

Sie hob den Blick. »Wolfram war ein starker Mann, einer, der sich nicht unterwarf, der nie zu Kreuze kroch, der Niederlagen nicht hinnehmen konnte. Eine solche Demütigung ... Ich denke, angezeigt hätte er ihn nicht. Vermutlich hätte er Bertram enterbt. Aber er war es nicht. Er war bei Katja. Und die hat weiß Gott keinen Grund, für ihn zu lügen.«

»Weshalb sind Sie so sicher?«

Sie lachte kurz. »Ach je, jetzt habe ich eh schon gegen das Heckeroth'sche Gesetz verstoßen, über die Familie nie schlecht zu reden ... aber Sie werden das sowieso herausfinden. Katja hat Bertram geliebt und bewundert und seinen aufwendigen Lebensstil finanziert. Aber statt sie auf Händen zu tragen, hat er sich über sie lustig gemacht, und wenn sie allein waren, hat er sie geschlagen. Also das ist nur eine Vermutung.« Barbara hob die Hände. »Aber seit sie sich von ihm getrennt hat ... es ist einfach auffallend, dass sie sich seither weder an

Schränken gestoßen hat noch eine Treppe hinuntergefallen ist.«

Barbara legte die Hände auf den Tisch. »Ich mag Bertram nicht. Dennoch glaube ich nicht, dass er seinen Vater umgebracht hat. Caro sagt, dass ...« Barbara blickte auf das Kuvert.

Im Flur waren Stimmen zu hören. Albert verabschiedete den Mitarbeiter des Bestattungsinstituts und kam in die Küche. Er begrüßte Dühnfort. Der erklärte den Grund seines Besuchs und wies auf den dicken Umschlag. Albert starrte ihn an. »Sie wollen doch damit nicht sagen ... Also, mein Vater hat sich doch nicht strafbar gemacht?«

Dühnfort holte die Kopien hervor. »Wir wissen es nicht. Ihr Bruder denkt, dass Ihr Vater die Frauen überredet hat, dabei mitzumachen. Er bezeichnet ihn als *großen Manipulator*.«

Alberts Blick schnellte hoch. »Einen Manipulator? So nennt er ihn?« Er ging zum Kühlschrank, nahm eine Packung Orangensaft heraus, goss ein Glas voll und trank es in einem Zug leer. Dann kam er zurück an den Tisch. »Sie vermuten, dass eine dieser Frauen es Vater heimgezahlt hat?« Albert griff nach den Kopien.

»Es ist eine Spur, der wir nachgehen. Können Sie uns Namen zu den Bildern nennen?«

Albert setzte sich und betrachtete jedes eingehend. Er verzog dabei keine Miene. Ab und an legte er eines beiseite. Als er fertig war, sortierte er die Auswahl in zwei kleine Stapel und nahm sich dann ein Bild nach dem anderen vor. »Rebecca Engelhardt. Sie hat den gleichen Italienischkurs besucht wie Vater. Ich habe ihn mit ihr kurz nach Mutters Beerdigung im Treppenhaus getroffen.« Das nächste Bild landete auf dem Tisch. »Hannelore Graf. Vaters letzte Sprechstundenhilfe. Sie hat gekündigt, kurz bevor ich die Praxis übernommen habe.« Er zeigte die nächste Aufnahme. »Elisabeth Weiß.« Die Sehnen an Alberts Hals traten hervor. »Sie ist die Tochter der besten Freundin meiner Mutter. Sie kann damals höchstens achtzehn gewesen sein, und mein Vater war zu der Zeit über fünfzig!« Er knallte die Fotografie auf den Stapel. »Irene Schönhofer. Das muss Anfang der Achtziger gewesen sein. Ihrem Mann gehörte die Bäckerei gegenüber.« Albert nahm den anderen Stoß. »Diese Gesichter kommen mir bekannt vor. Einige waren vielleicht Sprechstundenhilfen. Ich müsste in den alten Unterlagen nachsehen, dann kann ich Ihnen vermutlich Namen und die damaligen Anschriften geben. Eilt das?«

»Es wäre schön, wenn Sie das kurzfristig erledigen könnten.« Dühnfort verabschiedete sich. An der Tür bat er Albert um den Schlüssel zur Wohnung seines Vaters. Er hatte das Gefühl, sich dort noch einmal umsehen zu müssen. Das Auto ließ er in der Kaiserstraße stehen und ging den kurzen Weg zum Kurfürstenplatz zu Fuß.

Die Luft in der Wohnung war abgestanden. Unten an der Haltestelle hielt quietschend eine Straßenbahn. Dühnfort ging in Heckeroths Arbeitszimmer und startete den PC. Der Computer war mit einem Passwort geschützt. In einer Schublade lag ein Adressbuch, das er herausnahm und durchblätterte. Grob geschätzt enthielt es über hundert Namen und Anschriften, sehr viele von Frauen. Er klappte das Büchlein zu und steckte es ein.

In einer weiteren Schublade fand er eine mit venezianischem Papier bezogene Schachtel. Ein schwacher Duft von Parfum entströmte ihr, als er den Deckel abnahm. Der Karton war voller Kuverts. Weiße, hellblaue, flieder- und elfenbeinfarbene. Dühnfort zog eines heraus. Es enthielt zwei Briefe: den einer Frau, die mit *Auf immer Deine*

Schnuppe unterschrieben hatte, sowie den Durchschlag von Heckeroths Antwortbrief. Merkwürdig. Dühnfort besah sich noch eine Reihe weiterer Kuverts, beinahe alle enthielten eine Kopie des Antwortschreibens. Weshalb hatte Heckeroth Duplikate seiner Briefe aufbewahrt? Die Macht der Worte. Stellten die Briefe eine Ergänzung zu den Fotografien dar?

In Dühnfort entstand das Bild eines einsamen alten Mannes, den die Kräfte verlassen hatten und jegliche Attraktivität, der hinfällig geworden auf die Hilfe anderer angewiesen war und den dieser Verlust von Selbständigkeit kränkte; ein Mann, der in einsamen Stunden, die vielleicht Verzweiflung bargen, nach diesem Karton griff wie nach einem Rettungsring.

Dühnfort nahm einen Brief nach dem anderen heraus und suchte nach Namen. Keiner enthielt mehr als einen Kosenamen – *Schnuppe, Sternchen, Prinzessin* –, geschweige denn eine Adresse. Er legte den Deckel wieder auf die Schachtel und stellte sie zurück. In einem Regal reihten sich Aktenordner. Sie enthielten die Steuererklärungen der vergangenen Jahre, Kontoauszüge und Telefonrechnungen. In einigen Ordnern waren Unterlagen abgeheftet, die das Haus betrafen. Mietverträge, Handwerkerrechnungen, Verträge für eine Hypothek. Nichts Ungewöhnliches.

Ein Schlüssel drehte sich in der Wohnungstür. Einen Moment später fiel die Tür ins Schloss. Dühnfort ging in den Flur. Eine mollige Frau mit blondem Lockenschopf kam ihm entgegen. Sie trug einen Korb voller gebügelter Wäsche, den sie beinahe fallen ließ, als sie Dühnfort sah. Aber dann straffte sich innerhalb eines Sekundenbruchteils jeder Muskel und jede Sehne an ihr. »Was tun Sie hier? Ich schreie das ganze Haus zusammen, wenn Sie noch einen Schritt näher kommen.« Sie sog Luft ein, ihr Körper spannte sich noch mehr. Dühnfort befürchtete, sie könnte jeden Moment zu kreischen anfangen. Er zog seinen Ausweis aus der Tasche und hielt ihn hoch. »Frau Kiendel? Entspannen Sie sich, ich gehöre zu den Guten.«

»Meine Güte.« Ein musternder Blick streifte die Karte und dann ihn. »Einen Kriminalhauptkommissar habe ich mir anders vorgestellt«, sagte sie, während sich ein Lächeln auf ihrem Gesicht ausbreitete.

»Sie sind doch Frau Kiendel?«

Die Frau nickte. »Ich wollte nur die Wäsche bringen.« Sie erklärte, dass sie die am Montag aus dem Korb im Bad mitgenommen und gewaschen und gebügelt hatte. »Ich meine, er braucht sie ja nicht mehr, aber trotzdem muss ich sie aufräumen.«

Dühnfort schlug vor, sich zu setzen, und ging ins Esszimmer voran. Sie stellte den Korb ab und nahm ihm gegenüber am Tisch Platz. Natürlich habe sie gewusst, dass Heckeroth senior an den See fahren würde und wann er zurückkommen wollte. Außerdem sei sie diejenige gewesen, die zuerst bemerkt hatte, dass ihr Vermieter nicht nach Hause gekommen war. Dühnfort fragte, ob Heckeroth Feinde oder mit jemandem Streit gehabt hatte.

»Nein. Bestimmt nicht.« Energisch strich sie sich die blondgefärbten Locken aus der Stirn. »Er war ein feiner Mensch, ein echter Gentleman. Als mein Mann mich verlassen hat, hätte ich mir die Wohnung eigentlich nicht mehr leisten können. Da hat Herr Heckeroth vorgeschlagen, die Miete zu kürzen, wenn ich seiner Frau dafür im Haushalt helfe. Ich meine, sie war ja schwerkrank. Jeder andere Vermieter hätte nur geguckt, dass er sein Geld pünktlich kriegt. So war Herr Heckeroth nicht. Immer nett. Er hat meiner Tochter sogar kostenlos Nachhilfe in Französisch gegeben. Sonst wäre sie letztes Jahr sitzengeblieben. Er war wirklich ein feiner Mann. Dieses Pack, das ihn umgebracht hat, sollte man für immer wegsperren.«

»Gab es einen besonderen Grund, weshalb Sie am Samstag mit Heckeroth telefoniert haben?«

»Wir haben am Samstag nicht miteinander telefoniert.«

»Aber von Ihrem Apparat aus wurde an diesem Tag ein Gespräch mit ihm geführt.«

Sie schüttelte kaum merklich den Kopf. »Vielleicht hat Franziska, meine Tochter, mit ihm telefoniert. Ich wüsste zwar nicht, weshalb ... obwohl, sie muss in Französisch ein Referat halten. Vielleicht wollte sie, dass er es sich anhört ...« Ihre Augen bekamen einen feuchten Glanz. »Aber das ist ja jetzt hinfällig.«

Er erinnerte sich, dass Gina einen Unfall erwähnt hatte. »Es tut mir leid. Ich habe gehört, Ihre Tochter liegt im Krankenhaus.«

Sie flocht die Hände ineinander. »Seit zehn Tagen schon. Ein Achtzehnjähriger, der gerade den Führerschein gemacht hat, ist einfach abgebogen, ohne auf den Radweg zu achten. Er hat sie voll erwischt, und das dumme Kind hatte den Helm nicht auf. Immer habe ich gesagt, dass sie nicht ohne Helm fahren soll ...« Zwei steile Falten erschienen an ihrer Nasenwurzel. »Sie ist noch immer *bewusstlos*, wie die Ärzte sagen. Sie sind zu feige, *Koma* zu sagen. Dabei wird das Schreckliche doch nicht dadurch besser, dass man es nicht beim Namen nennt.«

※ ※ ※

Caroline brauchte frische Luft. Sie öffnete das Fenster. Es war schon zwei Stunden her, seit die Polizistin sich verabschiedet hatte, doch der Anblick von Vaters Trophäensammlung lag ihr noch immer im Magen. Was ihr beinahe Übelkeit verursachte, war die Tatsache, dass ihr Vater es nicht nur mit seinen Sprechstundenhilfen getrieben hatte, sondern auch mit einer ihrer Kommilitoninnen. Auf einem Bild hatte sie Sabine erkannt. Gut, dass Mutter das nicht mehr erleben musste. Wenigstens war Vater diskret genug gewesen, das Album sicher zu verwahren. In diesem Punkt war Caroline sicher: Niemand in der Familie hatte es jemals gesehen.

Wenn nun stimmte, was die Polizei vermutete, und eine der Frauen es Vater heimgezahlt hatte … das wäre ein Fest für die Presse. Caroline sah die Schlagzeilen schon vor sich. *Doktor Sex: Perversion wurde ihm zum Verhängnis.* Oder: *Ermordeter Kinderarzt als Sexmonster entlarvt.*

Das durfte einfach nicht passieren. Caroline stöhnte und massierte sich die Schläfen. Sie versuchte klar zu denken. Pro Jahr gab es etwa ein Foto in Vaters Sammlung. Bei den beiden letzten Frauen vermutete sie, dass es sich um Prostituierte handelte. Sie hatten professionell posiert und berechnend in die Kamera geblickt.

Diese beiden hatten sicher keine Rachegelüste. Wenn also das Mordmotiv im Album versteckt war, dann musste das auslösende Ereignis wenigstens zwei Jahre zurückliegen. Rächte sich jemand nach so langer Zeit? Eher nicht. Alibi hin oder her. Irgendwie musste Bertram Katja dazu gebracht haben, ihn zu decken.

Sie brauchte Klarheit. Caroline griff nach Tasche und Burberryjacke und ging ins Vorzimmer zu ihrer Sekretärin. »Ich bin für eine Stunde außer Haus.«

»Sie kommen aber zurück? Oder soll ich Ihnen die Unterlagen für den Flug nach Frankfurt gleich mitgeben?«

Caroline versicherte Tanja Wiezorek, dass dies nicht nötig sei. Sie würde auf alle Fälle noch mal ins Büro kommen. Eigentlich hatte sie keine Lust auf diese Global-Marketing-Konferenz in Frankfurt. Zu achtzig Prozent würde sie sich dort Gelaber aus dem Munde sich wahnsinnig wichtig nehmender Alphamännchen anhören müssen. Aber sie war bereits angemeldet.

Caroline ließ sich ein Taxi rufen. Während der Fahrt dachte sie darüber nach, wie sie das Gespräch mit Katja beginnen sollte, dieser verwöhnten Tochter reicher Eltern, die ihrem Kind ein sorgenfreies Leben finanzierten – und somit auch eine Zeitlang Bertrams Luxusleben.

Am Wiener Platz angekommen, warf Caroline zuerst einen Blick in die Galerie. An den Wänden hingen großformatige Ölgemälde, alle tiefblau, beinahe schwarz. Mit feinen Pinselstrichen waren leuchtende Ornamente darauf gemalt, die Caroline an Meer und Himmel in der Südsee erinnerten. Sie öffnete die Tür und trat ein. Ein zartes Klingeln ertönte, Katja erschien aus dem Hinterzimmer, in dem sie ihr Büro hatte. Sie war eine kleine, dünne Person, die, wie Bertram, bevorzugt Schwarz trug. Heute einen figurbetonten Pullover, eine enganliegende Hose und Ballerinas. Die weißblonde Kurzhaarfrisur war kunstvoll verwuschelt und leuchtete zusammen mit den hellblauen Augen aus all diesem Schwarz hervor.

»Caro? Wie geht es dir denn? Das mit Wolfram ist ja schrecklich.« Katja umarmte sie und hauchte ihr rechts und links ein Bussi auf die Wange.

»Es geht schon.« Caroline knöpfte die Jacke auf.

»Was kann ich für dich tun?«

Gute Frage.»Ich brauche ein Geschenk und wollte mal sehen, was du hast.«

Katja zeigte ihr die Bilder und erklärte die Technik. Die Ornamente waren nicht gemalt, sondern aus verschiedenen Farbschichten herausgekratzt. Als Caroline alle gesehen hatte, gingen sie ins Hinterzimmer, wo weitere Gemälde standen. Katjas Büro war ein großer, fensterloser Raum, der durch eine Reihe Oberlichter erhellt wurde. In der Besprechungsecke standen sich zwei weiße Ledersofas gegenüber. So weiß wie Boden, Decke und Wände.»Tee?«, fragte Katja.

»Gerne.« Caroline zog die Burberryjacke aus und legte sie über eine Lehne.

»Frauenpower? Balance? Seelenharmonie?« Katja hob drei Teepackungen hoch.»Tut mir leid. Ich habe nur diese ayurvedischen Tees.« Bedauernd zuckte sie mit den Schultern.

Warum wirkte bei Katja jeder zweite Satz wie eine Entschuldigung? Etwas mehr Selbstvertrauen würde ihr guttun.»Frauenpower klingt doch gut.« Caroline stellte die Handtasche auf den Couchtisch und sah sich um, während Katja den Wasserkocher füllte. An einer Wand lehnten weitere Südseebilder. Caroline blätterte sie durch. Sie gefielen ihr, und sie überlegte, ob sie tatsächlich eines kaufen sollte. Das letzte Bild war beschädigt. Ein Riss zog sich diagonal durch die Leinwand. Die Kanten waren glatt und exakt, wie mit einem Skalpell geschnitten.

Katja stellte das Teetablett auf den niedrigen Tisch und schenkte die Tassen voll. Caroline setzte sich zu ihr.

»Dieser Mord an Wolfram ... das ist fürchterlich«, begann Katja.»Dein Vater war ein so netter und humorvoller Mann. Ich kann gar nicht glauben, dass er tot ist. Und noch dazu so grauenhaft ...«

»Ja, es ist schrecklich. Ich bin froh, dass Albert sich um die Formalitäten und die Beisetzung kümmert. Ich könnte das nicht. Kommst du am Freitag zur Beerdigung?«

Katjas Augen wurden größer und die Lippen blasser. Sie nickte. Tapfer, wie es Caroline erschien. Kein Wunder. Sicher hatte sie keine Lust, ihrem prügelnden Exgatten zu begegnen. Noch dazu, wenn er sie eventuell erpresste, ihm ein Alibi zu geben.

»Es ist mir ja fast peinlich, das zu fragen. Versteh das bitte nicht falsch. Es ist nicht aus Neugier oder Sensationslust ...«

Während Katja sich ihrer Frage annäherte, überlegte Caroline, dass Konfrontation die beste Möglichkeit war, aus Katja die Wahrheit herauszukriegen. Natürlich würde sie es nicht zugeben, falls Bertram sie erpresste. So dumm war sie nicht. Aber ihre Reaktion würde sie verraten.

»Hat die Polizei denn schon eine Spur?« Endlich hatte die Frage das Licht der Welt erblickt.

Caroline nickte. »Sie haben zwei konkrete Ansatzpunkte. Zum einen hat sich gezeigt, dass mein Vater gewisse sexuelle Vorlieben hatte, die nicht unbedingt gesellschaftsfähig waren. Man hat in seiner Wohnung ...« Bei dem Gedanken an dieses Album sträubte sich in Caroline alles.

»Die Polizei hat das Album gefunden?«, fragte Katja.

»Du wusstest davon?«

»Bertram hat mir mal davon erzählt.«

»Bertram?« Caroline konnte es nicht fassen. »Wann?«

»Irgendwann am Anfang unserer Ehe. Ich mochte euren Vater wirklich und habe Bertram das auch gezeigt. Aber du weißt ja, wie die beiden zueinander standen.

Er musste das Bild, das ich von ihm hatte, unbedingt zerstören, und da hat er mir von dieser Fotosammlung erzählt. Danach habe ich Wolfram schon mit anderen Augen gesehen. Obwohl, so pervers fand ich es nun auch nicht. Früher war das vielleicht völlig unmöglich. Aber heute ... und wenn die Frauen das so gewollt haben.«

Es war unglaublich. Sowohl die Tatsache, dass Bertram jahrelang über Vater Bescheid gewusst und geschwiegen hatte, als auch die Selbstverständlichkeit, mit der Katja Wolframs perverse Neigungen akzeptierte.

»Es tut mir leid. Das hätte ich jetzt nicht sagen sollen.«

Wenn sie noch einmal sagt, dass ihr etwas leidtut, weiß ich nicht, was ich mache, dachte Caroline. Sie atmete durch. Bertram hatte also die Bilder gekannt und dieses Wissen genutzt, um eine falsche Fährte zu legen: eine mit Gürteln gefesselte Leiche. Natürlich folgte die Polizei dieser Spur. »Kein Problem.« Caroline hatte sich schnell wieder gefangen. »Da kann man mal sehen, wie wenig man seine Eltern kennt.« Sie zuckte lässig mit den Schultern.

»Aber weshalb soll dieses Album eine Spur sein?«, fragte Katja.

»Vielleicht haben nicht alle freiwillig mitgemacht?«

»Und nun glaubt die Polizei, eine hat es ihm mit gleicher Münze vergolten?« Katjas Augen zeigten Überraschung. War ihr denn nie die Idee gekommen, dass man sich wehren konnte? Katja rutschte auf dem Sofa herum. »Und die andere Spur?«

»Bertram natürlich.«

Katja fuhr zusammen. Ihr Blick eilte zum Bilderstapel an der Wand. »Wie kommen sie denn auf die Idee?«

Sehr überzeugend klang ihr Erstaunen nicht. »Das ist

doch naheliegend. Wer profitiert vom Todesfall? Das ist die erste Frage, die sie sich stellen.«

»Aber du profitierst doch auch davon und Albert.«

»Im Gegensatz zu Bertram haben wir aber keine finanziellen Sorgen.«

»Du denkst doch nicht ...? Okay, er steckt in Schwierigkeiten ... aber du kannst doch unmöglich glauben, dass er es war.«

Caroline konnte es nicht fassen. »Warum nimmst du ihn in Schutz? Er hat auf deine Kosten gelebt, und anstatt dir dafür dankbar zu sein, hat er dich verprügelt.«

»Wie kommst du dazu ....«

»Die Wahrheit auszusprechen? Denkst du, ich hätte das nie bemerkt?«

Katja wirkte plötzlich noch kleiner. »Das kannst du nicht verstehen.«

Doch Caroline verstand. Es musste demütigend gewesen sein. Eine Schande, die wie ein Mal an ihr gehaftet hatte. Der Mann, den sie liebte, misshandelte sie. Sicher hatte Katja die Schuld dafür bei sich gesucht. Eigentlich erstaunlich, dass sie den Absprung geschafft und die Scheidung durchgezogen hatte. »Doch. Das verstehe ich schon.« Caroline beugte sich zu Katja. »Er hat dich getäuscht. Wie alle. Er ist nun mal ein Blender. Aber jetzt bist du ihn los.« Katja zuckte kaum merklich zusammen. Sie war ihn also nicht los. Sicher hatte er auch sie um Geld angegangen. Aber so wie Caroline Katjas Vater kannte, war der nicht bereit gewesen, einen Haufen Geld in den Rachen seines Exschwiegersohns zu stopfen. Schließlich hatte er das Prinzesschen nicht nur enttäuscht, sondern es auch geschlagen. »Bertram wird das Haus verlieren, wenn er nicht rechtzeitig seine Steuerschulden bezahlt. Aber das Problem ist er ja nun los.«

Katjas Augen funkelten. »Du täuschst dich. Er war bei mir.«

»Das habe ich auch gehört. Kann es sein, dass er dich bedroht?«

Katja sprang auf. »Bist du völlig durchgedreht?« Wieder eilte ihr Blick zu den Bildern.

Und jetzt verstand Caroline.

Die Galerie war Katjas Stolz. Sie hatte sie aufgebaut, und sie lief erstaunlich gut. Sie hatte etwas erreicht, das aber leicht zu zerstören war. In der Kunstbranche zählte der Ruf. Und was war der Ruf einer Galeristin wert, wenn die Bilder der Künstler, die sie vertrat, bei ihr nicht sicher waren, wenn irgendein Irrer hereinmarschierte und sie zerstörte? Nichts.

* * *

Zwanzig Minuten später stieg Caroline am Kurfürstenplatz aus einem Taxi. Sie bezahlte den Fahrer und betrat das Haus. Noch immer hatten alle Kinder einen Schlüssel zur Wohnung. Das war der Wunsch ihrer Mutter gewesen, ein Zeichen dafür, dass hier ihr Zuhause war, dass sie jederzeit willkommen waren. Caroline sperrte die Wohnung auf und trat ein. Die Zimmer rochen verlassen. Stille füllte die Räume. Niemand lebte mehr hier. Ein Kloß setzte sich in ihren Hals. Sie schluckte ihn herunter und sah sich um.

Als sie ihrer Mutter das Versprechen gegeben hatte, Tagebuch und Briefe zu vernichten, war diese völlig erschöpft gewesen und, wegen der Medikamente, auch zeitweise verwirrt. Möglicherweise hatte sie die Unterlagen selbst beseitigt, bevor sie ins Krankenhaus gegangen war. Aber Caroline wollte Gewissheit.

Sie ging in das Zimmer ihrer Mutter. Ein kaum wahrnehmbarer Hauch von *Tresor*, Mutters Lieblingsparfum, hing in der Luft. Auf dem Sekretär lag ein Roman. An der Stelle, an der Elli zu lesen aufgehört hatte, steckte ein Lesezeichen zwischen den Seiten. Caroline nahm das Buch hoch. *Islandfischer* von Pierre Loti. Sie schlug die eingemerkte Stelle auf und las die Zeilen, über die Mutters Augen zuletzt geglitten waren. *Rund um Island herrschte das seltene Wetter, das die Seeleute die weiße Stille nennen; denn es rührte sich nichts in der Luft, als seien alle Winde erschöpft, erstorben.*

Caroline schlug den Band zu und legte ihn zurück. Mit einem Mal fühlte sie sich kraftlos. Am Ende blieb ein Lesezeichen in einem nicht zu Ende gelesenen Roman, ein Duft von Parfum, ein nutzlos gewordenes Zimmer. Vielleicht auch zu oft gehörtes Geschwafel eitler Männer, sinnlos vergeudete Zeit für Positionskämpfe, verschwendete Kraft für eine Karriere, die einem dann *was* gab? Das Gefühl, es allen gezeigt zu haben? Caroline fuhr hoch. Herrgott. Sie wusste, was sie tat und warum sie es tat.

Entschlossen zog sie die unterste Schublade des Sekretärs auf und durchsuchte sie. Nichts. Systematisch arbeitete sie sich durch den Sekretär, den Schrank, die Kommode und nahm sich dann Nachtkästchen und Regal vor. Im Papierkorb, unter einem alten Reiseprospekt, fand sie schließlich, wonach sie suchte. Ein in weinrotes Leder gebundenes Büchlein und ein Stapel Briefe, von einem weißen Satinband zusammengehalten. Caroline steckte den Fund in die Handtasche, rief beim nächstgelegenen Taxistand an und verließ das Haus.

Sie fuhr zurück ins Büro und arbeitete an der Meilensteinplanung weiter. Als sie fertig war, nahm sie den Laptop und ließ sich von Tanja Wiezorek das Flugticket geben. Dabei reichte ihre Sekretärin ihr ein Päckchen, das in Geschenkpapier gewickelt und mit einer Schleife versehen war. »Als meine Mutter letztes Jahr gestorben ist, hat mein Freund mir das hier geschenkt. Es hat geholfen. Vielleicht hilft es auch Ihnen.«

Caroline dankte ihr und steckte das Geschenk in die Handtasche.

Als sie ihre Dachterrassenwohnung in Hadern betrat, fühlte sie sich müde und ausgelaugt. Der Ausblick durch die Fensterfront in dieser Wohnanlage für Besserverdienende zeigte einen gepflegten Garten mit dichtem Rasen und alten Bäumen, die vor Nässe trieften. Dunkle Wolken zogen über den Himmel wie der Rauch alter Lokomotiven.

Caroline streckte die verspannten Muskeln, ging ins Bad, ließ die Wanne einlaufen und goss reichlich von einem sündteuren Badeöl dazu. Später schlüpfte sie in Jeans und einen ausgeleierten Pulli. In ihrer Berufsverkleidung war sie Frau Doktor Heckeroth, in diesen saloppen Sachen wurde sie wieder zu der Caro, die als Dreizehnjährige davon geträumt hatte, Medizin zu studieren und in Afrika den Kampf gegen Malaria aufzunehmen. Vater hatte sie ausgelacht und dann, als er gemerkt hatte, dass sie es ernst meinte, eines seiner Spielchen begonnen. *Frauen sind dort unten Freiwild. Früher oder später wirst du vergewaltigt und mit einem Messer zwischen den Rippen im Gebüsch landen, wo sich ein Rudel Schakale über deinen Kadaver hermachen wird. Wenn es das ist, was du willst, dann bitte.* Zudem hatte er bei den Mahlzeiten ständig aus Zeitungsartikeln oder Fernsehberichten zitiert, was *dort unten* in Afrika geschah. Systematisch hatte er ihr die Begeisterung für diesen Kontinent ausgetrieben. Meistens hatte er es auf diese Weise geschafft, anderen seinen Willen aufzudrängen und sie doch in dem Glauben zu lassen, sie hätten ihre Entscheidung selbst getroffen. Nur nicht bei Bertram, dem Widerstandskämpfer.

Caroline öffnete den Kaminabzug und nahm eine alte Zeitung und Holz zum Anfeuern aus dem Korb daneben. Als ein kleines Feuer brannte, legte sie zwei Scheite Buchenholz auf, holte aus der Küche ein Glas Rotwein und setzte sich in den Ledersessel vor dem Kamin.

Sie genoss die Behaglichkeit ihrer Wohnung. Antiquitäten und Designermöbel, eine Palette warmer Cremefarben, eine ochsenblutrot gestrichene Wand, nicht zu elegant und nicht zu modern. Genau das hatte Caroline vorgeschwebt, und Babs hatte es in gelungener Weise umgesetzt. Es war höchste Zeit, dass ihre Schwägerin mit ihrem Talent auch Geld verdiente.

Das Telefon begann zu klingeln. Vermutlich Albert. Sicher wollte er Details der Beisetzung besprechen. Als sie ihm erklärt hatte, dass sie beruflich ziemlich im Stress war, hatte er sich sofort bereit erklärt, sich um alles zu kümmern, wofür sie ihm dankbar war.

Doch es war Marc. Er war erst vor gut zwei Stunden aus New York zurückgekehrt, wo er sich beruflich drei Tage aufgehalten hatte. »Ich dachte, ich komme vorbei und bringe etwas zum Abendessen mit. Und wenn du eine Schulter zum Ausweinen brauchst ...«

»Es geht schon.«

»Es tut mir leid, dass ich nicht sofort bei dir sein konnte. Schade, dass das mit dem Beamen bisher nur im Kino funktioniert.« Sie hörte das Lächeln in seiner Stimme wie auch seine Besorgnis. »Soll ich etwas vom Inder mitbringen oder lieber italienisch?«

»Du musst doch ganz gerädert sein. Der lange Flug und der Jetlag. Schlaf dich besser aus.«

»Kann ich gar nichts für dich tun?«

»Ich will heute Abend lieber alleine sein. Sei mir nicht böse, ja?«

Sie hörte, wie er gähnte. »Entschuldige. Die Idee, auszuschlafen, ist nicht schlecht. Aber morgen früh hole ich dich ab und bring dich zum Flughafen. Ich muss ohnehin in die Richtung.«

Nachdem sie das Gespräch beendet hatte, nahm sie das Büchlein und die Briefe aus der Tasche und setzte sich wieder in den Sessel. Das Leder des Einbands war trocken und rissig, an den Kanten abgegriffen. Mutter hatte sie gebeten, das Tagebuch zu verbrennen. Sie hatte jedoch nicht gesagt, dass sie es vorher nicht lesen dürfte. Allerdings enthielt ein Tagebuch Gedanken, die nicht jedermann zugänglich sein sollten. Caroline zögerte noch einen Moment, dann siegte die Neugier. Sie schlug das Buch auf. Wenn es Mutters Wunsch gewesen wäre, dass ihre Tochter nicht darin las, dann hätte sie das gesagt. Das Feuer flackerte, Caroline trank einen Schluck Rotwein und versuchte, die steile Handschrift ihrer Mutter zu entziffern. Der erste Eintrag stammte vom 15. Oktober 1962. Das war das heutige Datum vor weit mehr als vierzig Jahren.

***

Noel und Leon verschwanden nach dem Abendessen in Noels Zimmer, angeblich, um zu lernen. Babs schmunzelte. Sicher würden sie die Spielkonsole nicht aus der Hand legen, die Noel sich von seinem Freund Patrick geliehen hatte. Albert saß am Tisch und stützte den Kopf in die Hände. Sie räumte das Geschirr weg und schuf so Platz, um weiter an den Entwürfen arbeiten zu können, obwohl sie todmüde war. Ein Kaffee musste sie wieder auf die Beine bringen. »Magst du auch einen Espresso?«

Albert blickte auf. »Ja, gerne.« Seine Augen waren gerötet, er rieb sich mit der Hand über die Stirn. Den Nachmittag hatte er damit verbracht, in alten Praxisunterlagen zu wühlen und die Namen und Adressen der Sprechstundenhilfen seines Vaters herauszusuchen, die auch dessen Geliebte gewesen waren. Vor dem Abendessen hatte er die Daten an Dühnfort gefaxt.

»Dass Vater ein solches Schwein war ... Ich habe gedacht, ich kenne ihn, weiß, was er denkt und welche Wertvorstellungen er hat, und dann kommt so etwas ans Licht.« Albert massierte sich die Nasenwurzel. »Als wir Kinder waren, hat er uns derart gedrillt. Tu dies und tu das nicht. Du bist ein Heckeroth, in dich werden hohe Erwartungen gesetzt, du musst moralisch integer sein.« Albert lachte. »Moralisch integer. Wie hat Caroline mal gesagt? Außen hui und innen pfui. Recht hat sie und Bertram auch, der hat dem Alten ja ständig Scheinheiligkeit vorgeworfen. Nur ich, ich war der Depp, ich habe ihn nicht durchschaut.«

Babs überraschte dieser Ausbruch. Obwohl auch sie die Bilder widerwärtig und erschreckend fand. In ihnen spiegelte sich ein anderer Wolfram, ein Mann, den sie nicht gekannt hatte und den sie auch nicht kennenlernen wollte. Man musste nicht für alles Verständnis haben, alles rechtfertigen, alles entschuldigen. Doch für Albert waren die Bilder ein regelrechter Schock. »Wolfram hat diese Seite vor euch verborgen. Das ist verständlich. Caroline hat heute Morgen angerufen. Sie ist genauso entsetzt darüber wie du.« Babs schüttelte unwillkürlich den Kopf. »Sie denkt, dass Bertram es war und Katja ihm ein falsches Alibi gibt. Warum sollte sie das tun?«

»Bist du wirklich so naiv?« Er sagte das nicht aggressiv, eher müde. »Vielleicht droht er ihr, sie zu verprügeln oder in der Isar zu versenken oder die Galerie zu verwüsten. Schon vergessen, wie er sich bei uns aufgeführt hat?«

Babs dachte nicht gerne daran. Vor zwei Wochen war Bertram bei ihnen aufgetaucht und hatte gefragt, ob sie bei Albert ein gutes Wort für ihn einlegen könnte. Die Sache mit dem Geld täte ihm leid, er wolle den Schaden wiedergutmachen, aber vorher bräuchte er kurzfristig eine größere Summe und wollte Albert bitten, sie ihm zu leihen. Natürlich verzinst. Albert hatte diesen Besuch vorausgesehen und Babs angewiesen, Bertram zu sagen, er bekäme von ihm keinen Cent. »Wenn er sich das Haus nicht leisten kann, dann muss er es verkaufen oder sich wieder eine Frau suchen, die ihn aushält.« Das hatte sie natürlich so nicht an Bertram weitergegeben. Aber den Vorschlag, das Haus zu verkaufen, hatte sie gemacht. Da war Bertram ausgetickt. »Nur über meine Leiche«, hatte er gesagt und sie dann als geldgeile Tussi beschimpft, die auf Kosten ihres Ehepartners lebte. Er war aus der Wohnung gestürmt und hatte im Vorbeilaufen die Vitrine im Flur umgeworfen. Babs' im Laufe von fünfzehn Jahren zusammengetragene Sammlung von Muranoglas war zu Bruch gegangen. Sie hatte mit den Tränen gekämpft, als sie die Scherben weggeräumt hatte. Doch obwohl sie stinksauer auf Bertram war, hielt sie ihn nicht für einen Vatermörder.

Die Maschine war aufgeheizt. Babs füllte den Einsatz mit Kaffeepulver und sah zu, wie der Espresso in die Tassen lief.

Albert starrte noch immer auf die Tischplatte. »Wie hat er das nur so lange geheim halten können?« Er war wieder bei den Bildern angelangt. »Die ersten Aufnahmen stammen aus der Zeit in Germering. Da waren meine Eltern frisch verheiratet und ich ein Baby. Es ist doch unmöglich, dass Mutter all die Jahre nichts bemerkt hat.«

»Vielleicht wollte Elli es ja nicht sehen.« Oder Elli und Wolfram hatten eine Art Übereinkunft, überlegte Babs. Er stand auf Fesselspiele, sie sicher nicht. Jedenfalls gab es kein Bild von ihr. Vielleicht war es Wolfram nicht gelungen, seine eigene Frau so weit zu bringen, oder er hatte es nicht versucht. Das passte eigentlich besser zu ihm. Er hatte zwei Seiten. Zur einen gehörten die Familie, die Praxis, der Titel, eben alles, was er nach außen darstellte. Zur anderen gehörten blutjunge Frauen und sexuelle Phantasien, die damals mit Sicherheit nicht gesellschaftsfähig gewesen waren. Bestimmt hatte Wolfram beides fein säuberlich voneinander getrennt. Babs stellte die Tassen auf den Tisch und setzte sich zu Albert. Er blickte auf die Uhr. Wollte er noch weg? Sie dachte an die Entwürfe und an ihren schmerzenden Rücken. In Alberts Arbeitszimmer stand ein richtiger Schreibtisch. »Würde es dich stören, wenn ich deinen Schreibtisch freiräume und daran arbeite?«

Albert verzog das Gesicht, als hätte sie ihm ein unschickliches Angebot gemacht. Er trank den Espresso in einem Schluck. »Allerdings. Das ist mein Zimmer. Wenigstens einen Raum brauche ich für mich.« Er sah nochmals auf die Uhr.

»Ach. Und mein Reich ist wohl die Küche.«

»Meinetwegen musst du nicht arbeiten.«

Er stand auf, ging in den Flur, nahm den Mantel von der Garderobe und schlüpfte hinein.

»Ich mach das auch nicht für dich, sondern für mich!«,

rief sie ihm nach. Doch die Tür fiel bereits hinter ihm ins Schloss.

* * *

Alois betrat den Raum und stellte sich zu Gina und Dühnfort an die Pinnwand. »Also ein unbeschriebenes Blatt ist Bertram nicht. Verurteilt wegen Steuerhinterziehung und Tricksereien mit Scheinfirmen beim Bau einer Molkerei, zwei Anzeigen wegen Körperverletzung. Anscheinend liebt er Schlägereien nach Kneipenbesuchen.«

»Was ist aus den Anzeigen geworden?«, fragte Dühnfort.

»Die Verfahren wurden eingestellt. Ein Veilchen, ein ausgeschlagener Zahn, und Bertram hat selbst auch ordentlich einstecken müssen. Man hat sich verglichen. Tut sich bei den Frauen etwas?« Alois blickte auf die Pinnwand.

Gina hatte die Bilder, nach Jahrzehnten in sechs Gruppen geordnet, mit Magneten an der Pinnwand befestigt. Die Zuordnung nach Jahren war nicht gesichert. Sie hatte sich dabei nach den abgebildeten Gegenständen und Kleidungsstücken, der Reihenfolge im Album und den Angaben von Heckeroths Kindern gerichtet. Unter neun Aufnahmen standen Namen, unter einigen auch Adressen. Hannelore Graf, Heckeroths letzte Sprechstundenhilfe, Nicole Preuss, eine ehemalige Mieterin am Kurfürstenplatz, Irene Schönhofer, die Frau des Bäckers, Elisabeth Weiß, die Tochter der besten Freundin von Heckeroths Ehefrau, Sabine Groß, eine Studienkollegin von Caroline, sowie Martina Rucker, Sandra Bleylein und Natascha Kovlac, drei ehemalige Sprechstundenhilfen.

Die letzten und somit aktuellsten Bilder hatte Gina

mit *P?* versehen. Unter dem vorletzten stand ein Name. Rebecca Engelhardt. »Warum glaubst du, dass sie Prostituierte sind?«, fragte Dühnfort.

»Das war Carolines Idee. Und ist ja eigentlich logisch. Der Mann war zweiundsiebzig und zwar vermögend, aber weder so reich noch so prominent, dass eine junge Frau mit ihm freiwillig in die Kiste gestiegen wäre. Ich checke mal die Begleitagenturen.«

Alois sah auf die Uhr. »Ich muss los.« Er wandte sich zur Tür.

Gina grinste. »Rendezvous Nummer zweihundertelf in diesem Jahr? Oder so?«

»Ich führe nicht Buch.« Die Tür schloss sich hinter ihm. Es war Zeit, Feierabend zu machen. Dühnfort ging zum Schreibtisch.

Gina heftete zwei Magnete an die Pinnwand und wirkte dabei angespannt. »Ich pack es auch.«

»Hast du Sorgen?« Für einen Augenblick sah er in ihren Augen Angst aufblitzen.

»Nee. Ist alles im Lot.« Sie wich seinem Blick aus, ging zur Tür und drehte sich noch einmal um. »Ciao.« Auch das war ungewohnt. Sonst sagte sie *Bis morgen.*

Dühnfort warf einen Blick in den Mailordner. Agnes hatte sich nicht gemeldet. Anscheinend akzeptierte sie seinen Rückzug. Dieser Gedanke versetzte ihm einen Stich. Was hatte er denn erwartet? Sie hatte ihn mehrfach um Rückruf gebeten, und er hatte sich nicht gerührt. Das war mehr als nur unhöflich. Es war verletzend und eigentlich nicht seine Art. Plötzlich schämte er sich, griff zum Handy und wählte ihre Nummer. Nach dem dritten Klingeln schaltete sich der Anrufbeantworter ein. Er legte auf.

Eine Viertelstunde später verließ auch Dühnfort das

Präsidium. Auf dem Heimweg kaufte er Käse, Oliven und frisches Bauernbrot. Zu Hause holte er eine Flasche Wein aus dem Kühlschrank, richtete sein Abendbrot auf ein Brett, zog die Fleecejacke über und setzte sich auf den Balkon. Es wurde dunkel. Ein schwacher Lichtschimmer aus der Küche beleuchtete das Tischchen. Während er ein Käsebrot aß und das Glas Wein leerte, fragte er sich, ob er für den Rest seines Lebens alleine bei seinen Mahlzeiten sitzen würde. Etwas in ihm zog sich schmerzhaft zusammen. Er stand auf, ging in die Küche, suchte nach einer Eartha-Kitt-CD und legte sie in den Player. Im selben Moment klingelte es an der Wohnungstür. Vielleicht Agnes, dachte er, obwohl sie gewöhnlich vorher anrief. Aber es war Gina.

»Kann ich reinkommen? Ich will zwei Dinge mit dir besprechen.«

Dühnfort ließ sie ein und bot ihr ein Glas Wein an. »Hast du schon etwas gegessen?«

»Nein. Danke. Ich mag auch nichts. Aber lass dich nicht stören.«

Sie gingen auf den Balkon. Gina setzte sich zu ihm und zog die Jacke enger um die Schultern.

»Bertram ist vorbestraft, und er steht kurz davor, sein Haus zu verlieren.«

Dühnfort spülte ein Stück Brot mit Wein herunter und fragte sich, was Gina wirklich wollte.

»Das mit den Scheinfirmen hat er ziemlich tricky eingefädelt. Ich meine, er ist nicht dumm. Wenn er tatsächlich unser Mann ist, dann war ihm klar, dass er einen erstklassigen Verdächtigen abgeben würde. Vielleicht hat er das Album gekannt und benutzt, um uns vom wahren Motiv abzulenken.«

Aus der Küche erklang Eartha Kitts Stimme, wie Sandpapier auf Kirschholz. *I wanna be wicked, I wanna tell lies, I wanna be mean, and throw mud pies.*

Da war etwas dran, aber deswegen würde Gina ihn nicht abends daheim aufsuchen. Im Halbdunkel konnte er ihre Augen mehr ahnen als sehen. Sie wandte den Blick ab, griff nach ihrem Weinglas und trank es mit einem Schluck halbleer.

»Was ist los, Gina?« *I wanna be nasty, I wanna be cruel, I wanna be daring, I wanna shoot pool.*

Sie kräuselte den Mund. »Und damit komme ich zu zweitens.« Kurz zog sie die Unterlippe unter die Schneidezähne, dann atmete sie aus. »Morgen früh checke ich in Großhadern ein. Kleiner Kurzurlaub. Das wollte ich dir schon den ganzen Tag sagen. Am Montag habt ihr mich wieder.«

»Du musst ins Krankenhaus? Schlimm?«

Ihre Kiefermuskulatur verspannte sich. »Tumorverdacht.«

Dühnfort fuhr zusammen, legte dann den Arm um sie und zog sie an sich. Sie roch gut, irgendwie nach Apfelkuchen, und dieser Geruch erinnerte ihn an seine Kindheit, an seine Großeltern im Alten Land bei Hamburg, an Apfelbäume und unbeschwerte Sommer. »He«, sagte er. »Ein Verdacht muss sich ja nicht bestätigen.«

»Das hat die Urologin auch gesagt.« Gina machte sich von ihm los. »Zuerst hat sie während der Blasenspiegelung blöde Witze gemacht, von wegen rumpritscheln und so, aber dann war sie plötzlich still. Und als sie dann endlich den Mund wieder aufgemacht hat, war sie echt nervös. Tumorverdacht, das muss ja nichts bedeuten, aber zack hat sie im Krankenhaus einen Termin für mich ausgemacht. Besser nicht lange warten. Aber der absolute Hammer war, wie sie sich von mir verabschiedet hat.

Sie nimmt meine Hand, so, weißt du.« Gina nahm seine Hand und umfasste sie mit ihren. »Dann tiefer Blick in die Pupille. *Ich wünsche Ihnen alles Gute.* Tremolo in der Stimme. Da habe ich es gewusst ... Ich hab eine Scheißangst ... Chemo, Glatze, langsames Krepieren ... Weißt du, ich habe noch was vor. So richtig spießige Sachen, wie den Mann fürs Leben finden, heiraten, Kinder kriegen.« Sie ließ seine Hand los.

»Mach dich nicht verrückt. Es ist ein Verdacht. Hast du Beschwerden?«

»Nee. Nur ein paar Moleküle Blut im Urin. Deswegen hat meine Hausärztin so einen Aufstand gemacht. Aber das geht schon seit Monaten so und ist mit nichts wegzukriegen.«

»Das klingt nicht so, als wäre es wirklich schlimm.«

»Und ich habe natürlich heute Nachmittag doch gegoogelt, obwohl ich mir vorgenommen hatte, genau das nicht zu tun. Scheiße.« Sie atmete scharf aus.

»Im Internet steht so viel Mist. Hast du auch nach gutartigen Blasentumoren gesucht?«

Gina blickte überrascht auf.

»Dann holen wir das jetzt nach. Oder?«

Fascinating man, ain't you got no girl to love?

Donnerstag, 16. Oktober

So, nun hatte sie das ganze Repertoire an Gefühlen durch. Nach Ärger, Sorge und Angst war sie jetzt bei Wut angelangt. Nein, verdammt noch mal, sie würde nicht anfangen, Krankenhäuser anzurufen. Wäre Albert etwas zugestoßen, hätte sie das längst erfahren. Er benahm sich einfach rücksichtslos. Das Handy hatte er ausgeschaltet, in der Praxis war er nicht und auch nicht in der Wohnung seines Vaters. Jedenfalls ging er an keines der Telefone. Hatte er die Nacht etwa bei einer anderen Frau verbracht? Nein, diese Befürchtung wollte sie nicht näher in Betracht ziehen. Sie wollte nicht darüber nachdenken, ob sie demnächst vor der Wahl stand, eine tolerante Ehefrau sein zu müssen oder eine eifersüchtige Megäre. Sie würde einfach abwarten, bis Albert heimkam und erklärte, wo er die ganze Nacht gewesen war.

Der Trockner mit der ersten Ladung Wäsche lief noch. Sie stopfte einen Berg Handtücher in die Waschmaschine, startete das Programm und ging in die Küche, an ihren Arbeitsplatz. Bei der Doppeldeutigkeit dieses Gedankens musste sie zuerst lächeln, verzog aber dann verärgert das Gesicht. Zwei Stunden hatte sie gestern noch hier, über das Zeichenbrett gebeugt, gesessen. Die Schultern waren völlig verspannt, der Rücken tat weh. Aber mit dem Ergebnis ihrer Arbeit war sie zufrieden. Sie holte den Block hervor, um Ideen für die nächste Variante zu skizzieren, und überlegte, ob es eine Möglichkeit gab, die Badewanne freistehend in den Raum zu integrieren, als es klingelte.

Sie ging zur Tür. Bertram stand davor. »Kann ich Albert sprechen?«

»Er ist nicht da.«

»Dann warte ich auf ihn.«

»Ich weiß nicht, wann er kommt.«

»Ich habe Zeit.«

Aber ich nicht, hätte sie am liebsten gesagt.

Bertram schob sich an ihr vorbei in die Wohnung. »Das mit der Vitrine tut mir leid. Ich werde dir den Schaden ersetzen. Gestern habe ich eine Anfrage für den Entwurf eines Parkhauses erhalten.«

Für Bertram bemaß sich die Welt in Geldwert. Dass es Werte gab, die nicht zu ersetzen waren, wie eben ihre Sammlung von Muranoglas, schien ihm unbekannt zu sein. Außerdem war eine Anfrage noch kein Auftrag. Doch Babs hatte keine Lust, mit ihm zu streiten. »Magst du einen Kaffee?« Wenn er den getrunken hatte, würde sie ihn hinauskomplimentieren.

Überrascht sah er sie an. »Gerne.« Er nahm einen Bügel von der Garderobe und hängte seinen Mantel selbst auf. Wie immer war er schwarz angezogen, Cordhose und Pulli. Auf der glattpolierten Glatze perlten einige Regentropfen. Er folgte ihr in die Küche und setzte sich an den Tisch. Neugierig betrachtete er die Skizzen, während sie die Kaffeekanne von der Warmhalteplatte nahm und eine Tasse vollschenkte.

»Du arbeitest?«, fragte er, als sie die Tasse vor ihm abstellte.

Babs schob das Zeichenbrett beiseite.

»Schicker Schreibtisch.« Bertram grinste. »Lässt dein Gatte dich nicht an seinen? Trägt er noch immer Revierkämpfe aus?«

»Weshalb bist du eigentlich gekommen?«

Bertram zuckte mit den Schultern und griff nach der Tasse. »Ihr denkt wohl alle, dass nur Albert um Vater trauert ... aber auch ich habe schöne Erinnerungen an ihn. Vor allem, als wir noch Kinder waren.« Er drehte die Tasse auf dem Unterteller. »Einmal hat er eine Kanutour mit mir alleine gemacht. Auf der Altmühl. Wir haben gepaddelt, sind geschwommen, und abends hatten wir einen irrsinnigen Sonnenbrand. Am Lagerfeuer haben wir Kartoffeln in der Glut gegrillt, und Vater hat Geschichten erzählt.« Bertram nahm die Brille ab, massierte sich die Nasenwurzel und starrte gedankenverloren in seinen Kaffee. »Wenigstens verlief unser letztes Gespräch ohne Streit.« Er sah hoch. Ohne Brille sah sein Gesicht ungewohnt offen aus. »Am Sonntag vor dem Überfall haben wir zusammen gegrillt. Die letzten Worte, die er zu mir gesagt hat, werde ich nicht vergessen. *Da hast du verdammt recht, Sohnemann. Du bist mir ähnlicher, als ich bisher wahrhaben wollte.*« Bertram lachte. »Stell dir vor. Ein Mal wenigstens hat er das zugegeben und dann ...« Bertram stierte wieder in die Tasse.

»Wie hat er das gemeint?«

»Er hat seinen Vater enttäuscht. Genau wie ich.«

»Ach.«

Bertram schob die Tasse weg. »Du hast dich ja nie für ihn interessiert. Oder wusstest du, dass seine Eltern in Passau ein Stoffkontor hatten, das er übernehmen sollte? Sie hatten es unter Entbehrungen aufgebaut und durch den Krieg gebracht. Aber Vater wollte unbedingt Arzt werden. Er hat sich tatsächlich mit seinem Vater deswegen geprügelt. Danach ist er ausgezogen und nach München gegangen. Seine Mutter hat ihm heimlich Geld geschickt, damit er studieren konnte, aber mit seinem Vater hat er nie wieder ein Wort gesprochen. Er hat also, genau wie ich, das durchgezogen, was ihm wichtig war. Und darüber haben wir uns am Sonntag beim Grillen unterhalten.«

Hatten Bertrams Augen tatsächlich einen feuchten Glanz bekommen? Babs traute ihm eine derartige Gefühlsregung kaum zu.

»Kann ich mal eure Toilette benutzen?« Er stand auf.

»Natürlich.« Babs räumte Bertrams Tasse weg, während er das Gäste-WC aufsuchte. Dann begann sie, die Spülmaschine auszuräumen, bis ein Signalton aus dem Bad erklang. Die Wäsche im Trockner war fertig. Sie ging hinüber und traf im Flur Bertram, der nicht aus dem Gäste-WC kam, sondern aus Alberts Arbeitszimmer. Was hatte er dort zu suchen?

Bertram schrak wie ertappt zusammen und deutete hinter sich ins Zimmer. »Als ich von der Toilette kam, habe ich gehört, wie etwas gegen die Fensterscheibe geknallt ist. Ich dachte, es sei ein Vogel, und habe nachgesehen. Aber auf dem Balkon ist nichts. Wahrscheinlich habe ich mich getäuscht.« Er sah auf die Uhr. »Es ist wohl besser, wenn ich gehe. Du musst sicher arbeiten. Ich melde mich später bei Albert.«

Bertram nahm den Mantel von der Garderobe, zog ihn an und bedankte sich sogar noch für die Tasse Kaffee, bevor er ging.

***

Der Wind wehte den Regen in grauen Vorhängen durch die Ettstraße; Rinnsale liefen aus den Bäumen am Rande des Gehwegs. Dühnfort eilte auf den Eingang des Polizeipräsidiums zu, froh, ins Trockene zu gelangen. Er kam von Katja Rist. Das war kein Misstrauen Alois gegenüber, aber er wollte nichts übersehen und hatte sich nun selbst einen Eindruck verschafft. Bertrams Exfrau hatte das Alibi bestätigt. »Ich habe keinen Grund, ihn zu schützen. Da ist nichts offen zwischen uns. Weder emotional noch finanziell. Wir haben einen glatten Schnitt gemacht, und jeder geht seiner Wege.« Dennoch war ein leiser Zweifel geblieben.

Im Büro zog er den nassen Mantel aus und hängte ihn auf den Bügel, dann holte er sich einen Becher Kaffee und organisierte anschließend eine Vertretung für Gina. Er bekam Sandra Gottwald zugewiesen, eine erfahrene und tüchtige Ermittlerin.

Es klopfte und gleich darauf kam Alois herein. Ein dünner Stapel Mappen klemmte unter seinem Arm. »Ich habe die Adressen, bis auf eine. Wahrscheinlich hat Gina recht und Rebecca Engelhardt ist ein *Künstlername*. Wo ist sie eigentlich?«

»Gina? Sie hat sich eine Magen-Darm-Infektion eingefangen und wird wohl heute und morgen ausfallen.« Dühnfort log nicht gerne. Aber Gina hatte ihn gestern Abend darum gebeten. »Wahrscheinlich ist es sowieso blinder Alarm«, hatte sie gesagt. »Besser, man hängt das nicht an die große Glocke. Meine Eltern wissen auch nichts. Sie denken, ich bin auf einem Lehrgang.« Die Internetrecherche hatte eine Reihe gutartiger Blasentumore zutage gefördert, deren Symptomatik weitaus schlimmer war, als es bei Gina der Fall war. »Danke fürs Erden«, hatte sie beim Abschied gesagt.

»Ja, da geht wieder was rum.« Alois schloss die Tür hinter sich. »Ich bringe das mal auf den aktuellen Stand.« Er deutete auf die Pinnwand mit den Fotografien.

»Wir bekommen Unterstützung von Sandra Gottwald. Sie kann Heckeroths Adressbuch durchtelefonieren. Aber vorher besuchen wir diese Frauen.«

»Vorerst können wir nur sieben befragen. Martina Rucker, das Mädchen vom Bild aus dem Jahr 1975, ist vor ein paar Jahren bei einem Verkehrsunfall ums Leben gekommen.« Alois zeigte auf eine Fotografie in der obersten Reihe.

Wenn die heutigen Befragungen keinen ermittlungsrelevanten Ansatz erbrachten, mussten sie die Identitäten der übrigen Frauen herausfinden. Wo setzte man da an? Auf den Briefen standen keine Absender, und unterschrieben waren sie mit Kosenamen. Die bisher identifizierten Frauen stammten alle aus dem direkten persönlichen oder beruflichen Umfeld Heckeroths. Falls Rache das Motiv war, konnte dann das zugrundeliegende Ereignis Jahrzehnte zurückliegen? Dühnfort konnte sich nicht vorstellen, dass jemand seine Rachegelüste so lange am Kochen hielt.

Er trat an die Pinnwand und betrachtete die Aufnahmen. Von sechsunddreißig Frauen waren vierzehn mit einem oder zwei Gürteln gefesselt. Vier der identifizierten Frauen gehörten dazu, auch Hannelore Graf, die letzte Sprechstundenhilfe, und Sabine Groß, Carolines Kommilitonin, deren Bild Gina dem Jahr 1987 zugeordnet hatte; ferner Irene Schönhofer, die Bäckersfrau, und Sandra Bleylein, eine Sprechstundenhilfe. Diese Fotografie war noch in Germering entstanden, bevor Heckeroth das Haus seines Onkels geerbt und mit Familie und Praxis an den Kurfürstenplatz gezogen war. Diese Informationen stammten von Albert.

»Wenn dieser Mord ein Racheakt war, dann wurde der alte Heckeroth nicht zufällig mit Gürteln gefesselt, dann haben sie eine symbolische Bedeutung.« Dühnfort steckte die Hände in die Hosentaschen und studierte die Bilder. Wie sehr sich diese Frauen glichen. Mit ihren dunklen Haaren, den molligen Figuren, und auch von ihrer Körpergröße her hätten sie Schwestern sein können.

»Es könnte aber auch Zufall sein oder ein Ablenkungsmanöver. Gibt es eigentlich schon was Neues von der Spurensicherung?«, fragte Alois.

Dühnfort schüttelte den Kopf. »Bis die DNS-Spuren ausgewertet sind, wird es noch etwas dauern. Bei den Fingerspuren hat es keine Treffer in der Datenbank gegeben. Die bisher identifizierten stammen alle von Familienmitgliedern.«

Es klopfte einmal an der Tür. Dann trat Sandra Gottwald ein. Sie war eine hagere Frau mit weit auseinanderstehenden Augen und kantigem Gesicht. Erste graue Strähnen durchzogen die dauergewellten Locken, die sich bei diesem feuchten Wetter widerspenstig kräuselten. Sie klemmte sich eine Strähne hinters Ohr. »Die Verstärkung ist da. Was ist denn mit Gina?«

»Magen-Darm-Virus«, sagte Alois.

»Na, hoffentlich bleibt uns der erspart.« Sie schloss die Tür hinter sich. »Was liegt an?«

Dühnfort erklärte ihr den Fall und reichte ihr Heckeroths Adressbuch mit der Bitte, alle Nummern anzurufen. Dann deutete er auf die Pinnwand. »Aber vorher brauchen wir deine Unterstützung bei der Befragung einiger Frauen. Wir wollen wissen, ob Heckeroth sie genötigt hat oder vielleicht sogar vergewaltigt. Vielleicht sind Ehen in die Brüche gegangen oder Verlobungen geplatzt. Möglicherweise leidet eine der Frauen unter psychischen Folgen der Beziehung.«

Alois griff nach den Mappen, reichte Sandra und Dühnfort je zwei und behielt die restlichen drei. »Da steht alles drin. Name, Adresse, Telefonnummer und auch Anschrift der Arbeitgeber, soweit vorhanden.«

»Gibt es davon Kopien?«, fragte Sandra und deutete auf die Pinnwand. »Es könnte ja sein, dass sie ihre Vorgängerinnen oder Nachfolgerinnen kennen.«

* * *

Gegen Mittag saß Dühnfort im Wintergarten eines Reiheneckhauses im Vorort Waldperlach. Ihm gegenüber hatte Elisabeth van Arpen Platz genommen, die Frau, die Albert als die Tochter der besten Freundin seiner Mutter identifiziert hatte. Sie war einundvierzig Jahre alt, Mutter zweier Töchter im Alter von elf und dreizehn Jahren und mit einem niederländischen Informatiker verheiratet, der bei Siemens arbeitete. Sie trug ein rosa Twinset, Perlenkette und Jeans. Noch immer war sie mollig, wie damals mit achtzehn Jahren, die dunklen Locken hielt ein breiter Haarreif aus dem Gesicht.

Auf Dühnforts Anruf hatte sie überrascht reagiert. Natürlich kannte sie Wolfram Eberhard Heckeroth, sie hatte auch durch ihre Mutter von dessen Ermordung erfahren. Allerdings hatte sie ihn seit Ewigkeiten nicht gesehen. »Welches Bild?«, hatte sie gefragt, bevor sie sich die Frage selbst beantwortet hatte. »O Gott, nicht dieses. Er hat das doch nicht aufgehoben?«

Nun saß sie Dühnfort gegenüber auf einem Rattansofa unter einer raumhohen Yuccapalme und erklärte ihm, dass Heckeroth sie weder vergewaltigt noch genötigt habe. Sie hatte sich in ihn verliebt. Er sah gut aus und hatte ihr den Kopf verdreht. »Ich war ziemlich dämlich damals. Also achtzehn will ich nicht noch mal sein. Und außerdem hatte ich jede Menge Komplexe. Meine tolle Schwester, schlank und hübsch wie ein Model, hat mir ständig prophezeit, dass ich nie einen Mann abkriegen würde, so fett und hässlich, wie ich sei.« Elisabeth van

Arpen zog die Stirn kraus. »Ich war also leichte Beute für einen Mann wie Wolfram. Es hat mir geschmeichelt, dass er mich hübsch und klug fand, dass er mit mir flirtete und mich ausführte. Er hatte einen flotten Sportwagen. Der Freund meiner Schwester, ein pickliger Physikstudent, fuhr bloß einen Käfer. Mich lud Wolfram in teure Restaurants ein. Meine Schwester wurde zu McDonald's ausgeführt. Schade war nur, dass ich mich damit nicht brüsten durfte. Andererseits wurde unsere *große Liebe* dadurch noch viel romantischer.« Elisabeth van Arpen verdrehte die Augen. »Wie gesagt, ich war dumm und naiv.«

»Sie haben sich also freiwillig zu dieser Aufnahme bereit erklärt?« Dühnfort zeigte auf das Bild, das sie mit der Rückseite nach oben auf den Tisch gelegt hatte.

»Was heißt schon freiwillig? Steter Tropfen höhlt den Stein. Zunächst war Wolfram rücksichtsvoll, aber schon bald hat er mich in eine bestimmte Richtung gedrängt.« Eine leichte Röte zog über ihren Hals ins Gesicht. »Ist es wirklich nötig, dass ich Ihnen das erzähle?«

»Wäre es Ihnen lieber, wenn eine Beamtin die Befragung durchführen würde?«

Die Locken flogen, als sie energisch den Kopf schüttelte. »Nein. Wenn es schon sein muss, dann will ich das lieber gleich hinter mich bringen.« Sie holte Luft. »Also. Wolfram hat mich bedrängt. Er hat mir erzählt, dass es eine tolle Erfahrung sei … dass die meisten Frauen davon träumten, sich zu … unterwerfen, einem Mann die Macht über ihren Körper anzuvertrauen. Jedenfalls habe ich irgendwann nachgegeben. Aber ich fand es einfach nur widerwärtig, ekelhaft. Ich habe mich danach wie der letzte Dreck gefühlt.« Die Hände in ihrem Schoss hatten sich ineinander verschlungen, der Blick war stur auf die

Rückseite des Fotos gerichtet. »Ich habe ihm das nur ein Mal gestattet. Dabei ist die Aufnahme entstanden. Kurz danach habe ich diese *Beziehung* beendet. Mehr gibt es dazu nicht zu sagen.«

»Wenn Sie ihm nicht nachgegeben hätten, was meinen Sie, hätte er dann getan?«

Sie blickte auf. »Vermutlich hätte er mich fallenlassen und sich eine willigere Freundin gesucht.«

»Er hat Sie also nie physisch bedrängt?«

»Er wollte, dass ich aus freiem Willen mitmache. Er war ein guter Rhetoriker. Es hat zwar einige Zeit gedauert, aber dann hatte er mich so weit. Ich kann mir nicht vorstellen, dass er gewalttätig geworden wäre. Die Macht der Worte, das war seines. Das lag ihm.«

»Kennen Sie andere Frauen, mit denen er ein Verhältnis hatte?« Dühnfort reichte ihr die Kopie des Albums.

Sie blätterte die Seiten durch. »So viele.« Verwundert schüttelte sie den Kopf. »Tut mir leid.«

Dühnfort dankte ihr und verabschiedete sich. Als er in seinen Wagen stieg, setzte leichter Nieselregen ein, obwohl die Wolkendecke löchrig geworden war und ein blauer Himmel durch das Grau lugte. Er griff nach der Mappe mit den Daten von Sabine Groß. Sie war unverheiratet, arbeitslos und lebte von Hartz IV. Dühnfort startete den Wagen und fuhr nach Giesing, dem ehemaligen Glasscherben- und Armeleuteviertel, das sich inzwischen gemausert hatte. Die trostlosen Nachkriegsbauten waren nach und nach saniert worden, aus dem ehemaligen Bahnhof war ein Kulturzentrum geworden. Riesige Supermärkte hatten sich Raum erobert, und dennoch behaupteten sich kleine Lädchen im Viertel.

Dühnfort hielt vor einem vierstöckigen Haus aus den sechziger Jahren mit etwa zwanzig Parteien. Die Fassade war frisch renoviert und pastellblau gestrichen. Er klingelte und betrat das Haus nach dem Ertönen des Summers. Im Treppenhaus war es dämmrig. Handzettel einer Pizzakette lagen verstreut auf dem Boden. Gerüche nach feuchtem Hund, altem Frittierfett und käsigen Turnschuhen setzten sich in Mund und Nase. Es gab keinen Lift, also stieg er die Stufen zur vierten Etage empor. Etwas außer Atem kam er vor der Wohnungstür an, die nur angelehnt war. Er klopfte.

»Stell die Kiste einfach in den Flur.«

Dühnfort trat ein und sah sich um. Die Tür zur Küche stand offen. Eine Frau in einem blauen Jogginganzug und Turnschuhen saß vor dem offenen Fenster und rauchte. Sie hatte die Füße ans Fensterbrett gestützt und kippelte mit dem Stuhl.

»Frau Groß?«

Sie fuhr herum, der Stuhl rutschte beinahe unter ihr weg, sie fing ihn gerade noch ab, indem sie die Füße auf den Boden knallte. »Herrgott. Wer sind Sie denn?«

Dühnfort stellte sich vor. »Es geht um den alten Mann, der vor ein paar Tagen tot in seinem Wochenendhaus aufgefunden wurde. Sie haben ihn gekannt, Wolfram Eberhard Heckeroth.«

Sie stand auf, drückte die Zigarette in einem halbleeren Joghurtbecher aus und bot Dühnfort Platz am Küchentisch an. Ein angeschnittener Brotlaib lag neben einem Messer auf einem Brett. Dahinter standen eine leere Weißweinflasche, Müller Thurgau, und ein halbvolles Weinglas, in dem eine Kippe schwamm.

»Bin noch nicht zum Aufräumen gekommen.« Sabine Groß stellte das Glas ins Spülbecken, in dem sich das Geschirr stapelte. »Der alte Sack, der in seinem Wochenendhaus abgemurkst worden ist, war also der Heckeroth.«

Sie setzte sich an den Tisch. »Was habe ich damit zu tun? Hab den Scheißkerl seit zwanzig Jahren nicht gesehen.«

»Sie haben mit seiner Tochter studiert. Kannten Sie ihn daher?«

Sabine Groß fischte ein Päckchen Zigaretten aus der Hosentasche, nahm eine heraus und zündete sie an. »Sie hat mich ein paarmal zu sich eingeladen, das Töchterchen aus feinem Haus.«

»Wie ist es zu der Beziehung zwischen Ihnen und Heckeroth gekommen? Waren Sie seine Geliebte?«

Sie sog an der Zigarette und musterte ihn. »So kann man das auch nennen.«

»Wie würden Sie es nennen?«

»Keine Ahnung.« Sie fischte einen Tabakkrümel von der Zunge und schmierte ihn auf den Tisch. Dann fasste sie ihre dünnen Haare zusammen und strich sie über die Schulter. Die Frau, die vor ihm saß, hatte nur noch wenig gemein mit dem molligen Mädchen auf dem Foto. Die Figur war ausgemergelt, das Gesicht eingefallen. Vielleicht hatte sie ein Alkohol- oder ein Drogenproblem.

»Was wollen Sie eigentlich von mir? Das ist alles Schnee von gestern. Der Staatsanwalt hat die Sache nicht weiterverfolgt.«

»Was für eine Sache?«

»Das wissen Sie doch. Das Verfahren wurde auf meinen Wunsch wieder eingestellt.«

»Sie haben ihn also angezeigt und dann die Anzeige wieder zurückgezogen?«

Sie beugte sich vor und stützte die Arme auf den Tisch. »Sie haben die Akte doch gelesen. Wie wären Sie sonst auf die Idee gekommen, mich zu verdächtigen? Das tun Sie doch. Deswegen sind Sie doch hier. Aus dem Opfer eine Täterin machen. Scheißkerle seid ihr. Alle miteinander.« Sie sprach ruhig, aber ihre Augen wurden schmal, die Stimme leise. Die Zigarette in ihrer Hand zitterte.

»Wir sind über dieses Foto auf Sie gekommen. Caroline Heckeroth hat Sie erkannt.« Er legte die Kopie der Fotografie auf den Tisch.

Sie griff danach, und plötzlich wich alle Farbe aus ihrem Gesicht. »Woher haben Sie das?«

»Aus Heckeroths Wohnung.«

»Es hat dieses Bild gegeben! Die ganze Zeit! Und diese Drecksau ist ungeschoren davongekommen und hat sogar munter weitergemacht.« Ihre Stimme kippte um, wurde zu einem rauen Flüstern. In den dunklen Augen glomm Hass. »Weil ihr Wichser zusammenhaltet, weil Frauen für euch nur ein Stück Fleisch sind. Und jetzt wollt ihr mir das anhängen.« Sie ließ das Bild fallen; blitzschnell umschloss ihre Hand das Heft des Brotmessers und schoss auf ihn zu. Der Adrenalinschock riss Dühnfort hoch, der Stuhl kippte krachend zu Boden; er fasste nach dem Messer, die Klinge erwischte ihn; ein Schmerz zwischen Daumen und Zeigefinger, er packte sie am Handgelenk, hielt es umklammert, während er keuchend hinter dem Tisch vorkam.

»Scheißwichser!«

Er drehte ihr den Arm auf den Rücken, bis sie das Messer losließ. Es rutschte unter den Herd. Während er sie zu Boden rang, zerrte er mit der Linken das Handy aus der Tasche. Blut tropfte auf das Linoleum. Sie trat schreiend um sich. Berentz von der Abteilung Einsatz meldete sich.

»Schick mir einen Streifenwagen, und zwar pronto.« Er gab Berentz die Adresse.

Endlich gab sie ihren Widerstand auf, wehrte sich nicht länger, blieb ruhig auf dem Boden liegen.

Sein Herz raste. Er atmete keuchend. Langsam wurde er zu alt für solche Sachen. Als er sich umdrehte, sah er eine Pistole auf sich gerichtet.

»Lass sie los, und dann stehst du ganz langsam auf. Und mach nur keinen Scheiß.« Die Frau mit der Waffe hatte den Körper einer Sportlerin, trug Trainingshosen, schwarzes Tanktop und darüber eine offene Kapuzenjacke.

»Alex. Lass es gut sein, sonst reitest du dich auch noch in die Scheiße. Das ist ein Bulle, und gleich kommen mehr davon.« Sabine Groß versuchte erneut, sich seinem Griff zu entwinden, während Alex langsam die Waffe sinken ließ.

Dühnfort hörte Schritte im Treppenhaus. Sicher die Kollegen. »Legen Sie die Waffe auf den Tisch, sonst führt das noch zu tragischen Missverständnissen.«

»Ach du Scheiße.« Alex ließ die Pistole langsam auf den Tisch gleiten. Dühnfort griff danach und schob sie in den Hosenbund. »Sie sind vorläufig festgenommen. Alle beide.«

***

Zwei Stunden später beendete Dühnfort die Befragungen von Alexandra Schimoni und Sabine Groß. Mit Groß' Ärztin wollte er noch sprechen, bis dahin musste sie in einer Haftzelle warten. Aber erst holte er sich ein Sandwich im nahen Feinkostladen.

Ein Klammerpflaster hielt die Wunde zusammen. Ein pochender Schmerz tobte darin, den er zu ignorieren versuchte. »Das sollte genäht werden«, hatte die Apothekerin gesagt, bei der er etwas zum Desinfizieren und Verbinden gekauft hatte. Aber dafür hatte Dühnfort keine Zeit. »Dann wenigstens ein ordentliches Pflaster«, erwiderte sie und verarztete ihn. »Wie ist das denn passiert?«

»Ein Brotmesser ...«

»Männer und Hausarbeit.« Ihre Augen lächelten, während sie die Wunde reinigte. Sie war hübsch und fröhlich. Und plötzlich erkannte er, dass er häufig mit solchen Blicken bedacht wurde, dass er häufig ein nettes und einladendes Lächeln geschenkt bekam. Sie klebte das Pflaster auf. Er bedankte sich und bezahlte.

Dühnfort packte das Sandwich aus, holte eine Flasche Mineralwasser aus dem Schrank und aß zu Mittag. Dabei überlegte er, ob er Karl von Schmitten einen Besuch abstatten sollte, dem inzwischen pensionierten Staatsanwalt, der vor zwanzig Jahren Sabine Groß dazu gebracht hatte, ihre Anzeige gegen Heckeroth zurückzuziehen, und der seit dreißig Jahren Wolfram Eberhard Heckeroths Schachpartner war.

Kauend trat Dühnfort an die Pinnwand und betrachtete die Aufnahme von Sabine Groß. Sie gehörte zu den beiden, bei denen er vermutet hatte, dass die darauf abgebildeten Frauen betrunken waren oder unter Drogeneinfluss standen.

Alois kam herein. »Ich habe gerade von dem Angriff auf dich gehört. Wie geht's?«

Dühnfort wandte sich von den Bildern ab. »Ist halb so wild. Nur ein Kratzer.«

»Wie ist das passiert? Weshalb ist sie so ausgetickt?«

»Sie wusste von dem Foto nichts. Als ich es ihr gezeigt habe, hielt sie den Beweis in Händen, den man damals hätte finden können. Der Staatsanwalt hatte sie stattdessen unter Druck gesetzt, die Anzeige gegen Heckeroth zurückzuziehen. Mangels Beweisen. Heckeroth hatte in seiner Vernehmung von einvernehmlichem Sex gesprochen und mit einer Anzeige wegen Verleumdung gedroht.«

»Und was denkst du?«

»Karl von Schmitten, der Staatsanwalt, ist ein Freund Heckeroths.«

»Du glaubst ihr also. Hat er sie vergewaltigt?«

»Sieh dir das Bild an. Sie sieht nicht so aus, als hätte sie noch viel mitbekommen.«

Alois trat näher an die Wand. »Die Pupillen sind erweitert, und sie hängt da wie ... ein nasser Sack.«

»Vermutlich hat er sie unter Drogen gesetzt. Sie wollte Caroline besuchen, aber es war nur der Vater da. Er bot ihr einen Drink an. Sie erinnert sich, dass sie plötzlich alles schrecklich lustig fand und dass sie aus irgendeinem Grund in die Praxis gingen. Danach hat sie einen Filmriss. Als sie zu sich kam, fand sie sich auf der Liege in der Praxis wieder. Sie war angezogen, aber mit falsch zugeknöpfter Bluse, und ihr war übel. Heckeroth sagte, sie sei zusammengeklappt, und rief ihr ein Taxi für die Heimfahrt. Erst zu Hause hat sie bemerkt, dass es zum Geschlechtsverkehr gekommen war.«

»Er hat sie also vergewaltigt. Aber das ist doch kein Grund, mit einem Messer auf dich loszugehen. Die ist ja völlig durchgeknallt.«

»Sie denkt, wir haben uns gegen sie verschworen und wollen ihr den Mord anhängen. Sie ist emotional instabil.« Dühnfort sah wieder auf das Bild. »Von ihrer Freundin habe ich erfahren, dass sie an einer Persönlichkeitsstörung mit paranoiden Anteilen leidet und deswegen immer wieder einmal in psychiatrischer Behandlung ist. Ich kläre noch ab, ob das stimmt.«

»Diese Schimoni? Ist das die, die dir eine Knarre unter die Nase gehalten hat?«

»Sie ist die Gründerin von *Powerfrauen*. Das ist ein Frauenselbsthilfeverein. Sie hat für Sabine Groß eingekauft und wollte ihr die Sachen bringen. Als sie uns in der Küche sah, dachte sie an einen Überfall ...«

»... da war natürlich Frauenpower gefragt. Aber sag mir bitte, dass die Waffe illegal war und die Girls nicht bis an die Zähne bewaffnet gegen uns Männer ins Feld ziehen.«

»Sie ist zweimal krankenhausreif geprügelt worden und erhält regelmäßig Drohungen von Männern, denen nicht gefällt, was sie tut. Sie hat einen Waffenschein, und die Pistole ist registriert.«

Das Telefon auf dem Schreibtisch klingelte. Buchholz meldete sich. »Ich habe gerade die Info bekommen, dass Heckeroths Auto nicht in Polen steht, sondern auf einem Hotelparkplatz. Luftlinie achthundert Meter vom Tatort entfernt. Willst du dir das vor Ort anschauen?«

***

Als Dühnfort auf die Autobahn einbog, ließ der Regen nach, ein Fitzelchen blauer Himmel zeigte sich. Inzwischen hatte er Alois von der Befragung Elisabeth van Arpens berichtet. »Wie ist es bei dir und Sandra gelaufen?«

Alois, der damit beschäftigt war, eine SMS zu schreiben, blickte auf. »Ähnlich. Alle waren in Heckeroth verliebt. Bis auf eine, die gerne mitgemacht hat, hat er alle zu diesen Aufnahmen überredet.«

Der große Manipulator. Mit der Einschätzung seines Vaters schien Bertram richtig zu liegen. Alois schickte die SMS ab und steckte das Handy ein. »Diese Alex Schimoni ist doch eine Männerhasserin, oder?«

»Nur weil sie sich um Frauen kümmert?«

»Sie wird täglich mit Gewalt gegen Frauen konfrontiert, da bleibt man nicht objektiv. Wie steht sie eigentlich zu Sabine Groß? Sind sie nur befreundet, oder ist da mehr dahinter?«

»Du denkst, sie haben ein Verhältnis und Alex hat Sabine gerächt?«

»Verhältnis wäre zu wenig. Da müssten schon die großen Gefühle im Spiel sein.«

Etwas gefiel Dühnfort an der Idee nicht. »Sabine hat nicht mitbekommen, wie Heckeroth sich an ihr vergangen hat. Sie wusste weder von der Fesselung, noch kannte sie das Foto. Wenn Heckeroths Fesslung mit den Gürteln ein Symbol für Rache ist – nach dem Motto *wie du mir, so ich dir* –, dann müsste Sabine die Aufnahme ja gekannt haben.«

»Manchmal lügen Zeugen«, erwiderte Alois ironisch.

Dühnfort glaubte das nicht. »Ihre Reaktion auf das Foto ... das war nicht gespielt.«

Er erreichte die Autobahnausfahrt und fuhr über die Landstraße bis zum *Schlosshotel König Ludwig*, das kurz hinter Münsing auf einer Anhöhe lag. Inzwischen war die Wolkendecke weiter aufgerissen, blaue Inseln lugten aus dem Wolkenmeer. Am Horizont zeichnete sich als grauer Schattenriss die Alpenkette ab. Unter ihnen lag der Starnberger See, eine windbewegte Masse, auf deren Oberfläche einige Boote schaukelten. Ein Surfer mit neonbuntem Brett und Segel jagte in Ufernähe über die Wellen. Ein Segelboot, das wäre es, dachte Dühnfort. Ich sollte mir ein Boot mieten und endlich einmal wieder segeln. Dieser Gedanke brachte eine Saite in ihm zum Schwingen, erzeugte Erinnerungen, die sehnsuchtsvoll in ihm nachhallten. Für einen Moment glaubte er salzige Meeresluft zu riechen.

Der Kies knirschte unter den Reifen, als er auf die Zufahrt einbog. Vor ihnen erschien ein Schlösschen in Toskanagelb. Auf dem Platz vor dem Eingang reihten sich teure Wagen. Gepflegte Rasenflächen, die in Wald übergingen, umgaben das Hotel. Dühnfort hielt Ausschau nach Buchholz und entdeckte ihn westlich des Gebäudes am hinteren Ende eines Parkplatzes, wo er in Heckeroths Jeep spähte. Dahinter stand ein Abschleppwagen, der Fahrer lehnte daran und rauchte eine Zigarette. Dühnfort stoppte und stieg aus, während Alois seinen Mantel von der Rückbank holte und überwarf. Buchholz begrüßte Dühnfort mit Handschlag.

»Wozu braucht ein alter Mann ein so protziges Auto?« Alois betrachtete den silberfarbenen Geländewagen. Es war ein wuchtiger Fünftürer mit Alufelgen und Breitreifen.

»Zum Angeben. Was sonst?« Buchholz schob sein schwarzes Basecap in den Nacken. »Mal sehen, was nach den Regengüssen der letzten Tage noch an Spuren übrig ist. Etwas habe ich allerdings schon gesehen. Das könnte spannend werden.« Er deutete auf die Heckklappe des Fahrzeugs.

Das Wageninnere war wie frisch gesaugt. Auf dem grauen Velours dagegen, mit dem der Gepäckraum ausgekleidet war, gab es schwarze Flecken. Öl oder Schmiere. Im Schatten der Radkästen lagen kleine braune Krümel. »Diese Krümel könnten aus dem Profil einer Schuhsole stammen. Was meinst du?«

»Mal sehen. Jetzt schaffen wir die Karre erst einmal zur Untersuchung.« Buchholz wandte sich dem Fahrer des Abschleppfahrzeugs zu.

Alois steckte die Hände in die Taschen seines Wollmantels. »Ich frage im Hotel nach, seit wann das Auto hier steht und ob jemand Beobachtungen gemacht hat.«

»Und lass dir die Namen aller Gäste der letzten elf Tage geben, auch die des Personals, das in dieser Zeit hier gearbeitet hat.« Dühnfort blickte Alois nach, der zielstrebig auf den Hoteleingang zuging.

Dann sah er sich um. Das Hotel verfügte über einen Biergarten, eine Caféterrasse und ein Wintergartenrestaurant mit Blick auf den See. Am Ende des Parkplatzes begann ein Fußweg. Ein Hinweisschild des Fremdenverkehrsvereins mit Wanderzielen, Streckenlängen und den dafür benötigten Zeiten stand dort.

Der Täter hatte Heckeroths Auto vermutlich hierhergebracht, um den Eindruck zu erwecken, das Wochenendhaus sei unbewohnt. Doch wie war er wieder weggekommen? Hatte er einen Helfer gehabt? Einer parkte das Auto des Opfers, der andere fuhr mit dem Täterfahrzeug hinterher und sammelte seinen Komplizen ein. Ein Einzeltäter hätte zu Fuß zurück zu seinem Fahrzeug gehen müssen. Dühnfort betrachtete die Wegekarte mit den Wanderzielen. Sie war sehr abstrakt gezeichnet und ihm daher zu ungenau. Daraufhin holte er eine Landkarte aus dem Handschuhfach seines Autos und studierte sie.

Als Alois zurückkam, hatte er zwei mögliche Strecken gefunden. Die eine führte über die Straße, war aber etwa drei Kilometer lang, obwohl das Haus Luftlinie nur etwa achthundert Meter vom Hotel entfernt lag. Möglichkeit zwei war einer der Wanderwege, der im Abstand von nur etwa fünfzig Metern hinter dem Wochenendhaus durch den Wald führte. Diese Strecke war bloß anderthalb Kilometer lang und für jemanden, der nicht gesehen werden wollte, sicher die bessere Alternative. »Hat jemand im Hotel beobachtet, wer das Auto abgestellt hat?«, fragte er Alois.

»Die wissen nicht einmal, seit wann es da steht. In den letzten beiden Wochen hatten sie mehrere Tagungen. Das Haus war vollständig ausgebucht. Da fällt ein Fahrzeug nicht auf, noch dazu, wenn es nicht vor dem Haupteingang steht. Die Liste mit den Namen der Übernachtungsgäste bekomme ich noch. Das wird ein Spaß, die alle zu befragen.«

»Was ist mit dem Personal?«, fragte Dühnfort.

»Mit einigen habe ich gerade gesprochen. Keinem ist das Auto aufgefallen.«

Dühnfort zog das Handy aus der Tasche und wählte Schmockmöllers Nummer. »Wir brauchen einen Zeugenaufruf in der Presse.« Er erklärte dem Leiter der Pressestelle, worum es ging und dass er hoffte, jemand habe am 6. Oktober oder danach beobachtet, wie Heckeroths Auto am Hotelparkplatz abgestellt wurde.

Dann ging er zu Buchholz hinüber, der zusah, wie das Fahrzeug von der Winde auf den Abschleppwagen gezogen wurde.

»Bis wann, denkst du, hast du was für uns?«

»Wenn ich hexen könnte, sofort. Kann ich aber nicht. Also gedulde dich bis morgen.«

***

Doch bereits kurz nach vier Uhr erschien Buchholz in Dühnforts Büro. »Dein Profiltipp ist richtig. Allerdings nicht Schuhsohle, sondern Mountainbike.« Er zerrte den Bund der schwarzen Lederhose Richtung Äquator seines Bauches und setzte sich auf den Besucherstuhl.

»Von einem Rad also. Und die Ölflecke?«

»Vermutlich Kettenöl. Das ist aber noch nicht sicher.« Buchholz fuhr sich mit der Rechten über den stoppeligen Schädel. »Fingerabdrücke gibt es so gut wie keine. Da hat jemand geputzt, allerdings nicht sehr gründlich. Wir haben ein paar Teilabdrücke des Opfers an der Klappe des Handschuhfachs gefunden und außerdem ...« Buchholz grinste. »Hast du schon mal beobachtet, wie die Leute die Heckklappen ihrer Autos öffnen?«

»Sie benutzen die Griffmulde?«

Buchholz nickte. »Schon, und die war auch blitzblank, aber wenn sie die Klappe auf halber Höhe haben, greifen sie an die untere Kante und drücken sie nach oben. Und genau da haben wir die Reste eines Daumenabdrucks gefunden. Und jetzt rate mal, von wem.«

»Von Bertram?«

Nun hatte er Buchholz die Pointe versaut. Der nickte. »Aber mit den Profilabdrücken hast du ihn noch nicht. Diese Bereifung gehört etwa bei einem Drittel der verkauften Mountainbikes zur Standardausrüstung. Und Kettenöl gibt es auch nicht so viele verschiedene Sorten.« Buchholz erhob sich. »Im Übrigen haben wir tolle Arbeit geleistet in diesen paar Stunden. Wir sind wirklich klasse.« Er klopfte sich auf die Schulter und verließ das Büro.

»Ja, ihr seid die Größten!«, rief Dühnfort ihm hinterher. Dann telefonierte er mit dem Autohaus Herrsching, wo er nach zweimaligem Klingeln die gleiche Mitarbeiterin am Apparat hatte wie am Tag zuvor. »Ich habe noch eine Frage wegen Heckeroths Jeep. Wurde er nach der Inspektion gewaschen?«

»Natürlich«, antwortete sie, »das gehört zum Kundenservice. Und bei der ersten Inspektion wird auch der Innenraum kostenlos gereinigt. Ich hoffe, das hilft Ihnen weiter.«

»Das tut es. Danke.« Dühnfort legte auf. Die Erdbröckchen und Fingerabdrücke konnten also erst nach dem Freitag an beziehungsweise in das Fahrzeug gelangt sein.

Wie sollte er weiter vorgehen? Die Spuren wiesen in eine Richtung, waren aber noch dürftig. Am besten, er klopfte bei Bertram mal auf den Busch. Dühnfort griff zum Telefon und wählte Bertrams Nummer. Als er dort niemanden erreichte, probierte er es auf dem Handy und war erfolgreich. Im Hintergrund war Verkehrslärm zu hören. »Wir haben den Wagen Ihres Vaters gefunden. Es gibt dazu ein paar Fragen. Hätten Sie Zeit, kurz vorbeizukommen?«

»Kein Problem. Jetzt gleich?«

»Wenn Ihnen das passen würde.«

»Eigentlich nicht. Dauert es lange?«

»Zehn Minuten.«

»Also gut. Ich bin sowieso in der Nähe.«

Dühnfort nutzte die Wartezeit und öffnete seinen Mailaccount. Er enthielt vier neue Nachrichten. Eine war von Agnes.

Lieber Tino,

eigentlich komme ich mir ein wenig lächerlich vor. Wenn du schon auf meine Anrufe nicht reagierst, wirst du auch eine E-Mail nicht beantworten. Trotzdem würde ich gerne wissen, ob dieses Totstellen nun deine Art ist, unsere Beziehung zu beenden. Neuerdings bin ich ja ein Fan von klaren Worten, wie du weißt. Andererseits könnte dein Verhalten auch eine Taktik sein, mein Interesse wachzuhalten. Dann sieh dich vor ;-)

Agnes

Sie hatte einen Link gemailt. Dühnfort klickte darauf, und die Webseite eines Wissensmagazins öffnete sich. Er las:

Listige Spinnenmännchen – Totstellen hilft bei der

Paarung. Kannibalische Weibchen zwingen männliche Listspinnen zu ungewöhnlichem Balzverhalten: Sie stellen sich tot. Mit dieser Taktik kommen die Tiere sehr viel häufiger zum Zug als ihre Artgenossen ...

Kannibalische Weibchen. Wieder stand ihm das Bild anbrandender Wellen vor Augen, die einen Felsen langsam zu Sand zerrieben. Er liebte sie, aber sie benutzte ihn. Und das Schlimmste war, dass er es verstand. Aber er konnte nicht mehr mitspielen. Er gab in die Suchmaske *Brandung* ein und ließ sich in den Ergebnissen die Bilder anzeigen. Schnell hatte er eines gefunden, das seinem geistigen Bild nahekam. Er klickte in Agnes' Mail auf *Antworten*, kopierte das Bild hinein und schrieb: *Es tut mir leid. Mein Verhalten war rücksichtslos. Ich taktiere nicht, ich sehe einfach keine Perspektive.*

Bevor er es sich anders überlegen konnte, klickte er auf *Senden*. Dann stand er auf und blickte aus dem Fenster.

Schlank erhoben sich die Zwillingstürme der Frauenkirche in den Himmel. Die Schnittwunde an der Hand pochte. Wie viel leichter war es gewesen, Agnes diese Worte zu schreiben, als sie ihr ins Gesicht zu sagen.

Es klopfte. Dühnfort warf noch einen Blick auf den Dom, dann drehte er sich um und rief: »Ja, bitte.«

Bertram Heckeroth trat ein. Auch diesmal war er komplett schwarz gekleidet. Dühnfort bot ihm Platz an. Heckeroth junior knöpfte den eleganten Kurzmantel auf, setzte sich breitbeinig auf den Besucherstuhl und lehnte sich zurück.

»Sie haben also Vaters Auto gefunden. Wo?«

»Auf einem Hotelparkplatz.«

»Aha.« Bertram wirkte überrascht. »Ist es beschädigt?«

»Nein. Es war ordentlich geparkt und abgeschlossen.

Nach wie vor fehlen Haus- und Autoschlüssel Ihres Vaters. Sie waren nicht im Fahrzeug.«

»Dann wird die der Täter haben oder, was ich für wahrscheinlicher halte, die Täterin.« Bertram Heckeroth verharrte in der breitbeinigen Pose. Die Hände lagen locker auf den Oberschenkeln. Doch unterhalb des linken Auges, knapp unter dem Rand der schwarzen Brille, nahm Dühnfort das nervöse Zucken eines Muskels wahr.

»Eine Frau also.«

»Das liegt doch auf der Hand.«

Dühnfort lehnte sich zurück. Heckeroth würde schon loswerden, was er loswerden wollte.

»Der Mord an meinem Vater ist feige und hinterhältig. Das sind typisch weibliche Eigenschaften. Ein Mann wäre aggressiv vorgegangen. Er hätte geschossen oder geschlagen. Er hätte die direkte Konfrontation nicht gescheut.«

»Ich finde den Tod, den Ihr Vater erleiden musste, vor allem grausam. Ist Grausamkeit nun typisch männlich oder weiblich?«

Heckeroths Stirn wurde glatt, die Lippen dünn.

»Ich halte mich lieber an Motive und Fakten. Fakten sind etwas Wunderbares. Sie sprechen für sich«, fuhr Dühnfort fort.

»Rache. Ist das kein Motiv?« Bertram Heckeroth richtete den Oberkörper auf.

»Worauf wollen Sie hinaus?«

»Ich denke, das ist klar. Sie haben die Fotos doch gesehen. Glauben Sie denn, dass eine dieser Frauen freiwillig die perversen Spielchen meines Alten mitgemacht hat? Denen muss doch schon bei der Vorstellung schlecht geworden sein.«

»Sie denken an Vergewaltigung?«

»Möglich, aber eher unwahrscheinlich.« Heckeroth kehrte wieder zu seiner entspannten Haltung zurück. »Mein Vater hat mit Worten durchgesetzt, was er wollte. Er hat es sogar geschafft, meine Mutter davon zu überzeugen, dass es sein gutes Recht sei, Geliebte zu haben.«

»Also wussten Sie doch von den Affären Ihres Vaters.«

»Ich wusste, dass er meine Mutter betrog, und zwar schon immer. Das wussten wir alle. Aber wir wussten nicht, was er mit den Frauen trieb. Und ich kann mir gut vorstellen, dass es eine gibt, die erkannt hat, welcher Gehirnwäsche er sie unterzogen hat. Das waren doch junge, unreife, beeinflussbare Dinger.«

»Aber Sie kennen keine Namen außer denen, die Sie uns schon genannt haben? Das sind also alles nur Vermutungen.«

Bertram zupfte sich am Ohrläppchen und lächelte. »Das ist Ihr Job und nicht meiner.«

»Wir haben Ihre Fingerabdrücke am Tatort gefunden, unter anderem in der Laibung des Küchenfensters, als wären Sie hinausgeklettert.«

Bertram Heckeroth verharrte in seiner Pose, dennoch bemerkte Dühnfort die unwillkürliche Anspannung seiner Muskulatur.

»*Tatort*. Das ist ein Wochenendhaus, in dem ich oft ein und aus gegangen bin. Ich war am Sonntag vor dem Überfall dort, und da ich keine Handschuhe zu tragen pflege, habe ich natürlich Fingerabdrücke hinterlassen. Und das Küchenfenster klemmt. Als ich am Sonntag dort war, habe ich versucht, es zu reparieren.«

»Benutzen Sie auch das Auto Ihres Vaters?«

»Nein.«

»Aber Sie haben das Fahrzeug gefahren. Und zwar vor

nicht allzu langer Zeit. Ihre Fingerabdrücke sind auf der Heckklappe.«

»Ach das.« Heckeroth drehte die Handflächen in einer unschuldigen Geste nach außen. »Wir haben am Sonntag gegrillt, aber es war nicht genügend Grillkohle da. Deshalb bin ich zur Tankstelle gefahren und habe einen Sack gekauft. Natürlich habe ich Vaters Auto genommen. Ich war ja mit dem Mountainbike da.«

»Haben Sie die Quittung noch?«

»Ich denke schon.« Heckeroth nahm die Brieftasche aus dem Mantel, aber die Suche blieb erfolglos. »Das gibt es nicht«, murmelte er. »Vielleicht habe ich den Kassenbon gar nicht mitgenommen.« Er blickte Dühnfort an. »Jedenfalls ist er nicht da. Aber in der Tankstelle wird man sich an mich erinnern. Ich war in Wolfratshausen an der Tankstelle in der Sauerlacher Straße. Überprüfen Sie das. Und außerdem ist das alles Quatsch. Am Auto und im Haus müssen außer meinen Fingerabdrücken doch auch noch andere sein. Oder nicht?«

Dühnfort musterte ihn.

»Natürlich nicht«, fuhr Bertram nach einem Augenblick des Schweigens fort. »So dämlich ist ja niemand, dass er einen Mord begeht und dabei keine Handschuhe trägt. Ich wäre jedenfalls nicht so dumm.«

»Sie bräuchten aber keine Handschuhe zu tragen. Ihre Spuren wären ja erklärbar. Erstaunlich ist, dass Ihre Abdrücke nur auf der Heckklappe, aber nicht im Wageninneren sind. Sie haben das Auto doch am Sonntag gefahren.«

Heckeroths Oberkörper schnellte vor. »Okay«, sagte er und stand abrupt auf. »Das reicht. Ich kann ja noch nachvollziehen, dass Sie mich verdächtigen. Aus Ihrer beschränkten Sicht habe ich schließlich ein Motiv. Aber es dreht sich nicht immer alles ums Geld. Sie lassen hier bewusst andere Aspekte außer Acht. Sie wollen mir etwas anhängen. Aber das werde ich mir nicht bieten lassen. Ich werde dafür sorgen, dass man Ihnen den Fall entzieht.« Heckeroth war schon bei der Tür.

»Einen Augenblick noch. Als Sie zur Tankstelle fuhren, haben Sie da Ihr Mountainbike in den Kofferraum gepackt?«

»Das ist ja wohl eine schwachsinnige Frage. Warum hätte ich das tun sollen?«

»Dann haben Sie sicher nichts dagegen, wenn wir das Fahrrad untersuchen.«

»Weshalb?«

»Wir haben Spuren von Kettenöl und Erdbrocken gefunden, die aus dem Profil eines Mountainbikes stammen. Ich möchte diese Spuren mit Ihrem Rad abgleichen lassen.«

»Kann ich das verweigern? Brauchen Sie dafür nicht einen Durchsuchungsbeschluss?«

»Im Prinzip ja.«

»Dann bin ich dafür, dass Sie den vorschriftsmäßigen Weg gehen. Wedeln Sie mit dem Wisch vor meiner Nase, und Sie kriegen mein Rad.«

»Praktisch reicht es allerdings, wenn Gefahr in Verzug ist. Und das sehe ich jetzt so.«

***

Dühnfort bat Alois Bertram Heckeroth zu begleiten. Kaum hatten beide das Büro verlassen, erhielt er den Anruf einer Kollegin. »Ich wollte Sie darüber informieren, dass Sabine Groß ins Bezirkskrankenhaus Haar verlegt worden ist. Auf die Geschlossene.«

»Warum das?«

»Sie ist völlig durchgedreht, hat sich die Kleider vom Leib gerissen, sich die Arme blutig gekratzt und gedroht, sich umzubringen. Aber am schlimmsten war ihr Gekreische. Wir haben einen Notarzt gerufen, und der hat die Unterbringung angeordnet. Jetzt ist wieder Ruhe.«

Auf diffuse Weise fühlte Dühnfort sich schuldig. Wenn er geahnt hätte, dass sie die Aufnahme nicht kannte ... aber er war schließlich auch nur ein Mensch und kein Hellseher. Er bedankte sich für die Information und legte auf.

Kurz vor sechs kam Alois wieder. Er knöpfte sein Sakko auf und setzte sich an den Besprechungstisch. Aus der Brusttasche ertönte ein zweifaches Brummen. Er zog das Handy hervor, las eine Nachricht auf dem Display und legte das Gerät auf den Tisch. »Bertrams Rad ist bei der KTU. Wenn die Erdbrocken davon stammen, dann wird es eng für ihn. Was meinst du?«

»Theoretisch ist einiges möglich: Bertram fährt mit seinem Auto nach Münsing, das Rad im Kofferraum ...«

»Im Porsche? Da müsste er wenigstens das Vorderrad abmontiert haben.«

»Und, warum hätte er das nicht tun sollen?«, entgegnete Dühnfort und fuhr dann fort. »Er fährt also zum Wochenendhaus, überfällt seinen Vater und legt, da er die Bilder aus dem Album kennt – also das setze ich jetzt einfach mal voraus –, mit der Art, wie er den Vater seinem Schicksal überlässt, eine falsche Spur. Anschließend richtet er das Haus so her, dass es verlassen aussieht. Dazu muss Vaters Auto weg. Er packt also sein Rad in den Kofferraum des Jeeps, fährt im Schutz der Dunkelheit zum Hotelparkplatz, stellt das Auto ab, holt sein Rad heraus und fährt zurück zum Wochenendhaus. Dort lädt er das Mountainbike wieder in sein Auto und fährt heim. Vielleicht ist er auch die ganze Strecke von Harlaching bis an den See und wieder zurück geradelt«, überlegte Dühnfort.

»Das hat er ja am Tag davor auch getan.«

»Wir sollten die Verkehrsüberwachungsbänder anfordern. Bertram fährt einen dreißig Jahre alten orangeroten VW-Porsche. Den kann man gar nicht übersehen.«

»Er könnte sich auch ein Auto geliehen haben. Also checke ich auch die Autovermietungen.«

Das Signal, das den Eingang einer E-Mail ankündigte, tönte von Dühnforts PC herüber.

Alois erhob sich. »Buchholz gibt uns bis morgen Bescheid.«

»Gut.« Dühnfort sah auf die Uhr. Schon nach sechs.

In der Tür drehte Alois sich um und knöpfte den mittleren Knopf des Sakkos zu. »Anfang November würde ich gerne drei Wochen Urlaub nehmen. Geht das?«

»Wenn wir den Fall bis dahin abgeschlossen haben, sollte das kein Problem sein.« Dühnfort dachte an Gina. Wenn sie für längere Zeit ausfiel ... Er schob den Gedanken beiseite.

»Ich brauche diese drei Wochen. Mein Vater muss auf Kur. Der Termin ist fix, und meine Mutter schafft die Arbeit in der Metzgerei und in der Wirtschaft nicht allein.«

Alois gehörte erst seit dem Frühling dem Team an und hatte bisher wenig über seine Vergangenheit verlauten lassen. Dühnfort wusste lediglich, dass er aus Regensburg stammte und Vater eines Sohnes war, den er während der Maidult am Ufer der Donau gezeugt hatte, als Folge von zu viel Alkohol und Testosteron und mit einer Frau, die er kaum kannte.

Alois hob die Arme und ließ sie wieder fallen. »Die

besten Rostbratwürste in der Oberpfalz gibt's beim Fünfanger in Regensburg. Nach der Schule bin ich erst Metzger geworden. Aber das liegt mir nicht.«

Noch ein Sohn, der seinen Vater enttäuscht hatte. »Hast du keine Geschwister, die einspringen könnten?«

Alois' Miene verdunkelte sich. Noch immer stand er im Türrahmen, halb drinnen, halb draußen. »Meine Schwester hat auch Metzgerin gelernt. Vor zwei Jahren hat sie sich mit 'm Motorradl derrennt.« Immer wenn bei Alois Gefühle an die Oberfläche schwappten, förderten sie auch den Dialekt zutage.

»Das tut mir leid.« In solchen Situationen fühlte Dühnfort sich oft hilflos, und dieser Satz erschien ihm dann wie eine Floskel. Aber bisher hatte er keinen anderen gefunden.

»Na. Es sind ja noch zwei Wochen bis dahin.« Alois zog die Tür hinter sich zu.

Als er den PC ausschalten wollte, entdeckte Dühnfort eine Mail. Sie war von Agnes. Er zögerte einen Moment, bevor er sie öffnete.

Lieber Tino,

interessantes Bild, in das man eine Menge hineininterpretieren könnte. Das will ich aber nicht. Das habe ich früher gemacht. Wozu das geführt hat, weißt du. Auf weitere Katastrophen kann ich verzichten. Unsere Affäre ist also beendet?

Ich weiß nicht, was du erwartest, obwohl ich eine Vermutung habe. Aber, wie gesagt, das Interpretieren von Gefühlslagen ist nicht meine Stärke, ebenso wenig, wie deine Stärke darin liegt, über Gefühle zu sprechen. Willst du es nicht doch versuchen? Morgen Abend bei mir?

Agnes

Der Tonfall klang so verärgert, spröde, abweisend.

Aber weshalb wollte sie dann überhaupt noch mit ihm reden? Um das letzte Wort zu haben? Das passte nicht zu ihr. Er wusste nicht, ob er die Einladung annehmen sollte. Es war alles klar. Er wollte das Spiel nicht weiterspielen. Nicht zu diesen ungleichen Bedingungen. Der einzig denkbare Grund war die Hoffnung. Die Hoffnung, dass sich an dieser emotionalen Schieflage irgendwann etwas ändern würde. Wie lang war er bereit zu warten? Er wusste es nicht. Trotzdem griff er zum Telefon und wählte ihre Nummer. Sie meldete sich nach dem zweiten Klingeln.

»Hallo, Tino.« Ihre Stimme klang weich. Leise Musik war im Hintergrund zu hören. Norah Jones. Die CD, die er ihr geschenkt hatte. *The more I learn to care for you, the more we drift apart.* Vermutlich saß sie auf dem roten Sofa im Wohnzimmer. *Why can't I free your debtful mind and melt your cold cold heart?* Es war einfach nicht die richtige Zeit. Weshalb hatte er angerufen? Die Hoffnung stirbt zuletzt, dachte er. »Wollen wir gemeinsam kochen?« Ihm fiel das Reden leichter, wenn er dabei etwas zu tun hatte.

»Du kommst also?«

Klang das erleichtert? »Es tut mir leid. Ich hätte dich längst zurückrufen sollen.« Er wollte keine faulen Ausreden verwenden und wusste im Moment nicht, was er sagen sollte.

»Der Mord an dem alten Mann hält dich sicher auf Trab.«

»Das auch, ja. Lass uns morgen darüber reden. Hast du Lust auf Jakobsmuscheln mit Gemüsejulienne und Wildreis?«

»Klingt verlockend. Bringst du die Muscheln mit? Die bekomme ich hier draußen nicht.«

»Gerne. Und dazu eine Flasche Pouilly Fumé?«
»Warum nicht?«
»Ich freue mich«, sagte er. Ich liebe dich, meinte er.
»Ich mich auch. Also dann bis morgen.«
»Bis morgen.« Bevor er auflegte, hörte er noch einige Takte Norah Jones. *Come with me, together we can take the long way home.* Vielleicht würde alles gut. Eine Weile spürte er noch diesem Gefühl nach, das wie leichte Dünung in ihm anbrandete.

Als er vor das Präsidium trat, fuhr ihm ein eisiger Wind ins Haar und zerrte an seinem Mantel. Die Luft prickelte wie Champagner. Gut gelaunt ging er zu Feinkost Dallmayr.

In der Confiserieabteilung kaufte er für Gina Orangentrüffel und Armagnac-Kirschen, in der Weinabteilung zwei Flaschen Pouilly Fumé, und in der Fischabteilung bestellte er für den nächsten Tag ein Dutzend Jakobsmuscheln. Als er das Geschäft verließ, kam ihm eine junge Frau entgegen. Er hielt ihr die Tür auf. Sie lächelte ihn an. »Cooler Song.« Erst jetzt bemerkte er, dass er eines der Norah-Jones-Lieder vor sich hin summte. Er erwiderte ihr Lächeln und überquerte die Straße, um am Marienhof in die Katakomben der U-Bahn hinabzusteigen. Als er den Bahnsteig erreichte, fuhr die U6 nach Großhadern ein. Eine Viertelstunde später stieg er an der Station *Klinikum Großhadern* aus. Dort musste er sich erst orientieren und fand nach kurzem Suchen den richtigen Ausgang.

Vor ihm lag die Universitätsklinik wie ein Ufo, das vor Jahrzehnten aus fernen Galaxien kommend, hier auf diesem Acker gelandet war und nicht in die Weiten des Alls zurückkehren konnte. Es war in die Jahre gekommen; Schmutz hatte sich als graue Patina an der Aluverkleidung festgesetzt, schmucklose Fenster starrten wie wimpernlose Augen in die Nacht. Die am Haupteingang rotierende Drehtür schaufelte einen müde wirkenden Mann auf den Vorplatz. Dühnfort trat in die Schleuse und fand sich einen Moment später im neonhellen Empfangsbereich der Klinik wieder. Rolltreppen glitten lautlos nach oben und unten. In den Anmeldekabinen mit Nummerntafeln tat um diese Zeit niemand mehr Dienst. Es roch nach Putzmittel und Zigarettenrauch, das leise Brummen der Klimaanlage lag über der Stille. Ein älterer Herr saß hinter einer Glasscheibe mit der Aufschrift *Information*. Dühnfort fragte ihn, wo die Urologische Abteilung sei, und folgte seiner Wegbeschreibung in die vierte Etage. Dort ging er durch einen nach Putzmitteln riechenden Gang und betrat die Station H4.

Die gute Stimmung war verflogen. Mit einem Mal fühlte er sich deprimiert. Ein Mann im Schlafanzug schob ein Metallgestell mit Infusionsflasche und Urinbeutel neben sich her. Eine Pflegerin kam aus dem Stationszimmer. Schwester Christine, stand auf dem Namensschild am weißen Kittel. Er fragte sie nach Gina Angelucci.

»Zimmer 223. Aber da ist sie nicht. Sie sitzt im Vorzimmer des Professors und arbeitet.« Schwester Christine grinste. »Ich lästere auch nie wieder über faule Beamte«, sagte sie und hob die Finger wie zum Schwur. Sie beschrieb ihm den Weg. Dühnfort dankte ihr verwundert und betrat zwei Minuten später das Wartezimmer des Professors, an das sich das Vorzimmer anschloss. Die Tür war angelehnt. Er hörte das Klappern einer Computertastatur und klopfte an.

Gina rief: »Herein.« Sie klang munter und strahlte ihn an, als er die Tür öffnete. »He, Tino, perfektes Timing. Ich hab sie. Alle drei.« Sie saß hinter dem Schreibtisch, vor sich Block und Stift sowie drei Kopien aus Heckeroths Album. »Volltreffer. Bin ich gut oder bin ich gut? Alle drei arbeiten bei Begleitagenturen.«

Dühnfort war erleichtert, Gina so anzutreffen, wie sie für gewöhnlich war: lebhaft und aufgedreht. »Du bist gut und noch besser und außerdem krankgeschrieben. Solltest du dich nicht schonen?«

Gina sammelte ihre Unterlagen ein und stand auf. Sie trug Fleeceshirt und Cargohosen, wie immer. »Fängst du jetzt auch noch an? Den ganzen Tag wollten sie, dass ich den Schlafanzug anziehe und mich brav ins Bett lege. Ich bin aber nicht krank. Jedenfalls fühle ich mich nicht so. Und die ganzen Untersuchungen heute haben auch nichts ergeben.« Eine steile Sorgenfalte erschien zwischen ihren Augenbrauen. Dann sah sie die Dallmayr-Tüten. »Wenn ich allerdings die Kranke spielen muss, um an den Inhalt dieser Tüten zu gelangen ...« Gina kam hinter dem Schreibtisch hervor.

Er umarmte sie. Für einen kurzen Moment nahm er wieder den Duft nach altem Land an ihr wahr. »Dir geht's gut. Das ist schön«, sagte er, aufrichtig froh. »Trotzdem: Für alle Fälle etwas Nervennahrung.« Er zog die Zellophantütchen hervor.

»He, meine Lieblingssorten. Woher weißt du das?«

In Ginas Schokoladenaugen lag ein Ausdruck, den er nicht deuten konnte. »Du hast es einmal erwähnt.«

Gina löste ihren Blick von seinem. »Komm, lass uns hier verschwinden. Um acht muss ich auf meinem Zimmer sein, sonst kriege ich Ärger mit der Nachtschwester. Sag mal, was hast du mit deiner Hand gemacht?«

»Ich habe mich geschnitten. Nicht der Rede wert.« Er wollte sie nicht beunruhigen.

»Seit wann bist du Linkshänder? Ich meine, der Schnitt

ist in der rechten Hand. Oder jonglierst du neuerdings mit Messern?«

»So ähnlich.« Gina würde nicht lockerlassen. Also erzählte er ihr die Geschichte, allerdings ohne ihre wahre Brisanz zu offenbaren. Das hatte er sich selbst noch nicht gestattet. »Plötzlich hatte sie das Messer in der Hand. Ich habe vorgezogen, es ihr abzunehmen, bevor etwas passiert.«

Gina musterte ihn skeptisch. »Sie ist mit einem Messer auf dich losgegangen? Aber hallo. Ganz schön durchgeknallt, die Gute. Das gibt aber schon eine Anzeige?«

»Sicher.« Dühnfort ging neben ihr durch die Flure. Die Böden waren abgetreten, die Fenster mussten dringend geputzt werden, an den weißen Wänden waren schwarze Schrammen von den Gummipuffern der Krankenbetten, die hier entlanggeschreddelt waren. Die ganze Atmosphäre bedrückte ihn. »Und du warst fleißig, obwohl du krankgeschrieben bist?«

»War eine gute Ablenkung. Und ich habe recht: Rebecca Engelhardt arbeitet unter dem Künstlernamen Trixie beim Diamant-Begleitservice.« Gina reichte ihm den Ausdruck einer Internetseite. »Wobei ich mal davon ausgehe, dass auch Rebecca Engelhardt nicht ihr richtiger Name ist. Das hier ist Mandy, 22, habe ich bei Sexy Lady Escort gefunden, und das ist Svetlana, 23, vom Aphrodite Escortservice.« Gina reichte ihm die dazugehörenden Ausdrucke.

»Danke. Die kann Sandra morgen befragen. Wir haben heute schon zu spüren bekommen, dass du fehlst. Bist du am Montag wieder da?«

»Wenn die Docs morgen nichts finden, flüchte ich postwendend aus diesem Alptraum hier. Dann habt ihr mich morgen Nachmittag wieder. Der Eingriff ist halb so wild. Die leuchten mit einer speziellen Lampe die Blasenwand ab, und wenn irgendwas blau aufblitzt, dann ist es bösartig. Außerdem nehmen sie eine Gewebeprobe von dem Knubbel, den die Urologin entdeckt hat. Danach muss ich ein paar Tage warten, bis das Ergebnis da ist. Deckt mich also ordentlich mit Arbeit ein, dann habe ich keine Zeit, mir Sorgen zu machen.« Das Lächeln, das Gina versuchte, blieb auf halber Strecke stecken.

Dühnfort öffnete das Tütchen Orangentrüffel. »Etwas Nervenfutter?«

»Eine Überdosis bitte.« Gina holte zwei der Trüffel hervor und schob sie sich in den Mund. Inzwischen waren sie auf der Station angelangt. »Jetzt wirst du gleich sehen, in welchen Luxuszimmern Privatpatienten untergebracht sind«, sagte Gina mit vollem Mund und öffnete die Tür. Flackernd ging das Neonlicht an und entblößte den winzigen Raum in all seiner Trostlosigkeit. Der Platz reichte mit Müh und Not für das Krankenbett, das Nachtkästchen und einen Tisch, der samt Stuhl in einer Ecke klemmte. Grauer Linoleumboden, kahles Fenster ohne Vorhang oder Gardine. Lediglich ein Alurollladen war davor angebracht. Alles war abgestoßen, angeschlagen, beschädigt; sogar am Spiegel über dem Waschbecken fehlte eine Ecke. »Heute Morgen beim Einchecken habe ich mich ja fast geschämt, weil ich als Beamtin das Privileg habe, Privatpatientin zu sein. Bis ich das Zimmer gesehen habe. Ich will gar nicht wissen, wie die Kassenpatienten untergebracht sind.« Sie setzte sich aufs Bett und bot Dühnfort den einzigen Stuhl an.

»Wirklich hübsch hier«, sagte er. »So minimalistisch und authentisch. Erinnert in seinen klaustrophobischen Zügen an das *Haus ur* von Gregor Schneider.«

»Mich erinnert es eher an *Psycho*. Gott sei Dank gibt es keine Dusche. Das erspart mir zusätzliche Sorgen. Sehr aufmerksam.« Gina lachte.

Eine Schwester trat, ohne anzuklopfen, ein und gab Gina eine Reihe von Instruktionen für die morgige Untersuchung. Dann legte sie ein Schächtelchen mit zwei Tabletten und Thrombosestrümpfe auf das Nachtkästchen und wünschte eine gute Nacht.

Dühnfort blickte ihr nach. »Ich komme morgen Mittag vorbei, wenn ich es schaffe.« Er steckte die Papiere in die Dallmayr-Tüte zu den Weinflaschen.

»Ist nicht nötig«, erwiderte Gina. »Aber ich würde mich trotzdem freuen. Ich bring dich noch zum Lift.«

Sie verließen die Station. Vor dem Aufzug fehlten Dühnfort die Worte. Er wusste nicht, wie er Gina Mut machen sollte.

»Es ist, wie es ist.« Gina legte die Stirn in Falten. »Das sagst du doch immer. Entweder habe ich Krebs oder nicht. Das ist schon jetzt so. Morgen wird es nur festgestellt. Und selbst wenn es so ist, dann bin ich immer noch früh genug dran, um das in den Griff zu kriegen. Andere pinkeln Blut, bevor sie zum Arzt gehen.« Der Tonfall ließ Dühnfort an das Mut machende Pfeifen im Dunkeln denken.

»Du wirst sehen, es ist nichts.« Er wusste nicht, woher er diese Sicherheit nahm. Der Lift kam, die Türen öffneten sich. Zwei Schwestern schoben ein Krankenbett heraus, in dem ein alter Mann lag. Zusammengeschrumpelt wie ein vergessener Apfel. Das ist das Ziel, das wartet am Ende auf uns, dachte Dühnfort, wenn man nicht vorher ein Messer in den Hals gestoßen bekommt.

* * *

Caroline verstaute die Laptoptasche im Fach für Handgepäck und nahm am Fenster Platz. Die Handtasche legte sie auf den Sitz neben sich. Die Veranstaltung über Global-Marketing war wie befürchtet abgelaufen. Im Großen und Ganzen verlorene Zeit. Eine Stunde noch, dann war sie wieder in München. Marc hatte angerufen, als sie noch am Gate auf den Beginn des Boardings gewartet hatte. »Ich bin auf der Rückfahrt von Nürnberg und komme beinahe am Flughafen vorbei. Ich mache einen Schlenker und sammle dich ein. Ja?« Dieses Angebot hatte sie gerne angenommen.

Auf den Platz am Gang ließ sich ein übergewichtiger Mittfünfziger plumpsen. Er lockerte seinen Schlips und vertiefte sich dann in eine Managerzeitschrift.

Caroline lehnte sich zurück und schloss die Augen. Gestern, nachdem sie die erste Scheu überwunden hatte, hatte sie begonnen, das Tagebuch zu lesen. Darin wurde ihre Mutter Elli lebendig, und das war schmerzhaft und tröstlich zugleich.

Elli war durch und durch Pragmatikerin gewesen, eine nüchterne Frau, die großen Gefühlen misstraute. Sie stammte aus einer Münchner Kaufmannsfamilie, in der es um Soll und Haben ging, um Märkte und Absatzchancen, um Konkurrenz und Allianzen. Selbstverständlich war sie mit einer Portion gesundem Menschenverstand erzogen worden. Literatur und Musik, Malerei und Theater, schöngeistige Gespräche und Bildungsreisen wurden in dieser Familie entweder als überspannte Flausen abgetan oder als Verschwendung betrachtet. Kein Wunder, dass Elli jeglicher Sinn für Romantik abging. Sie machte eine kaufmännische Ausbildung, lernte, mit Zahlen zu jonglieren, sich über ein ordentliches Skonto zu freuen, Zahlungsziele zu verhandeln und sich in dieser

Männerwelt zu behaupten. Zarte Gefühle waren fehl am Platz. Die einzige Schwäche, die sie sich erlaubte, galt dem Kino. Kaum lief ein neuer Film an, saß sie mit ihrer Freundin Thea im *Neuen Arena* oder im *Theatiner Filmtheater* und vergaß für zwei Stunden die Welt. Dabei waren ihr amerikanische Produktionen genauso lieb wie die deutschen Nachkriegsschmonzetten. Elli kannte sie alle. Hier ging es um die großen Gefühle, an die sie eigentlich nicht glaubte.

Wolfram Eberhard Heckeroth und Elli lernten sich durch Thea kennen. Ihre Mutter vermietete Zimmer an Studenten. In eines zog Wolfram, als er das Medizinstudium begann. Elli und er freundeten sich an, und aus der Freundschaft wurde eine Liebelei, die in eine Ehe mündete. Als Wolfram die Facharztausbildung begonnen hatte, also erstes Geld verdiente, hatte er Elli einen Antrag gemacht.

»Entschuldigen Sie. Das ist mein Platz.«

Caroline blickte auf. Eine ältere Dame deutete auf den Mittelsitz. Caroline nahm die Handtasche auf den Schoß. Nun musste noch der Dicke aufstehen; die Frau setzte sich. Es war längst dunkel geworden. Die Lichter des Terminals, der Flugzeuge und Wegemarkierungen leuchteten wie auf einem Rummelplatz. Carolines Gedanken kehrten zum Tagebuch zurück.

Als Teenager hatte sie wissen wollen, weshalb Mutter Vater geheiratet hatte. Er hatte andere Frauen, und sie verstand nicht, weshalb Elli sich das bieten ließ, wobei sie, Caroline, eine Scheidung noch mehr fürchtete. Ellis Antwort hatte sie nie vergessen. »Weißt du, eine solide Freundschaft ist die beste Basis für eine Ehe, besser als Verliebtheit. Wenn die nachlässt, und das tut sie, was bleibt dann? Meistens nichts.«

»Du hast Vati also gar nicht geliebt, als ihr geheiratet habt?«, hatte Caroline gefragt.

»Was heißt schon Liebe? Wir waren Freunde. Dein Vater hatte eine gute Stellung an der Kinderklinik. Er konnte mir etwas bieten. Und weißt du, Caroline, die großen Gefühle finden sowieso zwischen Buchdeckeln und im Kino statt«, hatte sie gesagt und dann hinzugefügt: »Meistens jedenfalls.«

Die Turbinen wurden lauter. Langsam schob die Maschine sich aus der Parkposition, nahm Fahrt auf und rollte über das Vorfeld zur Startbahn. Caroline zog das Tagebuch aus der Handtasche und blätterte es auf. Es umfasste einen Zeitraum von etwa zwölf Jahren. Am Ende hatte Elli einige Seiten herausgerissen. Warum hatte sie das getan?

Anfangs beschrieb Elli ihre noch junge Ehe, die genauso geordnet ablief, wie sie es erwartet hatte. Lediglich ein Punkt machte ihr zu schaffen. *Gott sei Dank habe ich mir, was diesen Aspekt der Ehe angeht, niemals romantische Illusionen gemacht. Nicht umsonst gehört er zu den ehelichen Pflichten. Wie das Wort schon sagt: Eine Pflicht ist selten eine Freude. Aber muss Wolfi sie jeden Tag einfordern? Es ist mir lästig und unangenehm, und ich bin jedes Mal froh, wenn er fertig ist. Und außerdem vermittelt er mir das Gefühl, in diesem Punkt alles falsch zu machen. Hoffentlich gerate ich bald in andere Umstände. Dann kann ich Rücksichtnahme von ihm erwarten.*

Sind wir drei Kinder etwa aus diesem Grund geboren worden?, fragte sich Caroline nun. Nicht aus Liebe und dem Wunsch, etwas weitergeben zu wollen, sondern damit ihre Mutter die *lästigen ehelichen Pflichten* für einige Zeit vermeiden konnte?

Das Flugzeug hatte die Startposition erreicht. Das

Dröhnen der Turbinen wurde noch lauter, die Maschine fuhr los und nahm rasch Geschwindigkeit auf. Caroline wurde in die Rücklehne gedrückt, sie rasten über die Bahn, Lichter wischten vorbei, dann hoben sie ab. Ein erregendes Prickeln breitete sich in ihr aus. Sie genoss diesen Moment jedes Mal, er war beinahe wie ein kleiner Orgasmus. Caroline lächelte. Dieses Wort war Mutter sicher nie über die Lippen gekommen.

Als sie die Reiseflughöhe erreicht hatten, schlug Caroline das Tagebuch wieder auf. Dabei fielen die Briefe heraus, die sie zwischen die Seiten gelegt hatte. Ein dünnes Bündel. Obenauf lag ein Kuvert, das eine mit Maschine geschriebene Anschrift trug. Es war die der Kinderklinik, in der Vater Anfang der sechziger Jahre gearbeitet hatte. Allerdings war der Brief nicht an ihn gerichtet, sondern an *Verwaltungsdirektor Peter Brandenbourg – persönlich*. Caroline drehte den Umschlag um. Es gab keinen Absender. Sie zog den Brief aus dem Kuvert und erkannte die steile Handschrift ihrer Mutter.

Geliebter!

Caroline glaubte sich verlesen zu haben. Dort stand tatsächlich *Geliebter!*

Hatte ihre Mutter etwa eine Affäre gehabt? Offensichtlich – Vater hätte sie niemals so tituliert. Caroline sah auf das Datum: 11. Dezember 1963. Da waren ihre Eltern gerade mal ein Dreivierteljahr verheiratet gewesen.

Geliebter!
Ja, nun darf ich Dich so nennen. Nachdem wir nach Wochen, in denen wir unsere Gefühle aus den Augen des anderen lasen, unsere Liebe in Worte gefasst haben, wie einen Schatz von Edelsteinen so funkelnd und schön. Und nicht in Worte allein. Wie Deine Hände, Geliebter,

sanft meinen Körper erkundeten, ein auch mir unbekanntes Land entdeckten und eroberten ...

Mein Gott, Mutter! Caroline ließ den Brief sinken. Sätze wie aus einem Kitschroman, und das aus der Feder ihrer Mutter, der kühlen Pragmatikerin. Was hatte sie mit dem unbekannten Land gemeint? Sollte das bedeuten, dass Vater, der Weiberheld, nicht gewusst hatte, was eine Klitoris ist?

»Was möchten Sie trinken? Saft, Kaffee, Wasser?«

Caroline fuhr auf. Die Stewardess lächelte sie freundlich an. Einen Kognak, hätte Caroline am liebsten geantwortet. »Haben Sie Rotwein?«

Die Stewardess reichte ihr einen Plastikbecher und ein Fläschchen mit Schraubverschluss.

Während sie den Rotwein trank, der etwas zu viel Säure hatte, las sie Mutters mehrseitigen Brief zu Ende. Er ging ähnlich schwülstig weiter, wie er begann. Vieles war nur angedeutet, Körperteile und Handlungen umschrieben, aber was die beiden miteinander erlebt hatten, war eindeutig. Mutter hatte mit Peter den besten Sex ihres Lebens gehabt, und das bereits am selben Tag, an dem sie sich *ihre Liebe eingestanden* hatten. *Verlangen und Erfüllung* waren wie *Wogen über ihnen zusammengeschlagen* und hatten sie *mit sich gerissen*.

Wow, dachte Caroline. Da konnte Vater nicht mithalten. Aber was war aus Peter geworden? Warum hatte Mutter *Wolfi* nicht verlassen?

Das Anschnallzeichen leuchtete auf, der Kapitän gab bekannt, dass sie die Reiseflughöhe verließen und sich im Landeanflug auf den Flughafen München befanden.

Caroline betrachtete den Brief. Mutter war damals eine junge Frau gewesen, frisch verheiratet, und Peter

Brandenbourg leitete die Verwaltung der Klinik. Einen solchen Posten musste man sich erarbeiten. Vermutlich war er deutlich älter gewesen. Caroline musste lächeln. War es nicht eine Ironie des Schicksals, dass ausgerechnet Mutter, die immer geglaubt hatte, dass es die große Liebe allenfalls in Romanen und auf der Kinoleinwand gab, ihr doch begegnet war? Als Mutter diese Sätze zu Caroline gesagt hatte, musste die Affäre mit Peter Brandenbourg schon hinter ihr gelegen haben. Hatte sie rückblickend ihre Meinung geändert? War es vielleicht doch nicht die große Liebe gewesen, sondern eine Enttäuschung? Oder beides?

Das Flugzeug setzte auf der Landebahn auf und rollte an den Finger. Caroline packte ihre Sachen zusammen. Als sie das Flugzeug verließ, freute sie sich darauf, Marc gleich zu sehen.

* * *

»Warum informierst du nicht die Polizei, wenn du davon überzeugt bist, dass er seinen eigenen Vater umgebracht hat?« Marc griff nach einem Gurken-Maki, tunkte es in Sojasoße und schob es in den Mund. Abwartend blickte er sie an. Sie hatte ihm von ihrem Gespräch mit Katja und von ihrem Verdacht erzählt, dass Bertram sie wegen des Alibis erpresste.

Caroline wusste keine Antwort. Etwas in ihr sträubte sich, der Polizei ihren Verdacht mitzuteilen. Letztlich hatte sie keine Beweise. »Vermutlich habe ich mich doch mit dem Heckeroth-Virus infiziert. *Eine Familie hält zusammen! Was werden die Nachbarn denken*? Außerdem habe ich Angst. Er wird sich rächen, wenn er erfährt, dass ich ihn angeschwärzt habe.«

Caroline war der Appetit vergangen. Sie schob den

halb leeren Teller Sushi, die Marc am Flughafen gekauft hatte, weg. Er musterte sie besorgt. Wieder fiel ihr auf, wie gut er aussah. Blaue Augen, dichtes schwarzes Haar und ein Gesicht und einen Körper, als sei er, für einen Abstecher ins einundzwanzigste Jahrhundert, direkt der *Ilias* entstiegen. Außerdem war er rücksichtsvoll, aufmerksam und höflich.

»Übertreibst du nicht ein wenig? Ich fand ihn eigentlich immer ganz nett. Ein interessanter Typ.«

»Er wird mindestens den Lack meines Autos zerkratzen. Bei Babs hat er die Vitrine mit Muranoglas umgeworfen. Er ist ein echtes Arschloch und außerdem ein Loser.«

»Ich würde ihn so nicht bezeichnen.« Marc faltete die Serviette zusammen und legte sie neben den Teller. »Auf mich wirkt er eher wie der Held einer Tragödie.«

Caroline bemühte sich, den Zorn, der unweigerlich in ihr aufstieg, zu unterdrücken. »Hast du den Sophistenkurs an der Volkshochschule belegt?« Es war ironisch gemeint, klang aber verärgert.

Marc lachte. »Ich blicke nur von außen auf eure Familie, das ist eine andere Perspektive. Ihr Kinder tragt die üblichen Kämpfe um Anerkennung und Liebe der Eltern aus. Und Bertram hat sich dabei völlig verrannt. Er hat den falschen Beruf gewählt. Vermutlich hätte er das Zeug zum Arzt gehabt, aber die Stelle des Thronfolgers war ja schon an Albert vergeben.«

»So kann man das natürlich auch sehen. Aber dafür hat er sich ja eine Prinzessin geangelt, auf deren Kosten er leben konnte.«

»Katja hat sich darauf eingelassen. Sie wird schon gewusst haben, warum. Auch sie wird von dieser Ehe profitiert haben.«

Caroline stand auf. Sie wollte das Gespräch nicht fortsetzen. »Ich brauche jetzt einen Kognak.«

Marc schob den Stuhl zurück. »Lass nur. Ich mach schon.« Sie waren in seine Wohnung gefahren. Sein Territorium. Caroline ließ sich aufs Ledersofa fallen. »Am besten einen doppelten.«

Während Marc in der Küche war, starrte Caroline auf die Lichter der Stadt, die hinter der großen Fensterfläche der Penthousewohnung im Regen verschwammen. Sie zog ihre Pumps aus und legte die Beine auf die Couch. Das Essen lag ihr im Magen. Sicher würde sie Sodbrennen bekommen. Aber sie hatte keine Lust, aufzustehen und die Tabletten aus der Handtasche zu holen. Marc kam mit zwei Gläsern zurück, reichte ihr eines und setzte sich neben sie. Schweigend nippten sie an ihren Drinks. Dann nahm Marc ihre Beine, legte sie auf seine Knie und massierte ihr die Zehen. Das tat gut. Vermutlich würden seine Hände bald in eine andere Richtung wandern. Caroline war müde und außerdem ein wenig verärgert. »Was, denkst du, hat Bertram Katja im Gegenzug für ihre Großzügigkeit gegeben? Liebe vielleicht?«

»Unabhängigkeit«, sagte Marc.

Caroline lachte. »Das ist nicht dein Ernst.«

»Erinnerst du dich an das Fest, das die beiden vorletzten Sommer gegeben haben?«

Natürlich erinnerte sie sich. Es war eine pompöse Veranstaltung gewesen. *Käfer* hatte das Catering gemacht, der Champagner war in Strömen geflossen, und Bertram hatte den grandiosen Architekten gegeben, der nur so um den Globus jettete und Gott und die Welt kannte.

»Katja hat mir damals erzählt, dass sie ohne Bertrams Unterstützung die Galerie nicht eröffnet hätte. Er hat ihr

Mut gemacht, sich endlich von ihren Eltern zu lösen und sich auf eigene Beine zu stellen. Sie sagt, er war der erste Mensch in ihrem Leben, der sie ernst genommen und sie als eigenständigen Menschen wahrgenommen hat. Bis dahin war sie für ihre Eltern nur das Kind und für ihre Bekannten die verwöhnte Tochter aus reichem Haus gewesen ...«

»... die man mehr oder weniger ausnehmen konnte«, fiel ihm Caroline ins Wort. »Und das hat Bertram auch ausgiebig getan.«

Marc seufzte. »Und wenn. Es ist eine Angelegenheit zwischen den beiden. Es betrifft uns nicht.« Seine Hand löste sich von ihren Zehen und glitt langsam über Knöchel und Wade zum Knie. Er beugte sich zu ihr, strich ihr das Haar aus dem Gesicht und küsste sie. Sie erwiderte den Kuss. Sex war ihr allemal lieber als Streit. Komisch. Seit Wochen hatte er kein Wort über den Börsengang von Kerity verloren. Mit einem Mal rebellierte ihr Magen. Sie schaffte es gerade noch, sich von ihm zu lösen, bevor die saure Welle in ihr aufstieg und die Speiseröhre verätzte. »Entschuldige.«

»Wieder der Magen?«

Caroline nickte. Sie brauchte ihre Tabletten und wollte aufstehen, um sie zu holen. Aber Marc war schon unterwegs. Warum tat er das? Doch es galt nicht ihr. Er hätte das auch für jede andere Frau getan.

Er kam mit der Tasche zurück. Caroline suchte nach der Schachtel mit dem Medikament, dabei fiel ihr das Päckchen ihrer Sekretärin entgegen, das seit gestern in den Tiefen der Handtasche schlummerte.

»Was ist das?« Marc setzte sich neben sie.

»Ein Geschenk meiner Sekretärin.« Caroline entfernte Schleife und Papier. Ein Büchlein kam zum Vorschein.

Lass Deiner Trauer Flügel wachsen. Wenn man von einem geliebten Menschen Abschied nehmen muss. Ein Ratgeber. Im ersten Moment war sie gerührt.

Marc betrachtete das Buch. »Das ist sehr nett von ihr. Die meisten Menschen würden in so einem Fall eine Karte schicken, aber sie macht sich Gedanken, wie schwer diese Zeit für dich sein muss.«

»Ihr Arbeitsvertrag läuft bald aus. Vermutlich denkt sie, so Punkte für die Übernahme in ein unbefristetes Arbeitsverhältnis zu bekommen.«

In Marcs Gesicht ging eine Veränderung vor sich, die Caroline erschreckte. Das warme Blau seiner Augen bekam einen metallischen Glanz, seine Gesichtszüge verhärteten sich. »Herrgott, warum kannst du nicht einfach mal glauben, dass du gemeint bist, dass dich jemand mag, dass er sich Gedanken über deine Gefühle macht? Merkst du denn gar nicht, wie verletzend dein Verhalten ist? Am Ende glaubst du noch, ich habe dich gebeten, meine Frau zu werden, um mir den Börsengang von Kerity zu sichern.«

Sie schrak zusammen.

Er las die Wahrheit in ihren Augen, bevor sie den Blick senken konnte.

Für einen Augenblick herrschte Stille. Dann stand Marc auf. »Ich bin müde und würde jetzt gerne allein sein. Ich rufe dir ein Taxi.« Seine Stimme war leiser und eine Nuance tiefer, als wäre sie unter etwas begraben.

***

Noel und Leon waren nach dem Abendessen in ihre Zimmer gegangen. Babs bügelte die Hemden der Jungs und eines von Albert für die Beisetzung morgen früh. Am Samstag fuhren Noel und Leon für eine Woche ins

Schullandheim. Besinnungstage. Das war genau das, was sie nach den beiden Todesfällen brauchten. Babs hatte am Nachmittag mit den Lehrern gesprochen, welche die Klassen begleiteten. Sie hatte auf die besondere Situation hingewiesen, in der sich die Kinder befanden, und die Lehrer gebeten, darauf einzugehen.

Albert war noch immer nicht nach Hause gekommen und sein Handy weiterhin ausgeschaltet. Das Gedankenkarussell nahm wieder Fahrt auf. Vielleicht war ihm doch etwas zugestoßen. Aber wenn Albert einen Unfall gehabt hätte, dann wäre die Polizei längst hier gewesen. Er benahm sich einfach rücksichtslos. Vermutlich lag er im Bett seiner Sprechstundenhilfe, dieser ausgemergelten Gestalt, die sich nicht zu blöd gewesen war, einen dezenten Hinweis zu geben, indem sie Albert beim Vornamen genannt hatte. Sie verscheuchte diesen Gedanken, bügelte den Kragen, sprühte die Manschetten ein.

Ein Schlüssel wurde ins Schloss gesteckt, die Wohnungstür geöffnet. Gleich darauf fiel sie zu. Babs' Gefühle schwankten zwischen Wut und Erleichterung. Sie war gespannt, wie er das erklären würde. Viel Streit hatte es in ihrer Ehe bisher nicht gegeben. Aber jetzt ertappte Babs sich bei der Vorstellung, Geschirrstapel gegen die Wand zu schleudern.

Zuerst erschien eine Hand mit einem Strauß roter Rosen in der Türöffnung, es folgte die zweite, mit einer Flasche Gin. Dann erschien Alberts Gesicht. »Verzeihst du mir? Ich habe mich einfach schändlich benommen.« Schuldbewusst blickte er sie an, die Augen treuherzig aufgerissen wie ein kleiner Junge, der etwas ausgefressen hat. Sie konnte nicht anders, sie musste einfach lachen.

Er kam in die Küche, reichte ihr die Blumen, stellte die Flasche auf den Tisch und zog sie an sich. »Natürlich kannst du mein Arbeitszimmer benutzen. Ich hoffe, das weißt du und hast es auch getan.«

Braves Mädchen, das ich bin, dachte sie, habe ich das natürlich nicht getan. Ganz schön dumm. Ihr Rücken schmerzte heute bereits mehr als gestern.

»Ich mache uns einen Gin Tonic.« Albert zwinkerte ihr zu und ging zum Kühlschrank.

So einfach also gedachte er die Sache unter den Tisch zu kehren. Mit dem Gin Tonic hatte es eine besondere Bewandtnis in ihrer Ehe. Er gehörte sozusagen zum Vorspiel.

»Wo warst du?«

Er nahm die Eiswürfel aus dem Tiefkühlfach. »Ich habe in Vaters Wohnung übernachtet und dann den Tag damit verbracht, ganz sentimental in Erinnerungen zu schwelgen. Ich habe die Fotoalben durchgesehen und sogar die alten Super-8-Filme angeguckt. Familie Heckeroth beim Skifahren, Rodeln, Angeln und Baden, beim Picknick an der Isar und im Urlaub auf Kreta. Die reinste Zeitreise. Ich habe mir gedacht, dass wir nach der Beisetzung Caroline und Marc einladen könnten, um sie anzusehen. Meinetwegen auch Bertram. Einmal muss Schluss sein mit dem Streit.«

Über diesen Sinneswandel war Babs erleichtert. »Das ist eine nette Idee.«

»Welche meinst du?« Albert trat zu ihr und nahm sie in den Arm. »Filme gucken oder die Versöhnung mit Bertram?«

»Beide.«

Albert beugte sich zu ihr und küsste sie. Sie erwiderte den Kuss, erleichtert darüber, dass sich die ganze Situation in Wohlgefallen auflöste.

Freitag, 17. Oktober

Über Nacht waren die Wolken verschwunden, die Luft war klar und kühl. Die Herbstsonne tunkte Bertrams Haus in goldenes Licht. Auf dem Garagenvorplatz stand der Porsche. Es war zehn nach zehn, als Dühnfort dort parkte. Alois stoppte hinter ihm. Der Bus mit den Kollegen für die Hausdurchsuchung hielt am Straßenrand. Dühnfort stieg aus und klingelte.

Kurz vor acht hatte Buchholz die Ergebnisse der Spurensicherung an Heckeroths Auto präsentiert. Die getrockneten Erdreste stammten aus dem Profil von Bertrams Rad und die Ölflecken von der Radkette. Dühnfort hatte Haftbefehl und Hausdurchsuchungsbeschluss beantragt und erhalten.

Alois trat neben ihn. Dühnfort klingelte nochmals. »Wir vernehmen ihn erst, wenn wir hier fertig sind. Sind die Bänder der Verkehrsüberwachung eigentlich schon da?«

»Die bekomme ich bis morgen.« Alois knöpfte den dunklen Wollmantel zu und zog den Kaschmirschal enger um den Hals.

»Weshalb dauert das so lange?«

Fröstelnd rieb Alois die Hände aneinander. »Sie sind schon archiviert. Jemand muss sie raussuchen.«

Als sich nichts rührte, öffnete Dühnfort die Gartentür und ging, von Alois gefolgt, zur Haustür. Er klopfte. Es blieb still. Die Beisetzung fand erst in zwei Stunden statt. Bertram sollte eigentlich zu Hause sein.

»Vielleicht verschwindet er gerade durch den Garten.«

»Du gehst hier rum«, Dühnfort zeigte auf den Kubus zu seiner Rechten, »und ich hier.« Er bog links ums Hauseck und folgte einem gekiesten Weg bis auf die Terrasse, die durch eine Glasschiebetür vom Wohnzimmer aus zu betreten war. Diese Tür stand einen Spaltbreit offen. Dühnfort blickte ins Innere auf eine elegante Sitzgruppe aus schwarzem Leder. Bertram saß in einem der Sessel. Der Kopf, oder vielmehr das, was davon noch übrig war, war nach hinten gekippt und ruhte auf der Kante des Lederpolsters. Auf dem Boden lag eine Waffe.

Die Wunde an Dühnforts Hand begann zu pochen. Gleichzeitig fühlte er, wie sich eine Mischung aus Wut, Trauer und Schuld in seinem Innersten zusammenbraute, seinen Magen mit flüssigem Blei füllte und ihn zwang, sich auf die Kante eines Blumentrogs voller verblühender Astern zu setzen. Hatte er etwas übersehen? War er zu langsam gewesen? Wenn er mehr Druck gemacht und den Durchsuchungsbeschluss noch gestern Nacht bekommen hätte, könnte Bertram dann noch leben?

Alois kam um die Ecke. »Keine Spur von ihm. Wir sollten die Fahndung nach ihm rausgeben.«

»Nicht nötig.« Dühnfort wies ins Wohnzimmer.

Alois warf einen Blick hinein und nahm, wie von einer unsichtbaren Kraft gezogen, neben Dühnfort Platz. Er stützte die Hände auf die Knie und atmete durch. »Das ist allerdings auch eine Möglichkeit, sich aus dem Staub zu machen.«

»Informierst du Buchholz und die Rechtsmedizin?« Dühnfort raffte sich auf und ging zu seinem Auto, um Überschuhe und Latexhandschuhe zu holen.

Als er zurückkam, schob Alois das Handy in die Tasche. »Du gehst schon rein? Da wird Buchholz nicht entzückt sein.«

Dühnfort ignorierte diese Bemerkung und betrat das Wohnzimmer durch die Terrassentür.

Der Gesichtsausdruck des Toten irritierte ihn. Er wirkte entspannt und friedlich, obwohl er sich in den Mund geschossen und so die hintere Hälfte seines Schädels weggesprengt hatte. Die sicherste Art, Selbstmord zu begehen.

Im Augenblick des Todes war die Muskulatur erschlafft, der Arm herabgesunken und die Waffe auf den Boden gefallen. Sie lag knapp unterhalb der rechten Hand auf dem Teppich. Dühnfort ging in die Hocke. Es war eine Ceska. Diese Pistolen kamen aus Tschechien und wurden bevorzugt von Tätern aus dem Osten benutzt.

Dühnfort erhob sich und sah sich um. Partikel von Schädelknochen, Gehirnmasse und Blut waren bis zum Tisch in der Essecke gespritzt. Der metallische Geruch von Blut lag in der Luft und – da sich Blase und Darm im Moment des Todes entleert hatten – auch der von Urin und Exkrementen.

Auf dem Couchtisch lag ein mehrseitiger Brief, der von einer Klammer zusammengehalten wurde. Dühnfort beugte sich darüber. Es war kein Abschiedsbrief. Der Schriftzug eines Notars prangte darauf und der Stempel *Kopie*. Es handelte sich um die Kopie von Wolfram Eberhard Heckeroths Testament, verfasst am 18. September. Dühnfort überflog die Seiten, bis er die entscheidende Stelle gefunden hatte. Wolfram Eberhard Heckeroth hatte nur vier Tage nach dem Tod seiner Frau das Testament geändert, seinen Sohn Bertram auf den Pflichtteil gesetzt und diesen obendrein wohlmeinend beschränkt. Wenn Dühnfort das richtig verstand, sollte Bertram nicht nur deutlich weniger erhalten als ursprünglich von seinen Eltern geplant, sondern von diesem kleinen Teil nur den jährlichen Ertrag. Also keine große Summe auf einmal, mit der er sein Haus vor der Zwangsversteigerung hätte retten können. Dühnfort suchte nach dem Umschlag, konnte aber keinen finden. Er ging zurück auf die Terrasse zu Alois, der gerade das Handy einsteckte. »Obwohl es wie Selbstmord aussieht: Wir behandeln das, bis wir Sicherheit haben, wie einen Mord. Spurensicherung, Hausdurchsuchung, Befragung der Nachbarschaft. Das ganze Tamtam. Kümmerst du dich darum? Ich muss mit seinen Geschwistern sprechen und auch mit seiner Exfrau.«

* * *

Zunächst suchte Dühnfort das Notariat von Alexander Maybusch auf. Es befand sich in der Nähe des Müller'schen Volksbades in einem luxussanierten Jugendstilgebäude mit Blick auf die Isar. Als Dühnfort es wieder verließ, hatte er in Erfahrung gebracht, dass das Testament noch gar nicht eröffnet worden war und den Erben auch noch keine Kopien vorlagen. Die einzig existierende Kopie war Heckeroth senior zugeschickt worden. Maybusch hatte Dühnfort außerdem erklärt, dass Heckeroth seines Wissens niemanden über das neue Testament informiert hatte, um Streit und jegliche Diskussion zu seinen Lebzeiten zu vermeiden.

Dühnfort fuhr zum Wiener Platz und erreichte gegen halb zwölf die Galerie von Katja Rist. Bevor er sie betrat, atmete er durch. Es war nicht seine Schuld. Als er gestern mit Bertram gesprochen hatte, war nicht erkennbar gewesen, in welcher Verfassung dieser sich befunden hatte. Er war arrogant wie immer gewesen. An die Testamentskopie musste er erst nach dem Gespräch im Präsidium gelangt sein. Wenn er ihn gestern gleich festgenommen hätte ... Aber dafür hatte er keinen Grund gehabt. Dühnfort gab sich einen Ruck und betrat die Galerie. Ein leises Klingeln ertönte. Katja Rist stand im schwarzen Kostüm im Ausstellungsraum und starrte die Wand an. Ein Bild lehnte an einer Trittleiter. Sie blickte sich um und zuckte kaum merklich zusammen, als sie Dühnfort erkannte.

»Noch mehr Fragen?«

»Das auch.«

»Was noch?«

»Können wir in Ihr Büro gehen?«

Sie nickte und schritt voran. Das schwarze Kostüm stand ihr nicht, es ließ sie noch schmaler und blasser wirken.

»Sie sehen bedrückt aus«, sagte sie, als sie im Hinterzimmer auf dem weißen Sofa Platz genommen hatten. »Ist etwas passiert?«

»Ihr Exschwiegervater hat sein Testament geändert. Er hat Bertrams Anteil auf den Pflichtteil reduziert und außerdem verfügt, dass er davon nur den Ertrag erhält.«

Es dauerte einen Augenblick, bis sie verstand. »Aber dann kann er das Haus nicht halten. Und wenn er es verliert ... Weiß er das denn schon?« Sie rutschte auf dem Sofa nach vorne bis auf die Kante, wie zum Sprung bereit. »Er ist doch nicht ...« Sie hielt sich mit beiden Händen an der Sofakante fest. »Ihm ist doch nichts passiert?«

»Wir haben ihn heute Morgen in seinem Haus gefunden. So wie es aussieht, hat er sich erschossen.«

Katja Rist ließ sich aufs Sofa zurückfallen. Sie schlug die Hand vor den Mund. »Das ist jetzt kein Scherz. Mit so was scherzt man ja nicht.« Einen Augenblick später begann sie zu weinen.

Dühnfort stand auf und holte ein Glas Wasser von der

Küchenzeile hinter dem Schreibtisch. Sie nahm es und trank einen Schluck.

»Frau Rist, ich bin auch noch aus einem anderen Grund hier. Es gibt Indizien gegen Bertram. Wir halten es für nicht ausgeschlossen, dass er seinen Vater umgebracht hat.«

»Was für Indizien denn? Er ist tot! Sie werden doch jetzt nicht gegen ihn ermitteln.« Sie wischte sich mit der Hand die Tränen weg.

»Ich möchte meine Frage von gestern wiederholen. War Bertram am Tag des Überfalls auf seinen Vater wirklich hier in der Galerie?«

Sie putzte sich die Nase und fuhr sich mit den Fingern durch die kurzen Haare, bevor sie die Hände im Schoß verschränkte. »Er war wirklich hier. Aber schon mittags.«

***

Todesnachrichten zu überbringen war Dühnfort ein Gräuel. Aber es gehörte nun mal zu seinen Aufgaben. Alberts Frau öffnete die Tür. Auch sie hatte sich bereits für die Beisetzung umgezogen. Er fragte, ob ihr Mann zu Hause sei. Die Tür eines Zimmers öffnete sich einen Spalt. Zwei Jungen in schwarzen Hosen und weißen Hemden lugten neugierig in den Flur.

»Er ist in seinem Arbeitszimmer. Ich hole ihn.« Sie nahm Dühnfort den Mantel ab und bot ihm Platz im Wohnzimmer an. Der Raum war in hellen Braun- und Cremetönen gehalten. Durch die Fenster schien die Sonne. Dühnfort konnte die Kaiserstraße ein Stück entlangblicken. Unter ihm reihten sich kleine Läden wie Perlen an einer Kette: eine Parfümerie, eine Bäckerei, ein Friseur. Ein Auto rollte langsam über den Asphalt. Sicher war der Fahrer auf der Suche nach einem der raren Parkplätze. Albert kam, gefolgt von seiner Frau, herein. »Sie wollen mich sprechen?«

Dühnfort reichte ihm die Hand. »Es tut mir leid. Ich bringe keine guten Nachrichten.«

Albert setzte sich in einen Sessel. »Was ist passiert?«

Barbara Heckeroth nahm auf dem Sofa Platz und griff nach der Hand ihres Mannes.

»Hat Ihr Vater Ihnen erzählt, dass er das Testament vor kurzem geändert hat?«

»Nein. Vater nicht. Aber Bertram hat mich gestern Abend angerufen. Er war außer sich.«

»Wie ist er an das Testament gekommen?«

»Wir haben alle einen Schlüssel zur Wohnung. Er muss dort gewesen sein und danach gesucht haben. So gegen acht Uhr hat er mich auf dem Handy angerufen und mich niedergebrüllt. Ich sei ein Erbschleicher und so weiter. Es hat einen Moment gedauert, bis ich verstanden habe, dass Vater offensichtlich das Testament doch geändert hat.«

»Wieso *doch* geändert? Wussten Sie, dass Ihr Vater das vorhatte?«

Albert fuhr sich durch die Haare. »Bertram kann mit Geld nicht umgehen. Als er wegen Steuerhinterziehung verurteilt wurde, hätte Vater ihn am liebsten enterbt. Aber das geht nicht. Also wollte er Bertram auf den Pflichtteil setzen. Das wäre eine Wohnung gewesen und etwas Bargeld. Von der Wohnung sollte er nur die Mieteinnahmen abzüglich der Unkosten erhalten. Doch Mutter war dagegen. Und nun, nach ihrem Tod, hat Vater das Erbe anscheinend doch noch so geregelt, wie er wollte.«

»Aber das bedeutet ja, dass Bertram sein Haus verliert. Dann bringt er sich um. Das hat er gesagt, und ich traue ihm das zu.« Alberts Frau wurde bleich und hob die Hand zum Mund.

»Ich habe Caroline deswegen schon angerufen. Wir werden ihm helfen«, sagte Albert. »Irgendwie kriegen wir das hin.«

Aber Barbara Heckeroth achtete nicht auf die Worte ihres Mannes. Sie starrte Dühnfort an. »Deswegen sind Sie hier.«

Dühnfort nickte. »Es tut mir leid. Bertram hat sich heute Nacht erschossen.«

Albert stand auf und trat ans Fenster. »Das glaube ich einfach nicht. Warum hat er das getan? Wir wollten ihm doch helfen.«

»Hast du ihm das gesagt? Hat er das gewusst?« Seine Frau trat hinter ihn und legte ihm die Hand auf die Schulter.

Albert drehte sich um und schüttelte den Kopf. »Zuerst war ich so wütend ... Ich habe einfach aufgelegt, als er mich beschimpft hat. Aber als ich dann in dem Blumenladen stand und die Rosen für dich gekauft habe, ist mir klar geworden, was das für Bertram bedeutet ... ich weiß ja auch nicht, warum er an diesem verdammten Haus so hängt ... Ich dachte, Caroline und ich sollten ihm helfen, und habe sie angerufen. Sie war aber nicht da. Also habe ich ihr eine Nachricht auf den Anrufbeantworter gesprochen.«

»Aber Ihren Bruder haben Sie nicht informiert?«

»Ich wollte das erst mit Caroline besprechen. Aber sie hat noch nicht zurückgerufen.«

Barbara setzte sich wieder aufs Sofa. »Vielleicht ist sie noch in Frankfurt. Hast du es auf dem Handy versucht?«

Albert schüttelte den Kopf. »Sie wollte gestern Abend

wieder zu Hause sein. Ich konnte doch nicht ahnen, dass Bertram gleich durchdreht.«

»Hat Ihr Bruder wirklich gesagt, dass er sich umbringt, falls er das Haus verliert?«

Albert nickte. »Aber so was glaubt man ja nicht …« Er drehte dem Raum wieder den Rücken zu und starrte aus dem Fenster, seine Schultern zuckten.

Seine Frau trat hinter ihn. »Du hast es doch versucht.«

»Wissen Sie, woher Ihr Bruder die Waffe hatte, eine Ceska?«

Albert wandte sich um. »Ich wusste nicht mal, *dass* er eine hatte.«

»Aber er hat doch auf dem Sommerfest im letzten Jahr damit angegeben«, warf Barbara ein. »Das war schon im Morgengrauen, alle waren ziemlich angeheitert und haben wilde Geschichten erzählt. Bertram war ein paar Wochen vorher nach einem Kneipenbesuch in eine Schlägerei mit einem Russen oder Ukrainer geraten. Das weiß ich nicht mehr genau. Jedenfalls hat Bertram früher Aikido gemacht und seinen Widersacher schnell auf dem Boden gehabt. Dabei ist dem eine Pistole aus der Tasche gerutscht. Die hat Bertram einfach mitgenommen.«

Albert nickte. »Stimmt. Jetzt, wo du das erzählst, fällt es mir auch wieder ein.«

Das Telefon im Flur klingelte. »Ich gehe schon.« Barbara verließ den Raum.

Dühnfort erhob sich. »Ihre Schwester hat übrigens recht gehabt. Bertram hat uns ein falsches Alibi angegeben.«

»Was?« Albert ließ sich aufs Sofa fallen. Mit der Hand fuhr er sich übers Kinn. »Hat er einen Abschiedsbrief geschrieben?«

»Bisher haben wir keinen gefunden.«

Barbara kam zurück, das schnurlose Telefon so in der Hand, dass die Sprechmuschel bedeckt war. »Caroline ist dran. Was soll ich ihr denn sagen?«

* * *

Das Institut für Rechtsmedizin befand sich in der Nähe von Dühnforts Wohnung, in der Nussbaumstraße. Es war in einem Gebäude aus dem Beginn des zwanzigsten Jahrhunderts untergebracht, und hin und wieder überkam Dühnfort das Gefühl, hier sei die Zeit stehengeblieben. Er betrat die Abteilung durch eine Tür mit Milchglasscheiben. Seine Schritte hallten auf dem abgetretenen Steinboden nach; es roch nach Formalin, Putz- und Desinfektionsmitteln, und von irgendwoher zog der Geruch von Pizza durchs Gebäude. Es war Mittagszeit. Er drückte die Schwingtür auf und betrat Ursula Weidenbachs Reich, einen gekachelten Raum, in dem er immer fror. An der Wand hing eine Uhr, die ihn an Bahnhof erinnerte. Eine Waage mit digitaler Leuchtanzeige stand darunter, daneben hing eine Schädelsäge an einem Haken an der Wand. Die Sonne schien zum Fenster herein und warf ein Muster von verzerrten Rechtecken auf einen leeren Stahltisch. Auf dem Tisch daneben lag der nackte Leichnam von Bertram Heckeroth.

Ursula Weidenbach stand darüber gebeugt und entfernte die Plastiktüten, mit denen die Spurensicherer die Hände des Toten geschützt hatten. Sie griff nach einer starken Lupe, die an einem schwenkbaren Arm hinter dem Tisch befestigt und mit einer Leuchte ausgestattet war, und platzierte sie über der rechten Hand. Als sie Dühnforts Schritte hörte, blickte sie über den Rand ihrer Brille und lächelte ihn an.

Ich könnte hier liegen, schoss es Dühnfort durch den Kopf. Wenn ich gestern nicht so schnell reagiert und sie mir das Messer in den Hals gerammt hätte ... verbluten ging schnell. Wie band man eine Halsschlagader ab? Ging das überhaupt? Ihn fröstelte, er sah seinen Körper nackt und kalt auf diesem Stahlbett liegen; sein Gourmet-Sixpack, wie Agnes sein Bäuchlein nannte, die schlaffen Muskeln und sein entblößtes Geschlecht schutzlos den forschenden Blicken Ursula Weidenbachs ausgeliefert.

»Ist alles in Ordnung? Ihnen wird doch beim Anblick einer Leiche nicht schlecht?« Ursula Weidenbach musterte ihn besorgt. »Kotztüten haben wir nicht.«

Er verscheuchte diese Bilder, diese Gedanken. »Da habe ich schon Schlimmeres gesehen. Hat er sich wirklich selbst erschossen?«

»Bis jetzt habe ich keine Zweifel.« Sie wandte sich wieder der Leiche zu. »Sehen Sie selbst.«

Dühnfort stellte sich neben sie und betrachtete die Hand durch die Lupe. Die Schmauchspuren waren deutlich erkennbar.

»Auch die Lage der Waffe zur Position der Hand stimmt. So wie es aussieht, hat er sie gehalten und abgefeuert. Aber die eigentliche Arbeit fängt erst an. Also nageln Sie mich bitte noch nicht fest, auch wenn ich denke, dass wir hier keine Überraschungen erleben werden.«

Mittlerweile glaubte Dühnfort das auch. Bertram hatte mehrfach geäußert, er wolle sich umbringen, falls er sein Haus verlieren würde. Das Motiv war nicht ungewöhnlich. Zuerst war die Firma den Bach runtergegangen, diesem Schlag war eine Steuerprüfung gefolgt und anschließend ein Verfahren wegen Steuerhinterziehung, inklusive Verurteilung. Bertram hatte langsam und stetig den Boden unter den Füßen verloren und war in dieses tragische Ende gerutscht, als sei er im Treibsand versunken. Falls er seinen Vater wegen des Erbes ermordet hatte, um dann festzustellen, dass es dieses Erbe nicht gab ... Bertram hatte weiß Gott Gründe für einen Suizid.

Dühnfort störten allerdings zwei Dinge. Es gab keinen Abschiedsbrief, was eher untypisch war. Außerdem fehlte seiner Meinung nach das Glas Whiskey oder Schnaps. In der Regel tranken sich Selbstmörder vor ihrer Tat Mut an.

Er rief Alois an. »Habt ihr doch noch einen Abschiedsbrief gefunden?«

»Nein.«

»Und eine Flasche Schnaps oder Whiskey?«

»Nein. Wieso? Denkst du, es war doch kein Selbstmord?«

»Ich weiß nicht. Irgendwie habe ich kein gutes Gefühl bei der Sache.«

»Die Spurenlage ist aber eindeutig. Schmauchspuren an der Hand, die Waffe an der richtigen Stelle, und er steckte bis zum Hals in der Scheiße ... also wenn der keinen Grund hatte ...«

Dühnfort machte sich unnötig Gedanken, wie so oft. Wenigstens lief die Untersuchung von Bertrams Suizid wie eine Mordermittlung ab. Falls daran also etwas nicht koscher war, waren wenigstens alle Spuren gesichert, und sie hatten nichts versäumt. Er verabschiedete sich von Alois und sah auf die Uhr. Schon kurz vor eins.

Ursula Weidenbach unterbrach ihre Arbeit. »Ich melde mich gegen Abend, wenn ich hiermit fertig bin.« Sie wies auf den Leichnam. »Die toxikologischen Untersuchungen dauern allerdings noch ein Weilchen.«

Dühnfort machte sich auf den Weg zur U-Bahn. Unterwegs kaufte er ein Schälchen Tiramisu für Gina und für sich ein Camembertsandwich, das er während der Fahrt nach Großhadern aß.

Als er vor Ginas Zimmer stand, zögerte er einen Moment, trat dann aber ein. Sie schlief und sah erschreckend bleich aus. Ein Infusionsständer stand neben dem Bett. Aus einem Plastikbeutel tropfte eine farblose Flüssigkeit in einen Schlauch, der in eine Infusionsnadel an Ginas Handrücken mündete. Am Bett hing ein weiterer Beutel, in den eine blutige Flüssigkeit lief. Der dazugehörende Schlauch verschwand unter der Bettdecke.

Dühnfort setzte sich leise auf den Stuhl neben dem Bett. Er wollte Gina nicht wecken, aber das Holz knarrte. Sie schlug die Augen auf. Einen Moment irrte ihr Blick orientierungslos durch den Raum, bis er Dühnfort fand. Ein schwaches Grinsen erschien auf ihrem Gesicht. Sie hob die rechte Hand ein Stück in die Höhe und zeigte mit Zeige- und Mittelfinger das Victory-Zeichen. Dühnfort war erleichtert. »Wie geht es dir?«

»Ehrlich? Ich fühl mich ziemlich scheiße. Ich habe die Narkose nicht vertragen. Meinen Blutdruck überhaupt so zu nennen, grenzt an Hochstapelei.« Sie ließ den Kopf zurück aufs Kissen sinken.

»Ist alles gut gelaufen?«

Sie nickte. »Keine blaue Grotte. Und von dem Böbbel am Harnleitereingang haben sie eine Probe genommen.« Sie schloss die Augen und wirkte erschöpft.

Dühnfort holte das Schälchen Tiramisu aus der Tüte und stellte es auf das Nachtkästchen.

Gina öffnete ein Auge. »Lecker, das ist genau, was ich jetzt brauche. Und einen ordentlichen Kaffee dazu. Holst du mir einen von dem Kiosk da vorne? Der hier auf der Station ist echte Plörre.«

»Aber gerne.« Er stand auf und verließ das Zimmer. Als er die Station wieder betrat, in jeder Hand einen Kaffeebecher, lief ihm Schwester Christine über den Weg. Sie stutzte, als sie den Kaffee sah. »Der ist jetzt nicht für Frau Angelucci. Sie darf erst ab sechzehn Uhr etwas essen.«

»Weshalb?«

»Nach der Narkose könnte ihr davon übel werden.«

»Aber bei niedrigem Blutdruck kann das doch nicht verkehrt sein.«

»Nur so lange, bis sie das Bett vollkotzt.«

»Wenn das passiert, dann beziehe ich es neu«, sagte Dühnfort verärgert.

»Das möchte ich sehen«, erwiderte Schwester Christine. »Also gut, wenn es sein muss. Aber dann soll sie ihn langsam trinken.«

Als er das Zimmer wieder betrat, hatte Gina das Kopfende des Bettes mit der Fernbedienung höher gestellt. »Ah, ich sehe, du bist gut an dem Zerberus vorbeigekommen.« Sie griff nach dem Becher und trank einen Schluck. Dühnfort setzte sich und sah ihr zu. »Ich spüre förmlich, wie mein Blutdruck steigt.« Sie stellte den Becher auf das Nachtkästchen.

»Was macht deine Hand?«

»Geht schon.«

»Und der Fall? Seid ihr weitergekommen?«

»Es gibt Indizien gegen Bertram, aber als wir ihn heute Morgen zur Vernehmung abholen wollten, haben wir ihn tot aufgefunden. So wie es aussieht, hat er sich erschossen.«

»Merde«, sagte Gina. »Das macht es auch nicht leichter.« Sie lächelte. »Sorry, das ist deine Vokabel.« Sie griff nach dem Kaffeebecher und nahm einen großen Schluck. »Wie seid ihr auf ihn gekommen?«

Dühnfort erklärte ihr die Sache mit den Fahrradspuren, merkte aber bald, dass es sie zu sehr anstrengte, ihm zu folgen. »Ruh dich aus«, sagte er.

»Am Montag bin ich wieder da. Versprochen.«

Dühnfort lächelte ihr aufmunternd zu, bevor er ihr Zimmer verließ, und fuhr dann mit der U-Bahn zurück zum Präsidium. Er suchte Alois auf, um zu erfahren, was die Hausdurchsuchung bei Bertram ergeben habe.

»Nicht das Schwarze unterm Fingernagel.« Alois hob die Hände. »Aber das war ja auch nicht zu erwarten. So dumm, Beweise bei sich aufzubewahren, war er sicher nicht. Er wird die Schlüssel, Geldkarten und die Uhr weggeworfen haben.«

»Mir gefällt das nicht.« Dühnfort setzte sich an Ginas Schreibtisch.

»Dass er uns die Beweise nicht auf dem Silbertablett serviert?«

»Bertram war ein selbstherrlicher Mensch, einer, der sich in Szene setzt. So jemand hinterlässt einen Abschiedsbrief.«

»Er nicht.«

Dühnfort hob müde die Hände und stand auf. Wahrscheinlich waren seine Bedenken überflüssig. »Am Montag um neun Uhr machen wir Bestandsaufnahme in diesem Fall. Und dann sehen wir zu, dass wir ihn zu einem sauberen Abschluss bringen.«

Er stand auf und ging in sein Büro. Auf dem Schreibtisch fand er ein Protokoll Sandra Gottwalds, die mit den drei Prostituierten gesprochen hatte, sowie eine Nachricht des Personalchefs mit der Aufforderung, zum Arzt zu gehen und die Verletzung, die er bei der Messerattacke davongetragen hatte, dokumentieren zu lassen. Dühnfort ließ das Blatt in den Papierkorb segeln. Dann schrieb er einen Bericht zur Auffindung von Bertram Heckeroth. Es wurde bereits dämmrig, als er fertig war und nach Sandra Gottwalds Protokoll griff. Es barg keine Überraschungen. Aus der Perspektive dieser Frauen war Heckeroth ein harmloser Kunde gewesen. Gewalt gehörte nicht zu seinen sexuellen Phantasien.

Das Telefon klingelte. Dühnfort meldete sich. Es war Ursula Weidenbach, die nichts Außergewöhnliches bei der Obduktion von Bertrams Leiche festgestellt hatte. Das Ergebnis der toxikologischen Untersuchung und die Auswertung der Blut- und Urinproben würden am Montag vorliegen. Dühnfort dankte ihr, schaltete den PC aus und verließ sein Büro. Die Dunkelheit hatte sich schon über die Stadt gesenkt, bunte Lichter flirrten überall. Er ging zu Dallmayr und holte die Jakobsmuscheln ab.

* * *

Babs war kurz vorm Verzweifeln. Sie legte den Stift neben das Zeichenbrett und streckte den Rücken. Heute wollte ihr nichts gelingen, und das war weiß Gott kein Wunder. So viel Schmerz und Leid konnte man nicht einfach beiseiteschieben und dann weitermachen, als wäre nichts gewesen. Bertram hatte sich tatsächlich erschossen. Es war nicht zu glauben, und ein diffuses Gefühl, versagt zu haben, arbeitete in ihr wie ein schleichendes Gift. Aber wie hätte sie das verhindern können? Hätte Albert Bertram doch nur sofort seine Hilfe angeboten und nicht auf Carolines Rückruf gewartet.

Nachdem Dühnfort gegangen war, hatte Babs Albert tröstend in die Arme nehmen wollen, aber er hatte sie abgeschüttelt. »Wir müssen aufbrechen. Sonst kommen wir zu spät zu Vaters Beerdigung.« Auch danach hatte er ihr nicht die Möglichkeit gegeben, ihm beizustehen. Nach dem Leichenschmaus war er einfach verschwunden, vermutlich wieder in die Wohnung seines Vaters, um in den Erinnerungen an eine goldene Kindheit zu schwelgen. Sie verstand ihn. Trotzdem schmerzte die Zurückweisung, die Tatsache, dass Albert ihren Trost und ihre Hilfe nicht wollte, oder schlimmer noch, vielleicht beides anderswo fand. Diese Vorstellung war jedoch in der vergangenen Nacht in weite Ferne gerückt.

Als er gestern mit dem Rosenstrauß erschienen war, hatte er gesagt, dass er sich mit Bertram aussöhnen wollte. Er hatte den Streit wegen des Testaments verschwiegen und auch nicht erwähnt, dass er Caroline angerufen hatte, um zu überlegen, wie man Bertram helfen konnte. Hätte er all das vor ihr ausgebreitet, wäre der Abend sicher anders verlaufen.

Sie hatten mit den Gin Tonics, die Albert gemixt hatte, im Wohnzimmer auf der Couch gesessen und sich dabei gelöst unterhalten wie schon lange nicht mehr. Ihr war eine zentnerschwere Last von der Seele gefallen, und die damit einhergehende Leichtigkeit hatte sie richtig albern werden lassen. Als sie ins Schlafzimmer gegangen waren und Albert sich mit dem Verschluss ihres BHs abgemüht hatte, hatte sie gekichert wie ein Teenager. Auch über die Art, wie er seine Socken von den Füßen streifte, hatte sie gelacht, bis die Tränen gekommen waren. Vermutlich waren zwei Gin Tonics zu viel des Guten gewesen. Egal. Sie hatte eine tolle Nacht gehabt und war erfrischt und ausgeruht aufgewacht wie seit Wochen nicht mehr.

Und dann diese schreckliche Nachricht. Warum nur hatte Bertram nach dem Testament gesucht? Er musste doch ohnehin warten, bis es eröffnet wurde. Hatte er etwas Schriftliches für das Finanzamt gebraucht, um die

Zwangsversteigerung noch zu stoppen? Womöglich. Und dann hatte er den geänderten *Letzten Willen* gefunden, und eine Welt war für ihn zusammengebrochen. Er musste in Panik geraten sein. Vermutlich hatte er nicht mehr klar denken können. Nur wenige Minuten nachdem Albert die Wohnung des Vaters verlassen hatte, musste er dort eingetroffen sein. Wäre Albert noch da gewesen, dann hätte Bertram nicht nach dem Testament suchen können. Und dann wäre das nicht passiert.

Babs stand auf. Sie konnte so nicht weiterarbeiten. Außerdem fuhren die Jungs morgen ins Besinnungslager, und sie musste die Sachen dafür herrichten. In einer halben Stunde würden sie nach Hause kommen. Die Nachricht von Onkel Bertrams Tod hatte sie mehr getroffen, als Babs vermutet hätte. Trotzdem hatten sie am Nachmittag ihre Verpflichtungen eingehalten, hatten erst Frau Katzameier vorgelesen und waren dann zum Musikunterricht und zum Volleyballtraining gegangen. Vermutlich war das ein gutes Zeichen, dennoch würde ihnen eine Woche Abstand zu den Ereignissen sicher guttun.

Babs ging in Noels Zimmer. Aus dem Schrank nahm sie T-Shirts, Pullis und Jeans. Als sie auch die Wäsche aus dem Fach holen wollte, fiel ihr eine Spielkonsole in Hosentaschenformat in die Hände. Was hatte das zu bedeuten? Sie und Albert hatten sich geweigert, Noels Geburtstagswunsch nach einem solchen Gerät zu erfüllen, und dies aus guten Gründen. Sie wollten nicht, dass ihre Kinder unkontrolliert Spiele spielten, deren Inhalt sich ihrer Kenntnis entzog.

Babs starrte auf die kleine Konsole mit der sich spiegelnden Bildschirmfläche. Weshalb Noel sie versteckte, war klar. Aber woher hatte er sie? Hatte er sie geklaut?

Noel klaute nicht. Dafür würde sie ihre Hand ins Feuer legen. Die Jungs loteten ihre Grenzen aus, sie tricksten rum, aber sie wussten, wie weit sie dabei gehen durften. Oder nicht?

Diese Spielkonsolen waren allerdings teuer. Und Noel sparte sein Taschengeld nicht. Beim Abendessen musste sie dieser Angelegenheit auf den Grund gehen.

Babs hörte, wie Albert zurückkam. Die Tür wurde geschlossen. »Bin wieder da«, rief er. Es klang angespannt. Sie legte die Konsole zurück, nahm Wäsche für eine Woche aus dem Fach und ging dann zu Albert in die Küche.

»Ich werde ab Montag wieder arbeiten. Ich brauche einfach Ablenkung.« Er stand auf und schenkte sich ein Glas Whiskey ein. Um halb sechs am Abend. Er sah aus wie ein geschlagener Mann. Erst letzten Donnerstag, fuhr es ihr durch den Kopf, saßen wir hier und haben auf den Lebensretter angestoßen.

Es war gerade mal eine Woche her, dass Albert früher als sonst in die Praxis gegangen war, als hätte er eine Ahnung gehabt, dass er gebraucht wurde. Kaum dort angekommen, war Frau Cernovsky, die Mieterin aus dem vierten Stock, ins Sprechzimmer gestürmt. Ihr Mann war im Bad zusammengebrochen. Sie hatte Albert das Haus betreten sehen, während sie, am Fenster stehend, die Notrufnummer gewählt hatte. Albert war nach oben gespurtet und hatte den Mann reanimiert. Bis der Notarzt eintraf, hatte er Puls und Atmung so weit stabilisiert, dass der Mann transportfähig war. Danach hatte Albert seine Arbeit getan, wie alle Tage, als sei nichts gewesen. Wenn nicht Frau Cernovsky am Abend mit einer Flasche Spätlese als Dankeschön aufgetaucht wäre, hätte Babs nichts von dieser Heldentat erfahren. Sie war so stolz auf ihn gewesen, und nun saß er hier wie ein Häufchen Elend. Was auf Albert in diesen Tagen einstürmte, war mehr, als ein Mensch ertragen konnte. Es war der reinste Alptraum. Wenn auch mehr für ihn als für sie.

Auch wenn Barbara Bertrams Selbstmord grauenhaft fand, hielt sich ihre Trauer um Wolfram in Grenzen. Jetzt, nach seiner Beisetzung, würde alles leichter werden. Seine Ära ging zu Ende, die Erinnerung an ihn würde verblassen, und in nicht allzu ferner Zukunft würde Wolfram in ihrem Leben keine Rolle mehr spielen, sich nicht länger zwischen sie und Albert drängen. Sie schämte sich beinahe für dieses Gefühl der Erleichterung, gleichzeitig begann die alte Angst sich wie dichter werdender Nebel in ihr auszubreiten. Hätte Albert sie überhaupt geheiratet, wenn sein Vater nicht darauf bestanden hätte? Hatte er sie je wirklich geliebt?

Immer hat er sich mit Lauwarmem begnügt, dachte sie plötzlich erschrocken. Er ist nicht der Mann der großen Gefühle, keiner, der von der wahren Liebe träumt, der ehrgeizig und voller Leidenschaft seine Ziele verfolgt. Auch seinen Beruf nahm er hin wie gottgegeben: pflichtbewusst und ohne jegliche Begeisterung. Nie hatte er gekämpft, sich für etwas eingesetzt. Immer hatte er sich den Wünschen seines Vaters gefügt. Und nun gab es keinen Vater mehr, dem er es recht machen musste. Was würde werden?

Albert zog die Hand weg. »Ich lege mich ein paar Minuten hin.«

»Ja, tu das.« Babs stand auf. Zeit, Abendessen zu machen. Sie holte das vorbereitete Hühnchen aus dem Kühlschrank und schob es in den Ofen. Dann schälte sie Kartoffeln und machte Salat an. Als die Kinder kamen, war das Essen fertig.

Noel steckte den Kopf in die Küche. »Können wir noch Simpsons gucken?«

»Es gibt gleich Essen. Ihr könnt den Tisch decken.«

»Menno«, sagte Noel, kam jedoch gemeinsam mit Leon in die Küche. Fünf Minuten später saß Babs mit ihrer Familie vor vollen Tellern. Allerdings hatte sie keinen rechten Appetit, und dann erinnerte sie sich, was sie in Noels Schrank gefunden hatte. Für einen Moment war sie versucht, dieses Thema zu vertagen, sie fühlte sich erschöpft und ausgelaugt. Aber sie wusste, dass sie dann eine schlaflose Nacht verbringen würde. Wenn Sorgen sie bedrückten, nahmen ihre Gedanken nachts oft monströse Züge an, die erst bei Tagesanbruch wieder auf Normalmaß schrumpften. Dann gewann der gesunde Menschenverstand wieder Oberhand über ihre Ängste. Sie sah zu Noel hinüber, der an einem Hühnerbein nagte. Er fing ihren Blick auf und wich ihm aus.

»Ich habe vorhin deine Sachen fürs Besinnungslager zusammengesucht.«

Er hielt ihrem Blick einen Moment stand, dann wurde er rot.

»Erstens weißt du, dass wir unsere Gründe hatten, dir eine solche Konsole nicht zu schenken, und zweitens frage ich mich, woher du sie hast.«

Albert hörte auf, Salatblätter umzudrehen, und blickte auf. »Habe ich etwas verpasst?«

Babs erklärte ihm, worum es ging.

»Na und? Wo ist das Problem?«

Noel war ebenso überrascht wie sie. Sein Mund stand tatsächlich für einen Augenblick offen. Dann schloss er ihn, und ein Grinsen erschien auf seinem Gesicht.

»Wo das Problem ist?« Wieder einmal klang sie wie Alberts Echo. »Er hat sich über unser Verbot hinweggesetzt, und außerdem hat er gar nicht genug Geld, um sich so ein Gerät zu kaufen.« Sie wandte sich an Noel. »Ich möchte gern wissen, woher du es hast.«

»Von Michi. Abgekauft. Das ist ein uralter Gameboy.« Er dehnte das Wort *uralt* wie Kaugummi.

»Für wie viel?«

»Zwanzig Euro.« Noel blickte auf den Teller.

»Woher hattest du so viel Geld? Und erzähl mir nicht, dass du es gespart hast.«

»Von der Katzameier.«

»Was? Ich glaube es nicht.«

»Sie wollte unbedingt, dass wir es nehmen.« Noel sah zu Leon. »Stimmt doch. Sie hat es uns richtig aufgedrängt. Es wäre echt unhöflich gewesen, es abzulehnen.«

Leon nickte. »Das stimmt, Mami.«

»Wovon redet ihr?«, fragte Albert.

Babs erklärte ihm widerwillig die Geschichte mit den vertauschten Rollen bei der Lateinarbeit und welche Strafe die Jungs deswegen bekommen hatten.

Albert griff zum Messer wie zu einem Schwert. »Das war doch eine kreative Idee.«

Babs glaubte, falsch zu hören. Sie wollte aber kein weiteres Schlachtfeld aufmachen und ignorierte die Bemerkung.

»Hast du auch Geld genommen?«, fragte sie Leon.

Er sah betreten drein. »Ich habe mir aber nichts dafür gekauft. Ich habe es dem alten Mann geschenkt, der immer in Mülleimern nach Pfanddosen sucht. Du hast doch gesagt, dass wir nichts annehmen dürfen, weil das ja eine Strafe sein soll, das Einkaufen und das Vorlesen. Aber die Katzameier hat nicht lockergelassen. Sie hat es uns einfach in die Jackentasche gesteckt. Wir konnten es ihr wirklich nicht zurückgeben. Dann hätten wir ihr sagen müssen, dass es eine Strafe für uns ist, dass wir uns um sie kümmern. Und das wäre doch echt gemein.«

Eine heiße Welle von Stolz und Zuneigung erfasste Babs. Leon war ein toller Junge.

»Genau«, trumpfte Noel auf. »Also haben wir das Geld behalten, um sie nicht zu kränken.«

Albert beobachtete diese Szene mit der angespannten Aufmerksamkeit eines Insektenforschers überm Mikroskop.

»Du hast das Dilemma gut gelöst«, sagte sie zu Leon. »Daran hätte Noel sich ein Beispiel …«

Albert schlug mit der flachen Hand auf den Tisch, dass die Gläser klirrten. Babs fuhr zusammen, die Kinder ebenso. »Ist jetzt mal Schluss mit dieser Scheißinquisition? In was für einem Elfenbeinturm lebst du eigentlich!«, schrie er Babs an. »Da draußen tobt das richtige Leben, und das ist kein bisschen fair oder gerecht. Und du stellst hier einen absolutistischen Anspruch an Recht und Moral.«

Babs brauchte einen Augenblick, bis sie ihre Sprache wiederfand. »Was soll das? Nur weil andere sich nicht um Aufrichtigkeit und Ehrlichkeit scheren, heißt das doch nicht, dass die Jungs sich daran ein Beispiel nehmen sollen. Sie müssen lernen …«

»Du darfst den Gameboy natürlich behalten«, sagte Albert zu Noel, der verängstigt diesen Streit verfolgte. »Und du bist ein echter Depp, so ein dämlicher Gutmensch«, fuhr er Leon an. »Der Alte wird sich von deinem so edelmütig gespendeten Geld nicht Brot und Butter gekauft haben, sondern Schnaps und Bier.«

Leon zwinkerte mit den Augen, Noel sah aus, als würde er jeden Moment in Tränen ausbrechen. »Ihr könnt aufstehen«, sagte Babs. »Den Tisch decken wir später ab.«

»Ja. So ist's recht. Immer schön die Kinder beschützen, damit nur nichts ihre zarten kleinen Seelen verstört. Verdammt.« Albert schlug wieder mit der Faust auf den Tisch. »Eltern streiten sich auch mal!«, rief er den Kindern hinterher, als sie die Küchentür hinter sich zuzogen.

Babs starrte Albert an. Hatte er den Whiskey nicht vertragen, oder was war los mit ihm? Sie fühlte sich verletzt und gedemütigt, aber sie wollte den Streit nicht eskalieren lassen. Deshalb atmete sie durch und versuchte, ihren Worten einen sachlichen Klang zu geben. »Ich verstehe dich nicht. Bisher waren wir uns einig, was die Erziehung der Jungs angeht.«

Alberts Augen wirkten kalt. »Waren wir nicht. Ich hab dich immer machen lassen.«

»Ach! Dann stammt wohl die Drohung, Noel aus dem Verein zu nehmen, auch von mir? Dann bin ich diejenige, die will, dass die Jungs ein Einserabitur machen und Medizin studieren? Und ich will, dass einer diese Scheißpraxis übernimmt?«

»Eine Scheißpraxis ist das also. Bisher hast du ganz gut davon gelebt. Bisher hat sie dir einen gehobenen Lebensstil gesichert. Andere Frauen müssen arbeiten.«

»Müssen?!«, schrie Babs zurück. Den Rest schluckte sie gerade noch runter. So kamen sie nicht weiter. Es würde in einem Desaster enden. Sie atmete erneut durch. »Ich möchte, dass Noel den Gameboy zurückgibt.« Erleichtert stellte sie fest, dass ihre Stimme ruhig klang. »Wenn er ihn behalten darf, wird der Sinn der Bestrafung ad absurdum geführt. Er würde ja für den Betrug mit der Lateinarbeit noch belohnt werden.«

»Betrug. Meine Güte. Eine Nummer kleiner geht es wohl nicht. Es war ein Streich. Lass sie doch ihren Spaß haben.«

»Spaß! Es war nicht richtig, was sie gemacht haben. Und das muss Konsequenzen haben. Ich werde jedenfalls nicht zulassen, dass meine Kinder zu ungezogenen und gedankenlosen Menschen werden, die nicht wissen, was Rücksichtnahme und Hilfsbereitschaft bedeuten, und die glauben, dass Regeln immer nur für andere gelten.«

Während sie sprach, verengten Alberts Augen sich. »Deine Kinder.« Er schob den Stuhl zurück und stand auf. »Deine Kinder. Stimmt, du hast sie mir angehängt, und wenn Vater nicht darauf bestanden hätte ...«

Die Küchentür fiel krachend hinter ihm ins Schloss und einen Augenblick später die Wohnungstür.

***

Seit einer Stunde saß Caroline auf dem Sofa und starrte auf die Titelseite einer Modezeitschrift, die vor ihr auf dem Couchtisch lag. Aber sie nahm die künstliche Schönheit des abgebildeten Gesichts nicht wahr. Warum nur hatte sie sich nicht sofort bei Albert gemeldet, ohne Rücksicht auf die Uhrzeit? Oder sie hätte gleich Bertram anrufen und ihm sagen sollen, dass er sich nicht zu sorgen brauchte, dass man gemeinsam einen Weg finden werde. Sie hätte sogar Vaters letzten Willen ignoriert. Von ihr aus hätte Bertram den Teil haben können, der ihm eigentlich zustand. Ihre Augen brannten, doch sie konnte nicht weinen. Natürlich hatte er gedroht, dass er sich umbringen würde, wenn er das Haus verlor. Sie hatte das jedoch für eine dumm dahergesagte Floskel gehalten. Ihre Gedanken drehten sich im Kreis, seit Albert ihr am Telefon von Bertrams Selbstmord berichtet hatte. Am Telefon! Aber sie war zu niedergeschlagen, um sich über Alberts Gefühllosigkeit wirklich zu ärgern. Und jedes Mal, wenn das Gedankenkarussell wieder bei *Floskel* ankam, wurde ihr übel. Am Dienstag hatte sie noch darüber nachgedacht, was Bertram wohl tun würde, wenn er seinen Schutzschild verlor. Doch das war ein rein theoretisches Gedankenspiel gewesen, an deren Umsetzung sie keine Sekunde geglaubt hatte. Anscheinend war es Albert ähnlich ergangen, denn ernsthaft besorgt hatte er nicht geklungen. Allerdings hatte er wenigstens versucht, etwas zu unternehmen. Hätte er sie doch nur auf dem Handy angerufen. Er wusste doch, dass sie in Frankfurt war. So hatte sie sich erst am Vormittag bei Albert gemeldet und dann die schreckliche Wahrheit erfahren. Am Telefon!

Die Beisetzung ihres Vaters war an ihr vorübergerauscht. Wortfetzen, Musik, Bilder waren um sie herumgewirbelt, und dann war plötzlich alles vorüber gewesen – ihr Vater unter der Erde, Bertram irgendwo auf einem Stahltisch.

Ihr war schlecht, die Schultern waren vom Sitzen völlig verkrampft. Caroline stand auf und ging unter die Dusche. Das heiße Wasser prasselte auf sie herunter, aber weinen konnte sie noch immer nicht. Etwas saß wie ein klebriger Pfropfen in ihrer Brust und versperrte einem Ausbruch von Trauer und Verzweiflung den Weg.

Erst als ihr Körper vom heißen Wasser gerötet war, stieg sie aus der Kabine, frottierte sich ab, schlüpfte in Jeans und Pulli und ging in die Küche, um sich einen Kamillentee zu machen.

Innerhalb von wenigen Wochen hatte sie beinahe ihre ganze Familie verloren. Nur noch Albert war geblieben. *Arschkriecher* hatte Bertram ihn immer genannt, schon als kleiner Junge. Albert hatte immer getan, was Vater wollte, und dafür lobende Worte, eine anerkennende Geste oder auch ein teures Geschenk bekommen. Caroline hatte nie verstanden, wieso Albert sich so unterordnete.

Andererseits war er auch nie der leidenschaftliche Typ gewesen, der wusste, was er wollte, und dafür kämpfte. Vaters Erwartungen wiesen ihm den Weg durchs Leben, gaben ihm Halt.

Nur einmal hatte Albert Widerstand geleistet. Da war er fünfzehn oder sechzehn gewesen und hatte sich in ein Mädchen verliebt, das er in der Straßenbahn kennengelernt hatte. Ayshe. Sie war anmutig und hübsch, ein exotisch wirkendes Geschöpf. Ihre Mutter war Deutsche, der Vater Türke. Sie besuchte die Hauptschule. Als Albert sie das erste Mal nach Hause brachte, behandelte Vater sie höflich, aber distanziert. Am Abend erklärte er Albert dann, dass dieses Mädchen kein Umgang für ihn sei. Hauptschülerin! Was er mit so einer wolle. Er solle sie vergessen, sie würde ihn nur auf ihr Niveau hinunterziehen. Zum ersten Mal versuchte Albert sich zu wehren. Es gab Streit, er nannte Vater tatsächlich einen Rassisten. Zwei Tage später erlitt Albert einen Hörsturz. Psychosomatisch, sagte der Facharzt. Als die Erkrankung nach drei Monaten überstanden war, war der zarte Keim einer Jugendliebe verdorrt. Vater hatte Ayshe jeglichen Besuch bei Albert untersagt.

Im Gegensatz zu Albert hatte Bertram immer die Konfrontation gesucht. Früher war es ihm oft gelungen, Caroline auf seine Seite zu ziehen und für seine Zwecke einzuspannen. Ob es daran lag, dass sie ihn geliebt hatte, als sie noch Kinder gewesen waren? Ständig hatte Vater auf ihm herumgehackt. Vielleicht hatte sie das mit ihm verbunden, dieses Ausgestoßensein. Meine Güte, dieser unsägliche Sommer, als sie noch in dem alten Haus in Germering wohnten und der Fußballkrieg zwischen ihm und Vater ausbrach. Bertrams Schulnoten hatten nachgelassen, und Vater verlangte von ihm die Einsicht, dass er den Fußballverein aufgeben solle. Er verbot es nicht, er meldete Bertram auch nicht ab. Nein, er verlangte von ihm die Reife, eigenständig eine solche Entscheidung zu treffen. Doch Bertram ging nach wie vor zum Training und an den Wochenenden zu den Spielen. Caroline bat Vater, Bertram doch spielen zu lassen. Aber der verlor die Geduld und begann ein perfides Machtspielchen, das damit endete, dass er Bertram in den Keller sperrte.

Bei diesen Erinnerungen wurde es Caroline noch übler. Der Tee hatte lange genug gezogen. Sie nahm den Becher mit ins Wohnzimmer und setzte sich auf das Sofa. Als sie merkte, dass ihre Schultern sich wieder verspannten, stand sie auf und ging im Zimmer umher. Der Pfropfen in ihrer Brust drückte. Wenn doch nur Marc hier wäre. Aber ihre, wenn auch unausgesprochenen, Worte hatten ihn tief verletzt. Er hatte sie gebeten zu gehen und ihr ein Taxi gerufen. Sie konnte es ihm nicht verdenken und wunderte sich dennoch über den Schmerz, den dieser Gedanke in ihr verursachte. Ich bin wie Mutter, dachte Caroline plötzlich. Ich glaube genauso wenig an die Liebe wie sie. Aber sie hat sie mit Peter Brandenbourg doch gefunden. Brandenbourg. Irgendwie klang der Name vertraut. Sicher weil sie ihn in den letzten Tagen mehrfach gelesen hatte.

In der vergangenen schlaflosen Nacht hatte sie weiter in den Briefen und im Tagebuch geblättert. Ihre Vermutung war richtig gewesen: Peter Brandenbourg war fünfzehn Jahre älter als Elli, verheiratet und Vater eines zwölfjährigen Sohnes und einer kleinen Tochter. *Ich bin gebunden, und doch fühle ich mich so frei wie noch nie in meinem Leben. In Dir habe ich mein Gegenstück gefunden, wir sind Teile desselben Ganzen*, schrieb er in einem seiner Briefe. Und Elli beschrieb im Tagebuch den

Zauber einer neuen Welt, die er ihr zeigte. Er stammte aus einer Familie, die seit Generationen Künstler hervorbrachte. Maler, Musiker, Bildhauer und Tänzer waren unter ihnen gewesen.

Caroline ging ins Schlafzimmer, nahm das Tagebuch vom Nachttisch, legte sich aufs Bett und las dort weiter, wo sie gestern aufgehört hatte.

Nur Peter schlägt aus der Art, er liebt die Zahlen wie ich, allerdings nicht nur in Form von Tabellen und Bilanzen, von Einnahmen- und Ausgabenrechnungen. Er zeigt mir die Mathematik in der Musik, die Geometrie in der Malerei, die Strukturen, die einer Choreographie zugrunde liegen. Eine faszinierende Welt voller Leidenschaft öffnet sich mir. Nicht nur in Ausstellungen und Konzerten, nicht nur im Theater und Ballett, wovon ich nie genug bekommen kann. Der Körper als Mittel des Ausdrucks – auch das bringt er mir bei. All das Fleisch, die Muskeln, Knochen und Sehnen, die meinen Körper ausmachen, der mir bisher als Last erschien ... nun lerne ich durch ihn zu sprechen, welch wunderbare Sprache. Aber das ist nur ein Aspekt unserer Liebe, der ohne den anderen nicht möglich wäre. Wir sind füreinander bestimmt. Unsere Seelen schwingen im Gleichklang, wir verstehen uns durch Blicke ...

Das kann ich mittlerweile auch, dachte Caroline in einem Anfall von Sarkasmus. Gleichzeitig überflutete sie eine Welle von Schmerz und Sehnsucht. Sie stand auf und holte das Handy aus der Handtasche. Keine Nachricht von Marc. Sie wählte seine Nummer. Es war Zeit, sich bei ihm zu entschuldigen. Sie hatte ihn verletzt, auch wenn das nicht ihre Absicht gewesen war. Aber er meldete sich nicht. Auf der Mailbox wollte sie keine Nachricht hinterlassen.

Sie ging zurück ins Schlafzimmer und las weiter in Mutters Tagebuch, bis zu der Stelle, an der sie schrieb, dass Peter und sie sich entschlossen hatten, ihre Partner zu verlassen. *Es wird Wolfi ungemein verletzen und kränken. Er ist ein so stolzer Mann. Ich weiß gar nicht, wie ich ihm das sagen soll. Aber noch habe ich Zeit, mir das zu überlegen. Peters Frau fährt nächste Woche für vier Wochen zur Kur, obwohl er herzkrank ist und sie nur an eingebildeter Migräne leidet. Wir wollen bis zu ihrer Rückkehr warten.*

Caroline legte das Tagebuch beiseite. Mutter hatte Vater verlassen wollen. Weshalb hatte sie das nicht getan? Hatte Peter ihr etwas vorgemacht und dann gekniffen, als es ernst wurde? Aber dann wären seine Briefe eine Farce. Und so klangen sie nicht.

Brandenbourg. Irgendwoher kannte sie den Namen. Sie stand auf, startete den Laptop und ging ins Internet. Nach zwei Minuten wusste sie, weshalb ihr der Name vertraut war. Christian Brandenbourg war ein bekannter Geiger, Mitglied der Munich String Players, die für ihre außergewöhnlichen Vivaldi-Einspielungen bekannt waren. Eine CD des Orchesters stand sogar in Carolines Regal. Sie rechnete nach, wenn Christian 1963 zwölf Jahre alt gewesen war, dann konnte er der Sohn von Peter sein. Sie holte die CD, nahm das Inlay heraus und überflog seine Biographie. Christian Brandenbourg war im Jahr 1951 in München geboren. Caroline legte die Scheibe in den Player. Kurze Zeit später erklang der erste Satz von *La Primavera*, dem ersten Konzert der *Vier Jahreszeiten*.

* * *

Dühnfort erreichte Mariaseeon nach halbstündiger Fahrt über Autobahn und Landstraße. Die Sonne war längst hinter den Hügeln versunken, der Himmel spannte sich nachtblau über dem Dorf. Häuser, Bauernhöfe, Scheunen und die alte Klosterkirche *Maria Himmelfahrt* mit ihrem Zwiebelturm standen wie Scherenschnitte vor dem dunkler werdenden Firmament. Dühnfort fuhr an den beleuchteten Schaufenstern der Apotheke, Buchhandlung und Bäckerei vorbei, passierte das *Gasthaus zur Post*, das sie im Sommer als Lagezentrum genutzt hatten, und bog in den Weg ein, der hinunter zum See führte.

Linker Hand lag das Haus von Melanie und Franz Lechner, das er gemietet hätte, wenn er seine Wohnung in der Pestalozzistraße tatsächlich hätte aufgeben müssen. Auf dem Nachbargrundstück befand sich eine kleine Jugendstilvilla. Sie gehörte Agnes. Er parkte auf dem Kiesweg, holte Wein und Muscheln aus dem Kofferraum und ging zur Haustür. Vor dem Nachthimmel zeichnete sich die Blutbuche ab. Im letzten Sommer hatte sie einem Psychopathen, der Agnes belauert hatte, als Versteck gedient.

Zwei Männer hatten versucht, sie zu vernichten, als sie von ihr zurückgewiesen wurden. Dühnfort atmete durch. Er wollte in die Zukunft blicken.

Agnes öffnete. Sie trug Jeans, eine weiße Baumwollbluse und war barfuß, wie meistens. Ob sie wohl auch im Winter mit nackten Füßen durchs Haus, vielleicht sogar bis zum Briefkasten laufen würde? Er hielt es für möglich.

»Hallo, Herr Kommissar, worüber grübelst du denn nach?« Sie stellte sich auf die Zehenspitzen und gab ihm einen flüchtigen Kuss auf die Wange, während er den Impuls unterdrückte, sie an sich zu ziehen, zu küssen und seine kalten Hände unter ihre Bluse bis zu den warmen Brüsten zu schieben. Er wollte ihre vibrierende Stimme hören, wenn sie, wie immer, sagen würde: *Meine Güte, sind deine Hände aufregend kalt.* Er wollte fühlen, wie sich ihr Körper an seinen drängte, wollte endlich in ihr versinken und alles vergessen können. Den Hass in Sabine Groß' Augen, das auf ihn zuschießende Messer, die Sekunde, in der er in den Abgrund geblickt hatte, die Angst, dass es eines Tages so enden würde. Sinnlos. Stattdessen trat er einen Schritt zurück.

»Ich denke darüber nach, dass ich gleich zum Serienmörder werde.« Er hob die Tüte hoch. »Die Muscheln sind noch in der Schale, obwohl ich sie ausgelöst bestellt hatte.«

»Dann lass dich nicht erwischen und komm schnell rein.«

Sie gingen in die Küche, den Raum, den er in diesem alten Haus mit seinen knarrenden Dielenböden und hohen Decken besonders mochte. Dühnfort holte die beiden Flaschen Pouilly Fumé aus der Tüte und legte eine in den Kühlschrank. Die andere entkorkte er, während Agnes Karotten und Zucchini aus dem Gemüsefach nahm und auf den Tisch legte. Er schenkte zwei Gläser voll, suchte sich eine große Metallschüssel im Schrank, ließ Wasser einlaufen und legte die Muscheln hinein. Agnes hatte bereits Baguette mit gesalzener Butter bestrichen und stellte den Teller neben ihm ab. Dann nahm sie eine Schürze vom Haken an der Tür und reichte sie ihm. Als er sie umgebunden hatte, stießen sie mit dem Wein an, aßen eine Scheibe Baguette und machten sich an die Arbeit.

Er bürstete eine Muschel ab und legte sie mit der gewölbten Seite in seine Hand. Dann schob er ein kurzes, stabiles Messer zwischen die Schalenhälften, drehte es ein wenig und öffnete sie. Anschließend löste er das Fleisch und trennte die weiße Nuss vom orangeroten Corail. Er wollte lieber nicht daran denken, dass die Tiere während dieser Prozedur starben.

Agnes saß am Tisch, schälte Karotten und schnitt sie in feine Juliennestreifen. Sie fing seinen Blick auf und lächelte. »Das Bild, das du mir als Antwort gemailt hast, soll vermutlich nicht bedeuten, dass du in mir den Fels in der Brandung siehst, oder?«

»Und du denkst nicht wirklich, dass ich taktiere?«

»Nein, das nicht. Aber ich bin für den klaren Schnitt. Wenn du unser Verhältnis beenden willst, dann wäre es fair, das auch zu sagen.«

Das Wort *Verhältnis* traf ihn wie ein Pfeil. Hastig wandte er sich der nächsten Muschel zu. »Ich will es nicht beenden. Aber so kann es auch nicht weitergehen. Vielleicht könnten wir unsere *Beziehung* auf eine andere Basis stellen.«

Er hörte das Klackern des Messers auf dem Holzbrett, während sie die nächste Karotte in Streifen schnitt. »Du denkst, ich benutze dich. Du fühlst dich wie der Fels in der Brandung, der durch das stetige Anschlagen der Wellen erodiert, bis er klein und nichtig geworden ist. Ist es das? Du bist der Fels und ich die alles verschlingende See. Denkst du wirklich, ich spiele so ein dämliches Machtspielchen?«

So hatte er das noch nicht gesehen. Aber Agnes' Interpretation seines Bildes enthielt einen Funken Wahrheit. Derjenige, der dem anderen die stärkeren Gefühle entgegenbrachte, befand sich in der schwächeren Position. Er war verletzbarer. Aber darum ging es ihm nicht. Er hatte Angst, sich in diesem *Verhältnis* selbst zu verlieren, seine Träume und Ziele aufzugeben.

»Macht? Nein. Eher ein Ungleichgewicht der Erwartungen.« Er öffnete die nächste Muschel, hielt sie mit der Linken umklammert. Das Pflaster an seiner Hand war feucht geworden, die Wunde pochte wieder.

»Bis jetzt hast du darüber noch nicht gesprochen. Aber ehrlich gesagt habe ich von dir einen ähnlichen Eindruck wie du von mir. Ich bin dein Betthupferl, und was darüber hinausgeht, scheint dich nicht sonderlich zu interessieren.«

Dühnfort fuhr herum. Hatte er tatsächlich diesen Eindruck hinterlassen? War das alles nur ein Missverständnis, weil er wie immer den Mund nicht aufbekam? Den Blick aus ihren blaugrauen Augen konnte er nicht interpretieren. Das Handy in seiner Hosentasche begann zu klingeln. »Entschuldige.« Er zog es heraus und meldete sich.

»Tino, ich grüße dich.« Es war sein Vater. Seine Stimme klang aufgeregt und zugleich fröhlich. »Stell dir vor, es ist so weit. Ich bin Opa. Victoria und Julius haben eine süße kleine Tochter. Er ist zwar enttäuscht, dass es kein Sohn ist, aber ich freue mich genauso über ein Mädchen. In unserer Familie gibt es ohnehin zu wenige. Über dreieinhalb Kilo wiegt sie. Ein hübsches Baby, das schönste Kind auf der Station.«

Hört er denn gar nicht mehr auf?, dachte Dühnfort. Selten hatte er einen derartigen Redeschwall von seinem Vater gehört. Gleichzeitig fühlte er Eifersucht in sich aufsteigen und das Gefühl von Ohnmacht und Versagen. Das war sein Traum, der da in Erfüllung ging. Aber es war sein Bruder, der erreicht hatte, wovon er selbst sich jeden Tag seines Lebens weiter zu entfernen schien. »Das sind ja schöne Neuigkeiten.« Er hörte noch eine Weile zu, ließ ein paar typische Fragen nach dem Verlauf der

Geburt und der Gesundheit der Mutter los und beendete dann das Gespräch. »Grüße an Julius und Victoria.«

Agnes stand am Spülbecken und wusch Zucchini. Er trat hinter sie, legte die Arme um sie und den Kopf auf ihre Schulter. In der kleinen Kuhle war es warm, und es roch ein wenig nach Salz und Wind. Wenn sie ihn lieben und heiraten würde ...

Agnes löste sich von ihm und drehte sich um, die tropfnassen Zucchini in der Hand. »Was ich vorhin sagen wollte, ist genau das. Wenn ich das jetzt richtig mitbekommen habe, dann war gerade dein Vater am Telefon, du bist Onkel geworden, hast also einen Bruder oder eine Schwester. Wir kennen uns jetzt seit vier Monaten, aber dass du Geschwister hast, hast du noch nie erwähnt. Du klammerst mich aus deinem Leben aus. Fürs Bett ...«

Es war alles nur ein Missverständnis. Erleichterung erfasste ihn in einer großen Welle. Er zog sie an sich und küsste sie. Sie erwiderte seinen Kuss, ließ die Zucchini ins Spülbecken fallen und fuhr mit feuchten Händen durch seine Haare. Er zog die dämliche Schürze aus und ließ seine Hände unter ihre Bluse wandern. »Uh, wie kalt«, sagte sie. Wie immer. Es fühlte sich an, als sei er endlich nach Hause gekommen. Er hatte ihr nie gesagt, was er für sie empfand. »Ich liebe dich.« Die Worte waren heraus, kaum dass er sie gedacht hatte. Es war, als sei damit der Damm gebrochen. Er legte seinen Kopf wieder in diese wunderbare Kuhle. »Ich liebe die kleine Narbe an deiner Augenbraue, ich liebe deinen Mut und deine Unabhängigkeit. Und dass du die einzige Frau bist, die ich je kennengelernt habe, die weiß, wie man Juliennestreifen schneidet, auch dafür liebe ich dich. Und auch dafür, dass mein Bäuchlein genau in die kleine Mulde unter deinen Rippen passt. Ich würde dich gerne heiraten und mit dir Kinder haben.« Sein Herz klopfte plötzlich in schnellen, harten Schlägen. Er löste sich von ihr, sah ihr in die Augen und wusste schon alles, bevor sie es aussprach. Im Graublau der Iris flackerte ein ängstlicher Funke, der einen dumpfen Schmerz in ihm entfachte.

»Du weißt doch … Ich bin noch nicht so weit. Ich mag dich sehr … wahnsinnig, vielleicht liebe ich dich auch. Ich weiß es nicht … aber eines weiß ich: Ich kann mir nicht vorstellen, noch einmal Mutter zu werden. Mein Kind ist tot … ich kann es doch nicht ersetzen.« Während sie sprach, hatte sie sich an den Rand des Spülbeckens gelehnt, die im Augenblick größtmögliche Distanz zwischen ihre Körper gebracht. »Gib uns bitte Zeit. Lass es sich entwickeln.«

»Und dann?«, fragte er mit einer Stimme, die ihm fremd war, und wich einen Schritt zurück. »Dann sagst du mir in einem halben Jahr oder in drei Jahren oder je nachdem, wie lange ich dumm genug bin, dieses Spiel mitzuspielen, dass es dir leidtut.«

»Mehr als Zeit kann ich dir nicht anbieten. Wenn dir das nicht genügt …«

»Das tut es nicht. Ich will Klarheit. Entweder gibt es für uns die Möglichkeit, ein Paar zu werden, und zwar ein richtiges und nicht nur im Bett, oder wir beenden das jetzt.«

Sie sah ihm in die Augen, ihre Gesichtszüge verloren alles Weiche, spannten sich, ihr Blick wurde hart. »Ich lasse mich nicht unter Druck setzen. Von niemandem, und wenn ich ihn noch so sehr … Nie wieder.«

Samstag, 18. Oktober

Albert schlief noch, als Babs mit Leon und Noel die Wohnung verließ und sie zur Schule brachte. Die Busse standen bereit. Es war ein Gewimmel von Eltern, Kindern und Lehrern, ein fröhliches Treiben. Sie verabschiedete sich von ihren Jungs, indem sie ihnen einmal durch die Haare fuhr. Eine Umarmung oder ein Kuss wären *echt peinlich* gewesen. Ebenso, wenn sie hier stehen bleiben und ihren Kindern nachwinken würde. »Mami, du musst nicht warten.« Noel wandte sich ab und stieg in den Bus, um für sich und Leon einen Platz zu sichern.

Leon blieb zögernd neben ihr stehen. »Aber ihr lasst euch nicht scheiden, gell, Mami?«

»Mach dir keine Sorgen. Eltern streiten sich auch mal, da hat euer Vater schon recht. Aber dann verträgt man sich wieder.«

Noel rief, Leon solle endlich kommen. Der nahm seinen Rucksack und stieg ein. In der offenen Tür winkte er seiner Mutter einmal zu, dann war er weg.

Babs fuhr nach Hause, nahm beim Bäcker Semmeln für das Frühstück mit und ging nach oben. Im Treppenhaus kam ihr Caroline entgegen. Sie sah erschreckend aus. Bleich und verhärmt. »Da bist du ja, ich dachte schon, es sei keiner da.«

»Die Jungs fahren ins Schullandheim. Ich habe sie gerade zum Bus gebracht. Albert schläft noch.«

»Anscheinend wie ein Bär.«

»Vielleicht ist er unter der Dusche. Hast du schon gefrühstückt?«

Caroline schüttelte den Kopf. »Ich brauche jemanden zum Reden.«

Sie gingen nach oben. Babs legte die Semmeltüte auf die Ablage im Flur, schlüpfte aus dem Mantel und reichte Caroline einen Bügel. Dabei bemerkte sie, dass Alberts Mantel fehlte. Die Schlafzimmertür war angelehnt, das Bett leer. Albert war weg. Wohin konnte er um acht Uhr morgens gegangen sein? Sie lief in die Küche. Auf dem Tisch lag keine Nachricht. Wieder war er einfach verschwunden. Was glaubte er denn, wer sie sei? Seine Putzfrau und Haushälterin und die Frau für einen gelegentlichen *guten Fick*? »Mistkerl!« Wütend griff sie zum Telefon und wählte seine Handynummer.

Caroline beobachtete sie. »Du sprühst ja richtig Funken. Was ist denn los?«

Albert hatte sein Handy ausgeschaltet. Babs knallte das Telefon zurück in die Ladeschale. »Albert scheint das Erbe seines Vaters anzutreten. Vermutlich hat er eine Freundin.«

Während sie Kaffee aufbrühte und Caroline den Tisch deckte, schüttete Babs ihr Herz aus. »Am Mittwoch ist er nach einem Streit verschwunden und erst am Donnerstagabend wiedergekommen. Allerdings mit Rosen. Er hat in der Wohnung eurer Eltern übernachtet. Sagt er. Und gestern Abend hat es richtig Krach gegeben. Ich habe ihm die Kinder angehängt. So sieht er das.«

»Ach, Babs.« Caroline umarmte sie. »Ich habe das Gefühl, alles bricht auseinander.«

»Ich glaube, er hat etwas mit seiner Sprechstundenhilfe. Und jetzt ist er schon wieder weg und sagt nicht einmal, wohin er ständig verschwindet. Gestern nach dem Krach ist er auch einfach gegangen und erst nachts um eins zurückgekommen.«

Der Kaffee war fertig. Babs setzte sich an den Tisch und schenkte erst Caroline, dann sich ein. »Ich habe ihn nicht gefragt, wo er war. Ich will keinen weiteren Streit.« Sie hielt Caroline den Brotkorb hin. »Entschuldige. Ich lade meine Probleme bei dir ab, dabei bist du diejenige, die jemanden zum Reden braucht.«

Caroline sah blass aus, tiefe Schatten lagen unter ihren Augen, ein angespannter Zug hatte sich um die Mundwinkel eingegraben. »Ich kann einfach nicht glauben, dass Bertram tot ist, dass er sich erschossen hat. Wenn er doch nur diesem Russen damals die Waffe nicht abgenommen hätte. Wenn Albert mich nur auf dem Handy angerufen hätte, statt auf den Anrufbeantworter in der Wohnung zu quatschen. Er wusste doch, dass ich in Frankfurt bin, und außerdem rufen mich alle Leute auf dem Handy an, beinahe hätte ich seine Nachricht übersehen. Es gibt tausend *Wenns*, die das hätten verhindern können, und nichts davon ist geschehen. Warum nur?«

Darauf gab es keine Antwort. Babs griff nach Carolines Hand. »Mach dir keine Vorwürfe. Ihr wolltet ihm helfen. Es konnte doch niemand ahnen, dass er Ernst machen würde, und noch dazu so überstürzt.«

»Wir hätten ihm das Geld geben sollen. Wenn Vater doch nur gesagt hätte, dass er das Testament geändert hat ...« Caroline begann eine Semmel zu zerrupfen. »Ich fühle mich, als würde ich auseinandergerissen, in lauter kleine Teilchen. Und nächste Woche ist Vorstandssitzung. Ich weiß nicht, wie ich das schaffen soll. Und dann habe ich mich auch noch mit Marc zerstritten.«

»Schlimm?«, fragte Babs. »Oder ist das wieder zu kitten?«

Caroline schüttelte den Kopf. »Ich habe ihm vorge-

worfen ... o Gott, das kann man gar nicht laut sagen.«
Sie stützte den Kopf in die Hände und stöhnte. »Ich bin eine so doofe Kuh. Ich habe ihm unterstellt, dass er sich von einer Heirat mit mir geschäftliche Vorteile verspricht.«

Das konnte nicht wahr sein. Wie kam sie nur auf diese Idee? Und dann sagte sie das auch noch. Das Telefon begann zu läuten. Wenn das Albert war ... Babs stand auf. »Ich bin gleich wieder da.«

Aber es war Marc. »Ist Caroline bei euch? Ich kann sie nirgends erreichen. Dieser Bertram H., von dem in der Zeitung steht, dass er sich erschossen hat, das ist doch nicht euer Bertram, oder?«

»Doch. Das ist er. Caroline ist bei mir. Es geht ihr nicht gut.«

»Kann ich sie sprechen?«

»Natürlich.« Babs ging mit dem Telefon in die Küche. »Es ist Marc.«

Caroline sah verblüfft hoch und griff dann nach dem Mobilteil. »Marc. Es tut mir so leid«, begann sie.

Babs wollte nicht stören und ging ins Schlafzimmer, um die Betten zu machen. Ob Albert auch schon leidtat, was er gesagt hatte? Vielleicht hatte er es nicht so gemeint. Er befand sich, wie Caroline, in einer Ausnahmesituation. Wie konnte sie nur erwarten, dass er mit dieser schrecklichen Abfolge von Schicksalsschlägen souverän umging? Statt ihm den Rücken freizuhalten, ihn zu unterstützen und zu trösten, halste sie ihm noch Erziehungsprobleme auf, die sie sehr gut alleine hätte lösen können. Im Moment war das alles einfach zu viel für ihn. War es da nicht allzu verständlich, dass er gestern Abend überreagiert hatte? Ihre – wie hatte er das genannt? – absolutistischen Ansprüche an Recht und Moral mussten für ihn wie Hohn geklungen haben. Sein Vater war ermordet worden, Bertram hatte sich erschossen, und Albert quälten seither Schuldgefühle, dass er beides nicht hatte verhindern können – und da sprach sie von Moral. Wie hatte Caroline vorher gesagt? *Ich bin eine so doofe Kuh.* Ich auch, dachte Babs.

***

Bertram war tatsächlich an der Tankstelle gewesen und hatte einen Sack Grillkohle gekauft. Auf dem Band war er zu erkennen. Seine Fingerabdrücke an der Heckklappe ließen sich also erklären. Aber der Überfall hatte einen Tag später stattgefunden, und die Spuren im Auto stammten von Bertrams Rad, wofür er keine Erklärung gehabt hatte.

Dühnfort kaufte einen Becher Kaffee und eine Tafel Zartbitterschokolade, bedankte sich beim Pächter und verließ die Tankstelle.

Das Auto stand neben der Waschanlage. Dühnfort stieg ein, legte das Videoband der Überwachungskamera ins Handschuhfach, brach einen Riegel Schokolade ab und schob ihn in den Mund. Kurz vor acht. Der Nebel begann sich zu lichten. Dühnfort entfernte den Deckel vom Pappbecher und trank den heißen Kaffee.

Vergangene Nacht hatte er keinen Schlaf gefunden. Er hatte den dümmsten aller Fehler gemacht, indem er Agnes unter Druck gesetzt und ihr ein Ultimatum gestellt hatte. Und dann hatte er sich noch benommen wie der letzte Idiot, war grußlos verschwunden und hatte auch noch die Tür hinter sich krachend ins Schloss fallen lassen. Die ganze Nacht hatte er sich wegen seiner Dummheit und seines unangemessenen Abgangs geschämt und schlaflos im Bett gewälzt. Bis er es um sechs nicht länger ausgehalten hatte und aufgestanden war. Um halb sieben hatte er seine Wohnung verlassen.

Dühnfort leerte den Kaffeebecher und wählte die Nummer von Alois. »Sind die Verkehrsüberwachungsbänder inzwischen da?«

»Bis jetzt noch nicht.« Alois' Stimme klang verwaschen, als habe er noch geschlafen.

»Und weshalb dauert das so lange?«

»Hab ich doch schon gesagt.«

»Soll ich selbst hingehen und sie raussuchen? Oder machst du denen jetzt mal Feuer unterm Arsch?«

»Ein solches Wort aus deinem Mund.« Etwas raschelte im Hintergrund. »Aber reg dich ab, ich schwinge mich sofort aus dem Bett und gucke nach, unter wessen *Cul* ich ein Feuerchen entfachen kann. Adieu.« Alois legte auf.

Dühnfort atmete durch. So ging das nicht. Das war nicht seine Art; er durfte seinen Frust nicht an seinen Mitarbeitern auslassen.

Er startete den Wagen und fuhr Richtung Autobahn. Die Bilder des Tatorts gingen ihm durch den Kopf. Die einsame Lage ohne neugierige Nachbarn, ohne Passanten, die vorbeikamen und Beobachtungen machen konnten. Lediglich eine alte Dame wohnte hundert Meter entfernt.

Die Autobahnauffahrt zweigte von der Bundesstraße ab. Dühnfort fuhr, einem spontanen Entschluss folgend, geradeaus weiter. Als er wenige Minuten später Heckeroths Haus erreichte, brach die Sonne durch die Wolkendecke. Regentropfen funkelten im Gras, die Dachziegel glänzten wie Burgunder, ein Windhauch zupfte orangerote Blätter vom Ahorn, die schaukelnd zu Boden glitten. Dühnfort fuhr weiter zum Haus der Nachbarin.

Das Grundstück machte einen verwilderten Eindruck. Der Rasen war zwar gemäht und die Thujenhecke gestutzt, aber das Laub nicht zusammengerecht und die vertrockneten Stauden nicht zurückgeschnitten. Ein Schild am Gartentürchen warnte vor einem bissigen Hund. Doch die Promenadenmischung, die kläffend aus dem Holzhaus geschossen kam, nachdem Dühnfort geklingelt hatte, glich eher einem ramponierten Handfeger als einer gefährlichen Bestie.

»Ist ja gut, Susi«, rief die alte Dame, die im Türrahmen erschien. Sie war klein und zierlich. Das weiße Haar war kurz geschnitten wie bei einem Mann. Mit dem Schlüsselbund in der Hand kam sie den Gartenweg herunter, während Susi bellend am Türchen hochsprang. Der Hund schien eine Mischung aus Rauhaardackel und Yorkshireterrier zu sein, und Frauchens Worte beeindruckten ihn gar nicht. Der Keks dagegen, den die alte Dame aus der Tasche ihres grünen Walkjankers zog, tat seine Wirkung. Susi verstummte und schnappte sich das Leckerli. »So ist's brav.« Waltraud Ullmann wischte sich die Hand an der Jeans ab und reichte sie Dühnfort.

»Frau Ullmann, ich bin von der Polizei. Es gibt noch ein paar Fragen wegen Ihres Nachbarn.« Dühnfort reichte seinen Ausweis über den Zaun.

Argwöhnisch musterte sie ihn. »Da gehen wir wohl besser hinein.« Sie gab Dühnfort die Karte zurück und sperrte auf. Er folgte ihr zum Haus, vorbei an einer Garage, vor der ein Bootsanhänger mit Segelboot stand. Obwohl es mit einer Persenning abgedeckt war, vermutete Dühnfort aufgrund von Form und Beplankung, dass es ein Folkeboot war. So eines hatte er früher manchmal während der Urlaube auf Sylt gesegelt.

Waltraud Ullmann blieb neben ihm stehen. »Es gehört

meinem Mann. Segeln ist seine Leidenschaft. Ich mach mir ja nichts daraus.« Fröstelnd zog sie den Janker zu. »Lassen Sie uns reingehen.«

Das Haus war in der gleichen Blockbauweise errichtet wie Heckeroths Haus, aber etwas kleiner. Es war mit rustikalen Kiefernholzmöbeln eingerichtet, und ein Geruch nach Hundefutter, Kaffee und Wolle hing in der Luft. Ein grüner Kachelofen befand sich in einer Ecke, Vorhänge, Kissen und Sitzpolster aus karierten und geblümten Stoffen unterstrichen den rustikalen Bauernhausstil. Vor Jahren, wenn nicht Jahrzehnten, musste das alles sehr hübsch gewesen sein. Aber jetzt waren die Farben verschossen, die Möbel angeschrammt, und überall stand oder lag etwas herum. Angebrochene Packungen Hundefutter, Waschmittelkartons voller Wollknäuel, ein Korb, aus dem leere Marmeladengläser quollen. Am beeindruckendsten waren jedoch die Stapel von Zeitungen und Zeitschriften, die sich die Eckbank erobert hatten, über den Boden mäanderten und am Kachelofen vorbei bis in den Flur vorgestoßen waren. Auf dem Tisch lag neben einem angeschlagenen Keramikbecher und einer Brille die aktuelle Tageszeitung.

»Bitte schön.« Waltraud Ullmann nahm einen Stapel Zeitungen von einem der Stühle und legte ihn auf den Boden. Dühnfort setzte sich. Susi schnupperte an seinen Schuhen und verzog sich dann in ihr Körbchen vor dem Heizkörper. »Über den Herrn Heckeroth wollen Sie also was wissen. Mein Mann kann Ihnen da sicher besser weiterhelfen. Er unterhält sich ja oft mit ihm.«

»Ist er denn da?«

Sie schüttelte den Kopf. »Er ist grad beim Arzt. Die Hüfte.«

»Aber am vorletzten Montagabend, am 6. Oktober,

sind Sie mit dem Hund rausgegangen und nicht Ihr Mann?«

»Das machen wir immer so. Die Susi und ich.« Als der Hund seinen Namen hörte, stellte er die Ohren auf und winselte.

»Und an diesem Abend haben Sie gesehen, dass Heckeroths Auto weg war?«

»War das am Montag?« Sie griff nach der Zeitung und sah auf das Datum. »Richtig. Wir sind Gassi gegangen. Das machen wir jeden Abend so.«

»Immer um die gleiche Zeit?«

»Ich gehe immer sofort nach der Tagesschau mit der Susi.« Das Winseln steigerte sich. »Willst du ein Leckerli?«, fragte die alte Frau, stützte sich am Tisch ab und stand auf.

Während sie zum Küchenschrank ging, sah Dühnfort sich um. Er entdeckte kein Fernsehgerät. Sein Blick blieb an einem gerahmten Foto haften, das im Erker zwischen zwei Fenstern stand. Es zeigte einen älteren Herrn mit dichtem weißem Haar, wettergegerbtem Gesicht und einem Zigarillo im Mundwinkel. Am Rahmen war ein Trauerflor befestigt. Eine klamme Ahnung beschlich Dühnfort. »Wann haben Sie Herrn Heckeroth denn das letzte Mal gesehen?«

Waltraud Ullmann schnitt mit einer Schere eine Packung Butterkekse auf und blickte stirnrunzelnd hoch. »Vorgestern war das. Wir haben uns am Zaun unterhalten. Die Johannisbeeren in seinem Garten haben in diesem Jahr besonders viel getragen, und er hat mir eine Schüssel mitgegeben.«

»Und das war vorgestern?«

Sie nickte. »Ganz sicher. Vorgestern. Am Dienstag. Ich habe ihn dann noch zum Tee eingeladen.«

Dühnfort seufzte. Merde. Weshalb hatte Gina das nicht überprüft? Er bedankte sich für die Auskunft und verabschiedete sich.

»Das war es schon? Mehr wollen Sie nicht wissen?« Sie begleitete ihn zum Gartentor. Ein silberfarbener Kleinwagen erschien auf dem Waldweg und hielt vor dem Haus. Eine große Frau mit kräftiger Figur stieg aus und musterte Dühnfort misstrauisch. »Hat meine Mutter irgendwas unterschrieben? Dann können Sie das gleich in die Tonne treten. Sie steht unter Betreuung, und wenn Sie nicht augenblicklich die Kurve kratzen …«

»… dann hetzen Sie diese Bestie auf mich.« Dühnfort sah hinunter zu Susi, die in der Erde wühlte.

»Aber Sylvia. Der Herr ist von der Polizei.«

»Ach, so einer sind Sie! Das ist ja die neueste Masche.« Die Frau funkelte ihn aus dunklen Augen an und holte das Handy aus der Jackentasche. »Hast du ihm Geld gegeben, Mama?«

Warum werde ich ständig für einen Bösewicht gehalten, fragte Dühnfort sich und zog seinen Ausweis hervor. »In diesem Punkt erinnert sich Ihre Mutter richtig. Dühnfort. Kripo München.«

Sie musterte die Plastikkarte, dann stahl sich ein Grinsen in ihr Gesicht. »'tschuldigung. Aber Ihnen muss ich ja wohl nicht sagen, wie die alten Leutchen ausgenommen werden. Was wollen Sie von meiner Mutter?«

»Ich wollte sie wegen des Mordes an ihrem Nachbarn sprechen. Wir dachten, sie hätte vielleicht am Tattag eine Beobachtung gemacht.«

»Ja, stell dir vor, Sylvia«, Waltraud Ullmann gab Susi einen weiteren Keks, »gestern habe ich noch mit dem Wolfram gesprochen, und jetzt ist er tot. Ertrunken. Ist das nicht schrecklich?«

»Das war der Alfons von der Segelschule, der ertrunken ist, Mama. Und das ist auch schon ein Jahr her.« Sylvia Ullmann wandte sich an Dühnfort. »Ich muss nur schnell die Einkäufe ins Haus bringen, da ist Tiefkühlzeug dabei, das taut sonst an. Geben Sie mir fünf Minuten, dann habe ich Zeit für Sie.«

»Kein Problem.« Dühnfort wies Richtung Garage. »Darf ich solange einen Blick auf das Boot werfen?«

»Klar. Segeln Sie?«

»Früher einmal. Vielleicht sollte ich wieder damit anfangen.«

»Es hat meinem Vater gehört. Ich segle nicht und Mama auch nicht. Im Frühling werde ich eine Anzeige aufgeben. Im Herbst kauft ja niemand ein Boot.«

Sie holte die Einkaufstüten aus dem Auto und trug sie ins Haus. Dühnfort ging hinüber zum Boot und hob die Persenning an. Er hatte sich nicht getäuscht. Es war ein Folkeboot, der Rumpf geklinkert beplankt und nicht aus GFK, also Fiberglas, sondern aus Mahagoni. Sicher war es mehr als dreißig Jahre alt, aber, soweit er das sehen konnte, gut in Schuss. Er lüpfte die Persenning an verschiedenen Stellen. Die Planken brauchten mal wieder einen Osmoseschutz; das schien es schon zu sein. Ein solches Boot gehörte aufs Meer und nicht auf einen bayerischen See. Aber die Nordsee war weit.

Sylvia Ullmann kam vom Haus her auf ihn zu. »Gefällt es Ihnen?«

Dühnfort nickte. »Sind die Segel in Ordnung?«

»Mein Vater hat es ständig gepflegt. Es müsste alles tipptopp sein. Der Schorsch von der Segelschule kennt es. Dort hat es immer gelegen. Mit dem können Sie reden, falls Sie sich dafür interessieren.«

»Wie viel wollen Sie dafür haben?«

»Neuntausend sollen wir verlangen, sagt der Schorsch.«

Dühnfort war eigentlich kein spontaner Mensch. Immer wog er Entscheidungen ab, grübelte nach. Aber etwas in ihm wollte dieses Boot haben. »Ist der Trailer im Preis inbegriffen?«

Sie zögerte einen Moment, dann nickte sie.

»Gut. Dann nehme ich es.« Er reichte ihr die Hand.

»Sie fackeln aber nicht lange«, sagte sie und schlug ein. »Wenn Sie Glück haben, ist der Liegeplatz noch nicht neu vergeben. Soll ich den Schorsch anrufen und fragen?«

»Das wäre sehr nett.«

Sie zog das Handy aus der Tasche und telefonierte mit dem Inhaber der Segelschule. Der Liegeplatz war noch frei und auch ein Platz im Winterquartier. Dühnfort nahm beide. Er notierte sich Adresse und Telefonnummer der Segelschule und ließ sich die von Sylvia Ullmann geben. Sie wohnte in München am Bonner Platz, in der Nähe des Schwabinger Krankenhauses. »Ich besorge noch ein Formular für einen Kaufvertrag. Wenn ich den ausgefüllt habe, rufe ich Sie an«, sagte sie und schob die Hände in die Hosentaschen.

Dann kam Dühnfort auf den Grund seines Besuches zu sprechen. Wie sich herausstellte, hatten Sylvia Ullmann und ihre Mutter das Wochenende vor dem Überfall auf Heckeroth hier im Wochenendhaus verbracht. Sie waren aber schon am Sonntag zurück in die Stadt gefahren. »Ich bin Krankenschwester und hatte Nachtschicht. Wir sind erst letztes Wochenende wieder hergekommen und bis Dienstag geblieben. Am Montagabend war ich in Münsing bei der Probe im *Alten Wirt*. Ich bin Mitglied der Volkstanzgruppe. In der Zeit muss Ihre

Kollegin mit meiner Mutter gesprochen haben. Aber zu mir hat Mama kein Wort gesagt. Und Ihnen hat sie anscheinend eine tolle Geschichte erzählt.«

Dühnfort nickte. »Dank der Aussage Ihrer Mutter dachten wir, der Zeitpunkt des Überfalls ließe sich gut eingrenzen. Sogar sehr gut. Aber nun fangen wir von vorne an.«

»Das tut mir leid. Er war ein netter Mann, der Wolfram ... dass er so schrecklich sterben musste ...« Sie zog die Schultern hoch. Ihre Antworten auf seine Fragen brachten Dühnfort allerdings nicht weiter. Sie könne sich nicht vorstellen, wer Heckeroth das angetan habe. Sie habe ihn nicht besonders gut gekannt. Ihre Eltern seien zwar ständig hier gewesen, aber sie begleite ihre Mutter erst seit dem Tod des Vaters im Frühling regelmäßig ins Wochenendhaus.

Sylvia Ullmann reichte ihm die Hand zum Abschied. »Ich melde mich dann wegen des Kaufvertrags.«

Dühnfort rief Ursula Weidenbach vom Auto aus an, erklärte ihr sein Problem und fragte, ob sie den Zeitpunkt des Überfalls bestimmen könnte.

»Sie haben die Leiche doch selbst gesehen. Fortgeschrittenes Verwesungsstadium, wie soll ich da eine präzise Aussage zum Todeszeitpunkt machen, geschweige denn die Tatzeit schätzen?«

***

Dühnfort fuhr nicht ins Büro, sondern an die Hochleite. Irgendetwas trieb ihn dorthin, vielleicht wieder einmal die Angst, etwas zu übersehen. Er parkte vor Bertrams Haus und holte den Schlüssel, den er am Tag zuvor mitgenommen hatte, aus dem Handschuhfach.

Seine Schritte hallten auf dem Fliesenboden, der überall im Haus lag. Es hatte eine kalte und abweisende Atmosphäre, die Dühnfort bei seinem ersten Besuch nicht aufgefallen war. Er ging in das minimalistisch ausgestattete Wohnzimmer: große Fensterflächen, Glas und Chrom, die Sitzecke aus schwarzem Leder, ein leicht fauliger Geruch. Blut und Gehirnmasse klebten noch dort, wo sie hingespritzt waren – Sekundenbruchteile nachdem Bertram den Abzug betätigt und das Projektil die Gaumenwand durchschlagen hatte, durchs Stammhirn geschossen war und, auf minimalen Widerstand stoßend, das Hinterhauptbein abgesprengt hatte.

Dühnfort sah sich um. Der Staub des Argentorats, mit dem die Fingerspuren gesichert wurden, haftete an glatten Oberflächen, die Lage des Toten war mit Klebeband markiert, ein Plastikbeutel lag vergessen auf dem Boden.

An der Wand hing ein großformatiger Fernseher, die Boxen der Stereoanlage glichen mit ihren schlanken Säulen Skulpturen. Dühnfort ging zu einem Sideboard in der Essecke und öffnete die Türen, fand jedoch nicht die erwartete Bar.

Auch in der Küche entdeckte er keinen Alkohol, bis auf eine Flasche Champagner im Kühlschrank, und die war verschlossen. Er sah in den Mülleimer. Obenauf lag eine Bananenschale, darunter die Plastikverpackung eines Fertiggerichts *Lasagne* und eine Kaffeefiltertüte, deren braune Ränder sich kräuselten. Dühnfort wollte den Deckel schon wieder schließen, als sein Blick auf etwas Goldenes fiel, das von weiter unten heraufblinkte. Er zog es hervor. Es war ein schwarzer Papierstreifen mit goldgeprägter Schrift – *ore De* entzifferte er auf dem abgerissenen Fitzelchen. Es konnte von einer Papiermanschette stammen, mit der Flaschenverschlüsse versiegelt wurden. Dühnfort suchte im Mülleimer erfolglos nach dem Rest der Manschette. Danach nahm er sich systematisch die Küche vor. Sie war für einen Junggesellenhaushalt verhältnismäßig sauber, aber er fand weder die Flasche noch den Rest der Papiermanschette. Im Spüler standen ein Gedeck Frühstücksgeschirr, ein Teller mit angetrockneter Tomatensoße und ein Glas. Er nahm es heraus und schnupperte daran. Fruchtsaft.

Dühnfort ging nach oben und durchsuchte Schlafzimmer, Bad und sogar die beiden Gästezimmer nach der Flasche. Blieb noch das Büro. Er stieg die Treppe wieder hinunter, lief durch den Flur und öffnete die Tür zu Bertrams Büro. Alles sah aus wie am Dienstag. Zwei Schreibtische mit PCs, der Tisch mit Modellbaumaterial, Zeichnungen und Fotografien an den Wänden, Bertrams Acrylschreibtisch mit Telefon, allerdings ohne Laptop. Am Dienstag hatte hier ein Laptop gestanden. Dühnfort durchsuchte das ganze Büro danach, dann nahm er den Autoschlüssel aus einer Schale im Flur und ging auf den Garagenvorplatz. Weder im Kofferraum noch im Innenraum des Porsches lag der Laptop. Eine klamme Kühle breitete sich in Dühnfort aus. Er knallte den Kofferraumdeckel zu, Merde, kehrte ins Büro zurück und startete einen der PCs. Ohne Passwort gelangte er an die Festplatte. Sie war gelöscht. Dühnfort zog das Handy aus der Tasche und rief Alois an.

»Habt ihr Bertrams Laptop mitgenommen?«

»Warum hätten wir das tun sollen?«

Im selben Moment fiel Dühnfort ein, dass er auch Bertrams Handy nirgends gesehen hatte. »Und sein Handy?«

»Außer der Waffe haben wir nichts mitgenommen.«

Ärger ballte sich in Dühnforts Magen zusammen wie erkaltendes Blei. »Ich weiß ja nicht, was du unter einer

Hausdurchsuchung verstehst. Offensichtlich etwas anderes als ich. Ich brauche dich hier, und bring Meo mit.«

»Wenn du mir noch sagst, wo *hier* ist.«

Immer wenn Dühnforts Ärger den Höhepunkt erreichte, wurde er ganz ruhig. »Finde es heraus«, sagte er und legte auf.

Eine halbe Stunde später stand Dühnfort neben Alois in der Küche, steckte das Fitzelchen der Papiermanschette in einen Plastikbeutel und beschriftete ihn.

»Du veranstaltest hier ein sinnloses Bohei. Bertram hat Selbstmord begangen.« Alois lehnte mit verschränkten Armen am Kühlschrank und beobachtete ihn.

»Schön, dass du dir wieder einmal so sicher bist. Ich bin es nicht. Es fehlen außer den Daten auf dem PC eine Flasche, ein Laptop und ein Handy.« Dühnfort zog seines aus der Tasche und tippte die Nummer von Bertrams Handy ein. Schon nach dem ersten Klingeln erklang eine elektronische Stimme. *Der von Ihnen gewünschte Teilnehmer ist vorübergehend nicht erreichbar. The person ...* Bertrams Handy war ausgeschaltet. Dühnfort legte auf und ging ins Büro zu Meo.

Meo Klein, der mit Vornamen eigentlich Romeo hieß und diese Namenswahl auch im Alter von fünfundzwanzig Jahren seinen Eltern noch übelnahm, saß an einem der Arbeitsplätze und untersuchte den zweiten PC. Als Dühnfort neben ihn trat, blickte er auf. Zwischen dem blonden Flusenbart leuchteten einige Pickel rot auf. Die langen Haare fielen ihm ins Gesicht. »Nada«, sagte er. »Alle Ordner gelöscht. Aber bis morgen habe ich sie wieder hergezaubert. Die Leute haben keine Ahnung, wie man das richtig macht.«

»Weißt du, ob sich ein ausgeschaltetes Handy orten lässt?«

Meo zog die Schultern hoch. »Ja und nein. Also *nein*, wenn es wirklich ausgeschaltet ist. *Ja*, wenn der User denkt, es sei aus, du es aber vorher per SMS so manipuliert hast, dass es anbleibt. Damit kannst du sogar die Freisprecheinrichtung aktivieren und mithören. Aber das dürfen wir alles nicht. Ist verboten.« Meo wackelte mit dem erhobenen Zeigefinger.

Dühnfort ging zu Alois ins Wohnzimmer, der nachdenklich den Sessel betrachtete. »Hat die Befragung der Nachbarn etwas ergeben?«

Alois sah auf. »Keiner hat was gehört oder gesehen. Allerdings haben wir das Ehepaar von gegenüber noch nicht befragt, die sind bereits seit Mittwoch verreist. Das können wir uns also sparen.«

»Wie kommt ihr mit der Befragung der Hotelgäste voran?«

»Die Liste liegt vor, und Sandra telefoniert sie durch. Aber bis jetzt ...« Alois zuckte mit den Schultern. »Und hat der Zeugenaufruf in der Presse was gebracht?«

»Bisher nicht.« Dühnfort stellte sich neben den Sessel und rief sich das Bild ins Gedächtnis. Bertrams Kopf, der auf der Lehne ruhte, den entspannten Gesichtsausdruck, das Lächeln. Seltsam, so zu sterben und dabei zu lächeln.

***

Als er ins Büro kam, lagen die Bänder der Verkehrsüberwachung auf seinem Schreibtisch. Obwohl der Zeitpunkt des Überfalls seit heute Morgen unklar war, sah er sie durch. Bertrams Porsche tauchte nirgends auf. Dühnfort nahm die Kassette aus dem Rekorder und holte sich einen Becher Kaffee. Zurück im Büro, startete er den Computer, vertiefte sich aber in die Akten, ohne zuvor seine E-Mails abzufragen. Agnes hatte sicher keine geschrieben. Sollte er sich entschuldigen? Aber wofür? Dafür, dass er sie liebte und Kinder mit ihr wollte und ihr das gesagt hatte? Er war einundvierzig Jahre alt, und wenn er den Traum verwirklichen wollte, mit seinen Kindern auf Bäume zu klettern, Rindenschifflein schwimmen zu lassen und Taschenlampenwanderungen durch dunkle Wälder zu unternehmen, dann war es langsam Zeit. Hatte er Torschlusspanik? War es das? Hatte ihn Angst dazu getrieben, Agnes dieses Ultimatum zu stellen, wo er doch eigentlich wusste, dass er ihr dadurch keine Wahl ließ, dass sie gar nicht anders reagieren konnte?

Er stand auf und holte sich noch einen Becher Kaffee. Dann rief er den Bereitschaftsdienst der Staatsanwaltschaft an und beantragte den Durchsuchungs- und Beschlagnahmebeschluss, mit dem sie die Verbindungsdaten von Bertrams Handy und Festnetzanschluss von den Betreibern erhalten würden. Anschließend sah er bis zum späten Nachmittag Aussagen und Protokolle durch. Ihm fielen keine Widersprüche oder Ungereimtheiten auf. Trotzdem würden sie am Montag den Fall Heckeroth noch nicht abschließen können. Zu viele Fragen waren offen.

Inzwischen war es beinahe vier geworden. Ob Gina noch im Krankenhaus lag? Vermutlich, so elend, wie sie gestern ausgesehen hatte. Dühnfort stapelte die Aktendeckel auf dem Schreibtisch, schaltete den PC aus und verließ sein Büro.

In der Fußgängerzone herrschte dichtes Gedränge. Samstagnachmittag, Shoppingzeit. Vor ihm ging ein Pärchen mittleren Alters Richtung Marienplatz. Die Frau hatte sich bei ihrem Mann eingehakt, der die Lacktüten einer Parfümerie und eines Schuhgeschäfts trug. Dühnfort schnappte auf, wie sie ihm vorschlug, ins Café Glockenspiel zu gehen und danach eine Buchhandlung aufzusuchen, um nachzusehen, ob der neue Roman von Charlotte Lyne schon erschienen sei. Dühnfort ging Richtung Odeonsplatz und kaufte in den Fünf Höfen für Gina Walnuss-Scones. Dann kehrte er zum Präsidium zurück und fuhr mit dem Auto nach Großhadern.

* * *

Der Krach von gestern lag Babs noch immer im Magen. Wie hatte sie nur so dumm sein können, Albert derart zu provozieren? Es war ihre Schuld, dass der Streit eskaliert war. Hätte sie doch nur den Mund gehalten. Ihre Worte mussten ihm wie Hohn erschienen sein, und daraufhin hatte er es ihr mit gleicher Münze vergolten und Salz in die Wunde gestreut, die er sehr wohl kannte. Dabei hatte er es sicher nicht so gemeint. Erneut versuchte sie ihn zu erreichen, erst auf dem Handy und dann in der Wohnung seines Vaters, aber er meldete sich nicht.

Seit Marc Caroline abgeholt hatte, füllte Stille die Räume, eine Ruhe, die sie sonst genoss. Babs legte das Telefon zurück in die Ladeschale und atmete durch. Sie durfte sich nicht verrückt machen, außerdem musste sie den zweiten Entwurf fertigstellen und bis Montag noch einen dritten schaffen.

Die Zeichensachen lagen in der Küche. Babs holte sie und trug sie ins Arbeitszimmer, räumte einen Stapel medizinischer Fachzeitschriften auf die Kommode und stellte den Bürostuhl auf ihre Körpergröße ein. Dann riss sie ein Blatt Papier vom Block und befestigte es mit Tesafilm auf dem Zeichenbrett. Da nur noch ein kleiner Rest Klebeband auf der Rolle war, zog sie die Schublade auf und holte die Schachtel mit Nachschub hervor. Darunter entdeckte sie einen Schlüssel mit silbernem Anhänger in Form eines Äskulapstabes. Babs stutzte. Es gab keinen Zweifel, das war Wolframs Schlüssel vom Wochenendhaus, der seit dem Überfall verschwunden war. Wie kam er hierher?

Es dauerte einen Moment, bis Babs verstand. Bertram, dieser verdammte Mistkerl! Deshalb war er also in Alberts Arbeitszimmer gewesen und war wie ertappt zusammengezuckt, als sie ihn entdeckt hatte. Von wegen, ein Vogel sei gegen die Scheibe geflogen! Er hatte seinem Bruder Beweismaterial untergejubelt und sich dann schleunigst aus dem Staub gemacht.

Babs' Knie wurden weich. Bertram hatte tatsächlich Wolfram umgebracht. Sie konnte das nicht glauben, und doch lag der Schlüssel in der Schublade. Was sollte sie nun damit machen?

Sie musste Dühnfort anrufen und … aber Bertram konnte doch nicht seinen eigenen Vater … jedenfalls nicht so. Babs stieß die Luft aus, die sie unwillkürlich angehalten hatte, und versuchte, ihre Gedanken zu sortieren. Kannte sie Bertram wirklich so gut, dass sie für ihn die Hand ins Feuer legen konnte? Und selbst wenn, wer wusste schon, wozu Menschen fähig waren, die in die Enge getrieben wurden und sich in einer verzweifelten und aussichtslosen Lage befanden? Außerdem war Bertram nicht dumm. Natürlich traute ihm niemand zu, dass er, der Jähzornige und Impulsive, jemanden ausgerechnet auf so schleichende und niederträchtige Weise ermordete. Und wie hinterhältig es auch war, seinem Bruder Beweise unterzuschieben. Herrgott! Aber Bertram war tot. Erst hatte er seinen Vater wegen des Erbes umgebracht, dann das Testament gefunden und diese furchtbare Konsequenz gezogen und sich erschossen, während sie mit Albert im Bett gelegen und sich darüber schlappgelacht hatte, wie der seine Socken auszog.

Für einen Moment erfüllte sie tiefe Trauer, dann fiel ihr Blick wieder auf den Schlüssel. Es war jedoch nicht Wut, sondern Panik, die in ihr aufstieg. Vielleicht hatte Bertram vor seinem Selbstmord bereits die Weichen gestellt und den Verdacht auf Albert gelenkt … vielleicht würde Dühnfort jeden Augenblick mit einem Durchsuchungsbeschluss vor der Tür stehen … wenn nun die Polizei glaubte, dass Albert … Justizirrtümer kamen nicht nur in Filmen vor … erst neulich hatte sie eine Reportage gesehen … aber Dühnfort vermittelte nicht den Eindruck, ein Idiot zu sein. Babs atmete durch. Sie würde jetzt die Polizei anrufen. Doch dann stellte sie sich vor, wie Albert reagieren würde. Dieser falsche Verdacht würde ihn vermutlich ebenso kränken und verletzen wie der feige Verrat durch seinen Bruder. Er hatte in den letzten Wochen wirklich genug durchgemacht.

Babs ging mit dem Schlüssel in die Küche. Dort holte sie einen leeren Joghurtbecher aus dem Mülleimer, legte den Schlüssel hinein, stopfte die Aluverpackung der Butter dazu und vergrub das Ganze im Abfall.

Zwei Minuten später verließ sie das Haus mit einer ausgebeulten Drogeriemarkttüte in der Hand und suchte den kleinen Teeladen im Hinterhaus des Nachbargebäudes auf. Sie passierte den Durchgang zum Hinterhof und warf die Plastiktasche in den Müllcontainer, der dort in einer dunklen Nische stand.

***

Die Scheibenwischer arbeiteten unermüdlich. Caroline bemerkte die sanfthügelige Landschaft nicht, die hinter

Regenschleiern verschwamm. Sie sah zu Marc, der seinen Blick konzentriert auf die kurvenreiche Landstraße gerichtet hielt.

Vor einer Stunde war er bei Babs erschienen und hatte sie in den Arm genommen. »Caro, Liebes, es tut mir wahnsinnig leid. Es ist eine schwere Zeit für dich, und ich denke bloß an meine Gefühle und unterstelle dir auch noch Herzlosigkeit. Wie konnte ich nur?«

Schuldbewusst wandte sie sich von Marc ab. In gewisser Weise hatte er ja ins Schwarze getroffen, Gefühle gehörten nicht zu ihren Kernkompetenzen. Etwas stimmte nicht mit ihr. Andererseits verstand sie nicht, weshalb ein solcher Wirbel darum gemacht wurde. Ihrer Meinung nach war es zielführender, Emotionen bei wichtigen Entscheidungen außer Acht zu lassen. Selbst wenn Marc die Beziehung zu ihr aus beruflichen Gründen wollte, was war schon dabei? Früher wurden Ehen hauptsächlich aus praktischen Gründen geschlossen, ganz zu schweigen von Firmen und Königreichen, die so zusammengehalten wurden. »Verrätst du mir jetzt, wohin wir fahren?«

»Ins Grüne.« Marc löste den Blick von der Straße und lächelte. »Aber deine Geduld wird nicht länger auf die Folter gespannt. In fünf Minuten sind wir da.«

Caroline trug noch die Sachen, in die sie am Morgen geschlüpft war: eine ausgeleierte Jeans, eine verwaschene Bluse und darüber den alten Trenchcoat. Mehr als ein Waldspaziergang war in diesem Aufzug nicht möglich. Es regnete allerdings noch immer.

Marc nahm die rechte Hand vom Steuer und griff nach ihrer. »Bald wird es dir ein bisschen besser gehen.«

Das konnte sie sich nicht vorstellen. Sie fühlte sich innerlich wund, der Pfropf ungeweinter Tränen drückte noch immer hinter dem Brustbein, und ihr Kopf schmerzte. Am liebsten hätte sie sich ins Bett gelegt und die Decke über den Kopf gezogen.

Sie passierten ein Ortsschild, dessen Aufschrift im Regen nicht zu erkennen war, und fuhren an Bauernhäusern mit weit vorragenden Dächern vorbei. Kurz vor dem Ortsende bog Marc ab. Ein See erschien auf Carolines Seite, der Weg wurde breiter und verwandelte sich in eine Hotelauffahrt. Marc stoppte den Wagen auf dem Parkplatz. *Hotel Seeschlösschen*, entzifferte Caroline, dahinter waren fünf Sterne angebracht. »Was machen wir hier?«

Marc schaltete den Motor ab. »Ich dachte an ein Wellnesswochenende. Ich habe ein Zimmer für uns gebucht und für dich eine Shiatsumassage. Die muss man nämlich vorbestellen.«

In diesem Aufzug konnte sie unmöglich ein Fünfsternehotel betreten, und sie hatte auch nichts dabei. Aber plötzlich war ihr das egal. Die Aussicht, für zwei Tage die Schrecken der Woche hinter sich zu lassen, war verlockend. Sollten die Leute denken, was sie wollten, und eine Zahnbürste gab es in jedem Hotel. Was war eine Shiatsumassage? Das Wort klang beinahe magisch. Caroline fühlte sich von Kopf bis Fuß verkrampft und verspannt. Da konnte es nicht schaden, wenn tüchtige Hände ihre Muskeln durchkneten, sie lockern und weich und geschmeidig machen würden.

Marc beobachtete sie gespannt.

»Worauf warten wir?«, fragte sie.

»Kein Widerspruch?«

»Bin ich wirklich so schrecklich?«

»Ehrlich gesagt: Manchmal schon.« Mit einem Lächeln nahm er diesen Worten ihre Härte. »Ich hatte ein wenig Bedenken, du würdest diese *Entführung* nicht gutheißen und dich weigern, in diesem Outfit und ohne Gepäck ...«

Sie beugte sich zu ihm und gab ihm einen Kuss auf die Wange. »Heute ist mir alles egal. Ich würde sogar nackt da reingehen. Ich will diese Massage.« Sie griff nach ihrer Handtasche und stieg aus.

Kurze Zeit später saßen sie in ihrem Zimmer mit Balkon und Seeblick. Es war in üppigem Bayernbarock eingerichtet. Schwere Holzmöbel, überbordende Schnitzereien und goldene Verzierungen, dicke Kissen und Polster aus teuren Stoffen mit floralen Dessins. Ganz und gar nicht Carolines Stil, dennoch tat dieses Zuviel an allem ihrer wunden Seele gut. In der Lobby gab es eine Boutique. Dort hatte Caroline sich nach dem Einchecken einen Trainingsanzug gekauft, denn sie sollte in leichter Kleidung zur Massage erscheinen, hatte die Dame am Empfang gesagt.

Während sie sich umzog, öffnete Marc seine Reisetasche, in die er auch die wenigen Kleidungsstücke und Kosmetiksachen gepackt hatte, die Caroline in seiner Wohnung deponiert hatte. Er holte seine Joggingsachen heraus und trat ans Fenster. Der Regen hatte nachgelassen. »Ich laufe eine Runde, während du bei der Massage bist.«

Marc begleitete Caroline bis zum Lift, der sie in den Wellnessbereich brachte. Dort wurde sie von einer zierlichen Frau mit schmalem Gesicht und veilchenblauen Augen erwartet. Sie stellte sich als Eva vor und führte Caroline in einen Raum, der mit Bambusmatten, Papierwänden und hellem Holzboden ausgestattet war. Leise Musik lief, es war angenehm warm, ein schwacher Duft von Zimt und Sandelholz hing in der Luft. Doch wo war die Massagebank und wo der Masseur?

Eva bat Caroline, sich bäuchlings auf eine der Matten zu legen und Arme und Beine ein wenig vom Körper abzuspreizen. In ihr regten sich Widerspruch und Fragen, trotzdem folgte sie den Anweisungen. Die Musik klang wie ferne Meeresbrandung. Eva setzte sich neben sie auf die Matte und begann mit der Massage. Es war ein zartes Zupfen und Ziehen. Caroline fragte sich, was das bringen sollte, fühlte aber bald eine wohlige Ruhe, die sich von ihrer Körpermitte her auszubreiten begann. Sie überließ sich ganz diesem Gefühl, das sie mit sich trug, hinein in Schwerelosigkeit, wie Wellen, die einen sanft wiegten, bevor sie in Brandung umkippten und donnernd an Land schlugen. Caroline ließ sich von diesen Wogen tragen, fort von allem, und verlor jedes Gefühl für Zeit. Etwas in ihr begann sich zu lösen, sie zu verlassen. Das Zupfen hörte für einen Moment auf. Sie öffnete die Augen und sah eine Hand, die eine Kleenexbox ins Sichtfeld schob. Erst jetzt merkte sie, dass sie weinte.

Als Eva die Massage beendete, hatte Caroline sich ausgeweint. Papiertaschentücher lagen verstreut auf der Matte. Sie fühlte sich wie befreit.

»Geht es besser?«, fragte Eva.

Caroline nickte.

»Ihr Mann sagte mir, dass Sie großen Kummer haben. Es freut mich, dass ich Ihnen ein wenig helfen konnte.«

Ihr Mann. Der Klang dieser Worte war angenehm, beruhigend.

»Wenn Sie möchten, kann ich Sie noch zur Kosmetik begleiten. Eine Maske für die Augen zum Abschwellen ...«

Sicher sah sie zum Davonlaufen aus, und die Aussicht, sich mit Peeling, Ampullen und Masken weiter verwöhnen zu lassen, war verlockend. »Geht das ohne Termin?«

»Ihr Mann hat einen optioniert.«

So viel Mitgefühl habe ich gar nicht verdient, dachte Caroline. Woher kam es, dass Marc so genau wusste, was ihr guttat, dass er sich so um sie sorgte? Vielleicht liebte er sie wirklich. So wie Peter Elli geliebt hatte.

Anderthalb Stunden später fuhr Caroline mit dem Lift wieder nach oben. Gesichtsbehandlung und Maniküre lagen hinter ihr. Sie fühlte sich entspannt und wohl – so wohl, wie es unter diesen Umständen möglich war. Vom Hunger, der in ihrem Magen bohrte, mal abgesehen.

Marc saß in einem Sessel und las die *Financial Times*. Er trug Cordhose und Norwegerpulli. Seine Haare waren vom Duschen im Nacken noch etwas feucht. Als sie eintrat, blickte er auf. Vor ihm auf dem Couchtisch standen ein Stövchen mit Tee und ein Tablett mit Sandwichs, Gebäck und Mineralwasser. »Geht es besser?«, fragte er und faltete die Zeitung zusammen.

Caroline setzte sich neben ihn. »Viel besser, und außerdem habe ich einen Bärenhunger. Du bist ein Schatz, ich habe dich gar nicht verdient.« Sie ließ den Kopf an seine Schulter sinken und griff gleichzeitig nach einem Schinkensandwich.

»Warum denkst du das?«

»Was?«

»Neulich hast du deiner Sekretärin Berechnung unterstellt, als sie Mitgefühl gezeigt hat, und nun denkst du, *du bist meiner nicht würdig*. Warum hältst du dich für so wenig liebenswert?«

Caroline wollte widersprechen, erkannte aber im selben Augenblick die Wahrheit in Marcs Worten, die sich wie ein tonnenschweres Gewicht auf ihre Brust legte. Sie starrte auf das Sandwich und legte es zurück. *Vielleicht, um nicht verletzbar zu sein. So wie Bertram sein Haus als Schutzschild hatte, habe ich einen Eispalast um mich errichtet. Ich war nicht immer so. Ich weiß noch genau, wann das angefangen hat.*

»Ich war sechs oder sieben Jahre alt«, begann sie ganz unvermittelt. »Vaters Geburtstag stand bevor. Er hatte sich den neuen Mercedes bestellt, musste aber bis zur Auslieferung noch warten. Ich wollte ihm eine Freude …« Caroline löste sich von Marc und sah ihm in die Augen. »Nein, wenn ich ehrlich bin, wollte ich endlich einmal Albert ausstechen. Deshalb habe ich stundenlang in meinem Zimmer gesessen, einen Bauplan entworfen und das Auto mit meinen Buntstiften gemalt. Die erste Version ging in die Hose. Ich hatte mich vermessen, aber ich habe nicht aufgegeben, bis es fertig war.«

Sie erinnerte sich, wie stolz sie gewesen war, als sie das letzte Teil, einen Seitenspiegel, mit Uhu angeklebt hatte, wie ihr vor Aufregung das Herz geklopft und wie sie sich Vaters Freude ausgemalt hatte.

»Du hast das Auto für ihn als Modell selbst entworfen und gebastelt?«

»Was heißt schon entworfen? Ich glaube, es war eine ziemliche Krakelei und außerdem windschief.«

»Das war süß. Ich hätte mich darüber wahnsinnig gefreut. Aber Wolfram anscheinend nicht. Oder?«

»Albert hat am selben Tag sein Übertrittszeugnis fürs Gymnasium erhalten. Lauter Einser. Das war für Vater das schönste Geschenk.« Sie brachte es nicht über sich, ihm zu sagen, dass sie ihre Bastelei zwei Tage später im Müll gefunden hatte.

Marc zog sie an sich. »Ach, Schatz! Wie konnte er nur so herzlos sein?«

»Er war ein Egoist. Ich verstehe nicht, wie Mutter es mit ihm über vierzig Jahre ausgehalten hat. Kurz nachdem meine Eltern geheiratet hatten, hat sie ihre große Liebe gefunden. Aber sie hat Vater nicht verlassen.« Caroline erzählte Marc, was sie aus den Briefen und dem Tagebuch erfahren hatte, bis zu dem Eintrag, den sie zuletzt gelesen hatte.

Peters Frau, die von der Affäre ebenso wenig gewusst hatte wie Wolfram, hatte das Ehepaar Heckeroth zu einem festlichen Abendessen eingeladen. Peter war es nicht gelungen, ihr das auszureden, und Elli, die einerseits neugierig darauf war, Gertrude kennenzulernen, sah diesem Abend dennoch voller Sorge entgegen. *Wir werden uns nicht ansehen dürfen, denn unsere Blicke würden uns verraten.* Über den Verlauf des Abends schrieb sie, dass sie froh sei, ihn überstanden zu haben. *Gertrude hat einen sezierenden Blick und ist dabei doch ganz Dame. Mit scheinbar harmlosen Fragen hat sie mich mehrfach aufs Glatteis geführt und mich wie ein dummes Schulmädchen aussehen lassen, ohne dass es auf sie zurückgefallen wäre. Sie strahlt Vornehmheit und Disziplin aus, man könnte auch sagen: elegante Kühle. Neben ihr fühle ich mich richtig lebendig, wie ein kleines flackerndes Feuer.*

Was wird nur aus den Kindern werden? Peter sagt, dass man ihm im Falle der Scheidung das Sorgerecht entziehen wird. Was ist das für ein Recht, das Ehen nach Schuld und Unschuld trennt? Wer will das beurteilen? Peter wird die Kinder ganz Gertrude überlassen müssen. Sabrina, seine Kleine, ist ein affektiertes Prinzesschen. Aber Christian hat mich beeindruckt. Mit seinen zwölf Jahren hat er sich ganz einer Leidenschaft verschrieben. Seine Seele brennt für die Musik, und er ist so begabt, dass seine Lehrer ihm eine große Zukunft voraussagen. Er hat uns das Adagio aus Vivaldis »Sommer« auf der Geige vorgespielt. Wunderbar! Ich habe Angst, ihm den

Vater zu nehmen. Was wird aus ihm werden an der Seite dieser kalten Mutter, die eine Juristenkarriere für erstrebenswerter hält als dieses »Gefiedel«?

Caroline löste sich aus Marcs Umarmung und zog die Beine aufs Sofa. »Jedenfalls hat sich diese Sorge als überflüssig erwiesen. Mutter hat sich bekanntlich nicht von Vater getrennt, und Christian Brandenbourg ist heute ein berühmter Musiker.«

Marc strich ihr eine Haarsträhne aus dem Gesicht. »Denkst du, sie hat seinetwegen auf Peter verzichtet?«

***

Dühnfort traf Gina in der Drehtür des Klinikums. Er war auf dem Weg hinein, sie auf der Flucht, wie sie es nannte. »Ich hab dem Prof einen Abschiedsbrief geschrieben und entlasse mich auf eigene Verantwortung. Wo steht dein Auto?«

Sie blickte noch über die Schulter, als hätte sie Angst, verfolgt zu werden, als sie bereits den Kofferraum seines Wagens öffnete und ihre Tasche hineinwarf.

Während der Fahrt in den Stadtteil Haidhausen, im Osten Münchens, schwieg Gina. Als er am Bordeauxplatz einparkte, fragte sie ihn: »Kommst du noch mit rauf?«

Er zögerte. Diese Einladung kam überraschend.

»Der Umgang mit ein paar netten Menschen würde dir guttun.« Ihre Stirn lag schon wieder in Falten. »Ich würde dich gerne meinen Eltern vorstellen.« Nun grinste sie. »Außerdem würde das höchstpersönliche Erscheinen meines Chefs meine kleine Notlüge vom Lehrgang untermauern.«

Dühnfort war noch nie bei Gina gewesen. Er wusste, dass sie vor drei Jahren eine WG gegründet hatte, um an die riesige Altbauwohnung zu kommen, in die sie sich verguckt hatte. Seither wohnte sie dort mit wechselnden Mitmietern, zu denen seit zwei Monaten auch ihre Eltern gehörten. Die konnten erst wieder in ihre Wohnung zurückkehren, wenn die Folgen eines Wasserrohrbruches beseitigt waren.

»Na. Das war eine Einladung und keine Vorladung. Du musst ja nicht.« Gina öffnete die Tür.

Die Aussicht auf einen weiteren Abend alleine in seiner Wohnung erschreckte Dühnfort. »Doch. Ich komme mit.« Er griff nach seiner Jacke und stieg aus.

Das Haus befand sich in einer Seitenstraße des Bordeauxplatzes. Sie gingen an einer Ökobäckerei vorbei, einem Laden für ätherische Öle, Duftkegel, Räucherstäbchen und Klangschalen, einem Geschäft für Holzspielzeug und einer Dönerbude und gelangten dann in einen Hinterhof, in dem sich eine Schreinerei und eine Buchbinderei befanden. Gina sperrte die Tür zum Hinterhaus auf. »Und bitte verplappere dich nicht. Ich war auf einem Lehrgang. Besser: Wir waren. Warum sonst würdest du mich nach Hause bringen?«

Dühnfort folgte ihr in den fünften Stock. Als sie oben waren, trat ein schmächtiger Mann mit einem Instrumentenkoffer aus der Wohnung. Sein Haar war schütter, obwohl er höchstens so alt war wie Gina, Anfang dreißig.

»Das ist Theo. Er arbeitet beim Finanzamt und spielt außerdem Trompete in einer Bigband. Und das ist mein Boss«, sagte Gina und wies auf Dühnfort. Theo schüttelte Dühnfort die Hand und polterte dann die Treppen runter. Gina ließ ihrem Chef den Vortritt in die Wohnung.

Er folgte dem mit Kokosfaserboden belegten Flur bis zu einem quadratischen Vorplatz. Die Tür zu einem geräumigen Wohnzimmer stand offen. In der Küche holte eine etwa fünfzigjährige Frau gerade ein Backblech aus dem Ofen. Als sie Dühnfort bemerkte, blickte sie auf und lächelte. Sie war die ältere Ausgabe Ginas. Allerdings hatten ihre Augen nicht diese Schokoladenfarbe, sie glichen eher Nougat, und auch das Haar war heller und außerdem von grauen Strähnen durchzogen. Sie stellte das Blech auf die Ablagefläche und wischte sich die Hände an einem Küchentuch ab. Der Geruch nach etwas Angebranntem stieg Dühnfort in die Nase.

»Darf ich vorstellen, meine Mama«, sagte Gina. »Mama. Mein Boss, der Tino.«

»Nett, Sie mal kennenzulernen.« Sie reichte Dühnfort die Hand. »Wie war denn der Lehrgang?«

»Langweilig«, sagte Gina.

Gleichzeitig sagte Dühnfort: »Sehr interessant.«

»Ach.« Etwas ratlos blickte Ginas Mutter auf ihre Tochter. »Der Apfelstrudel ist gerade fertig. Wollt ihr ein Stück? Er ist zwar etwas knusprig geworden, aber ich streue Puderzucker darüber. Dann sieht man das nicht so.«

Ehe Dühnfort sich versah, saß er mit Gina, ihrer Mutter Dorothee, Xenia, einer zweiundzwanzigjährigen Studentin der Filmhochschule, und einem etwa vierzigjährigen Restaurator der Münchener Pinakotheken namens Ferdinand am Küchentisch. Es fehlten Theo, der bei der Bandprobe war, und Ginas Vater, um die Runde komplett zu machen. Ginas Vater war S-Bahn-Fahrer und hatte Dienst. Er würde erst gegen sechs Uhr nach Hause kommen.

Backen gehörte nicht zu Dorothees Stärken; *knusprig* war untertrieben, der Strudel war angebrannt. Trotzdem aßen alle mit gutem Appetit. Nur Dühnfort entfernte die oberste Schicht und legte sie an den Tellerrand, während alle mehr oder weniger durcheinanderredeten. Gina war dabei, einen Vortrag über Forensik zu erfinden, da ihre Mutter unbedingt Details über den Lehrgang wissen wollte. Xenia und Ferdinand diskutierten über Tiefenperspektive in der Malerei und im Film. Dühnfort lehnte sich auf der Eckbank zurück und beobachtete die Runde. Sie erinnerte ihn an früher, als er in Hamburg studiert und ebenfalls in einer WG gelebt hatte. Das war zwanzig Jahre her. Wo war die Zeit geblieben? Was hatte er aus seinem Leben gemacht?

Gina strich sich eine Haarsträhne aus dem Gesicht und fing seinen Blick auf, während sie den nie gehaltenen Vortrag eines forensischen Biologen über das Thema zusammenfasste, wie sich anhand der Verpuppung von Maden bei Leichenfunden der Todeszeitpunkt ermitteln ließ.

»Und das findest du langweilig?«, sagte Dorothee. »Mich würde das interessieren. Kannst du mich nicht mal zu einer Obduktion mitnehmen?«

Gina löste ihren Blick und wandte sich wieder ihrer Mutter zu. »Mama, das geht doch nicht.« Sie stand auf. »Tino und ich müssen noch was besprechen.«

Überrascht erhob sich Dühnfort, bedankte sich für den Strudel und folgte Gina auf den Flur. »Mein Reich«, sagte sie und öffnete eine Tür. Das Zimmer war beinahe quadratisch und hatte ein Fenster und einen kleinen Balkon zum Hinterhof. Die Möbel waren schlicht. Ein Schrank, ein Bett aus Rattangeflecht, das zum Teil von einem Paravent verdeckt wurde, ein Schreibtisch mit Computer, ein Regal voller Bücher und Musik-CDs. Vor dem Fenster standen ein kleiner Tisch und daneben ein Rattansessel mit rotem Sitzpolster. Ein Stapel gebügelter

T-Shirts lag auf dem Tisch, zusammengefaltete Slips und BHs auf dem Polster. Gina nahm beide Stapel und verstaute sie im Kleiderschrank. Dann bot sie Dühnfort den Sessel an und setzte sich auf die Bettkante. »Also, was habe ich falsch gemacht?«

Dühnfort schüttelte den Kopf. »Wie kommst du auf die Idee?«

»Dein Blick. Die ganze Zeit schon. Und dann diese steile Falte an der Nasenwurzel. Die hast du nur, wenn du auf mich sauer bist. Also ich wüsste es lieber gleich, dann habe ich es hinter mir.«

Sicher war es besser, das unter vier Augen zu besprechen, dann konnte er es am Montag auf kleiner Flamme kochen. »Ich habe heute mit Frau Ullmann gesprochen. Sie leidet an einer beginnenden Demenz und bringt alles durcheinander.«

Es dauerte eine Sekunde, bis Gina verstand. »Ach du Scheiße. Das heißt, jetzt wissen wir gar nicht, wann Heckeroth überfallen wurde?«

»Warum hast du sie nicht gebeten, ihre Aussage schriftlich zu machen, so wie sich das gehört? Dann wäre dir aufgefallen, dass ihr Gedächtnis sie im Stich lässt.«

Gina zog die Schultern hoch. »Das ist mir irgendwie durchgerutscht.«

Natürlich, dachte Dühnfort. Sie stand unter Druck, sie hatte Angst vor dem bevorstehenden Eingriff. Und diese Angst würde erst enden, wenn das Ergebnis der Biopsie vorlag. Oder aber auch nicht. Dieser Gedanke versetzte ihn für einen Moment in Unruhe. »Es ist, wie es ist. Wir werden den Fall trotzdem lösen.«

»Seid ihr weitergekommen?«

Mittlerweile war Dühnfort sich unsicher, ob Bertram wirklich ein Vatermörder war. »Die Fingerabdrücke an der Heckklappe könnten tatsächlich vom Grillkohlekauf stammen. Aber sein Rad hat im Kofferraum gelegen. Und das muss nach dem 4. Oktober geschehen sein, als Heckeroths Auto innen geputzt wurde. Bertram hatte allerdings keine Erklärung dafür. Außerdem glaube ich nicht, dass er sich selbst erschossen hat. Sein Handy und sein Laptop sind verschwunden und ebenso eine Flasche Whiskey oder Kognak.«

Gina verschränkte die Arme. »In dem Fall muss man sich als Erstes fragen, ob da ein Zusammenhang besteht. Wusste Bertram etwas über den Mord an seinem Vater? Könnte aber auch sein, dass er sich Feinde gemacht hat, die nicht lange fackeln. Ein netter und umgänglicher Typ war er ja eher nicht.«

»Wir brauchen Handy und Laptop.«

»Und vor allem die Verbindungsdaten.«

»Die werden uns hoffentlich bis zum Meeting am Montag vorliegen.«

»Noch ein Leben, das wir auseinanderpflücken müssen«, sagte Gina.

Der Satz könnte von mir sein, dachte Dühnfort und sah aus dem Fenster. Nieselregen hatte eingesetzt. Im Hinterhof stand eine Linde, deren Äste beinahe kahl waren. Sie hoben sich schwarz und vor Feuchtigkeit glänzend von der hellgrauen Hauswand ab, wie skelettierte Finger. Würde die Sonne in diesem Oktober denn nie scheinen? Würde dieser trostlose Herbst nahtlos in einen kalten Winter übergehen?

»Alles in Ordnung?«

Dühnfort wandte seinen Blick Gina zu. Ihre Schokoladenaugen hatten einen besorgten Schimmer angenommen.

»Natürlich.«

»Du wirkst bedrückt. Wie geht es mit dir und Agnes?«

Er hatte ihr nie von dieser komplizierten Beziehung erzählt, aber deren Anfang im Sommer hatte Gina mitbekommen. Die Direktheit ihrer Frage überraschte und überrumpelte ihn. »Wir haben uns getrennt.«

»Oh. Das tut mir leid. Schlimm für dich?«

»Ja. Und wie steht es bei dir? Kein Nachfolger für Lars in Sicht?« Er war entsetzt über sich. Das ging ihn nichts an, und dadurch, dass er nun Gina zu nahe trat, machte er ihre Distanzlosigkeit nicht ungeschehen.

Gina zog die Schultern hoch. »Kennst du den Film *Vier Hochzeiten und ein Todesfall*?«

Dühnfort schüttelte den Kopf. Wann war er überhaupt das letzte Mal im Kino gewesen?

»Mir geht es wie Fiona. Ich bin schon lange in einen Typen verknallt, aber der liebt eine andere. Wie das halt meistens so ist.«

Jemand klopfte. Es war Dorothee, die den Kopf ins Zimmer steckte und sich hilfesuchend umsah. »Ich finde das Rezept für den Lammbraten nicht. Ist es vielleicht hier?«

Montag, 20. Oktober

Am Sonntag, im Morgengrauen, war Dühnfort auf einem Sofa aufgewacht, das er nach einem Moment der Orientierungslosigkeit als das in Ginas WG-Wohnzimmer identifiziert hatte. Ihm war sterbenselend zumute gewesen, und der noch in der Luft hängende Geruch nach Lamm und Bohnen hatte ihm den Rest gegeben und ihn auf die Toilette getrieben. Als er wieder auf der Couch lag, erschien Xenia, die zu einem Dreh bei Sonnenaufgang musste.

»Talking to Jesus with the big white telephone.« Sie grinste, breitete die Arme aus, als ob sie eine Toilettenschüssel umfasste und röhrte, als müsse sie sich jeden Augenblick übergeben: »O Jesus!« Dann verschwand sie und kam einen Moment später mit Aspirin und einem Glas Wasser zurück. Beides nahm er dankend an, während er sich ärgerte, dass er es so weit hatte kommen lassen.

Dorothees Frage nach dem Rezept für Lammbraten hatte dazu geführt, dass er für alle gekocht hatte. Eine italienische Mama, die nicht kochen konnte, man stelle sich das vor. Allerdings war sie keine italienische Mama. Sie stammte aus Miesbach. Während er Knoblauch stiftelte und den Braten damit spickte, erzählte sie ihm die Familiengeschichte.

Ginas Vater stammte aus Landshut. Dort hatte seine Ururgroßmutter 1877 den Mailänder Tuchhändler Giuseppe Angelucci geheiratet, dessen Kutsche auf der Rückreise vom fürstlichen Hof zu Regensburg einen

Radbruch erlitten hatte. Bei der Reparatur in der Landshuter Schmiede hatte sich der Händler in die Tochter des Schmieds verliebt. Die daraus resultierende Ehe hatte die Dynastie der bayerischen Angeluccis begründet. »Und darauf trinken wir jetzt einen schönen Merlot aus dem Veneto«, hatte sie gesagt und stolz einen muffigen Supermarktfusel kredenzt, als sei es ein Piemonteser Barolo. Er hatte einfach nicht ablehnen können, ohne sie zu kränken. Der Wein war eine Katastrophe gewesen. Und nach dem Essen hatte Ginas Vater Bodo auch noch Ramazotti serviert. Natürlich war es nicht bei einem geblieben. Trotzdem war es ein schöner Abend gewesen, an dessen Ausklang Dühnfort allerdings jegliche Erinnerung fehlte.

Das war nun einen Tag her. Als der Wecker klingelte, war nur noch ein leichtes Wattegefühl geblieben. Dühnfort schwang die Beine aus dem Bett, ging in die Küche, stellte die Espressomaschine an und stieg dann unter die Dusche. Als er aus dem Bad kam, war die Maschine aufgeheizt. Er braute sich einen Espresso doppio und wusste nach dem ersten Schluck, dass er ihn vertrug.

Als er die Wohnung verließ, war das Wattegefühl verschwunden. Am Himmel türmten sich Wolken, ein kalter Wind pfiff durch die Straße, kühle Feuchte lag in der Luft. Dühnfort schlug den Mantelkragen hoch und entschloss sich, einen kleinen Umweg zu machen. Die Tore des alten Südfriedhofs waren bereits geöffnet. Morgendliche Ruhe empfing ihn. Der Wind rüttelte an den Bäumen, gefärbtes Laub sammelte sich wirbelnd in Ecken, bedeckte Wege und Gräber, wie ein maroder Teppich, dessen Kettfäden sich lösten und die bunten Knoten freigaben. Dühnfort ging an einer Reihe verwitterter und von Efeu überwucherter Grabsteine vorbei. Auf anderen Steinen las er Namen und Berufe, Nachrufe. *Privatier, Brauerei-besitzersgattin ... innigst geliebter Gatte ... blieb auf dem Feld der Ehre.* Das stand auf dem Grabstein eines jungen Mannes, der 1917 bei Verdun gefallen war. Was für ein Feld der Ehre sollte das sein, fragte Dühnfort sich, vor dessen geistigem Auge sich das Bild eines Jungen aufbaute, der elend im Dreck verreckt war. Wie hatte Frau Kiendel gesagt? *Das Schreckliche wird doch nicht dadurch besser, dass man es nicht beim Namen nennt.* Doch. Worte sind wie Farbe. Wir überpinseln damit die Wahrheit und machen aus dem Hässlichen etwas Erhabenes, machen aus dem Schlammloch eines Schützengrabens ein Feld der Ehre und aus dem grauenhaften Sterben einen patriotischen Akt. Nur so lässt sich das ertragen.

Er ging weiter. Marmorne Engel schmiegten sich an Steine. Eine Krähe kam aus einer Eiche herabgesegelt und landete auf dem Weg. Mit schiefgelegtem Kopf beobachtete sie ihn aus einigen Metern Entfernung. *Flieg, Vogel, schnarr dein Lied im Wüsten-Vogel-Ton! – Versteck, du Narr, Dein blutend Herz in Eis und Hohn!* Dieses Gedicht von Nietzsche mochte Agnes besonders. Kein Wunder, dass sie sich so schwer tat, ins Leben zurückzufinden. Sie verschanzte sich hinter ihrem Schmerz. Dühnfort schob die Hände in die Manteltaschen. Vielleicht war er das: ein Narr. Als er sich dem Vogel näherte, flog er auf. Am Ausgang zum Stephansplatz verließ Dühnfort den Friedhof.

Als er das Präsidium erreichte, fühlte er sich dem Tag gewachsen. Auf seinem Schreibtisch stapelten sich Papiere. Er überflog sie und blieb an einer Anrufnotiz haften, die eine der Bürofeen aufgenommen hatte. Eine Kollegin der Polizeidirektion Ost bat um Rückruf. Es ging um Sabine Groß. Während der Computer hochfuhr, wählte

Dühnfort die angegebene Nummer der Polizeihauptmeisterin Verena Böltsch. Nach dem zweiten Läuten meldete sich eine dunkle und robuste Stimme. Unwillkürlich sah Dühnfort eine kräftige Frau mit klarem Gesicht vor sich. »Ich habe gehört, Sie hatten eine unschöne Begegnung mit Sabine Groß.«

Polizisten sind die reinsten Waschweiber, dachte er. »Sie kennen sie?«

»Sie wohnt in unserem Revier. In dem Haus gibt es öfters Probleme. Zu wenig Arbeit, zu viel Frust, zu wenig Toleranz und zu viel Alkohol. Schlägereien, prügelnde Ehemänner, Kids, die keine Grenzen kennen. Das Übliche. Einmal war Sabine Groß Zeugin, aber ich kannte sie schon vorher. Ich hab mir die Akte rausgesucht. Acht Jahre ist das her, da ist sie schon mal mit einem Messer auf einen Mann losgegangen. Der hat das allerdings bestritten. Sehr obskure Geschichte. Aber ich war mir sicher, dass er lügt und die Geschichte auf kleiner Flamme kochen wollte.«

»Was ist genau passiert? Wer hat sie angezeigt, wenn nicht der Mann, auf den sie losgegangen ist?«

»Der Hinweis kam aus der Notaufnahme des Neuperlacher Krankenhauses. Eine Ärztin hatte dort in der Nacht zuvor einen Mann mit einer Schnittwunde am rechten Unterarm verarztet. Typische Abwehrverletzung, wenn Sie mich fragen. Im Krankenhaus hat er angegeben, seine Angestellte sei durchgedreht. Er ist Optiker und hat ein Geschäft in Altperlach. Als wir ihn befragen wollten, hat er das Ganze als Missverständnis dargestellt. Die Ärztin habe ihn falsch verstanden. Er habe mit seiner Angestellten ein Glasregal montiert. Dabei sei ein Fachboden aus der Halterung gerutscht, und als er ihn auffangen wollte, sei er zerbrochen.«

»Die Angestellte war Sabine Groß?«

»Genau. Als ich sie aufgesucht habe – sie war an dem Tag krankgeschrieben –, hat sie die gleiche Geschichte erzählt wie ihr Chef. Und jetzt ist diese Frau auf Sie losgegangen.«

»Es ist ja nichts passiert.« Dühnfort notierte Namen und Anschrift des Optikers und dankte der Kollegin für die Information. Als er auflegen wollte, hatte er plötzlich noch eine Frage. »Sie sagten, Sabine Groß sei Zeugin gewesen. Worum ging es da?«

Verena Böltsch seufzte. »Alltagskram. Ein Mann hat seine Frau verprügelt. Die hat um Hilfe geschrien, und Sabine Groß, die in der Wohnung darüber wohnte, ist dazwischengegangen. Da lag der Mann aber schon am Boden. Seine Frau hat ihn tatsächlich mit der Bratpfanne niedergestreckt. Bis zu unserem Eintreffen haben sie ihn an die Heizung gefesselt. Mit seinem eigenen Gürtel.«

* * *

Als er das Besprechungszimmer betrat, war Gina bereits da. Sie schloss das Fenster und musterte ihn besorgt, lächelte dann aber. »Willkommen unter den Lebenden. Ich hätte dich warnen sollen. Mein Vater mag dieses Zeug und legt einen missionarischen Eifer an den Tag, andere dazu zu bekehren. Tut mir leid.«

»Ich hätte mich ja nicht bekehren lassen müssen ... es war ein netter Abend.« Dühnfort schenkte sich Wasser aus einer der Flaschen auf dem Tisch ein. Alois und Meo betraten den Raum, grüßten und gingen in die Kaffee-Ecke, wo Alois seinen obligatorischen grünen Tee braute, während Meo sich Kaffee einschenkte. Einen Augenblick später schlurfte Buchholz hinter Ursula Weidenbach zur Tür herein, knallte seine Unterlagen auf den Tisch und ließ sich auf den Stuhl fallen. Seine Glatze war blank. Frisch rasiert. Er sah mit finsterer Miene zu Dühnfort, dann breitete sich ein Grinsen auf seinem Gesicht aus. »Sind das irgendwelche *vibrations*, die du spürst, oder woher weißt du das immer?« Mit diesem Satz hatte er sich die Aufmerksamkeit aller gesichert.

»Bertram hat sich also nicht selbst erschossen.« Dühnfort legte seinen Stapel Mappen auf dem Tisch ab.

Buchholz blickte zu Ursula Weidenbach. »Schaut so aus.«

Stühle wurden gerückt, alle setzten sich. »Jetzt haben Sie mir aber die Show gestohlen.« Die Rechtsmedizinerin nahm neben Buchholz Platz. »Die letzten Ergebnisse habe ich vor zehn Minuten bekommen.« Sie holte einen Hefter aus der Aktentasche. »Bertram Heckeroth war bewusstlos, als *er sich erschoss*. Jemand hat ihm die Waffe in die Hand gelegt, sie geführt und abgedrückt. Der Blutalkoholwert liegt bei 0,7 Promille. Er hat also etwas getrunken, bevor er starb. Und dieses Getränk war mit Hydroxybuttersäure versetzt.«

»Hydroxy was?« Meo kratzte an einem Pickel.

»GHB, auch Liquid Ecstasy genannt«, antwortete Gina. »Eine Partydroge.«

Ursula Weidenbach nickte. »Wir haben GHB im Blut nachgewiesen, und zwar in einer Konzentration, die mit Sicherheit zur Bewusstlosigkeit geführt hat. Ein Wunder, dass es bei dieser Menge nicht zu einem Atemstillstand gekommen ist.«

»Wie meinen Sie das?«, fragte Dühnfort.

»Ursprünglich war GHB ein Narkosemittel. In Kombination mit Alkohol kann sich die atemdepressive Wirkung potenzieren, bis hin zum Atemstillstand.«

»Wie kommt man daran? Rezeptfrei wird es das sicher

nicht geben und vermutlich nur in Klinikapotheken vorrätig sein.«

»Im Pharmagroßhandel sicher auch«, meinte Alois.

»Und beim Hersteller«, warf Gina ein.

Ursula Weidenbach nahm die silbergefasste Brille von der Nase und legte sie vor sich auf den Tisch. »Ich finde die Wahl des Mittels ausgefallen. Einen dadurch verursachten Todesfall hatte ich noch nicht auf dem Tisch. Für gewöhnlich verwenden es Prostituierte, um Freier zu betäuben und auszurauben. In den Staaten gab es Vergewaltigungsfälle, bei denen die Opfer damit sediert wurden. Aber für einen Mord … In der Szene ist GHB ziemlich out, es ist zu unberechenbar. Die Junkies nehmen heute Fluis, also Flunitrazepam, einen lang wirkenden Tranquilizer.«

»Aber in unserem Fall war es GHB. Wie kommt man da ran?«, fragte Dühnfort.

Ursula Weidenbach setzte die Brille wieder auf. »Es gibt drei Möglichkeiten. GHB findet schon seit den sechziger Jahren wegen massiver Nebenwirkungen keine Anwendung mehr in der Anästhesie. Heute wird es zur Behandlung von Narkolepsie eingesetzt. Die Handelsformen heißen Xyrem und Somsanit. Beide sind rezeptpflichtig. Und Xyrem ist ziemlich teuer. Da kosten zweihundert Milliliter über vierhundert Euro. Möglichkeit zwei: Man geht in den Kunstpark Ost und sucht sich einen Dealer, der Liquid Ecstasy im Sortiment hat. Und am allereinfachsten ist es, wenn man sich ein Lösungsmittel besorgt. Das bekommt man im Handel für chemischen Bedarf. Damit kann man nicht nur Graffiti und Kleberückstände von Etiketten entfernen. Ein paar Tropfen im Drink reichen für eine Betäubung aus. Es gibt Lösungsmittel, die zu beinahe hundert Prozent GBL enthalten, und das wird im Körper zu GHB verwandelt. Der Geschmack wird als salzig bis seifig beschrieben und lässt sich nur durch Getränke mit starkem Eigengeschmack überdecken.«

»Es war also in einem Drink. Vermutlich Whiskey. Als die Wirkung einsetzte, hatte Bertram da keine Möglichkeit mehr zu reagieren?«, fragte Dühnfort.

Ursula Weidenbach schüttelte den Kopf. »Die Wirkung ist zunächst ähnlich wie bei Alkohol. Außerdem wirkt GHB nicht nur entspannend, sondern auch aphrodisierend. Vielleicht hatte Bertram Damenbesuch, und die Frau hatte andere Pläne als Bertram ...« Ursula Weidenbach breitete die Hände aus. »Also, die Wirkung ist bei niedriger Dosierung ähnlich wie bei Alkohol. Mit ein wenig mehr wird man euphorisch, manchmal treten Halluzinationen auf. Eine hohe Dosierung kann zu narkotischem Schlaf führen, aus dem die betreffende Person fast nicht zu wecken ist. Nach drei bis vier Stunden wacht sie aber von selbst wieder auf und fühlt sich frisch und ausgeschlafen. Ab fünf Gramm wird es dann gefährlich. Das anfängliche Glücksgefühl wird durch die sedierende Wirkung verdrängt. Schwindel, Übelkeit, Bewusstlosigkeit und Atemstillstand können die Folgen sein.«

»Gut«, sagte Dühnfort, obwohl er das überhaupt nicht gut fand. »Wieso wurde Bertram nicht gleich damit umgebracht? Das wäre doch einfacher gewesen.«

»Aber nicht absolut sicher, wenn ich das richtig verstanden habe«, meinte Gina. »Der Atemstillstand muss ja nicht eintreten. Und außerdem sollte das ja wohl nach Selbstmord aussehen.«

Alois, der sich Notizen machte, sah auf. »Gibt es schon einen Todeszeitpunkt?«

»In der Nacht von Donnerstag auf Freitag zwischen dreiundzwanzig und zwei Uhr.«

Gina drehte ihren Kugelschreiber zwischen den Fingern. »Nicht gerade die übliche Zeit, um Besuch zu empfangen. Bertram muss seinen Mörder erwartet haben.«

Buchholz sah hoch. »Das denke ich auch. Nichts deutet auf Einbruch hin.«

»Gibt es Spuren an der Waffe?«, fragte Dühnfort.

»Nur die Fingerabdrücke von Bertram.«

»Und sonst?«

»Bis jetzt nichts Besonderes. Etliche Fingerspuren, aber bisher keine Treffer in der Datenbank, was somit bedeutet, dass der Täter Handschuhe getragen hat oder bisher polizeilich nicht in Erscheinung getreten ist. Vielleicht auch beides.«

»Und damit«, sagte Dühnfort, »sind wir bei der Frage nach dem Motiv angelangt. Hängen die beiden Fälle zusammen? War Bertram in den Mord an seinem Vater verstrickt und wurde als unliebsamer Mitwisser beseitigt, oder war er unschuldig, wusste aber, wer seinen Vater umgebracht hat, und wurde zum Schweigen gebracht?«

Gina sah Dühnfort mit gerunzelter Stirn an. »Außer den Spuren im Auto haben wir nichts gegen Bertram in der Hand.«

»Und das getürkte Alibi? Weshalb sollte er sich das sonst besorgt haben? Wir müssen sein Leben durchleuchten, Freunde und Familie befragen, seine ehemaligen Mitarbeiter und seine Auftraggeber. Und vor allem interessiert mich eines: Wer wusste von der Waffe?«

Gina atmete durch und sah in die Runde. »Wir haben wirklich nicht viel gegen Bertram in der Hand ... nachdem ich die Zeugenbefragung von Frau Ullmann versaubeutelt habe, kennen wir jetzt nicht mal den genauen Zeitpunkt des Überfalls.«

»Was ist mit Frau Ullmann?« Alois blickte zu Gina.

Dühnfort sprang ihr bei. »Frau Ullmann leidet an einer beginnenden Demenz und war am 6. Oktober nicht im Wochenendhaus. Ich denke, der Tatzeitpunkt lässt sich trotzdem einigermaßen eingrenzen.« Er blickte zu Ursula Weidenbach.

Alois lächelte säuerlich. »Gibt es im Fall des alten Heckeroth inzwischen eigentlich eine Todesursache?«

Die Rechtsmedizinerin zog einen Bogen Papier aus einem Hefter. »Nur eine Annahme. An äußeren Verletzungen gab es, wie Sie ja wissen, nur die wundgescheuerten Handgelenke und die kleine Platzwunde am Kopf. Eine Vergiftung können wir inzwischen ausschließen. Was übrigbleibt, sind Vermutungen. Ich tippe auf Verdursten. Im Bad war es sehr warm. Wenn er dort längere Zeit an die Heizung gefesselt war, und das sah ja so aus, dann muss man von einer schnellen Dehydrierung ausgehen, die zu einem Kreislaufkollaps geführt hat.«

»Wie lange dauert das?«, fragte Alois.

»In der Wüste geht das ratzfatz in einem Tag, in kühleren Regionen kann es auch acht bis zehn Tage dauern. Aber in dem Badezimmer war es sehr warm. Bei dieser Temperatur und dem direkten Körperkontakt zum Heizkörper gehe ich davon aus, dass Heckeroth nach drei Tagen dehydriert war. Aufgrund des Verwesungszustandes der Leiche bei Auffindung vermute ich, dass der Tod im Laufe des Donnerstags eingetreten ist. Das sind alles Annahmen, nageln Sie mich damit nicht fest.«

»Demnach können wir die Zeitspanne des Überfalls auf Montagabend einundzwanzig Uhr, als Heckeroth das letzte Mal lebend gesehen wurde, bis Dienstag eingrenzen«, sagte Dühnfort. »Etwa vierundzwanzig Stunden?«

»Eher zwölf bis achtzehn«, erwiderte Ursula Weidenbach.

»Dann besorge ich noch die Verkehrsüberwachungsbänder für den Dienstag und halte darauf nach Bertram Ausschau.« Alois kritzelte eine Notiz auf den Block. »Wer nimmt sein Leben unter die Lupe? Gina und ich?«

Dühnfort nickte. »Wenn ihr damit anfangen würdet. Ich bleibe an Sabine Groß dran. Sie war vor etwa zwei Jahren in einen Vorfall verwickelt, bei dem ein Mann mit einem Gürtel an eine Heizung gefesselt wurde. Sind eigentlich die Verbindungsdaten von Bertrams Handy da?«

Meo nickte. »Sind heute Morgen gekommen. Bis Mittag habe ich die ausgewertet. Auf den PCs war übrigens nix Aufregendes, nur Arbeitskram. Die aktuellste Datei ist sechs Wochen alt. Warum da jemand Daten gelöscht hat ...«, Meo zog die Schultern hoch und ließ sie wieder fallen, »keine Ahnung.«

***

Ein anstrengendes Wochenende lag hinter Babs. Zuerst die Entdeckung des Schlüssels, dann die Aussöhnung mit Albert, der am Samstag erst gegen fünf Uhr heimgekommen war. Sie hatte im Arbeitszimmer gesessen, als er die Wohnungstür aufgesperrt hatte, dann hatte sie ein Rumpeln gehört und wie Albert sich bei jemandem bedankte und die Tür wieder schloss.

Mit klopfendem Herz war sie sitzen geblieben. Es würde wieder Streit geben. Sie hatte das metallische Anschlagen des Kleiderbügels an der Garderobe gehört, dann seine Schritte, die sich Richtung Wohnzimmer entfernten. »Babs, Mäuschen?«

Sie mussten das hinter sich bringen. Bestmöglich. »Ich bin in deinem Arbeitszimmer.« Sie stand auf und trat auf den Flur. Flüchtig nahm sie drei Kartons auf dem Boden wahr. Albert kam ihr entgegen. Wieder sah er sie mit diesem unschuldigen Jungenblick an, wie am Donnerstagabend, als er die Rosen mitgebracht hatte.

»Guck doch nicht so böse.« Er umarmte sie. Sie nahm den Geruch nach Rauch und Frittierfett wahr und auch den vertrauten Duft nach Aftershave und gebügelten Baumwollhemden. »Es tut mir leid. Ich hätte das nicht sagen sollen.«

»Wenn du der Meinung bist, ich hätte dir die Kinder angehängt, dann war es höchste Zeit, das mal auszusprechen.« Babs wusste selbst nicht, weshalb sie nun doch auf Konfrontationskurs ging.

»Du glaubst doch nicht wirklich, dass ich dich geheiratet habe, weil Vater das wollte. Verliere ich jetzt auch noch dich?« Seine Stimme klang auf einmal brüchig. Er zog sie an sich und strich ihr die Haare aus dem Gesicht. Die hellen Sprenkel in seinen braunen Augen hatten die Farbe eines nach Regenfällen angeschwollenen Gebirgsbaches angenommen. »Können wir das nicht gemeinsam durchstehen? Ich brauche dich doch, und ich liebe dich.«

Ich bin unmöglich, dachte Babs. Weshalb suchte sie schon wieder Streit? Sie wünschte sich doch nichts mehr als ein friedliches Familienleben und seine Liebe. »Ich dich doch auch.«

Seine Gesichtszüge entspannten sich, die Schultern sanken herab, sein Mund näherte sich ihrem. Sie erwiderte seinen Kuss, froh und erleichtert. Vielleicht war die Klärung ihrer Beziehung das einzig Positive, das sich aus dieser Reihe von schrecklichen Ereignissen ziehen ließ.

Albert löste sich von ihr und lächelte. »Verspätet, aber immerhin.« Er wies auf die Kartons. »Ein Geschenk zum Hochzeitstag. Ein Computer. Den brauchst du doch jetzt für deine Arbeit. Aber die CAD-Software musst du selbst aussuchen. Damit kenne ich mich überhaupt nicht aus.«

Sie wusste nicht, was sie sagen sollte, und starrte auf die Schachteln. Ein warmes Glücksgefühl stieg in ihr auf. Es störte ihn also nicht, dass sie arbeitete, und es war ihm auch nicht gleichgültig. Sie hatte sein Verhalten missverstanden. Wie kam es nur, dass sie Albert so falsch einschätzte, dass sie ihren Mann so wenig kannte?

Albert drängte sie, den Computer sofort auszupacken und im Arbeitszimmer aufzustellen. Als das geschehen war und sie die Kartons wegräumen wollte, lächelte er. »Mäuschen, sieh doch mal die Mausbehausung genauer an.«

»Die Mausbehausung?«

Schmunzelnd gab er ihr die Schachtel der Computermaus. Babs faltete sie auseinander und entdeckte eine kleine Schmuckschatulle. Darin lag eine Platinkette. Schlicht, klare Formen, ganz ihr Stil.

»Verzeihst du mir den versauten Hochzeitstag?«, hatte Albert gefragt. Natürlich hatte sie ihm verziehen, und keine halbe Stunde später hatten sie im Bett gelegen und waren bis Sonntagmittag nicht wieder herausgekommen, bis Babs sich wirklich an den dritten Entwurf hatte setzen müssen. Den hatte sie aber erst jetzt am Montagmorgen, eine Stunde vor der Präsentation, fertiggestellt.

Babs war mit sich zufrieden. Sie schob die Entwürfe in

Hüllen der Präsentationsmappe, zog sich dann um und vergaß nicht, die neue Platinkette umzulegen.

Albert war am Morgen in die Praxis gegangen und würde heute sicher spät kommen. Eine ganze Woche war dort alles liegengeblieben. Nur eine Woche? Es erschien ihr, als sei viel mehr Zeit vergangen. So viel war geschehen.

Dass Bertram sich umgebracht hatte, konnte sie noch immer nicht fassen, und sie war dankbar dafür, dass ihre letzte Erinnerung an ihn positiv war. Er war freundlich gewesen und sogar höflich. Er hatte vom Grillnachmittag erzählt und dabei froh und erleichtert gewirkt. Sowohl über das angenehme Gespräch mit seinem Vater als auch über die Zustimmung, die er endlich einmal von ihm erhalten hatte. *Da hast du verdammt recht, Sohnemann.* Wenn dieser Satz tatsächlich gefallen war, dann hatte Bertram sich bestimmt Hoffnungen gemacht, von Wolfram doch noch das Geld zu erhalten, das er so dringend brauchte. Hatte er darauf gebaut, dass diese Woche Einsamkeit am See in seinem Vater einen Denkprozess in Gang setzen würde, an dessen Ende die erhoffte Hilfe stand? Und dann hatte er das Testament gefunden …

Wie sehr sie auch Gedanken wälzte, am Ende stand die Tatsache, dass Bertram sich erschossen hatte, weil niemand aus der Familie seine Verzweiflung erkannt hatte und niemand geglaubt hatte, dass er Ernst machen würde.

Babs seufzte, fuhr sich durch die Haare und griff nach der Mappe. Sie musste los.

Als sie zehn Minuten später im Verlagsgebäude aus dem Lift trat, waren ihre Gedanken auf die bevorstehende Präsentation gerichtet. Veronika Jäger ging mit ihr in den Konferenzraum. Dort warteten bereits die Graphikerin, die den Artikel layouten sollte, und Carsten Morgenroth. »Hallo, Barbara.« Er stand auf und reichte ihr die Hand. »Ich bin schon gespannt.«

Einen Moment lang hatte sie ein flaues Gefühl in der Magengegend. Doch es gab keinen Grund dafür. Ihre Entwürfe konnten sich sehen lassen. Sie legte die Mappe auf den Tisch, zog den Mantel aus und legte ihn über einen der Stühle. Dann straffte sie die Schultern und schlug die Mappe auf. »Aller guten Dinge sind drei«, begann sie und erläuterte der Reihe nach die Entwürfe.

Es war ihr sogar gelungen, eine Lösung mit einer freistehenden Badewanne zu finden. Aber am originellsten fand sie die preiswerteste Variante, in der sie auf ungewöhnliche Weise Stauraum geschaffen hatte. Das kleine Bad war über drei Meter hoch, und statt die Decke abzuhängen, hatte Babs Körbe aus Schilfgeflecht daruntergehängt, die man über eine Umlenkrolle mit Seilen herablassen konnte. »Für eine junge Frau mit wenig Geld ist das eine praktikable Lösung.«

»Das ist ja total witzig«, sagte Carsten Morgenroth. »So etwas kommt bei unseren Lesern gut an. Echt klasse, Barbara.«

Die Graphikerin nickte bestätigend und skizzierte mit schnellen Strichen die Heftseite auf einen Layoutblock. Veronika Jäger beugte sich über die Zeichnungen. »Die sind hübsch. Wir können sie gleich so verwenden. Was Sie machen und wie Sie es machen, gefällt mir saugut. Ich denke, das ist der Beginn einer langen Zusammenarbeit.«

Babs gelang es nicht, einen gelassenen Gesichtsausdruck zu bewahren. Sie strahlte, als hätte sie einen Design-Award gewonnen. Carsten Morgenroth zwinkerte ihr zu. »Schade, dass du das Studium nicht fertig gemacht hast. Du warst eine der Besten. Andererseits könnten wir uns deine Arbeit sonst sicherlich nicht leisten.«

»Wer weiß? Mir hat es jedenfalls Spaß gemacht.«

Carsten Morgenroth sah auf die Uhr. »Ich schlage vor, ihr besprecht noch den Aufbau der restlichen Seiten und dann gehen wir zum Italiener Mittag essen.«

***

Mit zwei Anrufen brachte Dühnfort in Erfahrung, dass Sabine Groß im Bezirkskrankenhaus Haar untergebracht war. Er wählte die Nummer des Krankenhauses und ließ sich mit der behandelnden Ärztin verbinden. Es meldete sich Dr. Emese Nagy. Er stellte sich vor und fragte, wann er Sabine Groß befragen könne.

»Heute nicht und sicher auch nicht morgen. Es wird Wochen dauern, bis wir sie stabilisiert haben. Und wenn sie so weit ist, dann halten Sie sich bitte im Hintergrund.« Emese Nagy rollte das *R* tief hinten in der Kehle. »Frau Groß befindet sich auf der geschlossenen Abteilung. Sie hat ihr Nachthemd in Streifen gerissen und versuchte sich damit zu erhängen.« Er hörte den Ärger in ihrer Stimme. »Das Auftauchen dieses Fotos, das Sie ihr ohne jede Vorwarnung vorgelegt haben, hat unsere Arbeit von Jahren zunichtegemacht. Aber das muss ich Ihnen nicht erzählen. Die Folgen haben Sie ja unmittelbar zu spüren bekommen.«

»Frau Groß ist schon länger Ihre Patientin? Woran leidet sie?«

»An einer emotional instabilen Persönlichkeitsstörung mit paranoiden Anteilen. Sie ist seit zehn Jahren, mit Unterbrechungen, in Behandlung.« Er hörte ein Seufzen. »Es ist nicht fair, wenn ich meinen Ärger über diesen

Rückfall ganz Ihnen anlaste. Die ersten Anzeichen gab es schon vor einigen Wochen, als Frau Groß Bertram Heckeroth über den Weg gelaufen ist.«

Dühnfort horchte auf. »Wann und wo war das?«

»Vor etwa vier oder fünf Wochen, in einem Café am Wiener Platz. Sie hat ihn unter den Gästen erkannt und sofort das Lokal verlassen.«

»Wie stand sie zu Bertrams Vater, hat sie ihn gehasst?«

»Diese Phase war bereits vorüber, als sie meine Patientin wurde.«

»Aber das Zusammentreffen mit Bertram hat sie beunruhigt?«

»Es hat die Ereignisse von damals wieder aufgewühlt, was die Rückkehr der Schlafstörungen zur Folge hatte. Wir waren gerade dabei, das in den Griff zu bekommen, als Sie ihr das Foto gezeigt haben.« Wieder seufzte die Ärztin. »Haben Sie sonst noch Fragen?«

»Würden Sie mich benachrichtigen, wenn es ihr bessergeht?« Dühnfort gab ihr seine Nummer.

»Ich halte das für keine gute Idee.«

»Ich habe den Mord an dem Mann zu klären, der Ihre Patientin damals vergewaltigt hat, und ich werde allen Hinweisen nachgehen. Das verstehen Sie sicher.«

»Wenn Sie glauben, Sabine Groß hätte damit etwas zu tun, dann irren Sie. Sie richtet ihre Aggressionen gegen sich selbst.«

»Ach ja. Aber nur dann, wenn sie nicht gerade mit Messern ...«

»Das war eine Affekthandlung.«

Dühnfort rang ihr die Zusage ab, ihn zu informieren, sobald Sabine Groß stabil genug für ein Gespräch war. Dann verabschiedete er sich und wählte gleich darauf

Alois' Nummer. »Sabine Groß ist Bertram vor ein paar Wochen über den Weg gelaufen. Sie ist erkennungsdienstlich behandelt worden. Schnapp dir das Foto und zeig es in Bertrams Nachbarschaft herum. Ich will wissen, ob sie ihn getroffen hat.«

Es war beinahe Mittag. Zeit für einen kleinen Imbiss und einen ordentlichen Espresso; beides gab es bei Segafredo am Rindermarkt. Dühnfort zog den Mantel an und verließ das Präsidium.

Ein böiger Wind trieb den Regen durch die Fußgängerzone. Passanten duckten sich unter Schirmen und eilten im Schutz der Kaufhausfassaden dahin. In der Luft lag der Geruch nach erstem Schnee, und tatsächlich erspähte Dühnfort ab und an eine schmelzende Schneeflocke auf dem Asphalt. Er erreichte den Marienplatz, bog in die Rosenstraße ein, passierte das Bronzedenkmal Siggi Sommers, des ewigen Spaziergängers mit Zeitung unterm Arm, und betrat zwei Minuten später das winzige Stehcafé. Drinnen drängten sich die Gäste, froh, diesem Mistwetter kurzfristig entkommen zu sein. Es war warm, und die Luft roch nach feuchten Mänteln.

»Ciao, Tino«, grüßte Marcello, während er einem Gast eine Tasse Cappuccino reichte. »Lange nicht gesehen.« Dühnfort knöpfte den klammen Trenchcoat auf und bestellte einen Espresso doppio und ein Tramezzino mit Mortadella. Vor ihm lag eine Zeitung. Er blätterte darin, legte sie aber wieder beiseite. Die Sache mit Sabine Groß gefiel ihm nicht. Bertram war ihr über den Weg gelaufen, die Erinnerung an die Vergewaltigung und das Scheitern ihrer Anzeige waren wieder an die Oberfläche getrieben. Wer wusste schon, ob das nur Schlafstörungen zur Folge gehabt hatte?

Marcello schob eine dickwandige Tasse über den Tresen und holte eine Dose mit Billingtons Unrefined Dark Muscovado Sugar hervor, den Dühnfort bevorzugte.

»Espresso multikulti.« Marcello bleckte die Zähne.

Dühnfort rührte zwei Löffel des nach Feigen riechenden Zuckers in den Espresso. Allein der Duft war schon belebend. Er schloss die Augen und schlürfte in kleinen Schlucken den tiefschwarzen Sud. Kurz darauf war das Tramezzino fertig. Marcello reichte ihm den Teller. Nach dieser Mahlzeit fühlte Dühnfort sich gestärkt. Er kramte in seiner Geldbörse nach Münzen und schob sie über den Tresen.

»*A domani.*« Marcello jonglierte mit drei Tassen. Dühnfort nickte ihm zu und trat vor die Tür. Es regnete noch immer.

Zurück am Präsidium, holte er sein Auto und machte sich auf den Weg nach Giesing. Als er über die Luitpoldbrücke fuhr, brach die Sonne durch die Wolken. Die Säule mit dem Friedensengel ragte aus dem Rondell dahinter auf, die vergoldete Figur funkelte im Sonnenlicht. Graubraun rauschte die Isar dem nächsten Wehr entgegen, und Dühnfort hatte plötzlich das Gefühl, dass sie sich völlig verzettelten. Sie sammelten hier ein Steinchen ein und dort eines, aber es zeichnete sich kein Muster ab. Die entscheidende Frage war die, ob die beiden Morde miteinander in Verbindung standen, und falls ja, wie Sabine Groß in das Bild passte. Das Handy klingelte. Er meldete sich. Es war Meo.

»Ich bin mit den Verbindungsdaten durch. Vor drei Wochen hat Sabine Groß Bertram auf dem Festnetzanschluss angerufen. War ein kurzes Gespräch. Hat keine Minute gedauert.«

»Gab es nur dieses eine Gespräch?«

»Yes.«

»Danke.« Dühnfort fuhr über den Mittleren Ring in den Stadtteil Giesing. Alex Schimoni hatte dort in der Nähe des S-Bahnhofs im Rückgebäude eines Hauses aus der Nachkriegszeit ihr Powerfrauen-Studio aufgemacht. Er parkte in einer Bucht an der Straße und erreichte durch einen Durchgang den Hinterhof. Auf einer Glastür klebte der neongrüne Schriftzug *Powerfrauen*. Dühnfort trat ein und befand sich in einer Art Foyer, von dem ein Flur und zwei Türen abgingen. Nasse Fußspuren zogen sich über das Linoleum. In einem eimergroßen Schirmständer steckte ein halbes Dutzend Regenschirme. Von irgendwoher drangen Stimmen. Ein Plakat an der Wand listete das Programm auf: psychosoziale Beratung, Rechtsberatung, Scheidungsbegleitung, Mediation und Selbstverteidigung: Karate, Kickboxen, Taekwondo. Der Stuhl hinter der Empfangstheke war verwaist, die Tür dahinter angelehnt. Dort rührte sich etwas. Dühnfort räusperte sich, und eine kunterbunte Frau kam zum Vorschein. Hennarote Dauerwelle, darin ein pinkfarbenes Tuch, grüne Augen, moccabrauner Lippenstift, türkiser Pulli, karmesinroter Rock. »Zutritt für Männer verboten.« Sie wies auf ein Schild an der Theke.

Er reichte ihr seinen Dienstausweis. »Ist Frau Schimoni im Haus?«

Sie warf einen Blick darauf und schob die Karte zurück. »Sie gibt gerade einen Kurs. Der ist aber in ein paar Minuten vorbei.«

»Dann warte ich so lange.«

»Aber bitte im Hof.« Sie zeigte wieder auf das Schild. Im selben Moment setzte ein Platzregen ein. Er trommelte auf das Blechdach, ließ den Durchgang hinter einem grauen Schleier verschwinden und verwandelte den buckligen Asphalt des Hinterhofs in eine Pfützenlandschaft.

»Bei allem Verständnis«, sagte Dühnfort und ging zur Sitzecke, »ich gehöre zu den *good guys*. Wir sind diejenigen, die prügelnde Ehemänner in Gewahrsam nehmen, Ärzte, Psychologen und Sozialarbeiter rufen und auch mal als Taxi zum Frauenhaus unterwegs sind.« Er knöpfte den Mantel auf und setzte sich.

»Soll ich Ihnen vielleicht noch einen Kaffee servieren?«

Dühnfort lächelte. »Danke. Ich hatte gerade einen.« Er griff nach dem Programmheft und blätterte darin.

Irgendwo schlug eine Tür. Das Stimmengewirr wurde lauter und ebbte wieder ab. Alex Schimoni trat aus dem Halbdunkel des Flurs ins Foyer. Dühnfort stand auf und ging auf sie zu. Sie trug eine schwarze Trainingshose und ein Tanktop. In der Hand hielt sie eine Flasche Mineralwasser. An Armen und Schultern traten die Muskeln hervor. »Ach, die Staatsgewalt.« Ein verärgerter Zug erschien um ihren Mund.

»Können wir irgendwo in Ruhe reden?«

»Ich mache jetzt sowieso Mittag«, sagte die bunt gekleidete Frau, schlüpfte in einen grünen Strickmantel, griff nach einem der Schirme und ließ einen Schwall feuchter Luft herein, als sie vor die Tür trat.

»Bitte.« Alex Schimoni ließ Dühnfort den Vortritt in ein karg eingerichtetes Büro. Zwei verschrammte Schreibtische standen sich gegenüber, in Kiefernholzregalen türmten sich Aktenordner. Sie bot Dühnfort den Besucherstuhl neben ihrem Schreibtisch an und setzte sich.

»Sie wissen von dem Suizidversuch?«, fragte Dühnfort.

Alex Schimoni nickte. »Das mit dem Foto war einfach zu viel für sie.«

»Es tut mir leid. Ich hatte keine Ahnung, dass sie es nicht kennt. Aber das haben wir ja schon besprochen. Leider kann ich Frau Groß nicht selbst befragen. Deshalb bin ich hier.«

Alex lehnte sich im Stuhl zurück und verschränkte die Arme. »Sie wollen ihr diesen Mord anhängen, und dabei soll ich Ihnen helfen?«

Eine Welle von Resignation überrollte ihn. Er hatte keine Lust mehr. Was ging ihn dieser ganze Dreck eigentlich an? Warum schmiss er den Krempel nicht einfach hin? Gerechtigkeit war ein unerreichbares Ideal, Wahrheit eine Illusion und er ein lächerlicher Don Quijote. »Ich will mir ein Bild machen. Das ist alles. Es geht auch gar nicht um Heckeroth.«

»Sondern?«

Er berichtete ihr von dem Hinweis aus dem Neuperlacher Krankenhaus und der polizeilichen Befragung des Optikers.

Alex Schimoni erzählte ihm, was damals geschehen war. Sabine Groß hatte gejobbt, nachdem sie das Studium abgebrochen hatte. Mal hier, mal da, meistens als Verkäuferin. Dafür besaß sie ein gewisses Talent. Damals eben bei einem Optiker. »Eines Abends hat sie ihm geholfen, neue Regale aufzubauen, und dabei ist der Kerl mehr als zudringlich geworden. Sabine ist durchgedreht, hat sich das Tapetenmesser gegriffen, das vom Auspacken der Kartons noch herumlag, und ihn am Arm verletzt. Als am nächsten Tag die Polizei auftauchte, ging dem Mann der Arsch auf Grundeis. Der Laden gehörte seiner Frau, und dann rief auch noch Sabine an und sagte, dass sie ihn anzeigen würde. Da hat er den Spieß umgedreht und ihr mit Anzeige gedroht. Er hatte schließlich eine Verletzung als Beweis und sie nichts. Es hat keine zwei

Minuten gedauert, bis er Sabine so weit hatte, dass sie seine Lügengeschichte mitmachte. Toller Deal, oder?«
Alex beugte sich vor.
»Gut, dann wissen wir das. Und was war mit Bertram Heckeroth?«
»Wieso? Was soll mit dem gewesen sein?«
»Sie hat ihn vor drei Wochen angerufen ...«
»Das glaube ich nicht.«
»... nachdem sie ihn zufällig in einem Café getroffen hatte. Das hat sie Ihnen nicht erzählt?«
Alex schüttelte den Kopf.

**

Dühnfort fuhr weiter nach Neuperlach, der Trabantenstadt im Osten Münchens. Das Panorama dieses Hochhausgebirges verschwamm im Dunst und wurde zu einem vagen Gebilde. Wie die Gebäude, Schiffe, Brücken in den Gemälden William Turners schienen auch sie ihre Form zu verlieren, sich einer Utopie gleich in Regenschleiern aufzulösen.

Dühnfort parkte im Einkaufszentrum, verließ es durch den westlichen Ausgang und stand kurz darauf vor dem Haus, in dem Diana Waller wohnte, die Frau mit der Bratpfanne. Seinen Besuch hatte er telefonisch angekündigt, war sich aber nicht sicher, ob sie ihn verstanden hatte, da lautes Kinderlachen im Hintergrund ein Gespräch beinahe unmöglich gemacht hatte. Am Klingelbrett fand er ihren Namen. Zehnter Stock. Durch die offenstehende Haustür gelangte er in ein muffig riechendes Treppenhaus und fuhr mit dem Lift nach oben. Neonlicht beleuchtete den Gumminoppenbelag, auf dem Dühnforts Schritte quietschten. Aus einer Wohnung, an deren Tür ein Aufkleber in Fischform mit der Aufschrift *Waller* klebte, drang Kinderlärm. Dühnfort klingelte. Das Geschrei verstummte. Eine Frau von höchstens fünfundzwanzig öffnete. Sie trug ein Baby auf dem Arm. Dühnfort bemerkte einen Sabberfleck neben der weißen Einfassung ihres marineblauen Pullis. Die blonden Haare waren zu einem Pferdeschwanz zusammengefasst. Hinter ihr lugte ein etwa zweijähriger Junge hervor, der einen gelben Bauarbeiterhelm auf dem Kopf trug und einen Holzhammer in der Hand schwenkte. Dühnfort stellte sich vor.

»Haben Sie gerade angerufen? Tut mir leid wegen des Lärms. Aber wenn ich mit den Kindern nicht auf den Spielplatz kann, haben sie einfach zu viel Energie.« Sie bat ihn herein. Die Wohnung war winzig. Ein enger Flur, in dem Kinderschuhe auf einer Matte in Reih und Glied standen, ein Kinderzimmer, dessen Tür geöffnet war. Auf dem Teppichboden saß ein etwa dreijähriges Mädchen und malte mit Wasserfarben auf einem Bogen Packpapier. Schwarze Locken fielen ihr ins pausbäckige Gesicht. Als Dühnfort vorbeiging, sah sie auf. »Du bist aber kein Zwerg Nase«, stellte sie fest und wandte sich wieder ihrem Bild zu. Diana Waller lachte. »Ich habe ihnen gerade das Märchen vorgelesen«, erklärte sie und sah sich um. »Clara, wo ist denn Sandra?«

»Auf dem Klo. Kacka machen.«

Wie viel Kinder hat sie denn noch?, fragte Dühnfort sich. Die Toilettenspülung rauschte, die Tür wurde geöffnet. Ein blasses Mädchen in grüner Latzhose und buntem Ringelpulli kam hervor. Sie hielt Diana Waller einen Hosenträger entgegen. »Ich kann das nicht zumachen.«

»Könnten Sie vielleicht …« Die junge Frau blickte hilfesuchend zu Dühnfort.

»Wer ist der Mann?«, fragte Sandra.

»Kein Zwerg Nase«, rief Clara kichernd.

Dühnfort ging in die Hocke und hakte die Schließe des Hosenträgers in den Knopf ein. »Aber so gut kochen wie der Zwerg Nase kann ich schon«, sagte er.

Sandra sah ihn nachdenklich an. »Auch die Pistete Susine?«

»Dann will ich aber die Mimi sein«, rief Clara aus dem Kinderzimmer.

»Das Rezept der Pastete Souzeraine kennt doch nur der Zwerg Nase.« Dühnfort erhob sich aus der Hocke.

»Und die Mimi!«, rief Clara.

»Ist die Mimi nicht eine Gans?« Dühnfort war sich nicht sicher.

»Aber nicht in echt.« Clara stand auf, kam in den Flur und blickte tadelnd zu ihm hoch. »In echt ist sie eine Prinzessin.« Sie hob den Zeigefinger und deutete auf ihn. »Und du bist jetzt der Zwerg Nase und backst eine Susine.«

»So, jetzt ist es gut, Clara.« Diana Waller schob das Baby auf den anderen Arm. »Hast du die Prinzessin schon fertig gemalt?« Clara schüttelte den Kopf, nahm Sandra bei der Hand und zog sie hinter sich her ins Kinderzimmer. »Vielleicht ist er ein Prinz«, flüsterte sie Sandra zu und wandte sich kichernd um.

»Das sind nicht alle meine.« Diana Waller sah sich nach dem Jungen um, der noch immer hinter ihr stand. »Hier, der Felix, das ist meiner. Clara, Sandra und Bienchen«, sie strich dem Baby über den Kopf, »sind Kinder von Kolleginnen. Wir wechseln uns mit der Kinderbetreuung ab.« Während sie Dühnfort in das andere Zimmer bat und voranging, erklärte sie, dass sie als Verkäuferin in einem Drogeriemarkt arbeitete. Teilzeit, anders ging das nicht. Und auch das war nur möglich, weil sie sich mit vier Frauen zusammengetan hatte, die ebenfalls im

Einkaufszentrum arbeiteten und wie sie kleine Kinder, aber keinen Betreuungsplatz hatten. »Heute habe ich Pech gehabt. Bis auf Kasper sind alle bei mir. Er hat sich einen Magen-Darm-Virus eingefangen. Eigentlich sollten Clara und Sandra heute bei ihm und seiner Mutter sein, aber das geht natürlich nicht.« Sie bot Dühnfort Platz auf einem blau gemusterten Sofa an, das sich zu einem Bett ausklappen ließ. Ein Korb Bügelwäsche stand neben einem weißen Regal mit abgestoßenen Kanten. Ein paar Bücher, Spielzeug und der Fernseher waren darin verstaut. Die Wohnung wirkte sauber und aufgeräumt, aber die Einrichtung war ärmlich und sah aus, wie auf dem Flohmarkt zusammengekauft. Felix setzte sich auf den Boden, griff nach einem Plastikschraubenzieher und begann, dicke Kunststoffschrauben in eine Platte mit vorgefertigten Löchern zu drehen. »Ich bin ein Bauarbeiter«, erklärte er und schob seinen Schnuller in den Mund. Seine Mutter legte das Baby in einen Kinderwagen in der Ecke und nahm dann in einem Korbsessel Platz.

Dühnfort setzte sich aufs Sofa. »Es geht um Sabine Groß und den Zwischenfall vor zwei Jahren. Ich habe dazu einige Fragen.«

»Sie meinen damals, als mein Freund …« Ihr Blick wanderte zu ihrem Sohn. »Felix, was hältst du davon, ins Kinderzimmer zu gehen?«

»Ich muss aber arbeiten.«

»Du darfst auch die Kekse mitnehmen. Aber Sandra und Clara bekommen auch welche ab.«

Ein Leuchten glitt über das Kindergesicht. Eilig packte Felix sein Werkzeug zusammen und verließ das Zimmer. Dühnfort sah ihm nach, wie er in die Küche verschwand, mit einem Beutel Kekse wieder auftauchte und ins Kinderzimmer ging.

»Wieso interessiert Sie diese alte Geschichte?« Diana Waller reckte die verspannten Schultern.

»Das ist nicht so wichtig. Würden Sie mir einfach erzählen, was sich damals ereignet hat?«

»Das ist ewig her. Aber gut. Wir haben damals in Giesing gewohnt, in der Sozialsiedlung. Ulf war arbeitslos und fand keine neue Stelle. Ich war mit Felix schwanger und habe deswegen meinen Job in einer chemischen Reinigung aufgegeben. Es war mir einfach zu riskant. Das Geld war also knapp und der Frust groß. Ulf hat ziemlich viel getrunken, und an dem Abend, als das passierte, ist er ausgeflippt. Wegen nichts. Er kam heim, von wo auch immer, und es war kein Essen auf dem Tisch. Das Bier war auch alle. Dabei hatte er schon mehr als genug intus. Erst hat er mich angebrüllt, dann geschlagen und getreten. Ich muss um Hilfe gerufen haben, aber daran kann ich mich nicht erinnern. Ich hatte eine Scheißangst wegen dem Kind. Die Bratpfanne stand auf dem Herd. Also habe ich mir die gegriffen und Ulf damit eins übergegeben. Das war genau in dem Moment, als Sabine, die über uns wohnte, die Tür eingetreten hat. Hätte ich ihr eigentlich nicht zugetraut. Und das ist schon die ganze Geschichte.« Diana Waller lehnte sich im Sessel zurück.

»Nicht ganz. Der Teil, der mich interessiert, fehlt noch. Was haben Sie gemacht, nachdem Sabine Groß die Tür eingetreten hat?«

»Wir haben die Polizei gerufen. Das heißt, Sabine hat das gemacht.«

»Als die Polizei kam, war Ihr Freund gefesselt.«

Diana Waller grinste. »Stimmt. Er war kurz ohnmächtig, kam aber schon wieder zu sich. Ich hatte Angst, dass er dann völlig austickt. Sein Gürtel lag am Boden. Mit dem hatte er mich geschlagen. Sabine hat ihm damit die

Hände zusammengebunden. Warum interessiert Sie das nach so langer Zeit eigentlich?«

Dühnfort zuckte die Schultern. »Parallelen zu einem anderen Fall. Hat sie nur die Hände gefesselt?«

Diana Waller zupfte an ihrer Nasenspitze und legte die Stirn in Falten. »Zuerst hat sie den Gürtel zwischen den Rippen des Heizkörpers durchgezogen – das war so ein altes Ding –, damit Ulf nicht aufstehen konnte. Gott sei Dank war die Polizei da, bevor er richtig zu sich gekommen ist.«

»Frau Waller, das ist jetzt wichtig: Wer hatte die Idee, Ulf zu fesseln?«

Sie schüttelte kaum merklich den Kopf. »Ich verstehe zwar nicht … aber es war Sabines Idee. Wie hat sie gesagt? Manche von diesen Scheißkerlen fahren ja voll darauf ab.«

***

Caroline beendete die Eingabe, klappte den Laptop zu und sah auf die Uhr. Geschafft. Die Präsentation war fertig, mit der sie Gilles in zehn Minuten überzeugen würde, den alten Agenturdampfer zu verlassen und auf ein modernes, wendiges Boot zu setzen.

Die Anspannung der letzten Stunden verflog, und mit einem Mal fühlte sie sich müde und ausgelaugt. Das Quäntchen Energie, das sie am Wochenende im Hotel getankt hatte, war bereits verbraucht. Ein richtiger Urlaub würde ihr guttun. Das ging aber frühestens nach der Vorstandssitzung. Eine Woche musste sie noch durchhalten.

Die anderthalb Tage am See waren schön gewesen. Eine Auszeit. Nachts hatte sie in Marcs Armen gelegen und ihm alles Mögliche erzählt; von sich, von Bertram, von der Familie, von ihren Teenagerträumen, nach Afrika zu gehen, aber auch von ihrer Trauer und ihrer Angst, dem Gefühl, als stürze das Haus, in dem sie wohnte, mit ihr ein. Zuerst Mutter, dann Vater, dann Bertram. »Lach mich nicht aus«, hatte sie gesagt. »Ich weiß, es ist eine Plattitüde. Aber wenn ich sterbe, was bleibt? Ein Schrank voll Klamotten und eine tolle Wohnung.«

»Und im Badezimmer eine halbe Parfümerie.« Marc hatte sich enger an sie geschmiegt. Im Halbdunkel hatte sie seine Augen nicht sehen können, aber das Lächeln geahnt, das diese Worte begleitete. Sie hatte die tröstliche Wärme seines Körpers gefühlt und den waldigen Duft seiner Haut eingesogen. »Es liegt bei dir, was du aus deinem Leben machst«, hatte er gesagt, und sie wusste, was er meinte. Aber ein Treueversprechen und ein goldener Ring am Finger waren keine Garantie dafür, nicht doch einsam zu sein. So wie Mutter. Sie hatte einen Mann und drei Kinder gehabt und dennoch mit niemandem ihr Leben teilen können. Was war aus ihrer großen Liebe zu Peter Brandenbourg geworden? Gestern war Caroline spät heimgekommen und hatte nicht weiter in Mutters Tagebuch gelesen.

Allerdings hatte Marc auf andere Weise mit seiner Bemerkung recht. Die Vorstellung, im eigenen Leben Regie führen zu können, entsprach ihrem Naturell. Niemand war unsterblich, auch die sogenannten Unsterblichen nicht. Von ihnen blieb eine Idee, eine Formel, der Name einer Pflanze, ein Buch, eine Oper, ein Theaterstück. Aber sie selbst wurden zu Staub, wie jeder andere auch. Ihre Ziele waren bis vor einer Woche klar definiert gewesen, warum sollte sie diese plötzlich in Frage stellen? Caroline griff nach dem Laptop. Auch wenn Vater es nicht mehr erlebte, er wäre stolz auf sie, sollte sie Vorstand für Marketing und Vertrieb werden. Also auf in den Kampf.

Gilles erwartete sie in seinem Büro in der obersten Etage. Er trug einen dunkelgrauen Maßanzug, ein weißes Button-down-Hemd und dazu eine eisblaue Seidenkrawatte mit limettenfarbenen Streifen. Seine Wangen waren glatt rasiert, das Haar akkurat geschnitten und sein Händedruck wie immer angenehm kühl. »Ich bin schon gespannt, was du mir so kurz vor der Vorstandssitzung noch verkaufen willst.« Er deutete zum Glastisch vor der Fensterfront, auf dem Saft, Wasser und Kekse bereitstanden.

Hört sich an, als wäre ich eine Hausiererin, die ihm ein Zeitschriftenabo andrehen will, dachte Caroline und rief sich sogleich zur Ordnung. Ihre Nerven waren überreizt und sie selbst zu empfindlich. Sie lächelte ihn an. »Unser täglich Brot«, sagte sie. »Es geht nur um Kosten und Nutzen und darum, wie wir das Marketingbudget effektiver einsetzen können.«

Gilles deutete auf einen Stuhl. »Na, dann lass mal hören.«

Caroline nahm Platz und klappte den Laptop mit der Powerpointpräsentation auf, während ihr Vorgesetzter sich ebenfalls niederließ. »So wie es aussieht, wird am Montag Hennings Konzept zur Partnergewinnung beschlossen werden. Das entzieht unserem Budget beträchtliche Mittel, die wir für eine erfolgreiche Markteinführung der Herbstpralinen benötigen«, begann Caroline. Sie hatte bewusst die Formulierung *wir* gewählt, um Gilles von Anfang an im Boot zu haben. Im Laufe von nur fünf Minuten unterbreitete sie ihm die neue Planung, mit der es ihr gelang, das bestehende Budget sowohl für eine Produktkampagne als auch zur Franchisepartnergewinnung zu nutzen.

Auf Gilles' Stirn baute sich ein Faltengebirge auf. Er

legte sein Kinn auf die aufgestützten Hände und musterte sie fragend. »Das sind beeindruckende Zahlen. Aber wie willst du unsere Agentur auf diese Preise bringen?«

»Gar nicht. Ich habe einen Rohdiamanten entdeckt. Eine kleine Agentur, die im Bereich Corporatedesign bereits reihenweise Preise eingesackt hat und ...«

»Wir brauchen keine Designagentur, sondern gestandene Werber«, unterbrach Gilles sie.

»Diese Agentur erweitert gerade ihr Spektrum und hat bereits ein neues Team an Bord. Der Artdirector kommt von Sventen & Campman. Er hat Erfahrung in der Lebensmittelbranche, und es gibt bereits erste Ansätze ...«

»Du hast dir eine Menge Arbeit gemacht«, unterbrach Gilles sie erneut. »Aber wir werden kein Risiko durch einen Agenturwechsel eingehen. Wir arbeiten seit Jahren erfolgreich mit *adhoc* zusammen. Man kennt uns dort, kennt den Markt und unsere Zielgruppen. Die Agentur hat bisher erstklassige Arbeit abgeliefert, und es gibt keinen Grund, sie vor die Tür zu setzen.«

»Aber dann müssen wir die Kampagne für die Herbstpralinen eindampfen, und zwar derart, dass man uns auf dem Markt nicht wahrnehmen wird.«

Gilles erhob sich. Ein Zeichen dafür, dass die Unterredung beendet war. »Mach dir keine Sorgen. Ich habe am Wochenende mit Jacques gesprochen. Er hat nicht vor, Henning bei der Vorstandssitzung zu unterstützen. Er mag Franchisenehmer nicht. *Lauter kleine Unternehmer, die uns ständig ans Bein pinkeln werden*, hat er gesagt.«

Caroline war verblüfft und verärgert. Sie hätte sich eine Menge Arbeit sparen können. Seit wann funktionierte der Buschfunk nicht mehr? Vor allem der, der aus dem Vertrieb kam? Allerdings war Gilles mit Jacques Kerity befreundet. Wenn er das sagte ...

Er brachte sie, ganz Gentleman, zur Tür. Sicher war auch er erleichtert darüber, dass Hennings Pläne sich zerschlagen würden, überlegte Caroline, als sie die Treppen zu ihrem Büro hinunterstieg. Gilles wollte im Herbst in den Aufsichtsrat wechseln, und dafür benötigte er seine Erfolgsstory. Ein Agenturwechsel wäre bei dem schmalen Budget nicht zu vermeiden gewesen, hätte Henning sich durchgesetzt. Und ein Wechsel konnte zu Reibungsverlusten führen oder sich sogar als Fehlentscheidung erweisen. Solche Risiken wollte Gilles sicher nicht eingehen.

Als Caroline zurück ins Büro kam, fragte Tanja Wiezorek, ob sie Feierabend machen könne. Es war schon nach fünf Uhr. Caroline nickte, und dann fiel ihr Marcs Bemerkung ein. Sie hatte sich noch gar nicht bedankt, und möglicherweise gab es die Hintergedanken gar nicht, die Caroline ihrer Sekretärin unterstellt hatte. »Das Büchlein, das Sie mir geschenkt haben ... das war ganz reizend von Ihnen.« Irgendwie stimmte der Tonfall nicht, aber sie konnte es nicht besser.

Im Gesicht von Tanja Wiezorek ging die Sonne auf. »Gefällt es Ihnen? Das freut mich. Hoffentlich hilft es auch ein wenig.«

Eine halbe Stunde später packte Caroline ihre Sachen zusammen und fuhr nach Hause. Ihre Wohnung war kühl und still und von grauem Zwielicht erfüllt. Caroline schaltete alle Lampen an, drehte die Heizung hoch und legte Christian Brandenbourgs CD in den Player. Als der erste Satz des *Frühlings* erklang, schlüpfte sie aus Mantel und Schuhen und ging in die Küche. Der Kühlschrank war beinahe leer. Ein Stück Camembert, eine angebrochene Flasche Rotwein. Aus dem Tiefkühlfach holte sie ein Baguette und schob es in die Mikrowelle. Während es auftaute, ging sie ins Schlafzimmer und wechselte den

Hosenanzug gegen Jeans und Pulli. Dann nahm sie das Tagebuch vom Nachtkästchen.

Fünf Minuten später saß sie mit einem Käsebaguette und einem Glas Wein auf dem Sofa und lauschte der Musik. *Göttlich*. So hatte Mutter Christian Brandenbourgs Spiel beschrieben. Aber der zweite Satz des *Frühlings* war kalt und spröde. Caroline griff nach der Fernbedienung und wählte den *Sommer* aus. Die Musik klang nun warm und behaglich, wie ein leichter Regen, der auf Blumen und Wiesen fiel und vom einsetzenden Wind durch Bäume und Sträucher gejagt wurde. Plötzlich fühlte Caroline ein unerklärliches Unbehagen in sich aufsteigen. Sie griff nach dem Glas, trank einen Schluck Wein und öffnete Mutters Tagebuch. Als sie die Stelle gefunden hatte, an der sie zu lesen aufgehört hatte, blätterte sie weiter. Auf der folgenden Seite standen nur drei Worte. Sie trafen Caroline wie ein Schlag. *Peter ist tot!*

***

Auf dem Rückweg zum Präsidium stattete Dühnfort seiner Bank einen Besuch ab. Ein Formular, eine Unterschrift und der Bausparvertrag war gekündigt; das Guthaben würde demnächst seinem Girokonto gutgeschrieben. Mit diesem Grundstock für ein eigenes Haus, von dem er bisher geträumt hatte, ebenso wie von einer Frau und Kindern, die ihn abends, wenn er von der Arbeit nach Hause kam, darin erwarten würden, mit diesem Geld also würde er nun das Boot bezahlen. Es wird nichts mit dem Spießerleben, dachte er, und der Gedanke an das Boot erfüllte ihn mit einer unerklärlichen Sehnsucht. Vielleicht war es das, was er eigentlich suchte. Eine Weite, die es in Bayern nicht gab, Raum, in dem man Blicke und Gedanken schweifen lassen konnte.

Vom Auto aus rief er Caroline Heckeroth an und fragte, ob er sich mit ihr über Sabine Groß unterhalten könnte.

»Wegen des Bildes in Vaters Album? Da kann ich Ihnen sicher nicht weiterhelfen.«

»Nicht deswegen. Ich will mir ein Bild von ihr machen.«

»Da sind Sie bei mir an der Falschen. Ich habe Sabine seit mehr als zwanzig Jahren nicht gesehen, nachdem sie das Studium gleich im ersten Semester abgebrochen hatte.«

Dühnfort dankte ihr und fuhr zu Katja Rists Galerie. Sie war geschlossen. Durch die Fenster sah er jedoch, dass im Büro Licht brannte, und klopfte. Kurz darauf erschien Bertrams Exfrau im Verkaufsraum. Sie ließ ihn ein, bot ihm Platz auf dem Sofa an und holte sich vom Schreibtisch einen Becher Tee.

»Sagt Ihnen der Name Sabine Groß etwas?«, fragte er.

Sie schüttelte den Kopf. »Wer ist das?«

»Eine ehemalige Studienkollegin von Caroline. Sie hat Bertram vor ein paar Wochen hier in der Nähe in einem Café getroffen und ihn wenigstens ein Mal angerufen.«

»Bertram hat mir nichts davon erzählt. Aber wir sind ja geschieden und haben uns nicht häufig gesehen.« Mit einer müden Geste fuhr sie sich mit beiden Händen über das Gesicht. »Als Bertram mich gebeten hat, für ihn zu schwindeln, da hat er mir versichert, dass er mit dem Tod seines Vaters nichts zu tun hat. Er hat mich nicht angelogen. Er war es nicht.«

»Wenn er gesagt hätte, dass er es war, hätten Sie ihm dann ein Alibi gegeben?«

Sie legte die Hände um den Becher und starrte hinein.

»Sehen Sie«, sagte Dühnfort. »Wir vermissen sein Handy und seinen Laptop. Sind die Sachen zufällig bei Ihnen?«

Wieder schüttelte sie den Kopf. »Ohne Handy war Bertram nur ein halber Mensch. Er hatte es immer bei sich. Wenn es weg ist, dann hat es sicher jemand gestohlen. Ist ja auch ein ziemlich teures Stück mit Bluetooth, WLAN, Foto- und Videofunktion. Und der Laptop«, sie hob die Schultern und ließ sie wieder sinken, »der stand eigentlich immer im Büro. Den hat er so gut wie nie durch die Gegend geschleppt.«

»Wissen Sie, ob Bertram gelegentlich Drogen genommen hat?«

»Wie kommen Sie auf die Idee? Manchmal hat er einen Whiskey getrunken oder ein Glas Wein oder Champagner. Aber nie wirklich viel, und vor allem hat er keine Pillen eingeworfen oder irgendwas gekifft.« Eine steile Falte bildete sich an ihrer Nasenwurzel.

»Wussten Sie von der Pistole?«

»Ja, klar. Er hat ja jedem davon erzählt. Das war eine seiner spannenderen Storys. Wenn er die zum Besten gab, dann hingen die Leute an seinen Lippen. Er war ein begnadeter Geschichtenerzähler.« Für einen Moment huschte ein Leuchten über ihr Gesicht.

»Können Sie mir eine Aufstellung machen, wer von der Waffe wusste?«

Das Leuchten verschwand und wich einem besorgten Ausdruck. »Ihre Fragen ... das macht doch nur Sinn ... Bertram hat sich nicht selbst erschossen, oder?«

Dühnfort bestätigte diese Vermutung. Danach saß sie einen Moment wie versteinert da und starrte an die Wand. Er sah das Räderwerk, das hinter ihren Augen lief, sah, wie Zahn in Zähnchen griff.

»Aber wer tut so etwas und warum? Er hatte keine Feinde. Klar, Streit schon. Hin und wieder ... Er muss etwas gewusst haben.« Sie atmete aus und stellte den Becher ab. »Bertram war am Mittwoch bei mir. Er hat irgendwas von einem Auftrag gefaselt, was ganz Großes. Ich habe, ehrlich gesagt, nicht genau aufgepasst. Solche Geschichten hat er schon früher erzählt, und immer war es heiße Luft. Aber dieses Mal war er irgendwie anders. Er hat gelacht ... und wie hat er gleich gesagt? ... *Auch ein blindes Huhn findet mal ein Korn.* Dabei hat er sein Handy in die Luft geworfen und wieder aufgefangen ... da hat er es also noch gehabt.«

Das Handy. Es verfügte über eine Foto- und Videofunktion. War es deshalb verschwunden? Hatte Bertram damit Aufnahmen gemacht, mit denen er jemanden erpresste?

Dühnfort verabschiedete sich, fuhr ins Präsidium und suchte Meo auf. Der saß in einem halbdunklen Raum hinter einer Reihe von Monitoren. Nur das Geräusch der Lüfter und das Klappern der Tastatur waren zu hören. Im Schein der Bildschirme wirkte Meos Gesicht bleich, als sei ihm übel. Er drehte sich um, als er Dühnfort bemerkte, und bot ihm einen der Energieriegel an, ohne die er anscheinend nicht lebensfähig war.

Dühnfort lehnte dankend ab und fragte, ob es nicht doch eine Möglichkeit gab, Bertrams Handy zu orten.

»Nur wenn es eingeschaltet ist.«

Dühnfort hatte es mehrfach versucht und jedes Mal die Bandansage zu hören bekommen, dass der Teilnehmer vorübergehend nicht erreichbar sei.

Meo schob ihm die Liste mit den Verbindungsdaten über den Tisch. Dühnfort studierte die Aufstellung. Bis auf den Anruf von Sabine Groß vor drei Wochen fielen ihm keine Besonderheiten auf. Siebenundvierzig Sekunden. Was konnte man in so kurzer Zeit besprechen? Hatten die beiden ein Treffen vereinbart, weil häufige Telefonate vielleicht zu riskant waren?

Eines war jedenfalls seit heute Mittag klar. Sabine Groß hatte entweder damals mitbekommen, dass Heckeroth sie mit einem Gürtel gefesselt hatte, oder sie kannte das Foto doch. *Manche von diesen Scheißkerlen fahren ja voll darauf ab.* Diese Bemerkung von ihr wäre sonst Zufall. Und Dühnfort glaubte nicht an Zufälle.

Dienstag, 21. Oktober

Gegen vier erwachte Dühnfort aus unruhigem Schlaf. Er lag im Dunkeln und ließ zu, dass seine Gedanken das Gewicht des Sechzehntonnensteins aus Monty Python's *Flying Circus* annahmen. Kurz nach halb fünf wälzte er sich aus dem Bett und ging unter die Dusche. Die Gedanken wurden klarer, die Laune aber nicht besser. Etwas beunruhigte ihn, hinderte ihn daran zu frühstücken und trieb ihn aus dem Haus.

Es war dunkel und still. In der Lichtinsel der Straßenlaterne fing sich sein Atem; frostkalt umschlang ihn die Nacht. Seine Schritte hallten auf dem Pflaster nach. An der Müllerstraße tauchten die ersten Scheinwerfer auf und dann ein Auto, das aus der langgezogenen Kurve kommend Richtung Sendlinger Tor fuhr. Er ging weiter über den Oberanger zur Blumenstraße und erreichte den Viktualienmarkt.

Lieferfahrzeuge parkten am Straßenrand und in den Gassen zwischen den Verkaufsbuden. Stimmen hallten über den Platz. Im Licht der Laternen beluden Händler und Fahrer Sackkarren mit Obst- und Gemüsekisten, platzierten Eimer, gefüllt mit Dahlien, Astern und Chrysanthemen auf Stellagen, wuchteten Kartons voller Schinken, Schwarzgeräuchertem, Presssack und Sülze auf Gehwege.

Dühnfort erreichte die *Schmalznudel*, schob die dunkle Holztür auf und trat in den Gastraum. Wie immer um diese Zeit herrschte drangvolle Enge. Standlbesitzer und Marktfrauen tranken eilig ihr Haferl Kaffee; Nachtschwärmer ließen die Nacht bei einem Piccolo und der obligatorischen *Auszog'nen* ausklingen. In der Luft hing der Geruch von heißem Butterschmalz, Kaffee und frischen Brezen, vermischt mit dem Dunst von Schweiß und den Nuancen teurer Parfums, die sich im Gleichklang mit der schwindenden Nacht verflüchtigten. An einem Tisch mit Blick auf den Markt war noch ein Platz frei. Dühnfort setzte sich zu einem ergrauten Paar in Abendkleid und Abendanzug, das sich über eine Othello-Aufführung unterhielt, und bestellte ein Haferl Kaffee. Ihr Make-up war verblasst, sein Gesicht gerötet. »A rechter Schmarrn war's«, sagte er und spülte seine Worte mit Sekt hinunter. »So teure Karten und so a G'schrei.«

Dühnfort sah aus dem Fenster. Ein Mann in Lederhosen und weißem Kittel entlud Spankörbe voller Steinpilze, Pfifferlinge und Maronen. Dühnfort dachte an ein Risotto. Sein Kaffee wurde gebracht; er war heiß und stark. Nachdem Dühnfort ihn getrunken hatte, fühlte er sich besser. Er zahlte und ging.

Um Viertel vor sechs schloss er die Tür zu seinem Büro auf und schaltete das Licht ein, das flackernd anging. Auf seinem Schreibtisch lag der Schlussbericht von Wolfram Heckeroths Autopsie, der keine neuen Erkenntnisse barg. Auch Buchholz hatte einen Stapel Papier in der Ablage hinterlassen. Dühnfort griff danach und arbeitete sich voran, bis gegen Viertel nach acht Gina anklopfte und den Kopf zur Tür hereinsteckte.

»Caroline Heckeroth hat mich gerade angerufen. Sie wollte wissen, ob es stimmt, dass Bertram nicht Selbstmord begangen hat. Es war doch in Ordnung, dass ich das bestätigt habe?«

Ganz glücklich war Dühnfort darüber nicht. Er zog es vor, sich möglichst lange bedeckt zu halten. Aber schließlich hatte er selbst Bertrams Exfrau davon in Kenntnis gesetzt. Also nickte er. »Natürlich.«

»Ach. Ehe ich es vergesse. Meine Mutter lässt dich grüßen. Du bist jederzeit willkommen.« Gina grinste. »Und außerdem könnte sie deinen Rat gebrauchen.«

Er hatte sich wohl gefühlt in Ginas Wohngemeinschaft. Die Vorstellung, in dieser Runde willkommen zu sein, war wie das Eintreten in ein warmes Zimmer an einem kalten Wintertag. »Rat oder eher tatkräftige Unterstützung?«, fragte er schmunzelnd.

»Vorerst einen Rat.« Gina ließ sich auf den Besucherstuhl plumpsen. »Sie hat vor zwei Monaten ihren Job verloren. Seither betätigt sie sich als Haushälterin, Putzfrau, Köchin. Ständig wirbelt sie in der Wohnung rum. Sie wäscht sogar die Sachen von meinen Mitbewohnern.« Gina verdrehte die Augen. »Einerseits ist das ja ganz angenehm … Also. Sie will Rindsrouladen machen und hat keine Ahnung, wie sie dazu eine Soße hinkriegen soll.«

»Sie muss nur den Fond mit Rotwein ablöschen und einkochen. Dann etwas Sahne unterrühren und mit Salz und Pfeffer abschmecken. Fertig.«

Gina lächelte. »Ich werde es ihr gleich ausrichten.«

»Habt ihr etwas über Bertram herausgefunden?«, fragte Dühnfort.

»Eine Nachbarin hat Sabine Groß erkannt. Vor etwa vier Wochen stand sie vor Bertrams Haus. Sie hat nicht geklingelt, nur geguckt. Nach einer Weile ist sie Richtung Straßenbahnhaltestelle davongegangen.«

Dühnfort lehnte sich zurück und verschränkte die Hände im Nacken. Sabine Groß hatte also Kontakt zu Bertram gesucht. Weshalb? »Kannst du nicht mal mit ihrer Ärztin reden? So von Frau zu Frau?« Dühnfort notierte Namen und Nummer von Emese Nagy. »Vielleicht ist sie bei dir gesprächiger als bei mir. Ich wüsste gerne, ob Sabine Groß in der Nacht von Donnerstag auf Freitag schon in der geschlossenen Abteilung war. Wenn möglich, bestehe darauf, sie zu befragen. Und zeigt ihr Bild auch im Haus am Kurfürstenplatz rum. Vielleicht hat sie ja auch Heckeroth senior aufgesucht.«

»Okay. Wird erledigt.«

»Bertram hatte ein Fotohandy, außerdem hat er seiner Frau gegenüber eine seltsame Bemerkung gemacht. Möglicherweise hat er jemanden erpresst.«

»Was er wohl fotografiert hat?« Gina zupfte an ihrem Ohrläppchen. »Vielleicht ist deshalb der Laptop weg. Falls Bertram Kopien der Bilder darauf gespeichert hat, war es sinnvoll, den verschwinden zu lassen …«

»… und die PCs waren zu unhandlich, um sie mitzunehmen. Deshalb wurden die Festplatten gelöscht«, vollendete Dühnfort Ginas Gedankengang. »Glück für Bertrams Mörder, dass nichts Verdächtiges drauf war.«

»Genau. Aber wie passt da Sabine ins Bild? Vielleicht haben sie gemeinsame Sache gemacht. Also, ich bleib an ihr dran. Gibt's heute eigentlich noch ein Meeting?«

Dühnfort sah auf die Uhr. Sie mussten ihre Ergebnisse zusammentragen, prüfen, wo sie in diesen Ermittlungen standen. »Sagen wir, um zwei.«

Doch schon gegen zehn Uhr beschlich ihn die alte Angst wieder. Die Angst, etwas zu übersehen. Sie trieb ihn aus dem Haus und an den Kurfürstenplatz.

* * *

Dühnfort betrat die Kinderarztpraxis, um sich den Schlüssel zur Wohnung geben zu lassen. Das Wartezimmer war leer, die Sprechstundenhilfe saß hinter dem Tresen und blickte vom PC auf, als er eintrat. Er fragte nach Albert und erfuhr, dass der *Herr Doktor* auf einer Fortbildung war.

Dühnfort dankte für die Auskunft und holte sich bei Frau Kiendel den Schlüssel. Zwei Minuten später war er in der Wohnung. Auf dem Esstisch stand ein alter Filmprojektor, einige beschriftete Filmrollen lagen daneben. *Sommer 1967 auf der Alm, Picknick an der Isar, Alberts erster Skikurs, Oktoberfest 1971, Kreta 1972.* Auf der Anrichte stapelten sich Fotoalben. Hatte Albert hier in der Vergangenheit geschwelgt?

Dühnfort durchsuchte die Wohnung, ohne zu wissen, was er zu finden erwartete. Im Schlafzimmer räumte er die Wäsche aus der Kommode, in der er das Album gefunden hatte, dann nahm er sich den Kleiderschrank und das Nachtkästchen vor. Die Polaroidkamera lag in der Schublade. Im Arbeitszimmer studierte er die Rücken der Ordner im Regal, zog den mit der Aufschrift *Rechnungen* hervor und blätterte ihn flüchtig durch. Quittungen für alles Mögliche waren fein säuberlich auf weiße Blätter geklebt und in Klarsichthüllen abgeheftet.

Er schob den Ordner zurück und stellte sich ans Fenster. Eine Straßenbahn hielt unten am Platz. Was hatte Bertram gewusst? Wo war das Bindeglied zum Mord an seinem Vater und zu der zwanzig Jahre zurückliegenden Vergewaltigung von Sabine Groß? Oder hielt er die losen Enden von Fäden in der Hand, die niemals miteinander verbunden gewesen waren?

Eine halbe Stunde später trug er den Schlüssel wieder nach oben zu Frau Kiendel und fragte, ob er ihr einige Fragen stellen könne.

»Sicher.« Sie bat ihn in das Wohnzimmer, einen kleinen Raum mit schrägen Wänden und einem Gaubenfenster. Üppig. Das war das Wort, das Dühnfort durch den Kopf schoss, als er diese überbordende Pracht sah: wallende Gardinen und dicke Vorhänge, deren Stofffülle von Quasten zur Seite gerafft wurde; Tischchen mit Deckchen, ein sprungbereiter Gepard aus Messing auf der Anrichte, Giraffen aus Holz als Buchstützen, ein Strauß Seidenblumen, der aus einer goldverzierten Kristallvase quoll.

Frau Kiendel bot ihm Platz auf einem weinroten Plüschsofa an und setzte sich in den Sessel gegenüber. Noch immer lag ein angespannter Zug um ihren Mund, zeigten sich Sorgenfalten auf der Stirn. »Wie geht es Ihrer Tochter?«, fragte Dühnfort.

Sie ließ die Hände in den Schoß fallen. »Unverändert. Ich besuche sie nachher und lese ihr vor. Vielleicht erkennt sie ja meine Stimme.«

»Ich will Sie auch nicht lange aufhalten. Aber ich möchte mir ein Bild von der Familie Heckeroth machen. Sie haben sie ja gut gekannt. Verstanden Albert und sein Vater sich wirklich so gut, oder gab es doch manchmal Streit?«

»Zwischen den beiden? Nie. Herr Heckeroth war sehr stolz auf Albert. Das findet man ja selten, dass der Sohn sich den Vater zum Vorbild nimmt. Das Einzige, was mich manchmal gewundert hat, war, dass sein alter Herr immer an erster Stelle stand. Also eigentlich sollten Frau und Kinder vorgehen, meine ich. Aber sein Vater musste bloß rufen, und schon sprang Albert. Streit gab es nur mit Bertram. Nicht, dass Herr Heckeroth mir das gesagt hätte, er war sehr darauf bedacht, was die Leute redeten, aber trotzdem habe ich so einiges mitbekommen. Und mit Elli, also Frau Heckeroth, habe ich mich gut verstanden, die hat manchmal aus dem Nähkästchen geplaudert. Bertram war das Sorgenkind. Der ständige Ärger mit ihm hat sicher auch dazu beigetragen, dass sich der Krebs bei Elli so schlimm entwickelt hat. Sie war ja oft wochenlang im Krankenhaus und auf Reha. Und nun hat Bertram sich erschossen. Das kann ich gar nicht glauben. Ich hätte eigentlich gedacht, dass er dafür zu feige ist.«

Die Neuigkeit über Bertrams Todesumstände war also noch nicht bis zu ihr vorgedrungen.

Sie unterbrach ihren Redefluss und blickte auf die Uhr. »Ehrlich gesagt hat es mich gewundert, dass er vorletzten Montag angerufen hat, weil er sich Sorgen um seinen Vater machte.«

»Bertram hat Sie an dem Montag angerufen, an dem Herr Heckeroth tot aufgefunden wurde?«

Die Locken wippten, als sie nickte. »Am Nachmittag. Er konnte ihn telefonisch nicht erreichen. Deshalb hat er mich gefragt. Mit Albert und Caroline war er ja über Kreuz. Er dachte, es sei etwas passiert und sein Vater vielleicht im Krankenhaus. Da sind Sie nicht der Einzige, der sich sorgt, habe ich gesagt. Ich hatte ja schon in der Früh deswegen Albert angesprochen. Aber der hatte natürlich in der Praxis zu tun.«

Dühnfort hörte den leichten Tadel in ihrer Stimme. Er dankte Frau Kiendel und stand auf. Als er das Wohnzimmer verlassen wollte, fiel sein Blick auf eine gerahmte Fotografie, die neben einem Kerzenleuchter aus Kristall auf einem der Tischchen stand. Merde, schoss es ihm durch den Kopf, während Informationen an neue Plätze rückten und so einer weiteren Möglichkeit Gestalt gaben. Dühnfort starrte auf das Bild. Eine mollige junge Frau mit verträumten Augen und dunklem Haar. »Ist das Ihre Tochter?«

Loretta Kiendel nickte, griff nach dem Bild und betrachtete es versonnen.

»Wie alt ist sie, und wann ist der Unfall passiert?«

»Siebzehn, bald achtzehn.« Frau Kiendel löste den Blick vom Foto und sah Dühnfort an. »Es war am Montag gegen Mitternacht. Dabei hatte ich ihr doch verboten, so lange auszubleiben.«

Kind, hat sie gesagt, dachte Dühnfort. Das Kind hatte den Helm nicht auf. Das ist eine junge Frau. »Welcher Montag? Doch nicht der 6. Oktober?«

Frau Kiendel musterte ihn besorgt. »Doch. Warum interessiert Sie das plötzlich?«

Er schüttelte den Kopf. »Es ist nichts. Können Sie mir den Schlüssel wieder geben? Ich muss doch noch mal in die Wohnung.«

Heckeroths Putzfrau holte ihn vom Bord. Dühnfort verabschiedete sich und stieg wieder hinunter in die Wohnung.

Im Arbeitszimmer sah er sich um. Sein Blick fiel auf den PC, den er am vergangenen Mittwoch gestartet hatte. Natürlich. Deshalb war er mit einem Passwort geschützt. Aber bisher hatte Dühnfort nirgends eine Digitalkamera gesehen. Er nahm den Rechnungsordner aus dem Regal und blätterte, bis er die Quittung fand. Vor beinahe zwei Jahren hatte Heckeroth sich eine Digicam gekauft. Systematisch durchsuchte er das Arbeitszimmer, fand aber nur den Speicherchip für die Kamera in einer Schublade. Dann rief er Meo an und bat ihn, zu kommen und einen Transportkarton für den Computer mitzubringen.

Am Fenster stehend, starrte er hinunter auf den Platz. Natürlich wäre Heckeroth nicht das Risiko eingegangen, dass seine Putzfrau Fotos ihrer Tochter bei ihm fand. Er konnte sie also nicht in das Album kleben oder in einer Schublade verstecken. Wirklich sicher vor ungewollten Blicken waren sie nur in einem passwortgeschützten PC.

Dühnfort wandte sich vom Fenster ab und setzte sich auf den Stuhl hinter dem Schreibtisch. Es war nur ein Gefühl, eine Ahnung, die ihn bei Betrachtung des Bildes erfasst hatte. Franziska Kiendel entsprach Heckeroths Frauentyp. Dühnfort konnte sich nicht vorstellen, dass ein junges Mädchen sich in einen Zweiundsiebzigjährigen verliebte. Die Macht der Worte oder die Macht des Geldes? Oder hatte er womöglich zum selben Mittel gegriffen wie bei Sabine Groß? Aber noch war das eine Vermutung. Er wollte Gewissheit. Wenn sich sein Verdacht bestätigte, dann hatte Franziska Kiendel möglicherweise ein Motiv.

Das Klingeln an der Wohnungstür riss ihn aus seinen Gedanken. Er ließ Meo ein, der einen Transportkarton in den Flur stellte. Die langen Haare quollen unter dem schwarzen Basecap hervor, das er mit dem Schild nach hinten trug. Sweatshirt und Jeans waren wie immer drei Nummern zu groß. »Und wo ist das Schätzchen?«

Dühnfort ging voran ins Arbeitszimmer. »Der Rechner ist passwortgeschützt. Kannst du ihn knacken?«

Meo zuckte die Schultern. »Dürfte nicht allzu schwierig werden. Ist das alles?«

»Nein. Vermutlich sind darauf Fotos abgespeichert, die denen an unserer Pinnwand ähnlich sind. Und sieh dir auch die Flashcard an.« Er reichte Meo den Speicherchip.

»Okay.« Meo steckte die Karte in die Hosentasche, packte den Rechner in die Kiste und ging.

Dühnfort stellte sich wieder ans Fenster und versuchte, das lose Ende eines Gedankens zu fassen zu bekommen.

Von Anfang an hatte bei dieser Ermittlung die unglaubliche Grausamkeit der Tat im Mittelpunkt gestanden. Wer war fähig, über Tage hinweg mit dem Wissen zu leben, dass ein Mensch langsam und qualvoll starb, ohne zur Besinnung zu kommen, die Tat abzubrechen, dem ein Ende zu machen? Was aber, wenn der Täter dazu nicht in der Lage war? Vielleicht war Heckeroths Tod nie beabsichtigt gewesen, sondern das tragische Ergebnis eines Verkehrsunfalls. Ein unachtsamer Moment eines Führerscheinneulings hatte möglicherweise nicht nur Franziska die Gesundheit gekostet, sondern Wolfram Eberhard Heckeroth das Leben.

* * *

Babs nahm die Post aus dem Briefkasten und ging nach oben. Sie kam von einem Mittagessen mit Carsten. Gegen zehn hatte Veronika Jäger angerufen und gefragt, ob Babs rüberkommen könnte, um die Detailplanung für die Badvariante mit den hochgezogenen Körben zu besprechen. Denn Carsten Morgenroth hatte entschieden, diese Lösung im Studio aufbauen und fotografieren zu lassen.

»Bisher mussten unsere Leser sich mit Illustrationen begnügen. Sie dürfen sich gebauchpinselt fühlen«, sagte Veronika und bot ihr dann das *Du* an. Natürlich fühlte Babs sich geschmeichelt.

Zwei Stunden später verließ sie die Redaktion. Im Lift traf sie Carsten, der sie zum Mittagessen einlud. Während sie beim Italiener Saltimbocca aß, fragte er, wie es ihr ginge. Beinahe kam es ihr vor, als horche er sie ein wenig aus. Sie wollte Berufliches nicht mit Privatem vermischen und erzählte nichts von Wolfram und Bertram, und er war taktvoll genug, nicht danach zu fragen. Beim Dessert machte er eine Anspielung auf den Sommer vor fünfzehn Jahren, als eine kurze Affäre sie beide verbunden hatte. »Ich denke oft an diese Wochen.« Gedankenverloren rührte er Zucker in den Cappuccino. »Manchmal wäre es schön, wenn man die Zeit zurückdrehen oder ein offengelassenes Ende weiterschreiben könnte.« Lächelnd blickte er auf.

Babs hatte das Lächeln erwidert. »Alles hat *seine* Zeit«, war ihre – hoffentlich eindeutige – Antwort gewesen.

Sie war oben angekommen und schloss die Wohnungstür auf. Ruhe empfing sie; die Jungs fehlten ihr mit einem Mal. Sie schlüpfte aus Mantel und Pumps. Dabei fiel ihr Blick auf das Telefon, und das Gespräch mit Katja am Morgen kam ihr wieder in den Sinn.

Bertram hatte sich nicht umgebracht. Jemand hatte ihn erschossen! Sie wusste nicht, was sie schrecklicher fand. Für Albert, der sich mit Selbstvorwürfen quälte, würde diese Nachricht jedenfalls eine Erleichterung sein. Nach dem Gespräch mit Katja hatte sie ihn anrufen wollen, doch dann war ihr eingefallen, dass er am Vormittag bei einer Fortbildung war.

Sie sah auf die Uhr. Kurz nach eins. Um diese Zeit wollte er in der Praxis sein. Aber es war sicher besser, eine solche Nachricht nicht am Telefon zu überbringen. Das musste bis zum Abend warten.

Sie ging in die Küche, trank ein Glas Wasser und überlegte, was zu tun war. Der Kühlschrank war beinahe leer. Beim Frühstück war die Milch ausgegangen. Albert hatte darauf etwas angesäuert reagiert und eine bissige Bemerkung gemacht. »Wenn du nicht einmal den Haushalt auf die Reihe bekommst, solltest du dir überlegen, ob du wirklich arbeiten willst. Sonst erwartet uns demnächst das reinste Chaos«, hatte er gesagt.

Babs schüttelte bei dieser Erinnerung den Kopf. Wieder einmal hatte sie um des lieben Friedens willen ihre Verärgerung heruntergeschluckt, aber auch in Erinnerung an die Nacht von Samstag auf Sonntag. Albert war in jener Nacht anders gewesen als bisher; er war fordernd gewesen, hatte neue Grenzen abgesteckt, Besitz ergriffen. Gott sei Dank war er nicht so weit gegangen, Fesselspiele vorzuschlagen. Babs kannte ihre Grenzen, und Unterwerfung lag jenseits ihrer Vorstellungen.

Sie massierte sich die Schläfen. Dass Albert sich so veränderte, war vermutlich eine Folge dieser schrecklichen Ereignisse, die ihm den Boden unter den Füßen wegzogen. Sicher brauchte er nur Zeit, um zu sich zu finden.

Trotzdem ging ihr erneut Alberts gehässige Bemerkung vom Morgen durch den Kopf. Dieser dauernde Wechsel zwischen Streit und Versöhnung war neu und zermürbend. Albert riss postwendend ein, was er gerade erst wieder aufgebaut hatte. Würde das jetzt so weitergehen? Diese emotionalen Berg-und-Tal-Fahrten hatten eine zerstörerische Kraft. Genau wie diese Gedankenwenderei, die zu nichts führte. Babs atmete durch. Sie würde jetzt erst einmal einkaufen gehen.

Während sie aufschrieb, was zu besorgen war, klingelte das Telefon. Es war Albert. »Warst du schon einkaufen?«

»Ich wollte gerade los. Brauchst du etwas?«

»Der Kaffee in der Praxis ist ausgegangen. Kannst du ein paar Packungen mitbringen und auch Dosenmilch?«

»Natürlich.« Sie sah auf die Uhr. Kurz vor halb zwei. Albert mochte es nicht, wenn sie die Praxiseinkäufe während der Sprechstunde brachte. Aber die begann erst um zwei Uhr. Bis dahin schaffte sie es. »Ich bringe die Sachen gleich vorbei.«

Fünf Minuten später verließ sie das Haus und ging zum Supermarkt. Da die Jungs erst am Freitag wiederkommen würden, war der Einkaufszettel nicht lang und der Rundgang durch den Laden schnell beendet. Für Kaffee und Dosenmilch ließ sie sich an der Kasse eine eigene Quittung geben; Albert konnte die Sachen von der Steuer absetzen. Als sie das Haus betrat, zog sie den Schlüsselbund aus der Manteltasche. Noch hatte die Praxis geschlossen. Sie sperrte auf und betrat den Vorraum. Der Platz hinter dem Empfangstresen war unbesetzt. Margret Hecht wohnte in der Nähe und ging über Mittag oft nach Hause. Das Wartezimmer war leer und von Albert nichts zu sehen. Vermutlich war er im Sprechzimmer. Babs stellte die Tüte in der kleinen Teeküche hinter dem Empfang ab und räumte Kaffeepackungen und Milchdosen in den Hängeschrank über dem Spülbecken. Dann ging sie zu Alberts Zimmer und trat ein.

Im ersten Moment verstand sie nicht, was sie sah. Als weigere sich ihr Gehirn zu erkennen, was nicht zu leugnen oder schönzureden war.

Albert stand mit dem Rücken zu ihr über den Schreibtisch gebeugt, auf dem Margret Hecht mit hochgeschobenem Rock und gespreizten Beinen mehr lag als saß. Als sie Babs entdeckte, verzog sich ihr Mund zu einem schmalen Lächeln; der Blick aus mausgrauen Augen wurde triumphierend, während Albert sie mit runtergelassener Hose und blankem Hintern bumste. Fickte, dachte Babs. Das war doch das Wort gewesen.

**

Dühnfort saß mit knurrendem Magen an seinem Schreibtisch. Außer dem Becher Kaffee in der *Schmalznudel* hatte er heute noch nichts zu sich genommen. Höchste Zeit, Mittag zu machen. Aber vorher rief er Meo an. Auf der Speicherkarte der Kamera befanden sich keine Bilder, und mit Heckeroths Rechner war Meo noch beschäftigt.

»Bis Nachmittag sollte ich den geknackt haben«, sagte er. Dühnfort legte auf, als ein leises *Bing* den Eingang einer Mail ankündigte. Er öffnete das Postfach. Die Nachricht kam von Agnes. Sein Herz begann schneller zu schlagen, und während er las, stieg eine Mischung aus Unverständnis und Ratlosigkeit in ihm auf.

Der Straßenlärm betäubend zu mir drang.
In großer Trauer, schlank, vom Schmerz gestrafft,
Schritt eine Frau vorbei, die mit der Hand gerafft
Den Saum des Kleides hob, der glockig schwang ...

Diese Zeilen waren alles, was die Mail enthielt. Keine Anrede, keine Grußformel. Nur diesen Teil eines Gedichts. Was wollte sie ihm damit sagen? In dieser Frau sah sie sich. So viel war klar. Doch warum hatte sie ihm das geschickt?

Mit leerem Magen konnte er nicht denken. Er griff nach seinem Mantel, verließ das Büro und ging durch die Fußgängerzone Richtung Viktualienmarkt. Der Himmel war grau wie seit Tagen schon. Aber statt Wolkenbergen bedeckte ihn eine gleichmäßige Masse, wie eine in Blei gegossene Platte. In Dühnforts Vorstellung zog ein Bleiflugzeug von Anselm Kiefer lautlos über diesen Himmel, wie ein Vogel aus einer anderen Welt.

Dühnfort passierte die Mariensäule und erreichte die Buchhandlung an der Ecke. Einem spontanen Entschluss folgend, betrat er sie, las die Informationstafel und suchte die Abteilung auf, in der es Gedichtbände gab. Allerdings wusste er nicht, wonach er suchen musste. Eine Verkäuferin kam auf ihn zu, während er ratlos auf die Regale blickte.

»Kann ich Ihnen helfen?« Sie war jung, hübsch und

strahlte eine Frische aus wie taufeuchtes Gras an einem Frühlingsmorgen.

Wonach sollte er fragen? »Mir gehen einige Gedichtzeilen durch den Kopf, aber ich kann sie nicht einordnen.«

Sie lächelte ihn an, und er bemerkte im tiefen Blau ihrer Augen bernsteinfarbene Sprenkel. »Wollen Sie die aufsagen?«

»Ich weiß nur Fragmente. Es beginnt mit Straßenlärm und geht um eine Frau in Trauer, die mit der Hand gerafft, den Saum des Kleides hob, der glockig schwang.« Er kam sich vor wie ein Idiot.

Das Lächeln in ihren Augen verwandelte sich, wurde tiefer.

»Und ich erstarrt, wie außer mich gebracht, vom Himmel ihrer Augen, wo ein Sturm erwacht, sog Süße die betört und Lust die tötet ein.« Ihr Blick glitt über sein Gesicht, blieb einen Moment am Mund hängen. »Baudelaire. *Les Fleurs du Mal. Die Blumen des Bösen*. Wir haben es da.« Sie wies auf ein Regal und ging voran. Er folgte ihr. Irritiert. Da war er wieder gewesen, dieser interessierte Blick, den er schon oft bemerkt und immer beiseitegeschoben hatte. Wenn er wollte … Aber er wollte nicht.

Er kaufte das Büchlein und ging zurück ins Erdgeschoss. Dort entdeckte er im Vorübergehen, auf einem Tisch mit Sonderangeboten, einen großformatigen Bildband. *Das Meer*. Auf dem Schutzumschlag aus glänzendem Papier toste die See. Weiße Gischt. Dunkelgrüne Wogen. Dazwischen ein Fischerboot, so klein, dass er es erst bei genauerer Betrachtung entdeckte. Er schlug das Ansichtsexemplar auf und blätterte die Seiten durch. Anschließend trug er ein in Folie eingeschweißtes Buch zur Kasse. Drei Kilo Sehnsuchtsfotografien. Auf dem Viktualienmarkt erstand er Steinpilze und einen Bund Petersilie, aß beim Stand vom *Ochsenbrater* eine Portion Ochsenfleisch mit Kartoffelsalat im Stehen und ging dann zu Marcello, um einen Espresso multikulti zu trinken. Dabei blätterte er in dem Reclamheft mit Baudelaire-Gedichten. Die Verkäuferin hatte ihm das Gedicht gezeigt, nach dem er gesucht hatte. *An eine, die vorüberging.* Es endete mit der Zeile: *Dich hätte ich geliebt, und du hast es geahnt!* Es gab ihm einen Stich.

Um kurz vor zwei war Dühnfort wieder im Präsidium, deponierte seine Einkäufe im Büro und ging dann zu Gina und Alois hinüber. Alois saß hinter seinem Computer und schrieb eine E-Mail. Gina setzte sich zu ihm an den kleinen Besprechungstisch und goss sich ein Glas Wasser ein. »Auch eines?«

»Danke, nein. Wie seid ihr mit dem GHB vorangekommen?«

»Zäh. Aber langsam wird es.«

Alois schickte die Mail los und setzte sich zu ihnen. »Ich habe mit den Kollegen von der Drogenfahndung geredet und ihnen Fotos von allen Beteiligten gegeben. Ihr Kontaktmann hört sich in der Szene um. Außerdem habe ich die Hersteller und Großhändler von Somsanit und Xyrem kontaktiert und um die Lieferdaten der letzten vier Wochen gebeten. Wenn wir dann wissen, welche Apotheken das Zeug in der letzten Zeit verkauft haben, kriegen wir auch die Käufernamen, da die Medikamente rezeptpflichtig sind.«

»Gut. Wann werden die Angaben vorliegen?«

»Morgen, spätestens übermorgen.«

»Wie steht es mit den Lösemitteln?« Dühnfort wandte sich an Gina.

»Es gibt nur eine Firma, die GBL in so hoher Konzentration anbietet. *Superclean* heißt das Zeug. Dem Hersteller ist durchaus bewusst, dass man es auch *Superkill* nennen könnte. Entsprechende Warnhinweise sind auf der Flasche und auch auf dem im Internet zugänglichen Produktblatt. Trotzdem kann man es ohne Vorlage eines Ausweises kaufen, sogar übers Internet. Lieferung erfolgt bei Erstbestellern per Nachnahme. Bis morgen habe ich eine Käuferliste.«

»Gut. Hat die Befragung von Bertrams Nachbarn etwas ergeben?«

Alois knöpfte sein Sakko auf und lehnte sich zurück. »Das Verhältnis zu den Nachbarn war gut. Von seinen existentiellen Problemen wusste niemand etwas. Alle sind über seinen Tod erschüttert und beschreiben ihn als netten Mann, der ein großes Talent besaß, Geschichten zu erzählen. Deshalb wurde er gerne eingeladen, zum Grillen, auf Partys und zu Sommerfesten. Die Geschichte, wie Bertram dem Russen die Pistole abnahm, ist in der Nachbarschaft bekannt.«

»Frauengeschichten hatte er keine. Jedenfalls haben wir nichts gefunden«, sagte Gina. »Seine beiden ehemaligen Mitarbeiter sind sauer auf ihn. Die Kündigungen kamen für sie völlig unerwartet. Auch ihnen hat er Geschichten erzählt – von bevorstehenden Aufträgen und tollen Kontakten. Die beiden letzten Monatsgehälter konnte er ihnen nicht zahlen, und die Sozialversicherungsbeiträge des letzten halben Jahres hat er hinterzogen. Beide haben inzwischen eine neue Anstellung. Kein Mordmotiv in Sicht.«

»Der Presseaufruf hat bisher leider zu keinem Ergebnis geführt«, sagte Dühnfort. »Niemand hat gesehen, wer Heckeroths Wagen auf dem Hotelparkplatz abgestellt hat. Bist du an der Gästeliste dran?« Er blickte zu Alois.

»Sie liegt vor, und Sandra Gottwald ist noch immer damit beschäftigt, sie durchzutelefonieren.«

Alles brauchte eben seine Zeit. Das Handy in Dühnforts Tasche begann zu fiepen. Es war Buchholz. »Ich wollte dir nur sagen, dass wir ein paar sehr interessante Fingerabdrücke in Bertrams Haus identifiziert haben. In der Küche, auf der Arbeitsfläche und im Wohnzimmer am Couchtisch. Nämlich die von Sabine Groß.«

»Nur in der Küche und im Wohnzimmer? Gibt es keine im Büro?«

»Nee, dort nicht.«

Dühnfort dankte ihm und legte auf.

»Sabine Groß war in Bertrams Haus? Habe ich das jetzt richtig mitbekommen?« Ginas Augenbrauen wanderten nach oben.

»Konntest du mit ihr sprechen?«

»Kurz. Den Mord an Bertram kann sie definitiv nicht begangen haben. Ein besseres Alibi als die geschlossene Abteilung gibt's nicht. Für den Zeitraum, in dem der alte Heckeroth überfallen wurde, hat sie allerdings nichts Besseres zu bieten, als allein daheim gewesen zu sein.«

»Wie erklärt sie den Anruf bei Bertram?«

»Angeblich hat sie nicht mit ihm gesprochen und gleich wieder aufgelegt.«

»Nach siebenundvierzig Sekunden? Mit gefällt das nicht. Bleib an ihr dran.« Dühnfort wandte sich an Alois. »Die Verkehrsüberwachungsbänder vom Dienstag, hat sich da was ergeben?«

Alois verneinte. »Aber die Bänder zeigen nur den Mittleren Ring und Teile der Autobahn. Er kann ja auch über Nebenstraßen gefahren sein.«

Es klopfte, Meo blickte herein. »Sein Nummernschild, das war es.«

»Was?«, fragte Alois.

»Das Passwort. Die Büchse ist geöffnet.«

»Und? Hast du die Bilder gefunden?«, fragte Dühnfort.

»Wovon redet ihr?« Gina runzelte die Stirn.

»Yeah. Ganz schön fiese Nummer. Waren allerdings gelöscht. Aber wie schon mehrfach gesagt …«

»… die Leute wissen einfach nicht, wie man das richtig macht«, vollendete Dühnfort Meos Satz.

**

Trotzig, dachte Dühnfort. Sie wirkt nicht verängstigt oder verstört und schon gar nicht, als ob sie unter dem Einfluss von Alkohol oder Drogen steht, sondern trotzig. Franziska blickte aufmüpfig in die Kamera, den Kopf zurückgeworfen, das Kinn vorgereckt. Nackt lag sie auf dem Bett in Heckeroths Wohnung, die Arme mit Tüchern an das Kopfteil gebunden. Die Beine geschlossen, das Becken ein wenig von der Kamera weggedreht, als ob sie sich schäme. Dieses Szenario hatte sich bei den beiden übrigen Aufnahmen geändert. Hier waren auch die Beine gefesselt, jedes einzeln ans Fußteil. Der Kopf hochrot, das Gesicht verzerrt, der Mund geöffnet. Hass in den Augen. Die Sehnen am Hals traten hervor, es sah aus, als schreie sie.

Dühnfort wandte sich an Meo. »Kannst du feststellen, wann die Aufnahmen gelöscht wurden?«

»Nur wenn die Logfiles noch da sind und nicht manipuliert wurden. Dafür muss ich aber in den Eingeweiden wühlen. Gib mir ein paar Stunden.«

»Wer hat diese Bilder verschwinden lassen und

warum?« Gina setzte sich auf die Arbeitsplatte in Meos Labor und ließ die Beine baumeln.

Dühnfort dachte an das Album, an den Karton voller Liebesbriefe und an den geschützten Bereich des PCs. »Heckeroth sicher nicht. Er sammelt. Eher Franziska oder ihre Mutter. Sie haben einen Schlüssel zur Wohnung, hatten also die Möglichkeit, an den Computer zu gelangen, wenn Heckeroth außer Haus war.«

»Und das Passwort?«, fragte Gina.

Alois setzte sich neben sie. »Zufällig erspäht oder erraten? Das Nummernschild dafür zu verwenden ist nicht so ungewöhnlich.«

Dühnfort sah wieder auf den Monitor, sah die Wut in Franziskas Augen. »Sie ist in der Nacht vom 6. auf den 7. Oktober verunglückt.«

Gina zog die Stirn kraus. »Du denkst, sie hat Heckeroth überfallen, das Passwort von ihm erpresst und ist dann nach München gefahren, um die Bilder zu löschen. Warum hätte sie ihn gefesselt im Haus zurücklassen sollen? Außerdem ist sie erst siebzehn, hat keinen Führerschein und kein Auto. Wie ist sie nach Münsing gekommen?«

»Gefesselt hat sie ihn, damit er nicht vor ihr am Kurfürstenplatz ist. Entweder hat sie das alleine durchgezogen und war mit dem Rad und der S-Bahn unterwegs. Vom S-Bahnhof Wolfratshausen sind das nur sechs Kilometer. Oder sie hat einen Helfer gehabt, was ich für wahrscheinlicher halte.«

»Und dann, bevor sie Heckeroth befreien kann, verunglückt sie.« Gina zog die Unterlippe unter die Schneidezähne. »Dann wäre das kein Mord, sondern ein tragischer Unfall. In diesem Fall kann sie keinen Mitwisser gehabt haben. Sonst hätte der doch Heckeroth freigelassen.«

»Wer hat dann das Auto weggebracht und Uhr und Geldkarten an sich genommen? Das muss später passiert sein, als sie schon im Krankenhaus lag.«

**

Dühnfort rief bei Frau Kiendel an. Sie meldete sich nicht. Auch das Handy war ausgeschaltet. Vermutlich war sie im Krankenhaus. Er zog seinen Mantel an, verließ das Präsidium und fuhr durch den dichten Nachmittagsverkehr zum Klinikum Harlaching. An der Stationstür zur neurologischen Abteilung stieß er mit ihr zusammen. Sie zog gerade den Reißverschluss einer Steppjacke mit Goldknöpfen und Leopardenfellkragen zu. Verdutzt musterte sie ihn. »Suchen Sie mich?«

»Ich habe doch noch ein paar Fragen zu Ihrem Vermieter. Können wir kurz in die Cafeteria gehen?«

»Ich muss um vier in der Arbeit sein.«

Er blickte auf die Uhr. Es war halb vier. »Ich kann Sie fahren.«

»Ich nehme gerne die Straßenbahn. Sie können mich zur Haltestelle begleiten.«

Während sie gemeinsam das Krankenhaus verließen und Richtung Haupteingang gingen, fragte Dühnfort, wie sich Franziska mit Heckeroth verstanden hatte.

»Gut. Er war eine Art Ersatzopa für sie. Meine Eltern sind schon lange tot, und die Eltern meines Exmannes wohnen in Schwerin. Weshalb wollen Sie das wissen?«

»Hat er sie auch verwöhnt, wie Großeltern das machen?«

»Er hat Franziska Nachhilfe gegeben. Ohne ihn wäre sie sitzengeblieben.«

»Ich dachte eher an Geschenke. Ein Handy oder Markenkleidung. Vielleicht auch Geld.«

Loretta Kiendel blieb stehen. Mit einer energischen Handbewegung strich sie sich die Locken zurück. »Ihre Fragen gefallen mir nicht. Was wollen Sie da andeuten?«

Eine Parkbank stand in Sichtweite unter einer beinahe kahlen Kastanie. »Wollen wir uns nicht setzen?«

Loretta Kiendels Augen funkelten. »Danke. Nein. Falls Sie denken, Herr Heckeroth hätte in Franziska etwas anderes gesehen als ein nettes Mädchen, das seine Enkelin sein könnte, dann bedeutet das nur, dass Sie ihn nicht gekannt haben. Er war ein feiner Mann.«

Dühnfort überlegte kurz, ob er ihr die Fotos zeigen sollte. Aber es war nicht der richtige Zeitpunkt und schon gar nicht der passende Ort dafür. Erst wollte er mehr über die Entstehung der Aufnahmen in Erfahrung bringen.

»Natürlich habe ich ihn nicht gekannt«, sagte er. »Wie geht es Franziska? Hat das Vorlesen geholfen?«

Loretta Kiendel setzte den Weg fort. Der Asphalt klackerte unter den Absätzen ihrer Stiefel, als sie das Klinikgelände verließen und zur Trambahnhaltestelle gingen. Sie schüttelte den Kopf. »Aber ich gebe nicht auf. Ich lass nicht locker, bis sie aufwacht.« Ihre Hände ballten sich zu Fäusten.

»Haben Sie es schon mit Musik versucht?«

Wieder blieb Franziskas Mutter stehen. »Das wollte ich. Aber ich weiß nicht, was sie gerne hört. Seit sie diesen MP3-Player hat, sind ihre Ohren immer zugestöpselt.«

»Aber die Musik ist doch auf dem Gerät.«

»Das ist bei dem Unfall kaputtgegangen.«

»Hat sie denn keinen Freund, der sich darum kümmern könnte?«

Sie schüttelte den Kopf.

»Aber sicher eine beste Freundin?«

Die Schultern sanken herab. »Das ist eine gute Idee. Ich könnte Laura fragen.« Sie lächelte Dühnfort an. »Darauf hätte ich schon früher kommen können.«

»Mit Laura würde ich mich auch gerne unterhalten. Können Sie mir den vollständigen Namen und die Adresse geben?«

»Wozu?«

»Das würde ich Ihnen gerne ein anderes Mal erklären. Es ist alles etwas kompliziert.« Dühnfort zog sein Notizbuch aus der Manteltasche und notierte die Angaben, die Franziskas Mutter ihm widerstrebend gab.

* * *

Dühnfort fuhr nach Schwabing. Die dunkle Wolkendecke hatte sich in eine lichtgraue Schicht verwandelt. Der Versuch der Sonne, sie zu durchbrechen, befand sich im Stadium des Scheiterns.

Laura Kemper wohnte mit ihren Eltern am Elisabethplatz. Dühnfort betrat das Jugendstilhaus durch eine zweiflüglige Tür mit farbiger Verglasung. Im Treppenhaus roch es nach Lavendelwachs, den Tritt seiner Schritte auf den Stufen verschluckte ein dicker Läufer, von Messingstangen an Ort und Stelle gehalten. Als Dühnfort vor der Wohnungstür in der vierten Etage ankam, war ihm mehr als nur warm. Er knöpfte den Mantel auf und wartete einen Augenblick, bis er wieder bei Atem war. Dann klingelte er.

Eine junge Frau mit einem breiten Gesicht und einer robusten Figur öffnete ihm. Sie trug Jeans und einen grauen Pullover, dessen weit auslaufende Ärmel bis zu den Fingerknöcheln reichten. Mit offenem Blick musterte sie ihn. »Sind Sie der Mann von der Polizei? Franzis Mutter hat mich angerufen.«

Dühnfort nickte. »Ich würde mich gerne über Franziska mit Ihnen unterhalten.«

»Wegen des Unfalls? Da war ich nicht mit dabei. Ich habe sie an dem Tag überhaupt nicht gesehen.«

»Darum geht es auch nicht, sondern um den Vermieter. Um Herrn Heckeroth.«

Das eben noch freundliche Gesicht bekam einen missmutigen Zug. »Ach so.«

»Kann ich reinkommen?«

»Ungern.«

»Es ist wichtig.«

Sie trat zur Seite, schloss die Tür hinter ihm und ging voran in das Wohnzimmer. Kassettentüren, Fischgrätparkett, stuckverzierte Decken und ein Kronleuchter bildeten die Kulisse für minimalistische Designermöbel. Alt trifft neu. Arm waren die Kempers sicher nicht. Eine teure Hi-Fi-Anlage stand auf einem Sideboard, ein flacher Fernseher hing an der Wand. Laura setzte sich auf ein Ledersofa und zog die Füße unter den Po.

Er sah sich um. »Ihre Mutter …«

»Meine Eltern sind in der Arbeit.«

Dühnfort schlüpfte aus dem Mantel, legte ihn über eine Sessellehne und nahm unaufgefordert Platz. Laura wirkte in sich gekehrt, blickte nun aber auf.

Plötzlich war er sicher, dass sie die Bilder kannte oder wenigstens von ihrer Existenz wusste. Er entschloss sich zur direkten Konfrontation, nahm sie aus der Manteltasche und legte sie vor dem Mädchen auf den Couchtisch. »Deswegen bin ich hier.«

Sie warf einen Blick darauf, verzog den Mund und schob die Fotografien zurück. »Ja und?«

»Sie kennen diese Aufnahmen?«

Sie schüttelte den Kopf.

»Aber Sie wussten davon.«

Laura zuckte mit den Schultern.

»Diese Bilder scheinen Sie weder zu überraschen noch zu schockieren.«

»Schockieren? Solche Fotos können Sie in jeder Zeitung sehen. Alles ist Porno. Die Werbung, die ganze Medienwelt und das Netz sowieso. Schockieren können Sie heute nur noch, wenn Sie Tabus brechen.«

Eine junge Frau zu entkleiden, zu fesseln und in diesem ausgelieferten Zustand zu fotografieren gehörte also nicht mehr zu den Tabus unserer Gesellschaft. Dühnfort fuhr sich über die Augen. Manchmal fühlte er sich älter, als er war. »Was würde Sie denn schockieren?«

Sie zog die Stirn in Falten. »Die Bilder von Toscani. Kennen Sie den?«

»Den italienischen Fotografen?«

Sie nickte. »Zur Mailänder Modewoche hat er die ganze Stadt zugepflastert mit seinen Plakaten. Ein magersüchtiges Model, ohne Make-up, ohne Designerfummel, nackt, wie Gott sie schuf. Ein Mädchen in meinem Alter. Sie sah aus wie eine Greisin. Der leibhaftige Tod. Das hat mich schockiert. Das ist vielleicht das einzige Tabu, das es noch gibt. Der Tod. Wir sind ja alle so schön und reich, so jung und geil und so unsterblich.« Sie schlang die Arme um die Schultern. »Und trotzdem beißen wir alle ins Gras. Früher oder später.« Sie beugte sich vor und musterte ihn. »Schockiert?«

»Wieso sollte ich? Der Tod gehört zu meinem Beruf.«

Laura legte den Kopf zur Seite. »Schon mal über die eigene Sterblichkeit nachgedacht? Oder dem Tod ins Auge geblickt?«

»Erst vor ein paar Tagen.« Dühnfort wollte eigentlich nicht daran denken.

»Wirklich?« Sie setzte sich aufrecht hin. »Und wie war das?«

»Nicht sehr schön. Es relativiert einiges.« Eine Tochter wie sie hätte er gerne gehabt. Eine, die neugierig war, die provozierte, ihn aus der Reserve lockte, die sich noch empören konnte. Wohin drifteten seine Gedanken? Das Gespräch entglitt ihm. Er räusperte sich und zeigte auf die Fotografien.

»Franziska hat Ihnen also von diesen Aufnahmen erzählt.«

Laura nickte und begann, eine Haarsträhne zwischen den Fingern zu zwirbeln.

»Wissen Sie, unter welchen Umständen sie entstanden sind?«

»Es war ein Deal. Er hat ihr zweihundert Euro geboten. Franzi hat fünfhundert verlangt. Cash und vorher.«

»Cash und vorher.« Dühnfort fragte sich, warum ihn das überhaupt überraschte. In irgendeiner Ecke seines Seins schlummerte noch genau die Portion an Naivität, die er sich bewahrt hatte, um diesen Job überhaupt machen zu können. »Heckeroth hat also bezahlt. Fünfhundert. Wann war das?«

»Am Ende der Sommerferien. Ein paar Tage vor Schulbeginn. Franzi war pleite und wollte sich ein paar Sachen kaufen. Ihre Mutter verdient ja nicht viel.«

Dühnfort betrachtete die Bilder, die vor ihm auf dem Tisch lagen. »Aber es lief dann nicht so wie vereinbart. Oder?« Eigentlich brauchte er Lauras Bestätigung nicht. Die Aufnahmen sprachen für sich.

»Anfangs schon, hat Franzi erzählt.« Eine leichte Röte

breitete sich auf Lauras Gesicht aus. Ganz so cool, wie sie tat, war sie also doch nicht. »Es war vereinbart, dass er Aktaufnahmen von ihr macht und dass er sie für eine Aufnahme ans Bett fesseln dürfte. Aber nur die Arme. Daran hat er sich dann nicht gehalten. Franzi konnte sich ja nicht wehren. Er hat ihr einfach ... also er hat ihr die Beine auseinandergezerrt und an die Bettpfosten gefesselt ... und dann hat er ... *alles* fotografiert.« Laura beugte sich vor, schob die Bilder zusammen und drehte sie um.

»Heckeroth hat also nur Aufnahmen gemacht?«

»Nur? Das langt doch.«

»Er hat Franzis wehrlose Situation nicht weiter ausgenutzt?« Etwas in Dühnfort sträubte sich, mit einem achtzehnjährigen Mädchen über Vergewaltigung zu sprechen.

Laura verzog angewidert den Mund. »Nee, das nicht.«

»Franzi war sicher wütend. Hat sie etwas gegen Heckeroth unternommen?«

»Was hätte sie denn tun können? Zur Polizei gehen? Sie hat doch Geld dafür genommen.« Laura zwirbelte die Haarsträhne weiter zwischen den Fingerspitzen. »Und dann hätten hundert Polizisten sich an den Bildern aufge...« Sie blickte hoch. »Sie vielleicht nicht. Aber die anderen. Franzi wollte das nicht.«

»Was hat sie stattdessen gemacht?«

»Wie? Stattdessen? Sie hat nichts gemacht. Der alte Knacker hat die Bilder auf seinem PC gespeichert, und den hat er mit einem Passwort geschützt, das Franzi nicht knacken konnte.«

»Sie hat es also versucht.«

»Na klar. Ihre Mutter hat ja einen Wohnungsschlüssel.« Laura ließ die Haarsträhne los und blickte ihm in die Augen, als suche sie etwas. Er hielt diesem forschenden Blick stand. Er kannte ihn.

»Sie musste die Bilder doch irgendwie löschen, aber sie hat es nicht geschafft ... sie war ganz verzweifelt ... der alte Sack hat versucht, Franzi zu erpressen. Er hat ihr gedroht, die Fotos auf unserer Schulwebsite hochzuladen, wenn sie nicht ...«

»Wenn sie nicht was tut?«

»Also, das ist echt widerlich. Dieses Scheißviagra gehört verboten.«

* * *

Das Handy klingelte, als er sein Auto erreichte. Hinter dem Scheibenwischer steckte ein Strafzettel. Dühnfort schob ihn in die Manteltasche und stieg ein. Erst dann holte er das Mobiltelefon hervor und meldete sich. Es war Meo. »Ich habe auf Heckeroths PC einen Trojaner gefunden. Willst du dir das ansehen?«

»Ich bin ohnehin auf dem Weg ins Büro. Bis gleich.« Er fuhr durch den dichter werdenden Berufsverkehr zum Präsidium, parkte auf seinem Stellplatz und ging hinauf in Meos Labor.

Heckeroths PC stand auf der Arbeitsfläche. Meo saß vor dem Monitor. Ein angebissener Energieriegel lag neben der Tastatur, mehrere leere Pappbecher mit vertrockneten Kaffeerändern standen absturzbedroht am Rand der Arbeitsplatte, einer mit frischem Kaffee befand sich in Meos Hand. Er blickte auf, als Dühnfort eintrat. »Echt nicht blöd, der Kerl.« Meo wies auf den Bildschirm. »Das hat einer gemacht, der sich auskennt. Willst du mal sehen?«

Dühnfort stellte sich hinter Meo, der den Kaffee austrank, den Becher in einen bereits geleerten steckte und

nach der Maus griff. »Wirklich geil gemacht. Aber bestimmt nicht von ihr. Das war ein Profi. Also guck mal.«
Meo öffnete das Eingangspostfach des Mailaccounts und wies mit dem Mauszeiger auf eine Mail mit dem Betreff *Also gut*. Mit einem Doppelklick öffnete er den elektronischen Brief. Er stammte von Franziska.

Also gut, wenn es sein muss. Aber erst in den Herbstferien und nicht hier. Wie gefällt Ihnen das? Sie können mich ja als Ihre Enkelin ausgeben.
www.serenahotel.de

Meo blickte auf. »Der Link führt zu einer Hotelwebsite, aber die ist fingiert. In Wirklichkeit verbirgt sich darin ein Trojaner, und der hat auf Heckeroths PC einen Keylogger installiert.«
»Was ist das, ein Keylogger?«
»Ein Programm, das Tastatureingaben aufzeichnet.«
»Franziska hat damit das Passwort ausgespäht?«
»Yeah. Aber sicher hat ihr jemand geholfen. Dafür musst du ein echter Freak sein.«
»Und? Hat es geklappt?«
Meo zuckte die Schultern. »Ich geh davon aus. Schließlich wurden die Aufnahmen gelöscht. Ach ja. Die Logfiles lagen jungfräulich in den Tiefen des Systems. Die Aktion fand am Montag, 6. Oktober, um genau 22.11 Uhr statt.«
Dühnfort überlegte. Franziska musste außer Laura noch jemanden ins Vertrauen gezogen haben. Jemand, der sich mit Computern nicht nur auskannte, sondern Hackerqualitäten besaß. Wenn sie auf diese Art das Passwort herausgefunden hatte, brauchte sie nur abzuwarten, bis Heckeroth nicht in seiner Wohnung war und sie

unbemerkt von ihrer Mutter an den Schlüssel gelangen konnte, um die Bilder zu löschen. Dann hätte sie keinen Grund gehabt, Heckeroth wegen des Passworts zu überfallen. Aber vielleicht war es auch nicht geglückt, und Franzi hatte gemeinsam mit ihrem Hackerfreund handgreifliche Mittel eingesetzt.

»Kannst du herausfinden, ob der Keylogger erfolgreich eingesetzt wurde?«

Meo sah auf die Uhr. »Klar. Wird wohl nix mit Feierabend.«

***

Dunkelheit senkte sich herab, während Caroline die Überarbeitung der Budgetplanung für diesen Tag beendete. Lichter begannen vor dem Bürofenster zu flirren, der Himmel spannte sich tiefschwarz über die Stadt. Sie schloss den Laptop, beendete den Arbeitstag und verließ das Büro. Ein eisiger Wind empfing sie, als sie vor die Drehtür trat. Er fuhr ihr in die Haare und unter den Mantel, trieb ihr Tränen in die Augen. Sie eilte zu ihrem Wagen und fuhr nach Hause.

Kaum saß sie im Auto, fiel ihr Katjas Nachricht ein, die sie den ganzen Tag durch Arbeit verdrängt hatte: Bertram hatte sich nicht erschossen. Jemand hatte ihn ermordet. Einerseits hatte sie Erleichterung verspürt, dass sie keine Schuld an seinem Tod trug, weil sie ihn im Stich gelassen hatte. Andererseits hatte Entsetzen von ihr Besitz ergriffen. Jemand hatte Bertram umgebracht. Wer? Warum? Katja vermutete, dass er jemanden erpresst hatte.

Die Bremslichter des Autos vor ihr leuchteten auf. Caroline stoppte. Der Mittlere Ring war wieder einmal dicht, es ging im Schneckentempo voran.

Bertram ein Erpresser? Sie ertappte sich bei der Überlegung, dass sie ihm das durchaus zutrauen würde, genauso wie den Mord an Vater. Ich bin eine schreckliche Person, dachte sie, illoyal und lieblos. Immer vermute ich nur das Schlechteste. Allerdings hatte Albert am Freitag gesagt, dass es Indizien gegen Bertram gebe. Also trauten ihm auch andere Mord und Erpressung zu. Aber wen konnte er erpresst haben? Er kannte eine Menge Leute aus der Baubranche, und die war bekanntlich korrupt. Vielleicht hatte Bertram diesbezügliche Kenntnisse genutzt.

Caroline spürte Kopfschmerzen heranziehen. Der Fahrer im Wagen vor ihr hupte, die Ampel schaltete schon wieder auf Rot.

Nach Katjas Anruf hatte sie mit Gina Angelucci telefoniert. Carolines Einwand, dass Bertram sich niemals kampflos hätte erschießen lassen, hatte sie nicht gelten lassen. Er war betäubt gewesen. Er hatte sich nicht wehren können! Aber wenigstens hatte er nicht mitbekommen, was ... Caroline fuhr sich über die Stirn. Hinter ihr hupte es; die Ampel war grün.

Ihre Familie implodierte, so kam es ihr vor. Wie eine nach innen gerichtete zerstörerische Kraft. Und mit einem Mal hatte sie Angst, dass der Ursprung von alldem in der Familie selbst lag. Vielleicht sogar in ihrem Vater, dem großen Manipulator, dem gehörnten Ehemann, dem Mann, der von der Macht über Frauen besessen gewesen war.

Caroline überquerte die Kreuzung am Luise-Kiesselbach-Platz. Danach löste sich der Stau wie durch ein Wunder auf. Zehn Minuten später betrat sie ihre Wohnung und fühlte sich alleingelassen. Wenn Marc hier wäre ... aber er war bis Donnertag in Budapest.

Es folgte das abendliche Ritual des Kleiderwechsels. Danach machte Caroline Feuer im Kamin und setzte sich mit einem Glas Wein, einem Schinkenbrot und Mutters Tagebuch davor. Die Stille rauschte in den Ohren. Caroline griff nach der Fernbedienung. Christian Brandenbourgs CD lag noch im Player, sie musste nur eine Taste drücken, und Vivaldis *Vier Jahreszeiten* erklangen.

Caroline schlug die eingemerkte Seite auf. *Peter ist tot!* Mehr hatte ihre Mutter nicht geschrieben. Aber die folgenden Seiten waren in dichten Zeilen mit der vertrauten Handschrift bedeckt.

Wir saßen beim Abendessen, als er es erwähnte. Ganz nebenbei. Er schob einen Bissen in den Mund, kaute und schaute mich dabei an. Nie werde ich vergessen, dass es an dem Tag, als Peter starb, als mein Leben aus dem Himmel in die Hölle stürzte, dass es an diesem Tag Sauerbraten und Knödel gab. Er schluckte den Bissen runter, spülte mit Bier nach und sagte: Brandenbourg ist heute Nachmittag verstorben. *Den Rest habe ich nicht mehr mitbekommen. Habe nur seinen Mund gesehen, der sich öffnete und wieder schloss und unverständliche Laute entließ. Ein Soßenfleck am Kinn. Wolfis gestikulierende Hände. Sein Blick, der mich auf den Stuhl nagelte. Zunächst. Aber dann zogen mich seine Hände hoch und ins Schlafzimmer. Er forderte wieder einmal die ehelichen Pflichten ein. Es war ja alles egal.*

Wie bitte! Es war alles egal! Immer war sie passiv, hatte einfach alles geschehen lassen und nie für etwas gekämpft. Leidenschaftslos, blutleer. Hatte das damals angefangen, nach Peters Tod? War ihr seitdem tatsächlich alles egal gewesen? Caroline zog die Füße auf den Sessel. Ihren Tatendrang und Ehrgeiz verdankte sie jedenfalls ihrem Vater.

Caroline blätterte weiter, fand aber keinen Hinweis darauf, woran Peter gestorben war. War es ein Unfall gewesen? Ihre Mutter war danach zurückgekehrt auf die gerade Straße, auf der ihr Leben, Denken, Handeln und Fühlen verliefen. Jede Markierung am Rande des grauen Asphalts ein Schritt mehr dem Ende entgegen, während sich nebenan Pfade durch verheißungsvolle Wiesen schlängelten, sich verzweigten, ins Ungewisse führten. Wie hatte sie das nur ertragen können, nachdem sie die Straße einmal verlassen hatte?

Caroline stand auf und ging zum Fenster. Ein schwaches Spiegelbild ihrer selbst. Dahinter lag die Nacht wie eine dunkle Höhle. Der erste Satz des *Herbstkonzerts* erklang in runden Tönen und ließ Caroline an schwere Kürbisse, duftende Äpfel, erdige Kartoffeln und fallende Blätter denken. Warum war sie nie in Afrika gewesen? Es war der Kontinent ihrer Sehnsucht, und doch hatte sie ihn bisher gemieden wie eine No-go-Area in New York.

Sie wandte sich um, holte den Laptop aus der Tasche, die noch im Flur lag, setzte sich an ihren Schreibtisch und stöpselte das Internetkabel ein. Nach fünf Minuten hatte sie Christian Brandenbourgs Adresse und Telefonnummer ausfindig gemacht. Er hatte ihre Mutter gekannt. Damals war er zwar ein Teenager gewesen, doch vielleicht hatte er sie in Erinnerung behalten. Wie war sie damals gewesen?

Kurz entschlossen wählte Caroline die Nummer. Nach dem dritten Läuten schaltete sich der Anrufbeantworter ein. Eine angenehm dunkle Männerstimme bat darum, eine Nachricht zu hinterlassen.

»Guten Abend, Herr Brandenbourg. Mein Name ist Caroline Heckeroth. Ich weiß nicht, ob er Ihnen etwas sagt. Als Junge haben Sie meine Mutter gekannt. Ich würde mich gerne mit Ihnen über sie unterhalten. Wenn Sie Zeit und Lust haben, rufen Sie mich doch bitte an.« Sie sprach noch ihre Telefonnummer auf das Band und legte dann auf.

* * *

Babs saß am Küchentisch und wunderte sich über die Ruhe, die sie erfasst hatte. Die Frage, ob Megäre oder tolerante Ehefrau, war hinfällig. Diese Rollen, von denen sie befürchtet hatte, eine würde ihr übergestülpt, standen nicht zur Wahl. Das Drama spielte auf einer anderen Bühne, auf der die Frau für den guten Fick bestenfalls eine Statistin war. Es ging nicht um Margret Hecht, und es ging auch nicht darum, dass Albert untreu war.

Er hatte sie gebeten, Kaffee zu besorgen, und sie hatte ihm gesagt, dass sie den Einkauf sofort erledigen würde. Also hatte er gewusst, wann sie in der Praxis aufkreuzen würde. Sein Verhalten ließ nur einen Schluss zu: Er hatte diese Situation bewusst herbeigeführt und gewollt, dass sie ihn mit seiner Sprechstundenhilfe erwischte. Es war eine gezielte Verletzung und Demütigung. Das Problem war nicht, dass er eine andere Frau bumste, sondern dass er seine eigene nicht liebte. Was die Sache einfacher machte.

Babs stand auf, kochte sich eine Kanne Tee und lenkte sich mit der Arbeit an der Detailplanung ab. Sie war erstaunt, als Albert gegen sechs nach Hause kam. Eigentlich hatte sie, wenn überhaupt, später mit ihm gerechnet. Die Tür schlug zu, und sie dachte, wenn er jetzt wieder mit Rosen ankommt, dann haue ich sie ihm um die Ohren.

»Babs. Mäuschen«, rief er und kam in die Küche. Wieder hatte er das reuige Sündergesicht aufgesetzt und lächelte sie an. »Nicht böse sein. Das lässt sich erklären.«

Ach wirklich!« »Was gibt es da zu erklären? Du brauchtest dringend einen guten Fick. Und es sah auch genauso aus wie das, was *Mann* sich darunter vorstellt. Aber offensichtlich hattest du Publikum nötig, um so richtig auf Touren zu kommen.«

»Jetzt sei doch nicht so sarkastisch. Es tut mir leid.«

»Was? Die Affäre mit diesem Mädchen oder dass du dafür gesorgt hast, dass ich euch ertappe?«

Er zuckte zusammen. »Ich wollte dich nicht verletzen. Ich habe mich entschuldigt.«

Er konnte doch beim besten Willen nicht so naiv sein und annehmen, dass diese dürren Worte alles ins Lot brachten. Aber Babs hatte sich entschlossen, nicht zu streiten. Es war sinnlos. Was er getan hatte, sagte alles über seine Gefühle und den Stand ihrer Ehe aus. Sie lehnte sich an die Kühlschranktür und überlegte, wie sie ihm ihre Umzugswünsche beibringen sollte.

Er zog einen Umschlag aus der Sakkotasche. »Kinokarten für heute Abend. Und hinterher gehen wir schön essen.«

Es war noch keine zwei Wochen her. Am Mittwoch nach dem vermasselten Hochzeitstag, da hatte sie Albert in der Praxis abgeholt und ins Kino geschleppt. *Viel Lärm um nichts*. Sie erinnerte sich noch zu gut, wie sie gleich zu Beginn über einen Vers erschocken war, der im Vorspann rezitiert wurde. *Klagt Mädchen, klagt nicht Ach und Weh, kein Mann bewahrt die Treue, am Ufer halb, halb schon zur See, reizt, lockt sie stets das Neue.*

Babs musste lachen. Nichts konnte ihre Urangst besser ausdrücken als diese Zeilen. Und gerade hatte sie den Beweis für deren tiefe Wahrheit erhalten. Vor nicht einmal zwei Wochen war ihre größte Sorge die gewesen, dass ihre Ehe scheitern könnte. Nun war es so weit. »Der

Männer Trug war immer gleich, seitdem die Schwalben ziehen«, sagte sie.

»Was?«

»Shakespeare. *Viel Lärm um nichts*. Du erinnerst dich?«

Albert legte die Karten auf den Küchentisch und kam auf sie zu. Sein Gesicht zeigte ein erleichtertes Lächeln, offensichtlich ein Missverständnis. Er wollte sie in den Arm nehmen. Sie wich ihm aus. Er hielt verdutzt inne.

»Albert. Das hat doch keinen Sinn. Was du vorne aufbaust, reißt du hinten wieder ein. Ich weiß nicht, warum du das tust, aber es macht alles kaputt. Am besten ziehst du für ein paar Tage in die Wohnung deines Vaters. Wir brauchen Distanz.«

Er wich einen Schritt zurück. »Ach. Du hast das schon geplant. Sind meine Koffer auch schon gepackt?« Er ging tatsächlich zur Küchentür, warf einen Blick in den Flur und kehrte dann zurück. »Ich brauche keinen Abstand. Ich brauche dich. Du bist meine Frau.«

»Und als solche, denkst du wohl, habe ich alles hinzunehmen. Genau wie deine Mutter!«

Albert ließ sich nicht provozieren. Er fuhr sich mit der Hand übers Gesicht. »Du hast es doch selbst gesagt. Männer können nicht treu sein.« Wieder versuchte er diesen unschuldigen Jungenblick aufzusetzen, aber er schaffte es nicht. Stattdessen kam etwas anderes zum Vorschein. Angst. Und das versetzte ihr einen Stich.

»Das habe ich nicht gemeint.« Babs blieb am Kühlschrank stehen. »Du hast gewollt, dass ich das sehe.«

»Nein ... vielleicht. Ich weiß es nicht.« Er starrte auf seine Hände. »Seit Mutters Tod ... ich weiß auch nicht, die Familie bricht auseinander ... es ist wie ein Hurrikan. Zuerst stand alles still. Und jetzt ... er reißt uns mit sich und wird alles zerstören.« Er hob seinen Blick. Hilfesuchend. »Verlass mich nicht.«

Sie nahm seine Hand. »Glaubst du, ich will, dass wir uns trennen? Aber so kann es nicht weitergehen. In den letzten Tagen warst du ohnehin mehr in der Wohnung deines Vaters als zu Hause. Ein räumlicher Abstand tut uns sicher gut, damit wir wieder aufeinander zugehen können. Ja?«

In seinem Blick spiegelten sich widerstreitende Gefühle. Bestürzung. Zorn. Verwunderung. Dann legte sich ein resignierter Zug um seinen Mund. Er ließ ihre Hand los. »Also gut. Alles ist im Umbruch. Warum nicht auch das? Ich werde übrigens die Praxis verkaufen.«

»Was? Wieso denn das?«

»Wir können in Vaters Wohnung ziehen und von den Mieteinnahmen leben.«

»Und was willst du dann machen, dich zur Ruhe setzen?«

»Warum nicht?«

»Mit einundvierzig?«

Er zuckte mit den Schultern.

War das nun das nächste Schlachtfeld, das er eröffnete? Babs entschloss sich, es vorerst nicht zu betreten. Der Plan war absurd. Selbst wenn sie mietfrei in der Wohnung leben konnten, reichten die Mieteinnahmen im Moment gerade aus, um die Hypothek zu decken und die laufenden Instandhaltungskosten des Hauses zu tragen. Und was davon übrigblieb, war zu gering, um eine vierköpfige Familie zu ernähren, außerdem musste es unter den Erben geteilt werden.

»Ich packe ein paar Sachen.« Er stand auf und verließ die Küche. Babs setzte sich und lauschte den Geräuschen, die aus dem Schlafzimmer drangen. Ein Hurrikan. Und mit Mutters Tod hat es begonnen. Bis heute war sie der Meinung gewesen, der Mord an seinem Vater hätte Albert derart aus dem Gleichgewicht gebracht und trieb ihn nun zu diesem destruktiven Verhalten. Sie hatte nicht geahnt, wie sehr ihn auch der Tod seiner Mutter getroffen hatte.

***

»Ich bin es noch einmal«, sagte Dühnfort, als Laura Kemper die Tür öffnete.

»Sehr scharfsinnige Bemerkung.« Ihr entwischte ein Lächeln. »Was gibt es denn noch?«

»Nur eine Frage. Hat Franzi einen Freund, der sich gut mit Computern auskennt, einen, der in die Tiefen eines Betriebssystems hinabsteigen und auch programmieren kann?« Das Klappern von Töpfen klang aus der Küche, der Geruch von gebratenem Ingwer und Gemüse zog durch die offene Tür ins Treppenhaus.

»Hat der Alte sich noch an andere Mädchen rangemacht?«

»Ich hoffe nicht. Außerdem lebt er nicht mehr.«

»Der Heckeroth ist tot?« Das schien tatsächlich eine Neuigkeit für sie zu sein.

»Jemand hat das Passwort seines PCs geknackt. Ich vermute, Franzi. Aber sie muss einen Helfer gehabt haben. Wer könnte das gewesen sein?«

»Wurde er ermordet?«

Dühnfort nickte.

»Aber damit kann Franzi nichts zu tun haben. Sie liegt seit drei Wochen im Krankenhaus.«

»Hören Sie, ich kann Ihnen das jetzt nicht erklären, und ich darf es auch nicht. Ich suche einen Freund von Franziska, der sich mit Computern auskennt. Gibt es so jemanden?«

Laura überlegte. »Sie hat keine Freunde. Also, Jungs, meine ich.«

In der Wohnung quietschte eine Tür. Eine Frau rief: »Laura, das Abendessen ist fertig.«

Sie drehte sich um. »Ich komme gleich.« Dann wandte sie sich wieder Dühnfort zu. »Tut mir leid.«

»Und in der Klasse oder in der Schule, da gibt es doch sicher einen, der das könnte.«

Sie zuckte die Schultern. »Höchstens der Olav. Der ist so ein Nerd, ein richtiger Sozialautist. Aber ob Franzi den gefragt hätte … Ich glaube nicht.«

»Wer weiß. In der Not … Können Sie mir Namen und Adresse geben?«

»Olav Pongratz. Er wohnt bei seiner Oma drüben in der Agnesstraße. Die Hausnummer weiß ich nicht, aber er wohnt über einem Computershop. Das habe ich mir gemerkt, weil es so gut zu ihm passt.«

Dühnfort bedankte sich und machte sich auf den Weg. Inzwischen war es dunkel geworden. Es war nicht weit, und der Computerladen nicht zu übersehen. Er befand sich in einem schmucklosen Haus aus der Nachkriegszeit. Neben einer Klingel in der ersten Etage fand er den Namen Pongratz. Die Haustür war offen. Dühnfort trat ein, schaltete das Flurlicht an, ging hinauf und läutete. Eine etwas aus der Form geratene Frau öffnete einen Moment später. Graue Dauerwelle, ein fliederfarbener Polyesterpulli, ein rascher Blick aus mausgrauen Augen. »Wir kaufen nichts.« Die Tür schloss sich langsam wieder.

»Ich hätte gerne Ihren Enkel gesprochen. Ist er da?«

»Wer will das wissen?«

Dühnfort zeigte ihr seinen Ausweis.

»Der Bub hat doch nichts angestellt?«

»Ich habe nur ein paar Fragen wegen einer Mitschülerin. Kann ich reinkommen?«

Sie zog die Tür wieder auf. Der Flur war mit dunkelbraunem Teppichboden ausgelegt, die Wände mit weißer Raufaser tapeziert. An ihnen hingen kleinformatige Ölgemälde, die ländliche Idyllen zeigten. Dühnforts Blick blieb an einem Gockel hängen, der auf einem Misthaufen über einer Hühnerschar thronte wie ein König über seinem Volk. Im Hintergrund gab es reichlich schneebedeckte Gipfel. Olavs Großmutter wies auf eine Tür, an der ein Schild hing. *Störe meine Kreise nicht!* »Eigentlich darf da niemand rein.«

Dühnfort klopfte.

Als keine Reaktion erfolgte, öffnete er die Tür und trat in ein beinahe dunkles Zimmer. In einer Ecke blinkten rote, grüne und gelbe Leuchtdioden von Computer, Drucker und sonstigem Peripheriegerät. Vor einem Monitor nahm er den Schattenriss des Jungen wahr. Das Zimmer schien seit Jahren nicht gelüftet worden zu sein. Der Geruch von Schweiß, tagelang getragenen Socken, ungewaschener Wäsche und Essen stand darin wie eine geronnene Masse.

Olavs Großmutter trat nach ihm ein. »Olav, Besuch für dich. Der Herr ist von der Polizei und hat ein paar Fragen wegen einer Mitschülerin. Ich mach mal das Licht an.«

Es wurde hell. Dühnfort hatte schon viel gesehen, eine solche Müllhalde allerdings selten. Es war ein wildes Durcheinander von Kleidungsstücken, Büchern, Comics, Schokoriegelpapier, benutzten Tempotaschentüchern und anderem mehr. In einer halbleeren Apfelsaftflasche schwamm eine Insel aus grünem Schimmel, einen Joghurtbecher füllte ein zartes Gespinst schwarzer Schimmelkultur.

»Ja Bub, wie schaut es denn hier aus!« Entsetzt schlug Olavs Oma die Hand vor den Mund und ließ sie dann sinken. »Er lässt mich ja nicht rein, sperrt immer ab, wenn er nicht da ist.«

Der Junge stand auf und drehte sich um. Er trug eine schwarze Wollmütze und hatte mindestens fünfzehn Kilo Übergewicht. Blaue Augen saßen wie Knöpfe in dem noch kindlich wirkenden Gesicht. Sie musterten Dühnfort ausdruckslos. Olav trug Jeans, deren Schritt zwischen den Knien baumelte, ein weißes T-Shirt und darüber ein blaukariertes Holzfällerhemd. »Wegen der Franzi, oder?«

»Da muss man sich ja schämen, Bub. Morgen lässt du offen, damit ich putzen kann«, sagte seine Oma.

Dühnfort nickte und sah sich um, während Olav näher kam. Er zählte zwei PCs, zwei Laptops, mehrere Monitore. An einem Router blinkten Lichter, ein Handheld lag auf einem Sweatshirt mit Tomatensoßenfleck, etliche Festplatten befanden sich auf und unter dem Schreibtisch, das Handy lag neben der Tastatur. Der Bildschirmschoner schaltete sich ein. Er zeigte ein Foto von Franzi.

Plötzlich kam Bewegung in Olav. Er schubste Dühnfort zur Seite, der sich stolpernd fing, während der Junge bereits durch den Flur rannte. Dühnfort stürzte aus dem Zimmer über den Gang. Die Wohnungstür fiel zu. Er riss sie auf. Olav war schon im Erdgeschoss. Die Haustür krachte ins Schloss, Dühnfort nahm zwei Stufen auf einmal, zerrte die Tür auf und sah sich um. Olav lief Richtung Winzererstraße. Dühnfort spurtete hinterher. Das Herz schlug ihm bis zum Hals, er rang nach Atem. Keine Kondition. Merde. Diesen übergewichtigen Jungen würde er doch erwischen. Olav warf einen Blick über die Schulter und legte einen Zahn zu. Der Abstand verringerte sich dennoch. Dühnfort hörte sein Keuchen, den Schlag seiner Schritte auf dem Asphalt, fühlte das Brennen der Muskeln und Schweiß den Rücken hinablaufen. Beim Näherkommen nahm er Olavs säuerlichen Geruch wahr, hörte, wie er japste und der Tritt seiner Füße aus dem Takt geriet. Noch zwei Meter. Olav schlug einen Haken. Dühnfort erwischte ihn am Hemd und rutschte gleichzeitig auf feuchtem Laub aus. Doch er ließ nicht los. Gemeinsam gingen sie zu Boden.

* * *

Meo saß in seinem Labor und arbeitete an Olavs Rechnern. Dühnfort holte sich einen Becher Kaffee und ging dann zu Olav ins Vernehmungszimmer.

»Möchtest du auch etwas trinken?«

Olav sah ihn aus blauen Knopfaugen an und hielt seinem Blick stand, die Mütze noch immer auf dem Kopf.

Dühnfort setzte sich. »Du bist mit Franziska Kiendel befreundet?«

Olav fixierte nun eine Stelle an der Wand hinter Dühnfort. In seinem Gesicht regte sich nichts. Dühnfort war müde und hungrig. Es war nach neun, und seine Geduld neigte sich allmählich einem natürlichen Ende zu.

»Du besuchst die gleiche Schule wie Franzi. Ein Bild von ihr ist als Bildschirmschoner auf deinem PC. Du kennst sie also. Ich würde mich gerne mit dir über Franzi unterhalten.«

Das Gesicht blieb wie gemeißelt, die Knopfaugen auf die Wand gerichtet.

»Gut, dann beenden wir das für heute. Du weißt, was wir auf dem PC von Heckeroth gefunden haben. Du weißt, was wir auf deinen Rechnern finden werden. Morgen um neun reden wir. Hier bei mir im Büro. Bitte sei pünktlich. Solltest du es wider Erwarten nicht sein, schreibe ich dich um fünf nach neun zur Fahndung aus.«

Für eine Sekunde wurden Olavs Augen groß, etwas um seinen Mund zuckte.

»Du kannst gehen.«

Olav erhob sich und schlurfte zur Tür hinaus, ohne sich umzudrehen. Morgen um fünf vor neun würde er an der Bürotür klopfen, da war Dühnfort sich sicher.

Er schaute noch kurz im Büro von Gina und Alois vorbei. Alois war nicht da. Er war wegen der GHB-Käufer unterwegs. Gina fuhr den Rechner runter. »Morgen ist auch noch ein Tag, und die Rindsrouladen warten auf mich. Magst du mitkommen? Es reicht bestimmt auch noch für dich.«

Dühnfort fühlte sich verschwitzt und schmutzig. Seine linke Hand war aufgeschürft und die Hose vom Sturz mit Olav fleckig. Er dankte Gina für die Einladung und ging nach Hause.

Die Wohnungstür fiel hinter ihm ins Schloss. Einen Moment lauschte er in die Stille. Dann brachte er Steinpilze und Petersilie in die Küche; die Büchertüte trug er ins Wohnzimmer. Das Licht am Anrufbeantworter blinkte. Die Nachricht war von Sylvia Ullmann, die um Rückruf bat. Der Kaufvertrag war ausgefüllt, und falls er seinen spontanen Entschluss noch nicht bereute und das Boot wirklich haben wollte, fehlte nur noch seine Unterschrift. Dühnfort wählte ihre Nummer und vereinbarte ein Treffen für den kommenden Tag, während ihrer Mittagspause.

Danach ging er unter die Dusche, verarztete die Schürfwunde an seiner Hand und machte sich dann an die Zubereitung des Steinpilzrisottos. Während des Kochens trank er ein Glas Grauburgunder. Als er die Stille nicht länger ertrug, die sich um ihn legte wie ein mit Regen vollgesogener Mantel, schob er eine Norah-Jones-CD in den Player.

Er aß am Küchentisch, trank Wein und blätterte dabei in dem Gedichtband. Warum hatte Agnes ihm diese Mail geschickt? Tat es ihr leid? Suchte sie einen Anknüpfungspunkt, war der Vers eine Art Leine, die sie ihm zuwarf? *Dich hätte ich geliebt, und du hast es geahnt!* Hätte! Die Möglichkeit war vorüber. Wäre es nicht einfacher gewesen, ihm klipp und klar zu schreiben, was sie dachte, statt zu erwarten, dass er nun dieses Gedicht interpretierte und herauslas, was sie gemeint haben könnte? Er war keiner, der sich mit den Finessen der Sprache auskannte, entdeckte, was zwischen den Zeilen stand, andere Bedeutungen freilegte, als die Worte auf den ersten Blick offenbarten. Erwartete sie gar eine gleich geartete Antwort? Vielleicht noch selbst gedichtet, so wie ihr Mann das früher für sie getan hatte? Er war kein Cyrano de Bergerac. *Mein Mut zerschellt an deines Reizes Klippen, doch gäbe es Küsse, die man nur geschrieben – du läsest meine Briefe mit den Lippen!* So etwas konnte er nicht. Er war Polizist. Immer auf der Suche nach greifbaren Wahrheiten.

Dühnfort schob den Teller weg, füllte das Weinglas erneut und trug es, zusammen mit Baudelaire, ins Wohnzimmer. Norah Jones' Stimme klang zu ihm herüber. Er setzte sich aufs Sofa und blätterte die Seiten durch. Was sollte er tun? Die Mail ignorieren, ihr die Antwort schuldig bleiben? Herrgott! Es war vorbei, und er saß hier und zerbrach sich den Kopf. Da blieb sein Blick an einem Gedicht hängen. *Amor und der Schädel.* Er las es, und es erschien ihm passend. Mit dem Büchlein in der Hand ging er an den Schreibtisch, startete den PC und schrieb Agnes eine Antwort. Er machte es wie sie, er tippte nur eine Zeile, aber nicht die, die er meinte. *Laß' dies wüste Spiel zu Ende gehen.* Was er eigentlich sagen wollte, stand im nächsten Vers: *Was du vergeudest, nur zum Scherz, Monstrum, ist mein Hirn, mein Blut, mein Herz.* Bevor er es sich anders überlegen konnte, klickte er auf *Senden*. Zwei Sekunden später war die Mail verschickt, es gab kein Zurück mehr.

Er trank den Rest aus seinem Glas und griff nach dem Bildband, der auf dem Couchtisch lag. Über eine Stunde blätterte er darin, bis eine vage Idee in ihm aufstieg. Er könnte das Boot im nächsten Sommer nach Sylt zum Ferienhaus bringen und von dort aus durch die Nordsee in den Ärmelkanal segeln. Er konnte die Kanalinseln besuchen, dann weiter an der Küste der Normandie entlangsegeln, vor der bretonischen Küste für ein paar Tage auf der Île de Bréhat Rast machen, um sich dann, die Côte de Granit Rosé passierend, der Île d'Ouessant mit ihren fünf Leuchttürmen zu nähern, seinem Ziel, einem der schwierigsten Segelreviere der Welt.

Vielleicht hatte Vater Lust mitzukommen. Jahrelang hatten sie kaum Kontakt gehabt – bis zu diesem Sommer. Die ersten Schritte zur Annäherung waren getan. Vielleicht würde ein gemeinsamer Segeltörn die Zusammengehörigkeit stärken, die ihm als Kind unentbehrlich und dann später in der Pubertät lästig gewesen war. Und mit der er als Erwachsener radikal gebrochen hatte. Alles hatte seine Zeit. Vielleicht sollten sie wieder aufeinander zugehen, bevor sie sich irgendwann, hoffentlich erst in ferner Zukunft, endgültig trennen mussten.

Dühnforts Gedanken wanderten zu den Heckeroths. In ihrer Familie gab es Parallelen zu seiner. Sein Bruder

Julius glich Albert. Auch er hatte es dem Vater immer recht machen wollen, hatte eine der von Vater aufgestellten Hürden nach der anderen genommen. Und jeder Etappensieg war mit Anerkennung und Liebe belohnt worden. War das eigentlich Liebe? Andererseits war es verständlich, wenn Männer ihr Lebenswerk in den Händen eines Sohnes sehen wollten, der fortführte, was sie aufgebaut hatten.

Dühnfort fuhr sich müde über die Augen. Aber was war mit den Söhnen? Sie wurden an eine Startlinie gestellt und rannten um ihr Leben. Derjenige, der das Ziel erreichte, bekam die ersehnte Wertschätzung und Zuneigung. Wer dagegen in der Erkenntnis verharrte, den Gegner nicht einholen zu können oder zu wollen, wer sich anders besann und den Kampfplatz verließ, der sich Familie nannte, der musste dort stehen bleiben. Am Rande. Bestenfalls unbeachtet.

Mittwoch, 22. Oktober

Über Nacht hatte sich das Wetter geändert. Der Föhn war von Italien kommend über die Alpen gestiegen und hatte den Himmel freigefegt. Es war bereits fünfzehn Grad warm, als Dühnfort kurz vor acht sein Büro betrat.

Zwei Minuten vor neun klopfte es an der Tür. Olav schlurfte grußlos ins Zimmer, nachdem Dühnfort *herein* gerufen hatte. Noch immer trug er diese Mütze, und wie gestern Abend begegnete er Dühnforts Blick mit stoischer Ruhe.

»Bitte.« Dühnfort wies auf den Besucherstuhl. Olav ließ sich seitlich darauf plumpsen, den Körper im Fünfundvierziggradwinkel abgewandt. Das konnte ja heiter werden.

Dühnfort hatte keine Lust auf einen Monolog und griff nach dem Bericht, in dem Meo die Auswertung von Olavs Computern protokolliert hatte. Wenn niemand sonst Zugang zu den Rechnern hatte, dann war Olav derjenige gewesen, der den Keylogger über die fingierte Internetseite auf Heckeroths PC geschleust hatte. Außerdem hatte er in einer Mail Franzi das ausspionierte Passwort mitgeteilt, nachdem er es vom Keylogger zugesandt bekommen hatte. Eindeutiger ging es nicht mehr. Dühnfort hielt Olav die Mappe hin. Der zögerte, griff danach und blätterte sie auf. Während er las, stahl sich ein Lächeln in die Mundwinkel.

Als er fertig war, klappte er den Aktendeckel zu, legte ihn auf den Tisch, verschränkte die Arme und sah Dühnfort herausfordernd an.

»Gut, dann wissen wir das«, sagte Dühnfort. »Wie ging es weiter, nachdem du Franzi das Passwort gemailt hattest?«

Olavs Augen wurden runder, er breitete die Arme aus. »Wie wohl?«

»Das würde ich gerne von dir hören.«

»Franzi hat sich den Schlüssel von ihrer Mutter gekrallt.« Olav schien der Meinung zu sein, damit alles gesagt zu haben. Während Dühnfort wartete, nahm er das Surren des Computers wahr und vorbeieilende Schritte auf dem Flur. »Den von seiner Wohnung. Sie ist rein und hat die Fotos gelöscht, die dieser Arsch von ihr gemacht hat.«

»Wann war das?«

»Montag. Montag, 6. Oktober. Steht doch in den Logfiles.«

»Warst du dabei?«

»Nee. Wirklich nicht.«

»Und wo war Heckeroth?«

»Keine Ahnung.«

»Das hat Franzi dir nicht gesagt?«

»Nee. Wieso auch?«

»Du wusstest von den Fotos?«

»Sie hat's mir gesagt. So 'n Arsch. Er hat sie erpresst. Wollte das auf die Schul-HP laden.«

»Was hast du an dem Abend gemacht?«

Olav grinste. »Ich war bei der Polizei.«

»Weshalb?«

»Als Zeuge.«

»Wovon?«

»In der U-Bahn hat's eine Schlägerei gegeben.«

»Am Montag, 6. Oktober, gegen 22 Uhr?«

Olav nickte.

»Welche Polizeidienststelle?«

»Chiemgaustraße.«

»Weißt du noch, bei wem du deine Aussage gemacht hast?«

Olav zog die Stirn in Falten. »Hamberger hieß der, glaub ich.«

»Hat Franzi dir gesagt, ob es geklappt hat?«

»Sie hat mich angerufen. Ist alles gutgegangen.«

»Wohin wollte sie kurz vor Mitternacht mit dem Rad?«

»Döner essen am Hauptbahnhof. Ich hab sie eingeladen. Aber sie ist nicht gekommen.« Olav blinzelte. »So 'n Rowdy hat sie voll umgenietet.«

Dühnfort griff zum Telefon, rief in der Polizeidienststelle Chiemgaustraße an und fragte nach einem Kollegen Hamberger. Eine Minute später hatte er ihn am Apparat. Dühnfort stellte sich vor und erklärte den Grund seines Anrufs. Als er geendet hatte, fragte er, ob Hamberger die Angaben bestätigen könne.

»Natürlich erinnere ich mich an den Olav Pongratz. Toller Kerl. Solche bräuchten wir mehr. Interessiert doch sonst kein Schwein, wenn ein Penner zusammengeschlagen wird.«

Dühnfort musterte Olav, der auf den Boden sah. »Er ist einem Obdachlosen zu Hilfe gekommen?«

»Zwei Skins haben an der U-Bahn-Station Mangfallplatz im Zwischengeschoss einen Penner angegriffen. Keiner hat hingesehen, alle sind vorbeigegangen. Nix wie weg hier. Nur der Olav ist eingeschritten. Toller Junge.«

»Und das war am 6. Oktober gegen 22 Uhr?«

»Richtig. Wenn Sie wollen, schicke ich Ihnen das Überwachungsvideo.«

»Danke. Das ist nicht nötig.«

Dühnfort lehnte sich zurück und musterte den Jungen. Er war zwar schon achtzehn, hatte aber keinen Führerschein. Das Passwort war über den Keylogger ausgespäht worden. Und so wie es aussah, war es Franzi geglückt, sich damit Zugang zu Heckeroths PC zu verschaffen. Sie hatte also keinen Grund gehabt, nach Münsing zu fahren und Heckeroth niederzuschlagen. Dühnfort dankte Olav für sein Erscheinen und das Gespräch und sah ihm nach, als er schlurfenden Schrittes das Büro verließ.

Dann ging er hinüber zu Alois und Gina. Sie saß am Computer. Alois war nicht da. »Er ist zu Bertrams Haus gefahren. Anscheinend hast du ihn infiziert. Er sagt, er will sich dort noch mal umschauen. Er hat Angst, etwas übersehen zu haben.« Gina beendete eine Eingabe und blickte Dühnfort lächelnd an.

»Kommst du mit Sabine Groß weiter?«

Gina nickte. »Zäh, aber doch.«

»Wie erklärt sie die Fingerabdrücke in Bertrams Haus?«

Gina beendete eine Eingabe und drehte sich dann Dühnfort zu. »Nachdem sie Bertram zufällig begegnet war, ist die alte Geschichte wieder hochgekocht. Sie sagt, sie weiß selbst nicht, weshalb sie seine Adresse ausfindig gemacht hat und vor dem Haus rumgelungert ist. Übrigens nicht nur ein Mal, sondern öfters. Irgendwann ist sie Bertram aufgefallen. Er hat sich an sie erinnert und sie hereingebeten. Als sie ihm erzählt hat, was damals passiert ist, schien das Wasser auf seinen Mühlen zu sein. Sie sagt, er hat seinen Vater gehasst und wollte, dass Sabine ihn anzeigt. Aber die Vergewaltigung war verjährt. Er hatte ihr *zu viel negative Energie*, hat sie gesagt. Deshalb hat sie den Kontakt zu ihm abgebrochen.«

»Traut sie ihm den Mord an seinem Vater zu?«

»Er hat ihr von seinen finanziellen Problemen erzählt und dass sein Alter ihn kalt lächelnd untergehen lassen wollte. Sie ist überzeugt, dass Bertram unser Mann ist.«

Doch das alleine reichte nicht. Sie brauchten Beweise. Wieder einmal hatte Dühnfort das Gefühl, durch ein Labyrinth zu irren, ohne den Ausgang zu finden.

***

Gegen zwölf Uhr verließ Dühnfort das Präsidium. Die Sonne strahlte aus einem makellosen Blau. Der warme Föhn blies durch die Straßen, rückte die Alpenkette scheinbar vor die Stadt und hatte die Wirte dazu getrieben, Tische und Stühle aus den Kellern zu holen und draußen aufzustellen. Bis Mittag hatte München sich wieder in ein bayerisches Florenz verwandelt. Vielleicht zum letzten Mal in diesem Jahr. Überall saßen Menschen mit Sonnenbrillen vor Cafés und Gaststätten, tranken Cappuccino oder Weißbier und aßen Insalata Caprese oder Tortellini, Weißwürste oder Schweinsbraten. In kurzen Röcken, ärmellosen Tops oder hochgekrempelten Ärmeln boten sie ihre Haut vor Einzug des Winters noch einmal der Sonne dar.

Auch Dühnfort tat der Sonnenschein gut. Die schlechte Stimmung verflog, und plötzlich fühlte er sich voller Tatendrang. Das lag nicht nur am Wetter, sondern hauptsächlich an seinen Segelplänen. Er freute sich darauf, Sylvia Ullmann zu treffen und den Vertrag zu unterzeichnen, und machte sich auf den Weg zum Bonner Platz.

Er erreichte das italienische Café in der Nähe des Schwabinger Krankenhauses, in dem er mit ihr verabredet war, suchte einen Tisch in der Sonne und bestellte einen doppelten Espresso. Dann knöpfte er die Jacke auf, schloss die Augen und spürte dem vergangenen Sommer nach. Dem Sommer mit Agnes. Ob sie auf seine Mail antworten würde? Vermutlich nicht. Die von ihm gewählten Worte waren hart und verletzend.

»Espresso doppio.« Der Kellner stellte die Tasse ab. Dühnfort blickte auf und sah Sylvia Ullmann auf den Tisch zusteuern. Sie bestellte beim bereits enteilenden Kellner einen Cappuccino und setzte sich.

Während er den Kaufvertrag durchlas und unterzeichnete, trank sie ihren Kaffee. Er reichte ihr den Kugelschreiber.

Sie notierte die Bankverbindung für ihn und gab ihm dann ein wattiertes Kuvert. »Sie sind ja Polizist und hauen mich sicher nicht übers Ohr. Deshalb habe ich Ihnen schon alle Unterlagen mitgebracht. Die Schlüssel sind auch drin. Also die für die Kajüte und den Außenbordmotor. Der Schorsch weiß Bescheid und hat angeboten, das Boot zum Liegeplatz zu bringen. Es wiegt ja einiges, da brauchen Sie ein starkes Fahrzeug. Also falls Ihres das nicht schafft, der Schorsch würde Ihnen helfen. Am Wochenende geht es bei ihm aber nicht. Erst am Montag.«

An diesen Punkt hatte er noch gar nicht gedacht. Sein Auto hatte weder eine Anhängerkupplung noch die Stärke, ein über zwei Tonnen schweres Boot zu ziehen. »Das ist ein tolles Angebot«, sagte Dühnfort. »Und ich fürchte, ich muss es in Anspruch nehmen. Mein Wagen packt das nicht.«

»Wissen Sie schon, wie Sie es nennen werden?«

Darüber hatte er sich auch noch keine Gedanken gemacht. Sein Handy begann zu klingeln. »Entschuldigung.« Er zog das Mobilteil aus der Jackentasche. Es war Alois. »Ich habe mich in Bertrams Haus noch mal gründlich umgesehen und dabei die Kaufunterlagen für sein Rad gefunden. Er hat es erst im Sommer erstanden. Ein Stevens S 4 Comp. Das Bike, das wir bei ihm sichergestellt haben, ist zwar auch ein Stevens, aber ein anderes Modell. Es handelt sich also nicht um sein Rad.«

Dühnfort überlegte, was das zu bedeuten hatte. Die Spuren in Heckeroths Auto stammten von dem Rad, das sie bei Bertram gefunden hatten. Diese Spuren waren – außer der Tatsache, dass er ein handfestes Motiv gehabt hatte – neben dem getürkten Alibi alles, was sie gegen ihn in der Hand hatten. Und nun gehörte ihm dieses Rad gar nicht. Weshalb hatte er das nicht gesagt? Wo hatte er es her? Wem gehörte es wirklich?

Etwas wollte an die Oberfläche. Dühnfort schloss die Augen und spürte diesem Gefühl nach.

»Tino? Bist du noch dran?«

»Ich glaube, du bist da auf etwas gestoßen. Ich melde mich wieder.« Er legte auf. Nun hatte er es. Er musste noch einmal in Heckeroths Wohnung.

»Und wie heißt das Boot nun?«, fragte er Sylvia Ullmann. »Vielleicht übernehme ich den Namen.«

Sie schmunzelte. »Das glaube ich nicht. Sie sind schließlich kein Münchner. Oder? Es heißt Sissi. Mein Vater war ein Fan der österreichischen Kaiserin. Sie stammte schließlich von hier.«

»Ich fürchte, Sie haben recht. Ich muss mir etwas anderes überlegen.« Dühnfort bezahlte seinen Espresso und ihren Cappuccino, nahm das Kuvert und reichte Sylvia Ullmann die Hand. »Das Geld ist bis Freitag überwiesen.«

Sie wünschte ihm viel Freude mit dem Boot und blickte ihm nach.

***

Heckeroths Schlüssel befand sich noch immer in Dühnforts Manteltasche. Er betrat dessen Wohnung und ging in das Arbeitszimmer. Dort nahm er den Ordner mit Rechnungen aus dem Regal und begann zu blättern. Der alte Heckeroth hatte alle Quittungen auf Blätter geklebt und abgeheftet. War ein Garantieheft oder eine Gebrauchsanweisung dabei, dann befanden sich diese Unterlagen zusammen mit dem Kaufbeleg in einer Klarsichthülle. Es dauerte nicht lange, bis Dühnfort fündig wurde. Anfang Juli hatte Wolfram Eberhard Heckeroth in einem Münchner Sporthaus ein Mountainbike gekauft. Ein Stevens S 8 Elite. Auf dem Garantiebeleg war die Rahmennummer angegeben.

Dühnfort nahm die Unterlagen mit und schloss die Wohnung hinter sich ab. Auf dem Weg zu seinem Auto zog er das Handy aus der Tasche und rief Buchholz an. »Kannst du mal nachsehen, welche Rahmennummer auf dem Rad steht, das wir bei Bertram sichergestellt haben?«

»Sofort?«

»Wenn es geht.«

»Ich ruf dich in zwei Minuten zurück.«

Dühnfort wartete neben seinem Auto stehend und beobachtete die Trambahn, die mit einem sandigen Quietschen am Kurfürstenplatz hielt. Menschen stiegen aus und ein. Die Türen schlossen sich, die Tram setzte sich wieder in Bewegung und gab den Blick auf den Platz frei. Ein junges Mädchen mit einer Eiswaffel in der Hand sah sich suchend um, ein Dackel hob das Bein am stummen Verkäufer, ein altes Paar ging händchenhaltend vorbei. Dühnforts Handy klingelte. Buchholz meldete sich und las die Rahmennummer vor.

»Danke.« Dühnfort beendete das Gespräch und ging

zurück zu Heckeroths Haus. Er klingelte, obwohl die Praxis Mittwochnachmittag geschlossen hatte. Als niemand öffnete, ging er hinüber zu Alberts Wohnung in der Kaiserstraße. Dort traf er nur dessen Frau Barbara an. Er fragte sie nach dem Rad ihres Schwiegervaters.

»In der Stadt wollte er damit nicht fahren. Das war ihm zu gefährlich. Deshalb hat er es ins Wochenendhaus gebracht. Es steht im Schuppen.«

»Ist es Zufall, dass es dem Mountainbike von Bertram so ähnlich ist?«

Sie schob sich eine Strähne hinters Ohr. »Nein. Wolfram wollte sich schon seit längerer Zeit ein Rad kaufen. Als er Bertrams Mountainbike gesehen hat, wollte er auch so eines. Kein Altherrenrad, sondern etwas Sportliches. Natürlich hat er sich die teurere Version besorgt.«

Dühnfort verabschiedete sich und rief vom Auto aus Buchholz an. »Habt ihr im Schuppen des Wochenendhauses ein Rad gefunden?«

»Was hast du nur mit dem Rad? Also in Münsing war keines.«

»Sicher?«

»So sicher, wie dein *Merde* Scheiße heißt.«

»Gut. Wir treffen uns in einer halben Stunde zu einem Meeting.« Dann wählte er Alois' Nummer, um ihn darüber zu informieren. »Bring die Unterlagen von Bertrams Rad mit.«

Im Präsidium angekommen, suchte er Gina auf. Sie saß hinter dem Computer und blickte hoch. »Wir treffen uns gleich zu einer Besprechung. Alois hat etwas entdeckt, was uns weiterbringen könnte. Bist du so nett und sagst Meo noch Bescheid?«

Während sie nickte, begann ihr Handy eine Melodie zu spielen. »Sorry.« Gina nahm das Gespräch entgegen.

Dühnfort wollte gerade das Büro verlassen, als er bemerkte, wie sich ihr Gesichtsausdruck verwandelte. Sie wandte sich ab. »Ja. Nein. Ist schon in Ordnung, Tag, Herr Professor.« Dühnfort wollte gehen, konnte aber nicht.

Ihr Rücken wurde kerzengerade, während sie das Mobiltelefon ans Ohr presste und sich ihre Schultern nach oben schoben. Sie schien das Atmen eingestellt zu haben. Unwillkürlich übertrug sich ihre Haltung auf ihn. Eine unangenehme Kühle legte sich in seinen Magen.

»Okay. Ja. Alles klar. Vielen Dank, Herr Professor.« Sie legte auf und drehte sich wieder zurück. Tränen glitzerten in ihren Augen. Sie zwinkerte sie weg. Mit zwei Schritten war Dühnfort bei ihr. Er nahm sie in den Arm und wusste nicht, was er sagen sollte. Wieder bemerkte er den Duft nach Äpfeln. Einen Moment lang lehnte sie sich an ihn, als ob sie einer Schwäche nachgebe, dann löste sie sich.

Mit einer verärgerten Geste wischte sie sich über die Augen und atmete durch. »'tschuldigung. Es ist nur die Erleichterung. Alles in Ordnung. Jetzt habe ich dir aber einen Schrecken eingejagt. Das wollte ich nicht.« Sie fuhr sich noch einmal über das Gesicht und zog dann ein Taschentuch aus der Hose. »Normal habe ich nicht so nah am Wasser gebaut. 'tschuldige. Das Ergebnis der Biopsie ist negativ. Was also heißt, dass es für mich positiv ist. Alles im grünen Bereich.« Mit einem Schütteln entfaltete sie das Taschentuch und schnäuzte sich.

Dühnfort war froh, dass dieses kurze Entsetzen grundlos war. »Jetzt bin ich jedenfalls wieder richtig wach. So ein kleiner Adrenalinschock hin und wieder ist nicht zu verachten.« Erleichtert strich er ihr über den Arm.

* * *

Die Sonne brannte in den Besprechungsraum und heizte ihn auf. Dühnfort erhob sich und öffnete ein Fenster. Mittlerweile hatte er seine Kollegen auf den aktuellen Ermittlungsstand gebracht und über Olav und Franzi berichtet. »Im Augenblick sehe ich keine Notwendigkeit, das weiterzuverfolgen. Aber Alois hat etwas entdeckt, das uns hoffentlich voranbringen wird.« Dühnfort fasste die Erkenntnisse über die beiden Fahrräder zusammen. »Bertram und sein Vater hatten also sehr ähnliche Mountainbikes. Das Rad, das wir bei Bertram sichergestellt und dessen Spuren wir im Auto des Vaters nachgewiesen haben, gehört nicht Bertram, sondern dem alten Heckeroth. Da stellen sich ein paar spannende Fragen. Erstens: Bertram wusste, dass die ihn belastenden Spuren nicht von seinem Rad herrührten. Weshalb hat er das nicht aufgeklärt, sondern den Verdacht auf sich ruhen lassen? Zweitens: Wann und wie ist er an das Rad gekommen? Drittens: Spielen die vertauschten Räder eine Rolle bei der Tat?«

»Viertens: Wo ist sein Rad abgeblieben?«, ergänzte Gina.

»In seinem Haus ist es jedenfalls nicht«, erwiderte Alois. »Und fünftens: Haben die Spuren im Kofferraum überhaupt irgendeinen Wert für unsere Ermittlungen? Sie können lange vor der Tat dorthin gelangt sein.«

»Das stimmt nicht. Heckeroth hatte seinen Jeep am Freitag vor dem Überfall bei der Inspektion. Anschließend wurde das Fahrzeug gewaschen und auch innen gereinigt«, entgegnete Dühnfort.

Buchholz beugte sich vor und blickte in die Runde. »Ich stelle mal die Behauptung auf, dass wir nicht wissen, von welchem Rad die Spuren stammen. Beide sind vom selben Hersteller. Wenn sie nicht unterschiedliche

Reifenprofile haben, können die Erdbröckerl auch aus Bertrams Rad stammen. Kann ich mal die Unterlagen der beiden Räder haben?«

Dühnfort und Alois schoben die Heftchen über den Tisch. Buchholz begann darin zu blättern. Für eine Minute herrschte Stille im Raum, bis er wieder aufblickte. »Bertrams Rad mit den Continental-Vapor-Reifen ist weg. Im Kofferraum lag das des Vaters. Kevlar-Faltreifen.«

Gina zog die Unterlippe unter die Schneidezähne und stützte das Kinn in die Hand. »Zu erstens, weshalb Bertram uns nicht gesagt hat, dass das Rad nicht seines ist, da fallen mir drei Möglichkeiten ein. Ad eins: Er war ein selbstgefälliger Kerl, der sich köstlich über unseren Irrtum amüsiert hat und sich die Hände reiben wollte, wenn wir uns kleinlaut bei ihm entschuldigt hätten. Ad zwei: Er hat seinen Vater überfallen und gefesselt und das Haus so hergerichtet, dass jeder denken musste, der alte Heckeroth sei zurück in die Stadt gefahren. Zu diesem Zweck musste Vaters Auto verschwinden. Deshalb hat Bertram das Rad des Vaters in den Kofferraum gelegt, ist dann mit dem Jeep zum Hotelparkplatz gefahren und hat ihn dort abgestellt. Zurück zum Wochenendhaus ging's mit dem Rad, das er dann in den Porsche umgeladen hat, um es bei passender Gelegenheit verschwinden zu lassen. Weshalb er das dann nicht getan hat …?« Gina zuckte mit den Schultern. »Und zum Dritten: Er war es nicht, weiß aber, wer es war, und das Rad spielt dabei eine wichtige Rolle. In diesem Fall hätte Bertram also jemanden erpresst und musste deshalb sein Leben aushauchen.«

»Dabei übersiehst du aber, dass sein eigenes Rad verschwunden ist. Wo ist es abgeblieben? Und hat das etwas mit dem Fall zu tun?«, gab Dühnfort zu bedenken.

»Ich habe die Kollegen von *Diebstahl* schon gebeten, danach Ausschau zu halten«, sagte Alois. »Aber Kalle Moser ist nicht sehr zuversichtlich. Nur zehn Prozent der geklauten Räder tauchen irgendwann wieder auf.«

»Wenn Bertram tatsächlich jemanden mit dem Rad erpresst hat, ist es doch möglich, dass der wahre Täter das Rad in seinen Besitz bringen wollte und dabei das falsche erwischt hat«, wandte Gina ein.

»Aber wo ist dann das richtige? Ein Rad fehlt auf jeden Fall«, warf Alois ein. »Und das sollten wir schleunigst finden.«

»Falls Bertram seinen Vater ermordet hat, dann stellt sich die Frage, ob er am Tattag überhaupt mit dem Auto nach Münsing gefahren ist. Radeln war sein Hobby. Die Strecke zum Wochenendhaus hat er häufig mit dem Rad zurückgelegt.« Dühnfort wandte sich an Meo. »Die Handydaten von Bertram hast du doch ohnehin. Kannst du daraus ein Bewegungsprofil erstellen? Dann wüssten wir, wann er am Wochenendhaus war.«

Meo schüttelte den Kopf. »Ich habe nur die Verbindungsdaten. Für ein Bewegungsprofil nutzt das nichts. Dafür muss ich wissen, wann sich sein Handy in welcher Funkzelle angemeldet hat.«

»Speichern Provider diese Daten?«

»Schon. Aber ohne richterlichen Beschluss rücken sie die nicht raus.«

»Gut. Ich kümmere mich darum. Dann sehen wir weiter.« Dühnfort beendete das Meeting, suchte Christoph Leyenfels auf und überzeugte ihn, einen richterlichen Beschluss zur Herausgabe von Bertrams Handydaten zu beantragen.

Er hatte gerade das Büro des Staatsanwalts verlassen, als sein Handy sich bemerkbar machte. Kalle Moser von der Abteilung *Diebstahl* meldete sich. »Das Rad, das ihr sucht, steht bei eBay. Jedenfalls sieht es eurem verdammt ähnlich. Komm mal rüber und sieh es dir an.«

Dühnfort dankte Moser, informierte Alois und fuhr zurück ins Präsidium.

Alois stand bereits in Mosers Büro, als Dühnfort eintrat, und blickte auf den Monitor, der eine Artikelseite des Internetauktionshauses eBay zeigte. Darauf wurde ein Stevens S4 Comp zum Kauf angeboten.

Kalle begrüßte ihn mit Handschlag. »Also ganz sicher bin ich mir nicht. Aber es ist das Modell, nach dem ihr sucht.«

Alois wandte sich um. »Es steht in Starnberg. Ein Verkäufer namens *Roswell67* bietet es an. Die Rahmenhöhe passt auch. Wenn wir von eBay den Klarnamen haben wollen, dann ...«

»... dann bräuchten wir wieder einmal einen richterlichen Beschluss. Aber vielleicht geht es auch ohne.« Dühnfort war eine Besonderheit an der eingestellten Fotografie aufgefallen. Das Rad lehnte an einem Baumstamm, dahinter stand ein dunkelblauer Smart auf einem Stellplatz. Dieser Bereich der Aufnahme war zwar unscharf, aber Dühnfort entzifferte den Teil des abgebildeten Kennzeichens. STA – W und eine Drei. Er griff zum Telefon, rief die Zulassungsstelle an und machte eine Halterabfrage.

»Dauert einen Moment«, sagte die Dame am anderen Ende. Er hörte das Klappern einer Computertastatur, nach einer Weile meldete die Mitarbeiterin sich wieder. »Es gibt nur einen blauen Smart, der auf Ihre Anfrage passt.«

* * *

Babs starrte auf das Bett, das sie gerade gemacht hatte. Sie hatte keine Ahnung, wie es mit ihr und Albert weitergehen sollte. Er hatte sich so verändert. Bisher war er nie verletzend gewesen, eher gleichgültig. Aber das war ja auch keine Basis für eine Ehe. Vermutlich hatte sie sich dreizehn Jahre lang etwas vorgemacht. Wenn das stimmte, war es dann nicht höchste Zeit, Konsequenzen zu ziehen? Doch konnte sie den Jungs den Vater nehmen? Obwohl der ohnehin kaum Zeit für sie hatte und herzlich wenig Interesse zeigte – außer wenn es um ihre Noten ging, die ihm so wichtig waren.

Babs erinnerte sich an das Schulkonzert. Leon war davor so aufgeregt gewesen und hinterher so erleichtert und stolz. Er hatte hinreißend gespielt, und alle waren begeistert gewesen, hatten ihn gelobt und ihm eine große Zukunft als Musiker vorausgesagt. Alle bis auf Albert. Der hatte, als der Applaus gar nicht aufhören wollte, bloß seine Fingernägel betrachtet und hinterher gesagt, Querflöte sei ein Instrument für Mädchen. Leons Mundwinkel waren abgestürzt, und Babs hatte einen verräterischen Glanz in seinen Augen bemerkt. Sie war kurz davor gewesen, Albert den Absatz ihres Schuhs in den Fuß zu rammen, hatte sich aber gerade noch beherrschen können.

Sie rieb sich die Schläfen. Vermutlich war eine Trennung das Beste, um zur Besinnung zu kommen und um Klarheit zu gewinnen, was sie einander noch bedeuteten. Und falls es doch auf eine Scheidung hinauslief, war sie nicht die erste Frau, die so etwas durchmachte. Sie musste nicht alles hinnehmen. Wieder sah sie dieses demütigende Bild vor sich. Die heruntergelassene Hose, die sich um seine Beine gewickelt hatte, seinen nackten Hintern, Margret Hechts triumphierenden Blick. Warum nur hatte er das getan? Was trieb ihn dazu, sie derart zu verletzen?

Wie zum Hohn schien die Sonne ins Zimmer. Doch ein grauer Himmel hätte sicher dafür gesorgt, dass ihre Stimmung ganz im Keller landete. Babs strich die Bettdecke glatt und beschloss, das schöne Wetter zu nutzen und die Wohnung gründlich zu lüften. Danach würde sie einen Spaziergang machen. Sie brauchte einen freien Kopf, um die Detailplanung für das Badezimmer in Angriff zu nehmen.

Sie ging durch die Wohnung, öffnete in allen Zimmern die Fenster und in Alberts Arbeitszimmer auch die Tür zum Balkon. Eigentlich hatte sie den schon vor Wochen aufräumen wollen. Im Gegensatz zum Wohnzimmerbalkon wurde er nur wenig benutzt. Hier standen einige leere Blumentöpfe, eine alte Gießkanne und ein Liegestuhl. Babs entschloss sich, den Spaziergang zu verschieben und die Sache gleich zu erledigen. Sie holte einen Pappkarton aus der Speisekammer und stapelte die Blumentöpfe darin, um sie später in den Keller zu bringen. Die Gießkanne hatte ein Loch und gehörte in den Müll. Babs hob sie hoch und entdeckte dahinter, in der Ecke zwischen Mauer und dem Balkongitter, einen toten Vogel. Es war eine Amsel. Sie lag auf dem Rücken, die Flügel wie im Flug gespreizt, die Krallen in die Luft gereckt und den Kopf seltsam verdreht, als sei das Genick gebrochen. Die Verwesung hatte schon eingesetzt. An den trüben Augen wanden sich weiße Maden. Übelkeit stieg in Babs auf. Sie ging in die Küche, holte einen Müllbeutel und zog sich Gummihandschuhe über. Es kostete sie Überwindung, den Vogel anzufassen, aber es musste sein. Nachdem sie ihn in den Beutel gesteckt hatte, zog sie die Handschuhe aus, drehte sie dabei auf links und ließ sie ebenfalls in die

Mülltüte fallen. Dann entsorgte sie das Ganze unten im Hof im Müllcontainer und räumte den Balkon fertig auf. Die Amsel hatte sicher wesentlich länger als eine Woche dort gelegen. Es konnte nicht der Vogel sein, der Bertram als Vorwand gedient hatte, um Alberts Arbeitszimmer aufzusuchen.

* * *

Dühnfort fuhr über die Autobahn Richtung Starnberg, gefolgt von Alois im Mini. Die Kollegen der Schutzpolizei Starnberg für die Hausdurchsuchung waren angefordert. Mit etwas Überzeugungsarbeit war es Dühnfort gelungen, Leyenfels und den zuständigen Richter von einem begründeten Anfangsverdacht gegen Marcel Schneider, alias *Roswell67*, zu überzeugen und so den Durchsuchungsbeschluss zu erhalten.

Der Nachmittag ging in Abendstimmung über. Die Sonne verlor ihre wärmende Kraft, und die bereits schneebedeckten Gipfel der Alpen reflektierten das goldene Licht, in das sich ein Hauch Rosé gemischt hatte. Der Versuch, dieses Bild zu konservieren, würde es zerstören, zu einem Klischee werden lassen. Gerade in der Vergänglichkeit des Augenblicks fand Dühnfort es grandios.

Zwanzig Minuten später stand er mit Alois vor der Tür eines Reihenmittelhauses in Starnberg, das schon bessere Zeiten erlebt hatte. Die Farbe an den Fenstern blätterte, das kleine Stückchen Rasen im Vorgarten war voller Unkraut und Moos und der Briefkasten neben der Tür verbeult. Vor der Garage stand der blaue Smart. Er war auf den Namen Marcel Schneider zugelassen. Alois hatte im Internet ein wenig recherchiert. *Roswell67* verkaufte hauptsächlich Handys, CD-Player und Autoradios zu sehr günstigen Preisen. »Sicher irgendwo vom Laster gefallen«, hatte Alois gesagt. »Und außerdem bietet er unter richtigem Namen seine Dienste als Maler und Tapezierer auf verschiedenen Handwerkerplattformen im Netz an. Vermutlich bekommt das Finanzamt nur einen Bruchteil der Einnahmen zu sehen.«

Alois betätigte die Klingel neben der Haustür. Ein etwa vierzigjähriger Mann öffnete. Er trug einen Pferdeschwanz, Trainingshosen und ein mit Farbe bekleckstes Sweatshirt.

Dühnfort stellte sich vor und reichte Schneider den Durchsuchungsbeschluss. »Mich interessiert das Fahrrad, das Sie bei eBay anbieten.«

Schneider verschränkte die Arme vor der Brust. »Keine Ahnung, was Sie meinen. Ich verkaufe nichts bei eBay.«

»Sie sind doch Marcel Schneider? Ihnen gehört dieses Fahrzeug?« Dühnfort wies auf den Smart.

Schneider zuckte die Schultern. »Na und?«

»Gut. Dann würde ich gerne einen Blick in die Garage werfen.«

»Warum?«

»Um mir das Rad anzusehen.« Dühnfort verlor langsam die Geduld.

»Sie scheinen's an den Ohren zu haben.« Schneider trat ins Hausinnere zurück und wollte die Tür schließen.

Alois stemmte sich dagegen. »So nicht, Freundchen.«

Einen Augenblick lang herrschte ein Gleichgewicht der Kräfte, bis der Mann plötzlich losließ, Alois ins Innere stolperte und sich gerade noch fing.

»Herr Schneider, das reicht. Wo ist der Schlüssel für die Garage, oder soll ich sie aufbrechen lassen?«

Wütend starrte Schneider Dühnfort an, zog dann aber einen Schlüsselbund hervor und warf ihn ihm zu. Der Bus mit den Kollegen für die Hausdurchsuchung fuhr vor. Schneiders Augen weiteten sich. »Was soll der Scheiß? Haltet ihr mich für einen Terroristen, oder was?«

»Das nicht«, sagte Dühnfort und ging zur Garage.

»Scheißbulle, hat nichts Besseres zu tun, als kleine Leute zu schikanieren«, rief Schneider ihm hinterher.

Dühnfort öffnete die Garage und trat ein. Rechts befand sich ein Regal, in dem sich Kartons stapelten. Ihren Aufschriften zufolge enthielten sie Autoradios, Navigationsgeräte und MP3-Player. Weiter hinten lehnte das Rad an der Wand. Dühnfort überprüfte die Rahmennummer. Es war Bertrams Rad. Er löste das Lederetui mit den Handschellen vom Hosenbund, nahm sie heraus und kehrte zur Haustür zurück, wo Marcel Schneider noch immer neben Alois stand und kopfschüttelnd das Aufgebot an Polizisten betrachtete, das mittlerweile in dem kleinen Vorgarten stand.

»Herr Schneider, ich nehme Sie als Verdächtigen im Mordfall Heckeroth fest.« Er griff nach Schneiders Handgelenk und ließ die Handschelle zuschnappen.

Einen Moment starrte Schneider ihn überrascht an. »Arschloch«, stieß er dann hervor. Eine Kaskade weiterer Schimpfwörter folgte.

***

Gegen sieben kam Dühnfort zurück ins Präsidium und vernahm Schneider. Alois leitete die Hausdurchsuchung und hatte bereits festgestellt, dass die Navigationsgeräte als gestohlen registriert waren.

»He, Mann, das ist alles Scheiße. Die Navis hat mir ein Freund gegeben. Ich soll sie für ihn verkaufen und krieg Provision dafür. Keine Ahnung, wo er die herhat.« Schneider lehnte sich im Stuhl zurück und schnitt eine

Grimasse zum venezianischen Spiegel im Vernehmungsraum.

»Herr Schneider, Sie verkennen den Ernst der Lage. Es interessiert mich nicht, woher Sie die Geräte haben. Darum werden sich die Kollegen von der Abteilung Diebstahl kümmern. Mich interessiert einzig und allein das Rad. Es spielt eine Rolle in einem Mordfall, und Sie sitzen hier als Verdächtiger.«

»Soll ich damit einen überfahren haben, oder was?« Schneider grinste über seinen Scherz.

»Woher haben Sie das Rad?«

»Gekauft.«

»Wann und wo?«

»April oder Mai. Auf dem Flohmarkt in Riem.«

»Einen Kaufbeleg haben Sie natürlich nicht.«

»Sie sagen es.«

»April oder eher doch Mai?«

»April.« Schneider kratzte sich an der Nase. »Nee, doch im Mai.«

»Sicher?«

»Klar, Mann. Es war im Mai.«

»Ich nehme das jetzt so ins Protokoll. Sie haben das Rad im Mai auf dem Flohmarkt in Riem gekauft.«

»Ist korrekt.«

Dühnfort legte die Rechnung auf den Tisch. »Dieses Rad wurde am 22. Juni von der Firma Radlschmied an Bertram Heckeroth verkauft.«

»Dann war es eben im Juni.«

»Jemand kauft sich ein Rad und verscherbelt es dann gleich auf dem Flohmarkt weiter. Das scheint mir ein unsinniges Vorgehen zu sein.«

»Gibt schon seltsame Typen.« Schneider lehnte sich zurück und kratzte sich im Schritt.

»Am 5. Oktober ist Bertram Heckeroth aber noch mit diesem Rad an den Starnberger See gefahren. Zehn Tage später war er tot. Erschossen. Und nun finden wir das Rad bei Ihnen.«

»He, Mann, damit habe ich nichts zu tun. Ich kenne den Typen nicht mal.«

»Warum sollte ich Ihnen das glauben?«

Schneider zuckte die Schultern. »Weil Sie ein Menschenkenner sind?«

»Könnten Sie sich langsam der Wahrheit annähern, oder sollen wir die ganze Nacht so weitermachen?«

Schneider hielt Dühnforts Blick einige Augenblicke stand, dann sah er zur Seite.

Gina betrat den Vernehmungsraum und beugte sich zu Dühnfort. »Alois hat Heckeroths Kredit- und Bankkarte in Schneiders Haus gefunden«, flüsterte sie ihm ins Ohr.

Dühnfort blickte auf. »Gut. Kümmerst du dich um den Haftbefehl?«

Gina nickte und ging.

»He, Mann! Was für ein Haftbefehl?«

»Wolfram Eberhard Heckeroth. Sagt Ihnen der Name etwas?«

»Ich dachte, der Kerl heißt Bertram?«

»Und ich dachte, Sie kennen ihn nicht.«

»Sie selbst haben den Namen gerade genannt. Was soll die Scheiße?«

»Wir haben in Ihrem Haus eine American-Express-Karte und eine Kontokarte gefunden, die Wolfram Eberhard Heckeroth gehören. Seine Leiche wurde am 13. Oktober entdeckt. Es befinden sich also Gegenstände in Ihrem Besitz, die zwei ermordeten Menschen gehörten, und Sie haben keine plausible Erklärung dafür, wie Sie an die Sachen gelangt sind.«

»Das ist doch Mist.« Schneider setzte sich aufrecht hin. »Damit habe ich nichts zu tun. Ich lass mir doch von euch keine Morde anhängen.« Er beugte sich über den Tisch. »Aber die Wahrheit werden Sie eh nicht glauben.«

»Das wäre doch einen Versuch wert.«

Schneider ließ sich wieder auf dem Stuhl zurückfallen und verschränkte die Arme. »Also gut. Das Rad stand am Bahnhof. Nicht abgesperrt. Geradezu eine Einladung, sozusagen. Irgendwann konnte ich nicht länger widerstehen und habe es mitgenommen.«

»An welchem Bahnhof?«

»Na, in Starnberg, quasi vor meiner Haustür.«

»Wann haben Sie es entdeckt?«

»Am Dienstag vorletzter Woche. Gegen Mittag.«

»Das war der 14.«

»Wenn Sie es sagen.«

»Wann haben Sie es mitgenommen?«

Schneider rutschte auf dem Stuhl herum. »Also gut. Ich habe nicht lange gefackelt und gleich zugegriffen. War ja wie ein Geschenk.«

»Lassen wir das mal so stehen.« Dühnfort reckte die verspannten Schultern. »Und wie sind Sie an die Karten gelangt?«

Schneider breitete die Hände in einer unschuldigen Geste aus. »Die waren in der Satteltasche. Ich habe sie erst entdeckt, als ich das Rad bei eBay einstellen wollte und nachgeguckt habe, ob Flickzeug mit dabei ist. Aber das war mir dann doch zu heiß, mit denen Geld zu ziehen.«

* * *

Nachdem Schneider erkennungsdienstlich behandelt worden war, rief Dühnfort Alois in Starnberg an. Aber weder Heckeroths Armbanduhr noch die Schlüssel für das Wochenendhaus und das Auto befanden sich in Schneiders Wohnung.

Dühnfort holte sich einen Becher Kaffee und setzte sich hinter den Schreibtisch. Er neigte dazu, Schneider zu glauben. Ein reines Bauchgefühl. Der Mann war ein kleiner Ganove und Schwarzarbeiter. Er hatte keine Vorstrafen und schien auch nicht zu Gewalttätigkeiten zu neigen. Er hatte nicht einmal den Mumm gehabt, die Karten zu Geld zu machen oder sie betrügerisch einzusetzen. Er war ein Trickser, Hehler, Gelegenheitsdieb, aber vermutlich kein brutaler Mörder.

Wenn Schneiders Version, wie er an Bertrams Rad gekommen war, stimmte, dann gab es eine Reihe von Fragen. Wer hatte es an den Bahnhof gestellt? Und warum? Welche Rolle spielte es in den Mordfällen Heckeroth? Und stimmte der Zeitpunkt? Dienstag, der 14. Oktober. Einen Tag nach Auffinden der Leiche im Wochenendhaus. Was hatte das zu bedeuten? Und wie war Bertram an das Rad seines Vaters gelangt? Eine Verwechslung am Grillsonntag eine Woche zuvor? Das war immerhin möglich, die Räder sahen sich sehr ähnlich. Trotzdem hätte Bertram das merken müssen.

Dühnfort lehnte sich zurück. Irgendetwas wollte an die Oberfläche. Der Grillsonntag. Bertram war an den See geradelt. *Das Wetter war schön, eine Tour naheliegend. Radfahren ist mein Hobby, wann immer es geht, radle ich.* Die ganze Woche über war es schön gewesen. Erst am Montag, den 13. hatte sich der Himmel grau bezogen, und gegen Abend hatte Regen eingesetzt.

Frau Kiendel. Dühnfort setzte sich aufrecht hin. Das war es. Am Montag, den 13. hatte Bertram am Nachmittag bei Frau Kiendel angerufen, weil er den Vater nicht erreichen konnte und sich Sorgen machte. Wenn Bertram tatsächlich beunruhigt gewesen war, was hatte er dann nach dem Anruf getan? War er an den See gefahren? Mit dem Rad? Aber wer sich Sorgen machte, wollte schnell Gewissheit.

Falls jedoch Bertram seinen Vater ermordet hatte, war es höchste Zeit, die Leiche wegzuschaffen oder wenigstens Spuren zu beseitigen. Hatte er deshalb Frau Kiendel angerufen, um in Erfahrung zu bringen, ob man seinen Vater schon vermisste und ob bereits jemand unterwegs nach Münsing war? Aber warum hatte er damit so lange gewartet?

Unruhe breitete sich in Dühnfort aus. Er stand auf und ging im Zimmer auf und ab. Sah er den Wald vor lauter Bäumen nicht? Irgendetwas schien er zu übersehen, nicht richtig zuzuordnen. Aber was?

Motiv, Möglichkeit und Mittel. Bertram hatte ein Motiv, und er hatte die Möglichkeit gehabt. Sein Alibi war falsch. Und die Mittel? Was hatte es für diesen Mord gebraucht? Die Angst vor dem endgültigen Untergang, die Wut auf den Vater, der nicht half, und die Kaltblütigkeit, eine Woche mit dem Wissen zu leben, dass sein Vater langsam und elend in diesem Wochenendhaus dahinsiechte. Warum hatte er ihn nicht erschossen oder erschlagen? Warum dieser langsame, qualvolle Tod? War das Bertrams Rache gewesen, eine Bestrafung für den Vater, der ihn nicht liebte, ihn zurückwies und in der Not alleine ließ? Oder einfach ein Ablenkungsmanöver?

Dühnfort blieb am Fenster stehen und blickte hinunter auf den hell erleuchteten Platz vor der Frauenkirche. Er ließ den Blick über das beinahe menschenleere Areal wandern und über die angestrahlten Türme bis hinauf zu den zwiebelförmigen Hauben. Seine Unruhe legte sich nicht.

Er ging hinunter in die zweite Etage zu Meo, der hinter einem Computer saß.

»Hast du die Ortungsdaten inzwischen?«, fragte Dühnfort.

Meo drehte sich um. »Sind vor einer halben Stunde eingetrudelt. Bin schon dabei.«

»Wie lange dauert die Auswertung?«

»Wann brauchst du's?«

»Am liebsten, so schnell es geht. Komplett, die ganze Woche vom 6. bis einschließlich 13.«

»Gut, dass ich keine Freundin hab.« Meo wandte sich wieder den Monitoren zu. »Bringst du mir 'nen Döner mit?«

**

Caroline zog die Wohnungstür hinter sich zu und machte sich auf den Weg zum *Rue des Halles*, einem französischen Lokal in Haidhausen. Christian Brandenbourg hatte diesen Treffpunkt vorgeschlagen, als er sie gestern Abend zurückgerufen hatte. Es war ein kurzes Gespräch gewesen, durchaus freundlich, aber knapp. Dennoch hatte es in Caroline eine Spur von Unsicherheit hinterlassen. Brandenbourg hatte sich erfreut gezeigt, von ihr zu hören. »Ich erinnere mich sehr gut an Elli«, hatte er gesagt, das *sehr gut* aber etwas stärker betont und dadurch diesem Satz etwas Doppeldeutiges gegeben, als wären die Erinnerungen nicht angenehm.

Caroline stieg in das wartende Taxi und gab dem Fahrer die Adresse. Plötzlich erschien ihr das Treffen unsinnig. Würde sie wirklich mehr über ihre Mutter erfahren, neue Seiten an ihr entdecken? Brandenbourg war damals zwölf Jahre alt gewesen. Ein Kind. Doch nun war sie bereits unterwegs, und ein Abend in einem guten Restaurant in Gesellschaft eines bekannten Musikers war auf alle Fälle interessanter, als allein zu Hause zu sitzen und auf Marc zu warten, der erst kurz nach Mitternacht mit dem Zug aus Budapest in München eintreffen würde. Ich könnte ihn abholen, dachte sie plötzlich. Das wäre eine Überraschung. Er würde sich sicher freuen.

Das Taxi hielt, Caroline zahlte und stieg aus. In der Nachtluft schwang noch ein Hauch der Tageswärme, aber um die Ecken zog bereits ein kühler Wind. Eilig betrat sie das Rue des Halles. Eine Geruchsmischung von Lamm und Gratin, von Austern und Wein, von Gateau au chocolat und Käse stieg ihr in die Nase. Das Restaurant war nicht so elegant, wie Caroline erwartet hatte. Aber in seiner geschmackvollen Schlichtheit erinnerte es sie an die kleinen Lokale, die man in Pariser Seitenstraßen finden konnte und die sie sehr schätzte. Ein Kellner kam auf sie zu und führte sie an den reservierten Tisch.

»Herr Brandenbourg verspätet sich ein paar Minuten. Sie möchten das entschuldigen und einstweilen einen Aperitif trinken. Vielleicht ein Glas Champagner?«

»Gerne.« Caroline reichte dem Kellner ihren Mantel und setzte sich. Das Restaurant war gut besucht, beinahe alle Tische besetzt. Ihr gefiel die Mischung der Gäste, die aus Geschäftsleuten, Familien und Paaren bestand. Der Kellner stellte das Glas Champagner ab und entfernte sich.

Caroline trank einen Schluck und sah aus dem Fenster auf die beleuchtete Straße und dachte an ihre Mutter.

Gestern hatte Caroline noch weiter im Tagebuch gelesen und sich gefragt, ob es den Straftatbestand der Vergewaltigung in der Ehe gab? Heute vermutlich. Aber damals? Und selbst wenn, Mutter hätte keine Konsequenzen gezogen. Warum war sie nicht in der Lage gewesen, Wolfi zu verlassen? Wolfi, der die ehelichen Pflichten mit Nachdruck einforderte, um es milde auszudrücken. Damals waren Scheidungen jedoch nicht so selbstverständlich gewesen wie heute, und was hätte Mutter allein machen sollen? Sie war nicht nur finanziell abhängig, sondern auch noch schwanger geworden. Dieser elende Pragmatismus, der ihr zu eigen gewesen war und sie handlungsunfähig gemacht hatte. Sie hatte sich dahinter verschanzt, als ob es keine Alternativen gegeben hätte. Vielleicht konnte sie diese auch nicht erkennen. Nach Peters Tod war sie in ein schwarzes Loch gefallen, das sie beinahe willenlos gemacht hatte. So viel jedenfalls hatte Caroline den Worten entnommen. *Es war ja alles egal.*

Jemand trat an den Tisch. Sie sah auf und blickte in lächelnde graue Augen.

Manchen Männern stand ein gewisses Alter einfach besser als Frauen. Bei ihnen wirkten die Spuren, die das Leben in den Gesichtern hinterließ, interessant, wurde Reife attraktiv, sogar sexy. Und Christian Brandenbourg gehörte zu ihnen. Er reichte ihr die Hand. »Caroline? Ich darf Sie doch so nennen.«

Sie nickte.

»Christian.« Seine Hand war kühl und sehnig. »Verzeihen Sie meine Verspätung. Die Probe hat etwas länger gedauert.« Es klang nicht wie eine Bitte, sondern wie eine Anweisung.

»Natürlich«, sagte sie, während er dem Kellner den Mantel reichte, einen trockenen Sherry bestellte und sich setzte.

Er trug eine Cordhose und dazu einen moccabraunen Rollkragenpullover aus Kaschmir. Seine Figur war kräftig, aber nicht dick. Das breite und kantige Gesicht drückte Willensstärke aus. Im braunen Haar verteilten sich graue Strähnen, sträubten sich Wirbel, flossen Locken kurz und träge dahin, als habe ein mediterraner Wind sie zerzaust.

Er rückte den Stuhl zurecht und musterte sie freundlich interessiert. »Sie sehen Ihrer Mutter verblüffend ähnlich. Wie lange ist das her? Über vierzig Jahre? Und trotzdem habe ich Sie sofort erkannt.«

Caroline lächelte. Der Kellner brachte den Sherry und reichte erst Caroline, dann Brandenbourg eine Speisekarte.

»Sie haben gestern von ihr in der Vergangenheit gesprochen. Ist sie … ich meine, lebt sie nicht mehr?«

Caroline nickte. »Mutter ist vor einigen Wochen gestorben.«

»Das tut mir leid. Sie war ein warmherziger Mensch. Aber da erzähle ich Ihnen nichts Neues.«

O doch, dachte Caroline. Warmherzig wäre nicht das Wort gewesen, das ich gewählt hätte, um sie zu beschreiben.

Brandenbourg musterte sie. »Sie sehen so aus, als würden Sie mir nicht unbedingt zustimmen.«

Sie versuchte ein Lächeln. »Vielleicht stand diese Eigenschaft ein wenig im Schatten anderer.« Sie wollte ihm schon sagen, dass der Tod seines Vaters eine Zäsur in Ellis Leben gewesen war, als ihr plötzlich einfiel, dass er von der Affäre vermutlich nichts wusste.

»Wie haben Sie eigentlich entdeckt, dass ich Elli kannte?«, fragte Brandenbourg und griff nach seinem Glas.

»Im Nachlass meiner Mutter gibt es Briefe, aus denen das hervorgeht.«

Er trank einen Schluck Sherry und stellte das Glas wieder ab. »Wollen wir erst bestellen? Die Entenbrust ist sehr empfehlenswert und als Vorspeise vielleicht eine kräftige heiße Suppe.«

»Gerne.«

Christian winkte dem Kellner, gab die Bestellung auf und orderte je eine Flasche Rosé und Wasser. Dann lehnte er sich zurück und leerte das Sherryglas. »Sie haben also die Briefe gefunden. Haben Sie sich nicht gefragt, wie sie in den Besitz Ihrer Mutter zurückgelangt sind?«

Tatsächlich. Darüber hatte sie nicht nachgedacht. »Mein detektivischer Spürsinn ist nicht sehr ausgeprägt.« Aber wenn sie diese Frage nun richtig deutete … »Sie waren das?«

Er nickte, beugte sich vor und griff nach ihren Händen. Seine Finger waren schlank und lang, sehnig und gleichzeitig muskulös. Schöne Männerhände. Die Hände eines Geigenspielers. »Keine Sorge. Sie betreten kein vermintes Terrain. Ich weiß von der Beziehung zwischen Ihrer Mutter und meinem Vater. Elli war seine große Liebe. Aber das wissen Sie ja, wenn Sie die Briefe gelesen haben.«

Caroline war die Berührung unangenehm. Sie empfand sie als vereinnahmend, besitzergreifend, und nicht zuletzt zeigte Christian damit das Ausmaß seines Selbstbewusstseins. Sie kannten sich gerade mal drei Minuten und er nahm ihre Hände in seine. Caroline entzog sie ihm und griff nach dem Champagnerglas.

»Ich dachte, dass niemand davon wusste. Jedenfalls habe ich das dem Briefwechsel entnommen.«

»Diese Annahme ist aber nicht richtig. Meine Mutter wusste von der Affäre.«

Der Kellner trat an den Tisch, öffnete die Flasche Wein und ließ Christian probieren, bevor er die Gläser vollschenkte. Anschließend servierte er eine Tomatencremesuppe.

»Wie gesagt, meine Mutter kannte die Wahrheit. Sie hat in Vaters Sakkotasche einen Brief gefunden, was das Ende einer Kristallvase zur Folge hatte, echtes Bleikristall, ein Familienerbstück. Von weniger wertvollem Porzellan ganz zu schweigen. Ich fand diesen Auftritt damals ziemlich beeindruckend. Meine sonst so kühle Mutter glühte vor Wut. Allerdings explodierte sie ganz alleine, ich wurde nur zufällig Zeuge, ohne dass sie mich bemerkte. Beim Abendessen war sie dann wieder ganz Dame. Das Haar geglättet, die Bluse gestärkt, der Rock faltenlos, der Teint vornehm bleich. Sie hat sich nichts anmerken lassen.«

»Sie scheinen sehr unterschiedlich gewesen zu sein, unsere Mütter.« Caroline legte den Löffel an den Tellerrand. »In den Briefen, die meine Mutter an Ihren Vater geschrieben hat, ist sie mir völlig fremd. So habe ich sie nie kennengelernt. Warmherzig? Vielleicht. Aber nur an manchen Tagen.«

»Oh, sie war sehr lustig, beinahe albern wie ein junges Mädchen.«

»Sie haben sie öfter getroffen?«

»Ich habe sie sozusagen erwischt. Ihre Mutter und meinen Vater.«

»Bitte?«

»Nicht so, wie Sie jetzt denken, Caroline.« Ein Lächeln lief über sein Gesicht, und dann erzählte er, wie er eines Tages vom Geigenunterricht nach Hause gegangen sei und dabei einen kleinen Umweg durch den Nymphenburger Schlosspark gemacht habe. »Es war Herbst, überall lag buntes Laub, der Himmel spannte sich blau über der Stadt, und als ich an der Badenburg vorbeikam, stand da eng umschlungen ein Paar und küsste sich ganz ungeniert. Ich war zwölf, am Anfang der Pubertät. Natürlich habe ich interessiert hingeguckt, bis ich gemerkt habe, dass das mein Vater ist. Er hat mich entdeckt und ins Vertrauen gezogen. Von da an habe ich die beiden häufiger getroffen, und wir hatten viel Spaß. Ich weiß noch, dass wir an diesem Tag Statuen gespielt haben. Wir haben uns auf die leeren Marmorsockel gestellt und versucht, reglos und ernst in den Park zu blicken. Natürlich klappte das nicht, einer von uns prustete immer los.«

Caroline rührte nachdenklich in der Suppe. »Meine Mutter schreibt nur an einer Stelle in ihrem Tagebuch von Ihnen, und zwar über die Abendeinladung. Das muss wohl gewesen sein, bevor Ihre Mutter von der Beziehung erfuhr.«

Christian erzählte, dass er sich an diesen Abend gut erinnerte. Er durfte vorspielen, und Elli hatte begeistert applaudiert. »Zu diesem Zeitpunkt hatten sie schon beschlossen, für immer zusammenzubleiben. Nur ihre besseren Hälften wussten noch von nichts.«

»Elli ist das nicht leichtgefallen. Sie hat sich große Sorgen gemacht, was aus Ihnen und Ihrer Schwester werden würde.«

»Wieso? Für mich war das klar. Ich wäre natürlich bei meinem Vater und Elli geblieben. Aber dann ... Daraus wurde ja nichts. Und daran ist Ihr Vater schuld.« Christian blickte auf. Die grauen Augen hatten sich verdunkelt, wie der Himmel bei einem heraufziehenden Unwetter.

***

Dühnfort saß an seinem Schreibtisch und las die Protokolle, während er auf das Bewegungsprofil von Bertrams Handy wartete. Er hatte Meo einen Döner besorgt und für sich ein Baguette mit Roquefort und Birne, das längst verspeist war. Es war beinahe halb elf. Lustlos blätterte er eine Seite um, als das Telefon klingelte. »Fertig«, sagte Meo. »Willst du mal gucken?«

»Bin schon unterwegs.«

Als Dühnfort in Meos Labor ankam, hatte der Junge eine Landkarte von München und Umgebung mit einem Beamer an die Wand projiziert. Diese Karte war durch wabenförmige Konturen gegliedert. Im Ballungsraum München waren die Waben kleiner als in den ländlichen Gebieten. Innerhalb dieser Waben hatte Meo farbige Textfähnchen markiert, die Datum und Uhrzeit anzeigten. Er griff nach einem Laserpointer und deutete auf die Karte. »Jeder Tag hat eine andere Farbe. Blau ist Sonntag, der 5. Oktober, als Bertram und Papi gegrillt haben. Gucken wir uns erst mal den an.« Meo tippte auf die Tastatur, und die farbigen Markierungen verschwanden bis auf die blauen.

»Was bedeuten die Waben?«, fragte Dühnfort.

»Das sind Funkzellen. Da pro Funkzelle nur eine begrenzte Anzahl von Gesprächen gleichzeitig geführt werden kann, sind die Zellen in der Stadt kleiner als auf dem Land.« Meo ließ den Lichtpunkt über die Karte wandern. »Also Sonntag vor dem Überfall fährt Bertram zu Papi zum Würschtlgrillen. Stimmt.« Meo wies auf einen blauen Punkt am Rande Münchens. »10.35 Uhr meldet sich sein Handy in dieser Funkzelle an, eine halbe Stunde später in dieser, dann in dieser.« Meos Laserpointer wanderte über die Karte entlang der blauen Markierungen bis nach Münsing. »Auch der Abstecher nach Wolfratshausen zum Grillkohlekaufen ist richtig.« Meo wies auf die entsprechende Wabe und den Punkt mit der Uhrzeit. »12.17 Uhr. Am späten Nachmittag ist er wieder nach Hause geradelt.« Der Pointer fuhr die gleiche Strecke auf der Karte zurück. »Um 17.00 Uhr war er wieder daheim.«

»Gut. Und wie sieht es am nächsten Tag aus?«

»6. Oktober.« Meo tippte auf die Tastatur, die blauen Markierungen verschwanden, rote erschienen.

Dühnfort starrte ungläubig an die Wand. »Und der Dienstag?«

»Orange. Aber du siehst es ja selbst.«

»Wie geht das weiter?«

»Genauso. Bertram, oder genauer gesagt sein Handy, war die ganze Woche nur in der Stadt. Erst am Montag, den 13. Oktober ist er wieder nach Münsing gefahren. Aufgrund der Anmelde- und Abmeldezeiten und den dazu passenden Funkzellen nehme ich an, dass er mit der S-Bahn bis Wolfratshausen gefahren ist und dann mit dem Rad von dort nach Münsing.«

Dühnfort setzte sich. Merde. Darauf hätten wir auch früher kommen können. Die Errungenschaften der neuen Technik. Der Weg in den perfekten Überwachungsstaat war mit Kommunikationstechnologie gepflastert. Bald würden sie lückenlos anhand von E-Mails, Telefonaten, Überwachungskameras und Internetprotokollen wissen, wer wann wo gewesen war. Dühnforts Begeisterung darüber hielt sich in Grenzen. Bertram hatte sich also am Tag des Leichenfundes nach Münsing begeben. »Wann war er dort?«

»Sein Handy hat sich um 17.43 Uhr in der Funkzelle am Hauptbahnhof angemeldet und um 18.35 Uhr in Wolfratshausen. Das entspricht der Fahrzeit der S-Bahn. Vierzig Minuten. Hab ich schon gecheckt. Um fünf vor sechs fährt die S6 nach Wolfratshausen am Hauptbahnhof los. Um sechs Minuten nach sieben war Bertram dann am Wochenendhaus.«

Bertram war also kurz vor seinem Bruder dort gewesen. Mit dem Rad. Aber mit welchem? Um kurz vor halb acht hatte Albert den Notruf der Polizei gewählt. »Wann ist Bertram zurück nach München und wie?«

»Sein Handy hat sich um 19.31 Uhr aus der Münsinger Funkzelle abgemeldet.« Meo sah auf. »Die ist aber groß. Zwei Kilometer Durchmesser. Er muss also Albert nicht getroffen haben.«

»Ist er mit der S-Bahn zurück?«

»Ja. Die An- und Abmeldezeiten passen, und die Zellen sind die gleichen wie bei der Hinfahrt.«

»Und vom Bahnhof zum Wochenendhaus und zurück ist er mit dem Rad gefahren?«

»Wie sonst? Zu Fuß hätte er länger gebraucht und mit einem Auto nicht so lang.«

»Auf dem Hotelparkplatz war er nicht?«

Meo zuckte die Schultern. »Der liegt in der gleichen Funkzelle wie das Wochenendhaus. Das kann ich also nicht feststellen.«

»Wir brauchen die Überwachungsbänder der S-Bahn für den fraglichen Zeitraum. Ich kümmere mich darum.«

»Hab ich schon angeleiert. Die kriegen wir morgen früh.« Meo schaltete den Beamer aus.

Dühnfort nickte überrascht. »Gut. Dann suche ich jetzt den Bereitschaftsdienst der Staatsanwaltschaft auf. Morgen kannst du dann dieses Wunder der Technik mit den Daten von Alberts Handy wiederholen.«

* * *

In Christian Brandenbourgs Augen lag Groll. Caroline irritierte der Stimmungswechsel. »Woran soll mein Vater schuld sein? Er hatte doch keine Ahnung.«

»Da, liebe Caroline, täuschen Sie sich.« Es klang bitter. Christians buschige Augenbrauen zogen sich zusammen. Der Kellner trat an den Tisch und fragte, ob er die Suppe abräumen solle. Christian nickte, ohne den Blick von Caroline zu lösen. Als der Ober mit den halbleeren Tellern verschwand, fuhr er fort. »Mein Vater litt unter einer Herzschwäche. Als Folge einer verschleppten Grippe hatte er eine Herzmuskelentzündung, von der er sich nie erholt hat. Er war auf Medikamente angewiesen und sollte Stress und Aufregung meiden. Sie waren Gift für ihn.«

Eine beängstigende Ahnung stieg in Caroline auf.

»Meine Mutter ist eine geborene Baronesse von Schweigt-Cosfeld«, fuhr Christian fort. »Preußischer Landadel. Arm, aber vornehm. Niemals hätte sie meinem Vater eine Szene gemacht. Niemals hätte sie zugegeben, von seiner Geliebten zu wissen. Sie hat das anders gelöst, liebe Caroline. Sie hat sich mit Ihrem Vater getroffen und ihn gebeten, seine Gattin zur Räson zu bringen.«

Ach du meine Güte, dachte Caroline. Ihr Vater, der stolze Mann, der keine Niederlage akzeptieren konnte, der nie klein beigab, erhielt von der Frau seines Nebenbuhlers die Aufforderung, für Ordnung zu sorgen. Sie wusste mehr als er und demaskierte ihn so als ahnungslosen, gehörnten Trottel. Was diesem Gespräch gefolgt sein musste, konnte Caroline sich vorstellen. Sie fuhr sich mit der Hand über die Stirn.

Christian musterte sie. »Ihr Vater hat aber nicht Elli zur Rede gestellt, sondern meinen Vater. Er bat ihn in der Mittagspause in der Kantine um ein Gespräch, das dann während eines Spaziergangs im Klinikpark stattfand. Anfangs muss es noch einigermaßen zivilisiert abgelaufen sein. Das berichtete jedenfalls eine Schwester, die den beiden begegnete. Doch schon kurz darauf brüllte Ihr Vater herum. Es gab ein wüstes Wortgefecht, an dessen Ende mein Vater zusammenbrach. Herzrhythmusstörungen, Kammerflimmern. Obwohl sofort Ärzte zur Stelle waren, haben sie das nicht in den Griff bekommen. Ihr Vater hat mir meinen Vater genommen. Meiner hat mich geliebt und gefördert. Vor allem in der Musik. Ohne ihn wurde alles zum Kampf. Jede Geigenstunde, jeder Auftritt, der Besuch des Konservatoriums. Ihr Vater hat mich dazu verdammt, an der Seite meiner Mutter aufzuwachsen. Ich habe ihn dafür gehasst.« In Christian Brandenbourgs Augen glimmten Funken. Aber einen Augenblick später verloschen sie bereits; er lächelte wieder. »Das ist lange her. Entschuldigen Sie, dass ich mich für einen Moment von den alten Gefühlen habe mitreißen lassen.«

* * *

Er starrte an die Decke. Im Verputz zeigten sich Risse, die sich verästelten wie feine Wurzeln, wie ein Gespinst blutleerer Adern.

Er hatte das nicht gewollt, hatte nicht gewusst, woher plötzlich diese Wut gekommen war. Und dann hatte ihn aller Mut verlassen. Das Böse war nicht immer in ihm gewesen. Es hatte sich unvermittelt eingestellt und von ihm Besitz ergriffen, in dem Moment, in dem man ihm alles genommen hatte. Es hatte seine Schutzlosigkeit genutzt, um die Macht seines Handelns an sich zu reißen.

Verstümmelte und zerstörte Leben hatte er gesammelt, dieser Marionettenspieler. Und eines davon war seines. Er würde die Verantwortung dafür nicht tragen, diese Freiheit war ihm geschuldet. Seine Strafe hatte er verbüßt. Lange vor der Tat.

Etwas zerriss ihn. Doch es gab eine Macht, die das verhindern konnte. Vielleicht. Allerdings fürchtete er sich vor ihr im selben Maß, in dem er sich nach ihr sehnte.

Er blickte zum Instrumentenkoffer. Darin lag sein Schicksal. Dann ließ er den Blick weiter über die Decke wandern, folgte den Spuren. War es möglich, das lose Ende aufzunehmen und dort anzuknüpfen, wo der Faden durchtrennt worden war?

Er wollte es wenigstens versuchen. Also gab er sich einen Ruck, stand auf und schaltete die Musik aus. Die schlagartig eintretende Stille umfing ihn wie ein Bote der Einsamkeit.

Er trat zum Koffer, öffnete ihn und nahm die Geige aus der Halterung. Das Holz fühlte sich warm und vertraut an. Obwohl er das Instrument lange nicht in Händen gehalten hatte, legte es sich bereitwillig in seine Arme. Erleichterung, Sehnsucht, Bestimmung. Er sog den Duft nach Kiefern- und Ahornholz ein. Nahm einen Hauch von Kolophonium wahr. Seine Finger wanderten über die Schnecke, das Griffbrett aus Ebenholz und die Saiten. Er fühlte Spannung in seine Fingerspitzen schneiden und ließ sie weiterwandern, wie über den Körper einer Frau, strich sanft an den Rändern der F-Löcher entlang bis zum Saitenhalter. Dann hob er das Instrument zum Kinn, ergriff den Bogen und blickte zum Notenständer. Sein Herz schlug plötzlich in wilden, schnellen Schlägen.

Donnerstag, 23. Oktober

Marc schnarchte leise. Caroline war schon seit einer Stunde wach und konnte nicht wieder einschlafen. Vorsichtig stieg sie aus dem Bett, ging in die Küche und kochte Kaffee.

Kurz nach Mitternacht hatte sie Marc vom Bahnhof abgeholt. Fröstelnd hatte sie am Bahnsteig gestanden, bis der Zug einfuhr, die Bremsen quietschten, sich der gerade noch menschenleere Bahnsteig füllte, und als sie ihn dann sah, wie er zerknautscht und mit vor Müdigkeit grauem Gesicht den Bahnsteig entlangging, plötzlich keinem Gott einer Sagenwelt mehr ähnlich, sondern ein ganz normaler Mann, der nach zwei anstrengenden Tagen müde nach Hause kam, war da eine Sekunde des Erkennens gewesen, ein kurzer Augenblick, der in ihr aufflammte: Ja, mit ihm könnte ich den Rest meines Lebens verbringen. Als er sie dann entdeckte, vertrieb die Freude alle Müdigkeit aus seinem Gesicht. »Caro?« Er nahm sie in die Arme. »Wie schön.« Hand in Hand waren sie zum Taxistand gegangen und in ihre Wohnung gefahren.

Die Maschine röchelte, der Kaffee war fertig. Caroline erwärmte Milch und setzte sich mit einem Becher Milchkaffee ans Fenster. Es war noch dunkel. Nur die Straßenlaternen spendeten Licht. Ein Auto fuhr um die Ecke.

Sie dachte an den gestrigen Abend. Er war nett verlaufen, bis auf Christian Brandenbourgs verbale Attacke gegen ihren Vater, die allerdings verständlich war. Der frühe Tod des geliebten Vaters war für Christian ein grauenvoller Schicksalsschlag gewesen, der außerdem beinahe das Ende der Geigenstunden bedeutet hatte. Seiner Mutter schwebte eine Juristen-Karriere für ihren Sohn vor. Nur das dauerhafte Engagement seines Musiklehrers und Christians eiserner Wille hatten die Fortsetzung des Geigenunterrichts nach dem Tod des Vaters ermöglicht. Aber immer wieder hatte er hart darum kämpfen müssen.

Nach der Beisetzung hatte er Elli noch einmal getroffen und ihr die Briefe gebracht, die er aus dem Schreibtisch seines Vaters genommen hatte, bevor seine Mutter sie vernichten konnte.

Er war reif für sein Alter, dachte Caroline. Er verfügte über das große Talent, den durchsetzungsstarken Willen und die Leidenschaft zur Musik, um sich berufen zu fühlen. Und das mit zwölf Jahren. Aber eigentlich war das nicht überraschend. Elli hatte in ihrem Tagebuch ausführlich die seit Generationen ausgeprägte künstlerische Begabung der Brandenbourgs beschrieben.

Sie blickte weiter in die Nacht, ihr Gesicht spiegelte sich schwach in der Scheibe. Mit zwölf hatte sie Bücher über Afrika verschlungen. Auch in ihr hatte eine Leidenschaft gebrannt, eine Begeisterung, wie man sie vielleicht nur in diesem Alter empfinden konnte. Vater hatte ihren Vorschlag, die Familie könnte den Sommerurlaub in einem Wildreservat in Kenia verbringen, rundheraus abgelehnt. *Zu den Wilden fahren wir nicht.* Ach, Vater! Caroline seufzte und trank einen Schluck Kaffee. Immer hatte er seinen Willen durchgesetzt.

Und plötzlich, wie aus dem Nichts, zusammenhangslos, war die Erinnerung da. Die Erinnerung, die schon seit Tagen an die Oberfläche gewollt hatte, immer wenn sie das Vivaldikonzert gehört hatte. Die Erinnerung an dieses fürchterliche Wochenende, das beinahe ein Leben gekostet hatte.

* * *

Dühnfort kam kurz nach acht ins Büro, öffnete das Fenster, blickte kurz auf die Föhnwolken, die als zarte Schlieren über den Himmel zogen, und wandte sich dann seinem Schreibtisch zu. Das Überwachungsband der Bahn war da. Er ging damit zu Gina und Alois. Gina war bereits unterwegs, um *Superclean*-Käufer zu befragen. Alois folgte ihm ins Besprechungszimmer und setzte sich, während Dühnfort das Band ins Abspielgerät legte und die Starttaste drückte. Nach kurzem Flimmern erschien der S-Bahnsteig im Bild. In der unteren linken Ecke waren Datum und Uhrzeit eingeblendet. 13. Oktober, 16.00 Uhr. Dühnfort spulte bis 17.40 Uhr vor und ließ dann das Band im langsamen Vorlauf vorbeiziehen. Sieben Minuten vor fünf kam ein Mann ins Bild, der ein Fahrrad über den, mit Pendlern gefüllten, Bahnsteig schob.

»Yepp.« Alois deutete auf den Bildschirm. »Da ist er.«

Dühnfort stoppte das Band. Bertram war deutlich zu erkennen, ebenso das Mountainbike. »Ist das nun seines oder das des Vaters?« Dühnfort griff nach den beiden Garantieheften der Räder und verglich die Abbildungen auf der Titelseite mit dem Rad auf dem Monitor. »Das ist seines.«

»Langsam wird es spannend.« Alois stand auf und spulte das Band weiter. »Wann hat sein Handy sich wieder am Hauptbahnhof angemeldet?«

»Um fünf nach neun.«

Alois stoppte die Aufzeichnung, als die S-Bahn aus

Wolfratshausen kurz nach einundzwanzig Uhr einfuhr. Die Türen öffneten sich; dicht vor der Rolltreppe verließ ein Mann mit Fahrrad die S-Bahn. »Da ist er wieder.« Alois fror das Bild ein, als das Rad erkennbar war. »Das ist nun das Rad seines Vaters.«

Dühnfort lehnte sich im Stuhl zurück und verschränkte die Hände im Nacken. Was hatte das zu bedeuten?

»Bertram hat also in Münsing die Räder vertauscht, und zwar kurz bevor oder zur selben Zeit, als Albert kam und die Leiche seines Vaters fand.« Alois setzte sich. »Hat Albert Bertram überrascht, als der die Leiche beseitigen wollte?«

»Mit dem Rad?« Etwas lag Dühnfort quer im Magen.

»Oder Spuren verwischen?«

»Wir müssen wissen, ob sie wirklich zeitgleich dort waren.«

»Fragen wir Albert«, meinte Alois.

Aber Dühnfort rief Meo an. »Hast du die Ortungsdaten von Alberts Handy schon?«

»Ich habe sie vor drei Minuten bekommen. Du musst dich noch etwas gedulden. Ich melde mich, sobald ich sie ausgewertet habe.«

* * *

Babs saß am Küchentisch und versuchte eine andere Babs, eine, die sie nicht kannte, in Schach zu halten. Seit gestern wollte diese die Wohnung nach einem Beweis für Alberts Untreue durchsuchen. Alleine schon die Idee, etwas so Erbärmliches zu tun!

Wenn sie Albert dabei erwischen würde, wie er ihre Sachen durchwühlte, dann ... ja was dann? Sie hatte keine Ahnung. Gäbe es Krach? Würde sie Teller, Gläser,

Vasen gegen die Wand pfeffern? Oder würde sie, in dem Wissen, dass dieser Vertrauensbruch das Ende ihrer Ehe besiegelte, wortlos die Wohnung verlassen oder wieder einmal um des lieben Friedens willen ... Quatsch, da belog sie sich selbst. Es war nie um den Ehefrieden gegangen, sondern um ihre Angst vor der Wahrheit. Bisher hatte sie nicht hinsehen wollen, und nun trieb diese andere in ihr sie genau dazu an.

Im Moment sah sie nur noch den Abgrund vor sich. Ihre Ehe war nicht zu retten, Noel und Leon würden zu Scheidungskindern werden. Es kam ihr wie ein persönliches Versagen vor. Was hatte sie nur falsch gemacht?

Wenigstens hatte sie sich nicht lächerlich gemacht, als sie gestern Abend hinüber zum Kurfürstenplatz gegangen war, um mit Albert zu reden. Sie hatte noch zögernd vor der Tür gestanden, da war ein gackerndes Gelächter aus der Wohnung gedrungen. Dieses Gackern kannte sie, es gehörte Margret Hecht. Babs war in ihre Wohnung zurückgeschlichen.

Müde strich sie sich eine Strähne aus der Stirn. Wie lange ging das schon so? Hatte er sie von Anfang an betrogen? War er schon immer ganz der Sohn seines Vaters gewesen? Vielleicht gab es in dieser Wohnung ein Album, in dem er Beweise seiner Eroberungen gesammelt hatte, wie sein Vater.

Nein, rief sie die andere in sich zur Ordnung. Sie würde Alberts Sachen nicht durchsuchen. Aber die andere hörte nicht. Plötzlich stand sie auf. Sie wollte es wissen! Ehe Babs sich versah, durchwühlte sie Alberts Kommode, seinen Schrank und das Nachtkästchen. Doch sie fand nichts. Sicherlich war Albert nicht so leichtsinnig, hier etwas zu verstecken. Schließlich kümmerte sie sich um seine Kleidung und Wäsche. Sie ging in sein Arbeitszimmer und durchsuchte das Regal und die Biedermeierkommode, ein Erbstück seiner Großmutter. Vielleicht im Schreibtisch? Der Reihe nach zog Babs die Schubladen auf. Bis sie bei der angekommen war, in der Bertram den Schlüssel verborgen hatte. Sie hob die Schachtel mit Tesafilmrollen hoch. Darunter lagen einige alte Notizbücher und unter diesen ein Seidentuch, das sie nicht kannte. Etwas war darin eingewickelt. Sie nahm es heraus, schlug den Stoff auseinander und blickte auf Wolframs Uhr. Die Uhr, die Albert ihm zum siebzigsten Geburtstag geschenkt hatte.

Während sie überlegte, warum sie am Samstag nicht gleich die ganze Schublade durchsucht hatte, hörte sie mit halbem Ohr, wie die Wohnungstür aufgesperrt wurde und dann zuschlug.

»Hallo, Babs.« Albert stand an der Schwelle.

Sie zuckte zusammen und fuhr schuldbewusst herum.

»Was hast du da?« Er trat näher und sah auf die Uhr in ihrer Hand.

Ihr blieb nur die Flucht nach vorne. »Ich wollte dir das eigentlich nicht sagen. Aber Bertram hat den Schlüssel eures Vaters in deinem Schreibtisch versteckt und anscheinend auch die Uhr.«

»Wie versteckt und wann?« Albert zog den Mantel aus und legte ihn über den Schreibtischstuhl.

Sie erzählte ihm von Bertrams Besuch, dass er dabei ins Arbeitszimmer geschlichen war, und davon, wie sie am Samstag den Schlüssel entdeckt hatte, als sie Tesafilm gesucht hatte.

»So ein Arschloch.« Albert fuhr sich über die Augen. »Es ist nicht zu fassen.« Er sah sie forschend an. »Warum hast du mir das verschwiegen, und was hast du mit dem Schlüssel gemacht? Hoffentlich zur Polizei gebracht.«

»Nein.« Kleinlaut gestand sie Albert, was sie getan hatte und warum.

Er setzte sich auf die Schreibtischkante. »Du hast ja eine richtig kriminelle Seite an dir.«

War er nun verärgert, oder amüsierte er sich? Babs wusste es nicht. Ihr Mann wurde ihr immer fremder. »Was machen wir nun damit?« Ratlos ließ sie die Uhr in seine Hand gleiten.

Er steckte sie in die Tasche und ging in die Küche. Sie folgte ihm. Aus dem Kühlschrank nahm er eine Packung Orangensaft, schenkte ein Glas voll und zerdrückte die leere Tüte in seiner Faust, bevor er sie in den Müll warf. Dann wandte er sich ab und sah aus dem Fenster. Offensichtlich war er sauer.

»Ich weiß, ich hätte den Schlüssel zur Polizei bringen sollen.« Sie hatte sich ziemlich dämlich benommen, und wenn sie nun auch noch die Uhr verschwinden ließ, würde das die Sache nicht besser machen. Dühnfort würde zwar verärgert sein, aber bevor sie sich noch weiter darin verstrickte, war es besser, ihre Dummheit einzugestehen. Am besten brachte sie das gleich hinter sich. Sie ging in den Flur zum Telefon. »Ich rufe Dühnfort an und sage ihm, was ich getan habe.«

* * *

Dühnfort las den Bericht zur Spurenlage im Wochenendhaus, als Alois hereinkam.

»Ich bin da auf etwas gestoßen. Für den Bau der Molkerei hat Bertram eine Firma gegründet, die Hemobau GmbH. Die ging kurz nach Fertigstellung der Molkerei über den Jordan. Einige Handwerker haben ihr Geld nicht gesehen. Und einer von denen, ein Schreiner, hat Bertram böse Briefe geschrieben. Mit dem würde ich gerne reden. Wenn es recht ist, fahre ich nach Straubing.«

»Wie böse?«

»Er hat ihm erst Prügel angedroht und dann einen Gratissarg.«

»Wie lange ist das her?«

»Ein knappes Jahr.«

Dühnfort überlegte, ob diese Befragung nicht die Kollegen vor Ort übernehmen könnten. Aber der persönliche Eindruck war oft ausschlaggebend, also stimmte er zu und sah Alois nach, als der das Büro verließ.

Kurz vor zehn rief Meo an. »Das Bewegungsprofil ist fertig. Echt krass.«

»Was soll das heißen?«

»Wirst du gleich sehen.«

Dühnfort ging zuerst bei Gina vorbei. Der Raum war leer. Sicher war sie noch damit beschäftigt, die Käufer von *Superclean* zu befragen. Dann betrat er Meos Reich.

Meo hatte das Bewegungsprofil bereits an die Wand projiziert. Während Dühnfort sich neben ihn stellte, griff er nach einem Laserpointer. »Also«, begann er. »Montag, 6. Oktober. Der Tag des Überfalls.« Er wies mit dem Pointer auf grüne Markierungsfähnchen innerhalb der wabenförmigen Funkzellen. »Albert fährt zum Vater ins Wochenendhaus, um den Siphon zu reparieren.« Der leuchtende Pfeil wanderte über die Karte und stoppte in Münsing. »Albert erreicht die Funkzelle um 19.11 Uhr. Um 21.02 Uhr meldet sich sein Handy dort wieder ab.«

»Gut. Das wissen wir. Er hat den Siphon repariert, mit seinem Vater zu Abend gegessen und ist dann nach Hause gefahren.« Dühnfort setzte sich auf die Kante von Meos Schreibtisch.

Meo deutete mit dem Pointer auf ein Bündel grüner

Fähnchen. »Es gibt eine Besonderheit. Sein Handy hat sich in dieser Zeit häufig in der Münsinger Funkzelle gemeldet.«

»Was bedeutet das?«

»Später.« Meo deutete auf die Karte. »Sehen wir uns den Zeitraum von Dienstag, dem 7. Oktober, bis einschließlich Sonntag, den 12. an.« Er drückte eine Taste. Eine Vielzahl bunter Fähnchen erschien. Alle ballten sich in München. »Wie man sieht, war Albert, beziehungsweise sein Handy, die ganze Woche in der Stadt. Erst am Montag, den 13. Oktober, fährt er wieder nach Münsing.« Meo griff hinter sich auf die Tastatur. Die bunten Fähnchen verschwanden, rote erschienen. »Um 19.28 Uhr geht bei uns Alberts Notruf ein. Er hat seinen Vater tot aufgefunden. Allerdings hat sich sein Handy bereits um 19.06 Uhr in Münsing angemeldet.«

Zweiundzwanzig Minuten. Nachdenklich blickte Dühnfort auf die Karte. »Albert und Bertram waren also zur selben Zeit am Wochenendhaus.« Und mit einem Mal wusste Dühnfort, was die Fingerspuren in der Fensterlaibung bedeuteten. Bertram war im Haus. Er hörte ein Auto und stellte fest, dass es das von Albert war. Aus verständlichen Gründen wollte er ihm nicht begegnen und kletterte aus dem Fenster. Inzwischen hatte Albert das Haus betreten. Bertram kauerte im Garten …

Langsam begann Dühnfort zu verstehen. Er sah zu Meo. »Die gehäuften Anmeldungen von Alberts Handy am 6. Oktober, was haben sie zu bedeuten?«

Meo klickte die andersfarbigen Markierungen weg. Übrig blieben die grünen Fähnchen, die Alberts Handyortung am 6. Oktober markierten, also am Tag des Überfalls auf seinen Vater. »Sein Handy hat sich zwischen 19.11 Uhr, als es sich in Münsing angemeldet hat, und

20.11 Uhr im 20-Minuten-Takt beim Provider zurückgemeldet. Das bedeutet, dass keine nennenswerte Ortsveränderung stattgefunden hat. Danach gibt es vier Anmeldungen innerhalb einer halben Stunde. Das Handy wurde also bewegt, blieb aber immer innerhalb der gleichen Funkzelle.« Meo wies mit dem Laserpointer auf die Karte an der Wand.

Nun verstand Dühnfort.

***

Sie hatten die Stadt hinter sich gelassen und fuhren auf der Autobahn Richtung Wolfratshausen. Gepflügte Äcker, abgeerntete Maisfelder, grüne Wiesen zogen vorbei, ab und zu ein herbstlich gefärbter Mischwald. Babs sah zu Albert. »Ich treffe mich ohnehin mit Dühnfort. Es gibt einen Ortstermin in Münsing. Am besten, du kommst mit und beichtest ihm die Sache mit dem Schlüssel und der Uhr«, hatte er gesagt. Nun saß er in sich gekehrt hinter dem Steuer, die Hände fest am Lenkrad. Als er ihren Blick bemerkte, erwiderte er ihn. Sein Mund lächelte, die Augen nicht. »Als Vater sein erstes Cabrio gekauft hat, sind wir diese Strecke gefahren. Das war Ende der sechziger Jahre, ich durfte mit zur Jungfernfahrt.« Er blickte wieder auf die Straße. »Ein Mercedes 280 SL Pagode. Knallrot, Zweisitzer, Lederausstattung. Wir sind in die Berge gefahren und haben irgendwo einen großen Eisbecher gegessen mit Sahne und so einem Papierschirmchen. Bertram musste zu Hause bleiben. Und ich habe mich gefühlt wie der King.«

Genauso war Wolfram gewesen. Ungerecht. »Das war nicht fair von ihm.«

»Na und? Das Leben ist nicht fair.« Albert schenkte seine ganze Aufmerksamkeit dem Verkehr. »Und Vater war es auch nicht. Bertram hatte absolut recht. Unser Vater war der große Manipulator. Schon als wir Kinder waren, hat er dafür gesorgt, dass wir um ihn buhlten. Er hat uns gegeneinander ausgespielt und sich köstlich amüsiert. Er hat uns benutzt, um sein Ego aufzupolieren.«

Alberts Hände spannten sich stärker um das Steuer. Die Knöchel traten weiß hervor. Was war los mit ihm? So kannte sie ihn nicht. Sarkastisch, verbittert. Mit einem Mal tat er ihr leid. »Warum hast du das so lange mitgemacht? Ich meine, als Kind, sicher, da durchschaut man das nicht. Aber später ...«

Die Sehnen an seinem Hals traten hervor. Er sagte nichts, blickte stur auf die Straße. Erst nach einer Weile ließ diese Anspannung nach. »Ich habe ihn nicht durchschaut. Erst jetzt ist mir das klar geworden. Er hat in mir irgendetwas gesehen, etwas Besonderes, eine Art Trophäe.«

»Eine Trophäe?« Wieder einmal klang sie wie sein Echo. Was meinte er?

»Ich war für ihn eine Art Beute, oder besser ein Beweis. Mutter hat ihn im Jahr vor meiner Geburt betrogen und wollte ihn verlassen. Aber ein Heckeroth lässt sich keine Hörner aufsetzen, den betrügt man nicht. So einer nimmt sich, was ihm ohnehin gehört.«

Was Albert damit andeutete, erschreckte Babs. Hatte Wolfram Elli vergewaltigt und dabei Albert gezeugt? Das wäre grauenhaft. Allerdings wäre es noch viel grausamer, Albert das wissen zu lassen. »Hat Wolfram dir das erzählt oder ...«

Wieder sah er kurz zu ihr hinüber. In seinen Augen lagen gleichzeitig Trauer, Verbitterung und Wut. Ein Anblick, der Babs Angst machte und sie daran hinderte weiterzusprechen.

Kurz darauf kündigte ein Hinweisschild die Raststätte Höhenrain an. Babs musste auf die Toilette und bat Albert, dort zu halten. Er nickte.

Woher wusste er mit einem Mal, dass Elli damals eine Affäre gehabt hatte und dass Wolfram sich mit Gewalt ... Wolfram hätte niemals zugegeben, dass Elli ihn betrogen hatte, und auch mit der Vergewaltigung seiner Frau würde er sich doch nicht vor Albert brüsten. Oder doch?

Babs sah aus dem Fenster. Ihre Gedanken gingen zurück, zur Uhr, zum Schlüssel, zu Bertram, diesem Mistkerl. Unvermutet drängte sich ein Gedanke in ihre Vorstellung, wie eine Tür, die sich langsam öffnen wollte. Sie warf sich mit aller Kraft dagegen, aber es war zu spät. Den Blick in den Abgrund, der jenseits dieser Tür lag, hatte sie bereits getan: Was, wenn nun gar nicht Bertram ... sondern Albert? Ihr wurde kalt.

Albert setzte den Blinker, fuhr zur Raststätte und hielt direkt vor den Toiletten. »Beeil dich. Wir sind spät dran.«

Benommen stieg sie aus und betrat das flache Nebengebäude der Tankstelle. Sie fühlte sich, als hätte ihr jemand mit dem Hammer vor den Kopf geschlagen. Wie konnte sie nur ihren eigenen Mann verdächtigen? Doch er benahm sich seltsam, und an dem Abend, als Wolfram überfallen worden war, war er erst spät gekommen und gereizt und aggressiv gewesen. Es konnte nicht sein ... warum auch? Sie atmete durch, verscheuchte diese unsäglichen Gedanken. Albert hatte sich mit seinem Vater nicht nur blendend verstanden, er hatte ihn auch geliebt.

Sie ging auf die Toilette. Kurz darauf hörte sie, wie jemand den Raum betrat und eine Kabinentür verriegelte.

Nachdem Babs sich erleichtert hatte, wusch sie sich die Hände und ließ warmes Wasser über die Handgelenke laufen. Ihre Nerven waren überreizt, kein Wunder nach all dem, was geschehen war. Sie musterte sich im Spiegel. Fahle Haut, hektische rote Flecken, ein gehetzter Blick. Sie versuchte ruhig durchzuatmen. Natürlich hatte Bertram den Schlüssel und die Uhr versteckt. Aber was war mit dem toten Vogel? Falls Bertram nicht gelogen hatte, wie kam dann die Uhr in Alberts Schreibtisch? Babs starrte ihr Spiegelbild an. Vielleicht wartete Dühnfort gar nicht in Münsing. Die Anspannung wuchs, ihre Nerven vibrierten wie gespannte Seile, an denen eine ungeheure Kraft zog. Ihre Hände begannen zu zittern. Sie glaubte ihrem Mann nicht … sie hielt ihn für … Babs rief sich zur Ordnung, straffte die Schultern und schüttelte den Kopf. Warum hätte Albert seinen Vater töten sollen? Er hatte nicht den Hauch eines Motivs.

Die Tür einer Kabine wurde aufgestoßen. Eine junge Polizistin trat heraus. Babs fuhr herum und fegte dabei ihre Handtasche zu Boden. Lippenstift, Handy, Geldbörse, alles ergoss sich auf den dreckigen Fliesenboden.

Die Polizistin musterte sie. »Alles in Ordnung?«

Babs bückte sich und raffte mit fliegenden Fingern ihre Sachen zusammen. »Ja, sicher. Ich bin nur in Eile.« Sie stopfte alles in die Tasche und versuchte ein Lächeln.

***

Dühnfort verstand, was die Häufung der grünen Fähnchen innerhalb der Münsinger Funkzelle bedeutete. »Albert hat das Auto seines Vaters auf den Hotelparkplatz gebracht.«

»Sieht so aus. Und es gibt noch etwas.« Meo klickte die blauen Fähnchen weg. Orangefarbene erschienen.

Er ließ den Laserpointer über die Karte wandern. »Eine Woche später, am Tag des Leichenfundes, hat sich Albert um kurz nach 21 Uhr auf den Heimweg gemacht, nachdem du ihn vermutlich gefragt hast, ob er das alleine schafft.«

Dühnfort erinnerte sich. *Es geht schon*, hatte Albert gesagt.

»Albert ist auf der Autobahn Richtung München gefahren, am Autobahnkreuz Starnberg allerdings nach Westen abgebogen und in die Ortsmitte von Starnberg gefahren. Erst dann ist er zurück in die Stadt.« Meo blickte zu ihm. »Ich wette, er hatte Bertrams Rad die ganze Zeit im Kofferraum, während du mit ihm gesprochen hast und Buchholz mit seinen Leuten im Haus arbeitete. Ganz schön dreist!«

»Das erklärt auch die 22 Minuten Zeitdifferenz zwischen Ankunft und Notruf. Nicht Bertram, sondern Albert hat sie genutzt, um die Spuren zu beseitigen.« Plötzlich fügten sich eine Menge Informationen zu einem Bild. »Bertram, der sich um seinen Vater sorgt, trifft kurz vor Albert am Wochenendhaus ein. Auch er hat einen Schlüssel. Er betritt das Haus und findet die Leiche. Ein Auto nähert sich. Der verhasste Bruder steigt aus. Bertram bekommt Panik; Albert wird denken, dass er den Vater umgebracht hat. Deshalb flüchtet er durch das Fenster.« Dühnfort spann den Faden weiter. »Sicher hat Bertram aus dem Schutz der Dunkelheit beobachtet, wie Albert reagiert. Und was er dann gesehen hat, muss ihn überrascht haben.« Das nächste Mosaiksteinchen purzelte an seinen Platz. »Bertram konnte mit seinem Handy fotografieren und Videos aufzeichnen, das würde erklären, warum er den Irrtum mit dem Rad nicht aufgeklärt hat. Er hat seinen Bruder erpresst.«

»Das mit dem Rad verstehe ich nicht«, sagte Meo. »Weshalb hat Albert Bertrams Rad nach Starnberg gebracht?«

»Albert hat am Tag des Überfalls das Rad seines Vaters in den Kofferraum des Jeeps gelegt, um damit vom Hotelparkplatz zurück zu seinem Auto gelangen zu können. Und dann hat er es, warum auch immer, zurückgestellt. Am Tag des Leichenfundes hat er falsche Fährten gelegt und Spuren verwischt. Er wollte das Rad des Vaters verschwinden lassen und hat dabei das falsche, nämlich das von Bertram erwischt.«

Dühnforts Handy begann zu klingeln. Er zog es aus der Tasche. »Polizeihauptmeisterin Meingast«, meldete sich eine Frauenstimme. Er erinnerte sich an die Streifenpolizistin, die mit ihrem Kollegen Fischer nach Alberts Notruf zum Wochenendhaus gefahren war. »Ich weiß nicht, ob das von Bedeutung ist. Aber der Mann, der neulich die Leiche seines Vaters gefunden hat, dieser Dr. Heckeroth, dem bin ich auf dem Rastplatz Höhenrain über den Weg gelaufen. Er hat eine Frau bei sich, die ist das reinste Nervenbündel. Ich dachte, das interessiert Sie. Sicherheitshalber habe ich mich mit ordentlich Abstand an ihn drangehängt.«

»Wie sieht sie aus?«

Die Beschreibung der Kollegin passte auf Barbara Heckeroth.

»Wo sind Sie?« Dühnfort machte sich auf den Weg in sein Büro und schlüpfte in den Mantel.

»Auf der A95 Richtung Süden. Nächste Ausfahrt Wolfratshausen.«

»Vermutlich fährt er zum Wochenendhaus. Folgen Sie ihm mit großem Abstand, er darf Sie nicht bemerken. Und halten Sie mich auf dem Laufenden.«

»Okay.« Ihre Stimme klang freudig erregt.

»Sie unternehmen nichts und bleiben wirklich unsichtbar. Ist das klar?«

***

Albert bog von der Hauptstraße auf den holprigen Weg ein, der in den Wald führte, und folgte ihm bis zum Wochenendhaus. Es stand kein Fahrzeug davor. »Dühnfort scheint sich auch zu verspäten«, sagte Babs.

»Sieht so aus.« Albert stieg aus und steuerte auf das Haus zu. Babs folgte ihm zögernd. Sie wollte es nicht betreten. Da drinnen …

»Setz dich auf die Terrasse. Ich sehe nur kurz rein, ob alles in Ordnung ist«, sagte Albert, als hätte er ihre Gedanken gelesen. »Kann ich dich so lange allein lassen, Mäuschen? Oder ängstigst du dich?«

Erleichtert atmete Babs durch. Da war er wieder, ihr Albert. »Es ist nur … du verstehst schon.«

»Natürlich. Setz dich in die Sonne. Ich bin gleich bei dir.«

Sie ging um das Haus herum und ließ sich auf der Veranda nieder. Es war ein schöner Herbsttag. Sie schloss die Augen und genoss die wärmenden Strahlen der Sonne, bis sie ein Geräusch hinter sich hörte. Albert öffnete das Fenster. »Kannst du kurz reinkommen und mir helfen? Der Kühlschrank läuft immer noch. Man müsste ihn ausräumen und abtauen.«

Babs überwand ihre Abscheu. Wenn Dühnfort kam, konnte sie sich ohnehin nicht länger drücken. Als sie das Haus betrat, bemerkte sie das aufgerissene Polizeisiegel an der Tür. Hatte Albert das getan?

Ein ekelhafter Geruch schlug ihr entgegen. Sie versuchte möglichst flach zu atmen. Die Tür zum Schlafzimmer stand offen. Babs ignorierte das Chaos, trat hinein und öffnete das Fenster. Dann ging sie in die Küche. Albert hatte bereits einen Müllbeutel aus dem Schrank geholt und war dabei, die verdorbenen Lebensmittel hineinzulegen. Nun drückte er ihr die Tüte in die Hand und verließ den Raum. Sie hörte, wie er die Haustür verschloss, und fuhr herum. Die Erkenntnis, was das bedeutete, legte sich als eisige Kälte in ihren Magen.

Albert kam zurück und wies auf den Stuhl am Küchentisch. Daraufhin zog er die Uhr aus der Hosentasche und legte sie auf die Kiefernholzplatte. »Setz dich.« Seine Stimme klang müde.

* * *

Er hatte keinen Plan.

Als Babs vorher, in der Wohnung, zum Telefon gegriffen hatte, war ihm beinahe das Herz stehengeblieben. Woher er diese Geschichte mit dem Ortstermin genommen hatte, wusste er selbst nicht. Er wusste nur, was er verhindern musste. Aber wie? Sollte er sie ins Vertrauen ziehen? Wenn er ihr erzählte, wie es dazu gekommen war ... Sie würde ihn verstehen. Aber der Preis dafür war zu hoch. Er wollte frei sein. Endlich. Außerdem hatte er sie gedemütigt. Das würde sie ihm nicht verzeihen. Sie mit ihren hohen moralischen Ansprüchen. Und selbst wenn sie ihn verstand, würde sie ihn doch drängen, sich dem zu stellen, was er getan hatte.

Und dann war da noch das Problem mit der Polizistin. Was hatte es zu bedeuten, dass sie am Rastplatz aufgetaucht war? Hatte sie mit Babs gesprochen? War es Zufall gewesen, dass sie kurz nach Babs die Toiletten aufgesucht hatte? Es war dieselbe, die mit ihrem Kollegen zum Wochenendhaus gekommen war, kurz nachdem er den Notruf getätigt hatte. Er hoffte, dass sie ihn nicht erkannt hatte. Jedenfalls war sie ihm nicht gefolgt.

Weshalb auch, beruhigte er sich. Auf ihm lag nicht der Hauch eines Verdachts.

Aber Babs wusste es. Er sah es in ihren Augen.

***

Ihre Intuition war also richtig gewesen. Nicht Bertram hatte die Uhr in den Schreibtisch gelegt. »Dühnfort kommt gar nicht.«

»Du sollst dich hinsetzen.«

»Warum?«

»Das will ich dir ja erklären. Jetzt setz dich endlich hin!«

Sie gehorchte.

Albert nahm ihr gegenüber Platz, griff nach dem teuren Chronographen und drehte ihn um. Auf die Rückseite hatte er einen Text eingravieren lassen, den Babs schon damals überzogen gefunden hatte, geradezu pathetisch. *Dem besten Vater in immerwährender Liebe und Verbundenheit.* »Ich wollte das nicht. Das musst du mir glauben.«

Die Kälte erreichte ihre Brust und stieg weiter auf. Etwas in ihr wollte sich weigern, den Sinn seiner Worte zu verstehen. Es war, als ob der feste Boden nachgab, auf dem sie bisher gestanden hatte, als ob er zu einem Morast würde, zu einem trügerischen Moor.

»Glaubst du mir, dass ich das nicht wollte?« Er starrte weiter auf die Gravur, blickte dann auf und sah ihr in die Augen. Trauer, Angst und Verzweiflung lagen darin, aber auch Ratlosigkeit. Sie konnte sich nicht vorstellen, dass er seinen Vater kaltblütig ermordet hatte, und nickte.

Seine Schultern sanken erleichtert herab. »Unser Hochzeitstag, du erinnerst dich?« Während er sprach, fuhr sein Daumen über die Inschrift. Seine Augen waren auf seine Hände gerichtet. »Er hätte den Siphon problemlos alleine reparieren können. Das hat er mir auch gesagt, als ich fertig war und wir zu Abend gegessen haben. Willst du wissen, warum er angerufen hat? Er wollte sehen, ob ich wirklich so ein Waschlappen bin, ob er wirklich so viel Macht über mich hat, dass er uns den Hochzeitstag versauen kann.«

* * *

Als Vater wegen des Siphons angerufen hatte, hatte er sofort diese leichte Verärgerung gespürt. Wie so oft. Und wie immer hatte er sie beiseitegeschoben. Er war wütend auf Babs geworden, weil sie ihn einfach nicht verstand, und wieder hatte er den eigentlichen Adressaten seines Unmuts nicht erkannt. Als ob es da eine Mauer gäbe, an der all sein Ärger abprallte und umgeleitet wurde – zu Babs, deren Versuche, ihn auf ihre Seite zu ziehen, mit der Regelmäßigkeit eines zuverlässig funktionierenden Räderwerkes zu Zwistigkeiten führten. Wieso nur war er so blind gewesen und hatte diesen Mechanismus nie durchschaut? Vielleicht weil er ein Teil davon gewesen war und deshalb nie das Ganze hatte überblicken können? Weil ihm die Sicht von außen gefehlt hatte. Hätte er diese Distanz gehabt, er hätte das nicht so lange mitgemacht. Nur ein Mal, zu Beginn der Pubertät, hatte er rebelliert. Zu seiner großen Überraschung war seine Mutter damals mit ihm in die Schlacht gezogen, hatte jedoch auf halber Strecke schon wieder aufgegeben. An jenem Freitagmittag hatte er den Kampf verloren und doch geglaubt, er hätte ihn gewonnen. Er hatte seinen Vater auf einen Sockel gestellt, zum Heiligen gemacht und nicht erkannt, dass er der Teufel war. Bertram war der Einzige, der ihn durchschaut hatte, den großen Manipulator.

Noch immer starrte er auf die Gravur und ließ die Uhr dann auf den Tisch sinken. Warum hatte er sie zusammen mit dem Schlüssel aufgehoben? Er wusste es nicht.

Blass und angespannt saß Babs auf dem Stuhl, wie zum Sprung bereit, als hätte sie Angst vor ihm. Musste sie sich vor ihm fürchten? Albert war sich nicht sicher. Er wusste allerdings, was nicht geschehen durfte. Es gab nur eine Chance. Sie durfte ihn nicht im Stich lassen. Aber wie konnte er ihr das Unerklärliche verständlich machen? »Ich weiß nicht, ob dir das aufgefallen ist. Aber ein paar Tage nach Mutters Beerdigung hat das angefangen. Vater benahm sich seltsam. Er war unruhig, ist ständig durch die Wohnung getigert, war gereizt und aggressiv. Ich habe das nicht der Trauer zugeschrieben. Er hat Mutter nicht geliebt. Er hat sie besessen wie ein exotisches Haustier …«

»Wie ein Tier …«

Albert hasste es, wenn sie ihn nachäffte. Wie ein Springteufel an der Feder schoss seine Wut empor. »Unterbrich mich nicht!« Er schlug mit der Faust auf den Tisch. Feine Spucketropfen landeten auf der Holzplatte. Babs zuckte zusammen. Er durfte sie nicht verstören, atmete durch, versuchte, ruhig weiterzusprechen. »Vater hatte ein Problem. Deshalb ist er ins Wochenendhaus gefahren. Er wollte in Ruhe nachdenken, um zu einer Lösung zu kommen. Zum ersten Mal in seinem Leben wusste er nicht, was er tun sollte.«

»Ich kann dir nicht folgen, Albert. Welches Problem hatte Wolfram, und was hat das mit Elli zu tun?«

»Vaters Problem war immer sein Narzissmus. Er war eitel und eingebildet. Ein selbstgefälliges Arschloch.« Es tat gut, das laut auszusprechen. Er fühlte sich erleichtert, spürte, wie er Sicherheit gewann. »Es hat ihn fast umgebracht, als er entdeckt hat, dass ich nicht sein Sohn bin.«

* * *

Es war beinahe halb elf, und Marc schlief noch. Er wollte erst am Nachmittag ins Büro gehen, und Caroline hatte sich entschlossen, gemeinsam mit ihm zu frühstücken. Sie hatte bereits Tanja Wiezorek informiert, dass sie erst gegen zwölf käme, aber auf dem Handy jederzeit erreichbar sei.

Nun saß sie mit dem Laptop am gedeckten Frühstückstisch und versuchte an der Vorstandspräsentation zu arbeiten. Aber ihre Gedanken wanderten ständig zurück zu dieser Erinnerung, die sie am frühen Morgen heimgesucht hatte. Wie alt war sie damals gewesen? Acht oder neun? Jedenfalls noch sehr klein. Kein Wunder, dass sie das beinahe vergessen hatte. Doch mit der Erinnerung waren auch die Gefühle von damals zurückgekehrt. Angst und Hilflosigkeit.

Die Küchentür wurde geöffnet. Marc kam herein. Er sah ganz zerknautscht und verschlafen aus. »Guten Morgen, Caro.« Er gab ihr einen Kuss auf die Wange und musterte sie dann. »Was ist mit dir? Du wirkst bedrückt.«

»Ach. Es ist nichts.« Unwillig schüttelte sie den Kopf. Sie konnte doch Marc nicht mit der alten Geschichte behelligen, auch wenn sie ihr beinahe Übelkeit verursachte. Außerdem käme sie sich wie eine Verräterin vor. Doch mit diesem Gedanken stieg Zorn in ihr auf. Nein, sie würde sich nicht als Restauratorin dieses Scheiß-Familienbildes betätigen. »Du hast recht, mir liegt etwas im Magen.«

Marc schenkte sich Kaffee ein und setzte sich. »Erzählst du es mir?«

Sie fuhr sich mit der Hand durch die Haare. Warum nicht? »Als Albert elf oder zwölf war, hat mein Vater eines seiner Machtspielchen gespielt. Albert wäre dabei beinahe gestorben. Daran habe ich mich vorhin erinnert, und jetzt ist mir schlecht.«

Marc nahm ihre Hand. »Was ist damals geschehen?«

»Da müsste ich jetzt ziemlich weit ausholen, damit du das verstehen kannst.«

»Ich habe Zeit. Notfalls schwänze ich heute.« Für einen Augenblick erschien ein Strahlenkranz von Fältchen um seine Augen.

Es würde guttun, das einmal auszusprechen. Caroline legte die Hände um ihren Kaffeebecher und begann zu erzählen. Albert, der Erstgeborene, war Vaters Liebling gewesen. Schon immer. Er wurde bevorzugt. Er durfte im Kino *Dschungelbuch* sehen, als Belohnung für gute Noten, während Bertram Zimmerarrest hatte, weil er die Hausaufgaben nicht gemacht hatte. Vater ging mit Albert in die Pizzeria, als in Germering eine eröffnet wurde und Pizza noch nach Urlaub, Meer und Sonne schmeckte. Albert bekam zu Weihnachten die teure Carrera-Rennbahn, während Bertram, der auf eine Skiausrüstung gehofft hatte, einen Schlitten unter dem Christbaum fand.

»Immer ist das so gegangen. Vater hat die beiden gegeneinander ausgespielt. Aber Albert hat das nicht kapiert. Er hat ja auch unter der Situation nicht gelitten und sich in Vaters Zuwendungen gesonnt.«

»Und deine Mutter? Wie stand die dazu?«

»Meine Mutter?« Ich glaube, sie hat keines ihrer Kinder geliebt. Eigentlich wollte sie uns nicht, dachte Caroline. Sollte sie Marc von Ellis Liebe zu Peter Brandenbourg erzählen, von seinem tragischen Tod und Ellis anschließender Resignation und Selbstaufgabe? Aber das war eine andere Geschichte. »Meine Mutter war eigentlich kein Mensch der großen Gefühle. Sie hat uns versorgt, hat gekocht, geputzt, darauf geachtet, dass wir ordentlich angezogen waren und uns anständig benahmen. Sie hat nie gesagt, dass sie uns liebt. Eine zärtliche Geste oder ein liebevoller Blick waren schon das höchste der Gefühle. Sie hat alles gleichmütig mitgemacht, als wären wir ihr egal. Bis Albert dann eines Tages völlig aufgewühlt von der Schule nach Hause kam. Da war er zehn oder elf, ich acht oder neun. Das werde ich nie vergessen. Es war, als hätte jemand meine Mutter wachgerüttelt. Plötzlich war sie ... anwesend und wie ausgewechselt.«

Marc machte sich ein Honigbrot, hörte ihr aber aufmerksam zu. »Was ist in der Schule geschehen?«

»Er muss doch schon elf gewesen sein. Erste Klasse Gymnasium. Sie hatten einen neuen Musiklehrer bekommen. Der hat den Instrumentenschrank geöffnet, und jedes Kind durfte sich ein Instrument aussuchen. Albert hat sich eine Geige genommen, und es muss ihm sofort gelungen sein, diesem Instrument Töne zu entlocken. Der Lehrer war begeistert, Albert auch. Er hat zu Mutter gesagt, die Geige habe im Schrank gelegen und auf ihn gewartet. Von da an hat er Geigenstunden bekommen, obwohl Vater das nicht wollte. Albert sollte sich auf die Schule konzentrieren, ein Einserabitur machen, Medizin studieren und später die Praxis übernehmen. Vater hat auf seine bewährte Art versucht, ihm die Musik auszureden. Klassische Musik sei was für Weicheier, brotlose Kunst, er solle ja nicht zu so einer langhaarigen ungewaschenen Kreatur verkommen und so weiter und so fort.« Caroline seufzte. Es war genauso gewesen wie immer. Steter Tropfen höhlt den Stein. Aber in diesem Fall hatte Mutter sich auf Alberts Seite gestellt und mit ihm gemeinsam gekämpft.« Vaters Taktik ging nicht auf. Auch deshalb, weil Mutter Albert den Rücken stärkte. Er war wirklich begabt und liebte die Musik. Schon nach einem Jahr hatte er einen neuen Lehrer, ich glaube sogar, jemanden vom Konservatorium. Aber durch das ständige Üben blieb wenig Zeit für die Schule. Alberts Noten sackten ab. Als er dann die erste Vier nach Hause brachte, war Schluss mit lustig. Vater ist ausgeflippt. Er erwartete, dass Albert das Gefiedel aufgab.«

Marc hatte ihr bisher aufmerksam zugehört. Nun unterbrach er sie. »Dein Vater hat Albert das Musizieren nicht verboten, sondern erwartete, er würde von alleine darauf verzichten?«

Caroline nickte. »So war er. Ja. Er verlangte Einsicht. Mutter hat dann einen Kompromiss ausgehandelt. Reduzierung der Geigenstunden und im Gegenzug Lateinnachhilfe. Zunächst schien das gutzugehen. Ein älterer Mitschüler gab Albert Stunden. Angeblich. Aber dann flog der Schwindel auf, als Albert sich einen Magen-Darm-Virus einfing und krank im Bett lag. Der Geigenlehrer rief besorgt bei Vater in der Praxis an. Die Musikschule probte für ein Konzert, und wenn Albert nicht rechtzeitig auf die Beine kam … Jedenfalls erfuhr Vater bei diesem Gespräch die Wahrheit. Dass nämlich Albert nach wie vor viermal in der Woche in die Musikschule ging. Als er mittags zum Essen nach Hause kam, war Vater ganz ruhig. Albert saß mit uns am Tisch. Er war noch schwach, trank Wasser und aß Zwieback. Es gab natürlich Streit. Albert hatte ihn angelogen und außerdem wieder eine Vier geschrieben. Vater verlangte von ihm eine Entscheidung. Er sollte die Musik aufgeben und sich ganz auf seinen schulischen Werdegang konzentrieren. Natürlich wollte Albert das nicht.« Caroline blickte auf. »Er wollte Vater zwar nicht enttäuschen, aber auch nicht die Geige in die Ecke legen. Das kannst du nicht verlangen, hat er gesagt. *Das ist unmenschlich.* Aber so etwas sagte man nicht zu Vater.«

* * *

Christine Meingast meldete sich, als Dühnfort die Autobahn an der Ausfahrt Wolfratshausen verließ. »Sie hatten recht. Er ist zum Wochenendhaus gefahren. Ich stehe mit dem Streifenwagen in einem Seitenweg. Alles ist ruhig. Zuerst war sie auf der Terrasse, jetzt sitzen sie in der Küche und unterhalten sich. Sieht alles ganz friedlich aus.«

Dühnfort war erleichtert. Da spitzte sich nichts zu, drohte nichts zu eskalieren. Er würde am Wochenendhaus erscheinen, weil es eine Unklarheit wegen des Fahrrads gab, und dann Albert bitten, zu einer Befragung mitzukommen. »Bleiben Sie unsichtbar und unternehmen Sie nichts. Ich bin in fünf Minuten da.«

Kurz vor dem Ortsschild Münsing klingelte sein Handy erneut. Er erkannte Ginas Nummer im Display. Vermutlich würde sie ihm nun wieder vorwerfen, teamunfähig zu sein, seine Truppe schlecht zu führen, als einsamer Wolf der Fährte zu folgen. Sie hatte ja recht. Wieder einmal hatte er es versäumt, sie und Alois zeitnah zu informieren. Er nahm das Gespräch an. »Hallo Gina, gerade wollte ich dich anrufen.«

»Gibt es was Neues?«

»Albert scheint unser Mann zu sein.«

»Albert?«

Er erzählte ihr, was die Auswertung der Ortungsdaten von Alberts Handy ergeben hatte.

»Das passt wie Arsch auf Eimer. 'tschuldige. Ich meine, ich komme gerade von einer jungen Frau, die sich demnächst einen neuen Job suchen kann, weil ihr Boss seine Praxis dichtmacht«, sagte Gina.

»Alberts Sprechstundenhilfe? Was ist mit ihr?«

»Sie hat *Superclean* gekauft. Margret Hecht heißt sie. Albert hat sie gebeten, das Zeug zu bestellen, um damit das Graffiti an der Hauswand zu entfernen. Weil seine Frau angeblich einen Ökofimmel hat und ein derart giftiges Mittel weder in Wohnung noch Praxis dulden würde, sollte sie es an ihre Anschrift schicken lassen.«

»Gut. Dann wissen wir das. Mit Albert ist nicht zu spaßen. Er schreckt vor nichts zurück.« Ab jetzt war Fingerspitzengefühl gefragt. Falls Margret Hecht ihren Chef über Ginas Besuch informiert hatte, war er gewarnt. Wie würde er sich verhalten, falls er sich in die Enge getrieben fühlte?

Dühnfort berichtete Gina von Christine Meingasts Anruf und Alberts und Babs' Aufenthalt im Wochenendhaus und informierte sie, dass er selbst gleich dort sein würde. »Wir brauchen für alle Fälle Verstärkung. Aber bitte auf leisen Sohlen.«

»*Wir* entbehrt ja wohl nicht einer gewissen Ironie. Oder sprichst du neuerdings von dir im Majestätsplural? Verdammter Mist, dass du uns aber auch nie rechtzeitig informieren kannst. Ich kümmere mich darum und komme dann nach.«

***

Albert stand am Fenster und blickte in den Garten. Babs konnte nicht glauben, dass er nicht Wolframs Sohn war. Als hätte er ihre Gedanken gelesen, wandte er sich um.

»So dumm wie du jetzt habe ich auch aus der Wäsche geguckt. Ich habe es auch nicht geglaubt, aber mein Vater hat mir die Seiten gezeigt, die er aus dem Tagebuch meiner Mutter herausgerissen hatte.« Albert wischte sich mit der Hand über das Gesicht und setzte sich wieder zu ihr an den Tisch.

»Hat er das erst jetzt herausgefunden? Nach Ellis Tod?«

»Was meinst du denn? Denkst du, er hätte mich an seiner Seite geduldet, mich gefördert und unterstützt, mir die Praxis quasi geschenkt, wenn er gewusst hätte, dass ich ein Kuckuckskind bin, dass er den Bastard seines Nebenbuhlers aufgezogen hat?«

»Hat er dich so genannt? Einen Bastard?«

Albert ließ sich auf den Stuhl fallen. »Nicht nur das. Dabei wollte er es mir eigentlich gar nicht sagen. Aber als ich kam, hatte er schon eine Flasche Rotwein aufgemacht und bereits zwei Gläser intus. Es muss ihn schier zerrissen haben, wie ich da brav angetrabt gekommen bin, um den Siphon zu reparieren. Ganz das Produkt seiner Erziehung, aber die Frucht fremder Lenden.« Albert griff über den Tisch und nahm ihre Hand in seine. Sie war eiskalt.

Babs ahnte, welche Kräfte in Wolfram gewirkt haben mussten, nachdem er Ellis Täuschung entdeckt hatte. Alle dachten, Albert sei Wolframs Sohn. Der wohlgeratene und erfolgreiche Arzt, der das Lebenswerk seines Vaters weiterführte. Solange niemand die Wahrheit kannte, konnte diese Fassade weiter bestehen, konnte niemand hinter vorgehaltener Hand über Wolfram lächeln, oder schlimmer noch, sich offen über ihn lustig machen. Solange es niemand wusste, würde er der ganze Kerl bleiben, der er immer gewesen war. Nach außen. Aber sich selbst konnte er nicht belügen. »Ist er deshalb hierhergefahren, um zu überlegen, wie er mit dieser Wahrheit umgeht?«

Albert nickte. »Am liebsten hätte er mich davongejagt. Aber dann wäre nur Bertram geblieben. Dieser Verbrecher.« Albert lachte bitter. »Das ist schon tragikomisch. Er hat uns zu denen gemacht, die wir sind. Ich ein Waschlappen, Bertram ein Ganove. Und weshalb? Ich war die vermeintliche Trophäe im Sieg über Mutters Liebhaber. Ich war der lebende Beweis seiner Männlichkeit und vor allem seiner Macht. Deshalb hat er mich gehätschelt und gefördert, ständig bevorzugt und versucht, mich zu seinem Ebenbild zu machen. Um sich stets daran zu erinnern, was für ein toller Kerl er doch war. Und dann, nach über vierzig Jahren, stellt er fest, dass nicht er den Kampf um die Weitergabe der Gene gewonnen hat.« Albert stand auf und begann auf und ab zu gehen.

Babs tat er leid. Wolfram hatte ihm alle Sicherheit genommen, auf der Alberts Leben aufgebaut gewesen war. »Du meintest vorher, dass er dir die Wahrheit nicht sagen wollte. Weshalb hat er es dann doch getan? Was ist an unserem Hochzeitstag geschehen?«

Albert war am Durchgang zum Flur angekommen, drehte sich um, lehnte sich an die Wand und starrte an die Decke.

»Er hat mir zugesehen, wie ich unter dem Spülbecken rumgekrochen bin, um diesen Scheißsiphon zu reparieren, und hat dabei ein Glas Wein getrunken. Er saß da wie der Großherzog, mit süffisantem Lächeln im Gesicht, während mir diese Brühe aus Spülwasser und Essensresten über den Arm gelaufen ist. Als ich fertig war, hat er mich gebeten, Abendessen zu machen. Vermutlich hat er sich köstlich amüsiert, als ich dich angerufen habe. Und dann, während des Essens, grinst er mich an und sagt: Du bist genauso ein Waschlappen wie dein Vater!« Albert schluckte und schloss für einen Moment die Augen. »Ich habe das nicht verstanden. Vermutlich habe ich ihn ziemlich dumm angeglotzt.« Er löste sich von der Wand und setzte sich wieder an den Tisch. Dann erzählte er, wie sein Vater ihn über den Hintergrund dieser Bemerkung aufgeklärt und anschließend als Bastard, Schmarotzer, Weichei und Waschlappen beschimpft hatte. *Oder wie würdest du einen Kerl bezeichnen, der sich ins gemachte Nest setzt und nicht Manns genug ist, einmal nein zu sagen, der sich an seinem Hochzeitstag, anstatt seine Frau zu bumsen, lieber herumkommandieren lässt und in der Kloake wühlt?* »Als er mit dieser Tirade fertig war, hat er erzählt, dass Bertram am Sonntag da war, dass sie gemeinsam gegrillt und sich gut unterhalten hätten, dass Bertram ihm so ähnlich sei und dass er ihm Unrecht getan hätte, seinem einzigen Sohn. Seinem einzigen Sohn!« Albert sprang auf und setzte seine Wanderung fort; wie ein im Käfig gefangener Tiger schritt er zwischen Kühlschrank und Durchgang auf und ab. »Ich wollte das nicht. Aber plötzlich war alles sinnlos. Mein Leben lang habe ich alles getan, damit er mich liebt, habe alles für ihn aufgegeben.« Albert versagte die Stimme. Er lehnte sich an die Wand und schloss die Augen. »Alles.« Es war mehr ein Flüstern. Langsam rutschte er zu Boden. Ohne die Augen zu öffnen, fuhr er fort. »Es hat Streit gegeben. Wir haben uns angebrüllt, vielleicht habe ich ihn geschubst. Jedenfalls lag er auf einmal bewusstlos am Boden. Und dann war alles wieder da. Ich habe das falsche Leben geführt. Seinetwegen. Aber bis er mich so weit hatte, hat er mich fast umgebracht.«

* * *

»Ich weiß nicht, warum es meinem Vater so wichtig war, dass wir unsere Entscheidungen selbst trafen. Aber bitte in seinem Sinn. Etwas anderes hat er nicht geduldet. Wir waren Kinder. Albert mit elf Jahren der Älteste. Vater hätte einfach sagen können: *Aus, Äpfel, amen. Ab heute ist Schluss mit Geigenstunden. Ich bezahle das nicht länger oder erst wieder, wenn die Schulnoten entsprechend sind.* So wie jeder andere Vater das getan hätte. Mein Vater verlangte jedoch Einsicht. Also hat er Albert in den Keller geschickt. Dort sollte er in aller Ruhe nachdenken und sich entscheiden. Erst dann durfte er wieder nach oben kommen. Aber Albert hatte nur scheinbar die Wahl. Hätte er sich für die Musik entschieden, hätte sich das Drama so lange fortgesetzt, bis Albert die *Einsicht* gewonnen hätte, dass die Schule und seine künftige Karriere als Arzt wichtiger waren als das *Gefiedel*. Man kann es auch so sagen: Albert musste sich entscheiden, ob er weiterhin Vaters Liebling sein wollte oder nicht.«
Caroline lehnte sich auf dem Küchenstuhl zurück und starrte an die Decke. Sie kämpfte gegen die Tränen. Wie damals.

»Das ist ja sadistisch. Dein Vater hat tatsächlich den kranken Jungen in den Keller geschickt?« Marc klang entrüstet. »Um eine *freiwillige* Entscheidung zu erzwingen?«

»So war er nun mal. Wir kannten ihn nicht anders. Für uns war das normal, und meistens haben wir keine zehn Minuten in diesem muffigen Keller gesessen. Ich habe das erst später durchschaut, als ich schon erwachsen war, und Bertram auch. Nur Albert hat das nie wahrhaben wollen. Er hat mit einer Affenliebe an Vater gehangen. Vielleicht war er ihm zu nah, um erkennen zu können, welche Spielchen Vater spielte.«

»Aber Albert kam nicht nach zehn Minuten wieder aus dem Keller. Oder?«

Caroline griff nach dem Marmeladenglas und drehte es zwischen den Fingern. »Die Entscheidung muss ihm sehr schwergefallen sein. Als er am Freitagabend noch immer nicht oben war, habe ich mir Sorgen gemacht. Ich wollte ihm Kekse und Limo bringen. Er war ja nur mit einem Glas Wasser und dem Zwieback hinuntergegangen. Vater hat mich abgepasst und zurück ins Bett geschickt. Nicht mal etwas zu trinken durfte ich ihm bringen. *Dann kommt er schneller zur Vernunft*, hat Vater gesagt.«

»Das war grausam. Wie lange hat Albert durchgehalten?«

Caroline blickte auf und sah Marc in die Augen, die vor Ärger ganz dunkel geworden waren. »Bis Sonntagabend ...«

»Zweieinhalb Tage!«

»Er kam völlig entkräftet nach oben. Im Flur ist er kollabiert. Mutter wollte einen Krankenwagen rufen, aber Vater hat das verboten. Er ist in die Praxis gelaufen und hat Infusionen geholt. In der Zwischenzeit wäre Albert beinahe gestorben. Mutter hat versucht, ihm was zu trinken einzuflößen, aber er konnte nicht schlucken. Es war furchtbar.« Caroline kämpfte wieder mit den Tränen. »Ich konnte nichts tun, ich habe mich so hilflos gefühlt. Ich dachte, er stirbt in Mutters Armen.«

Marc stand auf und zog sie an sich. »Sei mir nicht böse, aber dein Vater war ein herzloses Arschloch.« Die Wärme seines Körpers fühlte sich beruhigend an. »Über zwei Tage. Meine Güte. Wie verzweifelt er gewesen sein muss, dort unten in diesem Keller, wie in einer Falle. Er muss die Musik wirklich geliebt haben.«

Caroline schniefte. »Ja, das hat er. Er konnte wunderbar spielen. Die Geige gehörte zu ihm wie ein Teil seines Körpers. Vermutlich würde er heute Konzerte geben, wenn er sich damals nicht Vaters Willen gefügt hätte. Er könnte ein ganz anderes Leben führen, ein ganz anderer Mensch sein, wenn Vater das zugelassen hätte.« Sie fühlte einen leichten Ruck durch Marcs Körper gehen und blickte auf.

In Marcs Gesicht stand Verblüffung geschrieben. »Er ist kollabiert, hast du gesagt. Vermutlich weil er völlig dehydriert war. Sag mal, fällt dir denn die Parallele nicht auf?«

***

Christine Meingast stand neben ihrem Fahrzeug, als Dühnfort den Wagen auf dem Waldweg ausrollen ließ. Sie war klein und stämmig und wieder fiel ihm die frische Ausstrahlung eines Bauernmädchens an ihr auf. In der Hand hielt sie ein Fernglas. Er schaltete den Motor ab und stieg aus.

»Weiterhin alles ruhig. Sie unterhalten sich. Er scheint aufgebracht zu sein, rennt ständig hin und her. Was machen wir jetzt?«

»Kann ich das kurz haben?« Dühnfort wies auf das Glas, das sie ihm umgehend reichte. Er hob es an die Augen, stellte es scharf und blickte im Schutz der Fichtenschonung auf das Holzhaus. Barbara Heckeroth saß mit versteinertem Gesicht am Küchentisch, während Albert gestikulierend auf und ab schritt. Dühnfort ließ das Glas sinken. »Wir warten auf Verstärkung. Die Kollegen sind unterwegs.«

Christine Meingast lehnte sich an ihr Fahrzeug. »Hat er seinen Vater umgebracht?« Mit dem Kinn machte sie eine Bewegung Richtung Haus.

»Wir nehmen es an.«

»Seine Frau scheint etwas zu wissen oder zu ahnen. Sie ist völlig durch den Wind. Vielleicht hat er sie entführt und will sie hier ... Sollen wir wirklich warten, bis er ihr was tut?«

»Es sieht im Moment nicht danach aus. Bevor ich mit ihm rede, will ich Verstärkung in petto haben. Wir müssen behutsam vorgehen. Der Mann scheint mit den Nerven am Ende zu sein. Ich will nicht, dass er durchdreht.«

»Na gut. Hab ich schon etwas gelernt.« Christine Meingast musterte ihn. »Ich habe mich übrigens für das Auswahlverfahren beworben.« Dühnfort erinnerte sich an ihre Pläne, zur Kripo zu gehen. »Dann drücke ich die Daumen.« Er hob das Fernglas erneut und beobachtete Albert.

***

Sie war empört und entsetzt. Und sie verstand ihn. Ihr Gesichtsausdruck machte ihm Hoffnung. In den vergangenen Minuten hatte er ihr von jenem Wochenende berichtet, an dem sein Nichtvater ihn beinahe hätte sterben lassen. Aus Stolz und Eitelkeit! Ein Notarzt hätte Fragen gestellt, und wenn nicht, spätestens im Krankenhaus hätte Vater den Zustand seines Sohnes erklären müssen. Diese feige Drecksau.

Albert setzte sich. Warum nur hatte er das Geigenspiel aufgegeben? Er hatte sich verraten. Nein, verkauft hatte er sich. Für einen Becher Eis, ein anerkennendes Schulterklopfen, eine nach Irish Moos duftende Umarmung, für das wohlige Gefühl, von Vater geliebt zu werden, für einen Männerbund und für den Sieg über Bertram. Der hatte kurz danach den Kampf gegen den Vater aufgenommen, ihn ständig herausgefordert und sich zielstrebig zum ungeliebten Sohn stilisiert.

Babs legte ihre Hand über seine. »Ich verstehe, warum die Wut in dir hochgekocht ist, an diesem versauten Hochzeitstag. Wolfram hat dich verhöhnt und provoziert, und er hat dir das Fundament genommen, auf dem dein Leben stand. Ich verstehe auch deine Rache für dieses Wochenende im Keller, dass er selbst erleben sollte, was er dir zugemutet hat, dass du Gleiches mit Gleichem vergolten hast. Aber was ich nicht kapiere«, sie zog die Hand weg und verschränkte die Arme auf der Tischplatte, »weshalb hast du das nicht beendet? Wie konntest du es ertragen? Du musst doch gewusst haben, worauf das hinausläuft. Du bist Arzt.«

Das Mitleid war aus ihrer Stimme gewichen, hatte sich in Vorwurf verwandelt. Sie mit ihrer Scheißmoral. Wie sollte sie ihn verstehen? Er verstand es ja selbst nicht. Aber er musste versuchen, es zu erklären. Ihr und vor allem sich selbst.

Albert stützte die Ellenbogen auf und legte den Kopf in die Hände. Er hatte nicht gewusst, worauf es hinauslief, weil er dieses Wissen nicht zugelassen hatte. Etwas anderes war stärker gewesen. »Ich habe schon auf dem Heimweg angehalten, wollte umkehren und ihn losbinden. Aber dann ... Er hat mich einen Bastard genannt, einen Schmarotzer ... er sollte genauso lange im Bad sitzen wie ich damals im Keller. Zwei Tage. Außerdem ...« Er sah auf. Sie hörte ihm mit angespanntem Blick zu. »Ich hatte Angst. Ja, eine Scheißangst.« Jetzt war es raus. Er fühlte sich etwas leichter. »Ich habe mich vor ihm gefürchtet wie ein kleiner Junge. Also habe ich nicht kehrtgemacht. Zwei Tage. Dann würde er froh und dankbar sein, wenn ich ihn befreie.«

»Aber am Mittwoch bist du nicht nach Münsing ...«

Tja, das war nun auch ihre Schuld. Wenn sie nicht an jenem Abend in die Praxis gekommen wäre, dann wäre er gefahren. Oder nicht?

»Als ich dich am Mittwochabend in der Praxis abgeholt habe, hast du mit keinem Ton gesagt, dass du für diesen Abend etwas anderes vorhattest. Ganz im Gegenteil, du bist gerne mit mir ins Kino gegangen.«

Er konnte ihr doch nicht sagen, dass er schon den ganzen Nachmittag über Magenkrämpfe gehabt hatte. Aus Angst. Vater würde zwar im ersten Moment froh sein, aber was würde er tun, wenn er sich erholt hatte? Seinen eigenen Sohn anzeigen? Er war ja gar nicht der Sohn dieses Mannes, den er über alles geliebt hatte, für den er alles aufgegeben hatte, was ihm je etwas bedeutet hatte. Trotzdem. Seine einzige Chance war Ehrlichkeit. Wenn sie ihn verstand, würde sie ihn schützen, dann könnte er diese vermaledeite Uhr verschwinden lassen, und sie würde schweigen. »Tut mir leid. Das war nicht fair von mir. Dein Wunsch, ins Kino zu gehen, kam mir im Grunde gelegen. Vater war gesund und robust. Außerdem habe ich beinahe vierundfünfzig Stunden im Keller verbracht, und bei Vater waren es noch nicht einmal achtundvierzig.«

»Du hast es also auf Donnerstag verschoben. Aber da bist du auch nicht ...« Sie führte die Hand überrascht zum Mund. »Herr Cernovsky ...«

»Ich wollte schon ... Ich bin früher in die Praxis. Du erinnerst dich?« Babs nickte. »Ich habe Infusionen geholt, um Vater versorgen zu können, und wollte gerade losfahren, als Frau Cernovsky durchs Treppenhaus gelaufen kam. Und als der Notarzt ihn dann übernommen hatte und ich wieder runter bin, da saßen im Wartezimmer schon die ersten Patienten.«

»Du hast Business as usual gemacht, während dein Vater ... warum bist du nicht gefahren?«

Er wusste es ja selbst nicht!

»Du hast eine Woche lang nichts unternommen. Warum?«

»Ich weiß es nicht. Es war so, als ob ...« Wie sollte er das beschreiben? Es war, als ob jemand einen Schalter umgelegt hätte, mit dem die Angst, aber auch das Wissen darum, was in Münsing geschah, ausgeschaltet waren. »Ich habe ihn einfach vergessen, nicht mehr daran gedacht. Es war wie ein weißer Fleck auf der Landkarte.«

»Ein weißer Fleck auf der Landkarte.«

Sie äffte ihn schon wieder nach! »Herrgott noch mal, ja.« Er schlug mit der Hand auf den Tisch. »Wie ausradiert. Weg, nie da gewesen. Ich habe es einfach vergessen!«, schrie er.

»Es!« Nun merkte sie selbst, dass sie zu weit gegangen war. Erschrocken schlug sie sich die Hand vor den Mund.

»Ihn. Meinen heißgeliebten Vater. Den großen Marionettenspieler. Ich habe ihn vergessen. Und als er mir in der Nacht auf Montag wieder eingefallen ist, da wusste ich, dass es zu spät war. Ich bin schließlich Arzt, wie du vorher sehr richtig angemerkt hast. Und als dann Frau Kiendel nachgefragt hat, ist mir klar geworden, dass ich etwas unternehmen musste.«

»Deshalb durfte ich nicht fahren.«

»Sehr scharfsinnig. Schließlich musste ich meine Spuren beseitigen. Oder denkst du, dass ich dafür ins Gefängnis gehen werde? Niemals! Ich habe meine Strafe schon verbüßt. Dreißig Jahre. Das ist mehr, als man für Mord bekommt.«

»Wer außer dir weiß, dass Wolfram nicht dein Vater ist?«

»Niemand.«

»Du baust also darauf, dass man dich nicht verdächtigen wird, weil du kein Motiv hast. Du denkst, man wird Bertram weiterhin für den Schuldigen halten.«

Albert zuckte mit den Schultern. »Na und? Er ist tot. So kann er mir wenigstens ein Mal einen Dienst erweisen.« Er bemerkte ein nervöses Zucken neben ihrem Augenlid, sah, wie sich ihre Schultern verspannten und sie die Finger ineinanderschob.

»Du weißt das noch gar nicht. Ich wollte es dir nicht am Telefon sagen. Caroline hat mich vorgestern angerufen ... aber dann habe ich dich mit Margret Hecht ... ich bin einfach nicht dazu gekommen.«

Ein Druck legte sich auf seine Brust wie eine bleierne Platte; jede Pore an seinem Körper zog sich zusammen, bis seine ganze Haut schmerzte, als sei er durch Brennnesseln gelaufen. »Wovon redest du?«

Ein Ruck ging durch Babs, der forschende Ausdruck verschwand aus ihrem Gesicht. Sie setzte sich aufrecht hin. »Bertram wurde umgebracht. Er kann dir also keinen *Dienst* mehr erweisen. Du musst Dühnfort sagen ...«

»Du dumme Pute!« Er zerrte sie vom Stuhl. Angst und Wut brannten in ihm wie Säure. Er schlug ihr ins Gesicht. Ihr blieb die Luft weg, keuchend rang sie nach Atem und entwand sich seinem Griff. Sie standen sich gegenüber wie Feinde. Und das waren sie nun auch. Niemals wieder würde sie an seiner Seite stehen. Er sah es in ihren Augen.

* * *

Was Dühnfort sah, beunruhigte ihn. Die Situation spitzte sich zu. Albert wurde aggressiv, zog seine Frau vom Stuhl, schlug sie und stieß sie von sich. Sie stürzte. Dühnfort ließ das Fernglas sinken und beschloss, ins Haus zu gehen, bevor das eskalierte. Er gab Christine Meingast den Feldstecher zurück. »Das Gespräch zwischen den beiden ist außer Kontrolle geraten. Sie bleiben hier und bitten die Kollegen, wenn sie kommen, sich vorerst ruhig zu verhalten.«

»Sollten wir nicht zu zweit ...«

Dühnfort schüttelte den Kopf. Jetzt kam es auf jedes Wort an, auf jede Geste, und Christine Meingast schien ihm dafür zu impulsiv zu sein. »Zu viel geballte Staatsmacht wirkt nicht deeskalierend.«

Er griff unter den Mantel und öffnete das Holster seiner Dienstwaffe. Am besten, er gab sich unwissend, als komme er vorbei, um am Tatort ein Detail zu überprüfen, und sei überrascht, Albert und seine Frau anzutreffen. Doch dann musste er das Auto nehmen. Er stieg ein, fuhr die kurze Strecke, stoppte vor dem Grundstück und stieg aus.

Albert blickte in den Garten, als Dühnfort das Grundstück betrat. Dieser hob grüßend die Hand, Albert nickte ihm zu und verschwand vom Fenster. Als Dühnfort die Haustür erreichte, wurde sie geöffnet. Barbara Heckeroth stand in der Türöffnung, Albert hinter ihr. Mit dem linken Arm hielt er seine Frau an sich gepresst, mit der freien Hand drückte er ihr die Spitze eines Tranchiermessers an den Hals, exakt an jene weiche Stelle unterhalb des Ohrs, an der die Schlagader dicht unter der Haut verlief. Ein Ruck und es würde ein Blutbad geben. Die Angst stand Alberts Frau ins Gesicht geschrieben. Ebenso wie ihm.

Ein Täter mit kühlem Kopf wäre Dühnfort lieber gewesen. Mit so einem konnte man verhandeln, die waren stabiler, belastbarer. Albert dagegen war ein Nervenbündel. Dühnfort hob beschwichtigend die Hände. »Herr Heckeroth. Das ist keine Lösung. Sie machen es nur noch schlimmer.« Albert starrte ihn an. »Geben Sie mir das Messer.« Dühnfort streckte die Hand aus. Doch Albert presste seine Frau noch enger an sich, während seine Hand sich um das Heft krampfte und die Knöchel weiß hervortraten. »Ich gehe nicht ins Gefängnis. Niemals.«

»Wir können über alles reden. In Ruhe. Aber erst lassen Sie Ihre Frau gehen.« Dühnfort zog die Hand nicht zurück.

»Verarschen Sie mich nicht!« Albert zerrte seine Frau ins Innere des Hauses und knallte die Tür zu. Einen Moment später knirschte der Schlüssel im Schloss. Merde. Dühnfort zog sich zurück. Erst im Schutz der Fichten holte er das Handy aus der Tasche, informierte Berentz von der Einsatzabteilung über die Lage und forderte ein Sondereinsatzkommando an. »Aber bitte ohne großes Tamtam. Der Geiselnehmer ist psychisch instabil. Könnte sein, er läuft Amok oder bringt sich um.«

Dühnfort ging zurück zum Seitenweg. Christine Meingasts Streifenwagen stand verlassen am Rand. Sie war verschwunden. »Merde«, fluchte Dühnfort lautlos und nahm das Fernglas vom Fahrersitz.

**

Babs spürte die Wärme von Alberts Körper an ihrem und die Kälte der Klinge an ihrer Kehle. Sie hörte seinen Atem, registrierte das Zittern, das unkontrolliert durch ihren Körper lief, während Albert sie zurück in die Küche zerrte. Trotzdem weigerte sich ihr Verstand, das als Wirklichkeit zu akzeptieren. »Du tust mir weh. Lass mich bitte los.« Sie versuchte, Ruhe in ihre Stimme zu legen, aber die Worte kamen krächzend heraus. Er lockerte seinen Griff nicht, stellte sich mit ihr ans Fenster und blickte in den Garten. »Was willst du tun? Dühnfort wird Verstärkung rufen. In ein paar Minuten wird das Haus umstellt sein. Du musst aufgeben.« Sie spürte, wie sich sein Griff lockerte. Er ließ das Messer sinken, bis auf Bauchhöhe. »Man wird dich nicht wegen Mordes anklagen. Du wolltest deinen Vater ja nicht töten. Sicher werden sie berücksichtigen …«

Mit einem Ruck zog er sie wieder an sich, quetschte die Luft aus ihrer Lunge. »Halt den Mund!«

Albert hatte keinen Plan, nur den festen Willen, für seine Tat nicht zu büßen. Aber wie stellte er sich das vor? Er musste doch erkennen, dass es zu spät war, dass er das nicht Bertram in die Schuhe … Bertram … hatte er auch seinen eigenen Bruder … aber das war unmöglich … als Bertram erschossen worden war, hatte sie mit Albert beschwipst im Bett gelegen.

Ihre Rippen schmerzten unter dem Druck von Alberts Arm. Sie verlagerte das Gewicht auf das andere Bein, drehte dabei den Körper ein wenig und sah, wie die Schlafzimmertür langsam geöffnet wurde. Albert blickte unverwandt in den Garten. Als sie sich rührte, hob er die Klinge erneut zum Hals.

Babs wusste, dass die Schlafzimmertür quietschte, kurz bevor sie ganz geöffnet wurde. Albert durfte das nicht hören. »Was willst du fordern, wenn die Polizei das Haus umzingelt hat? Freien Abzug? Und dann? Wohin willst du?« Ihre Stimme klang zu hektisch und zu laut. In der halb geöffneten Schlafzimmertür erschien die kleine pummelige Polizistin von der Raststätte. Nicht Dühnfort. Babs schnappte vor Überraschung nach Luft. Albert wandte sich um. Mit einem Ruck zog er Babs vor sich. Wie einen Schutzschild. Die Klinge an ihrer Kehle ritzte die Haut. Ein warmes Rinnsal lief den Hals hinab.

»Lassen Sie Ihre Frau los und werfen Sie das Messer auf den Boden!« Die Polizistin hielt eine Waffe in der Hand und ging durch den Raum auf Babs und Albert zu. Babs erkannte die Unsicherheit im Schritt und nahm das leichte Zittern ihrer Hand wahr.

»Umgekehrt.« Der Druck der Klinge verstärkte sich an Babs' Hals. »Sie lassen die Waffe fallen.« Alberts Stimme klang fest und ein wenig spöttisch. »Oder wollen Sie auf eine unschuldige Frau schießen?«

Einen Moment zögerte die Polizistin. Sie war nur noch anderthalb Meter entfernt. Alberts Körper spannte sich. Er löste seine Umklammerung und stieß Babs mit aller Kraft von sich. Sie stolperte auf die Polizistin zu, fiel und sah, wie Albert sich auf die Frau stürzte und mit ihr zu Boden ging. Das Messer schlitterte über die Fliesen und unter den Tisch. Albert griff nach der Hand mit der Pistole.

***

Als Dühnfort das offene Schlafzimmerfenster entdeckte, krachte im Haus ein Schuss. Er fuhr zusammen. Dieses dumme Mädchen! Sofort nahm er die Waffe aus dem Holster, entsicherte sie, steckte sie hinten in den Hosenbund und schlich um das Haus herum auf die Terrasse. Ein vorsichtiger Blick in die Küche verhalf ihm zu einer Einschätzung der Lage. Christine Meingast lag auf dem Rücken in einer sich rasch ausbreitenden Blutlache.

Barbara beugte sich über sie und tastete am Hals nach dem Puls. Albert stand daneben, Meingasts Waffe in der Hand, Entschlossenheit im Blick. Wenn, dann würde er sich als Letzter erschießen. Vorher würde er ein Blutbad anrichten.

»Du musst etwas tun. Tu doch was!«, schrie Alberts Frau.

Wo blieb das SEK? Wo die von Gina angeforderte Verstärkung? Es waren jedoch erst drei Minuten seit Dühnforts Anruf bei Berentz vergangen und noch keine zehn seit seinem Telefonat mit Gina. Er konnte nicht warten. Wenn er jetzt nicht handelte, würde die junge Kollegin verbluten. Wie in drei Teufels Namen war sie auf die Idee zu diesem Alleingang gekommen? Dühnfort zog sich in den Schatten der Terrasse zurück, legte das Holster ab, schlüpfte wieder in Sakko und Mantel und atmete durch, bevor er mit erhobenen Händen an das Fenster trat. »Herr Heckeroth.«

Albert wirbelte mit der Waffe in der Hand herum. »Verschwinden Sie!«

Dühnfort konnte ihn durch das geschlossene Fenster kaum verstehen. »Ich schlage Ihnen einen Deal vor«, brüllte er. »Sie rufen einen Notarzt und akzeptieren mich im Austausch für die Frauen als Geisel.«

»Sie sollen abhauen!«

»Sie sind Arzt. Sie haben einen Eid geschworen, Leben zu retten. Helfen Sie meiner Kollegin.«

Albert schien zu zögern, blickte auf die Verletzte, dann wieder zu Dühnfort.

»Sie braucht ärztliche Hilfe.«

»Und wenn Sie mich reinlegen?« Albert sah suchend in den Garten.

»Das tue ich nicht. Ich bin allein und nicht bewaffnet.«

Dühnfort öffnete den Mantel und das Cordsakko, drehte sich einmal um die eigene Achse und hoffte, dass Albert ihn nicht bat, beides abzulegen. »Ich komme jetzt rein. Sie bringen Ihre Frau zur Haustür. In Ordnung? Dann rufen wir einen Notarzt und ziehen uns in Ihren Wagen zurück. Ich fahre Sie, wohin Sie wollen. Wir haben aber nicht mehr viel Zeit. Ein Sondereinsatzkommando wird gleich hier sein.« Dühnfort blickte Albert fest in die Augen. Der nickte kaum merklich. Geht doch, dachte Dühnfort und ging zur Eingangstür. Der Schlüssel wurde im Schloss gedreht, die Tür geöffnet. Albert stand hinter seiner Frau, die Waffe auf ihren Hinterkopf gerichtet. Dühnfort hob wieder die Hände. Barbaras Augen waren angstvoll aufgerissen. Blut lief über ihren Hals und versickerte in der weißen Bluse. Albert gab ihr einen Stoß. Sie stolperte an Dühnfort vorbei ins Freie.

Albert griff nach ihm, zog ihn ins Innere und ging hinter Dühnfort her in die Küche. Christine Meingast wimmerte leise. Ihre Augen waren geöffnet, aber verdreht, so dass nur das Weiße sichtbar war. Die Uniformjacke und die Bluse waren blutgetränkt. Dühnfort konnte nicht ausmachen, wo sie getroffen worden war. »Ich rufe jetzt einen Notarzt.« Er nahm das Handy aus der Tasche und wählte mit fliegenden Fingern die Nummer, forderte einen Hubschrauber an und gab eine genaue Beschreibung des Hauses. »Der Garten ist groß genug. Ja. Dort kann ein Hubschrauber landen. Sicher.« Er musste einfach groß genug sein. Dühnfort legte auf.

Albert fuchtelte mit der Pistole herum. »Fertig? Dann gehen wir.«

»Sie können sie doch nicht so liegen lassen.«

Albert zuckte die Schultern. »Das war die Abmachung.«

»Da wusste ich aber nicht, wie schlecht es ihr geht. Können Sie nichts machen, um die Blutung zu stoppen?«

»Wir gehen jetzt.«

Dühnfort explodierte. »Stabile Seitenlage. Wenigstens das hätten Sie für sie tun können.«

Albert zuckte kaum merklich zusammen. »Sie haben das auch gelernt. Das ist jetzt Ihr Job, und dann fahren wir.« Nervös blickte er in den Garten.

Dühnfort wandte sich von Albert ab, kniete sich in die Lache aus Blut. Eine feuchte Wärme durchdrang den Stoff seiner Hose. Zuerst tastete er die Mundhöhle nach Erbrochenem und Blut ab. Sie war leer. Gott sei Dank. »Alles wird gut«, sagte er, obwohl er wusste, dass sie ihn nicht hören konnte. »Gleich ist ein Arzt da.«

Dann stand er auf und fuhr herum. »Sie müssen ihr helfen. Sie kriegt kaum Luft.«

Albert rührte sich nicht.

»Schnell. Sie erstickt sonst. Bitte.«

Albert ließ die Waffe sinken, kam aber nicht in Bewegung. »Jetzt tun Sie doch endlich was!«

Albert ging zögernd in die Hocke und legte die Pistole neben sich in Griffweite. »Atemwege freiräumen. Haben Sie das nicht gelernt?«, herrschte er Dühnfort an.

Ein sich nähernder Hubschrauber war zu hören. Dühnfort trat einen Schritt zurück und zog seine Dienstwaffe aus dem Hosenbund, während Albert sich über Christine Meingast beugte.

Mit einem Tritt kickte er ihre Waffe unter den Stuhl, Albert fuhr herum. Rotorenlärm drang durch das Fenster, ließ die Scheiben vibrieren.

Dühnfort richtete seine Waffe auf Albert. »Stehen Sie auf. Ich will nicht auf Sie schießen. Aber ich würde es tun.«

Albert sah sich nach Meingasts Pistole um.

»Vergessen Sie's.« Dühnfort brüllte gegen den lauter werdenden Lärm an, fragte sich, welch glücklichem Umstand das schnelle Erscheinen der Retter zu verdanken war, und herrschte Albert an: »An die Wand mit Ihnen, Beine auseinander.« Er dirigierte ihn an die Küchenwand, drückte ihn dagegen, nahm die Handschellen vom Hosenbund und fesselte ihm die Hände auf den Rücken. Der Hubschrauber schwebte über dem Rasen, wirbelte das trockene Laub auf, drückte das Gras zu Boden und setzte zur Landung an. Die Fensterscheiben klirrten, als würden sie jeden Moment bersten.

* * *

Kurz nach 19 Uhr verließ Dühnfort mit Gina den Vernehmungsraum. Er fühlte sich wie gerädert. Die Schultern waren verspannt, die Stimme belegt. Wie immer nach einer erfolgreichen Ermittlung arbeiteten zwiespältige Gefühle in ihm. Einerseits war er stolz auf die geleistete Arbeit, andererseits hatte er sich in all den Jahren seiner Tätigkeit das Erschrecken über Kaltblütigkeit, Grausamkeit und Willkür nicht abgewöhnen können. Noch immer entsetzten ihn Arroganz und Selbstgefälligkeit, mit der ein Mensch über das Leben eines anderen richtete. In diesem Fall waren es zwei Leben gewesen, das des Vaters und des Bruders, und das Motiv war Dühnfort zwar eingängig, aber nicht nachvollziehbar. In ihm fand sich kein Echo, kein Schatten, keine Stimme, die sagte: Es ist verständlich. Vielleicht hättest du unter den gleichen Umständen ebenso gehandelt.

»Den Abschlussbericht vertagen wir auf morgen, oder?« Gina blieb neben ihm stehen und fuhr sich durch die Haare.

»Natürlich.« Sie mussten ohnehin noch die Ergebnisse der Durchsuchung der Wohnung und der Praxis abwarten, die zurzeit unter Alois' Leitung stattfanden. Wenigstens hatte Albert nach einer knappen Stunde der Vernehmung das anfängliche Leugnen aufgegeben und im Beisein seines wenig begeisterten Anwalts ein umfassendes Geständnis abgelegt. Es war bereits protokolliert und unterzeichnet. Dühnfort reckte sich. »Ich brauche jetzt erst mal einen Kaffee.«

»Ich bringe dir einen mit.«

»So habe ich das nicht gemeint.«

Sie lächelte. »Ich weiß.«

Er blickte ihr einen Moment nach, dann ging er Richtung Büro.

Der Mord an seinem Vater hatte Albert überfordert. Planlos hatte er falsche Spuren gelegt und vermeintliche beseitigt. Dem Fahrrad hatte er eine Bedeutung beigemessen, die diesem nicht zukam. Seine Fingerabdrücke darauf wären ebenso erklärbar gewesen wie die Erdbröckchen im Kofferraum. Dass er das falsche Rad, nämlich Bertrams, erwischt hatte, hatte er nicht bemerkt und sich lediglich kurz darüber gewundert, dass es am Holzstoß lehnte, obwohl er dachte, es eine Woche zuvor in den Schuppen gestellt zu haben. Bertram hatte ihn auf diesen Irrtum hingewiesen, als er ihm die Fotos vorgelegt hatte, die Albert zeigten, wie er sich Latexhandschuhe überzog, wie er das Badezimmer betrat, wie er mit dem Tablett herauskam, auf dem ein leeres Weinglas und ein Teller mit einem vertrockneten Salamibrot standen, wie er die Jacke des Vaters nach den Geldkarten durchsuchte und auch die Uhr einsteckte, die in der Küche neben dem Spülbecken lag.

Vor seinem Büro traf er Alberts Frau. Sie saß auf einer

Holzbank und sprang auf, als sie ihn sah. Die Wunde am Hals verdeckte ein Pflaster. Unter dem offenen Mantel trug sie noch die blutbefleckte Bluse. Dühnfort blickte an sich hinab. Auch er war nicht dazu gekommen, sich umzuziehen. Christine Meingasts Blut war an seiner Hose zu einem starren Fleck getrocknet.

»Wie geht es Ihrer Kollegin? Sie wird doch nicht ... sie kommt doch durch?« Barbara Heckeroth sah erschöpft und angespannt aus. Ihre Haare waren zerzaust, das Gesicht bleich.

Dühnfort hatte mit dem behandelnden Arzt telefoniert. »Sie hat Glück gehabt. Der Rettungshubschrauber war zufällig auf dem Rückflug von einem Einsatz, bei dem er doch nicht gebraucht wurde ... Sie wird es schaffen.«

»Gott sei Dank.« Für einen Augenblick huschte Erleichterung über Barbara Heckeroths Gesicht.

»Frau Heckeroth, ich benötige von Ihnen eine Zeugenaussage. Als Ehefrau sind Sie dazu nicht verpflichtet. Sie können das Zeugnis verweigern. Möchten Sie das tun?«

Der kurze Kampf, den sie mit sich austrug, spiegelte sich in ihrem Gesicht. »Ich glaube nicht.« Unwillkürlich wanderte ihre Hand zum Hals.

»Möchten Sie einen Anwalt an Ihrer Seite haben?«

Sie schüttelte den Kopf.

Dühnfort bat sie in sein Büro, bot ihr Platz an und schaltete das Tonband ein. In der folgenden Befragung bestätigte sie Alberts Angaben, die den Mord an seinem Vater betrafen. Es ging dabei um die *hard facts* wie Wege, Uhrzeiten, Tathergang, der Ablauf der Tage, an denen Albert sein Leben ungerührt wie gewohnt fortgeführt hatte, während sein Vater qualvoll starb. Während des Gesprächs kam Gina kurz in den Raum und stellte einen Becher Kaffee vor Dühnfort auf den Tisch. Anschließend besorgte sie für Alberts Frau ein Glas Mineralwasser.

Es gab einen Punkt, den Dühnfort nicht verstand: Warum Barbara, als sie den Schlüssel des Schwiegervaters im Schreibtisch ihres Mannes gefunden hatte, nicht eine Sekunde an Alberts Unschuld gezweifelt hatte.

»Der Gedanke ist mir gar nicht gekommen. Nach Bertrams Selbstmord ... also am Samstag dachten wir ja alle noch, dass er Selbst... es hat einfach gepasst. Bertram hat Wolfram getötet, um zu erben, und wollte es Albert in die Schuhe schieben. Ich wäre im Traum nicht auf die Idee gekommen, dass Albert ... Er hatte ja keinen Grund. Dachte ich.« Sie fuhr sich kurz über die Schläfen. »Hat das nun Konsequenzen für mich?«

»Das wird der Staatsanwalt entscheiden.« Dühnfort griff nach dem Kaffeebecher und trank einen Schluck. Nun kam er zum heiklen Punkt ihres Gesprächs. »Am Mittwoch hatten Sie Streit mit Ihrem Mann, wegen der Kinder. Er verließ daraufhin die Wohnung, blieb über Nacht weg und kam erst am Donnerstagabend nach Hause, um sich mit Ihnen auszusprechen. Das ist richtig?«

Sie nickte.

»Erzählen Sie mir, wie der Abend verlaufen ist?«

Eine leichte Röte stieg ihr ins Gesicht. »Das hat mit dem Tod meines Schwiegervaters nichts zu tun.«

»Da haben Sie recht. Aber Ihr Mann hat auch den Mord an seinem Bruder gestanden.«

Ein Ruck ging durch Alberts Frau. »Warum sagt er das? Er kann es gar nicht gewesen sein. Er war zu Hause. Die ganze Nacht.«

»Sie haben sich also ausgesprochen.«

»Na ja, allzu viel geredet haben wir nicht. Man kann sich auch auf andere Weise versöhnen.« Es klang trotzig.

»Haben Sie etwas getrunken?«

»Albert hat Gin Tonics gemacht. Aber was hat das alles mit Bertram zu tun?«

»Wie ging es weiter, nachdem Sie die Gläser geleert hatten?«

»Das können Sie sich doch denken, oder soll ich Ihnen das jetzt detailliert beschreiben?«

Dühnfort fuhr sich über das Kinn. »Natürlich nicht. Wie haben Sie sich gefühlt? Erleichtert, weil dem Streit die Versöhnung folgte, oder müde und ausgelaugt, weil die Ehekrise viel Kraft gekostet hat, oder vielleicht albern und ausgelassen?«

Verwundert musterte sie ihn. »Albern trifft es ziemlich gut.«

»Blieb es bei einem Gin Tonic?«

»Albert hat mir später noch einen gemacht.«

»Danach waren Sie müde und entspannt.« Er spürte, dass sie allmählich ärgerlich wurde. Ihre Augen verdunkelten sich, eine Augenbraue stieg in die Höhe.

»Warum fragen Sie das, wenn Sie es ohnehin zu wissen scheinen?«

»Sind Sie dann eingeschlafen?«

»Das ist um diese Uhrzeit nicht ungewöhnlich. Oder wollen Sie darauf hinaus, dass ich es nicht mitbekommen hätte, wenn Albert gegangen wäre? Ich habe einen sehr leichten Schlaf.«

Eben darum, dachte Dühnfort. Aber er musste es von ihr hören, durfte ihr die Worte nicht in den Mund legen, wenn ihre Aussage das Geständnis ihres Mannes stützen sollte. »Auch in dieser Nacht?«

Sie wollte nicken, aber die Bewegung blieb auf halber Strecke stecken. »Nein. Da habe ich gut geschlafen.«

»Außergewöhnlich gut?«

»Hat Albert etwas in den Drink getan?«, fragte sie ungläubig.

Dühnfort wies auf das Mikrophon. »Ich brauche erst eine Antwort auf meine Frage.«

Sie beugte sich vor. »Ich habe tief und fest geschlafen wie schon lange nicht mehr«, sagte sie deutlich und ließ sich zurück in den Stuhl fallen.

***

Babs ging neben Caroline über das von unzähligen Schuhen im Laufe von Jahrzehnten blankgetretene Linoleum. Die Wände des Flurs schienen enger zusammenzurücken. Das Licht der Energiesparlampen ergoss sich kalt in diesen Tunnel, an dessen Ende eine zerschrammte Schwingtür darauf wartete, sie ins Treppenhaus zu entlassen. Wenn sie dann die Stufen hinuntergestiegen war, würde sie durch das Portal gehen, hinaus auf die Ettstraße, hinein in ein Leben, von dem sie nicht wusste, wie sie es bewältigen sollte.

Caroline legte ihr den Arm um die Schultern. Erst jetzt bemerkte Babs, dass sie zitterte. Nicht sehr. Es war eher das leichte Vibrieren eines Resonanzkörpers, an dem eine Saite angeschlagen wurde und in dem durch die einsetzende Schwingung ein Ton entstand, der sich im Hohlraum verfing, sich verstärkte, fortpflanzte, den Körper verließ und sich im Raum ausbreitete. Babs wusste nicht, ob es ein hilfloses Wimmern oder ein wütendes Gebrüll würde. Sie presste die Kiefer aufeinander, atmete ein, atmete aus, ging einen Schritt und dann den nächsten, passierte die Schwingtür und stand irgendwann in der kalten Nachtluft. Danach fand sie sich in Carolines Auto wieder und dann in Carolines Wohnung.

Marc war auch da. Er stand am Herd und machte Dosensuppe heiß. Mit der umgebundenen Küchenschürze sah er albern aus. Albern. Babs schluckte das aufsteigende Lachen hinunter. Caroline kam auf sie zu, zwei Gläser in der Hand, in denen eine bernsteinfarbene Flüssigkeit schwappte. »Oder soll ich dir besser einen Tee machen?«

Babs griff nach dem Glas. »Ich bin nicht erkältet und habe auch keine Magenverstimmung. Das ist jetzt genau richtig.« Sie trank einen großen Schluck. Es war Whiskey. Brennend rann er die Speiseröhre hinab, erreichte sengend den Magen, trieb ihr die Tränen in die Augen. Caroline setzte sich. Erst jetzt bemerkte Babs die Anspannung in ihrem Gesicht, sah die rotgeränderten Augen, die steile Falte an der Nasenwurzel. Auch für Caroline war eine Welt zusammengebrochen. Das sagte man doch so? Dass eine Welt zusammenbrach. Obwohl es Babs eher so vorkam, als hätte man ihr mit einem Ruck den Teppich unter den Füßen weggezogen. Sie hatte ihr Gleichgewicht verloren, suchte torkelnd nach Halt und griff … ja wohin? Ins Leere?

Caroline nahm ihre Hand. »Bei der Polizei habe ich nicht viel erfahren. Ich muss wissen, was er getan hat … und warum.«

Babs nickte. Aber sie verstand es selbst noch nicht. Vielleicht würde mehr an Klarheit entstehen, wenn sie versuchte, Alberts Taten in Worte zu fassen. Aber wo sollte sie anfangen? Am besten mit der Vorgeschichte.

Marc stellte drei Tassen Gulaschsuppe auf den Tisch und setzte sich. Babs hatte keinen Hunger. Bei der Vorstellung, etwas zu essen, wurde ihr übel. Sie atmete durch und begann zu erzählen, dass Elli zu Beginn der Ehe einen

Liebhaber gehabt hatte, dass Wolfram die Affäre entdeckt und sich genommen hatte, was er als seinen Besitz betrachtete, und dabei Albert gezeugt hatte. »Er dachte jedenfalls, Albert sei sein Sohn. Aber vor ein paar Wochen hat er Ellis Tagebuch gefunden und die Wahrheit herausgefunden. Anscheinend hat Elli das selbst lange nicht gewusst. Erst als Alberts musikalische Begabung erkennbar wurde, da ist wohl der Groschen bei ihr gefallen.«

Caroline rieb sich die Schläfen. »Albert ist ... er ist Peters Sohn?«

Babs blickte auf. »Du hast das gewusst?«

»Nein.« Caroline begann etwas von einem Tagebuch zu erzählen, von dem Elli gewollt hatte, dass Caro es vernichtete. Babs verstand zwar, worauf das hinauslief, aber sie konnte sich nicht konzentrieren. Ihre Gedanken schweiften ab. Wieder sah sie sich nicken.

Es war dieser Moment gewesen, in dem sie sich entschieden, in dem sie sich gegen ihren Mann gestellt hatte. Der Augenblick, in dem sie sich zur Zeugenaussage bereit erklärt hatte. Sie musste nicht für alles Verständnis aufbringen. Wie ließen sich Alberts Taten erklären, rechtfertigen oder gar entschuldigen? Er hatte seinen Vater qualvoll sterben lassen, seinen Bruder kaltblütig ermordet und auch sie selbst ... Babs' Schultern versteiften sich. Wieder spürte sie das Messer am Hals, fühlte, wie die Klinge ... Mit einer hastigen Bewegung verscheuchte sie das Bild und fegte beinahe das Glas vom Tisch. Marc erwischte es gerade noch.

»Entschuldige. Ich bin ziemlich fertig.« Sie wollte nur noch alleine sein. Aber Caro hatte ein Recht darauf, zu erfahren, was geschehen war, also riss Babs sich zusammen und fuhr fort. Sie berichtete, wie Wolfram die Wahrheit entdeckt und sich nach längerem Kampf dazu entschlossen hatte, den Schein zu wahren. Mit Albert konnte er Staat machen, mit Bertram nicht. Er war vorbestraft, ein Verbrecher und doch sein einziger Sohn. Als dieser dann zum Grillen kam und beide die Ähnlichkeiten in ihren Lebensläufen bemerkten, musste das in Wolfram einen Prozess in Gang gesetzt haben. Denn als er einen Tag später, boshaft und berechnend, Albert zu sich zitierte, um bewusst seine Macht über ihn auszuspielen und ihm den Hochzeitstag zu versauen, da hatten sich seine Gefühle zu ihm bereits gewandelt. Aus der Liebe war Verachtung geworden. Aber vermutlich hatte er Albert nie geliebt. Er war bloß die Trophäe im Sieg über seinen Nebenbuhler gewesen, der lebende Beweis seiner Macht, der sich nun in das Gegenteil verkehrt hatte: in das höhnische Zeugnis, ein Leben lang an der Nase herumgeführt worden zu sein.

Für einen Augenblick stockte Babs. Trotz aller Erklärungen war es unfassbar. Die Worte ergaben zwar einen Sinn, stellten Kausalität her, aber sie stapelten sich wie Granitblöcke, die alle Liebe und Menschlichkeit, jegliches Mitgefühl erdrückten und sich am Ende zu einem Monument der Egozentrik fügten. »Er hat Albert beschimpft und sich über ihn lustig gemacht. Ausgerechnet über ihn, der ihn geliebt und bewundert hat, der alles für ihn aufgegeben hat, was ihm je wichtig war.« Ein Vorwurf hatte sich in ihre Stimme geschlichen. »Warum hat nie jemand über dieses Wochenende gesprochen? Ich wusste bis heute nicht, dass Albert Geige gespielt hat und dass Wolfram ihn um Haaresbreite hätte sterben lassen, weil er die Musik nicht aufgeben wollte.«

Caro strich sich die Haare mit beiden Händen straff aus dem Gesicht und stützte die Ellenbogen auf. »Wahrscheinlich haben wir das verdrängt, wie einen bösen

Traum. Albert selbst hat ja nie wieder ein Wort darüber verloren. Er hat die Geige weggepackt, und ich habe sie nur noch ein Mal gesehen, als ich Mutter geholfen habe, die Wintersachen wegzuräumen. Da lag der Instrumentenkoffer ganz hinten in ihrem Kleiderschrank.«

Der Schmerz in Babs' Kopf, der sich schon seit Stunden mit einem leichten Stechen bemerkbar machte, verstärkte sich. Ein heißes Bad, ein Aspirin und eine Schlaftablette und dann ins Bett, die Decke über den Kopf. Sie wollte nach Hause, aber vorher musste sie das hier zu Ende bringen. Sie berichtete Caroline noch, wie es zwischen Albert und Wolfram zum Streit gekommen war, was Albert daraufhin getan und weshalb er es eine Woche lang nicht geschafft hatte, nach Wolfram zu sehen. »Er ist erst gefahren, als Frau Kiendel ihn zweimal darauf angesprochen hat. Aber vorher hat sich Bertram besorgt bei ihr nach Wolfram erkundigt.«

»Bertram?«

»Er muss kurz vor Albert zum Wochenendhaus gekommen sein und ist zum Küchenfenster raus, als er ihn gesehen hat. Mit seinem Handy hat er Fotos gemacht ...«
Einen Moment herrschte Schweigen. Die Suppentassen standen unberührt auf dem Tisch.

»Und damit hat er Albert erpresst?«, fragte Caroline.

Babs nickte. Übelkeit breitete sich in ihr aus wie ein Eimer verschüttetes Putzwasser. Sie fühlte sich besudelt, benutzt, missbraucht. Wenn sie daran dachte, warum Albert ihr dieses Zeug in den Gin Tonic gekippt hatte, weshalb er mit ihr geschlafen ... Sie stand auf. »Ich muss jetzt nach Hause.«

»Willst du damit sagen, Albert hat Bertram erschossen?« Als Babs nickte, ließ Caroline die Stirn in die aufgestützten Hände sinken.

Worte wurden zu Materie. Wie ein Batzen Ton klatschten sie auf den Tisch, formten aus dem Unfassbaren das Geschehene, wurden zur Mauer, die sie nun auf immer von Albert trennen würde. »Er hat nicht nur Wolfram verdursten lassen und Bertram kaltblütig erschossen, er hätte auch mich getötet. Er ist das Opfer. So sieht er das!«

* * *

Es war kurz vor acht, als Dühnfort vor das Präsidium trat. Feierabend. Alois hatte sich telefonisch gemeldet. Bertrams zerstörtes Handy war, wie von Albert angegeben, in einem Müllcontainer in der Nähe des Kurfürstenplatzes gefunden worden. Nach dem Laptop, den er an der Wittelsbacher Brücke in die Isar geworfen hatte, suchten Taucher. Die Flasche Tullamore Dew, die Albert zu seinem Treffen mit Bertram mitgebracht und in die er das GHB gerührt hatte, war in der Praxis sichergestellt worden, ebenso die Flasche *Superclean*.

Auch die Sache mit dem vertauschten Rad war nun vollständig geklärt. Albert war sich sicher gewesen, dass er es in den Schuppen zurückgestellt hatte. Als er es hatte holen wollen, hatte es jedoch am Holzstoß gelehnt. Mit dem Rad aus dem Schuppen hatte Bertram sich aus dem Staub gemacht, denn mit seinem eigenen hätte er den Bewegungsmelder ausgelöst, der die Terrassenbeleuchtung steuerte. Albert hatte also das Rad, das er für das seines Vaters hielt, vor Eintreffen der Polizei in den Kofferraum gelegt und, nachdem er sich von Dühnfort verabschiedet hatte, in Starnberg an den Bahnhof gestellt, damit es gestohlen wurde. Vorher war er allerdings zum Hotelparkplatz gefahren und hatte hastig seine Fingerspuren vom Auto seines Vaters abgewischt. Dühnfort faszinierte diese

Diskrepanz zwischen Kaltblütigkeit und Panik, zwischen Überlegtheit und Dummheit.

Kälte schlug ihm entgegen, als er die Treppe hinunterging. Der Föhn hatte den Kampf gegen ein Islandtief im Laufe des Tages verloren; ein eisiger Wind blies durch die Stadt, das mediterrane Intermezzo war bereits Erinnerung. Fröstelnd knöpfte Dühnfort den Mantel zu.

Der Kühlschrank war leer, die Läden schlossen bald. Am besten, er ging irgendwo Abend essen. Das Vibrieren seines Handys unterbrach diesen Gedanken. Er nahm das Gespräch an. Gleichzeitig bemerkte er, wie Gina neben ihn trat und die Hände in der Jackentasche vergrub. Der Schorsch von der Segelschule meldete sich. »Ich wollt' nur fragen, ob Ihnen das am Montag passt, dass wir die Sissi ins Winterquartier bringen.«

Dühnfort hatte ein schlechtes Gewissen, weil er sich bei dem Mann noch nicht gemeldet hatte, und entschuldigte sich dafür. Sicher konnte er sich für ein paar Stunden freimachen. »Das ist sehr freundlich von Ihnen. Wann haben Sie denn Zeit?«

»Bei mir geht es am besten am Vormittag. Sagen wir um zehn.«

»Gut, dann um zehn beim Boot. Soll ich irgendetwas mitbringen?«

»Na, da brauchen Sie nichts mitbringen.«

Dühnfort dankte ihm nochmals und beendete das Gespräch.

»Was für ein Boot? Hast du dir eines gekauft?« Gina zupfte verwundert an einem Ohrläppchen.

»Die Sissi vom verstorbenen Herrn Ullmann. Es war eine gute Gelegenheit.«

»Sissi.« Gina grinste.

»Ich taufe es natürlich um.«

»Wie wäre es mit True Love?« Gina begann die Cole-Porter-Melodie zu summen und entlockte damit Dühnfort ein Lächeln.

»Ich denke darüber nach. Hast du Lust, am Montag mitzukommen? Bevor sie ins Winterquartier muss, will ich eine Runde auf dem See drehen.«

Bedauernd verzog Gina den Mund. »Tolles Angebot. Das wäre echt klasse. Aber meine Mutter hat am Montag ein Vorstellungsgespräch und ist aufgeregter als vor einem Zahnarzttermin. Ich habe ihr versprochen, sie hinzufahren und auf sie zu warten.«

»Schade.«

»Aber im Sommer komme ich gerne einmal mit. Meine Mutter lässt dich übrigens grüßen. Die Rouladen sind super geworden. Am Sonntag bist du bei uns zum Sauerbraten eingeladen. Hast du Zeit? Ich verstecke auch den Ramazzotti.«

Wie hatte sie neulich gesagt? Es könnte ihm nicht schaden, Umgang mit ein paar netten Leuten zu haben. »Gerne. Aber unter einer Bedingung.«

Sie strahlte ihn an. »Die da wäre?«

»Ich besorge den Wein.«

»Okay. Ich bringe das meiner Mutter schonend bei. Dann bis morgen.« Zum Abschied hob sie die Hand und verschwand Richtung Parkplatz.

Dühnfort nahm seinen gewohnten Weg durch die Sendlinger Straße, ging vorbei an hellerleuchteten Schaufenstern, sog kurz den Duft von Kaffee ein, dann den nach Seife. Die kleine Buchhandlung schloss zum Monatsende und bot Schnäppchen an. In all den Jahren hatte Dühnfort noch nie so viele Menschen in diesem verwinkelten Lädchen gesehen. Im Kino am Sendlinger-

Tor-Platz lief ein Actionfilm. Über dem Eingangsportal prangte ein handgemaltes Plakat, so eins wie früher. Früher, das klang nach einer anderen Zeit, dabei meinte er nur einige Jahre. Eine aussterbende Spezies, die Plakatmaler, dachte Dühnfort. Wieder einmal fühlte er sich älter, als er war.

Plötzlich hatte er keine Lust mehr, essen zu gehen. Spaghetti, Butter und Knoblauch hatte er zu Hause. Das musste reichen. Im Zwischengeschoss des U-Bahnhofs kaufte er beim Gemüsehändler, der gerade die Kisten zusammenpackte, eine Handvoll Feldsalat und am Kiosk nebenan eine Tafel Zartbitterschokolade.

Als er die Haustür aufschloss, empfing ihn diffuses Licht. Eine der Glühbirnen im Flur war kaputt, im Briefkasten steckte hauptsächlich Reklame. Er nahm den Packen unbesehen heraus, betrat damit seine Wohnung und legte ihn auf die Ablage im Flur. Danach schlüpfte er aus dem Mantel und goss sich in der Küche ein Glas von dem wunderbar leichten Soave ein, den er im Sommer so oft mit Agnes getrunken hatte. Bei dem Gedanken an sie durchzog ihn ein kalter Schmerz. Er schob ihn weg, trank einen Schluck Wein, dachte an das Boot. *True Love*. Dass Gina diesen Film überhaupt kannte. Sie war so jung. *True Love*. So würde er es sicher nicht nennen. Sein Boot. Dorthin konnte er seine Sehnsucht nun lenken. Anstatt eine Familie zu gründen, würde er seine Freiheit genießen, durch den Kanal segeln bis zu den Îles Ouessant. Alleine. Warum auch nicht? Tagelang mit niemandem reden. Diese Vorstellung konnte auch verlockend sein. Einsamkeit war nur dann schlimm, wenn sie ungewollt war. Aber er ... Wollte er das wirklich? Alleine sein? Ja. Schon. Aber nur an manchen Tagen. Nicht ein Leben lang.

Er stellte das Glas beiseite. Auf dem Player lag noch

die Eartha-Kitt-CD. Er legte sie ein, füllte einen Topf mit Wasser und stellte ihn auf den Herd.

Familie. Sein Traum. Wieder einmal hatte er vor Augen geführt bekommen, wie oft aus diesem Ideal die Hölle wurde. Ein solcher Vater würde er nie werden, und seine Kinder würden ihn ebenso lieben wie er sie. Aber das dachten wohl die meisten und dann …

Eartha Kitt sang, das Wasser sprudelte, Dühnfort warf die Spaghetti hinein. Dann machte er den Salat an, schmolz Butter, gab frisch gepressten Knoblauch und Salz dazu. Die Nudeln brauchten noch ein paar Minuten. Dühnfort nahm das Weinglas und ging auf den Balkon. Sein Atem kondensierte in der kalten Luft. Drei Etagen unter ihm stand der marmorne Engel in der Dunkelheit, ewige Lichter flackerten auf einigen Gräbern. Der Wind fuhr durch Dühnforts Haar, und es fühlte sich beinahe an wie damals, als er noch ein kleiner Junge gewesen war und sein Vater das manchmal getan hatte. Etwas ruppig, die eigene Verlegenheit über diese zärtliche Geste kaschierend. Männer zeigten keine Gefühle. Hatte er das von seinem Vater übernommen? Der Küchenwecker klingelte. Dühnfort leerte das Glas und ging hinein.

Nach dem Abendessen holte er die Post aus dem Flur. Hauptsächlich Werbung, die Telefonrechnung, eine Postkarte seines Zahnarztes mit der Erinnerung zur jährlichen Vorsorge, dann zwei Kuverts, die handschriftlich an ihn adressiert waren. Das eine kam aus Hamburg und enthielt eine Karte aus schneeweißem Bütten. Die Geburtsanzeige seiner Nichte Elisabeth Sophie. Auf die freie Innenseite der Klappkarte hatte Julius mit seiner runden Handschrift geschrieben, dass Victoria und er sich freuen würden, ihn als Taufpaten für die Kleine zu gewinnen. Julius hatte tatsächlich *gewinnen* geschrieben. Ein Foto lag bei. Dühnfort betrachtete das schlafende Baby, und wieder zog sich etwas in ihm schmerzhaft zusammen. Er legte das Bild beiseite. Sein Bruder reichte ihm also die Hand zur Versöhnung. Wenigstens das fühlte sich gut an. Dühnfort spürte einen Augenblick diesem Gefühl nach, dann griff er nach dem anderen Brief. Er war von Agnes. Auch er enthielt eine Klappkarte. Auf der Vorderseite war eine schwarze Figur vor dunkelblauem Hintergrund abgebildet, wie ein Scherenschnitt, einige schiefe gelbe Sterne leuchteten daraus hervor und aus dem Schwarz ein rotes Herz. Er drehte die Karte um. Henri Matisse, Ikarus (1943), stand dort. Er lachte. Ausgerechnet Ikarus schickte sie ihm.

Lieber Tino,
Deine Antwort hat mich überrascht. Hast Du Dir tatsächlich Les Fleurs du Mal *gekauft? Es muss wohl so sein. Eine Antwort, wie Du sie gegeben hast, fliegt einem ja nicht einfach zu. Es war nicht meine Absicht, Dich zu verletzen, als ich Dir diesen Vers schrieb, vielmehr zu erklären, aber anscheinend hast Du es nicht verstanden. Vermutlich war ich wieder einmal zu umständlich, zu indirekt. Das Direkte, das Mit-der-Tür-ins-Haus-Fallen, ist nicht meine Art. Was ich Dir mit diesen Zeilen sagen wollte: Hätten wir uns zu einer anderen Zeit getroffen, unter anderen Umständen, hätte ich Dich lieben können. Es war nie meine Absicht, mit Deinen Gefühlen zu spielen. Ich kannte sie ja nicht, ich habe sie höchstens geahnt, und das ist der einzige Vorwurf, den ich mir mache. Ich hätte dieser Vermutung nachgehen sollen, und zwar frühzeitig, um Dir die Enttäuschung zu ersparen. Glaub mir, es tut mir unendlich leid. Ich habe niemals Scherz mit Dir getrieben. Um im von Dir gewählten Gedicht zu*

bleiben, sollten wir nun dies wüste Spiel *zu Ende gehen lassen. Wobei ich* wüst *lieber durch* missverständlich *ersetzen würde. Ich wünsche Dir die Erfüllung Deiner großen Sehnsucht. Für mich ist sie zu groß.*
Mach es gut,
Agnes

Dich hätt' ich geliebt, und du hast es geahnt. Der kalte Schmerz war wieder da, breitete sich aus, strömte bis in die Gliedmaßen, machte sie empfindungslos, bis er wie erfroren auf dem Sofa saß. *Für mich ist sie zu groß.* Er gab sich einen Ruck, schenkte das Glas voll und trank. *Enttäuschung.* Als ob es darum ginge. Dühnfort klappte die Karte zu und legte sie auf den Tisch. Ikarus. Er war auf seinem Flug der Sonne zu nahe gekommen und ins Meer gestürzt. Welch passendes Motiv. Nur, dass er nicht untergehen würde.

Montag, 27. Oktober

Das Wochenende war überstanden. Ein kleines Stück des Weges, den sie nun alleine gehen musste, war bewältigt. Babs wusste nicht, woher sie die Kraft genommen hatte, aber sie hatte es geschafft, die Jungs vom Bus abzuholen und Worte zu finden, die beschrieben, was geschehen war – allerdings ohne zu sagen, was Albert ihr beinahe angetan hätte. Das andere war schon schlimm genug. Noel war weinend in sein Zimmer gerannt. »Ich will ihn nie wieder sehen. Nie, nie, nie!« Ganz anders Leon, der sich in die Sofaecke gekauert und stundenlang geschwiegen hatte. Anschließend war er zu Babs in die Küche gekommen und hatte gefragt, ob er seinen Vater besuchen könne. Sie hatte genickt, obwohl sie sich fragte, ob es nicht besser sei, jeden Kontakt zu unterbinden.

»Du bist mir auch nicht böse?«

»Natürlich nicht«, hatte Babs erwidert. »Warum möchtest du ihn besuchen?«

»Ich will verstehen, warum er das getan hat«, hatte Leon mit ernstem Gesicht geantwortet.

Das war am Freitagnachmittag gewesen, kurz bevor Babs mit den Kindern zu ihren Eltern geflüchtet war. Noch am Donnerstag hatte die Polizei in einer Pressemitteilung die Öffentlichkeit informiert, und die Hetzjagd hatte begonnen. Reporter und Fernsehteams stürmten die Häuser in der Kaiserstraße und am Kurfürstenplatz. Nachbarn und Mieter steckten die Köpfe zusammen und tuschelten, oder schlimmer noch, schwatzten in jedes Mikrofon. Den Kindern machte das mehr Angst als ihr.

Und dann stand da plötzlich ihr Vater in der Tür. Wie ein Bär, der sein Junges beschützt, schob er sich an den Journalisten vorbei in die Wohnung. »Packt das Nötigste. Ihr kommt zu uns.« Unter seinem Geleit hatten sie die Wohnung verlassen und waren, gefolgt von Reportern, zum Haus ihrer Eltern gefahren, das seither von beharrlichen Medienvertretern belagert wurde.

Am Samstagnachmittag hatte dann plötzlich Carsten Morgenroth in der Küche ihrer Mutter gestanden. Babs räumte gerade die Spülmaschine aus und erschrak, als sie ihn sah. Sie konnte es sich nicht leisten, den Job zu verlieren, von dem sie hoffte, dass er zu einem Startblock würde. In Zukunft musste sie allein für sich und die Kinder sorgen. Von Alberts Geld wollte sie keinen Cent. Doch Carsten war nicht gekommen, um ihr zu erklären, dass eine Zusammenarbeit mit der Frau eines Doppelmörders untragbar geworden sei. Er hatte bereits seit Donnerstag versucht, sie zu erreichen. Eine Ressortleiterin hatte gekündigt, Veronika Jäger würde deren Posten übernehmen, somit musste ihre Stelle in der Redaktion *Küchen & Bäder* neu besetzt werden. »Die will ich dir anbieten. Und das hat nichts mit Mitleid oder alter Freundschaft zu tun, sondern nur mit deiner Leistung. Bevor du zur Konkurrenz gehst, binden wir dich an uns. Hast du Lust, die neue *Königin der Nasszellen* zu werden? Veronika wird dich einarbeiten.«

Eigentlich war das eine Nummer zu groß für sie. Doch eine so einmalige Chance würde sich ihr vielleicht nie wieder bieten. Stolz über das Vertrauen, das man in ihre Fähigkeiten setzte, sagte sie schließlich zu.

Der Sonntag war etwas ruhiger verlaufen. Caroline war mit Marc für eine Stunde vorbeigekommen. Sie hatte erschreckend ausgesehen. Blass und verhärmt. Obwohl sie, wie sie selbst sagte, das Ganze noch nicht richtig an sich herangelassen hatte. Ich auch nicht, hatte Babs gedacht.

Am Sonntagnachmittag war die Anzahl der Reporter, die beharrlich auf Bilder lauerten, geschwunden, nachdem ein Großbrand in einem Möbelhaus ausgebrochen war.

Babs sah aus dem Fenster. Jetzt waren sie wieder da. Bertrams Beisetzung fand um elf statt. Gemeinsam mit ihren Eltern und den Jungs verließ sie um halb elf das Haus. Vater chauffierte sie und versuchte gar nicht erst, die Presse abzuhängen. »Sie wissen sowieso, wo sie uns finden. Ignorier sie einfach.«

Mitarbeiter des Bestattungsinstituts warteten vor der Halle, und Vater gab ihnen die Anweisung, den Reportern den Zutritt zu verwehren.

Es war eine karge, wenig tröstliche Zeremonie, und bereits eine Viertelstunde später schritten sie hinter dem Sarg her, vorbei an eingefriedeten Arealen zum Grab. Als er in die Erde herabgelassen wurde, traten sie einzeln hervor, warfen Blumen hinab und schaufelten Humus darüber. Etwas ging zu Ende, fand seinen Abschluss, während Erde auf Holz prasselte. Neues würde beginnen. Noel und Leon traten gemeinsam ans Grab und griffen mit ernsten Mienen nacheinander zur Schaufel. »Tschüs, Onkel Bertram«, sagte Noel leise.

Kurz darauf setzte ein Platzregen ein, der die Schar der Trauergäste auseinandertrieb.

Caroline und Marc eilten hinter Babs und ihrer Familie dem Ausgang zu und folgten ihnen mit der kleinen Gruppe von Freunden und Verwandten zu dem Restaurant, in dem die Tische für den Leichenschmaus reserviert waren. Bei Griesnockerlsuppe wärmten sie sich auf, und als der Rinderbraten serviert wurde, ließ das befangene Schweigen nach. Gespräche begannen, und vereinzelt hörte man tatsächlich ein Lachen.

Es war kurz vor halb eins, als Caroline auf die Uhr blickte. Marcs Schultern strafften sich.

»Musst du ins Büro?«, fragte Babs.

»Die Vorstandssitzung fängt in einer halben Stunde an. Da muss ich hin.« Entschuldigend breitete Caroline die Hände aus. »Es geht um meine berufliche Zukunft.« Das galt Marc. »Aber ab morgen habe ich drei Wochen Urlaub. Die sind schon von Gilles abgesegnet.«

»Ich fahre dich.« Marc schob den Stuhl zurück und stand auf. Babs blickte den beiden nach, und für einen Moment beneidete sie Caroline um den Mann an ihrer Seite.

* * *

Als sie im Fahrstuhl nach oben fuhr, war das Gefühl der Bedrohung plötzlich wieder da, das sie seit Freitag beiseitegeschoben hatte. Vielleicht war es falsch gewesen, an diesem Tag nicht ins Büro zu gehen, vielleicht hätte sie sich doch dem Feind stellen sollen. Aber dazu hatte ihr die Kraft gefehlt. Tanja Wiezorek hatte sie angerufen und ihr erzählt, wie Henning mit einem Stapel Tageszeitungen unter dem Arm durch die Flure spaziert war und jedem unter die Nase gerieben hatte, was in Carolines Familie los war. Während des Mittagessens in der Kantine hatte Hennings Sekretärin Tanja anvertraut, dass sie einen Flug für Henning nach Berlin gebucht hatte. »Der Big Boss ist übers Wochenende im Adlon abgestiegen, hat mir seine Assistentin verraten.« Tanja Wiezoreks Fähigkeit, an Informationen zu kommen, hatte ihren Ursprung in der unschätzbaren Eigenschaft, zur rechten Zeit schweigen zu können. Jacques Kerity war also in Berlin, und Henning flog ihm nach. Drei Tage vor der Vorstandssitzung. Sicher hatte er versucht, seine Widersacherin mit Dreck zu bewerfen, um mit seinem Plan der Expansion durch Franchisenehmer durchzukommen. In Carolines Ohr klangen jedoch noch Gilles' Worte, mit denen er den Big Boss zitiert hatte. *Lauter kleine Unternehmer, die uns ständig ans Bein pinkeln werden.* Henning war ein schmieriger Intrigant und Kerity ein Mann, der guten Stil und Fairness schätzte. Leider schätzte er den Wert einer Marke ebenso hoch. Gott sei Dank hatten bisher weder Zeitungen noch Fernsehsender den blutbesudelten Namen Heckeroth in einem Atemzug mit Caroline und der Chocolaterie Jacques Kerity genannt.

Sie stieg aus dem Lift und wurde in ihrem Büro von Tanja Wiezorek schon ungeduldig erwartet. »Ich dachte schon, Sie kommen nicht. In zehn Minuten geht es los. Haben Sie alles?«

»Alles, was ich brauche, ist hier«, Caroline wies auf die Laptoptasche, »und notfalls hier.« Sie deutete auf ihren Kopf und machte sich auf den Weg zum Konferenzraum. Alles wird gut, sagte sie sich, hob den Kopf und atmete durch. Dann stieß sie die Tür zum Tagungsbüro auf. Alle waren schon da. Man musterte sie wie eine Jahrmarktsattraktion, aber niemand sprach sie auf Albert an. Nur Henning in seinem silbergrauen Anzug lächelte wie ein Rochen.

Zuerst ging es um Zahlen und Fakten, dann um die Produktneuentwicklungen, wobei Jacques Kerity Carolines Idee für die Herbstpralinen und die Marktforschung dazu überschwänglich lobte. »Mädchen, Sie werden es noch weit bringen.«

In die Freude über diese Anerkennung mischte sich

Unmut über die Bezeichnung *Mädchen* und eine Form von diffusem Unbehagen. Diesem Gefühl nachzuspüren blieb jedoch keine Zeit. Sie war an der Reihe. Der Beamer projizierte die Powerpointpräsentation an die Wand. Caroline betete Zahlen und Aktivitäten herunter, bemerkte, wie Hennings Rochengesicht sich langsam in die Breite verzerrte und Kerity die Augenbrauen zusammenzog. Sie sah zu Gilles, der knapp an ihr vorbeiblickte.

Kerity unterbrach sie mitten im Satz. »Mädchen, so geht das nicht. Wir können nicht das ganze Budget in die Werbung für das neue Produkt stecken. Franchise-Partner zu finden kostet Geld. Ein Artikel in der Presse wird nicht genügen, sie in unsere Arme zu treiben.«

Caroline gelang es, sich ihre Überraschung nicht anmerken zu lassen. Henning betrachtete lächelnd seine Fingernägel, Gilles öffnete seinen Laptop. Caroline kramte hektisch in ihrem Gedächtnis nach der gelöschten Alternativplanung, während sie Kerity mit Worthülsen überschwemmte, um vom eigentlichen Problem abzulenken: Sie hatte keinen Rückhalt durch ihren Vorstand. Warum hatte Gilles das getan? Warum hatte er sie nicht informiert, dass es Henning gelungen war, den Big Boss auf seine Seite zu bringen? Sie sah, wie Gilles seinen Laptop an den Beamer anschloss, während sie verstummte, hörte, wie er von Alternativplanung und Doppelstrategie sprach, von Slowmotion Marketing – *was bitte schön sollte das sein?* –, der adäquaten Strategie für die Marktplatzierung des neuen Produkts, welches sich im Glanz des Namens Kerity langsam und stetig seinen Platz erobern würde, auch ohne großes Werbebudget.

Sie lehnte sich zurück und begann zu verstehen. Gilles' Ziel war der Aufsichtsrat, dafür brauchte er eine Erfolgsgeschichte. Er ist feige, er sichert sich doppelt ab. Schwimmweste plus Rettungsring, dachte sie erbost. Wenn man mich wegen meiner Familie zum Teufel jagt, dann hat er immer noch Henning. Und falls ich doch überlebe, wird er Henning und mich bis zum Börsengang gegeneinander ausspielen, bis er seinen Platz im obersten Gremium gesichert hat. Mit einem Mal hatte sie diese Spielchen satt. Gilles' Worte gingen an ihr vorbei, Hennings selbstzufriedenes Lächeln prallte an ihr ab, Keritys patriarchalisches Gehabe ließ sie unberührt. Was tat sie hier? Sie verkaufte zu einem Luxusprodukt veredelte Schokolade an Menschen, die im Überfluss lebten. War es das, was sie wollte?

Sie sah, wie sie ihren Laptop zuklappte, den Stuhl zurückschob und aufstand. Dabei bemerkte sie Gilles' verwunderten Blick und das triumphierende Leuchten in Hennings Augen. »Lassen Sie sich nicht stören. Aber für mich ist es Zeit zu gehen.« Hatte sie das wirklich gesagt? Bis zur Tür fühlten sich ihre Knie etwas weich an. Auf dem Flur gewann ihr Schritt dann seinen festen Klang zurück. Trotzdem war ihr übel. Sie ging an Tanja Wiezorek vorbei in ihr Büro, steckte ihren Laptop in die Tasche, nahm Handtasche und Mantel und schaltete das Handy aus. Ihrer erschrockenen Sekretärin wünschte sie ein schönes Leben und lief zu Fuß bis zur nächsten U-Bahn-Station.

Erst als sie in einem muffig riechenden Abteil saß, wurde ihr klar, was sie soeben aufgegeben hatte. Ihre Karriere konnte sie vergessen, ein solcher Abgang sprach sich herum. *Nicht belastbar*, würde es in Zukunft von ihr heißen, *teamunfähige Primadonna*. Aber nichts in ihr schalt sie eine dumme Gans oder eine hysterische Kuh. Da war nur eine wartende Leere in ihr. Ein Vakuum, das darauf lauerte, befreit zu werden, zu explodieren.

Als Caroline zwei Stunden später die Treppe im Haus am Kurfürstenplatz nach oben stieg, war ihr nicht klar, wie sie hierhergekommen war. Auf den Stufen begegnete ihr Frau Kiendel. Sie warf den Kopf in den Nacken, blieb dann aber stehen und erklärte Caroline, dass sie die Wohnung kündigen würde. *Na und?* In so einem Haus bliebe sie nicht, wie sehr man sich in Menschen täuschen könne. Missbraucht habe der alte geile Bock ihre kleine Franziska. Unfrieden seiner Asche, keinen Tag länger würde sie hier wohnen. Caroline ging an ihr vorbei nach oben und ließ die Beschimpfungen hinter sich im Treppenhaus verhallen. Vor der Wohnungstür stehend, hörte sie drinnen das Telefon läuten. Sie zog den Schlüsselbund aus der Tasche, sperrte Vaters Wohnung auf und trat ein. Das Läuten verstummte.

Obwohl die Polizei nach der Durchsuchung wieder alles an seinen Platz gestellt hatte, wirkte die Wohnung, als sei etwas verrutscht. Sie ging in die Küche, kochte sich eine Tasse Tee und wartete darauf, dass etwas geschah. Die Leere blieb. Caroline wanderte durch die Räume, öffnete Mutters Schrank. Ach Mutter. Vater hat das Tagebuch vor mir gefunden. Ich hätte die Katastrophe verhindern können. Warum habe ich nicht sofort deinen letzten Wunsch erfüllt? Es tut mir so leid. Ich weiß, dass du uns eigentlich nicht gewollt hast. Wir waren keine Kinder der Liebe. Jedenfalls Bertram und ich nicht. Trotzdem habe ich dich geliebt. Was hast du nur für ein verpfuschtes Leben geführt?

Caroline sog den vertrauten Duft nach *Tresor* und Lavendel ein, in dem ein Hauch Verbene mitschwang. Dann schloss sie die Tür.

Im Gästezimmer lagen Kleidungsstücke von Albert. Auf der Kommode stand der Geigenkasten. Caroline ließ den Deckel aufschnappen und blickte auf das Instrument. Deshalb also. Sie machte auf dem Absatz kehrt und ging in Vaters Arbeitszimmer. Es roch nach Kirschholz und Möbelpolitur mit einem vagen Anflug von Irish Moos, als hätte er den Raum erst vor wenigen Minuten verlassen. Sie setzte sich hinter den Schreibtisch. Der Computer war weg, nur die losen Kabel lagen auf dem Tisch. Einige der Ordner fehlten. Sicher waren diese Sachen bei der Polizei. Hier hatte Vater vermutlich mit Mutters Tagebuch gesessen, ungläubig und wütend.

Wieder begann das Telefon zu klingeln. Caroline ignorierte es. Eine hübsche, mit venezianischem Papier bezogene Schachtel stand auf dem Schreibtisch. Sie nahm den Deckel ab, ein schwacher Hauch unterschiedlicher Düfte entstieg dem Karton. Das waren also die Briefe, die Vater gesammelt und ein Leben lang aufbewahrt hatte. Caroline fuhr mit dem Finger über den Stapel, war kurz in Versuchung, einen Brief herauszunehmen und zu lesen, als sie an einem hängenblieb, der aus festerem Papier war. Sie zog ihn hervor. Es war kein Brief, sondern eine postkartengroße Schwarzweißfotografie. Die Porträtaufnahme eines Mannes, den sie nicht kannte. Trotzdem kam ihr etwas an seinen Gesichtszügen bekannt vor. Sie drehte die Karte um, aber es stand kein Name darauf. Nur ein kleines mit Klebestreifen befestigtes Stück Papier – der abgerissene Deckel einer Schachtel – klebte auf der Rückseite des Bildes. *Cardenol-SIL 20 ml Tropfen*. Caroline lehnte sich zurück, eine beängstigende Vermutung stieg in ihr auf. Sie schnellte hoch, holte ihren Laptop aus der Küche, trug ihn an den Schreibtisch und stöpselte das Internetkabel ein. Als der Rechner hochgefahren war, googelte sie *Cardenol*. Eine Trefferliste von über zweitausend Einträgen folgte. Sie überflog den ersten. *Herzglykosid ... Medikament zur Behandlung von Herzkrankheiten ... Wirkstoff Digitalis ... senkt die Herzschlagfrequenz ... muss sehr genau dosiert werden ... 1966 vom Markt genommen.* Das waren die Worte, die ins Vakuum stachen, es zum Explodieren brachten. Sie sprang auf, fegte schreiend den Karton vom Tisch und das Foto, aus dem ihr Alberts Augen entgegenblickten. Keuchend rang sie nach Atem.

Jemand trommelte an die Wohnungstür. »Caro, um Himmels willen, mach auf!« Marc. Was machte er denn hier? Sie ging, am ganzen Körper bebend, durch den Flur und öffnete.

»Caro. Was ist los? Tanja Wiezorek hat mich völlig aufgelöst angerufen. Sie dachte, du bringst dich um. Warum gehst du nicht ans Telefon?« Er zog sie an sich. »Ich hatte eine Scheißangst, weißt du das?«

Sie spürte seinen Herzschlag, das Vibrieren seines Körpers an ihrem und brach in Tränen aus.

Caroline zog die Tür zu und wischte sich über das Gesicht. »Komm rein. Es ist alles in Ordnung.«

»Das sehe ich, Caro. Warum kannst du nicht einmal zugeben, wenn etwas nicht in Ordnung ist, wenn es dir schlechtgeht, wenn du nicht alles im Griff hast? He, Schatz, ich habe eine starke Schulter zum Anlehnen und Ausheulen, die verkümmert, wenn sie nicht gebraucht wird, und dann ist es vorbei mit meiner Athletenfigur, dann werde ich zu Quasimodo.« Wie zum Beweis krümmte er den Rücken und ging, ein Bein nachziehend, einige Schritte durch den Flur.

Sie erinnerte sich, wie er den Bahnsteig entlanggelaufen war, erinnerte sich an die Sekunde, in der sie erkannt hatte: Mit ihm wollte sie alt werden.

»Mit dieser Schuld kannst du nicht leben.« Marc richtete sich wieder auf, kam lächelnd auf sie zu und wies auf seine Schulter.

Sie lehnte den Kopf daran. Seine Arme umfingen sie, und es fühlte sich gut und richtig an. Noch immer schuldete sie ihm eine Antwort. »Lass uns nach Hause gehen.«

»Zu dir oder zu mir?«

»Zu uns.«

***

Dühnfort erreichte Münsing. Gleich würde er bei seinem Boot sein. Inzwischen wusste er, wie er es nennen würde.

Den Freitag und auch noch den halben Samstag hatte er mit Alois und Gina zugebracht, um den Fall Heckeroth abzuschließen und gerichtsfest zu machen. Danach war er mit dem sicheren Gefühl, dass er und seine Leute gute Arbeit geleistet hatten, ins Krankenhaus Rechts der Isar gefahren, um Christine Meingast zu besuchen. Sie war auf dem Weg der Besserung und machte sich schlimme Vorwürfe über ihr spontanes und unüberlegtes Verhalten. Daher hatte er ihr alle Vorhaltungen erspart, bis auf eine. »Wenn Sie zur Kripo wollen, müssen Sie Ihre Gefühle in den Griff bekommen.«

»Die Lektion habe ich gelernt«, hatte sie erwidert. Anschließend war er einkaufen gegangen. Eine Daunenjacke mit eingearbeitetem Windbreaker, eine Wollmütze, ein Paar feste Stiefel mit rutschfester Profilsohle und ebenfalls winddichte Handschuhe für seinen ersten Segeltörn seit fünf Jahren. Anschließend hatte er sich Kartenmaterial für den Starnberger See besorgt, das er am Wochenende studieren und mit dessen Hilfe er eine Route festlegen wollte. Er war bisher auf der Alster, der Elbe, aber hauptsächlich in der Nordsee gesegelt. Nach so langer Zeit ohne Planken unter den Füßen stellte jedoch auch ein bayerischer See eine Verlockung dar. Mit Tüten beladen hatte er noch ein Geschäft für Babyausstattung aufgesucht und für seine Nichte einen rosa Strampelanzug und winzige Stoffschühchen gekauft. Wegen des Taufgeschenks wollte er sich noch mit seiner Schwägerin Victoria besprechen.

Als er sie am Abend angerufen hatte, war Julius am Telefon gewesen. Es war ein nettes, beinahe unbefangenes Gespräch geworden, alle Rivalität war wie weggeblasen. Julius schien sich von dem Schlachtfeld, das Dühnfort schon vor Jahren verlassen hatte, zurückgezogen zu haben, um endgültig das Siegerpodest zu betreten. Er war derjenige, der Vater das ersehnte Enkelkind geschenkt hatte. Die Gewissheit des errungenen Triumphes verlieh ihm nun Gelassenheit und Großmut und ließ ihn versöhnliche Töne anschlagen. »Ich freue mich, dich in vier Wochen zur Taufe hier zu sehen.«

Der Sauerbraten am Sonntag war trocken und geschmacklos gewesen, vermutlich hatte Ginas Mutter ihn nicht lange genug in die Beize gelegt und auch nicht richtig angebraten. »Ich verstehe das nicht«, hatte sie gesagt und ratlos mit den Schultern gezuckt. »Das Zeug ist drin.« Mit Zeug meinte sie vermutlich die Zutaten. Aber Dühnfort war nicht in Erwartung eines guten Essens gekommen, sondern Ginas Rat in Bezug auf den Umgang mit netten Menschen folgend. Und da war er nicht enttäuscht worden. Wie eine große Familie hatten sie am Tisch gesessen und sich über Gott und die Welt unterhalten, nur über den Fall Heckeroth nicht. Da hatten sowohl Gina als auch er abgeblockt. Beim Abschied hatte er Ginas Mutter viel Erfolg beim Vorstellungstermin gewünscht. »Na, geht doch«, hatte Gina gesagt und ihm nachgeblickt.

Er fuhr durch Münsing. Eine schwarze Katze lief über die Straße, sprang über einen Staketenzaun und verschwand in einem Gestrüpp verblühter Dahlien.

Als Dühnfort das Haus erreichte, waren Sylvia Ullmann und der Schorsch, dessen Nachnamen er noch immer nicht kannte, bereits da. Ihr Kleinwagen verschwand beinahe hinter einem bulligen Geländefahrzeug mit Anhängerkupplung.

Dühnfort stieg aus, begrüßte Sylvia Ullmann und schlug in Schorschs Hand ein. »Ihnen gehört sie also jetzt, die Sissi.« Er war ein bulliger Kerl von vielleicht fünfzig Jahren. Trotz des eisigen Windes trug er kurze Hosen, Bergstiefel mit derben Strümpfen und eine winddichte Goretexjacke. Ein Gestrüpp graumelierter Locken umwucherte seinen Schädel. Es ähnelte dem Gesträuch an seinen Waden.

»Dann packen wir's.« Schorsch fuhr den Geländewagen auf das Grundstück und rangierte ihn vor den Trailer, auf dem das Boot fixiert war. Dühnfort wies ihn mit Handzeichen ein. Wenig später war der Anhänger am Fahrzeug befestigt. Sylvia Ullmann reichte ihm die Hand zum Abschied. »Viel Freude damit.« Sie blickte etwas wehmütig auf die Sissi. »Haben Sie schon einen Namen?«

»Ich werde es Ikarus nennen.«

»Ikarus? Aber der ist doch ertrunken.«

Vielleicht hatte sie recht, vielleicht war das wirklich kein guter Name. »Aber vorher hat er seine Freiheit wiedergewonnen.«

Sie runzelte die Stirn. »Der Preis der Freiheit war der Tod. Sie sollten lieber noch mal darüber nachdenken.«

Während er Schorschs Auto zur Segelschule folgte, gingen ihm diese Worte durch den Kopf. Er war zwar nicht abergläubisch, aber vielleicht war Ikarus doch nicht der passende Name.

Sie erreichten ein großes Areal mit mehreren Schuppen, zwischen denen auf Rasenflächen und Trailern abgedeckte Boote lagen. Weiter hinten ragten vier Stege in den See. An ihnen dümpelten, vertäut und mit Planen abgedeckt, etwa zwei Dutzend Jollen, Kielboote und sogar ein Katamaran im Wasser. Das leise Klimpern klang herüber, mit dem die Falle an die Alumasten schlugen. Über den Himmel jagten graue Wolken, der Wind pfiff frostig über das Wasser. Ideales Segelwetter. Nur ein wenig wärmer könnte es sein, dachte Dühnfort und schlüpfte in die Daunenjacke.

Schorsch blickte verwundert, als Dühnfort ihn bat, die *Sissi* ins Wasser zu lassen. Aber dann grinste er. »Mich tät es an deiner Stelle auch jucken. Ist zwar ein ziemlicher Aufwand für einmal über den See, aber das machen wir.«

Gegen Mittag lag das Boot am Steg. Dühnfort sprang an Bord, und wie selbstverständlich packte der Segellehrer mit an. Während sie die Falle durch den Mast zogen und ihn dann aufrichteten, verwickelte Schorsch Dühnfort in ein Gespräch. Offensichtlich wollte er in Erfahrung bringen, über welche Segelkenntnisse er verfügte. Was er erfuhr, schien ihn zu beruhigen, denn er erklärte Dühnfort das Revier.

Als sie fertig waren, blickte Schorsch auf die Uhr. »Ich muss los. Meine Frau wartet mit dem Mittagessen.« Er ging an Land und blieb noch einen Moment auf dem Steg stehen. »Schönes Boot, wirklich. Pass auf. Der See ist tückisch. Da über die Hügelkette«, er wies nach Westen, »kommt der Wind oft böig und unkonstant. Letzten Sommer ist einer in der Flaute gekentert, als ihn so eine Bö unverhofft erwischt hat. Der Depp hat grad den Spinnacker aufgezogen. Und wenn du nach Berg kommst, pass auf, das Kreuz, das dort aus dem Wasser ragt, ist nicht zum Anlegen. Dort ist der Kini ersoffen. Mach's gut.« Grüßend hob Schorsch die Hand.

Dühnfort machte die Leinen los, warf den Außenbordmotor an und tuckerte vorbei an Motorjachten und Booten hinaus aufs Wasser. Erst als das Gewirr aus Stegen und Schiffen hinter ihm lag, stellte er den Motor ab und hisste die Segel. Der Wind blähte sie im Nu, die Sissi nahm Fahrt auf.

Das Land blieb zurück, die graue Wasserfläche wurde weit, Wolken jagten über ihm her, Gischt spritzte, das Geschrei von Möwen drang an sein Ohr. Etwas fiel von ihm ab, und er fühlte sich leicht und frei. Glücklich wie lange nicht mehr. Dühnfort kreuzte über den See bis nach Possenhofen, segelte weiter bis an die Südspitze, fierte in der einsetzenden Abendflaute Genuafock und Großsegel und näherte sich erst Stunden später auf Vorwindkurs wieder dem Ausgangspunkt. Es wurde bereits dämmrig. Zweihundert Meter vor dem Hafen war es Zeit, den Motor zu starten und die Segel einzuholen. Er klemmte sich die Ruderpinne zwischen die Beine und sah einem Vogelschwarm nach, der über den See gen Süden zog.

Die Bö traf ihn unvermittelt und den Bruchteil einer Sekunde später der harte Schlag des überkommenden Großbaums am Oberarm. Ein Knirschen, ein stechender Schmerz. Ehe er wusste, wie ihm geschah, ging er über Bord. Anfängerfehler, dachte er, als er auf dem Wasser aufschlug. Nasse Kälte war das Erste, was er fühlte, gefolgt von einer Kraft, die ihn in die Tiefe zog. Die Jacke sog sich mit atemberaubender Geschwindigkeit voll. Seine rechte Hand gehorchte ihm nicht. Mit der Linken zerrte er am Reißverschluss, konnte ihn aber nicht bewegen. Die Kälte machte seine Finger steif, sein Herz raste, er ging unter, das Wasser schlug über ihm zusammen. Graugrün. Blasen stiegen vor seinen Augen auf. Wirbelnde Gischt. Er schlug um sich, ignorierte die pulsierende Qual in seinem rechten Arm und kämpfte sich an die Oberfläche. Erneut zerrte er am Reißverschluss. Diesmal bekam er ihn auf und streifte den Ballast ab. Nach Luft schnappend sah er sich um. Die *Sissi* war nur ein paar Meter entfernt. Alle Leinen an Bord. Nichts, woran er sich hätte hochziehen können. Das Gewicht der vollgesogenen Kleidung zog ihn wieder nach unten. Er kämpfte dagegen an. Das Ufer. Zweihundert Meter. Unerreichbar. Die Kälte fraß sich in seinen Körper, machte ihn taub. Schwimmen!, befahl er sich. Doch seine Arme und Beine gehorchten ihm nicht, hingen wie Leichname an ihm. Mit letzter Kraft leistete er Widerstand, hörte entfernt das Knattern eines Außenbordmotors, dann schlug das Wasser über ihm zusammen. Eine seltsame Ruhe erfasste ihn. Das war es also, sein Ende. Noch hatte er eine Lunge voll Atem; ein, zwei Minuten blieben ihm. Wenn er die Luft gleich ausstieß, würde es schneller gehen. Aber das tat er nicht, er wollte an etwas Schönes denken. An seine Kindheit, an Julius, an seine Mutter und seinen Vater. An Agnes. Während er sank und der Druck in seiner Lunge im gleichen Maß zunahm wie das Verlangen, nach Luft zu schnappen, versuchte er Agnes' Bild heraufzubeschwören, doch es gelang ihm nicht.

Was er sah, waren Ginas Augen, tiefschwarz, die Pupillen von Adrenalin geweitet. Blasen stiegen vor ihrem Gesicht auf. Energisch packte sie zu, schlang ihren Arm um seinen Brustkorb, während er sich an sie klammerte. Gemeinsam kämpften sie gegen diese Kraft, die sie in die Tiefe zog. Die Gier zu atmen wurde unerträglich; etwas wollte seine Lunge zerreißen. Er presste die Kiefer aufeinander. Graublaue Dämmerung verschwamm mit Ginas Augen, die waren wie Schokolade, noir, bitter und süß zugleich.

DANKSAGUNG

Mein besonderer Dank gilt Kriminalhauptkommissar Siegfried Wenzl, der mir wieder in allen Fragen der Polizeiarbeit zur Seite stand und mir bereitwillig erklärte, wie Mordermittler arbeiten. Auf dem Gebiet der Rechtsmedizin wäre ich ohne einen kompetenten Informanten in manche Falle getappt. Für seine ausführlichen Darlegungen zur Todeszeitbestimmung und Ermittlung von Todesursachen bedanke ich mich ganz herzlich bei Professor Dr. Wolfgang Keil, dem Leiter des Instituts für Rechtsmedizin in München. Meine Recherche zu Logfiles und Keyloggern hat Thomas Sossong auf Richtigkeit geprüft. Bei ihm bedanke ich mich ebenso wie bei meinen beiden Testleserinnen Ruth Löbner und Charlotte Lyne aus dem Autorenforum Montsegur, sowie bei Melanie Mezenthin, die mich an ihrem psychiatrischen Fachwissen teilhaben ließ. Am fachgerechten Untergang Dühnforts ist meine Schwester, eine passionierte Seglerin, nicht unschuldig: Danke, Bille!

Meinen Mann und meine Kinder möchte ich nicht vergessen: Danke für eure Geduld und euer Verständnis und auch dafür, dass die Tür zum Arbeitszimmer zubleibt, wenn ich schreibe.

***

Die in diesem Roman beschriebenen Personen und Ereignisse sind Fiktion. Jegliche Übereinstimmung oder Ähnlichkeit mit lebenden oder toten Personen oder Begebenheiten ist rein zufällig und nicht beabsichtigt.

Sieh nichts Böses. Hör nichts Böses. Sag nichts Böses.

Inge Löhnig

Sieh nichts Böses

Kriminalroman

978-3-548-61319-2

Der Münchner Kommissar Konstantin Dühnfort ist glücklich wie nie zuvor. Gerade ist er mit Gina von der Hochzeitsreise zurückgekehrt, die beiden freuen sich auf ihr erstes Kind.

Doch ein überraschender Fund reißt Dühnfort aus seiner privaten Idylle. An einem nebligen Novembertag spüren Leichensuchhunde bei einer Polizeiübung den halbverwesten Körper einer jungen Frau auf. Neben ihr liegt eine kleine Messingskulptur – ein Affe, der seinen Unterleib bedeckt. Seine Bedeutung: Tu nichts Böses. Dühnfort findet heraus, dass es sich um eine seit Jahren vermisste Frau handelt. Er stößt auf einen weiteren ungeklärten Mord und kommt so einem niederträchtigen Rachefeldzug auf die Spur, der noch lange nicht beendet ist.

Lesen Sie, wie der Roman beginnt.

1

Seit sie vor zwanzig Minuten ins Auto gestiegen war, hatte Doro Gutsch schon so ein Gefühl. Es würde kein guter Tag werden, denn heute war Ronja so eigensinnig wie eine Primadonna, mit ganz eigenen Vorstellungen von der Choreographie. Unwillkürlich baute sich das Bild von Ronja im Tutu vor Doro auf, und sie musste grinsen. Aber es stimmte schon, in gewisser Weise glichen sie einem tanzenden Paar. Sie waren ein eingespieltes Team, in dem eine führte, nämlich sie, Doro, und eine folgte, und das war Ronja. Doch manchmal wollte die Border-Collie-Hündin ihre Grenzen ausloten, und ausgerechnet heute schien es wieder einmal so weit zu sein. Ronja hatte Doros Kommando zum Einsteigen in die Transportbox erst beim vierten Mal befolgt. Die Götter wussten, weshalb, denn sie fuhr gerne Auto. Sie liebte es geradezu.

Regentropfen pladderten gegen die Windschutzscheibe. Doro hielt nach dem Weg zum Treffpunkt Ausschau, der hier irgendwo an der M4 zwischen München und Gauting abzweigen musste. Nach einer Weile entdeckte sie ihn, bog auf den Waldweg ein und fuhr tiefer in den Forstenrieder Park.

Hoffentlich besann Ronja sich und erkannte den Ernst der Lage. Wenn sie durch die Prüfung fiel ... Das wollte Doro sich gar nicht erst ausmalen und konzentrierte sich auf die holprige Fahrspur, die ihre ganze Aufmerksamkeit erforderte.

Vorgestern war ein Unwetter mit Schneeregen über dem Münchner Süden niedergegangen, und die Spuren waren noch nicht beseitigt. Äste und Zweige lagen im Weg, und die zahlreichen Pfützen waren mehr als knöcheltief.

Mit einer kleinen Verspätung erreichte Doro als Letzte die Brache am Rand des Preysing-Geräumts. Die anderen Teams waren schon eingetroffen. Mike mit Grizzly. Anne mit ihrem Labrador Spike. Charlie mit Cleo und Rob mit Dude, einem Islandspitz. Außerdem Christian Zach, den alle nur Groucho nannten, der Ausbildungsleiter und heute ihr Prüfer.

Doro grüßte in die Runde und öffnete die Transportbox. Mit einem freudigen Bellen sprang Ronja heraus.

»Bei Fuß!« Diesmal gehorchte Ronja sofort und sah mit gespitzten Ohren zu Doro hoch. Als Hütehund war sie von Natur aus auf Lob und Anerkennung ihres Menschen erpicht und versuchte daher normalerweise zu gefallen. »Braves Mädchen. Mach uns heute keine Schande, ja?« Doro kraulte Ronja das Fell. »Wenn du unbedingt herumzicken musst, spar dir das für morgen auf. Heute ist es schlecht. Glaub mir.«

Über den Wipfeln der Bäume spannte sich ein grauer Himmel. Es hatte aufgehört zu regnen, und der Geruch nach Schnee lag in der Luft, obwohl der November erst ein paar Tage alt war.

Mit den Stiefeln versank Doro sohlentief im Matsch. Sie zog ihre Strickmütze mit der Aufschrift *Polizei* tiefer in die Stirn und den Reißverschluss an der Allwetterjacke hoch. Um nichts in der Welt hätte sie mit einem der Kollegen tauschen wollen, die Büroluft atmen mussten.

Doro liebte ihren Beruf als Hundeführerin bei der Polizeihundestaffel München. Die Schreibtischarbeit hielt sich in Grenzen, dafür gab es frische Luft, so viel sie wollte. Ihr Alltag war nicht von ödem Verwaltungskram, langwierigen Verhören und endlosem Schreibkram geprägt, sondern von reichlich Bewegung beim Training und der Ausbildung der Hunde und während der Einsätze. Auch wenn diese manchmal erschütternd, oft traurig und gelegentlich auch eklig waren. So wie letzte Woche, als Ronja die Leiche eines Selbstmörders aufgespürt hatte, die sich bereits in einem fortgeschrittenen Verwesungsstadium befand.

Ronja war auf das Auffinden von Leichen und Leichenteilen trainiert. Auf menschliche Überreste aller Art, vorausgesetzt, wenigstens ein Fitzelchen Gewebe befand sich noch daran oder vom Verwesungsgeruch getränkte Kleidung. Etwas, das die charakteristischen Duftstoffe angenommen hatte und absonderte.

Und diese Fähigkeiten musste Ronja heute unter Beweis stellen, am besten fehlerfrei.

Mike kam näher, reichte ihr einen Thermobecher Tee und fragte sie, ob sie nervös war. Natürlich war sie aufgeregt. Alle waren angespannt, wenn die jährliche Prüfung anstand, bei der die Hunde nicht nur versteckte Proben aufspüren, sondern auch zeigen mussten, dass sie aufs Wort gehorchten und Kommandos korrekt ausführten. Ronja stand noch immer brav bei Fuß. Doro befahl Platz, und sie setzte sich. Offenbar hatte sie verstanden, wie wichtig dieser Tag war. Erleichtert lobte Doro Ronja.

Groucho legte unterdessen mit Anne und Charlie die Proben im Gelände aus, die er beim Institut für Rechtsmedizin besorgt hatte. Natürlich keine Proben von Toten, sondern von Stoffen, die mit Toten in Berührung gekommen waren. Stücke von Sargunterlagen und Leichenhemden, aber auch menschliches Blut.

Anschließend wurden Streichhölzer gezogen. Doro und Ronja waren als Zweite dran. Zuerst startete das Team Mike und Grizzly, der auf Kommando die Nase senkte und in engen Schleifen hochkonzentriert das ihm zugewiesene

Areal absuchte, wobei Mike ihn mit Stockzeichen dirigierte. Meter für Meter ging es voran. Groucho beobachtete jeden Schritt und jedes Kommando, und es dauerte nur eine Viertelstunde, bis Grizzly vor einem Findling anschlug, sich flach auf den Boden legte und so anzeigte, dass er die ›Leiche‹ gefunden hatte. Erstklassige Arbeit. Groucho war zufrieden. Das Team erhielt die volle Punktzahl. Mike belohnte Grizzly mit einem Leckerli und reichlich Lob. Für die Hunde war es ein Spiel, und am Ende gab es die erhoffte Belohnung.

»Und nun Doro mit Ronja. Für euch habe ich die Fläche jenseits der Brache, Richtung Osten vorgesehen.« Groucho nickte ihr zu, und Doro gab Ronja den Befehl: »Such!« Folgsam senkte Ronja die Nase und ging los. Nah bei Fuß folgte sie dem Zeichen des Teleskopstocks, den Doro benutzte. Zehn Minuten ging das gut, und sie war stolz auf die Konzentration, mit der Ronja bei der Sache war, als sie den Rand einer kleinen Lichtung erreichten und die Hündin plötzlich den Kopf hob und Witterung aufnahm. Ein Zittern lief durch ihren Körper, und dann stürmte sie laut bellend los, hinaus auf die freie Fläche. »Bei Fuß!«, brüllte Doro und hörte den Seufzer, den Groucho hinter ihr ausstieß.

»Bei Fuß!«

Doch Ronja hörte nicht. Sie rannte auf eine Buche zu, die der Sturm umgerissen hatte.

»Bei Fuß! Ronja. Willst du wohl!« Doch die Hündin war nicht zu halten.

Das Erdreich um den umgestürzten Baum war weiträumig aufgerissen, Wurzeln ragten in die Luft, der herausgerissene Ballen hatte einen Krater hinterlassen. Zehn Meter davor blieb Ronja unter einem Wurzelrest stehen, der senkrecht in die Luft ragte, bellte wie eine Irre und warf sich flach auf den Boden.

2

Freud und Leid lagen manchmal unglaublich nah beieinander. Dieser Gedanke begleitete Kriminalhauptkommissar Konstantin Dühnfort, seit er und Gina am vergangenen Sonntag von ihrer Hochzeitsreise aus Venedig zurückgekehrt waren.

Sie hatten die Koffer noch nicht ausgepackt, als Ritas Anruf kam. Ihr Lebenspartner Georges war nach langer Krankheit gestorben. Nicht unerwartet, aber dennoch überraschend. Also hatten sie ein paar Tage Urlaub genommen und waren zur Beisetzung ins Elsass gefahren.

Seit über dreißig Jahren lebte Dühnforts Mutter Rita dort in einem zweihundert Jahre alten Gutshof, in dem Georges bis zu seinem Ruhestand einen Weinhandel betrieben hatte und Rita bis heute die ausgebaute Scheune als Atelier nutzte. Sie war eine bekannte Malerin, und in den vergangenen anderthalb Jahren waren Georges und sie regelmäßig zwischen München und dem Elsass gependelt. Sie, um eine Ausstellung vorzubereiten, und er, um seine Krebserkrankung behandeln zu lassen.

Vorgestern hatten sie ihn auf dem Dorffriedhof bestattet und einen Birnbaum auf seinem Grab gepflanzt, so wie er es sich gewünscht hatte. Dühnfort wäre es am liebsten, wenn Rita sich entschließen könnte, ganz nach München zu ziehen. Doch sie wollte bleiben. »Ich lass Georges nicht alleine«, hatte sie gesagt. »Ich will sehen, wie der Baum auf seinem Grab wächst und erste Früchte trägt, und euer München geht mir nach vier Wochen auf die Nerven. Zu hektisch, zu laut, zu oberflächlich. Was soll ich dort unter all den Wichtigen und Schönen? Ich könnte sie nur beim Tanz ums Goldene Kalb ein wenig stören. Was mir – ich gebe es ja zu – doch eine gewisse Freude bereiten würde. Aber ich male schon lange keine Menschen mehr.«

Die gewalttätige Seite der Natur war zu ihrem Thema geworden. In großformatigen Gemälden fing sie diese Kraft ein, die die menschliche Bedeutung zu einem Nichts zermalmte.

Und nun grübelte Dühnfort während der Rückfahrt über die Frage, wie er seiner Mutter einen Umzug schmackhaft machen könnte. Das Gutshaus war zu groß für sie, und sie war mit Mitte siebzig zu alt, um dort alleine zu leben. Weitab vom nächsten Nachbarn und vom Arzt und einer Einkaufsmöglichkeit. Wenn sie stürzte, wer würde es bemerken? Ihr Galerist war hier und Gina und er und bald das Enkelkind. Außerdem hatte sie in München Freunde, die zwar für zwei Jahre in New York lebten, doch diese Zeit war beinahe um.

Gina räkelte sich auf dem Beifahrersitz. Sie war eingedöst, kurz nachdem sie den Rhein überquert hatten, und reckte sich nun. »Was? Schon Ulm. Da bist du aber tief geflogen.«

»Sollen wir Rast machen?«

»Meinetwegen nicht. Aber wir sollten wechseln. Du sitzt jetzt fast schon drei Stunden hinterm Steuer.«

»Ich kutschiere euch beide auch noch den Rest der Strecke, wenn wir vorher Pause machen.«

»Schwangere dürfen Autofahren. Du musst mich nicht schonen.«

Das wusste er doch. Aber er tat es gerne. Am liebsten würde er sie auf Händen tragen, und irgendwie konnte er es noch immer nicht so ganz glauben, dass sein größter Traum sich erfüllte und er Vater wurde.

Die erste Phase der Schwangerschaft mit morgendlicher Übelkeit und Stimmungsschwankungen war vorüber, und die Aufregung und Freude, Eltern zu werden, war einer ruhigen Erwartung und Gelassenheit gewichen. Seit der Hochzeitsreise ruhte Gina in sich, und manchmal erschien sie ihm wie ein weiblicher Buddha, nicht wegen des Bauches, der Woche für Woche sichtbarer wurde, sondern wegen des in sich gekehrten Lächelns. In den letzten Tagen war ihm aufgefallen, dass sich ihre Sommersprossen vermehrt hatten und ihr Teint einen Schimmer wie Porzellan angenommen hatte. Feinstes Bone China – vielleicht bildete er sich das ja auch ein – und als Kontrast dazu ihre widerspenstigen dunklen Haare. Sie war so schön wie noch nie.

Am nächsten Rastplatz tauschten sie die Plätze. Während der Fahrt unterhielten sie sich über die Einrichtung des Kinderzimmers und ob es wirklich nötig war, sich jetzt schon nach einem Krippenplatz umzusehen. Gina hatte sich erkundigt. Die Wartelisten waren endlos.

Kurz vor Mittag erreichten sie München. Mittlerweile hatte es zu nieseln begonnen. Als sie in der Pestalozzistraße vor dem Haus parkten, ging der feine Regen in einen Graupelschauer über, und sie sahen zu, dass sie nach oben in die Wohnung kamen. Im Flur stand noch Ritas Hochzeitsgeschenk. *Das Meer bei Locquémeau.* Zwei Quadratmeter tobender Atlantik. Eine apokalyptische Stimmung am Ende der Welt. »Das Bild ist euch irgendwann über«, hatte sie gesagt. »Vielleicht müsst ihr es ab und zu umdrehen.«

Dühnfort stellte den Koffer im Flur ab und schaltete die Espressomaschine in der Küche ein. »Ich mache uns schnelle Spaghetti mit Pesto.«

»Gute Idee. Ich habe Hunger wie ein Wolf.« Gina kam mit der Post herein. »Habe ich dir eigentlich schon gesagt, dass Thomas uns den Fall Ellen Reitmeier auf den Tisch gelegt hat?«

Thomas Wilzoch war Ginas Chef, und mit ›uns‹ meinte sie ihren Kollegen Holger Morell und sich. Das Team für ungeklärte Altfälle der Münchner Polizei. Von den Medien gerne auch als Spezialisten für Cold Cases bezeichnet.

»Ich glaube nicht.«

»Und was sagst du dazu?«

Was sollte er schon sagen? Dass es ihm nicht recht war, dass ausgerechnet sie sich den einzigen Fall vornahm, den er in seiner Zeit als Ermittler bei der Mordkommission München nicht aufklären konnte? Ein Raubmord an einer Rentnerin, die zurückgezogen gelebt und deren Leiche man erst eine Woche nach der Tat gefunden hatte. Keine Zeugen und ein spurenarmer Tatort. Dennoch hatten sie DNA des Mörders gefunden. Ellen Reitmeier musste ihn selbst hereingelassen haben. Nach vier Monaten waren die Ermittlungen festgefahren. Schließlich hatten sie alle Kontaktpersonen zum DNA-Test gebeten. Viele waren es nicht. Niemand weigerte sich, doch der Täter war nicht dabei gewesen. Es musste sich also doch um einen Fremden handeln.

Natürlich war der Fall Reitmeier Dühnforts offene Wunde, und das lag nicht an seiner Eitelkeit oder daran, dass er glaubte unfehlbar sein zu müssen. Es lag an der Gewissheit, dass ein Mörder frei herumlief. Er hatte nun mal diesen Glauben an Gerechtigkeit und den Willen, jeden Täter hinter Gitter zu bringen. Und es war ihm sehr wohl bewusst, dass es an seinem Vater lag, dem brillanten Strafverteidiger, dem es in seiner aktiven Zeit viel zu oft gelungen war, Kriminelle vor Strafe zu bewahren oder wenigstens für ein mildes Urteil zu sorgen. Der Erfolg seines Vaters und seiner Kollegen war für Dühnfort ein steter Ansporn, ihnen die

— LESEPROBE —

Arbeit so schwer wie möglich zu machen. Gerichtsfeste Beweise, eine schlüssige Kausalkette, ein Wort für Wort überprüftes Geständnis.

»Was ich dazu sage? Hoffentlich findet ihr einen neuen Ermittlungsansatz.« Dühnfort gab die Spaghetti ins kochende Wasser. »Es ärgert mich natürlich, dass der Täter noch frei ist, obwohl ich nicht glaube, dass wir damals etwas übersehen haben.«

»Das ist nun mal so in unserm Beruf. Manche Fälle lassen sich kaum aufklären. Vor allem, wenn es so wie hier ist und Täter und Opfer sich nicht gekannt haben. Mal sehen, wie weit wir damit kommen. Ab morgen lege ich jedenfalls die Füße auf den Schreibtisch und lese Akten und Akten, und dann lese ich Akten.« Sie gab ihm einen Kuss.

»Und lass sie schön dort oben liegen. Keine Verfolgungsjagden mehr wie im Fall Weber.«

»Ich schwöre.« Sie hob die rechte Hand, gab ihm einen weiteren Kuss, und er erwiderte ihn. Seine Hand glitt über ihren Bauch. Es fühlte sich so gut an, ihr Kind darin zu wissen. Anfang fünfter Monat. In ein paar Wochen könnten sie seine Bewegungen spüren.

Eine großartige Zeit lag vor ihnen. Obwohl seine Eltern seit Jahrzehnten geschieden waren und er seine Differenzen mit seinem Vater ausgetragen hatte, verdankte er ihm doch das Wertvollste, das man einem Kind geben konnte: eine schöne und glückliche Kindheit voller Liebe und Achtung. Sie war das Fundament, auf dem sein Leben stand, und er freute sich darauf, all das an sein Kind weiterzugeben.

Das Nudelwasser kochte über, und gleichzeitig klingelte sein Smartphone. Gina machte sich los und nahm den Deckel vom Topf, während er zum Handy griff. Leonhard Heigl meldete sich, sein Vorgesetzter. »Hallo, Tino. Wo erwische ich dich da?«

»Wir sind gerade zurückgekommen.«
»Sehr schön. Ich brauch dich. Die Teams von Russo und Stahl sind vollauf mit einem Dreifachmord in Pasing beschäftigt. Ich kann ihnen nicht noch eine Ermittlung aufs Auge drücken. Ihr werdet also übernehmen, und wenn du von Anfang an dabei bist, ist das sicher das Beste.«
»Gut. Worum geht's?«
»Ein Leichenfund im Forstenrieder Park. Kirsten und Alois sind schon unterwegs und Buchholz mit seinen Leuten ebenfalls. Ich informiere die Weidenbach. Du musst dich also nur noch ins Auto setzen.«

© Ullstein Buchverlage GmbH, Berlin 2017
© Inge Löhnig, www.inge-loehnig.de

Inge Löhnig

Deiner Seele Grab

Kriminalroman.
Taschenbuch.
Auch als E-Book erhältlich.
www.list-taschenbuch.de

Denn es ist böse.

Ein Mörder, der sich selbst als Samariter bezeichnet, sucht in München nach Opfern. Sein Ziel: alte Menschen. Was treibt diesen verblendeten Erlöser an? Glaubt er, Gutes zu tun?
Auf der Suche nach ihm gerät Kommissar Konstantin Dühnfort auf die Spur der geheimnisvollen Elena, die nur eines will: Rache. Sind sie und der Samariter ein Team? Plötzlich ist sie verschwunden. In seiner Not provoziert Dühnfort den Mörder gezielt ...

List

Inge Löhnig

Gedenke mein

Kriminalroman.
Taschenbuch.
Auch als E-Book erhältlich.
www.list-taschenbuch.de

Endlich ein Fall für Gina Angelucci

Gina Angelucci, die Partnerin des Münchner Kommissars Dühnfort, arbeitet in der Abteilung für Cold Cases in München: Sie löst Mordfälle, die seit Jahren nicht geklärt werden konnten. Ein besonders tragischer Fall erschüttert sie zutiefst. Vor zehn Jahren verschwand die kleine Marie, ihre Leiche wurde nie gefunden. Der Vater hat Selbstmord begangen, die Mutter sucht bis heute nach ihrer Tochter. Gina ahnt, dass ihre Kollegen damals die falschen Fragen stellten. Ist Marie womöglich noch am Leben? Gina folgt einer Spur, die zu unendlichem Leid führt ...

List

Annette Wieners

Fuchskind

Kriminalroman.
Taschenbuch.
Auch als E-Book erhältlich.
www.list-taschenbuch.de

Ein neuer Fall für Friedhofsgärtnerin und Exkommissarin Gesine Cordes

An einem Herbsttag hört Friedhofsgärtnerin Gesine Cordes hinter einem Grab plötzlich Babygeschrei. Sie gerät in Panik, denn sie fühlt sich an den Tag erinnert, an dem ihr Sohn zehn Jahre zuvor durch Giftpflanzen ums Leben kam. Doch der Säugling, den sie auf dem Friedhof entdeckt, ist unversehrt. Von den Eltern aber weit und breit keine Spur. Als wäre das nicht genug, wird auch noch eine Frauenleiche gefunden. Und Gesines Exmann steht plötzlich vor ihr. Hat er etwas mit der Toten zu tun? Gesine kommt der Wahrheit näher, als ihr lieb ist ...

List